我花开后百花杀

锦凰 著

完结篇

上册

青岛出版集团 | 青岛出版社

图书在版编目（CIP）数据

我花开后百花杀：完结篇 / 锦凰著. -- 青岛 ：青岛出版社, 2025. -- ISBN 978-7-5736-2460-4

Ⅰ. I247.5

中国国家版本馆CIP数据核字第2025L2D406号

WO HUA KAI HOU BAIHUA SHA. WANJIE PIAN

书　　名	我花开后百花杀.完结篇
作　　者	锦　凰
出版发行	青岛出版社（青岛市崂山区海尔路182号）
本社网址	http://www.qdpub.com
邮购电话	18613853563
责任编辑	郭红霞
校　　对	王子璠
装帧设计	千　千
照　　排	梁　霞
印　　刷	三河市良远印务有限公司
出版日期	2025年4月第1版　2025年4月第1次印刷
开　　本	16开（710mm×980mm）
印　　张	37.5
字　　数	777 千
书　　号	ISBN 978-7-5736-2460-4
定　　价	69.80元（全2册）

编校印装质量、盗版监督服务电话　4006532017　0532-68068050

目录

上 册

第一章 我之所见黄泉墓 1

第二章 还西北一片净土 30

第三章 不见呦呦闹得慌 59

第四章 敢与帝王争锋芒 88

第五章 一招肃清掌宫权 117

第六章 一波刚平一波起 146

第七章 太子妃自有妙计 175

第八章 我有夫人无所惧 204

第九章 慕他如皓月生辉 233

第十章 情之所至心所向 263

目录

下册

第十一章 帝王杀生死有命 293

第十二章 夫妻联手定胜局 322

第十三章 你与我皆为政客 353

第十四章 计中计技高一筹 383

第十五章 生与死各凭本事 414

第十六章 有皇孙名曰钧枢 444

第十七章 聪明反被聪明误 474

第十八章 下一盘天下之局 504

第十九章 谈笑间灰飞烟灭 535

第二十章 归来是少年模样 566

第一章　我之所见黄泉墓

萧长泰的眉头蹙了蹙。他成亲多年，很了解自己的妻子，她有这样的态度和反应，都是因为她掌握了十足的证据，才会这般质问他。

"我……只是想报复萧华雍。"萧长泰脸上浮现出怨恨与不甘的神色，"我们会落到今日的地步，皆是拜他所赐……"

"啪——"

萧长泰的话未说完，叶晚棠用尽全力，一巴掌打在他的脸上，滚烫的泪水夺眶而出。她的手还僵在半空中。她维持着打萧长泰的姿势，却抑制不住地颤抖着，浑身都在战栗。

失望、痛苦、悔恨的情绪交织在她的眼底，她抖着唇说道："事到如今，你都不曾悔过，把所有的过错推到旁人身上。你今日落到这般田地，一切都是你咎由自取，是你不自量力，野心勃勃。他是皇太子，是正统嫡出，本就该继承大宝，你身为庶兄，欲夺他之位，却不容许他反击？

"你争夺失败，却又满心怨恨，甚至忘记祖宗，忘记你身上的汉人血脉，忘记当年突厥马踏中原，以我汉家儿郎为猎物、汉家女郎为泄欲之物的耻辱，甘心与之为伍！

"你不配为汉家儿郎，不配做我叶晚棠的夫君！"

她的言语字字如刀，插入心扉，萧长泰眼睛泛着血色："你后悔了，对吗？"

"是，我悔，我悔不当初！"叶晚棠泪如雨下，"当年我出嫁之时，祖父尚在世。他说你终究是皇子，我哪里听不懂其中的深意？可我还是义无反顾地嫁给你，因为我知道，易求无价宝，难得有情郎。

"我永远无法忘记，那日漫天蜂舞，你把我护在身下，被蜇得满身红肿，还逗我笑。我就知道，你便是我想嫁之人。"

叶晚棠抹去腮边的泪水，深深地凝视着萧长泰："你一次又一次地骗我，一次又一次地用我对你的情意束缚我。我不知失望过多少次，可从未后悔过嫁给你。但是今日，你让我幡然醒悟，并非有情，并非深爱，便能无怨无悔。"

这些年，作为枕边人，萧长泰再谨慎小心，叶晚棠又岂能丝毫不起疑？

他待她很好，情真意切，便是因为这一份纯粹的好，她无论知晓什么事，都无法将他割舍。

她深爱的人，可以有不足之处，可以有野心，可以落魄得一无所有。只要他待她初心不变，她便不离不弃。

直到此刻，她才看清了眼前这个人。她不能接受一个叛国之徒，一个投向曾经蔑视汉家子女尊严与性命的突厥之人！

"晚晚……"

"你别过来！"叶晚棠迅速后退，防备的眼神里透着一丝厌恶之意。

厌恶！

这一丝厌恶之意，让萧长泰的怒气从胸腔爆发，直冲天灵盖。他走上前，紧紧地拽住叶晚棠的手腕："你可以不理解我，可以埋怨我，却不能厌恶我！"

叶晚棠开始剧烈地挣扎："你放开我，我不许你碰我！"

"不许我碰？我要碰你，你无权拒绝！"双目赤红的萧长泰这一刻被叶晚棠的话深深地刺伤，心中的怒火在她的挣扎动作之中化作了继续宣泄的戾气。

屋子里东西被撞倒的"噼里啪啦"声飘到窗外，还伴随着女子的哭泣之声，天空凝聚的云层压抑而又黑暗，"淅淅沥沥"的雨声遮盖了一切动静。

两日后，沈羲和接到传信，言及在庭州之外，看到了属于她的传信烟火。沈羲和想到了去年她给叶晚棠之物，忍不住深深地叹了一口气，决定动身前往庭州。

而这两日，萧长泰终于决定见一见萧觉嵩，耿良成在突厥这里也没有再受到任何刑讯。他甚至被单独安置在了营帐之中，恰好被潜入敌军阵营，想要来营救耿良成的两名郎将看到。

两名郎将看到他与突厥王相谈甚欢，看到他与突厥王推杯换盏。

此二人选择按兵不动。他们虽猜疑，却念及耿良成这些年在西北打仗，劳苦功高，认为或许这只是耿良成的脱身之计。

当天夜里，耿良成便像是有人相助一般逃走了。但他刚逃走没多久，突厥就暗中派兵跟随其后，两名郎将心中大骇。

若是耿良成顺利跑回庭州城，城门被打开，这些突厥兵趁机围杀，在庭州守城将领毫无准备的情况下，是很容易破城而入的！

此时，萧华雍假扮萧觉嵩，与萧长泰在两人约好之处见了面。

萧长泰看着年迈的萧觉嵩，毫不掩饰打量的目光。看了半晌，萧长泰才开口道："太子？嘀，不知我该唤你堂伯还是皇弟？"

萧华雍看着他，并未言语。

萧长泰却已经笃定他就是萧华雍："也没有什么嘉辰太子杀上行宫的事，一切不过是太子殿下为了避开陛下试探之举的计谋。太子殿下入了庭州都护府，却因疲劳过度而卧榻不起，这样的招数旁人信，我却不信！"

接到萧华雍躺在都护府里的消息，萧长泰就知道萧华雍定然是在掩人耳目，暗中做其他事，恰好此刻耿良成要为他引见萧觉嵩，他没有证据，却有直觉。

"你救了耿良成又如何？他即将成为带突厥破城的叛逆！"萧长泰冷笑。

萧华雍也不再伪装，而是用了自己的声音："多谢。"

萧华雍淡然甚至透着点儿真诚之意的致谢言辞，让萧长泰的笑容停滞了，他道："你是故意为之！"

"倒也不蠢。"萧华雍嘴角上扬，"我的目的自始至终便是耿良成，你……只是顺带而已。"

耿良成已经投向祐宁帝，哪怕他自己的小心思很重，若是谁不除了他，他第一步必然是伺机而动，联合祐宁帝对沈岳山出手。在这之前，沈岳山对他有多信任，他反噬起来，就会带来多沉重的灾难。

萧华雍早知萧长泰自认为看清楚了他的真面目，故意刚入城便装作卧病不起。萧长泰在庭州必然有耳目，得知此事之后，定会怀疑萧华雍另有所谋。而放眼整个庭州，寻不到别的变故，萧长泰一定会大胆猜测萧觉嵩就是他萧华雍所假扮的。

萧华雍的目的就是利用耿良成来引萧长泰入瓮，既然如此，萧长泰想的是将计就计，一边说服突厥王，以耿良成为诱饵，一边让突厥士兵借着夜色掩护，尾随耿良成回城，趁机杀对方一个措手不及，若是能够攻入庭州城，必将动摇西北根基。

因为西北势力复杂，曾经有无数部落盘踞，这些年虽被沈岳山强势镇压、收拢和教化，人在屋檐下，不得不低头，却未必心甘情愿。没有机会的话，各方势力自然是乖乖的，什么事也不敢做，不过一旦确定突厥攻入庭州，未必不会动心，兼之沈岳山已经亡故，这更会让他们蠢蠢欲动。

如果一切顺利，这一举动势必会让西北陷入四分五裂的局势，西北内乱，萧华雍也会因此分心，他就可以借机将萧华雍除去，再看看能不能趁乱谋划一番，成为平乱之人，届时再澄清当初巫蛊一事是萧华雍栽赃……也许他能够与他的父皇谈判，成为西北的王也未可知。

只能说，萧长泰敢想也敢做，若非遇上的对手是萧华雍，只怕他还真的能够卷土重来。

萧长泰收拢五指，手背青筋凸起，胸腔之中堵了一口气，眼底充满怒意。他算尽一切，最终却还是在萧华雍的算计之中。萧华雍就像一块巨石压在他的背上，一向顺风顺水的萧长泰，所有的不顺都是自萧华雍从道观归来开始。

"早知今日……"萧长泰咬牙切齿。早知今日，萧华雍初露锋芒之时，自己第一时间就应当剑指道观，让萧华雍彻底回不来。

"早知今日，你依然会落得如此下场。"萧华雍微垂眼皮，没有露出蔑视的眼神，可蔑视的姿态显而易见。

"你以为你今日来了，还能全身而退？"萧长泰双臂一抬，数十个护卫从他身后的岩壁之后冲了出来。

他今日约见萧华雍的地点是在一片石岩之中，这些石岩像一座座连绵的小山峰，背后藏着他近乎一半的精锐护卫。今日他一定要萧华雍将命留下！

萧华雍环视着瞬间将他包围的护卫，这些人个个身着劲装，目露凶光。

"在庭州城外，我还有一份大礼要送给你，让你尝一尝聪明反被聪明误的滋味！"萧长泰退后，做了个手势，他的护卫立刻一拥而上，冰冷的刀从四面八方朝着萧华雍刺去。

萧华雍立在原地，从容不迫，掠过的风温柔地牵起他的乌黑的青丝，他好似看不到这些刺来的能够将他扎成刺猬的刀刃。

最前方的人，刀尖还未碰到萧华雍的衣袍，萧华雍足尖一点，提了一口气，落下时，又在刀刃上一踏，在利刃袭来之前，轻盈一跃就跃出了包围圈。

萧长泰的人迅速掉转方向，朝着萧华雍追击，就在此时，密密麻麻的箭矢如流光一般飞来，箭如雨下，眨眼间就放倒了一片萧长泰的人。

萧长泰面色一变，自己持剑，纵身一跃，朝着萧华雍刺去。

萧华雍身子一偏，负在身后的手灵巧地一转，指间的一支短笛就挡下了萧长泰袭来的剑尖。

萧长泰眼神狠厉，握剑的手运力一压，锋利的剑擦过笛身，溅出刺目的火花，势如破竹般往下削去。

萧华雍握着短笛的手避开萧长泰的剑，一直滑到尾端，他手腕一转，指尖在笛子底端弹了弹，短笛飞出。他脚步一旋，迅速避开萧长泰从笛身上划下来又迅速横扫而来的剑。

一剑划空，萧长泰反应灵敏，反手又是一剑。萧华雍朝着另一边转身，避开的同时，伸手握住了落下的短笛。

萧长泰抓住这个机会，朝着萧华雍的后背刺来一剑，萧华雍迅速一个后空翻，刚落地，萧长泰的剑就直逼而来，萧华雍只得不住地往后退。

脚抵上石岩，长剑刺来，萧华雍提膝一踏，侧身空翻，长臂横扫，将手中的短笛扫向了萧长泰的脸颊。

萧长泰目光一冷，腰反拧，一剑朝着萧华雍狠狠地划去。

两个人在这一瞬间身体交错，旋即，萧华雍落地，萧长泰几个侧旋才稳住了身子。

萧华雍衣袍被割裂，膝盖被剑锋所伤，割了一个细微的口子，传来丝丝疼痛之感。

而萧长泰的脸上，从耳根处一直到鼻梁接近眼角的部位，有一道长长的红痕，几乎是刹那间，血液从鼻孔里流出。

萧华雍扬眉："四哥的功夫倒是了得。"

萧华雍是真心夸赞，也能够明白，为何几次围追堵截萧长泰，他都能逃出去。就凭萧长泰这样的身手，能够擒住他的人不多。

萧长泰屈起手指，往人中前抹了抹，低头看到触目惊心的血，感觉左脸肿痛，再一看萧华雍，只有膝盖处的衣袍破裂，甚至不确定是否伤到他的皮肉，面色更阴沉了。

"少废话，今日不是你死，便是我亡！"萧长泰提起剑，再次朝着萧华雍袭来。

萧长泰速度极快，几乎只看得到残影，萧华雍眯了眯眼，也正色应对。

另一边，庭州城外，此时更深露重，黑夜之中，士兵远远地看到有浅浅的烟尘飞扬，发现状况后迅速戒备。

常年守城的将士自然能够根据经验看出这种浅浅的烟尘并非大量人马袭来，粗略估算，不会超过三人。

故而，他们虽然戒备，也立刻通知了上级，却并没有多么担心，等到声音越来越近，渐渐能够判断只有一人，紧接着，城楼上的火光照出了已经快到城楼下的耿良成的身影。

"快开城门！"耿良成还没有到达城门口，就已经扯着嗓子高喊起来。

城楼上准备好的弓箭手也被将领抬手撤下。这些人都认识耿良成，又询问了今夜守城的将军，确认来人就是耿良成耿将军，便做主打开了城门。这位守城将领因为曾经受过耿良成的恩惠，还亲自到城门口去迎接。

城门被打开，他刚出来，耿良成尚未驱马上前，黑暗中便射过来几支流矢，箭法十分精准。几支利箭无一虚发，射中了来迎接耿良成的人，也射中了半边身子隐于门后的两名开城门的小将。

同一时间，烟尘滚滚，路面震动，千万突厥兵马杀了过来。

"关城门，快关城门——"城楼上有将领高声喊道。

耿良成却还未进城，于是骑马疾冲。厚重的城门在关上后还未扣上的瞬间，遭受到了猛烈撞击，这一撞，被迅速撞开。一声语言让人听不懂的高喝声响起，突厥士兵杀入了庭州城。

偏偏这些突厥士兵竟然越过了一旁的耿良成,甚至对他视而不见,由少到多,疾驰入城。

城门口的士兵迅速握着兵刃,全力阻挡,却是以卵击石。突厥士兵来势汹汹,充满杀气,轻而易举地攻入了城门内。

突厥士兵一路势如破竹,却没有想到入了城门后,靠近城门口的房屋里没有猝然亮起的灯火,没有惊慌失措、四处逃窜的百姓,安静诡异得令他们背脊发寒。

城门外来了一队汉军,他们迅速从尾部杀过去,而城内也有大量的军士蜂拥而来。突厥军一下子被前后包围,大部分士兵卡在城楼之中,城楼上的弓箭手多了数倍,万箭齐发,两头厮杀。

耿良成被夹在中间,到此刻还有些惊疑不定,神奇的是,无论是突厥军还是汉军,都没有向他挥刀之人。他脑子一片空白,想不明白是突厥王利用了他,还是他与萧觉嵩合谋被人发现了。

无论如何,他当下想要保住自己,必须奋力斩杀突厥士兵。

然而,他还未付诸行动,又有一群人不知从何处出来,逮着城门外拦截的汉军砍杀,甚至四处焦急地寻找着什么,寻找到了耿良成时,便高喊:"将军,我们快走!"

耿良成蒙了。他根本不认识这些人。

这些人其实是萧长泰这一年培养出来的,萧长泰拥有大笔钱财,只要愿意,一年的时间也足够组建一支规模不小的军队了。这些人或许成不了多大气候,但萧长泰只要他们英勇,能够以一敌三,不需要他们如同正规军队一般调配有度。

萧长泰的想法很简单:利用耿良成打开城门,让突厥士兵攻入,他的人螳螂捕蝉,黄雀在后,假装是耿良成的人,扰乱庭州军队的视线。这些情况几乎都在萧华雍的预料之中,当着所有人的面,萧长泰坐实了耿良成通敌卖国的事!

厮杀之声响彻庭州城门内外,沉寂的夜空下,是火花四溅的刀剑相拼场景。

这时候,潜伏到突厥大营去营救耿良成的两个郎将追了上来。他们心中的怒火冲天,尤其是看到还有一群莫名其妙的私兵相助耿良成,二人一路砍杀,逼近了耿良成,意欲拿下耿良成。

耿良成岂会束手就擒?他激烈反抗,夺了一柄长枪,与二人在城门下缠斗起来,萧长泰的人也借着救耿良成的理由不断逼近。汉军此刻都没反应过来,心中依然崇敬耿良成,对这些高喊着要保护耿良成的人也就选择了让路,专心对付起突厥士兵来。

有萧长泰的人相帮,两个郎将根本不是耿良成的对手,萧长泰的人束缚住一个郎将,抬手一刀朝着他的脖颈砍去。

耿良成惊惧地高喊:"不——"

他声音刚喊出来，一支利箭破空而来，将要斩杀郎将的人的脖子射了个对穿。

一人握着长枪，纵马而来，玄衣如墨，迎风"猎猎"。

明明纠缠的两军将城楼堵得水泄不通，他却能够强势地冲出来，俊朗刚毅的面容，锐利深沉的眼眸，他手中的长枪一挽，就有几颗突厥士兵的人头落地。他迅猛得像一支利箭，势不可当地杀了过来。

这人正是失踪的沈云安！

众人愣神的工夫，死里逃生的郎将反应尤为迅速，立刻朝着乱臣贼子耿良成挥刀。

耿良成躲闪不及，手臂被狠狠地划出一道血肉翻飞的伤口，霎时被激怒了。今夜的夕食，他食用了一些加料之物，这些东西是萧华雍派人下的，会让人变得易怒暴躁。

耿良成被伤势和鲜血刺激到了，对两个郎将出手，几乎招招致命。

两个郎将很快就遍体鳞伤，耿良成仍旧不依不饶，沈云安就是这个时候杀出重围，来到耿良成面前的。沈云安在马上将长枪一伸，就拦下了耿良成刺入郎将的心口的那一刀。

"世子，耿良成与突厥人勾结，被我们二人所见，他要杀我们二人灭口！"两个郎将高喊。

沈云安闻言，长枪一抬，迅速朝着耿良成刺过去。耿良成体内的药物发作得越发猛烈，他想要解释，手却好似不听使唤，对着处处留手、对他手下留情的沈云安出的每一招都不留余地。

最后，耿良成死了，是沈云安为了自保所杀。是在众目睽睽之下，沈云安一再忍让后，才逼不得已下的杀手。

这个交代，足够了。

大战没有结束，沈云安的出现极大地鼓舞了庭州军的士气，众将士杀敌也变得分外振奋。战事远不止如此，与突厥比邻而居的蒙古趁势开始骚扰云州。

而西北境内的龟兹、弓月城等地也发生了小规模的武力冲突。

这些战事都被沈岳山亲自出面平定。

是的，沈岳山亲自出面。他没有来庭州，而是从西州一路往西，借助这次事件，对整个西北来了一次大清理，甭说祐宁帝的眼线，包括其他人的眼线也被铲除得一干二净。

西北王城知晓沈岳山并没有死，上下一片欢庆，没有一个人觉得被沈岳山欺骗了。他们不知道为何西北王死而复生，也不愿意去探究其中的内情，只知道他们没有失去他们的战神！他们的王！

只要王爷活着，西北就会越来越安定，他们的日子就会衣食无忧。

沈羲和离开西北王城，把萧长风扔在了这里。萧长风自从与沈羲和扯下面具交谈过后，沈羲和在他面前便变得肆无忌惮。哪怕他想跟着去，沈羲和也不允许。

看到满城欢庆，好似喜迎新春一般热闹的西北王城，这比沈岳山假死时，西北王城满城哀伤的景况还要令萧长风震撼和五味杂陈。

西北王在西北是神一样的存在，是不可动摇的。

陛下想要收拢西北，实在是太难，这一刻他终于明白为何陛下不敢轻举妄动，不敢轻易对沈氏父子三人下手。一旦陛下做了什么事，除非毫无痕迹，否则就算西北王不反，西北百姓只怕也要裂土而存。

他先前还对沈羲和说，他可以煽动百姓，那时沈羲和只是嘲弄和讥诮他，萧长风此刻才明白沈羲和的底气在何处。

萧长风站在城楼上，看着四周欢声笑语的景象，有人激动得奔走相告，有人甚至跪下叩谢天地，有的人喜极而泣，和家人互相拥抱。

他在想，沈岳山能够如此受到西北百姓的爱戴，必然为西北付出了常人难以想象的心血。

这些日子在西北，他观沈氏父子言行，觉得他们不像有反心之人，若是能与陛下一直如此相安无事下去，未尝不是两全其美之事。

可……

陛下有陛下的深远考量与忧虑，西北王有西北王的无奈与顾忌。

二者皆没有错，只是有些事向来没有对与错之分。

萧长风的所思所想，沈羲和并不知道。她此刻已经顺利地见到了叶晚棠，叶晚棠面色苍白，浑身透着一股子暮气，眼瞳也失去了惯有的温润柔光。

"我就知道你能找到我。"叶晚棠眼里掠过一丝钦佩之色。

萧长泰对她用了强制手段，恐她想不开，寻短见，又有要事在身，派了不少人看着她，可沈羲和还是找到了她，并且将这些人给制服了。

"当日我便说过，希望你不会找上我。"沈羲和语气里带着一点儿惋惜。

叶晚棠曾经也是帝都九绝之一，出身高门，柔嘉端敏，灵透娴雅。若没有遇上萧长泰，她这一生哪怕嫁给一个不对她一心一意的高门贵子，也能把日子过得舒舒服服的。没有爱恨纠缠，就没有伤痛悲怆，她亦不会落得一个心如死灰的下场。

叶晚棠低着头，凄凉一笑："我早该看透，早该清醒，不过是心有不舍，难以放下……"

她有很多次机会看清楚萧长泰，可因为对他无法彻底死心，故而总是对一切都视而不见，自欺欺人，天真地把一切往好的一面去想。

沈羲和不想与她说这些，便说道："你找我来，是为何事？"

叶晚棠抬起头，眼底的情绪缓缓收敛。她目光平静地望着沈羲和："我听闻西北王安然无恙,仔细想来,这一切或许是你们早已计划好的。我不知道你们的目的是什么,却清楚事到如今,他定然已经落入你们的圈套,我想见他最后一面。"

"你便如此笃定他会落败?"沈羲和扬眉。

叶晚棠苦涩地笑了笑:"你能见到我,就意味着他必败无疑。"

"你所谓的见最后一面是指……?"沈羲和问。

叶晚棠失神片刻,才开口道:"不拘生死,只要见上一面。"

沈羲和颔首。若是叶晚棠要见活人,她或许还不好办:"我尽力而为。"

沈羲和说着,站起身,扫视了一圈,问:"你……要现在与我一道离去吗?"

"你便不问我要什么?"叶晚棠诧异。

她提出要见萧长泰一面,沈羲和竟然不提条件就答应了。

沈羲和转头看了她一眼:"我不问,你不是也会提?你是个极有分寸之人。"

叶晚棠神思恍惚,看着沈羲和,总觉得她有点儿熟悉,忍不住说道:"你有时像我的一个故人,可又与她大相径庭。"

她曾经的闺中挚友顾青柢,一样聪明睿智,性格却过于冷淡,在顾青柢身上,更多的是傲视群芳的孤高和清冷气息,沈羲和身上却不一样,那是一种极度自信,从骨子里流露出来的从容感。

沈羲和没有接话,只是眼神淡淡地看着叶晚棠。

"他有一批财宝,我知晓藏在何处;三日前,他寄了一封书信到京都,说嘉辰太子在突厥阵营里,定然也与京都的人有联系。"叶晚棠道,她知晓的事就这么多。

沈羲和目光微沉。

萧长泰传信去京都,言及嘉辰太子,京都只有一个人会忌惮萧觉嵩——祐宁帝!

萧长泰自己必然无法直接联系到祐宁帝,可总会在京都留人,譬如叶岐,自有法子将萧觉嵩在这里的消息递到皇帝手上。

祐宁帝若是知晓萧觉嵩的下落,定会全力截杀,绝不会容许这个心腹大患再一次遁走。

而萧觉嵩是萧华雍假扮的,几乎是一瞬间,沈羲和觉得萧长泰或许已经猜到,他若是传消息到京都,说萧华雍在此搅弄风雨,祐宁帝必定半信半疑,哪怕信了大半部分,也不会大动干戈。

换作萧觉嵩,情况却大不一样。

萧长泰这是要借祐宁帝之手杀人灭口!

她迅速冲出去,取出骨哨吹响,只有寻到海东青,才能迅速找到萧华雍!

沈羲和担心萧华雍。她站在辽阔的草原天空之下,遥望着无边的天际。她很清醒,知道萧华雍一到庭州就装病,旁人或许不会起疑,可看到他的真面目的萧长泰怎么会不起疑……

明知萧长泰会起疑，他还是这样做了，这分明是故意让萧长泰怀疑萧觉嵩就是他假扮的，引得萧长泰尽全力去截杀他。他这是要将萧长泰赶尽杀绝，再不给萧长泰逃脱的机会。

他应该明白，萧长泰这般狡诈，绝不可能不留后手，而最好的后手就是陛下。

只是不知萧长泰是如何迅速将消息传递给陛下的，陛下接到消息，鞭长莫及，定会将在西北的安排尽数暴露，不惜一切代价将萧觉嵩诛灭。

萧华雍在以一己之力，彻彻底底地为西北拔尽钉子。

纵然能力卓越，武艺高强，不乏奇人异士追随，可萧长泰本就阴险，到底藏了多少实力，也是未知数，现在又引来了陛下的人……

沈羲和实在是放心不下，在她忧虑之际，海东青果然听到了她连续吹响的骨哨声，从远方飞掠而来。沈羲和看到它的身影，立刻翻身上马，转身吩咐珍珠："你带着叶晚棠回程，照顾好她。"

话音未落，她便骑着马，如同离弦的箭一般飞射出去，墨玉和莫远一前一后随同她一道离开，莫远在前面跟着海东青，墨玉带着她的护卫紧随其后。

同一时间，庭州都护府的裴展接到了陛下的密令，密令内容是一个地点，在庭州之外，陛下命他带人去截杀萧觉嵩。

裴展立刻来到太子殿下病倒的卧房外，看着守门的天圆："曹统领，老夫接到皇命，要离府一趟，太子殿下这里……？"

"既有皇命在身，裴尚书莫要耽误，这里是庭州都护府，殿下在此，裴尚书不必忧虑。"天圆连忙说道。

一切都在太子殿下的计划之中，陛下接到萧长泰的密告，必然要派人来对付萧觉嵩，群龙无首，裴展就是最好的统领者。

裴展觉得此事疑云重重，决定先见萧华雍，探探虚实，天圆带着易容替身留守，轻易地将裴展打发了。

天圆将裴展送到门外，立在门口，看着他的身影越走越远，最后在浓烈的日头中缩成一团光阴，几不可闻地轻叹了一声。

陛下派裴展来，是要让景王和太子殿下对上，争一个高低，至于是用太子磨砺景王，还是用景王磨砺太子，抑或是有什么别的打算，无人知晓。

太子殿下将计就计，反倒引得景王与陛下离心。这次裴展受皇命缉拿萧觉嵩，注定是有去无回。殿下一举数得，让景王与陛下离心，诛杀萧长泰，清除陛下残留在西北的全部爪牙，这是个惊险之局，天圆有些担忧，不知太子殿下能否应付一切。

偏偏他不能离去，必须镇守在这里，向所有人宣告，太子殿下自始至终都在这里。

裴展迅速与陛下派遣给他的人会合，这些都是陛下这么多年安插进来的探子和暗地里的势力，竟然有数百人，且没有一个是平庸之辈。

裴展带着这些人，朝着祐宁帝给出的地点奔去。

萧长泰与萧华雍交锋，一直把萧华雍往他给祐宁帝留的位置逼近。

地方是他选的，他早就在那里埋藏了不少陷阱，从石岩丘陵之中将萧华雍逼入了落叶林。西北多风沙、大漠、石岩和草原，这样的树林十分少见，树叶铺了满地。

萧华雍旋身躲过萧长泰的长剑，飘然落地，岂料地面上立刻如同地鼠一般钻出两个人，用双手扣住了他的脚腕。

萧华雍低头看去，发现两个人掀开了石板，陷阱细细长长的，恰好够一人钻进去，石板上也铺着和周边散落的叶子一样的树叶。陷阱布置得十分隐蔽，旁人肉眼很难看出区别。

与此同时，上空是握着长剑，纵身朝萧华雍劈下来的萧长泰。

锋利的剑光，在日头的照耀下显得格外刺目。

萧长泰为了将他逼到这个地方，从昨夜一直与他厮杀到了今日。两个人身上都受了不少伤，只不过萧华雍都是为了让萧长泰产生信心，不至于立马撤退而受的皮外伤，萧长泰身上则全是被萧华雍重创的伤痕。他面目狰狞，衣衫破烂，身上血迹斑斑。

在双方打得不可开交时，一支支利箭"嗖嗖"地射过来，对准了萧长泰和他的人。

萧华雍转头看过去，只见她一袭紫衣，如山间秀美的花，纤细的身影在马儿的背上显得十分洒脱与灵秀。她一边纵马前来，一边挽弓搭箭。

这是他的妻子。

萧华雍眉眼忍不住柔和了下来，甚至满目骄傲之色。

海东青掠走要伤害萧华雍的人后，又迅速折身回来对付其他人。萧长泰眼看情势不妙，立刻将埋伏在地下的几个人全部唤了出来，自己则迅速后退，这是又要撤离的举动。

萧华雍提起兵刃，脚下的步伐轻盈诡异，轻易地将左右围攻而来的人避开，直奔萧长泰，不给萧长泰再一次逃走的机会。

萧长泰被拦截，面色更加扭曲和愤怒，对着萧华雍出手，招招致命。沈羲和在这个时候奔到了近前，高喊了一声："北辰——"

她这一声呼喊出来，胯下的马儿就朝着二人疾冲而来，原本正在和萧长泰僵持的萧华雍，迅速避开了萧长泰的攻势。萧华雍突然撤力，萧长泰猝不及防，身子差点儿往前扑。眼瞅着马儿冲了过来，他脚下一绕，身子往后旋，堪堪躲过马儿的冲撞。

萧长泰心中恶念一起，将身子后仰，展臂将剑一扫，想要将沈羲和从马儿身上挑下来。只要他擒住不懂武艺的沈羲和，萧华雍就只能束手就擒，但他万万没有想到，沈羲和等的就是他这一下。在他仰身面朝向沈羲和的一瞬间，一把粉末从沈羲和的手中飞出，全部撒在了他的脸上。

刺鼻的香味让他手上的力道滞了滞，马儿已经迅速与他擦身而过，而他在一瞬间吸入了大量的花粉。顷刻间，眩晕感袭来，眼皮刹那间似有千斤重，他最后看了一眼模糊的上空，就翻身倒下了。

萧长泰一倒下，他的手下就慌了神，墨玉和莫远迅速将人给制服了。

沈羲和勒住缰绳，转过头看着萧长泰那些被制服的手下，目光一凉："全部杀了。"

留着也无用，这些人可是想要合力杀了萧华雍。

骑着马儿上前，她向萧华雍伸出了白嫩纤细的手。萧华雍身上的伤不少，所幸都不重，他微露皓齿，笑容迷人，握住她的手，一跃上了马。

沈羲和等萧华雍坐稳，就掉转马头，往来的方向离去，墨玉紧跟着他们。

莫远将昏迷的萧长泰拎到马儿上，带着几名护卫跟在后面。

"莫生我的气，可好？"萧华雍自沈羲和身后抱住她，将下颌搁在她的肩膀上，一边感受着马儿颠簸的感觉，一边低声央求。

沈羲和抿了抿唇，并未言语。

她现在十分恼怒。恼怒什么，她自己也说不清。萧华雍是一番好意，想借此为西北扫清所有陛下的钉子，她应该感激才是，但一想到他为此以身犯险，方才来时，又见他处于危难之际，就怒火中烧，偏偏自己又没有资格去指摘他，故而浑身紧绷，面色也冰冷。

"呦呦……"

这时，陛下的人朝着这个方向追击围堵过来。不过有萧华雍安排的人与他们纠缠，他们根本追不上沈羲和。

只不过这一群人当中有个领头的，十分悍勇，竟然冲出重围，朝着萧华雍他们狂奔而来。看见双方的距离缩短，萧华雍抽出沈羲和的弓箭，一个纵身，转了个方向，靠在沈羲和的后背上，挽弓射箭，一气呵成。

这把弓是为沈羲和量身定做的，对萧华雍而言，有些许不称手，但他也没有想到那个小子竟然能够躲开这一箭，倒是对这个人高看了一眼。

萧华雍眯了眯眼睛，正要下马去了结这人的性命，一抹绯色身影飞掠而来，越过他们，落在了追击者与他们的中间，阻断了来人的路。

萧华雍扬眉，看到是萧长赢，丝毫不意外。

萧华雍也不在乎萧长赢会怎么猜测他与萧觉嵩的关系，从他通过老五的手给了陛下一颗定心丸之后，以老五的聪明才智，老五自然会怀疑他与萧觉嵩之间的关联，不过至多也就猜测两个人私下勾结罢了。

既然萧长赢挺身而出，萧华雍也就成人之美，伸手拍了拍马臀，使得马儿加速离去。

萧长赢知道那是陛下的人，就不会留活口，否则就会暴露他私自来了西北的事。萧华雍想，他敢逗留这么久，萧长卿定然在京都给他打了掩护，故而他绝不能暴露自己不在京都之事。

以防万一，萧华雍还是将海东青留下了。萧长赢若是不敌，海东青可以相助一二。

他们先往高处走，越往上走，越能看清下方的厮杀场景，两方对阵，不亚于铁血战场。

沈羲和越发用力地扬鞭，迅速越过高山往下走，离开这个是非之地。他们眼看距离平原已经不远，只要入了平原，基本就不可能再遇到埋伏，却不知哪里射来了一支暗箭，箭矢之上包裹着一簇熊熊燃烧的火，从他们的视野中一掠而过，射在了树木之上，树木瞬间被点燃。

火势迅速蔓延，眨眼间，四周就成了一片火林。

树木着火，燃烧的叶子带着火焰落在地面上，地面上落叶极多，加上天气干燥，很容易就蹿起了火舌。

"陛下手中不乏聪明之人。"萧华雍抬起头，看到树的顶端有一根极细的丝线。火势之所以蔓延得这么快，是因为这根细线引着火，而西北风大，树木干燥，极易燃起来。

前方大约还有一里路的距离，却已经成了一座架起来的火桥，而他们在火桥之下，火势越发迅猛，也不知那些人在树叶上做了什么手脚，树叶带着火，像蜡一般滴落下来。

这真真正正地形成了一场火雨，要是带着火的树叶落在人的身上，起码烫掉一层皮肉。若只是烫掉一层皮肉倒也罢了，只是先前沈羲和尚且没有闻到，现在火势蔓延开来，空气中有一种独特的气味飘散出来。

"麒麟角的气味……"沈羲和蹙着眉，低声说道。

胯下的马儿十分不安，沈羲和努力将之控制住。

"麒麟角？"连博闻强识的萧华雍都未曾听闻。

"是生于天竺的一种绿植，汁液与滴水观音一般有剧毒。它比滴水观音更霸道，能灼伤肌肤，毒素会顺着伤痕蔓延到体内。"沈羲和对萧华雍解释道。

本朝没有海禁，沈羲和时常会命人去搜罗扬帆出海的商贾带回来的奇花异草，尤其是对有毒之物最有兴趣。她有幸得到过麒麟角，并且做过许多检验，对它的性能了如指掌。

眼前一滴一滴的火焰包裹着树叶纷纷飘落，看起来犹如一场炫目的火雨，一滴滴砸落，透着点儿妖冶的气息，若是人不慎沾上，随时可能毙命。

"我们……再择路而行？"沈羲和自认为眼前的局势她无法破解。

设局的人怕是想到了这是无法堵住的出口，萧华雍他们定会选择这条路，所以才会在这里设下这样的困局，企图从后面包抄他们，让他们难以逃出生天，却没有想到还是低估了萧华雍。萧华雍安排的人不仅拦住了裴展，也将对方给堵得根本追击不过来。

离去的路就那么几条，他们要么重回战圈，要么走其他路，只是其他路未必没有毒蛇或者其他未知的危险。

萧华雍轻笑一声，黑亮的双瞳上下扫了扫树木，瞥见旁边的护卫，纵身而起："刀来！"

在他飞跃到高空之时，沈羲和的护卫下意识地将刀扔了过去。萧华雍于半空之中用双手握住刀，招式快如疾风，沈羲和都没有看清楚，他落下时横扫一刀，刀锋和最近的一棵树尚有三五步的距离，可那一股强大的气劲如同水波一般涤荡过去，只听"咔嚓"一声，恰似枯枝被踩断的声音响起。

萧华雍还保持着挥刀的姿势，尚未站立起来，"咔嚓咔嚓"的声音就迅速响起，在他面前的两棵树倒了下去，紧接着后面两棵树也倒了下去，就连同一排的第三棵树上都出现了裂痕，摇摇欲坠。

沈羲和从未这般惊愕过，黑曜石般的瞳孔放大了，就连墨玉和莫远都心口一凛。

这样的武艺，他们只在话本子里听说过。他们都是习武之人，武艺精湛，原以为这样的武艺只存在于话本子里，却没有想到有朝一日当真能够亲眼看见。

树往后倒下，再也没有裹着火的树叶落下，地面烧起了火，沈羲和见了，吩咐墨玉："将马蹄包裹起来。"

他们是在西北长大的，随时会面临战乱，有时候作战会遇上各种恶劣的环境。一些必备的东西，他们都会下意识地携带，包裹马蹄的脚套也是必不可少的。

寒刀划过，一棵棵树倒下，地面上的火焰更旺了，萧华雍转身对沈羲和等人说道："你们先走。"

他们再不走，这大火必然会烧得令人无法通过。

沈羲和等人刚将马蹄包裹好，她转身对莫远说："你们先走。"

她必须跟着萧华雍，等火势大起来，有马儿在，可以更快地逃脱。

"太子妃，属下留下，太子妃与墨玉先行！"莫远大声说道。

他怎么能让太子妃留在这里以身犯险？而且这个火势……这段距离如此之远，随着越来越多的树木倒下，大火必将越来越难以扑灭，可若他们不砍倒这些树，火叶子落在身上，包裹在叶里的毒液会侵入体内。

莫远这会儿只恨自己学艺不精。若他有萧华雍这样深厚的功力，无须立在树下，远远地就能隔空斩断这些壮硕的树干，就不用萧华雍留在这里了。

"我要的是服从。"沈羲和声音冷冷地说道。

"太子妃……"

萧华雍又是一刀，层层力量荡开，削断了几棵树。他稳住身子后，沉声命令道："都出去。"

宽大的袖袍滑落，他握着刀的手其实在微微地发颤，他用这样的方法砍树实在是耗费气力，火势渐猛，呛人的烟雾弥漫到了鼻腔里，令他很不适应。沈羲和留下的话，他更容易分心。只有她安全了，他才能心无旁骛。

火光肆虐，映红了半边林子，沈羲和抬眼望去，萧华雍目光深沉，不容拒绝。她抿了抿唇，最终选择相信他，扬鞭纵马，当先带着人往前奔去。

他在前为她斩断火树，她在后一路往前疾驰。看着他的衣摆被火舌燎上，他挥刀斩断衣摆，看着他的鞋踩在火焰之上，渐渐卷曲，她眼眶微涩。

萧华雍脚底发烫，灼热的温度似化作尖锐的针，刺入他的皮肤，钻心一般疼痛。这火裹着毒，不能任其将他的鞋底烧穿，沈羲和扔了两个皮套给他："先裹一裹。"

皮套虽然不易烧起来，却容易发烫，他这样裹着定然会烫伤脚底。

萧华雍接住皮套之后，冲着沈羲和笑了笑，动作也迅速，然后继续给沈羲和他们开路。随着树木倒下得越来越多，火势越来越猛，被火焰包裹的沈羲和等人都有一种置身火炉的感觉，肌肤娇嫩的沈羲和甚至已经隐隐感觉手臂传来了皮开肉绽的刺痛感。

呛人的烟雾灌入萧华雍的鼻间，熏着他才康复不久的双眸，让他觉得极其不适。他知道自己必须速战速决，于是忍着胸腔内的不适感，一跃而起，旋身时衣袂飘飘，寻常的钢刀在他的手中宛如包裹了一层光，锋芒令人不敢直视。他展臂挥刀之间，似有狂风霎时大作，比之前更为强劲的一股力量激荡出去，宛如一把无形的大刀吹毛断发一般齐刷刷地将一排巨树砍断。

这一批树倒下，火势瞬间小了些许，萧华雍一鼓作气，继续尽全力，几个起落之后，两排树木全都在距离他还有十步时倒下，而他落下时明显下盘不稳，险些没有站稳。为了不让沈羲和担忧，他顺势提气，用双手握着刀柄，随着他的膝盖磕在火焰被气劲扑灭的地面上，一股力气从插入地面的刀尖之中冲出，将两旁起火的枝叶强势地拂开。他感受到了来自经络的疼痛，知道自己已经接近力竭。

萧华雍大喝一声，再次提气，纵身而起，长臂握着白晃晃的刀，往刀上灌注了他全部的力量，一刀横扫出去，沈羲和甚至有了一种错觉，好似看到刀刃如同浪花一般奔涌出一股力量，气劲朝着燃烧的树木冲击过去，树木一棵一棵地应声倒下。

奔涌而出的气劲实在是太强，竟然瞬间将还未倒下的树上的火都扑灭了，沈羲和见状，高喝一声："冲！"

萧华雍旋身落下，再一次握紧大刀，狠狠地插入地面，余劲接上方才的力道，迅速将最后几棵树上的火也扑灭了。

看着他们奔出了林子，萧华雍松开刀迅速冲了过去。但他一松手，气力一散，燃烧的树叶就像被狂风吹弯的烛火，风一过就迅速重燃。

他还没有冲出去，点点火星再次砸落下来，迫使他不得不急急刹住脚步。趁着火星尚不算密集，他迅速退到了树木倒下的位置，那里没有火星落下。

沈羲和回首看到这一幕，目光一凛。她勒住缰绳，掉转马头，咬牙翻身下马，从行囊里面取出了她的斗篷，又取下水囊，将水全部洒了上去。沈羲和又催促墨玉他们："快，水！"

墨玉和莫远等人都不用沈羲和催促，已经开始行动，将所有的水都倒在了沈羲和的斗篷上。沈羲和确定每一处都被水浸透，再度翻身上马，将斗篷披在身上，戴上帽子，又把斗篷边缘压入马鞍内，确保自己浑身都被斗篷包裹住，这才骑着马重新冲了进去。

墨玉没有阻拦沈羲和，也没有说要代替她去。墨玉心里清楚，沈羲和一定会亲自进去，太子殿下早已经在不知不觉中成了对她的主子而言至关重要之人。

萧华雍被呛得喉咙刺痛，烟雾更加浓烈了，他努力屏息，想要找出一条脱身之路，实在不行，就只能撤退，独自绕路。

就在他拔起方才扔掉的刀刃，想要回撤之时，马蹄声再次响起。浓烈的烟雾与烈焰之中，裹得严严实实的沈羲和冲了进来。她只有一双眼睛露在外面，眼神坚定无比，澄澈无垢。

沈羲和疾驰而来。快要接近萧华雍的时候，她将披风一拉，甩给了萧华雍。此地火势旺盛，却没有火焰落下，沈羲和拉住缰绳，迅速掉转马头，马还没有完全转过来，她就一手扣住马鞍，一手向萧华雍伸去。

旋身间，她握住了他的手，用力将他拽上了马。萧华雍抓住斗篷，跃上马，紧紧地贴住了沈羲和的后背。

"怕不怕？"两个人已经转过身，面对着几乎成了火海的前方，萧华雍捏紧了手中被水浸湿的斗篷，低声问沈羲和。

"不怕。"沈羲和语气平静，目视前方，捏紧缰绳，"准备好了吗？"

"走吧。"

萧华雍话音未落，沈羲和已经扬鞭，马朝着树林外冲去。沈羲和的斗篷是不足以包裹住两个人的，可他们携带的水只有这么多，不够再浸湿一件斗篷了，附近也没有水源，萧华雍也等不了她去寻找水源。

她眼睛都不眨地朝着火海一般的树林冲过去，就在他们接触到飘落火焰的树木的前一瞬，萧华雍用双手捏着斗篷的一角，瞬间将斗篷甩出去，斗篷如同一把伞一般严密地遮挡在两个人上方。

萧华雍扭动双臂，斗篷像旌旗般迅速摇曳，速度极快，仿佛一直被撑着一般，没有给火焰丝毫空隙钻入，火焰全部落在斗篷之上。

沈羲和完全信任他，眼睛都不眨地驱马前行，马的嘶鸣声、流星雨一般坠落的火焰，都在她的耳畔以及余光之中一闪而过。

树林的大半火树已经被萧华雍砍断，剩下的树并不多，一两百米的距离，萧华雍沈羲和夫妻互助，迅速冲出了火海。

墨玉和莫远提着的心在这一刻才落到了实处。斗篷已经开始着火，萧华雍迅速将之扔进树林内，几个人冲出一段距离，确定不会再被火势包围，这才停了下来。

沈羲和侧首问趴在她背上的萧华雍："你还好吗？"

"我并未受伤，呦呦莫要担忧。"萧华雍安抚着沈羲和，但是他的声音明显有些喑哑，应该是伤到了喉咙。

"可有被烧伤？"这是沈羲和最关心的事。

"没有。"萧华雍回答得斩钉截铁。

沈羲和也就不再耽误，立刻扬鞭离开这个是非之地，多留一瞬就多一分危险。

他们回到庭州的时候，庭州之战已经转移了地方，沈云安带着人一路追杀突厥大军，这一次势要杀到突厥王帐才肯罢休。

回到都护府后，沈羲和避开耳目，入了萧华雍的替身躺着的屋子。珍珠已经在这里候着，沈羲和吩咐："快，看看殿下身体如何。"

珍珠不敢耽误，因为萧华雍已经昏迷了过去。她看着紧抿着唇，仿佛并没有太大情绪起伏的主子，扫视到主子捏紧的指尖已经泛白，深知主子在极力隐忍情绪，故而怀着忐忑的心情开始给萧华雍诊脉。

萧华雍身上的伤不重，只需要简单处理，严重的是他耗尽了气力，处于内力枯竭的状态，幸好没有伤及经脉，只不过……毒素好似又开始扩散了。

"阿喜，快给殿下施针。"幸好沈羲和带来了随阿喜，珍珠连忙让开位置，"我说，你下针，中府、天溪、周荣……"

珍珠一边说，随阿喜一边迅速精准地施针。待到施针完毕，随阿喜才亲自给萧华雍诊了脉。探脉之后，他面色凝重，目光对上了紧盯着自己的沈羲和。

看着素来爱干净的沈羲和此刻裙裾上都是污渍，发丝也有些许散乱，清楚她从送萧华雍进来之后，就再也没有离开过，甚至不曾去洗漱，随阿喜如何不知沈羲和心中担忧，只得如实交代："太子妃，殿下体内的毒素似有扩散征兆，属下已经将之重新压制，可毒素蔓延正如猛兽出笼，挣脱一次，就会容易再次挣脱。原本殿下体内的奇毒想要压制三五年不是大事，现在至多只能压制三年……"

萧华雍这次力竭，让五脏六腑也变得脆弱了几分，毒素趁机侵蚀，又伤了几分元气。

沈羲和面色微白，语气依然镇定："我知晓了，你给殿下处理伤势，我去盥洗一番。"

沈羲和出了房门，看到急匆匆走来的谢韫怀。

谢韫怀是在沈羲和来了庭州之后才暗中跟来的。他来了后，在庭州的一个客栈里落脚。

"我去看看太子殿下。"两个人点头致意，谢韫怀远远地就看到了沈羲和的狼狈样子，故而脚步未停。

沈羲和也没有停下。她迅速沐浴更衣，又回到了萧华雍的房间里。此时萧华雍已经苏醒过来，只是这次不需要再装作体弱了，而是真的体弱。

"呦呦，我饿……"不等沈羲和开口，萧华雍好似先发制人般说道。

谢韫怀已经离去，屋子里只有他们的人，萧华雍从来不在意珍珠和随阿喜等人看到他冲着沈羲和撒娇。

每当这个时候，珍珠等人都会自觉地退下，这次也不例外。

"想吃何物？"沈羲和声音不由自主地变得温柔。

萧华雍挑了挑眉，笑容更加明朗："馄饨。"

"睡会儿，醒来便能吃了。"沈羲和说完，就给他重新披了披被角，而后直直地看着他。

会意的萧华雍顺从地闭上了眼睛，沈羲和略坐了片刻，才起身离去。她刚走，萧华雍就睁开了眼，眼底是化不开的浓郁笑意。

他现在的情形，谢韫怀都告诉了他，三五年与至多三年的寿数，对他而言没有什么不同。三年之内，他一定要摆脱这个奇毒。

他好不容易才让她一点点地倾心和信赖他，还没有享受够她对自己的爱意，哪里舍得离开这个终于让他有了一丝留恋之情的人世间呢？

沈羲和没有因此而对他感到愧疚或小心翼翼地对待他，待他温柔并不是因为得知他的身体状况，而是他们经历了一番患难与共。他舒展眉目，缓缓地合上眼皮，脑子里都是她冲回来，带他离去的画面，这令他止不住地嘴角上扬，含笑入梦。

萧华雍醒后，天圆躬身走了进来，从怀里取出一份文书，用双手捧给萧华雍："殿下，裴展死了。"

萧华雍扫了文书一眼，并没有接过，一眼就认出这是御用文书。

裴展若是没有接到陛下的谕令，哪怕是口谕，也会担心其中有诈，绝不会领人去对付"萧觉嵩"。

这一点陛下也很清楚，所以定会给裴展谕令。

这份谕令就是证据，证明裴展的死，陛下要负最大的责任，对不起裴家的是陛下！

"留着，随着裴尚书的遗体一道送回京都。"萧华雍云淡风轻地吩咐道。

"诺。"天圆立刻退下去安排此事。

萧华雍一边吃着东西，一边思考着什么，沈羲和做好一份蜜糕，端进来的时候，就看到萧华雍这副模样。她将蜜糕放到了他的面前："在想什么？"

"兵部尚书的位置又空出来了。"萧华雍回过神，别有深意地笑了笑。

沈羲和悟了，萧华雍又要开始琢磨在朝堂上布局了。曾经的户部尚书是董必权，陛下的心腹，被萧华雍给弄没了；吏部尚书是薛偘，也被萧华雍给弄没了，现在成了原大理寺卿薛呈。

礼部他似乎没有放在眼里，工部尚书最多后年就要致仕，刑部尚书也因为齐培家里之事，才替换没有多久，这样一来，六部几乎在这三年来换了个彻底。

"陛下必定会补偿裴家。"在沈羲和看来，这个位置，就算裴家没有人可以接替，陛下安排的也必然是和裴家紧密相关，或者和景王紧密相关的人。

"那便让陛下去补偿裴家吧。"萧华雍端起药碗，皱了皱眉，有些抗拒地浅浅喝了一口，露出了一副难以置信的排斥的模样。他悄悄地觑了沈羲和一眼，最后摆出一副视死如归的模样，仰头将药一饮而尽。

沈羲和看不得他这副做派，索性拈起蜜糕，在他放下药碗之际，将蜜糕递到了他的唇边："这次我们的动静闹得极大，陛下损失惨重，我们不宜再有动作。"

这一次萧华雍的局设得相当精妙，陛下抓不到半点儿把柄，可好处都被西北给占完了，沈岳山顺利地杀了耿良成这个心腹大患，还没有引起丝毫内乱，沈云安估计早就和萧华雍密谋——在突厥直逼庭州的时候，沈云安已经绕路，在突厥老巢埋下了伏兵。

因此沈云安才会这么轻易地杀到了突厥王帐，只怕这次要把突厥逼得大伤元气，割地赔款，这样不但扩大了西北的版图，借此威慑了周边，还可以向陛下请功。

沈羲和都能想象到，当沈云安的请功折子递到御前时，祐宁帝该是何等面容扭曲的样子，心中恨极，却又不得不赏，西北势力再一次壮大，他不但不能恼怒，还得带头赞扬。

不知道陛下是从何时开始在西北布局的，也许是宦官倒下时就开始了，也许是更早之前，早在陛下被流放到西北离开时，就已经着手布局，总之，数年甚至十数年的心血一朝被萧华雍瓦解，这足够让陛下吐血了。

不仅如此，陛下还在西北折损了裴展，景王萧长彦那边也需要他安抚……

只要想一想祐宁帝现在面临的局面，沈羲和就通身舒畅。

沈岳山诈死是因为发现有人与突厥勾结，祐宁帝无法降罪，这叫事急从权，将在外，军令有所不受。

杀死裴展的人是"萧觉嵩"。"萧觉嵩"不知去向，陛下一腔怒火，根本找不到任何人宣泄，只得活生生地憋回去。君临天下的帝王，只怕当年宦官当权的时候也没有吃过这样的哑巴亏。

帝王的怒火可想而知，可那又如何？他找不到宣泄口，但愿不要被憋出病来。

"听呦呦的。"萧华雍一副乖顺模样。

他压根没有想要染指六部，六部不需要有他的人，他最多只是想再借助兵部尚书的位置，搅乱一锅粥，让陛下多焦头烂额一些罢了。

"你若是有什么想法，也可以说给我听听。"沈羲和说。萧华雍明明特意提到了兵部尚书的位置，这会儿又改口，沈羲和不希望他因为她的一句话就改了自个儿的想法。

"我只是想要借此给陛下添点儿堵。"萧华雍也不隐瞒，不过他深黑的眼瞳一转，又说道，"只是我乍然想到这件事有人更乐意去做，我们得了如此多的便宜，正好歇口气，看看戏。"

"谁？"沈羲和总觉得萧华雍不怀好意。

"老五。"

给陛下添堵的事，谁也比不上老五积极。

"烈王殿下好歹帮助过我们……"沈羲和觉得有些不厚道。

萧华雍义正词严地要求沈羲和："旁人劝我对他们兄弟二人宽容些，我尚且愿意听听，呦呦日后可莫要说这种话，否则我可要故意寻他们的不痛快了。"

他说是他们，其实就是指萧长赢。萧华雍不喜欢萧长赢往嫂子面前凑，只不过萧长卿护着这个胞弟，萧华雍要对付萧长赢，自然就不能越过萧长卿，故而就说成了"他们"。

明明知晓她与烈王半点儿关系也没有，萧华雍仍然如此理直气壮地把不悦情绪摆在脸上。偏偏他这样做，丝毫不让她觉得霸道与不讲理。

他的模样像极了被珍珠招惹而龇牙咧嘴的短命，奶凶奶凶的，看起来却没有半点儿威慑力，令沈羲和忍不住笑出声来。她的笑声让萧华雍脸色变了，她连忙收敛："成，我日后不提烈……"

"嗯？"

"烈王"二字她都没有说出口，萧华雍又臭了脸，沈羲和无奈地笑了笑："不提，不提。"

太子殿下心满意足，向后一靠，摆了个舒适的姿势："对萧长泰，呦呦想要如何处置？"

明明在树林子里可以将萧长泰和他的属下一起杀了了事，沈羲和却把萧长泰活着带了出来，想来必然有其他用意。

"受人所托。"说着，沈羲和吩咐珍珠去取了一个匣子来。在珍珠去取东西的时候，她把叶晚棠与她说的话都告诉了萧华雍，说完，珍珠也将匣子取来了。

沈羲和将匣子递给了萧华雍："这就是萧长泰余下的钱财藏匿之处，取得钱财的钥匙和路线图都在这里。"

萧华雍伸手接过匣子。他和沈羲和都知道这笔钱来路不干净，盗墓案已经告一段落，现在他们也不可能重新将其翻出来，一家一家地补偿，而且大部分钱财已经被萧长泰挥霍一空，补也补不齐，但是由于这笔钱的特殊性，夫妻二人也不愿意将其纳为己用。

萧华雍自然不会让这笔钱留在沈羲和的手上，成为一个烫手山芋。于是他握着匣子，思忖了片刻后说道："用于行善吧，也算是为被盗墓的人家积福。"

这是萧华雍能够想到的最好的法子，也是沈羲和想到的最稳妥的法子了。

"那么以何人的名义行善？"沈羲和可不想以她与萧华雍的名义做这种事，这岂不是仍旧占了便宜？

"交给华富海，他自然会办妥当。"萧华雍觉得这等小事用不着他亲力亲为。

沈羲和却提议道："我让齐培协同华陶猗做此事，也让他多学着些。"

"难为呦呦看得起我的人，荣幸之至。"萧华雍巴不得沈羲和这样做，这样就是把他们两个人的势力渐渐融合在一起，变得不分你我。

沈羲和对他越不见外，他越开心。

沈羲和笑了笑，又说了些别的事情，没有久留，让萧华雍多歇息。

出了房门，珍珠就说萧长泰已经醒了："叶氏派人来询问，她何时能见一见人。"

"叶氏来了这里之后，做了什么？"沈羲和问。

"并未做过什么，一直安安静静地待着，甚至不曾与人说过半句话。"

叶氏说的唯一一句话就是问她什么时候能见萧长泰。

沈羲和思量了片刻，深深地叹了一口气后，吩咐道："让莫远将人送过去吧。"

莫远给萧长泰灌了软筋骨的药，才将他松了绑，送到了叶晚棠的房间内。在这之前，叶晚棠又遣人来请沈羲和赐她一桌席面和一壶上好的宜春酒。

"不管她有什么要求，都满足她。"沈羲和吩咐珍珠后，到了另一个房间里，开始处理一些善后的事情。

宜春酒被送到卧房内之后，叶晚棠就再也没有其他要求了。等到萧长泰被送到房间里，她就让其他人退下了，屋子里只剩下了她和萧长泰。

萧长泰浑身乏力，脸色苍白地靠坐在一旁，甚至连站都站不起来。他听到珠帘响动的声音，抬眼就看到盛装打扮的叶晚棠撩开珠帘，一步步地朝着他走来。

她真的很美，发髻高绾，金钗嵌宝，绫罗加身，步态款款。曳地的长裙铺陈开来，尽显华贵，让他恍惚。她当年十里红妆地嫁给他的时候，也是这样美得令他挪不开目光。

"晚晚……"萧长泰声音低弱无力。

叶晚棠的眉心点缀着精美的花钿，映衬着她清润温和的双眸。她看了他片刻，才在他的旁边落座，为他布菜，察觉他可能连拿双箸的力气都没有，便挽袖将他喜爱的菜肴夹到他的唇边。

萧长泰却没有张嘴。

叶晚棠自嘲地笑了笑，将双箸上的菜放到自己的碗碟里，拿了自己的双箸，当着他的面吃了下去，一边咀嚼，一边看着他的狼狈样子："你以为我看到你落败，便要杀了你去邀功吗？"

"我并无此意……"萧长泰不会质疑叶晚棠，只是不信这里的其他任何人。

叶晚棠明白了他的意思，脸上的笑意更深了："以你我现在的处境，谁要置我们于死地，何须费心下毒？"

萧长泰不语。

叶晚棠也没有追着此话题不放，而是重新喂他。这次倒是她喂什么，萧长泰就吃什么。等到萧长泰吃饱了，叶晚棠才开始自己用食，一边吃一边出神。

萧长泰察觉到她的神色有异，看她吃得差不多了才说道："晚晚，你回京都吧……"

这话让叶晚棠的手臂僵住了，她顿了顿，放下手中的双箸，目光温柔："我回不去了……"

早在冒险随萧长泰离开的那一刻起，她就知道这是她人生中的最后一次抉择：选对了就是从今以后一起忘却前尘，逍遥自在，安度余生；选错了就是不归之路。

"晚晚……"

"我骗了你。"叶晚棠打断了他的话，执起酒壶，倒了两杯酒，"那日我说我后悔嫁给你，实则不过是一句气话。直到此刻，我仍旧放不下你。"

她说着，笑容变得凄凉："我痛恨这样的我。我怎么就变成了这副模样呢？未出嫁时，我便想过，若所嫁非人，我会及时抽身，便是不能和离，也要护住自己的心……"

她眼中泛起了泪光，目光缓缓地从萧长泰的脸上移开，有些空洞地目视着前方："此时我方知那时有多么天真痴傻，有些情意刻入骨髓，除非挖肉剔骨，否则如何挣脱？"

"晚晚。"萧长泰双眸也开始泛红。

"我真的……真的对你情根深种，难以自拔。我在想，你为何就不能对我残忍一些——你既然爱权势，何不多纳些侧妃，增添羽翼？若是如此，我只怕也能早些看清，早些放过自己……"

似乎意识到了什么，萧长泰整颗心被巨大的恐惧感笼罩："我不纳侧妃，只是不愿陛下过早地看到我的野心，并非如你所想，待你一片赤诚！"

本来泪盈于睫的叶晚棠听了这句话，眼泪绷不住，滑落了下来。她端起了面前的酒："明政殿那把龙椅，我不愿你去争夺，只因……你之所见，至高皇权路；我之所见，至深黄泉墓。"

言罢，叶晚棠仰头将杯中的酒一饮而尽。

伴随着两行清泪滚落，叶晚棠搁下了酒杯，此时的萧长泰如遭雷击，紧紧地盯着她，奋力想要驱动指尖，却半点儿力道都使不上，只能颤抖着声音唤她："晚晚……"

"儿郎有雄心壮志，才是真儿郎。"叶晚棠勾起一丝盈盈浅笑，"这本不是过错，错……只错在，阿泰不该身在帝王家。"

帝王家的儿郎除了名正言顺的继承人，旁人但凡有了雄心壮志，都将无可避免地经历一场血腥的杀伐，偏生九五之尊又是这世间对男人最具有诱惑力的东西。

寻常人家，等闲之人岂会生出这等大逆不道之心？可他生在皇家，距离那个执掌天下的位置并不远，生出这样的心思，委实怨不得他。

怪只怪她自个儿太天真，看不透他隐于平淡表面背后的野心。

"晚晚，我错了，我真的错了……"萧长泰无数次对她忏悔过、认错过，但只有这一次，他看似不算悲戚却显得无尽颓然的模样，让叶晚棠知晓他是真心的。

他真心悔过也为时已晚。

叶晚棠的心口开始绞痛，沈羲和着人送来的酒自然无毒，毒是她亲手准备，亲手下到酒里的。

当年她知晓顾青栀的安排之后，曾经惋惜、不解过，今时今日，才总算明白了顾青栀的决然和向往解脱的心情。她不如顾青栀。

她若如顾青栀一样果决，不一次一次傻傻抱有期待地相信他，也许他和她都不会走到今时今日这般无可挽回的地步。

额头上渗出汗珠，叶晚棠伸出颤抖的手，越过长案，想要靠近萧长泰，也不知是毒发作得太快，还是他们隔得太远，她终究没有碰到他就倒了下去。

"晚晚——"萧长泰涕泗横流，肝胆欲裂地嘶喊着，恨自己浑身乏力，根本没有办法触碰到她。

倒在长案上的叶晚棠心口疼得让她眼前发黑，目光涣散。她无力地牵起嘴角，声音虚弱地呢喃："天……天意……"

"晚晚……晚晚……不要……"萧长泰哭着哀求。他从未想过，有朝一日她会以这样的方式离开他，让他眼睁睁地看着她闭眼却无能为力，甚至想要将她揽入怀中都是奢望。

"阿泰！"叶晚棠忽然有了一丝力气，眼底光芒明亮，"这人世间太过诱人，我们总不能免俗去责求。既然如此，我们一起离开这里，去另一个地方，那里只有你，只有我，我们永远不分离可好？"

萧长泰这个时候什么都答应，慌乱地点着头，满脸泪痕："好，好，好，就我们俩，我日后再也不想别的事情，眼里、心里都只有你，只有你！"

得到了梦寐以求的诺言，叶晚棠一瞬间如释重负，眼中的光芒骤然消散，强撑着深深地看了他一眼，溘然长逝。

沈羲和立在门外。她其实早就猜到了叶晚棠的安排，但没有阻拦，脑海里浮现的是另一个人决然赴死的果决画面。叶晚棠已经生无可恋。

她想用自己的死来唤醒萧长泰，也想用她的死保全叶氏一族。没有了她和萧长泰的牵绊，以往与萧长泰不睦之人应该也不会揪着叶氏一族不放，叶氏一族的人也该清醒了，好好地想清楚他们的未来。

萧长泰木然地坐着，痴痴地看着宛如睡熟的叶晚棠，脑子一片空白，因为他的神魂在那一瞬间仿佛被抽空了。不知过了多久，身体里的药效丧失，他突然察觉自己有了力气，迅速爬起来，还因为没有撑住身体而跌了一跤。他手脚并用地爬过去，颤抖着手，小心翼翼地将叶晚棠已经没有多少余温的身体揽入怀中。他没有歇斯底里，也没有悲痛欲绝，而是失魂落魄地抱着她。

房间里香烟缭绕，月上西楼，日头东升，直到天际第一缕光射入屋内，萧长泰才似乎回过了神。他面色苍白，唇无血色，甚至起了白皮。他小心翼翼地将叶晚棠已经凉透的遗体放下，细致地为她整理了遗容，才抱起她踢开了房门。守在门外的士兵立刻横起了刀。

萧长泰对他们视若无睹，只用沙哑的声音说了一句："我要见太子……妃。"

看守他的人都十分警惕，然而萧长泰目视前方，眼睛一眨不眨，抱着叶晚棠木然地往前走去。萧长风闻讯赶来，就看到了这副样子的萧长泰，目光微闪。

这边的动静很快就被刚起床不久，尚在用朝食的沈羲和知晓，她派珍珠去将萧长泰带到她的面前。萧长泰抱着叶晚棠出现的时候，沈羲和恰好用完膳。

"你要见我？"沈羲和淡然地问。

"是。"萧长泰依然抱着叶晚棠，用无神的目光盯着沈羲和，"我有些东西要交予你。"

到了这个时候，萧长泰拿出来的东西绝对不是寻常之物，毕竟他钻营了那么多年。沈羲和没有问是何物，而是问："有何所求？"

萧长泰垂眼，看着怀里的叶晚棠，目光留恋而又温柔："合葬，择一山水绝佳之地，将我与她合葬，远离纷争，无须任何人扫墓祭奠。"

她生前想要的东西，他没有给；死后，他想给她。

是他的权欲之心和贪恋生生地将她逼死，他此刻才知道，他一次次地欺骗她，不肯放开她，是因为他根本就离不开。现在他连她都丢了，又落在萧华雍夫妻手上，根本逃不了，与其垂死挣扎，不如心平气和地换取最后的利益。

正如叶晚棠所言，既然身在局中，就要愿赌服输，他已经让她唾弃过一次，不愿再被她唾弃。他害怕……害怕黄泉路上，她不愿意等他。

"好。"沈羲和本就打算将叶晚棠厚葬。

观叶晚棠死前所为，沈羲和觉得她应该是愿意与萧长泰合葬的。

萧长泰抱着叶晚棠离开，沈羲和与萧长风的下属要阻拦，沈羲和命令："让他走。"

"太子妃，萧长泰是通敌卖国之徒。"萧长风却不如沈羲和的下属那般听话。

萧长泰脚步未停，宛如听不见萧长风之言。

"巽王，这里是西北，你若不愿成为下一个裴展，就莫要忤逆我。"沈羲和沉声警告道。

她的话音一落，莫远等人已经眼神不善地朝着萧长风和他的人拔刀。

"有话好好说，有话好好说。"也算作萧长风的下属之一的步疏林站出来打圆场，似乎劝住了沈羲和。她又转身对萧长风说道："统领，识时务者为俊杰，你我二人只是奉命保护太子妃殿下，其他的事都无权过问。谁是逆贼，谁是叛贼，并非由你我来判断。"

萧长泰通敌卖国一事，其实没人有证据，因为萧长泰在突厥的所作所为，除了萧华雍和耿良成，无人亲眼得见，他们暗地里收到的线报做不得证据。

之前萧长泰死遁，陛下将之从族谱上除名，也并未对一个"死人"下通缉令，萧长风这会儿的确想要将萧长泰擒住，却师出无名。

而且庭州都护对沈羲和十分恭敬，只要她一声令下，萧长风还真的走不出都护府。

杀了他，沈羲和固然不好交代，还会有诸多麻烦，是衡量利弊才没有对他下杀手。可真的要是被逼急了，沈羲和给他扣个罪名，将他杀了，也未必不可。

萧长风只能眼睁睁地看着萧长泰离开。等到萧长泰走后，他也被沈羲和盯住，不允许他出都护府。

沈羲和则去看望萧华雍。昨日她归来，走的是暗门，萧长风即便听到了一些动静，也不可能看到她。萧华雍到底有没有离开过都护府，萧长风压根不能确定。

"你把人放走了？"沈羲和来前，萧华雍便接到了消息。

"他已经生无可恋，为何不给他最后一丝体面？"沈羲和对此浑然不在意。

"你这般相信他？"萧华雍有些诧异。

萧长泰是个无所不用其极的人，野火烧不尽，春风吹又生。

"这些年他从未有过其他的女人。"

他便是背地里也不曾有过，他对叶晚棠的情意是真的。

这也是叶晚棠宁愿死都割舍不了他的原因，也不知道这是叶晚棠的幸还是不幸。

"仅凭这点，你便相信他没有说谎？"萧华雍若有所思。

"他若是用其他的理由，我自然不会信他，到了此刻，他不会利用叶氏来脱身。"沈羲和见萧华雍一直刨根问底，不由得也有一些动摇，便笑道，"若他当真无耻至极，我也不会让他逃出西北。"

萧华雍见自己随意问两句，竟然让沈羲和变得不自信起来，不由得感到好笑，也有点儿得意。是因为自己的能耐让她认可了，她才会重视自己的质疑言语，他便不再说这话，而是敛了眼底的笑意："有些人若是不识好歹，杀了也无妨。"

瞧他阴沉的模样，沈羲和立刻明白他说的是萧长风，摇头道："无法干净利落地杀了他。"

萧长风自身的能耐不提，他身边的人经历了在凉州驿站的变故之后，现在都是精锐，且他定然留了人在府外。最重要的是，步疏林也是萧长风的下属之一，莫说无法将萧长风和他的人一次性全部诛灭，就算他们当真能够做到这一步，独独留下步疏林，步疏林也会陷入危险之中。

他们用莫须有的罪名把萧长风杀了，敷衍性地给祐宁帝一个交代，祐宁帝发作不得，却可以逮着全军覆没，唯独步疏林留存的理由，可着劲儿地折腾步疏林。

步疏林又是女儿身，是不能进刑狱的，否则身份暴露，后果更加不堪设想。

这才是沈羲和一再对萧长风忍让的缘由。

另一个原因，他们这次在西北闹出的动静实在不小，他们不能再闹下去了，否则会把祐宁帝给逼急了。祐宁帝到底是手握大权的帝王，硬碰硬，他们必然会吃亏。

"我以为你已经对他动了杀心。"萧华雍眉头微蹙。

按照沈羲和的性格，她没有借故将萧长风派遣出去，而是将人留在都护府，哪怕偶尔限制了行动，也不啻将她的所作所为暴露在萧长风面前，萧长风怎么会不将消息禀报给祐宁帝？

对萧长风的话，即便没有证据，祐宁帝也会深信不疑，除非沈羲和是故意要让陛下知道她的一切。萧华雍目光一凛，猛然坐起身，目光紧紧地锁住沈羲和："呦呦，你——"

聪明如他，轻而易举就能够想明白沈羲和为何如此作为，她这是要把西北发生的一切事情全部揽在她和沈家身上！

"你这么做，叫我情何以堪？你始终未曾将我视作一家人，是与否？"萧华雍气急之下，心中慌乱又苦闷，将隐忧和不自信的情绪一股脑儿地宣泄而出。

沈羲和知晓萧华雍明白她的用意之后会感到不悦，但没有想到他的反应竟然如此过激，不由得微微一怔："你怎么会如此作想？"

"我为何如此作想？"埋在心底的话既然已经说了出来，萧华雍索性破罐子破摔，"你把我捂得严严实实的，却把你和岳父完全袒露出去，无非是想让陛下将所有矛头指向你与岳父。你不想牵连我，故而不惜让陛下将你视作眼中钉，肉中刺，也要明明白白地让陛下看清你的手段！"

自打相识以来，不论是伪装的萧华雍，还是后来被她拆穿的萧华雍，从未对她这样疾言厉色过，沈羲和竟然无法反驳他的话。她这么做，确实是他说的这个理，却不是他心中所想的意思。

她一把握住他因为激动而微微颤抖的手，轻轻地抚摩着，不言不语。

萧华雍很想甩掉她的手，却又舍不得。被她这样无声地安抚着，他心里别扭至极。他明明很气恼，却又气不起来，索性就一直绷着脸。

等他看起来没有那么恼怒了，沈羲和才柔声细语地开口："我这么做不是因为感激你，也不是怕连累你，更非如你所言那般，未曾将你视作一家人。"

他为了表达与他们站在一起的决心，这次花了大力气，将陛下在西北的势力连根拔除，沈羲和理解他的委屈情绪。

在这种情形下，她若还将他排斥在外，他感到不甘与心痛，实属正常。

萧华雍侧着脸，咬着牙，一脸郁闷的表情。

沈羲和用双手捧着他的脸，强势地将他的头掰过来，与自己四目相对："我只是觉得此事非同小可，陛下俨然已经怀疑你知晓自己的身世，若这次我与阿爹不把整个布局给兜住，你为何要与陛下作对？你是名正言顺的储君，陛下明面上待你又格外恩宠，不能让陛下笃定你恨他。他是陛下，当年的事情又没有证据，即便有证据，时隔这么多年，朝廷之人也想要安稳，怎么会因为当年之事公然支持你？

"我们不能与陛下硬碰硬。我与阿爹本就是他的眼中钉，往年他不过是视我为女流之辈，不曾将我放在眼里，经此一事，只要阿爹和阿兄守得住西北，正如我此刻不能轻易对昪王下杀手一样，我便是整日在陛下的眼皮子底下，抓不到我的把柄，陛下也不能对我如何。"

"明面上是不行，你可知道他背地里有多少手段……"

"无妨。"沈羲和打断萧华雍的话，"我也不是随意可欺之人……"

她顿了顿，黑曜石般的双眸里氤氲起淡淡的笑意："更何况，我的身侧还有你，我相信，即便我深陷沼泽，你也能将我完好无损地拉起来。"

本来胸口还像堵着一块石头，浑身不舒服，满肚子憋屈感的太子殿下，听了这话，顿时如清风吹过酷暑，通体舒爽了，情不自禁地咧开了嘴。

从太子殿下和太子妃开始争执时起就缩着脖子站在远处装鹌鹑的珍珠，忽然想起了那日太子妃说自己一句话就能把太子殿下哄好。当时还不太相信，这会儿她可是真的信了。

我相信，即便深陷沼泽，你也能将我完好无损地拉起来。

这让太子殿下如何还气恼得起来？

这不就是明晃晃地告诉太子殿下，太子妃这般做是有恃无恐，而她倚仗的便是太子殿下吗？

他深知沈羲和这句话是在哄自己，知道她的心里压根儿不是这么想的。她这样厉害的女郎，是不可能寄希望于儿郎相护的。她无论何时何地，但凡遭遇危险，总会选择自救。

然而听了她的话，萧华雍仍然感觉心中的郁闷情绪瞬间消散，似拨云见日，明亮的光将他整个人都笼罩住了，令他不由自主地容光焕发起来。

他忽然伸出双手，将她揽入怀中："呦呦，我……真拿你没法子。"

他这一辈子呀，注定是要栽在沈羲和手里了，尤其是她现在懂得哄他了，更是把他的心拿捏得死死的。只需要她的一句话，他恨不得将心都掏给她。

沈羲和嘴角微扬，也回抱他，还略微偏头靠在他的肩膀上。

这就更让萧华雍的心化成了一摊水，罢了，罢了，只要她欢喜便好。

太子殿下就这么妥协了。

另一边，沈羲和虽然相信萧长泰已经存了死志，可还是派人跟着萧长泰，不是暗中跟着，是光明正大地跟着。她这不是还要替人收尸，不跟着的话，怎么知晓他要在何处做个了结？

萧长泰带着叶晚棠回到了这一年多来，他们定居的一个小村庄里，在这里，他们有一个新的家，他当天夜里陪着叶晚棠躺下之后，便再也没有醒来。他服下了和叶晚棠服用的一样的毒药。

跟随他们来的人是次日早晨发现夫妻两人相拥的遗体的，屋子里的桌子上有几个信封，都被沈羲和的下属送到了她的手上。

信里面写着一些萧长泰知道的朝廷里的错综复杂的关系，以及一些大臣的隐私，还有他的钱财分在两个地方藏匿，叶晚棠给出来的只是一半，另一半他也交代出来了。

"狡兔三窟。"沈羲和忍不住感慨了一句，萧长泰能够在夹缝之中活这么久、潜伏这么久，不是没有道理的。

沈羲和得到了这些东西，也完成了萧长泰的遗愿，亲自去寻了指点阴宅的高人，为他们夫妻二人选了一个风水极佳之地，吩咐厚葬二人。

也差不多是在这个时候，远在帝都的祐宁帝收到了裴展身亡的消息。看到消息的祐宁帝霍然站起身，眼前一黑，险些栽倒，幸而刘三指手疾眼快地将人扶住了。

很快，祐宁帝就缓了过来，胸口堵得发疼。他苦心在西北无声无息地培植了这么多年的势力，这次却被一网打尽。其实裴展带过去的和围堵萧华雍的只是其中一半，祐宁帝觉得差不多够了，若是这么多人还对付不了萧觉嵩，那么也没有必要再多赔一些人进去。

但是架不住沈岳山藏在暗处，竟然把祐宁帝深埋的另一部分势力，以宁杀错、不放过的强势态度全部灭了！

"陛下，陛下！快传……"

"不必！"祐宁帝抬手拦住刘三指，从小太监手里接过茶水饮下一口，缓过这一口气，却越想越恼怒，奋力将手中的茶碗掷到了地上，吓得满屋子的宫婢和内侍纷纷跪地不起，大气都不敢喘。

西北完了，彻底脱离了他的掌控。

裴展也折了，必须将八郎从安南城调回来。

"朕终究是低估了他们父子三人……"祐宁帝闭了闭眼。

自当年萧氏之事后，沈岳山父子三人一直和朝廷维持着表面上的君臣关系，不作妖，也不轻易地落下把柄，他一心稳定朝堂，丰富国库，倒也算相安无事。

如今朝堂尽掌控在他的手中，只剩下西北这个心腹大患，沈岳山这是在对帝王发出警告。

第二章　还西北一片净土

"陛下，西北王会不会与嘉辰太子……"刘三指谨慎地提醒道。他总觉得这件事看似是沈岳山父子三人在谋划，也的确是他们父子三人获利最多，可若无萧觉嵩在里面起到关键性作用，一切是绝不会如此顺利的。

至少陛下不会派人去截杀萧觉嵩，在西北的势力也不会全盘暴露。

祐宁帝疲惫地捏了捏鼻梁："沈岳山为人傲气，绝不会与萧觉嵩为伍。"

祐宁帝之所以把沈岳山留在最后来对付，而不是先和顾兆联手对付沈岳山，再对付顾兆，一是因为突厥和吐蕃虎视眈眈，沈岳山不能妄动，二是因为沈岳山对他们母子三人的恩情天下人皆知，三是因为他知道沈岳山为人刚正，不会因为个人得失便与奸佞小人合谋。

"可西北王是被嘉辰太子劫走的，再后来，嘉辰太子又出现在突厥……"

一切都离不开萧觉嵩。

亲眼见过萧觉嵩，不知萧觉嵩已经亡故的祐宁帝和刘三指不认为沈岳山会打着萧觉嵩的旗号，把事情闹得如此之大而闷不吭声，除非有好处。

"沈岳山不傻，他与朕只是权力冲突，与萧觉嵩可是有死仇。"祐宁帝也想不透其中的关键，但还是保持着理智，深信沈岳山绝不会和萧觉嵩搅和到一起去。

他更倾向于沈岳山的确被萧觉嵩绑架，只不过逃了出来，故而沈岳山所言属实，他自然不会冒头。沈岳山逃走之后诈死，或许连萧觉嵩也被骗了过去，这才有了萧觉嵩跑到突厥，想要利用突厥霸占西北的事。不巧，沈岳山那个诈死的好儿子也在突厥，萧长泰这才给他递了消息。

这是唯一合情合理的解释。

刘三指听了这话，也点头，心中疑虑顿消，不敢再多言。陛下这会儿正肉疼西北的那些眼线呢。

"太子可有异动？"祐宁帝问。

刘三指是负责紧跟萧华雍的人。说实话，在行宫之行前，刘三指也怀疑过萧华雍，可行宫之行后，嘉辰太子横空出世，且他与陛下亲眼看到萧觉嵩绑走萧华雍，萧觉嵩那眼神、姿态，绝无可能作假。这也就意味着他们先前猜疑太子殿下做的那些事，其实很可能是萧觉嵩所为。

这一次，刘三指派人紧跟着太子殿下，从太子殿下请求出宫却没有获得陛下批准，而后想尽法子在他们睁一只眼闭一只眼的情形下"顺利"逃出皇宫时开始跟着，一路上跟到西北，太子殿下身体弱，体内又有奇毒，半道上经常体力不支，停下来休整，其间，刘三指也安插了一些懂医术的眼线给太子殿下探过几次脉象，脉案被送回来，再寻陛下信得过的御医确诊过，没有丝毫异样。

太子殿下几乎是一路跌跌撞撞地到了西北，之后又到了庭州都护府。刘三指的人倒是混不进庭州都护府，不过先有裴展随同，后又有萧长风在，一行人愣是看不出太子殿下有丝毫作伪之处。

到了这时，尤其是看到萧长风递过来的信，刘三指反而不怀疑萧华雍了："陛下，沈氏女此前从未与太子殿下接触过，一入京都便逮着大理寺的人一番仗义执言，除了太子殿下，从不与旁人往来，对太子殿下之心可谓昭然若揭。

"此次西北王诈死，巽王寻遍大夫都没有发现破绽，足以证明沈氏女身侧有杏林高人，他们怕是早已笃定太子殿下……故而，沈氏女自始至终盯着太子殿下，或许另有深意。"

有些话无须挑明，沈羲和盯上萧华雍，无非是看中萧华雍是正统嫡出，且命不久矣，打着诞下嫡孙的心思，为沈氏争上一争，这是沈氏最好的出路。

这不，萧华雍与沈羲和才刚成亲，沈岳山就迫不及待地将陛下在西北的探子连根拔除了，说这是巧合，未免过于巧合。

祐宁帝也微微颔首，表示认同。自萧华雍中毒之后去了道观，他也派遣了太子太傅等人去教导萧华雍，萧华雍依然聪慧，只是精力不济，学得较常人吃力，但也不算愚钝，自从听政以来，也有模有样，却也没有多少出彩。

在道观之中，他也安插了眼线，眼线对萧华雍的成长过程都是记录在案的，只是之前萧华雍归来后，有人暗中挑起诸多事端，他才猜疑萧华雍。

如今看来，倒是萧觉嵩的嫌疑最大，那么萧华雍若没有嫌疑，现在倒成了沈氏父女的棋子。

沈氏女真是手段高明，竟然连康王之事也是她设的局，这种智谋像极了她的生母。太子现在已经被她迷得晕头转向……

祐宁帝倒也能理解，太子自八岁起就被人断言不是长寿之人，哪家贵女乐意嫁给一个短寿之人？满京都的贵女都对他避之不及，生怕成为前太子妃，连累母族日后也遭受新君忌惮，从未有女郎对他示过好，沈氏女是第一个。且沈氏女生得花容月貌，又是那样孤傲的性子，对旁人置之不理、强势孤高，唯独对他殷勤，太子陷进去实在是人之常情。

"日后对付沈家父子三人，必须谋定而后动。"祐宁帝觉得这一家三口没有一个人是好对付的。

沈羲和不知道自己的目的已达成，解决完庭州的事情，一行人就回到了西北王城。他们一入王城，就受到百姓沿街欢迎，因为百姓都知道这一次力挫突厥，据说突厥王室都被杀得只剩下一两根独苗了，突厥还要向他们缴纳十年的战马。这也就意味着，十年之内，突厥绝对不会再打扰他们。

尽管在这之前，突厥也有好多年没有进犯，可偶尔还是会搞些小动作，让他们不得不随时绷着一根弦。现在他们终于可以松一口气，可以放心生儿育女了。

萧长风跟在沈羲和的马车后面，看着这些百姓将沈家父子奉若神明的模样，不得不感叹，沈氏在西北的根基竟然这么深厚。

他少时也跟着父亲在东北生活，东北的百姓也很敬重父亲，父亲身亡的消息传来，也有百姓为此而哀痛，可这和沈岳山是无法相比的。

东北的百姓感念父亲，父亲去世，他们也伤心，可远远没有到失去父亲就六神无主、担惊受怕的地步，而西北百姓会这么觉得。

正如沈岳山为了稳住西北的将领和百姓，要大费周章地杀掉耿良成一样，陛下想要让沈岳山死，也得令西北百姓心服口服，否则西北顷刻间就会内乱。

萧长风念至此，眼中浮现浓浓的担忧之色。

他们欢欢喜喜地到了王府门口，不承想，耿良成的夫人披麻戴孝，高举着耿良成的牌位，忽然冲了出来。她的模样让所有人脸上的笑容都滞了滞，四周霎时安静下来。

"王爷，先夫自幼追随您左右，为西北数次舍生取义，何曾损害过西北半分？公婆皆因先夫御敌突厥而死于突厥人之手，先夫怎么会与突厥勾结？小妇人不信！"耿夫人"扑通"一声跪下，将耿良成的牌位高举过头顶，"举头三尺有神明，还请王爷还亡夫一个清白！"

耿夫人的话音一落，四周百姓也开始窃窃私语，往日耿良成的好浮现在他们的心头，让他们恍然。在场之人仔细想想，好似真如耿夫人所言，耿将军从未愧对过西北。他若要与突厥勾结，当年父母在突厥手中时，就应当叛变。

时人重孝，大部分子女会把爹娘的性命看得比自己的要重。

既然爹娘的命受威胁都没有让耿良成叛变，人到迟暮之年，他又怎么会为了苟活于世而做逆贼？

"弟妹，你当真要本王当着全城百姓的面断一个是非？"沈岳山语气沉重地说道。

耿夫人不相信自己的丈夫会叛国，如果不洗脱这个罪名，耿氏一族将难以在西北立足。

她与耿良成虽然没有子嗣，可耿良成还有表兄弟姐妹，耿氏还是个大族，她作为耿良成的妻子，她的娘家人也会因此而抬不起头，除非这些人将他们俩都除族。

"王爷！"就在这时，两个身形佝偻、胡子花白、穿着一丝不苟的人在两个青年的搀扶下走了过来。他们行了礼，一个是耿氏的族长，一个是耿夫人家族的族长，耿氏族长说道："老朽也不相信传闻，还请王爷公断。若当真如此，我耿氏出了如此罪人，我们必将其除族！"

耿夫人一族的族长也附和。

除族是非常严重的事情，要在族谱上将人名划掉，人死了也不能被埋在祖坟里，无人供奉，死了都会成为孤魂野鬼。幸好耿良成无后，若是有后，后世子孙就会没有庇护，人人可欺。

这些事，沈岳山早就料到了，若非如此，对付耿良成何须那么费劲儿？所以他们要的证据，人证、物证俱全。

人证是桑引和两个去营救耿良成的郎将，还有当日在城楼下目睹耿良成与沈云安交锋的无数将士；物证则是耿良成误以为萧觉嵩会去救他，在萧长泰的忽悠之下，与突厥王签下的一份协议。这份协议也是他们在萧长泰事后留下的信件里寻找出来的。

沈岳山把证人点了出来，证人将事情经过一一吐露。他们每说一句话，耿夫人的脸色就惨白一分，最后沈岳山甩出了物证，耿氏族长当场就表示将耿良成除族。

耿夫人痛心疾首，仍旧摇着头，不愿相信事实。

桑引原本有些愧疚。他知道耿良成投靠了陛下，是想要伺机而动，对王爷出手，因此给耿良成扣上通敌叛国之罪，在道义上有些良心不安，可看到耿良成和突厥王签署的协议，那点儿不安感就烟消云散了。

"弟妹，你困于内宅中，不知耿良成所为，我可以下令做主，令你与耿良成和离，你且归家去吧。"沈岳山其实知道，耿良成的所作所为，身为枕边人的耿夫人未必不知，但不想赶尽杀绝。

和耿良成和离，她就与耿良成毫无关系了。有沈岳山亲口应允和离，她便是回了族里，也无人敢怠慢她。

"哈哈哈……"耿夫人突然疯癫般大笑起来。笑过后，她目光满是恨意地盯着沈岳山："好个假仁假义的西北王，我夫绝不会背叛西北，与突厥勾结，定然是你……是你发现他因为你铁面无私，斩杀我儿，心中不满，从而向朝廷递了消息，才大费周章，又是诈死，又是攻打突厥，无非是想要置他于死地！"

耿夫人说着，目光深深地看着桑引、魏崖等人："你们等着吧，他就是要成为西北的皇。他心中没有朝廷，但凡你们选择忠君，我夫的下场便是你们一个个的下场——"

耿夫人高喊完，抬起了手，将手中的匕首猛然朝着自己的心口插去。

在匕首插入她的身体的前一瞬，一根细小的针先扎入了她的手腕，令她的手腕一麻，匕首只有刀尖插了进去，她伤得不重，身体无力地倒下。

"珍珠，给耿夫人止血！"沈羲和早在耿夫人出现的时候，就觉得她不是来讨公道的，不是来让沈岳山在众目睽睽之下给她的丈夫定罪的。

她是来报复的，目的是给沈岳山埋下祸根。若是今日当真让她在说出那一番话之后血溅三尺，不说有多少百姓要动摇，只怕桑引等人都会多想。

他们并不是不信任沈岳山，而是有些事情过于震撼，就会令人忍不住猜疑。

所以沈羲和一直紧盯着耿夫人，好在她出手的速度够快。萧华雍和她同在马车上，本要出手，奈何萧长风就在一侧，萧华雍若是出手，动作是不可能逃过萧长风的眼睛的，沈羲和将他摁住了。

沈云安和沈岳山与她不同，他们和耿良成一起上过战场，耿良成也的确没有通敌叛国，只是投向了陛下，他们俩心中或多或少还是顾念着旧情，因此会对耿夫人更宽容和不忍。

萧长风的目光从沈羲和身上扫过，这位太子妃对人性的掌控和预知也让他震撼了一下。

她不仅猜到了耿夫人的用意，还恰到好处地制止了。若是早了，耿夫人没有亮出匕首，沈羲和先下手，可能会有心虚，不敢让耿夫人说下去的嫌疑；若是晚了，耿夫人就会成功地用性命在西北王这些左膀右臂心里埋下一根细刺。

细细的一根刺，或许他们现在都不会察觉，可一旦日后与西北王有了冲突与矛盾，这根刺就会动，它常年扎根引发的不起眼的伤口也会猝然崩裂，甚至腐烂，最终导致无药可医。

以死明志，对很多人而言，这是极其震撼之事。

只不过这震撼的一幕到底没有发生，被沈羲和不早不晚地阻拦，反倒成了耿夫人的笑话。这些人看清楚了沈氏父子三人的坦荡与度量，看清楚了耿夫人的狭隘心胸与被仇恨蒙蔽的丑陋嘴脸。

想到此，萧长风忍不住又看了一眼同样露出半边脸的太子殿下。萧华雍此刻正满目赞赏之色，甚至有些痴迷地凝视着一旁的妻子。他真不是在做戏给萧长风看，而是本能地喜欢看到沈羲和动手的英姿，这让他情不自禁地欣赏，怎么看都看不够。

这一幕落在萧长风的眼里，不啻坐实了太子殿下被太子妃拿捏得死心塌地的说法。

其实萧华雍也的确对沈羲和死心塌地，只不过不是如萧长风所想的女强男弱那般死心塌地罢了。

耿氏的闹剧就这样落下帷幕，有了今日这出戏，耿夫人日后无论做什么，都不会再有人信她的话。

耿夫人被带进王府，伤势得到了处理。沈羲和的镯子里射出的针尚未失效，她特意来看望躺着的耿夫人，挥退了下人："夫人在想什么？"

耿夫人也知道是沈羲和破坏了自己完美的计划，令自己陷入了如今的尴尬之地，便移开目光，不去看沈羲和。

沈羲和却在榻边坐了下来："容我猜一猜，夫人定是知晓我会派人将你毫发无损地送出王府，等你离开后，今夜索性在王府大门口吊死，不信一点儿效果也没有。"

心思被猜中，耿夫人死死地盯着沈羲和。

"不值得，夫人。"沈羲和无视耿夫人阴冷的目光，低头抚平她铺在膝盖上的水袖，"你可相信，你前脚在王府门前吊死，我后脚便能让人把你挪到乱葬岗里，让人人都以为你其实是因为羞愧难当而不知所终？"

耿夫人身体顿时颤抖起来："你……"

沈羲和微微偏头，抬眉冲着耿夫人嫣然一笑，继续说道："不用白费心思了，你想死的话，我会成全你，待出了王府，你就活不了多久了。"

"我死了，就是你们王府杀人灭口！"耿夫人低吼道。

"只可惜，你已经闹过一次寻死觅活的戏码，对这种惯犯，没有人会这般想。"沈羲和颇为遗憾地开口。

"你不是郡主，你不是郡主——"耿夫人突然厉声高喊，"郡主绝非这般……"

耿夫人是养过沈羲和的人，虽然时日不多，但也不少，沈羲和有这样的聪明才智，却没有这样冷硬的心肠，眼前这个人太陌生了。

"呵……"沈羲和低声笑了，"耿夫人连自己都没有看清，竟觉得自己看透了旁人？"

"你说什么？！"

"我一直不明白，耿叔为何要背叛我阿爹。他已经到了这把年纪，膝下又无子嗣可以继承衣钵，如此费心筹谋，即便成事了，还能做几年西北王？"沈羲和将目光落在耿夫人的脸上，"冒如此之大的风险，以众叛亲离、晚节不保为代价，也要投靠陛下，这不似耿叔的性子，除非……"

沈羲和故意顿了顿，见耿夫人瞳孔微缩，就明白自己猜想得没有错："是你。是你受不住丧子之痛，每日以泪洗面，在耿叔枕边日复一日地念叨，亲自把心魔注入了耿叔的脑子里。他对你情深意重，这让他走上了一条不归路。"

"你胡说！"耿夫人声音尖锐地反驳道，而后目光变得呆滞，"我没有，你胡说，不是我！"

"耿忠吉死有余辜。他害死了多少无辜之人？你们每每拿钱财消灾，难道就不曾一日噩梦缠身？"沈羲和不明白，为什么有些人可以为了所谓的骨肉之情，罔顾旁人的骨肉之情。

人性本自私，这些道理她都懂，可一对曾经那么光明磊落的夫妇，就因为这个失散多年的骨肉而变得面目全非、草菅人命、违背道德，实在是她这个未曾经历过这些事的人难以体会的。

"我只有阿忠这么一个孩子，他因为爹娘都要保家卫国而丢失，落入拐子手里，被辗转送往多地，受尽苦楚。若他不曾遗失，一直在我身旁，怎会如此？"耿夫人眼神疯狂又偏执，"这些都是我们欠他的，是西北百姓欠他的！他们不过是死了个女儿，可我们救活了他们一家人！"

沈羲和静静地看着面前这个疯癫的妇人，曾经温婉贤良的人，因为丧子之痛，变得这么不可理喻，偏执得令人畏惧。

她的心里有一个大胆的猜测，她站起身来："既然你这般想他，那便去陪伴他吧。"

沈羲和淡淡地丢下这句话后，不管耿夫人的瑟缩样子，转身离开了。

她回到自己的卧房里时，萧华雍正握着一本书，坐在明间靠窗之处翻阅。那是沈羲和的书，记载着一些稀有花草树木，上面还有沈羲和的批注，萧华雍看得津津有味。

"确定了？"见沈羲和回来，萧华雍没头没脑地问了一句。

旁人都听不懂，可沈羲和懂，微微颔首："确定无疑，不出意外，今夜就能将其捕获。"

耿氏夫妻了解沈羲和兄妹，沈羲和何尝不了解他们？耿良成投靠陛下，野心突然滋长，当真只是因为耿忠吉？

耿夫人是个内宅的妇人，西北的内宅大多比较简单，因为战乱，极少有人家三妻四妾，大多是一夫一妻。再者，因为很多夫妻经历过生死，兼之西北曾经贫穷过，也没有那么多心思享乐，因而似耿夫人这样的人，不太可能有复杂的心思。

她今日抱着耿良成的牌位出现，就让沈羲和觉得有些突兀，不过人在悲愤之下会有一些急智或者过激行为也无可厚非，沈羲和只是怀疑，故而才亲自去试探一番。

耿良成变节，果然是因为耿夫人整日念叨，让耿良成心中的不满情绪暗暗滋长，最后一发不可收拾。所以，他才会投向陛下。

沈羲和怀疑耿夫人背后可能也有一个人，在三不五时地提醒她耿忠吉的死，渐渐淡化了她心中耿忠吉的恶，而突出了耿忠吉的惨，这才会使她影响到耿良成。

这个人也是给耿夫人出主意的那个人。沈羲和特意去威胁耿夫人，说会要她的命。人都是如此，自己可以慷慨赴义，眼睛都不眨地结束生命，可若有人要他们的命，他们则会畏惧。人一旦畏惧，就会下意识地去寻找自己的精神支柱。

"见微知著，呦呦令我折服。"萧华雍其实都没有想到这么多细节。

"你只是不了解他们罢了。"沈羲和不觉得自己有多了不起，且想得有些远，"北辰，我甚至怀疑耿忠吉都不是真的耿忠吉。"

所以对方从一开始就步步为营，为的就是让耿良成这个沈岳山最相信的人背叛他。

"这很像陛下的手腕。"萧华雍合上书，思忖了片刻，给出肯定的答案。

祐宁帝最擅长的就是出其不意。

"所以，西北王城里还有陛下的眼线。"沈羲和语气淡然地说道。

"应当不多了。"萧华雍想，毕竟这是在沈岳山的眼皮子底下，陛下没有那么容易安插眼线进来，"这次倒是可以顺藤摸瓜，把仅剩的漏网之鱼也给连根拔起。"

"将人抓住之后，全部削首，送到陛下的御案上。"沈羲和目光泛着凉意。

萧华雍忍不住低声笑着，一把将沈羲和揽到怀里，十分稀罕地紧紧抱着她："我的呦呦，你真是迷死我了……"

她的每一面，都让他心跳如擂鼓，让他控制不住地心跳加速。

他真的是中了一种毒，这种毒叫沈羲和，深入肺腑，无药可解。

耿夫人被送出了王府，除了她自己弄出来的伤口，不少人看到她面色红润地被送回了耿府。

耿良成虽然通敌叛国，人也已经死了，但最终的处置结果还没有下来，府宅也没有被没收。

回到家中的耿夫人惶惶不安，脑海里都是沈羲和的那句"既然你这般想他，那便去陪伴他吧"。这句话是那样平淡，却让她听得心惊胆战，感觉全是杀气。

她熬到了天黑，才鬼鬼祟祟地离开耿府，去了一座废弃的寺庙里，留下自己的信物，没多久便回到了耿府。

一路跟踪她的墨玉也回到了王府向沈羲和禀报此事。

"可曾靠近？可曾察觉到有人？"沈羲和问。

"婢子不曾靠近，只是推测她定然去了此地，也未曾察觉到四周有人，亦未曾留人看守。"墨玉回答。

沈羲和满意地颔首："下去歇息吧，不用当值。"

不靠近、不留人，才能让警惕的人放松警惕，不打草惊蛇，她才能轻易地将蛇给逮住。

等人都退下了，沈羲和还立在窗前望月沉思。萧华雍忽然从她身后一把将她打横抱了起来:"良宵苦短,呦呦合该只想我一人才是。"

沈羲和所有的思绪都被萧华雍给打断了,她看着他,眼眸深沉,似有什么东西要破笼而出。对夫妻间的情事,萧华雍沉溺其中,各种欢愉感受,沈羲和虽也尝到了,却仍旧觉得害羞。然而,她根本拒绝不了这个在床笫之间格外强势霸道的男人。

冰绡褪尽肌莹玉,峰峦傲起绛桃腻;

锦缎筠簟影相叠,拈花弄月云散去。

清晨梳妆时,沈羲和看到自己眉梢含媚,眼角流情,被镜中的自己吓到,一把将镜子扣上了。

萧华雍施施然走过来,又拿起她的胭脂水粉和眉笔,要为她上妆。

沈羲和瞪着他,他却笑得越发得意。不过经他之手,总算把她眉宇间的春色给掩盖下去了,他这才没有继续承受沈羲和的眼刀。

耿夫人背后的人十分谨慎,一连几日都未曾联系她。直到沈岳山等人商议之后,将耿良成的罪行全部盖棺论定,耿府也被查封,耿夫人因不愿和离,居无定所地漂泊了几日,那人才出现。饶是他如此小心谨慎,终究还是落在了沈羲和的手里。

"招出你的同伙,我可以给你一个痛快。"沈羲和坐在昏暗的屋子里,淡然地说道。

被绑住的人垂首不语。他被下了药,浑身乏力,想要自尽都不行。说话倒不妨碍,可他不会开口。

沈羲和等了他片刻,这才对墨玉点了点头。墨玉用钳子夹着一个被烧得通红的铜壶,悬在了这人面前,珍珠抓起这人的手臂,将他软绵绵的手掌放在铜壶之上。

"啊——"这种皮肤被灼烧的疼痛感,令经受过训练的人也忍不住尖锐地叫了起来。

不过他还没有叫完,珍珠又握着他的手臂一扯,一层皮肉就留在了铜壶之上,旁边是一桶盐水,珍珠又迅速地将他的手臂浸了下去。

"啊啊啊——"钻入骨髓的疼痛感令他头昏眼花,他恨不得昏死过去,奈何随阿喜站在一侧,一根银针就能让他昏不过去。

珍珠将他的手拽出来,立刻给他上了伤药。

"我这里有最残忍的酷刑、最好的医师,能够让你受尽折磨而不死……"沈羲和轻声细语地说着,声音平稳而又冰冷,如冰玉相击,悦耳得令人忽略了其中的阴森之意。

受了刑,那人还是死咬着打战的牙齿。

沈羲和见状,倒也有几分佩服,不愧是祐宁帝培养的人:"好生拷问,注意分寸,没开口前,得留活口。"

当天夜里,这个被折磨得遍体鳞伤,没有一块好肉的人终究忍不住,将知道的事都招了出来，只求给他一个痛快。沈羲和当然没有立刻让他解脱，而是顺着他的话，将他供出来的人全部缉拿了，这才将他给一刀了结。其他人也被用了刑，最后确定他们招无可招，沈羲和才将这批人给杀了。

沈羲和让墨玉将这些人的首级取下来，还给这些首级抹了珍贵的香药。这些是葬香，头颅涂抹了这些香料，可以暂时不腐。

虽然只是暂时的，不过将这些头颅送到京都依然保持不腐，已经绰绰有余，不会出现尸骨腐烂，陛下认不出人来的情况。

"呦呦，有事找我去办吗？"萧华雍一直在等，等沈羲和给他指派任务。

普天之下，也只有他才能悄无声息地将人头送到陛下面前。

沈羲和将目光从书籍上移开，看了一眼眼神中饱含期待的萧华雍，又把书给移回了原位，阻隔了他们的视线："这等小事，用不着殿下费神。"

"你有法子？"萧华雍扬眉，有些期待。

沈羲和笑而不语，萧华雍等了会儿，有些抓心挠肝。他对别人的事没有丝毫兴趣，可对与沈羲和相关之事兴致勃勃，好奇心极其旺盛。

正待他要开口询问时，门外传来珍珠的声音："太子妃，巽王殿下来了。"

萧华雍不得不坐在旁边，一只手撑在案几上，垂下双肩，做出体弱的模样。

萧长风进来行了礼，才问："太子妃找小王，不知有何吩咐？"

"我有一份礼物要赠予陛下，只有殿下才能将其送到陛下面前，故而要劳烦殿下一番。"沈羲和放下书，目光落在前方的大箱子上。

萧长风顺着她的目光看了过去："不知是何物？"

"殿下可以打开看一看。"沈羲和嘴角上扬。

萧长风打开箱子，里面是一个个四四方方的小盒子。他掀开一个小盒子，顿时面色一变，忍不住后退一步。

萧华雍距离较远，根本看不到箱子里面的情形。在沈羲和的凝视下，他不得不做出好奇的模样："怎么了？"

萧长风霍然转身，紧盯着沈羲和："太子妃这是何意？"

"我把陛下送来之人送回给陛下。对了，这里还有一份供词，我是不会相信这些人的胡乱攀咬之词，故而煞费苦心地保全了这些人的模样，让陛下辨认一番，也好叫陛下看清楚，是哪些宵小之徒，竟敢诬蔑圣上，挑拨朝廷与西北的关系。"沈羲和示意珍珠将供词递给萧长风。

供词自然是真的，在沈羲和的酷刑下，除非是没有知觉的死士，否则一般人很难经受住摧残，从他们的由来、与何人联络，到平常如何隐藏，再到原本是何处的人等，事无巨细。

当然，他们也不知道自己是为陛下效命，这种事，陛下是不会把自己推到明面上的，这些都是沈羲和添油加醋所书，没有证据无妨，反正死无对证，而且，根据这些人招供的种种线索推论，背后之人已经呼之欲出。

"太子妃，你可知这是挑衅君威？！"萧长风没有料到沈羲和如此大胆。她怎么敢把人头交给他，让他送到陛下面前？

"挑衅君威？"不等沈羲和开口，萧华雍就困惑地看向沈羲和，"呦呦，你送了何物给陛下？"

说着，似是不知情的萧华雍伸出手，让天圆搀扶他起来，要走到箱子前去一探究竟。

沈羲和却先他一步上前，将箱子盖上："不过是几颗人头，殿下莫看，免得吓到殿下。"

"人头？"萧华雍面色微白，又惊又急，"你……你为何要将人头送给陛下？你……"

"殿下，"沈羲和轻轻唤了他一声，上前握住他的手，柔声说道，"这些人口口声声说是受皇命唆使西北将领与阿爹离心。阿爹素来忠于朝廷，陛下也盛赞阿爹是股肱之臣，定然是这些人不知被谁利用，妄图挑拨朝廷与西北的关系。

"在严刑拷打之下，他们招认了一些子虚乌有的谬论，妾便想要将这些人送回京都，由陛下圣裁。奈何西北距离京都甚远，且这些人经过刑罚，皮开肉绽，若是将完整的尸身送到京都，只怕会腐烂不堪，面目全非，如何让陛下圣裁？

"妾左思右想，唯有这些人的项上人头完好无损。于是妾着人在人头上抹了些防腐的香料，以便能让陛下看到清清楚楚的人脸，也便宜陛下追查此事。妾当真是用心良苦。"

萧长风瞠目结舌地看着沈羲和当着他的面，前后判若两人，面对着萧华雍，可真是温良谦恭，一派贤妻良母的姿态。

萧华雍惊骇过后，也镇定了下来，甚至仔细思虑了一番，然后说道："将人头送到陛下面前，终究有些不妥，冲撞龙颜，是为不敬，不若送到大理寺，将此事交由大理寺彻查严办。"

萧长风闻言，眼皮跳了跳。将人头送到大理寺，这件事情不就闹大了？也不知道沈羲和手上是否还有其他证据，但不管有没有，人头一旦到了大理寺，无论如何都要给个交代，且这些供词一旦送到了大理寺，就极可能被六部三省的人预览，这一看，就算事情没有落到实处，大伙儿心里也会有个定论，届时陛下只怕面上无光。

事情闹开，其他各藩镇的人心中难免疑神疑鬼，到时候如果有人趁机挑拨，指不定又要闹出什么幺蛾子。

这会儿萧长风终于明白，沈羲和为何敢如此猖狂，甚至特意当着萧华雍的面这样做。原来她是想要借萧华雍之手，把这件事情闹大。

"殿下所言极是，是妾思虑不周。"沈羲和低眉顺眼地说道，"那就依殿下所言……"

"太子妃、殿下，"不等沈羲和说完，萧长风先一步开口道，"兹事体大，不若由小王先行上报陛下，由陛下圣裁。"

沈羲和为难地蹙眉："这不合适吧。正如太子所言，这样做是对陛下不敬，我方才一时心急，又因知晓有宵小之徒妄图挑拨离间，故而思虑欠妥……"

"殿下，"萧长风不想和沈羲和再掰扯，深知沈羲和做戏的功夫真是炉火纯青，便直接对萧华雍说道，"事关西北与朝廷，若不经陛下，直接上报大理寺，实有越君之嫌。"

萧华雍听了这话，也认可地颔首："你所言极是，便依你之言。"

"殿下……"

"呦呦，此事我觉得巽王的提议更为妥当。"萧华雍握住沈羲和的手，柔声劝道。

沈羲和目光凉凉地扫过萧长风，扯出一丝笑容："既然殿下认为这个提议妥当，那必定是妥当的。"

萧华雍一脸无奈而又宠溺地拉着沈羲和往里面走："此事我与陛下定会给你一个交代……"

走到隔断的屏风前，萧华雍还不忘侧首给萧长风一个眼神，示意他离开。

萧长风迅速命人抬起箱子大步离去，萧华雍哄沈羲和的声音渐渐远去。

"满意了？"等萧长风离去之后，沈羲和支开了窗户，看着对方消失的方向，萧华雍站在她的身后低声笑问。

"满意。"沈羲和嘴角微扬。

她就是要把人头送到祐宁帝面前，就是要将祐宁帝气到吐血，就是要让祐宁帝清清楚楚地知晓她是在挑衅他，却怎么也奈何不了她！

她拉着萧华雍在萧长风面前做戏，是因为萧长风是祐宁帝的心腹，她要在萧长风面前给萧华雍树立一个宠爱太子妃，却又保留着一丝清醒，貌似还能挽救一下场面的形象。

就看萧长风和陛下上不上当，会不会试图来拯救一下萧华雍，将萧华雍拉出她这个工于心计的妖女的陷阱。若是他们来了……

沈羲和转头看了一眼萧华雍，笑得意味深长，那可就有好戏看咯。

萧华雍知道她心中所想，屈指刮了刮她的鼻尖："陛下哪里有这般好糊弄？他即便当真试图借我之手对付你与岳父，也定然会防着我。"

"防着你？陛下防得了你？"沈羲和轻笑，"论心机，何人是殿下的对手？"

尤其是这一次西北之行，沈羲和更是深刻地体会到了萧华雍的布局之精妙与深远。

"原来我在呦呦心中竟然是无敌之人。"萧华雍十分愉悦。

相较于夫妻俩的愉悦心情，祐宁帝接到萧长风送过去的人头后，哪怕只看了萧长风的传信，并未真的看到人头，也气得面色铁青。

祐宁帝原本还以为残留了几个人，没有想到这些人这么快就被沈羲和察觉，甚至被连根拔除，一网打尽！

他更加笃定了西北这次翻天覆地的变故，是沈氏父子三人筹谋已久的。一边是沈羲和送来的人头，一边是沈云安送来的与突厥的盟书，两相夹击，祐宁帝感到颅内一阵钝痛。

"对沈家，绝不能再姑息下去。"祐宁帝揉了揉发疼的额角，将手掌重重地撑在桌面上。

"陛下，可要传御医？"刘三指扶着祐宁帝的胳膊，小声地询问。

正要罢手的祐宁帝又觉得一股气血直冲天灵盖，眼前一瞬间有些发黑，吓得刘三指顾不得其他，高声呼喊"传御医"。

明政殿传御医，太医署恨不得插上翅膀飞过去，哪里敢耽误片刻？祐宁帝才喝了一杯水，缓口气的工夫，太医令与两位太医丞都火速赶来了。

祐宁帝索性让他们诊了脉，三个人的面色都有些凝重，最后还是太医令斟酌着言辞："陛下勤勉，也需要保重身子。陛下幼年经苦寒之地，身体较之常人，本就有所不足，青年时又征战沙场，留下不少暗伤，还需多休养为宜。"

其实祐宁帝是幼时身体没有获得足够的养分，青年时又南征北战，留下了顽疾，现在年岁渐高，自然压制不住少时亏损造成的病痛，但御医哪里敢说陛下年纪大了，需要保养的话？

祐宁帝不是逃避现实之人，太医令说得委婉，他也听出来了。其实不用太医说，他近两年也感觉到精力不如往年充沛："给朕开些调理的汤药。"

太医令三人松了一口气，连忙应声退下。

祐宁帝有些疲惫地垂眼："论暗伤，朕哪里及得上身经百战的沈岳山？可沈岳山看着生龙活虎，朕怕是熬不过他……"

屋子里只剩下了刘三指，刘三指连忙说道："陛下肩负的是整个天下，西北王哪里及得上陛下这般为江山社稷而殚精竭虑？西北王看着精神头极好，可背地里怎么样，谁又说得准？"

知道心腹是在宽慰自己，祐宁帝心情好了些许。他仰头靠在龙椅上，望着金碧辉煌的屋顶。大殿内檀香缭绕，十分寂静，不知过了多久，祐宁帝问道："你说，朕把淮阳指婚给长风可好？"

祐宁帝其实在很早以前就有了这个想法，那时还只是堂舅的一片纯粹的呵护之心，至于现在……

刘三指咂摸了一会儿，才躬身应道："陛下对县主的拳拳之心，县主定会感恩于心。"

萧长风是陛下的人，沈璎婼是沈家的人，以往双方还能在表面上维持井水不犯河水的局面，但经过这一次沈氏父子三人强势拔除陛下在西北培植的势力，双方就差明面上撕破脸了，暗地里基本上是势如水火。

祐宁帝看了一眼说话滴水不漏的刘三指，没有继续这个话茬儿。

但他还是把这个意思表达了出去，很快，沈璎婼就收到了这个消息。彼时她正好将兄长大婚的贺礼备好，交给了下人送到镖局去，由镖局护送过去。

她及笄的时候，沈云安也给她送了贺礼，纵使名贵有余，用心不足，她也已经很满意了。这次沈云安大婚，沈璎婼是非常用心地准备了贺礼。不为讨好，只为问心无愧，她也不在乎沈云安是否会欢喜。

"县主，宫中的消息，陛下要为你和巽王指婚。"谭氏低声对沈璎婼说道。

"这又是何故？"沈璎婼皱眉。

她在宫里并没有什么眼线，消息能够传到她的耳里，那就是陛下有心让她知晓，这是让她有个心理准备，其实就和铁了心要下旨没有两样。

之前陛下就有意将她许给萧长风，但二人都拒绝了，陛下也就作罢。如今陛下突然又起了这等心思，那必然是有什么缘由促使陛下突然变得强势起来。

"婢子也不知，不如往宫里的淑妃娘娘那里递个话？"谭氏提议。

沈羲和临走前交代过沈璎婼，若有变故，可求助淑妃娘娘。淑妃娘娘原本是要嫁给太子的，被太子妃狠狠地折腾了一番，却没有留下证据，以至淑妃娘娘嫁给陛下后，在宫里时不时地就给太子妃使绊子。人人都觉得她们二人必定会斗得你死我活，万万没有想到，淑妃竟然是太子妃的人！

听到这个消息时，谭氏被吓得面无人色，沈璎婼对沈羲和则更加敬畏了。

很早以前，沈璎婼就认清了现实，她与沈羲和在谋略手段上有着天壤之别。

但沈羲和走之前能够将这么大的秘密告知她，沈璎婼心里雀跃了许久。尽管她知晓，沈羲和并不怕她把这个事情暴露出去。

"你吩咐长姐留下的人去问问吧。"沈璎婼也想知道祐宁帝为何突然改变态度，如此强硬地要她嫁给萧长风。

沈羲和嫁入东宫之后，也在暗中扩大自己的人脉，兼之有萧华雍在，九章最先知晓沈璎婼要打探什么，也将消息传递到了西北。

九章做主，将西北发生的事情挑拣着能够说的告知了沈璎婼，大致意思就是西北这次得了不少好处，陛下损兵折将，对西北又无可奈何。

沈璎婼看了之后，用双手托着信，久久不语。

谭氏忍不住瞄了信一眼，迅速阅览完之后，忍不住心疼，用双手握住沈璎婼的肩膀:"县主,那是帝王……"

帝王永远是君在前,就连皇子都只能称作君父,先君后父,更何况沈璎婼只是陛下的外甥女。

这些年,陛下对沈璎婼的确疼爱有加,沈璎婼也是玲珑心思,九章没有点明缘由,沈璎婼却能够看懂。陛下没有办法对付沈氏了,也看清楚了长姐的强势与缜密的行事作风,不准备从长姐那里寻找突破口,而是把主意打到了自己身上。

乍然明白陛下的用意,沈璎婼心情沉重,也有些难受,眼眶忍不住发酸,不过很快就释然了:"是我贪心了。"

她怎能奢望帝王真心将她当作晚辈来疼爱?往年帝王是用不上她罢了,现在她的用途不就来了吗?

"县主,你的婚事不是陛下可以拿捏的。"谭氏说道,"王爷尚在,陛下无权随意将你婚配出去。"

"你当陛下为何让我知晓这个消息?"沈璎婼扯了扯嘴角,"陛下这是要我识时务,让我自己同意这门婚事。如今长姐不在宫里,阿爹也远在西北,消息一来一回,需要一些时日,若我同意这门婚事,阿爹他们也不会反对。"

这才是沈璎婼失神落寞的缘由,陛下终究是陛下。

陛下要她做出抉择,是强势如长姐日后只是沈家女,还是感恩陛下这些年的照拂,做陛下的贴心懂事的外甥女。

"县主……"谭氏动了动嘴,不知如何宽慰。其实沈璎婼什么都明白,而且现在面临着两难的抉择。

"乳娘,你可知那夜我去找阿爹,长姐说我既是阿爹之女,亦是陛下的外甥女,阿爹不对我好,是因为不愿让我陷入两难境地,这是他身为父亲,仅能为我所做之事。"沈璎婼抬起头看着窗外,双眸黯淡无神,"我那时也天真地以为,我真的可以两全……"

她自嘲地低声笑了笑,苦涩地说道:"果然,这世间哪里有平白无故的好呢?"

"县主你……"谭氏眉心一跳,"你是要……?"

沈璎婼将信纸折了一下,而后扔到火盆里:"陛下的恩情,我应当报。"

"县主!"谭氏拔高声音,惊觉失态,才重新低声说道,"你可知,若是嫁给了巽王,你就是……"

"就是从沈氏变成了萧沈氏?"沈璎婼垂眼看着火舌将信纸吞没,"长姐不也是萧沈氏?"

"这……"谭氏动了动唇,不知该如何说。太子妃嫁给太子是自个儿的选择,也是西北和陛下胶着状态的必然结果,无论是沈家的私心,还是陛下的私心,太子妃嫁入皇家一事都不可避免,可沈璎婼是可以选择的。

"我知道，长姐是为沈家而嫁。"沈璎婼重新抬起头，看着谭氏说，"乳娘，我没有遇见长姐之前，仍旧是个不谙世事，想觅得如意郎君的女郎呢。可后来长姐入京，我以为她会不甘、愤恨，会觉得命运不公，肆无忌惮地发泄情绪。

"后来我发现我错了，她是那样沉着冷静，睿智果决。她才是把家族放在第一位的世家长女，我却一心只想着华服金钗、馔玉炊金、诗词歌赋、儿女情长。

"现在想一想，我真是十足的小女儿，男女情爱当真如此重要，值得我用一生去追逐，去筹谋，去钻营？我纵使不能像长姐那样志存高远，为何不能做些别的事，让我这一生不论长久与否，在最后一刻回望过去，能引以为豪，觉得不曾虚度？"

"县主，你莫要冲动行事。"谭氏察觉到了沈璎婼的某种想法，感到心惊肉跳。

"我此刻清醒得很。"沈璎婼目光逐渐坚定，"嫁何人不是嫁？巽王殿下少年英姿，能文能武，可是京都女郎心中的上佳之选，远的不说，就连那位平遥侯府的二娘子不也费尽心思想嫁给他？"

余桑宁的想法，沈璎婼岂能看不出？

她不过是闲着无趣，又有人送上门逢迎她，为她解闷，顺带聊一聊外面的趣事。她对萧长风无意，乐得看余桑宁上蹿下跳。

"这嫁人就是过一生，总要寻个有情人……"

"乳娘，你说长姐对太子殿下有情吗？"沈璎婼问。

这把谭氏问得哑口无言。旁人或许觉得太子殿下与太子妃如胶似漆、恩爱有加，可他们是沈家的人，比任何人都了解沈羲和，沈羲和就是个不需要男女情爱的无情之人。两个人之间又隔着皇族与沈氏无法化解的结，日后会走到哪一步，谁也无法预料。

"陛下要我嫁，我便嫁吧，也省得那么多人算计我的姻缘。"沈璎婼说着，忍不住轻声哼笑，"陛下若是打着让我夫唱妇随，借我牵制阿爹他们的主意，注定是打错了如意算盘。

"若陛下还能保留一二分情分，巽王殿下也不过分，我乐意做个贤良淑德的巽王妃。

"可若陛下是想对我施展美男计，巽王也默认如此，就莫要怪我……"

她水润的杏目里闪过一丝锐利的光。人敬她一分，她也敬人一分。谁若想要利用她，那就要做好被她反利用的准备。

她转身坐在镜前，伸手抚摩着她及笄后越发俏丽惊艳的容颜："谁还不是一个美人呢？"

巽王愿意做个好丈夫，不把她牵扯到这些恩怨之中，她就做个好妻子。

巽王想要对她施展美男计，她也有美人计等着他。

此番她顺从陛下，以自己的姻缘来偿还陛下这些年对她的照拂和恩宠，自此便再也不欠陛下丝毫情分。陛下日后于她便只是陛下，他们是君臣，不再是舅甥。

"县主，你不若与太子妃商议之后再做抉择？"谭氏提议。

沈璎嫮轻轻摇头："长姐不会干涉我的婚姻大事，我亦不需要告知她我为何允嫁。我只需要做好我自己。"

谭氏想了想，也没有再劝。

西北的事情随着沈羲和将蛊惑耿夫人的人连根拔除，基本落幕。

耿夫人也因为得知耿忠吉并非亲生的而彻底疯了。

萧长风每日来问安，总要问一问他们何时起程。他们只是来寻找沈岳山的，如今事情发展成这样，一切尘埃落定，他们也应该早日回京了。

"下个月世子大婚，我们既然来了西北，太子妃又只有世子这一个长兄，这场婚礼无论如何也不能错过，孤已经修书一封，上京禀明陛下。"萧华雍拿到了祐宁帝的回信，递给了萧长风，"陛下已然应允，巽王若急于回京，可先行一步。"

事到如今，萧华雍和沈羲和想要参加沈云安的婚礼，人就在西北，祐宁帝若是强行将他们召回，这不是明晃晃地不近人情？

京都也的确没有特别紧急之事，非得太子妃和太子赶回去，所以对萧华雍的请求，祐宁帝压根儿没想过阻拦。

萧长风看过信之后，说道："长风奉命确保太子妃的安危，要将太子妃与殿下平安送回京都。"

他这就是表示要留下来。

萧长风要留下来，最开心的莫过于步疏林了。最近她玩疯了，整日见不着人。西北的草原、大漠都是她爱的地方，她可以纵情奔腾，西北的马更是令她馋得流口水。

西北的女郎也让她沉溺其中，没错，是女郎。

身为女郎的步疏林自然更喜欢与女郎为伍，只不过这样的场景落到萧长风的眼里，就是蜀南世子贪杯好色的佐证。

很快，沈羲和与萧华雍就收到了陛下要为萧长风和沈璎嫮指婚的消息，故而这几日沈羲和看萧长风的目光总带着一丝打量之意。

每次触及沈羲和这样的目光，萧长风就忍不住发毛，像是被一种不祥的预感笼罩住了。

跟了沈羲和一路，萧长风对这位太子妃也算是有所了解。这世间只怕就没有她不敢为之事，太子殿下又事事以她为主，西北王和西北世子则恨不得将这世间所有的珍宝都捧到她的面前。

被这样千娇万宠，本就容易成为我行我素之人，而沈羲和虽然我行我素，但做什么事都能自己给兜回去，从不需要西北王和世子为她善后，就连太子殿下，她除了偶尔利用一番，也不需要仗着太子之势来行事。

她越是这般，萧长风越打心里开始对沈羲和有些发怵。

"我的呦呦如此貌美，竟有人畏惧，好生不合理。"看着萧长风避开沈羲和的目光，迅速离开，萧华雍收敛孱弱之态，捧着沈羲和的脸，忍不住啄了一口。

沈羲和拉开他的手，眼风扫过他："陛下要把淮阳许配给他。"

"好事。"萧华雍比沈羲和更早接到消息，只是没有告知沈羲和，因为这件事不急，用不着他去卖弄，沈羲和也不会隔太久知晓。

他对沈璎婼不算了解，可但凡沈璎婼是个聪明人，就会等到父兄和姐姐回信表态，才会做出抉择。若是沈璎婼连这点儿眼力见都没有，也不值得他们费心思，他们将她视为陛下的人便是。只不过日后他们在对陛下和陛下的人下手之时，会对她酌情一些罢了。

沈羲和将目光落回萧华雍身上："好事？"

"我这个堂兄和堂伯不同，他更拎得清。"萧华雍含笑点头。

"更拎得清是指……？"沈羲和没明白他的意思。

"是指他现在忠于陛下，却不会得罪任何一位皇子，日后他最不想得罪的人自然便是你。"萧华雍眉梢眼角笑意渐浓，"便是日后我们与陛下兵戎相见，他依然会为陛下冲锋陷阵，也不会用卑劣的手段对付你我。双方各为其主，成王败寇。陛下胜了，他依旧是忠君的勇士；你我胜了，就看你我的气度了。"

沈羲和明白了，萧长风是个懂得留退路的人。他身为陛下的臣子时，为陛下鞠躬尽瘁，奉命而为，忠心不二；若改朝换代，这样的人就看运道了——若是能碰上大气的新主，他自然也会如同忠于旧主一般忠于新主。

"你觉得你那个妹妹会应下这门婚事？"

否则她为何要多看萧长风两眼？

"沈家对她不冷不热的，她没有毅然反抗陛下的决心。"沈羲和笃定沈璎婼会应下这门婚事，"而且她是个聪明之人。知晓自己欠着陛下这么多年的照拂之情，亦知我与阿爹、阿兄都是重情之人，她更不会断然与陛下翻脸。便是要翻脸，她也要偿尽恩情。"

沈羲和看人很准。她之所以将淑妃的事告知沈璎婼，是因为她发现，对阿爹与她，包括接触不多的沈云安，沈璎婼都有一种莫名其妙的敬仰和钦佩之情。她把他们父子三人看得很圣洁，以至于努力想要做一个沈家人，一个配得上沈氏的人。

无论是在德行还是才智方面，她都在努力。

萧华雍从未关注过沈璎婼，听了沈羲和之言，露出了难以名状的表情："难道是岳父的血脉之故？"

萧华雍知道，人固然有天生聪慧与愚笨之分，可人的性子应当是由成长的环境和成长时期周边的人群来决定的。沈璎婼生长在京都，有个疯狂的生母在侧，还有个深不可测的舅舅，为何没有成长为偏执阴郁、心思诡谲的女郎，反而长成了这样疏朗大气、玲珑剔透、光明磊落的模样？

对将她舍弃，对她不闻不问的沈岳山，她竟然半点儿恨意也无，满心的崇拜与敬仰之情。

对从小能够独得父亲宠爱的长姐，她同样半点儿敌意也无，反而尊敬有加。

"你这般问，我也不知如何作答。"沈羲和其实也好奇过，甚至一度猜疑过沈璎婼是否伪装得太深，因为萧华雍推测的才应该是在那种环境下成长起来的沈璎婼的正常性格。

人是需要引导的，尤其是心智不成熟的时候，更容易变得偏激与堕落。

沈羲和观察过沈璎婼，确定沈璎婼并非深藏不露，她的确良善，且莫名其妙地对他们一家三口十分崇敬。

两个聪明绝顶之人，头一回觉得一件事不合理，却又真实地存在，互相看了一眼，忍不住相视而笑。

"你们俩都成亲多久了，还如此黏糊？"沈云安恰好过来，忍不住揶揄妹妹与妹夫，同时，他的心里头也有点儿不爽。他认可萧华雍是一回事，看到自个儿的宝贝妹妹对另一个男子笑得如此甜，心中涌起的那种不是滋味的酸楚感又是另一回事。

甭说萧华雍，便是自己的亲爹，他自小都要争风吃醋一番。

这是病，他知晓，但不愿治，也治不好。

看着自家兄长那酸溜溜的模样，想到往年他与阿爹的那些幼稚的行为，沈羲和可不想沈云安也与萧华雍这般，便把方才他们俩的疑问说了出来。

她原本是想要转移沈云安的注意力，岂料沈云安突然笑容一敛，沉默了片刻才说道："她身边的乳娘，是阿娘的人。"

沈羲和十分惊讶，直直地看着沈云安，觉得有些不可思议。

"我也是去年才知……"沈云安轻叹了一口气。

他心里始终对沈璎婼的存在有个疙瘩，从京都回来之后，对沈璎婼更是多有不满，沈岳山知晓之后，便与他说了这桩事。

"阿娘去世前，便把一切都安排妥当了……"沈云安说着，心中对母亲的敬佩之情又深了一层。

陶氏是个聪慧之人，聪慧程度不亚于现在的沈羲和。只是陶氏到底出身于书香世家，读着圣贤书长大，故而与沈羲和这样被沈云安与沈岳山没有丝毫束缚地养大，敢与儿郎争锋的性子不同。

陶氏仍旧受着世俗对女子的约束长大，但在相夫教子、内宅谋算上，绝非寻常人能比的。正如当初她乍闻萧氏之事，没有稳住情绪，导致早产，明明可以被救回来，多活三五年，却毅然选择了赴死。

只因为她知晓，只有她的命才能让萧氏永远抬不起头，才能让陛下在这件事情上从理直气壮转为理亏。只有这样，她才能最大程度地保全自己的儿女余生的权益。

她当时什么都想到了，既然沈岳山与萧氏已经有了夫妻之实，尽管萧氏怀上身孕的概率很小，却也不能忽视，故而早早做了安排。

谭氏受过陶氏的救命之恩，是陶氏将她从夫君的责打下救出的，又是陶氏做主让她和离，脱离了魔窟，仍是陶氏将她送到大户人家做活儿，维持生计，学些本事。

陶氏临终之前才去信给谭氏。萧氏没有身孕便罢了，若当真有了身孕，陶氏请谭氏务必凭本事进入沈府，成为这个孩子的乳娘。孩子无论男女，谭氏无须加害，无须养废，将这个孩子教导得明辨是非即可。

"阿娘……"沈羲和的心仿佛被什么东西狠狠地捶了一下，她很震撼，这种震撼不亚于当初知晓尽管能活，母亲却为了他们父子三人的长远利益而选择少活三五年的事实。

多活三五年未必没有转机，可母亲从未想过什么转机。

"阿爹说，阿娘这般做，便是不恨这个孩子。我们既然是阿娘的子女，就应当有阿娘的气度。"说着，沈云安有些羞愧，"这一点，我不如呦呦。"

自始至终，沈羲和都不恨沈璎婼，也不曾有过丝毫迁怒之举，但沈云安在知道这件事情前，一直没有迈过心里的那道坎。

"呦呦肖母。"萧华雍都不得不叹服岳母目光长远，心胸宽广。

"恕人则是恕己。"沈羲和想到了母亲留下的一幅字，是母亲亲笔写下的六个字。

人若非到了你死我活的地步，宽恕旁人实则是宽恕自己。

与此同时，沈璎婼也收到了沈岳山父女的回信，都只有一句话。

沈岳山："姻缘一事，关乎终身，望慎而重之。"

作为父亲，不论是对沈羲和还是沈璎婼，他都不干涉她们嫁人之事，如何抉择，全凭自己做主。

沈羲和："沈氏女，不受迫，不屈就，不违心。"

沈璎婼看完沈岳山的信，盯着沈羲和的信看了很久很久，看到眼里泛起了泪花。她终究没有让自己流泪。

不接受胁迫，不让自己委屈将就，不做违背心意的抉择，这是沈家女郎的资本。

长姐在告诉她，只要她一日姓沈，沈家就会一日为她撑腰。

沈羲和与萧华雍在西北过着蜜里调油的日子，朝堂却一片混乱。接连几个有望接任兵部尚书一职的人相继出事，总会被捅出一些隐私和污点，裴展尸骨未寒，朝廷中的众人就已经争红了眼。

祐宁帝有一日上早朝，险些被气晕过去。

有人在搅风搅雨，祐宁帝却完全摸不透是何人，因为没有人表现出渔翁得利的趋势，也没有人冒头上蹿下跳，就好似纯粹有人借兵部尚书之位闹得众人面红耳赤，却并非为了谋利。

没人相信有人搞出这么多事端，竟然不是为了得到兵部尚书之位，这样就很好地将幕后黑手萧长卿给掩盖住了。

萧华雍不急着回来，也是不想和这些乌烟瘴气的事情沾边，由着萧长卿闹得朝堂人仰马翻，陛下也无法将事情推给他去处理。

五月，沈云安大婚之日将近，整个西北王城一片飘红，满城喜庆气氛，不知情的人还以为家家户户都要同时娶媳妇。

不过欢乐的日子总是短暂的，沈羲和与萧华雍要回京都了。再过三日便是沈云安大婚之时，方才他们收到了沈岳山的信，薛家人以及新娘子已经入了城。

夕阳下的山峦层层叠叠，似泼洒了大片浓墨，看着令人心醉不已。

"你若喜欢，我日后总能寻到法子再带你来。"萧华雍侧首看着沈羲和，目光温柔。

沈羲和也侧首看向他，橙红的夕阳之光将他笼罩住，他背后是延绵起伏的群山，衬得他越发伟岸如神祇。她莞尔一笑，转过头将被风吹乱的碎发别于耳后："殿下，距离王城还有四五十里路，城门将会在一个时辰后关闭，我们可得快马加鞭了。"

沈羲和嫣然一笑，扬鞭甩在身后的马臀上，马儿如箭一般飞射了出去。

他们是太子和太子妃，这次为了参加兄长的婚礼已经是大费周折地出来，再来一次，莫说陛下，便是沈羲和自个儿也经不起折腾。

萧华雍看着她骑着马奔向远方的身影很快就化作了一个点，也迅速骑马追了上去。

这几日他们都在到处游玩，撇开了所有人，包括沈羲和的丫鬟。萧长风自然想跟着来，却没有来成，沈羲和与萧华雍也不说什么冠冕堂皇的理由，直接半夜开溜，自然有沈云安他们帮忙拦着萧长风。

萧华雍去过很多地方，原以为自己早已经体味尽了游山玩水的乐趣。这次与沈羲和出来，他才明白有一心悦之人在侧，哪怕是狂风暴雨，也觉得美不胜收。

夫妻二人赶在城门关闭前回到了城内，入了城就下马，牵着马匹缓缓地往内行去，一路上都有人与他们打招呼，甚至有尚未收摊的小贩拿着贩卖之物赠予沈羲和。

沈羲和都婉拒了，两个人还没有走完一条街，突然一阵尖锐的叫声响起："太子妃——"

刺耳的呼唤声是熟悉的语调，沈羲和停下步子，转身就看到步疏林面白如纸，好似身后有鬼在追一般朝着她冲了过来。

"参见太子殿下。"步疏林急急刹住脚，慌慌张张地行了个礼，然后苦着脸，小声哀求沈羲和："你可要救我！"

"你犯了何事？"沈羲和问。

步疏林也不知道是扮纨绔扮久了，就成了真纨绔还是别的缘由，总之，在西北一直贪杯好色，流连花丛。之前西北闹出了不少风风雨雨，沈羲和嫌她碍事，不准她参与，也没有盯着她，以至于她玩得只怕都忘了自己姓甚名谁。

"我没有犯事。我是……"

"微臣参见太子殿下，参见太子妃。"

步疏林的话还没有说完，一个稳重低沉的声音在她的身后响起，她顿时身子一僵。

沈羲和看到紧追而来的崔晋百，忍不住乐了，好在自制力极佳，没有笑出声。

步疏林已经本能地躲到了沈羲和的身后，露出半个脑袋，用防备警惕的目光看着崔晋百。

"你们俩这是闹哪一出？"萧华雍看了看黑着脸的崔晋百，又侧身看了看垂首的步疏林。

"微臣奉命护送薛家女郎至西北与西北世子完婚，今天方入城，原想找步世子叙叙旧，不巧，恰好撞见步世子与官妓嬉戏。"崔晋百声音凉凉地开口，说到此，阴沉地扫了步疏林一眼，"这可是脏私罪。"

沈羲和扬眉。她也是熟读疏律之人，本朝官妓是乐艺，归属官府。

官妓可以歌舞佐酒，不得私侍枕席，官员与官妓过度亲昵，那就是犯了脏私罪，若是被抓住，情节严重者有十年牢狱之灾。

沈羲和知晓步疏林是女郎，故而她去西北教坊司寻官妓听歌、吃花酒，沈羲和从来不多加阻拦，都是一群女郎，能出什么事？且步疏林自个儿喜欢，又能更好地伪装身份，何乐而不为？

她哪里知晓，千里迢迢也能被大理寺少卿给撞上。

"我……我就是觉得娜奴儿小手嫩白，与她说笑几句，何来亲昵一说？"步疏林反驳。

"以微臣所见，这娜奴儿衣衫半褪，半个身子都在步世子的怀里，唇衔酒杯，欲渡酒给步世子喝，步世子并无拒绝之意。"崔晋百冷硬地说道。

沈羲和转头惊诧地看着步疏林，唇衔酒杯？

这……

步疏林摇头如拨浪鼓，手都跟着慌乱地摆了起来："我……我……我没有！我……我正要推开她，崔少卿便掀帘而入，一通阴阳怪气，说要将我扭送去衙门，脏私罪可判十年！"

她一听，这还得了，当下抓起外袍，一边跑一边穿衣，崔晋百紧跟不放，幸亏她看到沈羲和，总算是抓到了救命稻草。

沈羲和看着绷着一张俊脸，只怕牙都要咬碎的崔晋百，心里忍不住想笑，极力克制道："崔少卿一路奔波，也累了，步世子虽有些放浪形骸，却也知晓分寸，我相信她定会拒绝，只是乍然见到崔少卿，有些慌了手脚，才会闹出这等误会。

"我阿兄大婚在即，此事便作罢。若步世子再犯，绝不包容。"

步疏林泪眼汪汪，感动地看着沈羲和。

太子妃都开口了，崔晋百也不是真的要把步疏林送到官府去，只是一想到自己千里追来，急忙去找此人，看到的竟然是此人美人在怀，刹那间怒火冲冠，恨不得拔剑就将那个躺在此人怀里的女郎给刺死！

"太子妃既然相信步世子，微臣也相信太子妃不会徇私包庇。"崔晋百退让了一步，"不过为免日后再有此等事情发生，也为免步世子辜负太子妃的信任，步世子须得保证，不再去教坊司与花楼。"

步疏林深吸一口气。她就喜欢看美人翩翩起舞，这人凭什么剥夺她享乐的权利？！

不过在这个当口，她总觉得崔晋百有些危险。她若刚硬地回绝，只怕崔晋百要做出什么令她毛骨悚然之事，故而只得冲沈羲和挤眉弄眼。

沈羲和看了她一眼，含笑点头："即日起，你不得去教坊司与花楼，这是我的命令。"

步疏林顿时泄了气，眼神都黯淡了，这个样子落在崔晋百的眼里，更让他面色阴沉。

"回府吧，你也累了。"萧华雍开口对沈羲和说了一句，就执起她的手，两个人直接走了。

崔晋百已经在忍耐克制的边缘，步疏林却浑然不知。她已经把一只压抑许久的饿狼刺激得只绷着一根弦，一旦这根弦断了，指不定平日里端方有礼的崔少卿会做出什么事来。

沈羲和洞察人心，这是在极力保全步疏林。否则以她的性子，她指定不会为步疏林周旋。但凡崔晋百还有一些理智，她都会由着步疏林被崔晋百折腾，好让步疏林长些记性。

偏偏步疏林还没有察觉到这一点，萧华雍觉得自己的妻子已经够义气了，旁人的事最好还是由他们自个儿去解决。

没有了沈羲和与萧华雍隔着，步疏林对上崔晋百，哪怕距离还有五六步远，也感觉到了深深的危险气息，拔腿就朝着沈羲和追了上去："太子妃，等等属下，属下有护卫太子妃安全之责!"

关键时刻,直觉还是救了步疏林的一条小命。

看着步疏林追着沈羲和与萧华雍而去,崔晋百没有再追上去。他还有事——他是负责此次送亲之人。

沈云安与薛瑾乔是御赐的婚姻,西北的事情的确让祐宁帝大为恼火,可事情已经到了这一步,无力挽回什么,表面上的功夫肯定还是要做的,自然要派人代替朝廷风风光光地将薛瑾乔送来。祐宁帝在朝堂上公然提出了这件事。

或许正是因为陛下特意提了,兼之西北的事,京都四品以上的大员多多少少有所耳闻。众人心里琢磨着,这是不是陛下在试探……无论他们是不是心向着陛下,在这个要命的关头,都是不愿意主动靠向西北的,以免被陛下记上一笔。

这正好让崔晋百捡了个漏,在祐宁帝面色越来越难看,正要指派人时,他便主动请缨了。

薛瑾乔与沈云安没有顺利大婚前,崔晋百还有许多要事在身。

感觉到崔晋百那阴沉的目光消失之后,步疏林才长吁一口气,委屈巴巴地唤沈羲和道:"呦……"

小名还没有唤出口,就触及太子殿下犀利的目光,步疏林硬生生被逼得将话咽了下去,转而说道:"太子妃,你这是要我的小命。你明知道我最喜欢歌舞管弦……"

"你喜欢这些,也用不着非得去教坊司,可以将人请到你的落脚之地,想如何便如何。"沈羲和淡然地说道。

步疏林眼睛一亮,击掌笑道:"妙啊!我这就去租个大宅院……"

他们是随行的护卫,都住在沈云安安排的院子里。考虑到自身要滞留一月有余,他们便没有一直停留在驿站里,否则会造成诸多不便。

可大家共住一个院子,哪怕沈云安以她是世子为由,单独给了她一间屋子,可屋子里也没有空间跳舞唱歌啊,她可不想花银子便宜旁人,索性找个院子独自欣赏。

"你若不想逼疯崔少卿,只管去。"沈羲和凉凉地补了一句。

她想着阿兄安排的院子人多,步疏林请这些官妓去助兴,这么多人在,她总不会乱来,也有分寸,哪怕是崔晋百心中不悦,也不会发作,可步疏林还想玩火。

正好她独自弄个院子,方便崔少卿寻上门,对她为所欲为?

崔晋百本来就在怀疑她是不是女儿身,她倒好,还不知收敛。步疏林当真把他逼急了,沈羲和觉得崔晋百给步疏林下药的心都会有。

步疏林顿时哆嗦了一下,垂下脑袋,乖得如同鹌鹑。

萧华雍看了一出好戏,正愉悦着,下一瞬,笑容就僵在了嘴角,因为一个人影飞扑过来,直奔他的妻子。偏生萧长风也站在不远处,萧华雍克制住了本能,没有动武，将沈羲和一把拉开，旋身躲过这一抹身影的冲击力。

虽然这人飞奔过来得快，可萧华雍还是看清了这人的脸，来人不是旁人，正是沈云安未过门的妻子。

"阿姐，阿姐，我好想你！"薛瑾乔又扑了沈羲和一个满怀，紧紧地抱着沈羲和。

步疏林心里不是滋味了。她想抱沈羲和这个如花似玉的绝色美人很久了！可她女扮男装，沈羲和还嫌弃她，私底下不能抱，明面上更不能，这小丫头却轻而易举地抱到了！

步疏林一把将薛瑾乔给拽了出来："这是太子妃，你可是薛家女郎，见到太子殿下，不先见礼，目无尊卑！"

薛瑾乔沉沉地盯了步疏林一眼，才不得不先给萧华雍请安："薛氏见过殿下，殿下万福。"

"嗯。"萧华雍淡淡地应了一声，就握着沈羲和的手走了。

沈羲和知晓萧华雍又不开心了。他对她的占有欲有时候像极了幼童，简直毫无理智和底线，她只得回过头，冲着撇着嘴的薛瑾乔笑了笑。

他们回府了，薛瑾乔与沈云安婚前不能见面，转个弯就是王府，薛瑾乔追到这里来已经是极限，只能眼巴巴地看着沈羲和被萧华雍给带走。

看到薛瑾乔吃瘪，步疏林乐了，哼着小曲儿，背着手跟上沈羲和。

薛瑾乔目光不善地看了步疏林一眼，转头就朝着护送她过来的萧长风说道："巽王殿下，小女有些事需要请步世子相助，不知巽王殿下可否行个方便？"

萧长风和步疏林都是护送沈羲和的，但萧长风是统领。

"没有什么不方便的，步世子随薛女郎去一趟吧。"萧长风没有多想。

薛瑾乔知晓步疏林怕崔晋百，而她要回去的地方，就是崔晋百守着的地方！她看不到阿姐，步疏林也甭想好过！

步疏林没有想到薛瑾乔这么恶毒。整个京都谁不知道，步世子一开始追着崔少卿跑，后来便开始逃，轮到崔少卿时时刻刻堵着步世子？就连这次崔少卿主动提出送薛家女郎去西北完婚，不少人也调侃说，崔少卿这是借公行私，去一解相思之苦。

薛瑾乔就是知道步疏林现在对崔晋百避如蛇蝎，才会生出这样的恶毒心思，可萧长风又是步疏林的顶头上司，派她送薛瑾乔，她还能违抗命令？

不行，她不能去薛瑾乔待嫁的别院。步疏林眼珠子一转，熟练地捂着肚子呻吟："哎哟，我腹疼！不行，不行，我得去茅房！"

说着，步疏林就转身跑了，薛瑾乔气得跳脚，萧长风也不能压榨下属，哪怕明知步疏林干啥啥不行，装病第一名，也只能由着步疏林跑了。

薛瑾乔看着步疏林跑了，忽然莞尔一笑，微微露出了森白的牙齿，明明弯着月牙眼，却怎么看怎么令人毛骨悚然。

萧长风摸了摸鼻子，总觉得这些女郎和他的认知里的女郎不太一样，还是少招惹为妙。

薛瑾乔是由萧长风送回待嫁的别院的。这是沈岳山父子专门购置的别院，去年薛家就在这里落脚，薛衡也已经辞官，打算日后将这里当作长居之地。

一回到别院，薛瑾乔就看到了崔晋百，于是上前对崔晋百说道："崔少卿，此处有我的祖父在，崔少卿不用事事过目，再则西北之地，应当不会有人加害于我。我方才归来时碰见步世子，步世子不知吃坏了何物，腹痛难忍，我一时任性，欲请世子送我归来，便与步世子有了几句口角，此刻心中懊悔不已，可否劳烦崔少卿带着郎中，代我去看望步世子一番？"

崔晋百听到步疏林身体不适，心口一紧，其他的话都没有听明白，只听到最后一句话是薛瑾乔让他代她去看望步疏林，连忙颔首："我这便去看看。"

他才一个错眼，此人就吃坏了东西，定然是在教坊司胡乱吃喝。

崔晋百自己先往步疏林等人住的院子里跑，还派了自己的下属去请谢韫怀。谢韫怀仍在西北，是沈云安父子挽留，盛情邀请他参加沈云安的大婚。

这次谢韫怀出了不少力，且他们也收了不少谢韫怀的药方，谢韫怀一再说是因为当初沈羲和不吝赠予白头翁前辈的手札，他理应感恩，可他们觉得就算有再多的恩情，谢韫怀相助得也够了。

故而沈云安父子打算将谢韫怀当作亲友来走动，这才请他留下参加沈云安的婚仪。

盛情难却，谢韫怀也的确还有些事情需要处理，也就留了下来，打算参加完沈云安的大婚，就亲自扬帆出海一趟，因为他在西域证实，萧华雍体内的奇毒或许来自异国。

步疏林装病溜了，又不能去喝花酒，只能回去睡大觉。她才刚哼着小曲儿回到屋子里，脱了外袍，躺到榻上，就听到有人急忙奔来。步疏林连忙起身，抓了外袍披上。

她急急忙忙地一边穿衣，一边往屏风外走去。房门"砰"的一声被推开，眉头微皱的步疏林看到来人是崔晋百，翻了个好大的白眼，索性又把松松垮垮的外袍给脱了，扔在屏风上，转身入内，又躺了回去，扯上被子盖上。

"你何处不适？"崔晋百走进来，关切地问。

"我？"步疏林懒散地躺着，"我好着呢。"

崔晋百仔细看了看步疏林的模样，确定步疏林没有说谎，步疏林的确好着呢，顿时，薛瑾乔的话就全部清晰地浮现在他的脑海里。所以步疏林是为了不送薛瑾乔回去才故意装病？

步疏林为何不愿送薛瑾乔？步疏林与薛瑾乔也不曾有什么恩怨，让步疏林退避三舍的恐怕是留在薛府镇守的自己。

他满是紧张担忧之色的脸霎时就沉了下来，他问："你不愿见我？"

步疏林露出一种难以名状的表情。男人这种生物真是阴晴不定，这人前一瞬还担忧关切得好似要丧命一般，下一瞬表情就能阴鸷得叫人退避三舍。

"你这一天天的，能不能不要这般喜怒无常？"步疏林觉得自己早晚会被这个捉摸不透的男人弄疯。

"我喜怒无常？"崔晋百怒极反笑，"我为何如此？皆是拜你所赐！"

"你讲点儿道理可好？我何时又招惹你了？"步疏林也怄气了，"我不就是喝个花酒？这世间哪个儿郎不喝花酒？"

"你就是不能喝花酒！"崔晋百强势地说道。

"凭什么？"步疏林也来了火气。她自幼为质子，在京都放浪形骸，从来没有人管束，早就养成了无拘无束的性子，最不能忍受别人束缚她。

崔晋百被她怒目而视的样子刺伤了眼，刺痛了心，气急之下，一把抓住步疏林，将她拉向自己，堵上了她那张喋喋不休、惹他恼怒的嘴。

步疏林惊得大脑一片空白，等反应过来，不得其法的崔晋百已经在她的唇上胡乱地啃咬起来。她用力将崔晋百推开，崔晋百踉跄着后退，下意识地抓住了步疏林的手臂。

步疏林猝不及防地朝着他扑了过去，两个人将屏风撞倒，步疏林压在了崔晋百身上。被人带着来到步疏林的卧房的谢韫怀一脚踏入房门，就看到了这一幕。

谢韫怀："……"

步疏林："……"

崔晋百："……"

屋子里死一般寂静。

"我走错了屋子。"谢韫怀立刻退后一步，倒退着走了出去。

领着谢韫怀来的人在屋外，听到谢韫怀的话，纳闷："齐大夫，步世子就是住在这间屋子。"

"哦，步世子不需要大夫。"谢韫怀将狐疑地准备探脑袋往里面看的金吾卫转了个方向，"听闻你们金吾卫近来与西北军士比武，受了不少伤，不若带我去看看。"

"好嘞，齐大夫这边请……"

听着渐行渐远的声音，步疏林生吞崔晋百的心都有了！她迅速跳起来，擦了擦唇："滚，你给我滚！"

崔晋百慢条斯理地站起来，整理了一下自己的衣摆，又将屏风给扶起来，人是走了，却没有出屋子，而是绕过屏风，端坐在明间里。

步疏林隔着屏风，看着老神在在的崔晋百，气得叉腰。

"你坐在这里做甚？"步疏林没好气地怒喝道。

崔晋百目视前方，依然四平八稳地坐着："等你消气。"

消气？

步疏林拔高声音，吼道："看到你，我就消不了气！"

"可不看。"崔晋百回道。

步疏林："……"

她想到当初自己为了摆脱尚公主的命运，死缠着崔晋百，整日在大理寺里晃荡，那时崔晋百也差不多说了类似的话，说看到她就无法静心办公。她当时把人一阵调戏，说人家是倾慕她才受她的影响，在他的死亡凝视下，才改口说他可不看。

报应来得如此之快，她现在就是后悔，很后悔！

若是时光能倒退，她一定不会去招惹这块甩不掉的牛皮糖！

自作孽，不可活，步疏林只能生无可恋地躺在床榻上，目光幽幽地盯着床顶。

静坐了一刻钟，崔晋百似乎觉得步疏林应该冷静下来了，这才轻咳一声，算是打了声招呼，然后开口道："阿林，我们不闹了，可好？"

"谁在同你闹？"步疏林又翻了一个白眼。

"你我之间，是你先缠上我的，我拒过、躲过，也劝过，你仍旧故我，岂能将我的一颗心从心如止水搅得波涛汹涌之后，还想半点儿水不沾就全身而退？

"我会对你有这般心思，皆因你而起。若非你那些大胆露骨的撩拨举止，我怎会上了心，动了情？

"你将我变成如此模样，便休想独善其身。"

他其实知道步疏林或许只是为了躲避尚公主的命运才借他做盾牌，可事到如今，自己已经回不了头了。若是步疏林想要抽身，他该如何是好？

步疏林沉沉地闭上眼睛，崔晋百的话，她一句也反驳不了，一切都是她自作自受。

而且她把堂堂一个世家公子的典范变成了一个卑微小可怜，心里其实很愧疚。

可她无法回应崔晋百呢。

平心而论，她对崔晋百当真无心吗？

其实也不然，他是那样风姿秀逸之人，京都多少女郎对他暗自倾心？偏偏他从无不良嗜好，洁身自好，翩翩有礼，对她还掏心掏肺。

"你我之事，待到我步家能善始善终之后，再行讨论。"她也不说什么他们都是男儿身这些虚话，崔晋百根本不在乎，"若在这之前，你有了心仪之人，或者你看明白你我注定没有好结果，想要抽身离去，我亦不会怪你。"

崔晋百激动地站起身，冲到步疏林的榻前，双眸炯炯有神："你……你此话可是……与我定下婚约之意？"

步疏林："……"

步疏林耐着性子解释道："我并非此意。我是说在步家没有安稳之前，我不会谈及嫁娶之事。在我心中，步家重于儿女私情，我绝不会为了私情牵连阿爹。

"而且你我……世俗不能容忍，陛下也不能容忍，只得等太子殿下……或许还能成。那一日不知还有多久，我亦不知你是否等到那日……"

"等得到！无论多久，我都愿意也会等着你。"崔晋百急忙承诺道。

步疏林看了看他："那便如此说定了。"

"你既然要我等你，总要待我不同，我只有一个条件。"崔晋百趁机要求道。

"你先说说。"步疏林没有一口应下。

"日后不得再贪杯好色。"崔晋百肃容说道。

"我本就是个纨绔子弟，不贪杯好色，似你一般兢兢业业，陛下还容得下我？"步疏林连忙扯借口。这可是她的命，十数年如一日，她早就刻入骨子里了。她就爱这些，让她戒掉？

崔晋百抿了抿唇，只能退一步："这些地方你可以去，但不能让人近你的身。"

她去花楼，不搂个身娇玉贵的小娘子，还有什么乐趣？她去那些地方纯粹喝酒？

不过对上崔晋百死气沉沉的眼神，步疏林只得敷衍道："好，好，好，我尽量，我尽量。"

"不是尽量，是必须！"崔晋百半分不让。

步疏林不说话了。

崔晋百觉得自己甚是委屈："我遇到你之前，从未与人亲近，身边一个服侍的婢女也没有，小厮也不能近我之身，至于教坊司、花街楚馆，我更是从未踏足半步，而你……"

他说着，那双清明的眼直直地看着步疏林，眼里就差凝聚出实质的两个字：浪荡！

第三章　不见呦呦闹得慌

　　步疏林被他看得很心虚,听崔晋百这么一说,自个儿就像个花花公子,而且还是身经百战的那种,崔晋百则冰清玉洁,纤尘不染。
　　"行,行,行,我日后不去了,不去了。"步疏林不耐烦地挥手。
　　崔晋百这才有了笑容。他坐在床榻边,目光专注地凝视着她:"你当真没有不适之处?"
　　"挖心掏肝,还能怎么不适?"步疏林闷声回答道。
　　"你若当真喜欢莺歌燕舞,我也可以为你请人来助兴,不过我需要陪着你。"崔晋百稍稍让步了一些。
　　步疏林冲他假笑了一下:"多谢你大度。"
　　似是听不懂对方的讽刺之意,崔晋百笑颜以对:"你知晓我大度便成。"
　　这对话……
　　步疏林听着,总觉得她和崔晋百的性别调换了,怎么听怎么像男人在夸正头娘子……
　　不过两个人之间的气氛总算是好了起来。

　　三月离京,六月归。
　　从柳枝抽嫩芽时离开京都,后面云树遥隔,短短三个月的时间,或许是中间经历了种种,沈羲和觉得他们好似离开京都很久很久了。
　　六月的京都已经十分炎热。酷暑之下,京都显得格外安静,这份安静正如暴风雨来临前的平静,总有一丝压抑气息在盘旋。
　　好在东宫有人打理,虽然一路上闷热,但两个人一回到东宫,凉气就扑面而来。

沈羲和与萧华雍回来后，第一件事就是整理仪容，去给祐宁帝请安。京都的动向，他们一直知晓，萧长卿借助兵部尚书的空缺，就快把整个朝廷搅乱成一锅粥了，直到现在，兵部尚书的人选都悬而未决。每当有人提议或者祐宁帝想要任命谁时，这人总会出些毛病，弄得现在不知道多少人觉得兵部尚书这个位置邪门，甚至这个位置被人诅咒的流言都传了出来。

他们原以为焦头烂额的祐宁帝少不得要训斥他们一通，没承想，祐宁帝和颜悦色，只不过提到萧华雍偷溜出宫的时候，故作严肃地叮嘱了几句，就痛快放行了。

两个人出了明政殿，看了彼此一眼。陛下越是如此，事情越不简单。

兵来将挡，水来土掩，他们只是相视一笑，再去给太后请安。

隔天自然有命妇递牌子求见沈羲和，沈羲和挑了一些见了，其中就有沈璎嫿。等其他人都走了，沈羲和单独留下沈璎嫿："陛下何时赐婚？"

"近几日。"沈璎嫿回道。

陛下不会在萧长风不在的时候直接下旨，明面上是要先知会萧长风，其实沈璎嫿知道，陛下铁了心要赐婚，萧长风也不可能拒绝得了。

"日后过好你的日子，莫要掺和进来。"沈羲和嘱咐了一声。

"诺。"沈璎嫿领首。

多余的话，沈羲和也没有了，沈璎嫿也不想和沈羲和这样相顾无言，便提出告辞，沈羲和应允。

沈璎嫿前脚刚走，后脚景王萧长彦便来东宫求见，自然是求见萧华雍。

萧华雍让天圆将萧长彦请进来，沈羲和第一次见到萧长彦。萧长彦应该是所有皇子中皮肤最黑的人，常年在军中的男儿都是如此。他双眸幽深似寒星，面容刚毅，行走间都是军人的体态，刀削似的五官看起来格外英气，一身藏青色的翻领袍，戴着一顶嵌宝金冠，看上去贵气十足，像巍峨不倒的高山，令人仰望，带着一股难以撼动的气势。

"见过太子皇兄、皇嫂。"萧长彦声音浑厚低沉，没有加重力道，听着却格外有劲。

"八郎免礼。"萧华雍温和地笑着。

萧长彦站直身子，目视前方，没有虚与委蛇，直接开口道："今日前来，是有关舅父身亡于西北之事，向皇兄询问一二。"

当年安南之变，裴家近乎满门被灭，只留下了萧长彦的舅舅裴展，裴展也只有一个独子，叫作裴策，裴策这些年一直跟在萧长彦的身边做军师和副将，镇守安南城。

裴展在西北身亡，陛下不可能再把独苗裴策留在安南城，处理裴展下葬等事宜，萧长彦作为亲外甥，也不可能不回来。到现在他还留在京都，看来是不会再回安南城了。

"八郎要问什么？"萧华雍温和地询问，好哥哥的姿态摆得十足。

萧长彦与萧华雍对视："舅父是在何处身亡，因何事身亡？"

"那日裴尚书前来寻孤，言陛下有命，令他外出办事。孤并未多问，便允了他。孤因奔波疲累，到了庭州便卧床不起，隔日才听闻裴尚书在丹霞遇伏，不幸丧命。"萧华雍语气缓慢地说着，"孤命巽王去为裴尚书收殓遗容，裴尚书因何离去、何故身亡，孤亦不知。"

"太子殿下因何事去庭州？"萧长彦又问。

"说来话长……"

萧华雍悠悠地叹了一口气，这才将沈岳山偶然发现自己的左膀右臂叛变，为了西北安定，拿下这个叛徒，不得不假死之事告知，沈云安是知情人，便在耿良成去了庭州之后尾随而去。

因为此事机密，沈云安父子不曾告知旁人。世子失踪，他们都很焦急，有人回报见到世子的踪影，那时时局紧迫，沈羲和不得不留在王城里，故而他便追了过去。

他原本也没打算带上裴尚书，是裴尚书主动请缨的。

萧长彦面无表情，经历过战场的儿郎，哪怕是站在那里，也像极了一柄笔直的宝剑，见过血，开了刃，什么都不用做，显得也锋芒毕露，锐利且具有压迫感。

"耿将军的事，臣弟也有所耳闻，他既然叛变，西北王与世子煞费苦心，也实属应当。"这一点，萧长彦能够理解。但他接下来话锋一转，说道："太子妃是出嫁女，此事又隐秘，哪怕是为了迷惑人心，不知会太子妃一声，也合乎情理。

"然而西北王与世子既然如此小心谨慎，世子又对西北了若指掌，去庭州之路，想必应当慎之又慎，为何被人发现了踪影？他们不怕此事传到耿良成的耳朵里，让耿良成早早洞悉这是个局？"

沈羲和在一旁听着，微微皱了皱双眉，心道，萧长彦好敏锐的心思。

事情发生到现在，有多少聪明人亲自参与，却没有人察觉这一处有些不合情理的漏洞，偏偏萧长彦能够一针见血地点出来。

萧华雍听了这话，似是也在认真思考："孤不知这是为何，或许是世子刻意寻了信得过之人，将消息泄露到工府，抑或是有人贪一份赏银，歪打正着？时间紧迫，孤也只能宁可信其有，不可信其无。"

萧华雍给出的两个回答也算合情合理，沈云安不能明着将这么至关重要的消息泄露，想点儿法子暗示一下也无可厚非。若这当真是沈云安做的局，他既然敢这么做，想必是有法子瞒住耿良成的。

仿佛接受了萧华雍给出的答案，萧长彦没有就此继续深究，紧接着又抛出一个问题："耿良成身经百战，又是西北猛将，曾驻守庭州，若与突厥勾结，不会寻不到攻克庭州之法，怎么会将人由城门引入？

"而且，他若与突厥勾结，就不应当甫至庭州，不做任何部署，就假装落入突厥之手！"

"八郎所言甚是。"萧华雍依旧从容淡定，"关于这一点，耿夫人以死明志之后，西北王便与庭州都护连同几位大将追查过，耿良成是被俘之后与突厥勾结的，其实暗中早已经投靠你我那位来无影去无踪的堂伯。"

萧长彦目光沉了沉："太子皇兄之意，是嘉辰太子在背后谋划一切，耿良成被其策反，西北王顺势诈死，引蛇出洞，然后嘉辰太子引发庭州之乱，耿将军主动请缨，是与其会合？"

"孤是如此作想。"萧华雍颔首。

萧长彦看了萧华雍好一会儿，才抱手行礼："多谢太子皇兄为臣弟解惑，臣弟便不打扰太子皇兄了，请容臣弟告退。"

"八郎请便。"萧华雍也没有挽留。

等到萧长彦离去之后，沈羲和才说："原以为信王殿下足智多谋，萧长泰心思诡诈，没想到景王殿下亦深藏不露。"

萧长彦方才的话每一句都在试探，但他的语气与神态没有一点儿试探之意，甚至没有一点儿猜疑萧华雍的意思，可句句都问到了点子上。

"若没有我，他们三人倒是能凑一出好戏。"萧华雍低声笑道。

萧长泰若非落在他的手上，不会这么早就被逼到这个地步，整个朝中或许只有萧长卿对萧长泰的伪装有一丝察觉，想要将其揭露出来，却不容易。

三足鼎立，萧长卿若也对皇位志在必得，那必然是一场惊心动魄的争斗。

萧华雍言语里都是对付这些人轻而易举的满不在乎的语气，若是往常，沈羲和少不得要提醒他一句，莫要得意忘形，现在却懒得开这个口。毕竟无论是陛下还是萧长泰，没有一个人在他的手上讨到好处。

沈羲和自问也是个聪慧之人，却也会好奇这人的心是如何长的，竟然能够翻手为云，覆手为雨，以山河为局、天下人为子，想如何便如何。

"景王这是要留在京都了？"沈羲和问。

"嗯。"萧华雍颔首，"裴家只剩下他的表弟，他不留下，担忧裴策成为下一个裴展。"

"安南城便说放权就放权？"沈羲和觉得事情没有这么简单。

萧华雍莞尔："岳父若是携兄长来了京都，西北难道就会落入旁人之手？"

"两三年内不会。"

时间长了也未必。

"安南城那边，他早已经培养了心腹，用不着他坐镇。他如今羽翼丰满，再不回京都，就很难有他施展拳脚的机会了，而且裴展的死，对他而言也是个契机。"萧华雍神秘地笑了笑。

沈羲和不需要追问，略微一动脑子就能够想明白："兵部尚书。"

兵部尚书被萧长卿用来给陛下添堵，时至今日，人选依然悬而未决，陛下对裴展之死心中有愧，而萧长彦有军功在身。

陛下将兵部尚书给萧长彦，既安抚弥补了裴家，同时也能看看，那在背后搅风搅雨的人能不能也抹黑萧长彦。

"信王只怕没有想到，他辛苦了这么久，便宜了景王。"沈羲和挑眉。

"老五给陛下添了这么久的堵，心里早已顺气儿。他无心这个位置，这个位置落在旁人身上也无关痛痒。"萧华雍却不觉得萧长卿会怄气。

"你呢？"沈羲和用幽亮的双瞳与萧华雍对视，"景王年纪轻轻就位列六部尚书之一，对你的地位最有威胁。"

"威胁？"萧华雍咂摸了一下这两个字，"这世间，我只允许你对我造成威胁。区区一个兵部尚书，我乐意，他便有，我若不乐意，他也甭想。"

听听，这人多么猖狂！他压根儿没有把萧长彦即将成为六部尚书之一的事放在眼里。

"我的这些哥哥弟弟，除了老二，应当无人会在意此事。"萧华雍又补充了一句。

有能耐之人都不会生出忌妒之心，要么自己爬上去，要么就把碍眼的人拉下来，只有那种自己爬不上去，又没有能力将人拉下来的人，才会感觉心里不是滋味，埋怨世道不公。

提到昭王，沈羲和倒是觉得昭王也是个人物。他明明是陛下目前存活的长子，又是唯一拥有子嗣的亲王。在皇太子不被人看好之际，他明显是最具有优势之人，理应备受瞩目才是，但若不刻意去提及，甚至连沈羲和都会不由自主地忽略他。

萧华雍说他没有本事，沈羲和倒不觉得萧华雍看错眼，这话只是萧华雍相较自己而言给出的定论。在沈羲和看来，昭王是个极其擅长隐匿的人，无声无息，看似不争不抢，实则稳扎稳打，步步为营。

既然提到了昭王，沈羲和不免又想到了另一桩事："昭王应当要成亲了才是。"

去年萧长旻和余桑梓就被赐了婚，婚礼经过礼部，避开皇太子大婚，定于七月，也就是说，还有一个月的时间。

余桑宁不可能让余桑梓成为皇子妃，否则自身就没可能嫁入天家了，哪怕是嫁给萧长风也不行。余家可没有沈家这么高的地位，更没有任何供祐宁帝政治利用的价值。

萧长风因为沈羲和，被陛下临时调去了西北，余桑宁想要博得萧长风的好感，已经错过了时机，现在陛下又要把沈璎嫮赐婚给萧长风，余桑宁就只能谋算余桑梓，代替余桑梓嫁给萧长旻了。

夫妻间也会闲聊，于是沈羲和将此事当作闲话一般说与萧华雍听了。

"一个小小的侯府庶女，还有这等野心？皇家的婚事，哪里容得马虎，是她说替代就能替代的？"萧华雍听后，乐了，并不相信余桑宁有这个本事。

说到底，萧华雍也还是个男人，有着普通男人的特性，只不过他的包容性和眼界高于世间男子太多，才会显得他格外与众不同。京都的女郎，他从未注意过，只是按照皇室的婚姻规则来推断此事。

萧长旻是皇子，也是亲王，可不是话本子上临出嫁时换个新娘子，入了洞房就得认的。不说本朝大婚，新娘子没有盖头，只是以团扇遮面，根本无法换人，便是她当真有法子入了洞房才换人，那就是欺君之罪。御赐的婚姻，如此儿戏，这庶女既然有野心，就应该有脑子，如此行事，足够余氏一族包括她自己人头落地。

便是她阿姐婚前不幸遇难，也轮不到她这个庶女填补这个位置，天家皇子想娶妻，何人不能娶？

"你可莫要小看女郎，有些女郎若想成事，再难也能成。"沈羲和却觉得，凭她的直觉以及她对余桑宁无法拒绝权力富贵诱惑的断定，余桑宁一定能成事。

"呦呦对她如此有信心，我们不妨一起看看这位侯府庶女如何翻天，成为你我二人的皇嫂？"闲来无事，不若看一出戏，虽然对女人的戏，萧华雍心中甚是不屑，可妻子喜欢，他倒是乐意陪伴。

"不若我与殿下打个赌，我赌她能成事。我若赢了，殿下答应我一件事。"沈羲和目光一转，说道。

她倒也不是多在意余桑宁能不能成事，也没什么事要求萧华雍，只是忽然心思一动，便说了出来。

萧华雍下意识地想说："你让我做什么事都成，不用打赌。"

好在他话还没有说出口，在妻子迷人的模样面前，不甚灵光的脑子突然灵光了："我若赢了，呦呦也答应我一件事？"

"你我只能做旁观者，不可插手。"她可不想萧华雍为了赢，横插一手。

"成，有趣。"萧华雍这下子真的来了兴致。

昭王如同往年一般，在发妻忌日这天，带着儿女去寺庙里做法事，为了不让人误以为他故作深情念旧，从来都是微服出巡，携带的侍卫也不多。

京都之中本来应当很安全，却没有想到这一次他在下山之际被伏击和追杀，对方人不多，却在他的必经之路上设伏，他让护卫保护儿女，自己则去将贼人引开。

因为担忧有什么人在逼他出手，不到万不得已，他不会暴露自己的暗卫，最后碰上带着护卫上山的余桑梓，同时还有赶来的于家大郎，二者相助，这才救下他。

就在众人松懈之际，谁也没有想到，赶来帮忙的于大郎突然目露凶光，从袖中拿出匕首，朝着昭王刺去。昭王对这个方才拼了命要护住自己的妻族弟弟毫无防备，千钧一发之际，余桑梓一把推开了昭王。匕首深深地扎进了余桑梓的胸口，余桑梓倒在了昭王的怀中。

不乐意成为继室的余桑梓早在余桑宁的安排下遇到"良人"。余桑宁喜欢万事做两手准备，不确定自己能否谋划成功，嫁给萧长风，萧长旻便是她的退路。确定只有选择退路才能攀上富贵之后，她毫不犹豫地在余桑梓与"良人"话别之际，推波助澜，使得余桑梓失去清白。

余府知晓此事之后，平遥侯的第一反应是制造机会，让余桑梓暴毙，侯夫人不允，且宫中会派人来查验。最后还是余桑宁献计，于府长房之子要在昭王祭奠亡妻之时行刺，余府可倾尽全力谋事。

事成，对余府百益而无一害。

至于于造之子为何要杀昭王？这当中自然也有余桑宁的功劳。她将昭王视为退路之后，就派人有意无意地接触成为庶人的于府之人，为的就是有朝一日能派上用场。

她并不知道于造之事的内情，可仍旧散播谣言，让于造之子知晓于造并非假冒，假冒不过是昭王弃车保帅之举，他们落入今日境地，皆拜昭王所赐……

"可真是精彩。"萧华雍第一时间就知道了事情的全部过程。

"愿赌服输。"沈羲和嘴角上扬，看向萧华雍。

"服，服，服，我对呦呦心悦诚服。"萧华雍笑得柔情蜜意，声音也温柔至极，"一切都不出呦呦所料。"

"倒也不是都在我们意料之中。"沈羲和想了想，说道，"我没有想到余二娘子会利用于家。"

其实大致情况与她所料相同，她很好奇，余桑宁是去哪儿寻找的高手刺杀昭王。买凶杀人之事纸包不住火，后顾之忧太多，皇子遇刺，陛下必然严查，若是查出这是平遥侯府做的局，平遥侯府就不是举家流放，而是满门抄斩了。

陛下彻查之后，发现刺杀的事与平遥侯府毫无关系，才能把平遥侯府彻底定义为苦主，余桑宁利用了当日于造一事，令饱受折磨的于大郎行刺，合情合理。

如此一来，哪怕是余桑梓正好带着护卫去了昭王所在的同一个地方，也不会让人怀疑。

至于于大郎哪里来的实力弄出这么大的阵仗，余桑宁知晓凭她一人兜不圆，这才把整个平遥侯府都拉进来。有了平遥侯和平遥侯世子，这些都不是她该操心之事。

"还有一事，"萧华雍说道，"余大娘子未死，且被平遥侯世子送走了。"

沈羲和没有派人盯着平遥侯府，这件事她并不知情，平遥侯府的人做得也干净利落，差一点儿连他的眼线都蒙骗过去。

"未死？"这就令沈羲和诧异了。

余桑宁行事素来狠辣，从不留隐患，这次竟然留了余桑梓的性命？

"或许是因为她尚有一丝良知？"萧华雍带着逗乐的口吻说道。

沈羲和扫了他一眼："只能说明余大娘子活着比死了对她更有利。"

萧华雍低笑出声："果然还是呦呦更懂得女郎的心思。"

事情正如沈羲和所想的那样，余桑梓未死，余桑宁提供了假死药。刀剑无眼，谁也不知道余桑梓去挡这一刀会不会殒命，最坏的结果也不过如此，然而老天眷顾，余桑梓这一刀看似扎得深，却并没有伤及要害。

拔出刀之后，太医便说，余桑梓若是能醒来，就度过一劫。余桑梓是醒来了，醒来后就服用了余桑宁给她的假死药。余桑梓必须得死，不论真假——她不能嫁到王府。

她没有"熬过去"。"回光返照"之际，她将余桑宁托付给了昭王。欠下救命之恩，昭王自然答应了下来，甚至余家在送走余桑梓之后，就为了昭王的颜面，主动将余桑宁记在了余夫人的名下，现在余桑宁不再是庶女，而是嫡女。

而且这个嫡女，因为有恩于余桑梓，有功于余家，日后势必会得到平遥侯府倾囊相助，哪怕是余夫人，因为亲生女儿的事，日后不说对余桑宁有多好，至少也不会为难她。

这一举，余桑宁彻底征服了平遥侯府，让平遥侯府成了她的倚仗和娘家。而昭王欠着平遥侯府一条命，绝不会怠慢余桑宁。

昭王在余桑梓出了头七之后，就请求陛下赐婚，表明他愿意娶余府二娘子。整个京都的人都知晓，这是余大娘子用命换来的姻缘，且余桑宁已经被记作嫡女，陛下自然应允昭王所求。

只不过因为余大娘子新丧，大婚延迟三个月。

倒是于大郎行刺一事，少不得又有人请求陛下再查于造之事，沈羲和做的局，萧华雍扫的尾，他们翻了天也翻不了案。于造就是假的，于大郎就是因为身份乍然变更，受不了，因而起了歹念。

"昭王的嫡长子，怕是难了……"沈羲和见过那个孩子，那是个清秀小童子，性子也很讨喜。

余桑宁是个利己之人，余桑梓不愿嫁给昭王，就是因为她善良，不忍对孩子下手，可又不想自己的孩子生下来就低人一头，这才很抗拒成为昭王妃。

而余桑宁不同，所有挡她的路的人，都不会有好结果，她的下一个目标一定是昭王的嫡长子。

萧华雍听了她的言，摸了摸手腕上的五色缕："你说她惧你如虎，她嫁给老二，是否会劝老二安分守己？"

"她惧我，是因为她是侯府庶女，无依无靠；我是亲王嫡女，权势滔天。眼下她不再是侯府小庶女，我虽是太子妃，位尊于她，但待到她成为昭王妃，于私也是我的长嫂。届时，她未必还会惧我。"沈羲和递了一块吃食给百岁，又递了一块吃食给短命，"昭王若有野心，你又有那种传闻，昭王尚不知你的真面目，夫荣妻贵，她的野心只会继续滋长。"

皇后之位呢，已经得到家族支持的余桑宁怎么会不心动？

"既然如此，不若早些将他们送走？省得碍眼。"

"随时能送走之人，何须着急？"沈羲和不着急，把人留着可以给陛下添乱，偶尔借来做障眼法，"倒是景王殿下……"

萧长彦已经成了兵部尚书，是所有皇子之中官职最大的人，萧华雍时不时病一场，不少人开始揣测陛下对萧长彦的心思，萧长彦这段时日很安静，好似忘了裴展之死。

沈羲和却没有忘记他那日来东宫时对萧华雍说的话。他怀疑萧华雍，也或许是怀疑她与阿爹，总觉得裴展的死不是意外，越是如此，越令人防不胜防。

"小八的确比他们好玩一些。"萧华雍低声笑道，"不用担忧，我也给他派个好玩之人。"

十二皇子燕王萧长庚，以为他的太子皇兄成婚之后就能变得正常点儿，结果已经一年没有差遣过他的太子皇兄又想起了他，让他投靠八皇兄。说得好听，是投靠，说得难听，就是做奸细。

对这位八皇兄，萧长庚其实不算特别了解。萧长彦离京的时候，萧长庚还很小，但他顾虑的事，太子皇兄都想到了，把八皇兄的习性资料给他送来了一份。

"你为何总是逮着十二皇子一个人用？"沈羲和听了萧华雍的安排，忍不住问道。

在她的记忆里，好几次萧华雍设局，萧长庚都在关键时刻起到了意想不到的作用，但萧长庚又很擅长隐藏，办差都是中规中矩的，以至于很多人不容易想起他。

"好用。"萧华雍露出洁白的牙齿。

对他的呦呦动过心思的人，他不物尽其用，真是对不住这番心思。

朝堂上因为萧长卿与萧长彦闹了一场，着实让沈羲和与萧华雍清闲了一段时日，否则他们也没有闲工夫看平遥侯府的那场戏。

二皇子昭王萧长旻的婚事延后，京都酷暑实在难熬，祐宁帝便准备动身去行宫。去年麟游发生了萧觉嵩之事，祐宁帝今年便换了一个行宫。

头两年，祐宁帝秋狝遇巨蛇，行宫遇行刺，今年出发前，便听了钦天监的提议，准备先去相国寺上香，打算带上太后与诸位皇子，对外宣称是为民祈福。

"太子妃，荣贵妃遣人来请您去一趟含章殿。"启程前，荣贵妃派人来请沈羲和。

沈羲和扬了扬眉："走吧，去看看贵妃娘娘又有什么把戏。"

上次沈羲和去含章殿，算是和荣贵妃撕破了脸。之后沈羲和忙着与萧华雍去西北，也就没有提及宫权一事。最近她正在琢磨选个日子去提醒提醒荣贵妃，没有想到荣贵妃先找上了她。

沈羲和去了一趟含章殿，荣贵妃还准备了精致的糕点招待她，好似忘了上次不愉快的事。

"贵妃娘娘有何吩咐？但说无妨，天儿热，我不爱吃甜腻之物。"沈羲和并不是不给荣贵妃面子，而是真的不喜欢炎热的季节。天一热，她就只喜欢吃清淡之物。

荣贵妃面上笑容依然得体雍容："再过五日，陛下要带我们去相国寺祈福，太后早早地叮嘱我将宫权交给太子妃，不若便由祈福之事开始，让太子妃操持，也好让大伙儿看看太子妃有执掌宫权之能。

"我正好顺势将宫权交给太子妃，日后也好松快松快。"

祈福之事，陛下既然带了太后，自然也点了一些内眷，荣贵妃在列，身为太子妃的沈羲和也要随行。祈福之事基本都是由礼部、钦天监联合相国寺操持，可是女眷这方面，得由执掌宫权之人来安排。

去的人不多，这并不是烦琐之事，荣贵妃将这件事情交给沈羲和，正好体现了她对晚辈的爱护之意，既表达了她有心放权的识大体的一面，又体现了她没有一下子甩开，故意为难沈羲和的大气一面。

"贵妃娘娘的好意，我接下了。"沈羲和对珍珠点了点头。

珍珠从荣贵妃的宫女手中接过一个匣子，匣子里应该是一些印信，调配宫女等需要用到。

"太子妃若有不明白之处，只管来问我。"荣贵妃又温和地说了一句。

"少不得要劳烦贵妃娘娘。"沈羲和也客气地回应，"还有五日便是祈福的日子，我也要回去熟悉熟悉祈福的章程，若贵妃娘娘无事，我便告辞了。"

"太子妃请。"荣贵妃站起身，亲自送沈羲和。

沈羲和没有推拒。一直被送出含章殿的宫门，沈羲和才说道："贵妃娘娘留步。"

"太子妃慢走。"

两个人之间的气氛和谐无比，客客气气，令不少等着看热闹的人大失所望。

"贵妃娘娘为何不早些告知，偏要等到这个时候？"只有五天时间，太子妃哪里赶得及？紫玉忍不住抱怨。

"她是故意如此，"珍珠瞥了紫玉一眼，"有意为难太子妃。若太子妃不接下此事，她日后就有了借口，太后再问及宫权之事，她定会拿此事说嘴，让宫里人都知道不是她不给，是太子妃担不起事。日后她便是强行将宫权给了太子妃，下面那些宫人也不敢轻易靠拢太子妃。"

"就知晓她不怀好意。"紫玉道，她现在第一讨厌的人就是荣贵妃。

"这不过是一个开始，荣贵妃真正的险恶用心，定然是在祈福之事上。"碧玉面色有些凝重。

荣贵妃在这个时候让沈羲和操持祈福之事，必然做了什么手脚，目的很简单，就是要让沈羲和出个大纰漏，最好是丢尽颜面。如此一来，日后太后也不好为沈羲和索要宫权了。

"这是怎么了？"萧华雍出门一趟回来，就发现沈羲的丫鬟们似乎面色不悦。

"些许小事，她们都被我宠坏了。"沈羲和并不想把这些内宅的事说出去，让萧华雍烦心。

"呦呦的事再小，于我而言也是惊天动地的大事。"萧华雍知道妻子的能耐，她说是小事，那定然是轻易就能解决之事。不过他还是想要知晓，于是坐到沈羲和身侧，凑近后低声说道："说与我听听。"

萧华雍若是不问，沈羲和便不说，可他问了，沈羲和也不想隐瞒，就把这件事说了一遍。

"这件事简单，我去寻老五一趟。"

自己的娘自己管，若非要劳烦旁人来管教，下手重了，可莫要责怪旁人。

"为何要去寻信王？"沈羲和抓住正欲起身的萧华雍的手腕。

"这是他的娘。"萧华雍理所当然地说。

"殿下不了解荣贵妃。"沈羲和淡淡地笑了笑，"信王殿下与烈王殿下压根儿约束不了她。"

荣贵妃是生母，是长辈，萧长卿和萧长赢除了言语上劝着以外，还敢对荣贵妃动手吗？

不说孝道，便只说陛下还在，陛下身为丈夫，都没有约束荣贵妃，哪里轮得到儿子？

萧长卿手段了得，对付任何人只怕都有法子，唯独拿生母没办法。

"既然呦呦如此说，我便不白跑这一趟了。"依沈羲和所言，他只怕说了也是白说，指不定还会让萧长卿提前引起荣贵妃的警觉，由着他的妻子给她一个教训也好，省得有些姨娘当家做主久了，都忘了自己只是姨娘，"日后呦呦有事，不可瞒我。"

看着佯装生气的萧华雍，沈羲和忍不住莞尔："后宫之事，都是女人之间的斗争，殿下不应当卷入其中。"

沈羲和自己也是女人，并非看不起女人，而是觉得似萧华雍这类顶天立地的伟岸男儿，不应该被这些琐事困扰。

"朝堂之事我从不避讳呦呦,也不干预呦呦与儿郎们博弈。怎么呦呦就反过来不允许我参与女人之间的争权夺利了?"萧华雍振振有词,"与你过不去之人,不论男女,事无大小,都是我们的敌人,我们夫妻是一体的。我从不觉得维护妻子,对付女人,有失风度和气节。"

他从来都不是君子,也不屑于遵守那些繁文缛节。他在意的人,他都会维护,任何礼教都不能束缚他。

他的态度极其认真,他是真的很在意,沈羲和不想将他卷入后宫争斗之中,或许与是不是后宫争斗没有干系,他是在意她隐瞒任何关于她的事情,尤其是有人对她不利之事。

"我记下了,再也不会了。"沈羲和认错态度良好。

萧华雍那点儿郁气霎时就消散了,漆黑的眼眸里蓄起了笑意:"佛门之地,要想将事情闹大,淫秽与血腥二者最为忌讳。"

佛门之地忌讳之事颇多,可要牵连到太子妃的名声,甚至一举让沈羲和日后再也无法执掌宫权,这两点才是至关重要的。

他蹙眉思索的样子,让沈羲和情不自禁地看得出了神,她甚至不由自主地勾起了嘴角。

皇太子殿下运筹帷幄之中,决胜千里之外,面对的大局数之不尽,哪一次不是云淡风轻?只因这次之事是冲着她来的,他竟然露出了从未有过的认真之色。

"北辰,我猜想,荣贵妃突然这么做,或许是陛下授意。"沈羲和忽然说道。

西北之事让陛下如鲠在喉,她故意让陛下觉得全盘都是她和阿爹掌控,陛下对她下手是迟早之事。

去相国寺祈福之前,祐宁帝终于将萧长风与沈璎婼的婚事落实。西北王的两个女儿,一个成为太子妃,一个嫁给了世袭罔替的亲王,唯一的儿子继承家业,日后也会成为西北的王。沈家满门贵胄,至本朝开国以来,从未有过这么显赫的门庭。

祐宁帝不由自主地想到,若是沈羲和再诞下嫡子,嫡子成了皇太孙,沈氏……不可估量。

"烈火烹油。"这些日子,沈羲和也听到了随着二人赐婚之事定下而流传出来的话,甚至有些人话里话外在暗示沈家锋芒太过。

想来这也是祐宁帝给沈璎婼与萧长风赐婚的缘由之二。沈家越是有权有势,越会让真正清醒的人避开沈家,只有那些趋炎附势的人才会迎合上去。

"陛下尤为重视名声,便以为旁人亦如是。"萧华雍自鼻间发出一声轻笑声。

沈羲和也跟着笑了。他们夫妻其实都不是很在意名声,而且这些流言很快就会消失无踪。

五日后，一行人顺利启程。

"太子殿下、太子妃殿下，祈福要开始了，请二位殿下随下官前去。"外面有人来请沈羲和与萧华雍。

沈羲和与萧华雍对视一眼，随着礼部派来的人前去。陛下祈福是大事，为了使得整个过程没有一丝纰漏，诸多细节，礼部与太史监配合相国寺的僧人们演练了许久，陛下和萧华雍身侧都跟着一个太史监的人，小声地提醒他们注意事项。

一切都很顺利，直到萧华雍与沈羲和等人簇拥着祐宁帝站到高台前，祐宁帝用双手握住香，三拜之后，站起身正要亲自上前将香插入香炉之中，忽然间，香开始迸溅火星子，惊得祐宁帝一脱手，祈福的香就落在了地上。

香落在地上，也溅了一些火星子，旋即全部熄灭。

这次到相国寺祈福，祐宁帝下令，不得扰民，百姓仍然可以正常来寺庙里祈福，只不过要通过层层搜查。诸多百姓都不急于一时，又畏惧官府，自然会选择改日再来。

但有些百姓是当真急于求个心安，有些则是胆大，想要一睹圣颜，故而相国寺还是有百姓前来。宝殿前是空旷的路面，四周都被手持长矛的护卫围住了，但也有百姓想方设法地偷看，只要没有逾矩，都不会被驱赶，谁也没有想到陛下的香会出这样的岔子。

不但随行而来的皇亲与大臣亲眼看到了这一幕，就连一些百姓也看到了。

时人很信奉这些东西。看到陛下祈福的香莫名其妙地溅出火星子，香还掉落在地上，他们就觉得这是大大的不祥之兆，定然会有不好之事发生，一时间又是惊恐，又是议论。

见势不妙，金吾卫上将军镇北侯立刻遣人将百姓疏散，并且加以告诫，礼部尚书连忙上前颤巍巍地道："陛下，香有金星，这是大吉之兆……"

如此违心之言，礼部尚书说得出口，旁人也只得附和。

只有祐宁帝的面色很不好，他的心也忽然有些发慌，他总觉得有什么不妥之事要发生。这次明面上是祈福，实际上是因为前两年不顺，故而他想求个心安。

到底是帝王，祐宁帝顺着群臣的附和声，重新接过虚清递来的香，决心将仪式进行下去。

哪知新递上来的香也如同方才一般，这次祐宁帝没有丢掉，而是将香捏在手里，看着它火花四溅之后霎时熄灭。

礼部尚书咽了咽口水，也不知该如何瞎掰了。

其他人更是一言不发，唯有虚清上前："阿弥陀佛，陛下可否将香给贫僧一观？"

祐宁帝将香递给虚清，虚清仔细检查了香，又让人把香盒里的其他香取出来，完整的没有动过的和现在燃烧过的，虚清都一一对比，却没有发现不同之处。

虚清取出三支香，自己点燃，然而香燃了过半，方才的事情都没有发生，这下大臣们的头垂得更低了。

尤其是萧华雍等人和陛下一起上香，他们手中的香都快燃尽了，没有一个人似祐宁帝这般，那这就只有一个合情合理的解释了：天不佑陛下！

沈羲和瞥向萧华雍，没想到相国寺里，他也能把人安插进来。若是由她来布局，只怕做不到如此完美。香没有问题，问题出在递香的人身上，这人明明用双手举着香盒，但是对有问题的香和没有问题的香可以切换自如。

有问题的香自然是沈羲和弄的小把戏，目的是回敬大婚后祭祖时帝王的手段。

心有灵犀一般，萧华雍转头，目光中深藏着笑意和一丝求表扬的得意，他的视线与沈羲和一触即错开。

这会儿，众人的注意力都在这件匪夷所思的事情上，没有人注意到夫妻俩短暂的眼神交流。

"天有神，人有皇，陛下是人皇，理应与天齐平，这或许是漫天神佛不敢受陛下之礼。"气氛最凝滞的时候，萧长旻忽然开口道。

"昭王殿下所言极是。"

"陛下理应与天齐平。"

"陛下不必拜神求佛。"

并非人人信佛信道，譬如沈羲和，似她这样的人不在少数，不少人认可萧长旻的言论，也不怕这是佛门之地，此言显得不敬神佛。在他们看来，县官不如现管，他们的荣华富贵都系在陛下身上，陛下自然才是他们应该维护和奉承的人。

"陛下尊贵，既然上天不敢受陛下三拜，不若由太子殿下代陛下祈福。"礼部尚书也立刻见缝插针，这件事情必须得揭过去。

好歹是有个台阶下了，祐宁帝暂且不去追究此事，让开身，对萧华雍说道："太子，你代朕祈福。"

萧华雍上前，祐宁帝抬手，递香的小沙弥就把香恭恭敬敬地递给了祐宁帝，祐宁帝亲自点燃，交到萧华雍的手上，萧华雍双手接住香，三拜之后，并没有出现任何异常情况，这场祈福仪式才勉强顺利地落下帷幕。

可不知怎么的，当日陛下祈福之事很快便被传得沸沸扬扬，整个京都有各种版本，说得有鼻子有眼，仿佛人人都亲眼所见，最多的说法还是质疑天不佑陛下。

"这件事是你所为。"沈羲和笃定这是萧华雍的手笔，因为只有事先知情的萧华雍才能让流言蜚语迅速发酵。

"也让陛下尝一尝被人议论的滋味。"萧华雍微微一笑。

"香是怎么回事？"沈羲和问。

萧华雍笑眯眯地递给她一个香盒，沈羲和接过来，仔细打量，才发现香盒里竟然有个暗格，轻轻一拨就能翻一面，另一面捆着另一种一模一样的香。

"北辰，好巧的心思。"沈羲和摆弄着手上的盒子。

这个盒子的衔接轴做得很巧妙：不松散，单单将盒子倒过来，它也不会翻动；也不紧密，用手轻轻一拨就会翻面。香的尾端都有细绳捆好，取的时候，从上面抽出即可。

"民间杂技，不足挂齿。"萧华雍眉眼含笑道。

"你会杂技吗？"沈羲和从盒子上移开视线，好奇地问。

她会这么问，是因为她觉得萧华雍好似无所不能。

然而萧华雍是当真不会杂技。

不过他可不会认输："现在还不会……"不会没关系，他可以学，"过段时日，待琢磨琢磨，我再为呦呦展示一番。"

沈羲和手一伸，将盒子递到萧华雍面前，萧华雍伸手，她却没有把盒子放在他的手上，而是挪开了盒子，用另一只手握住萧华雍的手："你是储君，你的手可挥毫，可杀敌，可执掌天下，用不着去钻研这些东西，寻个日子，请大家到郡主府献技便是。"

沈羲和倒也不是看不起这些技艺，若是看不起，也不会想看，只是觉得萧华雍没有必要为这些技艺浪费时光。他们这些上位者若事事都要亲力亲为，样样都要涉猎，这一生活得也太累了。

"我只为你费心思，下功夫。"萧华雍反握住她的手。

"正好，我不许，你便听着。"沈羲和强势地微抬下颌。

这边两个人充满柔情蜜意，另一边，祐宁帝回到安排好的禅房里，大发雷霆。若非这是佛门之地，恐怕今日真的有人要血溅三尺。至于是谁，就得看谁撞上门来了。

人人都知道陛下此刻定然难以压抑心中的怒火，纷纷退避三舍，心中最怕的就是被陛下宣召。

刘三指低眉顺眼。他虽然在祐宁帝跟前伺候，但清楚祐宁帝是不会迁怒自己的，故而默默地等着，看一看有没有不长眼的人自己送上门。若是没有，就别怪他为了给陛下解气，揪那些犯了错的人给陛下撒气。

只是刘三指万万没有想到，撞上来的竟然是淑妃。一听到外面报淑妃求见，刘三指就皱起了眉。陛下对淑妃是真的恩宠，刘三指想了想，才走上前："陛下，淑妃娘娘求见。"

冷着脸的祐宁帝看了刘三指一眼："让她回去。"

刘三指猜到了这个结果,陛下待淑妃有一两分真心,不愿在这个时候让淑妃来承受自己的怒火。

可惜他还没有出门去打发淑妃,淑妃就自己冲了进来。祐宁帝一看到她推门而入,立刻一拍桌子,站起身呵斥:"你放肆!"

淑妃"扑通"一声跪下:"妾知晓陛下此刻心中不悦。陛下若是不快,寻妾发作便是,妾本就是陛下之人,换了旁人,少不得要在心中诋毁陛下喜怒不定。"

"你——"

祐宁帝更怒了,但淑妃倔强地抬起脸,眼中对他的心疼之色令他胸口的怒气散了不少。他叹了一口气,上前将她扶起:"回去吧,朕御极二十多载,若这点儿气都受不住,早就不知驾崩……"

"陛下,不可胡言,妾听不得这话。"淑妃用饱满莹润的指腹轻轻地按住了祐宁帝的双唇,眉头笼罩着愁绪,"妾虽伴君不久,却早就从母后口中听闻陛下英武,在妾心中,陛下是天朝君主,定然是万岁至尊。"

"你呀……像个孩子。"祐宁帝轻叹一声,面色稍缓。

"陛下,其实妾……适才想到了一个法子。"淑妃欲言又止。

"法子?"祐宁帝扬眉,"你这是想到了为朕正名的法子?"

什么人皇,什么与天齐平,神佛不敢受拜,这不过是一个台阶罢了,往年祐宁帝可没少祭拜,这可是第一次出现这种事,硬要扯这些,无法堵住百姓之口,反倒会让百姓心中对此更难以信服。

祐宁帝其实不太担心百姓信不信这些话,只要之后国泰民安,用不了多久,流言便会散去。他担忧的是,有人借此做文章,弄出什么大灾大难,来印证祈福出岔子之事。

就是因为查不到蛛丝马迹,不知这些人下一步会如何做,祐宁帝才恼怒。

"陛下恕妾无罪,妾才敢言。"淑妃小心翼翼地说道。

祐宁帝看着她胆小的模样,忍不住笑了:"你但说无妨,朕恕你无罪。"

淑妃艳丽的脸庞上露出笑容,明艳如骄阳,她说:"祈福之事,妾已听闻。那帮老臣为何只想着对陛下不利之言?香出异状,为何只能是天不佑陛下,上苍不受陛下之祭拜?"

淑妃魅惑的眼瞳一转,她颇为气愤地说道:"这为何不能是上苍示警,有人欲对陛下不利?"

一语惊醒梦中人。

上香出了这等匪夷所思之事,人人都觉得是不祥之兆,甚至连祐宁帝自己都觉得这是往他的名声上做文章。

为何他们不能换个角度来看待这件事情?他是天子,若有大难,自然能得上天示警，这更能证明他是顺应天命。祐宁帝豁然开朗，一把握住淑妃的肩膀，将她揽入怀中："你可真是朕的解语花。"

"妾心中便是这般想的，当不得陛下夸赞。"淑妃谦逊地道。

这是沈羲和教她的，她可想不到这些。沈羲和是想看一看，祐宁帝会不会把这个对他不利的人安在她的头上，若是会，正好借力打力，对付荣贵妃。

届时，可就有一场惊天动地的好戏要上演。

祈福的行程安排是早已拟订的，原本是今日祈福完毕，明日一早整顿之后，便从相国寺出发，直接往行宫去，哪里知晓祐宁帝祈福不顺，外面的流言蜚语更甚，祐宁帝也不愿此刻就离开相国寺。

一则，这样会令虚清大师颜面扫地，影响相国寺的香火和声誉，祐宁帝拂袖而去也有失帝王风度；二则，祐宁帝不能就这样恼羞地离去，这会坐实天不佑他的说法。早前才有他杀兄夺位的传言，祐宁帝决不允许有人将两者联系在一起做文章。

这些都在沈羲和的预料之中，因为在香上做手脚的就是他们夫妻俩，这却不在荣贵妃的预料里。荣贵妃只知道明日一早就会启程，她安排的事情必然会在今晚行动。

错过了今晚，就错过了在宫权上打击沈羲和的最佳时机，因为这一次相国寺之行，女眷都是由沈羲和过问的，还包括诸位的落脚、吃食、安危等问题。

能够动手脚的地方实在是太多了，沈羲和不想分出那么多人去盯着荣贵妃的人，这样一来就会暴露自己在宫中的眼线。荣贵妃背后毕竟还有一个陛下，陛下就是想要看看她有多少底牌，好迅速地将她的羽翼给除掉。

沈羲和不喜欢处于被动的地位，喜欢掌握主动权。同时，与她有利益冲突的人，她都喜欢一招制敌，不喜欢与人纠缠不清。

荣贵妃既然先动手，那就要接得住她的招才好。

月上柳梢头，被烛光和月华笼罩的相国寺蝉声一片。

沈羲和的屋子里熄了灯，因为是在佛门之地，哪怕她与萧华雍是夫妻，也要分房而居，院子里不止她和萧华雍，还有李燕燕夫妻，禅房较少，大臣们都在外面寻找落脚之地。

隐藏在暗处的探子看到沈羲和的屋子里的灯火熄灭，立刻回去禀报。荣贵妃坐在昏暗的屋子里，半边脸在月光的照耀下，映在铜镜之上。她目光阴沉："按计划行事。"

这是沈羲和第一次掌控宫权，许多重要之地都派了自己的心腹看守，比如相国寺的厨房，从今日到明日的朝食，中间的素斋和点心，都会入贵人之口，自然至关重要，沈羲和不能暴露自己安插在宫里的人，就派了紫玉看守厨房。

紫玉原本就是在东宫负责掌管膳食间的，如果有人对沈羲和身边的人做过深入调查，不难发现，沈羲和身边的丫头个个狡猾且身手了得，不好算计和拿下，唯有紫玉是最好对付之人。

紫玉尽职尽责地看守着厨房，忽然听到了熟悉的叫声，转头就看到了短命的身影。她唤了一声"短命"，短命就朝着她奔来。厨房里正好有小鱼酥，她端过来，要喂短命吃，刚刚递上去，忽然响起一声哨响。紫玉瞬间被吸引了，也就是这一错眼的工夫，她面前的短命忽然亮出了利爪，在紫玉的手臂上狠狠地挠了一下。

"哇——"紫玉痛呼一声，短命迅速地跑了。

她提步想追，却又想起了沈羲和叮嘱她的话。退回来守着厨房，她对一个看火的内侍吩咐道："你去寻太子妃身边的女史珍珠，说短命不对劲。"

那只猫和短命长得一模一样，紫玉一时间没发现是假的，只当有人对短命做了手脚，希望太子妃能警惕，莫要让短命近身。

内侍听命离去，紫玉坐了下来。

京都盛夏的夜晚，风也是干热的，这份燥热灌入紫玉的身体里，她觉得浑身难受，身上冒出细密的汗液，被抓伤的地方也开始发痒。她低头，看到手上红肿一片。

她起身想要去唤守门的侍卫，结果一站起身就感到一阵眩晕，旋即视线越来越模糊，最后栽倒了下去。她虽然倒了，却没有昏迷，像被扔上海滩的鱼儿，浑身无力且干渴，嚅动着嘴，却发不出丝毫声音。

很快，有一抹身影悄然而至，将她无声无息地抱起，带走了，去传话的内侍带来了珍珠，两个人并未看到紫玉。

紫玉被人一路送到了柴房，这里有个吃得满嘴是油的瘦和尚。来人将紫玉放下："娘娘送给你的，既然尝了肉味儿，不若也尝一尝女人的滋味。"

浑身乏力的紫玉眼里泛起了泪光，听到带她来的人离去，柴房的门被关上了。

就在瘦和尚蹲到紫玉身边，要触碰她的衣衫之时，有什么东西击中了他的后背，令他僵在了原地，旋即，两抹身影轻盈地从屋顶上跳了下来，他们还扛着一个黑布袋。

布袋里是个昏迷的女人，来人不是旁人，是萧华雍手下的九章。九章从黑布袋里拖出了一个宫女，这个宫女是荣贵妃的女史。

这里不比在宫里，宫妃们带来的贴身婢女不可能全部留在身边伺候，而是被统一安排在了一间屋子里，沈羲和特意把墨玉安排在了与她们同屋，轻而易举地就让所有人昏睡了过去，掳走了荣贵妃的女史，换走了紫玉。

与此同时，陛下歇息的禅房里闯入了一名刺客，刺客来得蹊跷至极，竟然躲过了重重护卫，无声无息地闯入禅房，甚至朝着陛下刺去致命一剑。哪怕祐宁帝警惕惊醒，迅速躲开，依然被一剑划过了肩膀，血溅帷幔。

"来人——"祐宁帝高喝一声,迅速躲开了刺客的第二剑。

外面轮值护卫的宫人全部被惊动,迅速踹门奔了进来。刘三指更是迅速奔向祐宁帝,将刺向祐宁帝的眉心,只差两寸距离的剑给拦下了。他将拂尘一抬一卷,缠住了刺客的剑,将刺客逼得不得不退开,刺客立刻被拥上来的护卫围住。

"留活口!"祐宁帝沉声吩咐。

有了祐宁帝的命令,护卫们不敢下死手,这个蒙面黑衣人身手了得,护卫们一时间竟然拿不下他。并且黑衣人还故意将致命的地方往一个护卫的刀上撞,谨遵皇命的护卫立刻收手,被黑衣人一脚踢开,黑衣人竟然打开了缺口,突出重围,一个飞跃,消失在黑夜之中。

这里不是皇宫,沈羲和与萧华雍距离祐宁帝不远,听闻陛下遇刺,纷纷赶去。

他们离开院子时,一抹黑影就潜了进来。

陛下遇刺,这是何等大事?!几乎是一瞬间,所有人都拥向了陛下的寝宫,唯恐去迟了,引得陛下猜疑的同时,又错失了表忠心的时机。

在这个关键时刻,除了早就知道陛下今日会安排遇刺一事的沈羲和与萧华雍,无论出于什么目的,人人都心系陛下,哪怕聪明如萧长卿和萧长彦,都不认为陛下遇刺是作假。

众人倾巢而出的后果,就是他们所居之处没有人了,这是一个极大的空子。

沈羲和他们因为离得近,故而最先赶到。他们到的时候,太医令已经在给祐宁帝处理伤口了,宫女端着一盆被血染红的水走了出来。

萧华雍连忙入内,沈羲和与他并肩而行,搀扶着面色苍白的他。进屋之后,他就忍不住低咳了几声,夫妻俩走到祐宁帝跟前,行了礼之后,萧华雍才切地问太医令:"陛下的伤势如何?"

其实能够端出去血水,祐宁帝能够靠坐着见人,说明伤势并不严重,真正严重的伤势,帝王必然要捂得严严实实,否则一些不怀好意的人就会趁机做点儿什么。

太医令看了祐宁帝一眼,得到许可才回道:"陛下的伤口不深,只不过那把刀抹了毒,此毒罕见,虽不是见血封喉,却也发作得极其迅猛,幸好微臣见过此毒,于中恰好有解药。"

刀还抹了毒?

沈羲和抬眉,不着痕迹地说道:"陛下,儿身侧的医女与下属对解毒一道颇有心得,太医令之能,儿自不敢质疑,只是儿与殿下忧心陛下,若陛下不嫌弃,可否允儿唤他们来再为陛下探一探脉?"

祐宁帝中没中毒,全凭太医令一张嘴,沈羲和不相信祐宁帝这么舍得下血本,真的让自己中毒。通天的刺客都不可能无声无息地潜入陛下歇息的屋内,这分明就是祐宁帝自己找来的"刺客"。若是祐宁帝再年轻二十岁,沈羲和倒也相信陛下会下这样的血本，现在嘛……

"朕已无碍，你与七郎的心意，朕心领了。"祐宁帝不出沈羲和意料地拒绝了。

沈羲和也没有坚持。她想，若非她身边有两个众所周知的擅长医理的左膀右臂，祐宁帝只怕要串通太医，直接躺下来，装作生命垂危。

因为珍珠和随阿喜的存在，祐宁帝不能实施这个计划，一旦太医没有能力"解毒"，她自然要派身边的人来帮把手，陛下还能真的服毒？

他自然是不可能服毒的，且西北一事后，祐宁帝对她的忌惮还在于她身边有个隐藏在暗处，可以瞒过全城郎中的"神医"。

皇帝装作中毒的事要是被拆穿，那就很丢人了。

沈羲和征询陛下意见的时候，信王萧长卿和景王萧长彦等几位皇子也相继到了。他们在屋外就听到了沈羲和的话，几个人心思各异。

昭王萧长旻、代王萧长瑱、九皇子萧长嬴都觉得这是因为陛下不信任太子妃。

萧长卿觉得这不是不信任，陛下绝非一个愚钝之人，心里必然清楚，太子妃不可能在相国寺派人刺杀陛下，若沈羲和当真动了手，那绝不会只派一个人来，必然使用连环杀招。

陛下既然中了毒，又明知不是太子妃所为，哪怕是为了谨慎起见，也应该用一用太子妃的人才是——陛下何等惜命？

除非……陛下根本没有中毒，所以压根儿不担忧，且不允许旁人为他诊脉。

陛下没有中毒，却叮嘱太医谎称他中毒，这是有人要倒霉了。萧长卿想着，视线在陛下和沈羲和身上一扫而过，垂下眼帘，不再多言。

"陛下，儿请命去搜查刺客。"萧长彦上前请求。

"八郎，陛下遇刺，绝非等闲之事，你我身为人子，应当陪在陛下身边，以表孝心。"萧长旻开口道，"陛下身边自有镇北侯等金吾卫，八郎大可安心。"

这个时候行刺陛下，每个皇子都有嫌疑，萧长旻自己没有做这种事情，可也猜不出是何人所为，谁知道会不会是萧长彦刺杀陛下，然后假借搜查之名，嫁祸旁人？

他们要避嫌。

"朕已命镇北侯带领金吾卫与绣衣使一起搜查。"祐宁帝没有应允萧长彦。

萧长彦默默地退到一边，恰好与萧华雍夫妻二人相对而立，他沉沉的目光望了过来。

萧华雍又忍不住轻咳了几声，祐宁帝吩咐刘三指："给七郎看座。"

刘三指亲自搬来了凳子，萧华雍谢过后，落了座。

"太医令，不知陛下中的是何毒？"沈羲和又关切地询问。

后宫没有皇后，作为太子妃，她仔细询问公爹的身体状况，体现出了儿媳的孝心,这无可厚非。太医令早就知晓是何毒,自然如实作答:"牵机药。"

沈羲和了然地颔首。

众人伴着祐宁帝,其他大臣和宫妃都守在外面。

不多时,虚清住持赶来。他其实是最先过来的,只不过恰好看到刺客,就追了上去。令他意外的是,在相国寺,他竟然把刺客给追丢了。

"贫僧来迟,令陛下受惊,请陛下降罪。"虚清行了个佛家的大礼。

今日他先是在彻查香的事,事情还没有着落,紧接着,陛下又在相国寺遇刺。他虽然是空门之人,也知晓佛家之地这一次成了权力象征之所。

"大师免礼。"祐宁帝抬了抬没有受伤的胳膊,"大师不必自责,朕的敌人都是手眼通天之人,此事与相国寺无关。"

"陛下,贫僧方才去追刺客,与之交了手,这个刺客的身手着实不俗。"虚清说道。

"大师去追了刺客?刺客此刻在何处?"萧长旻问道。

不止他,此刻所有皇子都齐刷刷地看向虚清。

虚清有些惭愧地低声回道:"贫僧未将此人擒拿住。"

几个皇子都微微有些诧异,虚清功夫了得,丝毫不逊于陛下身边的绣衣使,竟然还是在自己的地盘被人给逃脱了,这个人果然不容小觑。

"陛下,微臣有事禀告。"屋外响起了平遥侯的声音。

平遥侯也和镇北侯一起搜寻了刺客。平遥侯抓到了两个在佛门之地淫秽之人,一个是相国寺的僧人,一个是荣贵妃的女史。他撞破此事之时,这两个人正纠缠在一起,很明显是你情我愿地在私会。

荣贵妃的女史……众人纷纷把目光投向荣贵妃,荣贵妃适当地露出了些许诧异神色,旋即蹙眉沉思,一脸坦荡的表情,丝毫不见慌乱之色。

"阿弥陀佛。"虚清闭眼念了一声。

"贵妃,你宫里的女史!"祐宁帝没有想到刺客的事情还没有搜查出来,先把荣贵妃和沈羲和牵扯进来了。自己的女人,他自己清楚。自打知晓荣贵妃将此次祈福事宜交由沈羲和操持以后,祐宁帝就知道荣贵妃要做手脚。

后宫争斗的事,他心里很清楚。任何地方都是强者生存,他从未想过要让他的后宫一片祥和,正如他不奢望朝廷之中诸位大臣人人向着他一个道理。

只要后宫的事不影响到朝堂,他从不干预。兼之西北之事后,祐宁帝也不想让太子妃掌握后宫之权……但他没有想到荣贵妃会用淫秽手段侮辱佛门之地。

原本因为香和刺客的事,相国寺有疏漏之责,虚清必然自责,这下又发生这等事,倒是祐宁帝不好意思面对虚清了,这可是犯了佛家大忌。

"陛下,妾不知为何会发生这等羞于启齿之事,妾宫中的女史无人与相国寺的僧人相识,若说是私会,这是不可能的。"荣贵妃不慌不忙地解释。

她的话合情合理,他们才到相国寺一日呢,荣贵妃的宫女怎么会与一个不相识的僧人私会呢?

可这件事若不是荣贵妃所为,那么谁会陷害荣贵妃宫中之人?众人打量的目光忍不住就朝着沈羲和的身上飘去。

"太子妃,宫中女眷由你安置,此事你怎么说?"祐宁帝沉着脸问。

"陛下,宫中女眷的确由儿安置,若儿没有记错,各宫女史皆宿一屋,含章殿女史若遭人掳劫,一屋同宿的他宫女史定然不会毫无察觉,不若传召她们前来询问?"沈羲和面色平静地说。

二人的反应落在众人眼里,一时间竟然看不出丝毫门道,但他们心里都清楚,宫权之争开始了。

今日谁胜谁负,极有可能代表着宫权落入何人之手。大部分人自然还是希望荣贵妃获胜,因为他们安插在宫中的人早就已经在荣贵妃的统治下变得稳固了,也了解了宫中的规则。

谁知道太子妃上位后,宫中又将会是怎样的一番局面?而且他们少不得要重新巴结太子妃。

"去,传与含章殿女史同宿的女史前来。"涉及侮辱佛门之地一事,祐宁帝必须当着虚清的面,把这件事情给解决好。派了内侍去传召女史后,祐宁帝又问涉事的二人:"你二人可有话说?"

已经满脸泪痕的含章殿女史哭诉:"陛下,奴婢与各宫女史同宿,一道歇下,却不知为何醒来……醒来……就在柴房之中,发现这淫僧正在对奴婢行不轨之事!"

僧人倒是不害怕也不慌乱,但是面色灰败:"陛下,小僧……"顿了顿,僧人又改了口,"草民因偷吃荤腥,被一位公公抓住,公公威胁草民,若我不听从他的话,必然会将草民之事上报住持。草民家中清贫,身无一技之长,若离了寺庙,便无处可去,故而不得不受人胁迫。公公将人送到柴房里,草民也不愿意强迫良家女郎,只是这位女郎不知为何扑了上来,草民推拒了几次,可她缠着草民不放,草民才铸成大错!"

"你胡说——"含章殿女史羞愤地怒斥。

僧人挺直了背脊,转头与女史对视:"我当真在胡说吗?"

他的反问让女史想起了方才的情形,她顿时脸色一变,没再反驳。女史和僧人的反应,让诸人心中有了判断。

这个时候,僧人膝行向虚清,重重地磕了一下头:"住持,弟子有负您的厚待,有愧于佛祖,有愧于师父,只得来生为牛马,以报大恩。"

僧人突然闷哼一声,蜷缩着身子倒了下去,接着众人就看到他的双手握着插入腹中的匕首。

"法照——"这时候，一个年长的僧人冲出来，抱住了自尽的僧人，满脸哀戚之色。

"师……父……"法照只是声音微弱地唤了一声，便昏厥了过去。

虚清给法照把脉，确定人已经死了，低头念起了超度经。

这一变故让人始料未及，没有人想到，这个僧人会羞愤自尽，这时候，荣贵妃的面色才微微发白。

事情开始脱离她的掌控了，沈羲和哪里有那么好对付？

荣贵妃可不是个冲动的小女郎，把祈福之事交给沈羲和，自然明白沈羲和会猜到自己要发难。她故意使用浅显的手段，为此费心地寻了一只与沈羲和的一模一样的狸奴，让其婢女防不胜防。

沈羲和素来喜欢以其人之道还治其人之身，若知晓自己动了她的婢女，必然会动自己的婢女。原本荣贵妃计划亲自去捉人，来个人赃并获。可惜她走到半路，就接到陛下遇刺的消息，焉能不立刻撤回来？

"陛下，妾宫中的女官都是内侍省精心调教的，绝不会行如此不知羞耻之事，请陛下明察。"荣贵妃走到陛下面前，盈盈拜下。

"陛下，男女之事，是否你情我愿，请宫里有经验的女官一看，自有定论。"淑妃将视线在荣贵妃和沈羲和的身上来回打了个转，"也请太医给贵妃姐姐宫里的女史诊脉，妾听闻有不少秽乱之物能令人失控。"

淑妃的话看似不偏不倚，实则就差没有明着站荣贵妃了，她怀疑是沈羲和给荣贵妃宫里的女史下了药，不过淑妃和沈羲和不对付，这是众人意料之中的事情。

当初沈羲和为了不让好似吐蕃公主的淑妃嫁入东宫，可是把淑妃挂在荒郊野岭一天一夜，险些要了淑妃的命。

另一个原因则是，若沈羲和执掌了后宫，淑妃还得在沈羲和的手上讨生活。

"依淑妃之言。"祐宁帝吩咐。

于是刘三指安排了有经验的女官带着女史下去验身，女史面色苍白。她的确没有挣扎，身上看不出伤痕，但也确实中了药。可她在宫中待了这么多年，能够成为荣贵妃的女史，见识过的手段自然多如牛毛，并非所有春药都能够在身体里残留痕迹。

沈羲和压根儿没有给她下春药，只是在柴房里点了些助兴的香。

此香名唤：梦无痕。

春梦了无痕，这里的无痕便是指燃烧的时候，它会使人失去理智，如春药一般激发人的兴致，令男女忘情地痴缠，但香燃过后，是不会留下任何痕迹的。

闻香之人身体里不会有中了春药的痕迹，燃烧的地方也不会留下痕迹，这种香极其细腻，燃烧后，粉尘会飘在空中，如飞灰一般随风飘散。

故而，在派人去检查女史的身体的时候，刘三指亲自去了事发之处，但没有寻到任何痕迹。

和刘三指一道回来的是镇北侯。镇北侯和平遥侯同时搜查刺客，平遥侯抓了法照和女史，镇北侯则拖回了一具尸体，押了两个人回来。

"这是……？"祐宁帝脸色一下子沉了下来。

"回禀陛下，微臣去捉拿刺客，沿着痕迹追到……"镇北侯顿了顿，才继续说道，"荣贵妃娘娘院外，正好撞见这两个内侍拖着刺客，想要毁尸灭迹！"

两个内侍被吓得浑身哆嗦，荣贵妃看到被拉下遮面黑布的人，脸上血色尽失。

这个人是荣家的！

这个人确实是她派出去的，但不是派去刺杀陛下，而是派去捉拿沈羲和的。

其实她设下的是一个连环局，紫玉只是虚晃一枪。紫玉被掳走，发现狸奴有异，必然会在昏倒之前通知沈羲和的人，担忧沈羲和被人算计。

但在相国寺内，各个主子能带来的人有限，留守之人更是只有一个，剩下的人会和其他宫里的女史共同安置，不能轻举妄动，否则就会惊动其他人。

因此，沈羲和身边留守的人接到紫玉的警示，必然会去厨房一探究竟。厨房那边，荣贵妃早就已经打点妥当。她知道沈羲和身边的婢女个个都是在西北精挑细选的，身怀武艺，不敢掉以轻心，就选了荣家的年青一辈中一个身手了得的后辈——荣贵妃的庶弟的嫡长子，在金吾卫任职，行走方便，若有万一，还能够轻易脱身。

只要她再抓到沈羲和的一个婢女，说对方行刺她，沈羲和为了宫权谋害贵妃，绝非小罪。

荣贵妃万万没有想到，沈羲和比她更狠。她只是想让沈羲和成为一个为权而不择手段的人，沈羲和却让她成了为权而谋逆刺君之人！

萧长卿闭了闭眼，萧长赢捏紧了拳头，牙关紧咬。他们兄弟二人早就说过让阿娘莫要轻易与东宫为敌，太子妃绝非寻常之人，阿娘已经掌了宫权这么多年，再掌下去，陛下也不会扶正她，她何必再劳心劳力？

偏偏阿娘对陛下一往情深，总觉得她掌控着宫权，等到太子死了，当年陛下为了不动摇太子地位而不再后的誓言就可以不攻自破，为天下计，陛下再立她为后，便是顺势而为。

阿娘痴心妄想，完全不将他们兄弟二人的话放在耳里，才会陷入如今的死局！

脸色最不好看的还不是荣贵妃，而是祐宁帝。旁人不知道刺客是怎么回事，祐宁帝岂能不知？

他的人不见了，那个刺客本该主动投向镇北侯，被镇北侯抓回来，被他扣押并严刑拷打，最后寻个畏罪自尽的法子，悄无声息地把这件事情了结，并且会留下一些似是而非的模糊证物，指明此事是沈羲和所为。

祐宁帝没有那么天真，觉得这么轻易就能把沈羲和拿下，毕竟布局匆忙，稍有不慎，还会落下把柄。

可到现在，镇北侯也没有见到那个刺客，闹出这么大的动静，他派去行刺的人宛如人间蒸发，极有可能已经落入了沈羲和的手中。即便那人没有落入沈羲和的手中，这个时候也得藏着。在镇北侯抓了荣家的人过来后，他就不能再出现了。

"陛下，阿娘伴君三十余载，是否有异心，请陛下明断。荣璆已死，死无对证，未必不是行刺陛下之人早已布好局，杀了荣璆，陷害阿娘。"萧长卿果断地站了出来，背脊挺直。

"陛下。"萧长旻也站出来，躬身行礼后，说道，"儿今夜在荣璆换值之际见过荣璆，距此时尚不足半个时辰。陛下是在轮值之后遇刺的，在陛下遇刺之后，我们皆赶至此地。儿不才，实在是想不明白，何人能够如此迅速地将荣璆杀死，又如此迅速地伪装成刺客？

"恰好太医在此，不若由太医断一断，荣璆何时遇的难？"

荣璆何时遇的难？

祐宁帝在被刺杀的时候，正好是荣璆要对珍珠不利的时候，两个人还交了手，沈羲和暗中派了人盯着，是在祐宁帝的禅房里发出了有刺客的呼喊声，趁着所有人要去护驾的慌乱之际冲出来将人给擒拿住的。那个时候，众人心里都只有陛下，对很多细节都会忽略，也是防卫最松懈的时候，将一个活人杀了再送到荣贵妃的院子里很简单。

至于这两个内侍——他们的确是在毁尸灭迹。好端端地，突然发现一具尸体，又听到陛下遇刺，他们不毁尸灭迹，难道等着陛下的人前来搜查，来个人赃并获？届时他们也要被株连！

太医推断的死亡时间，完全符合刺客的轨迹，而且荣璆的死亡原因竟然是自裁，身上也没有什么打斗时留下的痕迹。

故而信王说荣璆是被早早弄死之后陷害荣贵妃的说法不成立，时间仓促不说，荣璆为何在刚刚轮值之后，又穿着一身夜行衣跑回来？荣璆绝不可能是被外人收买。他自身就是禁吾卫，很清楚轮值之后，他无权再回来。

"陛下，荣璆是被贵妃娘娘叫走的，卑职与几位同僚恰好在场。"这时候，步疏林也站出来禀告道。

荣璆的确是下值之后被荣贵妃叫走了，为了不让人猜疑荣璆的踪迹，荣贵妃是堂而皇之地将人叫走的。如果没有牵扯到陛下遇刺一事，就算荣贵妃光明正大地叫走荣璆，就算荣璆被沈羲和的人拿下，荣贵妃也有说辞可以救出他。

她没有想到，事情竟然这么巧，偏偏就遇上了陛下遇刺。直到此刻，荣贵妃依然觉得陛下遇刺的事是沈羲和所为，沈羲和好大的胆子！

"陛下，阿娘绝无谋害陛下之心，儿与阿兄也绝无不敬陛下之心！"萧长赢上前，跪在了祐宁帝的面前。

"呵。"萧长赢的话音刚落，萧长旻轻轻一笑，笑声不轻不重，意味深长，惹人遐想。

祐宁帝看着跪在面前的一对优秀的儿子和陪伴自己许久的女人。荣家到底有没有行刺，他比任何人都清楚。这是一个局，一个把他都算计在内的局。

祐宁帝看向沈羲和与萧华雍，最后将目光落在萧华雍身上："七郎如何看待此事？"

萧华雍便起身回道："陛下，此事有诸多疑点。其一，若刺客是贵妃娘娘所派，贵妃娘娘应该不会派荣护卫。贵妃娘娘伴随陛下已久，打理后宫数十载，定然知晓陛下身侧既有刘公公，又有绣衣使相护，荣护卫武艺不俗，却并非刘公公与绣衣使的对手。

"其二，贵妃娘娘若有心谋害陛下，定会看紧含章殿的宫娥，怎么会有苟合之事出现？

"其三，就算荣璆当真是贵妃娘娘所派，刺杀陛下后，也不会于贵妃娘娘院中自尽。

"因此，儿以为贵妃娘娘应无谋害陛下之心，至于荣璆之事，尚待详查。"

荣贵妃和太子妃水火不容，想要争夺宫权，人人皆知，万万没有想到，太子在这个时候竟然不偏袒沈羲和，这让所有人都有些看不懂了。

"太子皇兄所言有理，贵妃娘娘应当不会如此猖獗与自大，派娘家人来行刺陛下。"作为献计者的淑妃自然也知道刺客行刺一事是怎么回事。她将目光一转，看向贵妃娘娘："既然荣护卫不是来行刺陛下的，贵妃娘娘为何要在荣护卫轮值之后将其叫走？"

这是关键所在，已经深夜了，贵妃为何在这个时候将荣璆唤来，很明显是要做见不得人之事。

"贵妃，你深夜找荣璆，所为何事？"祐宁帝追问。

若非荣璆是本家侄儿，她只怕都说不清此事。

荣贵妃也想找旁人，一则，旁人很难进入护卫重重的相国寺，更容易引起沈羲和的怀疑；二则，她每一步都安排得很仔细，沈羲和即便是见招拆招，最不济的后果也是两败俱伤。

但她从未与沈羲和交过手。数十年来，她一直与女人争斗，从来没有接触男人的战场，以为这只是沈羲和与她的后宫宫权之争，从未想到沈羲和拆招的法子是将事情牵扯到陛下身上。

怎么会有女人将女人之间的交锋闹得如此大，以至于不能收场的地步？

"陛下，妾只是吩咐一些事情给荣璆，恰好今夜荣璆轮值过晚罢了。"荣贵妃虽然惊骇于沈羲和的手段，却并没有慌乱，显得很镇定。

尽管她的行为可疑，此事又牵扯到荣家，但找不到确凿的证据，陛下也定不了她的罪。

荣贵妃道："妾与荣璆说了几句话，便吩咐他离去。荣璆方退下，妾就惊闻陛下遇刺。"

"陛下。"荣贵妃话音一落，沈羲和便开口道，"既然贵妃娘娘是传荣护卫吩咐事宜，荣护卫何时入了贵妃娘娘的院子，又是何时离去的，想来守卫院子的侍卫定然知晓。"

荣贵妃闻言，身子僵了僵。这些事她早就吩咐了荣璆，今日荣璆并没有去寻她。

侍卫被叫来，都是金吾卫的人。哪怕不属于同一队，荣璆不是普通侍卫，是有品级的，他们都认得，四个人一致否认荣璆到过荣贵妃的院落。

"妾是秘密寻他而来，一些私下之事，不宜张扬……"顶着祐宁帝质疑的目光，荣贵妃有些底气不足地寻找着理由，但如此苍白的理由，根本立不住脚。

事情再不宜张扬，人也可以大大方方地进出院子，然后她再打发下人单独吩咐就是，竟然到了进出都要偷偷摸摸的地步？一时间，众人看向荣贵妃身后的平陵公主的眼神都不对了。

莫不是表哥表妹私会？

就在众人胡思乱想时，有人呈了一个东西给刘三指。那是一枚令牌，金吾卫的令牌，金吾卫近身护卫陛下的人的令牌都有标志，这一枚属于荣璆。

"何处寻到的？"祐宁帝握着令牌，沉声问道。

"回禀陛下，是在厨房寻到的，绣衣使还道，厨房外有打斗的痕迹。"刘三指回话，迟疑片刻后，又说道，"厨房有护卫被放倒，守卫的僧人不知去向，东宫的女官也受伤昏迷……"

虚清不想被卷入皇家阴私之事，可现在已经没办法不卷入了。厨房也有僧人留守，他很快就让人寻来，两个僧人说道："陛下、住持，是法照对我二人说，师父寻我二人……"

一心向佛，不打诳语的二人以己度人，不觉得法照会说谎。

"东宫女官为何会昏迷？"沈羲和问刘三指。

刘三指已经让人把紫玉带了进来，太医上前给紫玉诊脉，一下就发现了她手上的伤口，仔细研究后才回禀："陛下，东宫女官是被狸奴抓伤，狸奴的爪子应当被药物浸泡过，划破了皮肉，药物进入血肉，先是麻痹手臂，很快便会让人浑身乏力。"

"喵——"就在这时，一阵叫声传来，一只狸奴叼着另一只狸奴的脖子蹿了进来。

短命叼着和它差不多大小的狸奴进来,这只狸奴伤痕累累,毛发上不是泥就是血。将狸奴扔下后,短命迅速跳到沈羲和这里,叫得很凶,似是在告状。

　　被它折磨的狸奴起身想要逃窜,它抓着狸奴,狠狠地在对方的脑袋上拍了一下,把狸奴拍得趴下了。

　　尽管这只被压着的狸奴很凄惨,可它与短命相似度极高的事实不能被抹灭。

　　"太医,你看看这只狸奴的爪子。"沈羲和冷着声音吩咐道。

　　太医刚刚蹲下身,想要检查狸奴,就有两个侍卫匆匆进来,祐宁帝问:"你们这是在做什么?"

　　"回禀陛下,方才卑职二人听到狸奴厮打叫嚷的声音,追寻而去,发现有两只狸奴在贵妃娘娘的院中互斗。"其实不是互斗,是单方面地碾压,明明两只狸奴长得一模一样,体形也差不多,一只愣是被另一只打得很惨,后来一只狸奴叼着无力反抗的另一只往这边蹿,他们担心惊了圣驾,才急忙追过来。

　　"陛下,陛下,妾身有事禀报——"外面有人发出了凄厉的高喊声。

　　这声音实在是尖锐刺耳,众人纷纷让开,只见一个披头散发的妇人跌跌撞撞地跑进来。

　　这人正是荣璆的生母。

　　荣璆是荣家四房的,早年丧父,与母亲在荣家艰难度日。加之父亲是庶子,荣璆自幼就懂得刻苦与上进,能够进金吾卫,与荣贵妃没有多大关系,全凭自己勤勉习武。也是儿子成了金吾卫之后,其母才终于不用被长嫂克扣用度,再也不用为了一盏灯、一床御寒的被褥而愁苦。

　　荣四夫人膝下只有荣璆这一个依靠,荣璆死了,她的天也塌了。

　　早在得知荣贵妃派荣璆行事时,沈羲和就命人去荣府将荣四夫人接了过来,并且让荣四夫人知晓荣璆已经死了,荣璆是为荣贵妃办事而死的。

　　本朝虽对女子优容,不兴前朝在家从父,出嫁从夫,夫死从子这一套。寡妇可再嫁,可立女户,可经商,甚至若有文采,可入宫为女官,若武勇,可入衙门做捕快。

　　饶是如此,许多世家女子仍旧一生依附着男子。对荣四夫人而言,刚刚成亲,尚无子嗣的儿子就是她的全部依靠,是她的天,现在她的天塌了。

　　"陛下……臣妇手中有贵妃娘娘的罪证——"荣四夫人声嘶力竭地高喊着。

　　这么多人看在眼里,哪怕是荣家的家主也不好去阻拦荣四夫人。

　　祐宁帝目光扫过荣贵妃:"让她进来。"

　　这些年,随着自身崭露头角,又能借助金吾卫的身份宫中行走,荣璆渐渐得到了荣贵妃的倚重,她的诸多事都是由荣璆去办的。

　　荣璆和荣贵妃并非嫡亲的姑侄,幼年时受到的冷遇与折磨令他的危机意识极强,他心里清楚，但凡出了纰漏，荣贵妃必然会将他舍弃，故此想尽办法留了一些证据给母亲，为的就是有朝一日，他若遭遇不测，母亲能有自保之物。

荣四夫人不需要自保。她已经生无可恋，但一定要让害死儿子的人付出代价！

她上交了不少证据，但是并没有能够置荣贵妃于死地的证据。荣璎也是近几年才初露锋芒，荣贵妃早就已经稳坐宫中，最重的一条罪证就是荣贵妃要谋害太子妃。

荣贵妃让荣璎去寻找与太子妃的一模一样的狸奴，荣家现在还有不少相似的，这只狸奴早在几个月前就已寻好，爪子用药物浸泡了许久，这才造成了紫玉的意外。

荣家有还未处理完的，长得极像短命的狸奴，短命摁住的这只与它极其相似的狸奴，爪子上的药物也的确与紫玉伤口上的吻合。这个时候，随阿喜已经被沈羲和唤来，施了针，令紫玉暂时苏醒，紫玉当即指认："婢子碰上了太子妃的狸奴，恐太子妃寻找，这才欲将之带回，却不想狸奴被人调包。婢子心无防备之下，被其抓伤，随后之事，婢子一无所知。"

"贵妃娘娘为了对付我，倒也是煞费苦心。"沈羲和淡淡一笑，笑意未达眼底，"我若没有猜错，这只狸奴是贵妃娘娘为我准备的，却不知怎么的，突然跑了，恰好被紫玉撞见。贵妃娘娘得知之后，便派荣护卫来寻找，岂料荣护卫在厨房遇上了逃跑的刺客。双方动了手，荣护卫不敌，死于刺客之手。"

听着好像是这么一回事，萧华雍低咳了几声，以免自己忍不住笑出声来。

他们杀荣璎是为了引得荣四夫人揭露荣贵妃的罪行，让荣贵妃欲对沈羲和不利之事坐实，但绝不能让旁人知晓荣璎是他们所杀。荣璎可是陛下的金吾卫，哪怕犯下了错事，也应该由陛下处理。

故而才有沈羲和以香为引，让陛下弄出一个刺客，企图为自己正名，同时利用刺客达到趁乱扫尾运作的目的，继而将荣璎之死推在刺客身上之事。

现在刺客不见踪影，陛下心里知晓不是这么回事，却又能如何？难道他能站出来说刺客是他派的，根本不可能杀荣璎？

自然不能，这一局哪怕是陛下都要哑巴吃黄连，有苦不能言！

萧华雍擅长远之局，波澜壮阔；沈羲和钻周密之局，滴水不漏！

第四章 敢与帝王争锋芒

真相似乎就是沈羲和所说的这般，人人都企图寻找一点儿破绽，偏偏一点儿破绽也无。

"至于贵妃殿中的女史，只怕也是为了报答法照师父，才自愿献身的吧。"沈羲和又添了一句，"否则法照师父为何自尽而亡？"

法照为何自尽？他不是悔过，不是醒悟，而是沈羲和让莫远带了一句话给他——他不死的话，会连累他的师父也被逐出相国寺。

一个愿意与荣贵妃合谋，企图玷污她身边之人、六根不净的和尚，沈羲和岂容他活着？

法照对佛门没有敬畏之心，对师父却有感恩之情。

"不是，不是这样……"荣贵妃微微摇着头。

事情不是这样的，不应该是这样的，她想反驳……但在种种铁证面前，她即便说出只是想要先将紫玉送给法照，再借紫玉之事引来珍珠，命荣璆拿下珍珠，杀一个她宫中的内侍，嫁祸给珍珠，也无力回天了。

先断沈羲和的两臂，阻拦沈羲和对宫权伸手，她原本只是想要这样。

以沈羲和的才智，她的计划要么前面不成，要么后面不成，无论如何，只要沈羲和一动，她就能随机应变，总之，事情要牵扯到自己并不容易。她哪里知晓今日天要亡她，刺客一事打乱了全盘计划。

"陛下，若如太子妃所言，刺客尚未被缉拿，请陛下派人再搜相国寺，以保陛下安危。"萧长旻又开口道。

这还用萧长旻说吗？绣衣使现在都没有全部回来，平遥侯与镇北侯可没有留下来看戏，把搜查到的东西和人留下，又继续搜查去了。

发现刺客后，相国寺第一时间戒严，刺客绝不可能跑出相国寺，然而平遥侯与镇北侯将相国寺的每一处都搜遍了，却没有寻到半点儿刺客的踪影。甚至有人怀疑刺客就在他们当中，只不过已经换了装，他们根本不知道是何人。

只有祐宁帝知道，人已经死了。

至于平遥侯与镇北侯为何没有搜到，祐宁帝也不知道沈羲和是如何凭空让一具尸体消失的。

祐宁帝面无表情地开口："贵妃荣氏，阴私作恶，为夺宫权，谋害太子妃，证据确凿……"

荣贵妃被降为荣昭仪，这是祐宁帝看在萧长卿与萧长赢的颜面上，不能让两个亲王面上太难看，同时，荣昭仪将被幽禁在含章殿内，终身不得踏出一步。

沈羲和顺理成章、轻而易举地拿到了掌宫之权，得到消息的人都微微一愣。

荣贵妃执掌宫权二十余载，根深蒂固，自从沈羲和与萧华雍被赐婚之后，很多人猜测二者之间必然有一场恶战，然而事情往往出乎意料，荣贵妃竟然在第一次交锋时就丢了宫权。

可大家想了想，也不无道理，荣贵妃为了陷害太子妃，收买僧人，竟然让自己的女史勾引寺庙中的僧人，且在佛门之地行淫乱之事，德行有亏。

她为了一己私利，耽误了擒拿行刺陛下的刺客的时机，令刺客逃脱，更是罪不可赦。陛下看在信王与烈王的情面上，没有将之一贬到底，也没有将之关入冷宫，已经留了颜面，这个处罚似乎也不算重。

祐宁帝心里气恼不已，却不得不结束这场风波。他的人已经将相国寺搜了一遍，仍然没有搜到刺客，再搜下去，虚清这里也不好交代。荣贵妃身边那位"献身"的女史成了帝王泄愤的人，被判了死刑。

相国寺的僧人已经死了，祐宁帝也卖虚清一个人情，将相国寺的事情交由虚清来处理。

唯一让祐宁帝感到宽慰的是，至少上香的诡异事件有了很好的解释，那就是上天示警，有人欲对陛下不利。若非祈福之香出了岔子，陛下辗转难眠，指不定就被刺客得手了。

这个理由至少比什么上天不敢受陛下三拜的传闻靠谱一些，也更能说服百姓。

只不过这个理由传出去的同时，荣昭仪因为犯了错而被连夜送回宫里的消息也捂不住了，人人都说是荣昭仪派人谋害陛下未果。

萧长赢连夜将荣昭仪送回了宫里，亲眼看着她被幽禁在含章殿内。面对着哭诉的母亲，萧长赢心里滋味难辨，披星戴月地赶回了相国寺。晨光熹微，他也不知为何，一股脑儿地冲到了沈羲和与萧华雍他们居住的院子外，立在院外，却迈不动步子。

还是来轮值的碧玉看到了他，禀报了沈羲和。沈羲和正在梳妆，穿戴整齐的萧华雍立在一旁，为她点眉心的花钿。没等沈羲和说话，他先吩咐："请烈王殿下进来，吩咐厨房多送些朝食，顺带去将信王也请来。"

面容平静、垂着眼帘的沈羲和闻言，掀开眼帘："你要做什么？"

这个时候，他们不应该去刺激萧长卿与萧长赢兄弟。景王因为裴展的死，一直在怀疑她，对她虎视眈眈。昭王恨不得所有人一致对准东宫，自己好作壁上观，渔翁得利。

"你既然手下留情，那便告知他们。"萧华雍伸出两指，固定住沈羲和的头颅，仔细地端详着，"莫要抬额头，仔细我画偏了去。"

沈羲和瞥了他一眼，却还是垂下眼："随意点一点便可。"

花钿是时兴的装扮，沈羲和也不愿表现得特立独行，日常都是用珍珠贴上去，或者随意地点上两点。实在是礼服厚重，不可随意之时，她会选择较为华贵的鬓唇来陪衬。

自打她和萧华雍成婚之后，他总喜欢为她梳妆，每日都要为她画上精美的花钿，最喜欢的是画一片小小的精巧平仲叶，偶尔会点上一两颗珍珠。

"为夫之乐，不可随意。"萧华雍半蹲着身子，与沈羲和视线齐平，温柔的眼眸专注地盯着沈羲和的眉心，一笔一画，十分用心。

沈羲和由着他折腾，等他们出去时，萧长卿与萧长赢都在。见了面，萧长卿仿佛什么事情都没有发生，面色自然地与萧华雍夫妻见礼。萧长赢则浑身僵硬，木然地跟着兄长行礼。

"五兄、九弟，请坐。"萧华雍落座后，伸手向旁边示意。

"多谢太子殿下。"萧长卿从善如流，萧长赢紧跟在他的身侧。

几个人一言不发地用完了朝食，萧长卿才问道："不知太子殿下有何吩咐？"

"并无吩咐，只是听闻九弟一早于院外徘徊，以为九弟有话要与为兄说。"萧华雍将目光投向萧长赢，一脸好奇的模样。

几个人都将目光投向萧长赢，萧长赢嗫嚅了半天，愣是没有说出一句话。

萧长卿也不开口。

沈羲和微微牵了牵唇："烈王殿下若是因为荣昭仪之事，想要寻我问清缘由，只管问。"

"我……"萧长赢开了口，却仍然不知从何说起。

"太子妃，宫权之争是阿娘技不如人。后宫之权理应由太子妃执掌，方才合乎礼法。"萧长卿出言为弟弟解围，"阿娘卸下宫权，能颐养天年，是小王与阿弟心中所愿。太子与太子妃只管放心，小王绝非不明事理之人。"

萧长卿委婉地表态，对这次沈羲和与荣贵妃之间的博弈，他们不会怀恨在心。

这个时候，荣贵妃能够失了宫权，且被禁足，对萧长卿而言反而是件好事。日后她再也不会为陛下冲在前头，让他们兄弟二人为难了。

"五哥是聪明人，若孤当真寻个人去刺杀陛下，五兄应当知晓荣昭仪的下场。"既然摊开了说，萧华雍便不会客气。

如果这个刺客是萧华雍派出去的，那么就不是荣璆碰上了"刺客"，让刺客趁机逃脱，而是荣璆就是刺客的同谋！整个荣家都要遭受牵连，百口莫辩。

萧长卿温文尔雅地笑了笑："太子殿下为何不真的寻人去刺杀陛下呢？"

"你以为孤是害怕暴露得过多？"萧华雍轻笑一声，"你觉得这是孤的行事之风吗？"

萧长卿挑了挑眉。他不得不承认，萧华雍行事霸道而又狠辣——萧华雍不是不知道如果刺客是自己寻来的，会暴露多少，折损多少，但不会在意，也不会迟疑。

可萧华雍没有这么做，手段温和了一些，萧长卿将目光投向了沈羲和。

"是太子妃觉得她与荣昭仪的恩怨死一个荣璆便足矣，孤用不着与你们撕破脸。"

若是荣贵妃谋害陛下的罪行真的成立，那就是死罪，萧长卿绝不会如现在这般明白事理，杀母之仇，必然要报。

萧长卿明白，萧华雍这么说，是想让他们兄弟俩心里清楚，沈羲和是有意饶了荣昭仪一命。

多么荒谬？阿娘落败，成了昭仪，还被终身禁足，他们却还要承沈羲和的情。

萧长卿与萧长赢当真是被萧华雍的无耻给气到了。

事情的确是他们的阿娘先挑起的，阿娘落败之后，他们也服输，并没有因此而记恨在心。这已经是他们大度明事理了，换作旁人，有几个能不记恨报复的？

萧华雍竟然还理直气壮地要他们记情。

沈羲和的目光扫过萧华雍，她原以为方才说让萧长卿与萧长赢记下恩情不过是一句玩笑话，这不似萧华雍的性子。她没有想到，他竟然当真这么说出口了。

别说萧长卿兄弟，就连她都觉得一言难尽。

叮当着外人的面，哪怕萧华雍说得再没道理，沈羲和依然得维护他："我对荣昭仪的确留了手，信王与烈王都不是好糊弄之人。我不妨直言，没有鱼死网破，一则是因为信王殿下并非轻易能对付之人。我若要取荣昭仪的性命，得先取信王殿下的性命。"

萧长赢闻言，面色变了变。

倒是萧长卿依然笑容如常，权当这是沈羲和对自己的夸赞与认可。

"二则，西北之事后，陛下忌惮东宫，也忌惮我，此事又牵扯着我，最终获利之人亦是我，故而我不想闹得太大，与陛下彻底撕破脸。

"三则，局做大了，牵连的人多了，也多了变数，少不得要损兵折将，我与北辰的人不应该折损在这里。"

第三点才是沈羲和最大的顾虑，刺杀祐宁帝未必能成功，事情闹得这么大，如果成功不了，折损精心培养的人，沈羲和会心疼，荣贵妃的命不值得她损兵折将。

"故而，我对荣昭仪手下留情之事，不好向二位殿下讨人情。"沈羲和不疾不徐地说完，又话锋一转，"然而，我确实为信王殿下与烈王殿下解决了最大的顾虑，不是吗？"

萧长卿怔了怔。

这句话他真的没有办法反驳，若说谁是他最大的阻碍和顾虑，那一定是他的阿娘。

生养之恩，若说断就断，他岂不是狼心狗肺之徒？

但阿娘做的那些事情，他又难以释怀。她一日在高位，又一心向着陛下，仍旧会做出许多令他进退两难之事。如今她还活着，依然享受着荣华富贵，却被幽禁在含章殿内，这对萧长卿而言，当真是天大的喜事。

如果萧华雍的那句话强词夺理得令人心里不舒服，那么沈羲和的这番话无疑是说到了他的心坎里。手下留情也有好几种情况，留了性命，也不意味着荣昭仪还有现在的尊荣和富贵。

萧长卿目光闪了闪，犹记得自己的阿娘被陛下处置时，淑妃在旁边说了好话，这才有了现在全身而退的局面，且沈羲和没有紧追不放，这个分寸拿捏得恰到好处。

沈羲和下手再松一点儿，阿娘指不定又要干涉他的事；再紧一点儿，阿娘必然会变成丧家之犬。

"太子妃好心思，好手段！"萧长卿叹服，"承蒙太子妃手下留情，不知小王何处能为太子妃效力？"

"太子妃身边有孤，用不着五兄效力，五兄只要记得太子妃的恩情便可。"萧华雍没有给沈羲和答话的机会，先一步开口，淡然地说道。

萧长卿隐含探究之意的目光落在萧华雍的身上，萧华雍坦然回视，片刻之后，萧长卿收回视线："太子妃这番帮扶之情，小王铭记于心。时辰不早了，将要启程，小王便先告辞了。"

沈羲和与萧华雍没有阻拦，萧长赢也跟着萧长卿起身，只不过出门前又回头看了一眼，却没有停留，大步离去。

"你为何要对信王与烈王说这些话？"沈羲和不解。

她其实压根儿没想过要让这二人念她什么好。实则，她并没有对他们好，这些事都是以自己的利益为出发点去衡量的，萧长卿兄弟二人如何想，她不在意。他们便是因此而记恨她，她也无所谓，不过是暗地里兵戎相见罢了。

萧华雍握着沈羲和的手，温柔地凝视着她，却没有解释。

沈羲和等了半晌也没有等到他的回答,只能自己去想。萧华雍自然不是惧怕萧长卿兄弟二人记恨他们,这世间就没有他畏惧之事。

她想到方才萧华雍说他在她的身边,用不着萧长卿,那么用得着萧长卿的,不就是……?

"北辰,"沈羲和下意识地反握住他的手,"我对你说过,我不喜欢思考太长远之事。人生变幻莫测,这一世也许还有数十载,也许就在明日结束。

"我从不谋局太远,并非我谨小慎微,只是觉得千里之遥也要一步步地稳扎稳打,方能善终。"

萧华雍是担忧自己未来遇到不测,所以在为她铺路,甚至故意强词夺理,也是为了衬托她后来的善解人意。他那么聪慧,怎么会想不到用荣贵妃现在的处境对萧长卿有利来打动萧长卿?

"我从未计较过人生的长短,遇见你之前,活着还是死去,于我而言并无多大区别。"萧华雍抬起沈羲和的手,贴上自己的脸颊,缓缓地闭上了眼,"我从未畏惧过生老病死,遇见你之前,病痛于我而言早已麻木。

"可我现在计较了,也畏惧了。我心中不曾放弃过,也一直相信我能够度过这一劫,可每见到你,欢喜之余,又忍不住因爱而生惧,情不自禁地要居安思危。

"我引以为傲的自制之力,因为你而变得不堪一击。我总是忍不住想,若我当真不在了,能为你做些什么?我能为你留下些什么?我如何才能少些遗憾?"

沈羲和忽然有些难受,心里像被塞了一团棉花,暖暖的、软软的,却又被堵得厉害:"北辰……"

他是那么自信强大、无所顾虑的皇太子,沈羲和第一次在他的身上感受到如此浓烈的不安情绪。

他对她说过无数动听的甜言蜜语,这番话却最让她心湖翻腾。

才思敏捷的沈羲和,一时间竟然不知该对他说些什么。

"莫要把我想得太好。"萧华雍睁开眼,用漆黑的双瞳盯着她,"我啊,明知自己生死难料,仍旧舍不得放开你;明知自己前途未卜,仍旧要去撩拨你……"

说着,他自嘲地笑了笑:"说到底,我终究是个自私自利的凡夫俗子。"

他其实不应该招惹她,至少在自己身体里的荼毒被解开之前,不该招惹。哪怕她等不到那日,必然要出嫁,他也应该让她继续心如止水,这样的话,她也不会因为自己的离去而悲伤。

可他做不到,心不由己。

"北辰,我们要个孩子吧。"

子嗣传承,于沈羲和而言是头等大事,但现在和过去,她的心思发生了翻天覆地的变化。

曾经她抱着去父留子的心思，虽说若萧华雍不为难她，她也不会主动害萧华雍的性命，却实实在在地盼着他不好。

眼下，她希望他们能够有血脉延续，能够让他有更多的牵挂，能够让他有更多放不下的人事物。

萧华雍愣住了。血气方刚的儿郎，经历过无数九死一生的场面，从未流过泪，却在这一瞬间，眼眶微微发酸。他伸手按了按眼角，逼退这股突如其来的令他茫然无措的脆弱情绪。

"呦呦，时机未到。"萧华雍握着沈羲和的手，"我们一定会有孩子，却不是在当下。"

"你是担心我有了身孕，陛下会不留余地？"沈羲和以明亮的眼瞳凝望着他，像黑曜石一般映照着他的身影，深深地将他锁住。

萧华雍颔首："不仅如此，东宫有后，你我就会被推到风口浪尖上。"

现在东宫之所以没有成为靶子，是因为人人都信了他会英年早逝的说法，一旦东宫有了子嗣，就会成为众矢之的。古往今来，嫡系永远是优先继承人。

哪怕他不在了，有嫡长子在，继承权也高于孩子庶出的叔伯，沈羲和又是西北沈氏之女，代表着军威与军权，只怕不少人要拥护东宫。于他们而言，这不是好事。

另外，沈羲和刚刚拿到后宫大权，若不将后宫完全掌控住，一旦有孕，便会危机四伏。

萧华雍这些年在道观里，为了不引起陛下的猜疑，只守好了东宫的一亩三分地，其实后宫是个群魔乱舞之处。

即便后宫平定了，陛下那边、朝臣那边、诸王那边……也没有一个是省油的灯。

萧华雍不愿让他的孩子在这种虎狼环伺的环境下降生。

关于孩子，沈羲和一定要有。哪怕是为了沈氏，她也必须拥有一个儿子，一个有资格继承大统的儿子。但这不是她一个人的孩子，她对萧华雍同样敬重，既然萧华雍这样决定，她也点头退让："那便再等两年。"

两年之后，萧华雍就二十有三，距离他被断言英年早逝之期极近，无论他体内的奇毒解不解得了，她定然是要怀孕的。

闻言，萧华雍低声笑了："你不怕是个女郎？"

"若是女郎……"沈羲和眼神忽然好似蒙上了寒霜，"我少不得要辛苦些……"

只要有子嗣，她就能在萧氏立足，没有嫡长子无妨，本朝可是有女帝的先例。只要把挡在前面的障碍扫平，只要握着生杀予夺的大权，她一样可以立在万人之上。

为了西北，为了家族，为了父兄，她会拼尽全力去抗争！

他对她的了解何其深，她仅仅只是露出了一个眼神，他就明白了她心中所想。他心口莫名其妙地疼了一下，握着她的手忍不住使上了几分力道："呦呦，我不会让你孤军奋战的!"

他的妻子足智多谋,却不是一个合格的政客,也不应该成为一个政客。

他没有想过把她变成笼中鸟,豢养在后宅里,斩断她的羽翼,却也不想让她孤身与虎狼搏斗。只要一想到没有了自己,她必将锋芒毕露,殚精竭虑,保全她想要保全的一切,他就感觉犹如有一把钢刀刺入他的骨头,骨裂一般的剧痛感遍布他的全身。

这样的结果,他决不允许出现!

"我不期有人可依,不慕有人可护。"沈羲和缓缓启唇,一字一顿,吐字清晰,"我盼有人互持。"

她不需要依靠谁和被谁保护,但需要与她相互扶持之人。

萧华雍心口微暖,掷地有声道:"好。"

两个人都不是感性之人,方才那点儿忧伤情绪霎时就烟消云散了。珍珠收拾好行李,过来说可以启程了,他们便随着祐宁帝一道去了甘泉行宫。

麟游行宫夏无酷暑,丘陵沟壑,青山绿水,甘泉行宫则是四山环抱,峰峦奇绝,甘泉飞瀑,蔚为壮观。

这里还有一座著名的仙游寺,行宫较麟游行宫也更宽敞,沈羲和与萧华雍有个单独的雅致小院,院子里除了密密层层的幽竹,还有三棵平仲树。

六七月的酷暑,平仲叶绿油油的,清风袭来,淡香袭人。

沈羲和很喜爱这里,兼之掌了宫权,内侍省一应出入都要交给她过目,对她更是殷勤谨慎,就怕她新官上任三把火,一个个兢兢业业,是忠是奸尚且不论,他们的表现倒是令她极为满意。一时间,她再无烦心之事。

"呦呦欲如何清理后宫?"

夫妻二人坐在平仲树下闲聊。他们不在宫里,沈羲和想要立威也没有法子,更无法现在就去查宫中的账目,陛下把荣昭仪早早地送回去,未必没有让荣昭仪善后的意思。

"我听闻,登州一带自五月起到今日都没有雨。"沈羲和没有回答萧华雍,而是说起了一件别的事情。

萧华雍以为沈羲和不愿提及后宫之事,而是更关心百姓,肃然颔首:"登州、莱州、密州等地的郡守上报,至今无雨,恐耽误农事,望朝廷早做准备。"

这已经是头等大事,祐宁帝十分关心这些,不知组织了多少次会议,虽然经历了胭脂案,国库有长公主献上的私财充盈,可若是出现大面积旱灾,只怕也要将国库掏空。

"我阿爹认识一位奇人,那人有观星断日的本事,我已经让阿爹去寻人,请他算一算登州等地何时能够降雨。"沈羲和是个不信佛道之人,她信有真本事的人。

"我也曾听闻这等能人异士，可未曾寻到。"萧华雍目光微亮。

其实太史监也有不少能掐会算之人，但他们也不是次次都能精准不漏。

"我阿爹认识的这位先生，至今断言从未有过偏差。"沈羲和很信任这个人，"待到先生推算出旱情，一则，我们可以早做准备，正好将萧长泰的那批财物用上，免去百姓的一些苦难；二则……"

她嘴角微扬，说道："我要借此让陛下大赦天下，放出宫中的适龄宫人。"

沈羲和从不磨磨叽叽，她想一次性解决那些人，无论是谁的钉子，全部都清理出去！

蔷薇满院，风拂竹响。

振翅的蜻蜓轻点荷塘，荡起圈圈涟漪，然后落在含苞待放的粉荷之上，不谙世事地扇动着双翼。

如此美景落在朝着沈羲和望过来的萧华雍的眼里都变得模糊了，他的眼瞳里唯有她身影清晰可见，她的话令他情不自禁地伸出双手，他缓慢而又清脆地击掌："这一招釜底抽薪，用得甚妙。"可萧华雍还是有些许担忧，"后宫一次性撤掉这么多人，呦呦可否应付？"

他不是不信任沈羲和。别的事他倒也能够相助一把，可填补宫人的空缺之事，即便是他，也没有办法，宫女都必须经过严格筛选和教养，教养合格后，才能被派遣到各宫上任。

"裁减宫人一事虽然是我提议的，却得到陛下首肯，新换上来的宫女，若有生疏怠慢之处，各宫也应当体谅陛下为民造福的良苦用心，多包容海涵才是。"沈羲和压根儿不在意换些生手，被各宫挑毛病。

萧华雍忽然想到一件事，双眸含笑地上下打量了沈羲和一番："我依稀记得去年顾司衣偶然救了兰尚仪。"

沈羲和笑而不语。

民间采纳良家女入宫为婢，留下的都会送到尚仪局学礼仪，顾则香是尚服局的司衣，偶然救下了尚仪局的掌舵人兰尚仪，这的确不是偶然，而是沈羲和让她去施恩。

当时没有人会去关注一个六品司衣救了一个五品尚仪的事，顶多是六局二十四司的人看在眼里。后来，顾则香仿佛忘了这件事情，没有从尚服局跳到尚仪局，久而久之，六局二十四司的人也将此事淡忘了。

自然没有人知晓，从那时候起，沈羲和已经开始对掌控后宫布局了。要知晓，那时候沈羲和可还没有和萧华雍订下婚约呢。

"北辰，你定然不知，兰尚仪幼时家贫，自愿入宫，入宫之前便已经有心仪之人，便留下了断情之言。原以为情郎就此死心，另娶他人，可前不久她才得知，她的爹娘病倒，一直是她的那个至今未娶的情郎在照顾——兰尚仪很想出宫呢。"

说最后一句话时，沈羲和微微上扬了语调，有些俏皮与意味深长。

现在宫权掌握在沈羲和的手上，能够让尚仪局的这位兰尚仪顺利出宫的人，只有沈羲和。兰尚仪入宫二十载，当了八年尚仪，有多少宫女是她亲自调教出来的？哪些人可疑，哪些人清白，哪些人聪明？哪些人可用，她能够稳坐尚仪这个位置这么多年，定然有一双利眼。

双方互惠互助，只要尚仪局掌握在了沈羲和的手里，她再借助兰尚仪之手，把可疑之人全部拔除……

如此一来，不出半年，她定能稳住后宫！不出一年，她定能掌控后宫！不出两年，她定能将后宫牢牢地把持在手里！

随着时间的推移，登州一带的旱情越来越严重，今年注定是个不太平的年月。

登州附近的几州都受到了波及，虽然不似登州一般注定颗粒无收，却也有了不好的预兆，故而众人一心盯紧登州的大旱情况，倒是没有人寻沈羲和与萧华雍的不痛快。

沈羲和让沈岳山寻的人已经寻到了，这位懂得预测天象的高人欠着沈岳山一个人情，预言了登州的情况，竟然要等到八月才会有雨。

距离他给出的日子还有足足一个月，可登州已经田地干旱到水比米贵！

"北辰，我们须得想想法子，解决登州的燃眉之急。"沈羲和知道了日期，就急急忙忙地去寻萧华雍。

萧华雍也知道了太史监预测的结果，也是八月有雨，却与沈羲和那边预测的日子不相同，要早三五日。

无论哪个日子正确，都说明登州至少要等一个月才能有雨。

"今日小八已经请命，亲自去登州赈灾。"萧华雍放下两张纸卷，"登州郡守府昨夜被灾民与匪徒联手点了一把火，消息今儿一早传来，陛下震怒，当场允了小八的请求。"

"这才不过干旱两个月，就已经到了民乱的地步吗？"沈羲和觉得事情有些蹊跷。

"我让小十二陪着小八一道，待他们入了登州，发生何事，我们自然便能知晓。"萧华雍嘴角微扬，眼里却没有丝毫笑意。

"这件事与景王殿下有关？"沈羲和蹙眉，一缕发丝飘落，在她的眉尾与鬓发之间随风飘动，为她增添了一缕柔光与灵动的气息。

萧华雍目光专注而又温柔，声音也情不自禁地变轻了："裴家祖籍密州，与登州相隔不远，此次旱灾，密州也被波及。"

沈羲和扬眉："是因为裴氏族人闯了祸？"

登州灾情如今便是个烫手山芋，陛下之前在相国寺祈福的事传得沸沸扬扬，后来传出是上天示警，有人刺杀陛下，影响力才消减了不少。

若没有紧接着发生的灾情，百姓或许不会多想，现在登州民怨不轻，此时只要人不傻，都不会主动请命去登州赈灾，一个不慎，就会成为陛下的替罪羊。

景王自然不傻。而且他刚回京都，又一下子兼任了兵部尚书，更应该韬光养晦。这也是他明明怀疑裴展的死与沈家有关，与沈羲和有关，却一直按兵不动的原因。

现在景王突然请命去登州赈灾，主动接了这个人人唯恐避之不及的烫手山芋，定然是有不得不亲自去的缘由。

"登州一带的消息迟缓，有人在刻意遮掩，我并未收到过多的消息。"萧华雍微微莞尔，"不过京都这边，倒是有人以我代陛下祈福为由，说我是个福泽绵延之人，提议让我代陛下去登州赈灾，以期为百姓带去福泽。"

"裴家这是把裴展之死彻底算在了你的头上，为你做好了局。"沈羲和立刻明白了其中的弯弯绕绕。

萧华雍的势力可谓遍布天下，这个情报网是以华富海的商号为依托，再由天圆的胞弟地方和另一个心腹律令一起一明一暗地掌控，不过到底没有渗入官府。裴家是大族，裴展这一脉凋零得只剩下萧长彦的表兄裴策，可未出五服的族人还在，且盘踞在密州一带，根深蒂固，枝繁叶茂。

他们的荣耀就是京都裴氏，裴展的死对他们而言，是个极大的打击，至少因为裴展离去，整个河南道的势力都要重新洗牌，裴氏必然要憋屈地蛰伏。

因此他们恨上沈羲和与萧华雍也不难理解，毕竟裴展的死牵连了整个家族的兴衰与利益。

这样一想，沈羲和忍不住冷笑了一声："裴氏的胆子倒是不小。"

他们竟然敢在毫无证据的情况下，给皇太子设局。

"勿恼。"萧华雍握住沈羲和的柔荑，"若说他们有多大的胆子，倒也是抬举他们。只是裴展之死是他们心口的一根刺，偏偏他们怀疑你我二人，却寻不到证据，心头必然难受。

"在京都，二人小八不敢轻举妄动，可到了登州或者密州，他们有的是法子试探我的深浅。"

甚至萧长彦都不需要亲自出手，河南道除了洛阳与河南府之外，还有二十四州，又紧挨着京都，是除了京都之外，最繁华昌盛之地，各方势力云集，想要借刀杀人或借力打力，实属轻而易举之事。

"可惜，小八太警惕了。"末了，萧华雍不无遗憾地轻叹了一声。

去登州赈灾，他是很乐意的，正好有机会去河南道做些手脚，把不听话的人都除掉，把不该留的人都送走。

裴氏一族的人想要为萧长彦分忧，把萧华雍送到登州，奈何萧长彦对萧华雍忌惮极深，或者是对沈义和忌惮极深。一想到西北这一次的风波，他便担忧萧华雍夫妻去了登州后，裴氏这些人的小聪明根本不够看，届时反倒让萧华雍夫妇在河南道埋下对裴氏不利的祸根。

萧长彦这才不得不亲自接下这个差事。

不知道裴氏族人见到了萧长彦，会是怎样的脸色。

裴氏族人的脸色当然不好，萧长彦前脚到登州，裴氏族人立刻就秘密来了登州觐见，来的正是主张为萧长彦分忧的二人：裴氏宗嗣裴观相——萧长彦的表舅，年近不惑；裴氏族长的嫡长子以及捏着裴氏经济命脉的裴氏八房的裴观淹。

"殿下，您为何要亲自来登州？"裴观相很焦急。登州的民乱确实是他们一手策划的，可实际情况也不太好，否则他们哪里那么容易就掀起波澜？

他们原本计划着把皇太子搅进来，试探出皇太子的深浅之后，利用民乱除掉皇太子。

"我不亲自来，由着你们将整个裴氏都折了？"萧长彦面色冰冷，锐利的视线戳在二人身上，"你们真的以为太子殿下与沈氏是好拿捏之人？这一次西北之事，处处透着蹊跷，看似与太子毫无关系，却又有千丝万缕的联系。太子绝非坊间传言的那般势单力薄，此次你们自作主张，念在一番为我筹谋之心的分上，便罢了。再有下次，可莫怪我不念血脉至亲之情。"

二人心中一惊，别看才弱冠之龄，可景王上阵杀敌，平定裴氏内乱，将分崩离析的裴氏拧成一股麻绳，早就成了裴氏一族背后当家做主之人。他既然如此说，二人也不敢质疑了。

"殿下，十二殿下要如何安排？"裴观淹只得转移话题。

萧长彦转了转大拇指上的玉扳指："试一试他。"

萧长彦的试探手段很直接，很粗暴，也十分出乎萧长庚的预料。当天夜里，竟然就有二人冒着生命危险，将一份不利于萧长彦与裴氏的证据递到了萧长庚的面前。

"燕王殿下，请您为我们做主！"

萧长庚捏着手里的证据。这份证据不似作假，若是呈到陛下面前，裴氏一族足可被夷三族，就连萧长彦都要被连累，轻则亲王爵位不保，重则再无夺位的资格。

"除此之外，你们可还有别的证据与证人？"萧长庚面色温和地询问。

二人有些犹豫，萧长庚便说道："此事牵扯小王的兄长，若无铁证，小王岂能轻易为你们做主？"

最后这二人吐露了一些东西，萧长庚派人去把东西和人都带来，在他们希冀的目光下，将所有证物付之一炬，人全部一刀毙命。

他来之前,太子皇兄就吩咐过,以取信萧长彦为首要任务。这会儿,他要是真的敢和八皇兄作对,只怕连登州都走不出。

八皇兄可不是个好对付之人。

萧长彦将这些证据赤裸裸地展示在萧长庚的面前,定力稍差之人都难以把持住,毕竟这是真的证据,尤其是萧长庚将剩下的人抓住,又拿到一部分证物之后,可谓铁证如山。

而且这里是登州,并非密州,不是裴氏的主要地盘,稍有些冒进之人,未必不会铤而走险。

萧长庚幼年丧母。从九皇子之后,连折两位皇子,他作为十二皇子,能够活下来,自有一番玲珑心思与警惕之心,这些人能够来到他的面前,本身就是裴氏和萧长彦默许的。

这些都是裴氏真正的敌人,是与裴氏争斗落败的丧家犬,指不定早就落在裴氏手上了,裴氏正好放出来试探他。

现在他把人杀了,证据也看了,勉强也算与他们同流合污了。

萧长庚也不是心无城府之人,亦不打算在萧长彦面前扮演不谙世事的天真弟弟,否则自己永远不可能得到萧长彦的重用与信赖。

"帮"裴氏解决完这些人,销毁了不利于裴氏的证物后,萧长庚只当没有发生过任何事,对萧长彦只字未提。

他这般沉得住气,令萧长彦刮目相看。萧长彦便主动找上他,取了从安南城带回来的好酒,邀他共饮。酒过三巡,萧长彦才说道:"听闻十二弟建府之前,曾在东宫短居过?"

萧长庚闻言,苦笑了一声:"是。"

"想来十二弟深得太子皇兄的青睐,东宫除了太子皇兄,可从未有过别的皇子入住。"萧长彦状似无意地轻叹了一声。

萧长庚眼帘微垂,沉默以对,并没有打算解释这件事。

原以为萧长庚是故作高深,但萧长彦等了半晌也未等到回复,这才察觉到萧长庚似乎真的打算将这个话题含糊过去,就算被猜疑与太子关系匪浅也要含糊过去。

"看十二弟的模样,似乎有难言之隐?"萧长彦又问。

一杯酒停在唇边,萧长庚顿了片刻,才猛然仰头,将酒一饮而尽。似乎下了决心,又似乎是借酒壮了胆,萧长庚长长地吐了一口浊气:"不怕被八兄轻看了去,当日弟弟处境艰难,陛下迟迟不让弟弟观政建府,弟弟迫切之下,便想借风头正盛的沈氏引起陛下的关注……"

话点到为止,既然萧长彦什么都查过了,就应该知晓,当时的沈羲和耀眼得令人无法忽视,满京都无人不避其锋芒。沈羲和又是必然要嫁入皇家的,有心思的绝对不止他一人。

这原本就是事实,真真假假才能把聪明人绕进去,正如萧长彦寻了真敌人、真罪证来试探他一样。

萧长彦恍然,而后用深沉的眼神不着痕迹地扫过萧长庚。原来萧长庚也不甘于平凡,甘于平凡的皇子都不敢去打沈羲和的主意。

沈羲和就像一柄双刃剑,娶她的益处清晰可见,并且丰厚无比,但致命之处也是明明白白的,迎娶沈羲和就意味着要与陛下博弈。

"太子皇兄对太子妃倒是宠爱有加。"

就是因为萧长庚对沈羲和动了心思,萧华雍就把人弄进了东宫,也不知道这期间,萧华雍对萧长庚做了什么。

不过以己度人,若是有人对自己看上的女人动了心思,萧长彦是不会给人留余地的,哪怕不将之灭口,也绝不可能与之为伍。

萧长彦自然不知道萧长庚对沈羲和一开始就是算计居多,真要说有什么情愫,大抵会有那么一瞬间的朦胧的憧憬之情,毕竟沈羲和是那样优秀的女郎,只不过这点儿朦胧的好感才刚刚萌芽,就被萧华雍无情地掐灭了。

萧华雍压根儿没把他放在眼里,根本没有把他列为情敌,又觉得他很好用,这才把他逼得上了贼船。

"宠爱?"萧长庚轻轻地笑了笑,"拖着病体,眼巴巴地追到西北,只是宠爱?"

萧长彦目光一凝:"太子皇兄的身子骨当真……?"

"太子皇兄身体有疾是真的,极难活过两年恐怕也不假。"萧长庚肃容道,"八兄日后与太子妃接触得多了,便会明白,太子妃绝非寻常女郎,她的手段、心智、谋略不逊于你我。至于她嫁给太子皇兄的目的……"

萧长庚露出了一个意味深长的笑容。

大家都是聪明人,如何能不懂其中的暗示之意?这不就是说太子妃嫁进东宫,要的就是东宫嫡出的名头?

其实他们仔细想一想,沈氏的选择确实大胆,却又令人肃然起敬。

"以往只是听闻,此次在相国寺倒是见识了一番。"

仅凭沈羲和敢选择萧华雍,打带着嫡长子与他们厮杀的主意,就足以说明沈羲和的眼界与野心绝非寻常女郎可及。

相国寺的事情处处透着诡异之感,但最大的获利者无疑是沈羲和,她一举就拿下了宫权。荣贵妃,不,现在是荣昭仪,经营了二十多年,只怕做梦也没有想到,仅仅是一次交锋,她就被沈羲和弄得再无翻身之地吧。

不止荣昭仪没有想到,就连他们也没有想到会变成这样,要知道,他们的阿娘可都是荣昭仪的手下败将呢。

"日后八兄还能见识到更多。"萧长庚嘴角上扬。

萧长彦将英气刚毅的剑眉上扬:"十二弟对太子妃……似乎颇为欣赏。"

似是没有听出萧长彦此话别有深意,萧长庚以黑白分明的双瞳坦然地与之对视:"太子妃……是一个很难不让儿郎折服的女郎。"

萧长庚的这句话只有对沈羲和的纯粹的赞扬与欣赏之意,不掺杂任何暧昧与倾慕之情。

萧长彦正因为听出了真意,才对沈羲和的好奇心空前高涨。

登州的灾情聚焦了整个朝廷乃至天下百姓的目光,陛下根据太史监预测的时间,做了最坏的打算,发布了一道道政令,兼之萧长彦与萧长庚两位皇子亲自去了登州,并且留在登州与百姓共进退,这起到了极大的安抚作用,乱象倒是渐渐平息下来。

等到民怨平息之后,在陛下的授意下,登州也隐隐传开要等到八月才可能会有天降甘霖的消息,这让登州饱受旱灾之苦的百姓感到很绝望,可绝望也没有法子。

在朝廷的一系列赈灾措施下,勉强还能度日的百姓也渐渐接受了现实,心里反而有了盼头,就盼着八月降雨的日子早日来临。

虽然大家心系登州,却也不能因为登州就耽误别的大事,譬如每四年一次的"小朝会"。

小朝会是戏称,实际上是祐宁帝召见各地藩镇主帅入京都面圣,汇报各地的军部以及边境情况。本朝是少见的文武并重的局面,每年年节都有大朝会,万邦来朝。由于边陲主帅不能轻易地调动离守,小朝会每四年举行一次,且不是各地藩镇主帅一起来京,而是每一次都轮着来,基本都是几个道的主帅一起来,唯独陇右道与河北道例外。

陇右道就是整个西北,河北道囊括整个东北,所以这两地基本上一道就有不少将领,今年恰好轮到河北道各方主帅受诏入京。

西北与东北两片最广袤的土地上,有着一样复杂的民情,两地的汉家子女一度没有别的种族子女多,不同的是,西北被沈家统御数十载后,成了一块铁板,也成了陛下的心头刺。

而东北原本是由萧长风的父亲老巽王平定统一,老巽王却选择了急流勇退,将东北交给了陛下来管辖。

帝王之术在于制衡。

河北道单是都督府和都护府就有十来个,其中最有权势的莫过于室韦都督府、黑水都督府、单于都护府以及安东都护府,局势可谓整个朝廷最为复杂之地,暗地里不知道有多少尔虞我诈的事,只要没有闹到明面上来,陛下从不插手。相比于东北这个常年流血之地,陛下显然更不喜欢西北这个日渐富强安稳之所。

两位都督与两位都护都不是独自上京,带了各自最看重的年青一辈中没有成婚又适婚的儿女。他们远居朝廷之外,自然也要想办法在京中结下姻亲关系。

沈羲和派人安排了他们的住处,自然对他们的人员情况了若指掌。

"陛下有意将尤都督家的三娘子许配给小九。"这一日,萧华雍从朝会上回来,看到沈羲和在翻阅一本记载着河北道风俗的游记,便顺口说道。

尤领,室韦都督。

室韦都督府源于被平定的室韦族,与契丹比邻,据说先祖也是契丹血脉。室韦部一个异族繁杂之地,各部落盘踞在此,民风之彪悍,尤胜西北,能够在室韦都督这个位置上坐稳的人,绝不是泛泛之辈。

这些人今日才抵达京都,沈羲和还没有见到人,对这些人也不感兴趣。

听了萧华雍的话,她只是轻轻地点了点头,以示回应,便继续翻阅游记了。

萧华雍净手净面,又换了一身舒适的常服走过来,站在沈羲和的后面瞟了游记一眼,竟然是黑水一带的内容记载,便说道:"呦呦想了解黑水,不若问问我。"

这可比看书有趣多了。

沈羲和忍不住扬了扬嘴角,依他之言,合上了书本。沈羲和知道萧华雍去过黑水,因为海东青就是他在黑水河熬回来的。为了熬海东青,他在黑水停留了几个月,了解海东青的习性,向黑水附近的百姓学习如何驯鹰。他足足学了三个月,才对盯上的海东青下手。饶是准备充分,他也追了二十多日才把海东青给驯服。她听天圆说,其间,萧华雍还几次碰到危险,死里逃生。

"闲来无事,便随手翻些书籍,恰好这两日安置河北道的几位都护与都督,看到这本游记,也就翻了起来。"她并没有特意去关注或者了解东北的风土人情。

没有特意寻书,她恰好看到一本与近来接触的人和事相关的书,便随手拿来打发时间罢了。

虽然她现在执掌了宫权,可不在宫里,她的宫务就少了许多。她又是出了名的不好招惹,而且还不是长辈,各家女郎既不敢,也没必要往她的面前凑。沈羲和乐得清闲,就看起了书。

"是我误解了呦呦。"萧华雍轻轻地笑了笑,"我原以为呦呦是想早些知晓东北的事。"

"我为何要知晓东北的事?"沈羲和问出口就反应过来了,"未雨绸缪,也不免想得太远……"

萧华雍的意思是,她日后要做天下之主,甭管是皇后还是太后,总有一个是她的目标。到时候,她关心自己的山河也在情理之中,趁着现在有时间多看看,日后理政也不会手忙脚乱。

"不远,不远。"萧华雍从珍珠的手里接过扇子,为沈羲和轻轻地扇着风,"呦呦就该从此时开始做好打算,日后也能得心应手。"

沈羲和上下打量了萧华雍一会儿："你不是说要陪着我？日后你登基，这些事由你处理便可。"

她要操心朝廷之事，除非萧华雍不在，或者她与萧华雍离心，各自为政。否则，她也是愿意享受清闲之人。

"我自然要陪着你。"萧华雍一只手扇着扇子，一只手握住沈羲和的手，垂下温柔的眉眼，看着她搭在自己的掌心上的柔软指尖，"可我想与你同坐龙椅，帝后临朝。若我偶尔身子不适，或者想要偷懒，便请呦呦为我批阅奏折……"

其实不用等到以后，现在分配到萧华雍手里的奏折，他很多时候也会拿到沈羲和的面前与她讨论，有时候诸多批复意见都是沈羲和的想法。

要不是沈羲和现在还只是太子妃，而非皇后，只怕萧华雍会直接将笔递给她，让她自己动手。

沈羲和明亮的眼眸平静地看着萧华雍，萧华雍始终含笑以对。

须臾，沈羲和才轻叹一声："北辰，你真是个矛盾之人。"

他一面坚定地说会陪着她，一定不会让她成为寡妇，一面又不遗余力地为日后没有他的情况做安排，培养她成为一个合格的帝王……

隔日，以室韦都督府的尤氏为首的东北四大家的内眷前来拜见，沈羲和见到了这位据说陛下看好，要指婚给烈王萧长赢的尤三娘子。

出乎意料的是，尤三娘子的骨架并不大，看起来不壮硕，只不过生在那样的地方，她也少了几分江南女郎那种娇小玲珑的感觉，更没有京都贵女那样温柔娴静的气质。她身形修长，眉宇间有一股英气，穿着男式的翻领袍，举手投足干净利落。

看到尤三娘子，沈羲和不由得想到了步疏林。

一番见礼后，沈羲和与几个女郎说着场面话。

"太子妃殿下敦厚贤良，陛下令殿下执掌后宫，实乃我等之幸。"忽然，一道轻软的声音恭维道。

这是个身体丰腴的美娇娘，肌肤如凝脂白玉，整个人珠圆玉润，着一袭鹅黄襦裙，眉目温柔，目光明亮，像极了前不久沈羲和赏过的一株海黄，有一种令人赏心悦目的富态之美。

沈羲和知道她是安东都护之女安争依，安东都护妻妾不少，嫡、庶共八个儿子，唯独只有这一个女儿，虽是庶出，但阖府上下对其宠爱有加。

安争依对上沈羲和的目光，流露出讨好与恭敬的神色。

沈羲和不动声色地冲她浅笑。

不知为何，沈羲和总觉得安争依对她有一种莫名其妙的殷勤感，这种殷勤感是其他几位女郎身上完全没有的。她与安氏似乎没有任何交集，安氏为何对她如此殷勤？

沈羲和又与她们闲话了几句后，便打发了她们。对安争依一个劲儿地奉承她的事，沈羲和也没有放在心上，安争依有什么目的，迟早会表露出来。

夜里，沈羲和按照陛下的吩咐，安排了接风宴，准备了一些歌舞。

"先有突厥来犯，后有朕在相国寺遇刺，眼下登州旱灾殃及百里，"席间，祐宁帝忽然语气沉重地开口，"不顺之事接二连三地出现，朕觉得该用一桩喜事冲一冲。"

酒过三巡，帝王看着兴致颇高，众人也不知道陛下是否临时起意，对陛下口中的喜事甚为好奇，却没想到祐宁帝竟当众给萧长赢与尤汶珺赐了婚。

尤汶珺似乎早已心中有数，并未扭捏，跟着父亲起身，对祐宁帝行礼谢恩。

唯独萧长赢好似完全被蒙在鼓里，因为祐宁帝突如其来地赐婚而僵在当场。

萧长卿眼底的惊诧之色一闪而过，不过他反应极快，笑着对浑身僵硬的弟弟说道："阿弟是否喜不自胜？还不快向陛下谢恩？"

萧长赢这才回过神来，下意识地想要看沈羲和，脖子才微微一动，理智就制止了他。这个时候，他若看向沈羲和，他的心思还瞒得过谁？旁人又该如何看待他与沈羲和？

他这样做，除了给她增添污名，有何意义？

陛下以"冲喜"为由赐婚，不容许他拒绝，对方还是尤氏的嫡长女，好在他早就有了娶妻的打算，只不过陛下不提前打声招呼就给他赐婚，令他措手不及。他站起身："谢陛下恩典。"

原本他是想着日后将自己的心思对所娶之人先说个明白，若对方仍然愿嫁给他，也怨不得他薄情。

现在他却不能如此了。不过这是帝王的恩赐，不是他自己强求，以尤氏如今的地位，若非他们自个儿想要这份荣耀，何必让尤汶珺蹚这浑水？

陛下的皇子众多，太子又有早逝的传闻，而且他与尤氏素不相识，谈不上有什么情分，这个时候将尤汶珺嫁入皇家，尤氏要是没点儿心思，绝无可能。

他们已经做到了东北藩镇之首，远离皇室是非，富贵不愁。

尤三娘子已经年满十七，这个年纪的女郎，若是有心，早已经嫁为人妇……

这样一想，萧长赢心里也没有多少愧疚之情了。路是别人选的，他也只是被人选择，没道理还要去对一个非他所选之人用心。

"陛下，臣等可都带了儿女上京，陛下可不能厚此薄彼。"就在这时，安东都护安荆南站起身来。这人年轻时是祐宁帝的护卫，后来随着祐宁帝建功，一路做到了如今的安东都护。他在帝王心情尚佳的时候说这种话，免不了有些泼皮之相。

祐宁帝丝毫不生气，用指尖指着他，笑骂道："朕何时薄待了你？你只管说，看上了哪家儿郎，朕定然为你赐婚。"

安荆南乐呵呵地笑着，对安争依说道："闺女，还不快请陛下做主？等过了这劲儿，当心陛下不认。"

整个朝廷只怕也就安荆南敢这般对祐宁帝说话，偏偏陛下吃他这一套，从不觉得他以下犯上。

安争依站起身，有些不安，有些忐忑，低声询问："陛下，不管小女心悦何人，都可以请陛下赐婚吗？"

"你且先说说，若是两情相悦，朕自会成全。"祐宁帝温和地说道。

安争依沉默了片刻，似是鼓足了勇气，才从案几后走出，到殿前给祐宁帝行了叩拜大礼："陛下，小女幼时见过一人，惊为天人，至今因此而视旁的儿郎为凡夫俗子，如今再见，便一眼倾心，再难忘怀。小女知晓君子心中无小女，然而陛下问及，小女不敢欺君，总要借此表明心意，不论结果如何，不枉爱慕一场。"

她坚定而又孤注一掷的话，令在场之人听了，都对她倾慕之人分外好奇。

"将门之女，坦率赤诚。"祐宁帝夸赞了一句，"你只管说。"

一直垂首的安争依忽然抬起头，眉眼精致如画，眼波微动："陛下，小女倾慕太子殿下龙章凤姿。"

这话犹如一石激起千层浪，众人听了，都深吸了一口气。

太子已经娶妃，安争依是庶女，虽得宠爱，也不够资格成为太子妃，但做个太子侧妃绰绰有余。

安争依既然说出了口，自然就是愿意嫁入东宫为侧妃。

一时间，人人都看向太子夫妇。

沈羲和面色依然平和，目光波澜不惊。

而太子殿下猝然剧烈咳嗽，面色焦急而又惊惶。似乎忘了此刻自己身在何处，他拽着沈羲和的衣袖，断断续续，近乎哀求地道："我……我……绝无……二心……"

众人："……"

整个大殿内，众人心思各异，大部分人都觉得一言难尽，祐宁帝则面不改色，没有人能够猜透帝王此刻的心思。萧长卿垂首，目光落在斟满酒的酒碗上，萧长赢的嘴角忍不住抽搐。

步疏林捏着酒碗，张嘴瞪眼，表情有些滑稽。

天圆、赵正颢、崔晋百等人则努力地克制，让自己的表情看起来比较正常。

唯独沈羲和视线往下，盯着捏着自己的袖口的两指，目光缓缓上移，对上仍然咳嗽不止的萧华雍那小心翼翼的眼神，心里忍不住叹了一口气。

他又演上了。

她取出自己的手绢，递给萧华雍，又伸手顺着他的后背："我相信你。"

夫妻二人一副旁若无人的模样，祐宁帝若是再问萧华雍可否愿意接受安争依的一片痴情，那就是不识趣了。

本朝儿郎纳妾合乎律法，但长辈插手儿孙的房内之事到底不光鲜，除非夫妻二人婚后多年仍无子嗣，否则即便是天家，也不会过多地干预皇子是否纳妾。

沈羲和与萧华雍才成婚几个月，远远没到祐宁帝觉得沈羲和不能给太子传宗接代的地步，沈羲和也不曾出过半点儿错。

萧华雍自个儿也不愿意纳妾，兼之本就"体弱"，一个慈父怎么能给他多塞女人？

"七郎身体不适，早些回去歇息吧。"极少发话的太后见萧华雍咳嗽不止，虽然咳嗽有减弱之势，却还是关切地开口。

萧华雍自然顺势站起身，半倚在沈羲和的身上，咳着对太后与祐宁帝告罪，带着沈羲和离了席，徒留安氏父女在殿中，场面甚是尴尬。

沈羲和没有把安争依放在眼里，隔日，行宫里却传出流言，气得紫玉险些与人动手。

"他们竟然敢编派殿下，说昔日淑妃也想嫁入东宫，结果被您吊在荒郊野岭，吊了一宿，险些没了命。这回安大娘子当众对太子殿下表明心迹，指定没有好日子过，说不定小命不保……"紫玉听到这些话，差点儿气到失去理智。

这些人都把太子妃传成什么洪水猛兽了？

"难怪她敢当着我的面对你示爱。"沈羲和冲着萧华雍淡淡地笑了笑。

安争依昨日示爱，今日安排风言风语，目的就是让沈羲和不能针对她。否则她当真出什么事，都是沈羲和所为。如此心胸狭隘、不顾大局、滥用职权的太子妃，有什么资格执掌宫权呢？

对于这样的小手段，沈羲和轻轻一笑，觉得与安争依过招都是浪费精力。

水袖轻挽，神情淡漠，沈羲和立于长案之后，微垂着头，轻轻地搅动着手中的香墨。这是她新研制出来的一种墨，研磨出来的墨汁有一股清雅凝神的芬芳。

"殿下，您……您不打算与她计较？"紫玉看着神色平静的沈羲和。太子妃明明看着气定神闲，连眉头都没有皱一下，紫玉却觉得沈羲和仿佛从骨子里透出一种不屑的感觉——她对安争依不屑一顾。

沈羲和先前对淑妃做的事情虽然证据全无，可尽人皆知，人人都知道她霸道。

安争依正是借助这一点，把自己放在了弱势一方。接下来她只需要寻个机会，对自己狠一点儿，来个栽赃嫁祸，让人人都误以为是沈羲和对她下的手，正如当初沈羲和对淑妃一样，虽然寻不到证据，但谁都知晓这就是沈羲和所为。

如此一来，陛下一定会安抚安氏，又有前头的淑妃之事，沈羲和的霸道举动一定会触怒陛下，到时候陛下强行将受害者安争依嫁入东宫，也不是不可以。

"盯紧些，必要时……"沈羲和缓缓抬起下垂的眼帘，黑曜石般深沉漆黑的眼眸对上珍珠的目光，没有丝毫杀气，却像看不见底的深渊一般，令人心惊胆战。

"婢子明白。"珍珠应声离去。

安争依若当真还有下一步动作，等到造势完毕，就策划自伤来陷害沈羲和，那么沈羲和就会让她作茧自缚，自伤变成自戕！

人死了，就没有了不该有的心思，这也是对祐宁帝进行震慑与反击。

至于安争依是不是沈羲和所杀，凡事要讲究证据，没有证据，祐宁帝总不能草率地给太子妃定个杀人之罪。

珍珠离去后，不过一眨眼的工夫，就又折返回来，她的面色不太好："殿下，安大娘子从假山上摔下来了，据说是二娘子推的。"

沈羲和目光一凝。

安争依好快的速度，沈羲和以为安争依散布这些流言是为了对她下手，没想到安争依倒是有几分小聪明，把沈璎婼引过去，让沈璎婼成了替罪羊。

"阿姐……"沈羲和第一时间赶到了事发之地，沈璎婼看到沈羲和，低声唤道，旋即低下了头。她感到无地自容。

"珍珠，你与阿喜一道进去看看。"沈羲和吩咐。

事发之后，安争依伤势不轻，不宜挪动，便被抬到了这个离得最近的歇脚观景小楼里，太医与沈羲和是前后脚赶到的，太医也才刚进去。

沈羲和看了沈璎婼一眼："安心。"

丢下这两个字，沈羲和就去了假山上的亭子里，随意看了几眼。沈羲和下去的时候，陛下正带着几位皇子和大臣赶来。今日上朝，萧华雍也去了，这会儿一道赶来，见到沈羲和，便迈步走到了她的身侧。

一番见礼后，祐宁帝问："怎么回事？"

"儿亦不知前因后果。"沈羲和不疾不徐地道，"此事牵扯淮阳与安大娘子，如今只有淮阳在此，为表公正，不若等到安大娘子醒来，二人再一道面陈陛下。"

沈羲和的话，让原本要问沈璎婼的祐宁帝沉默了片刻，然后他轻轻颔首。

祐宁帝带着人在外面等了约莫一刻钟，太医先出来，珍珠与随阿喜紧随其后，珍珠看向沈羲和的目光有些凝重。

沈羲和微微扬眉，暗忖：看来安争依下了血本。

"微臣叩见……"

"免礼，你且说说，安大姑娘如何了？"祐宁帝打断太医的动作。

太医躬身回禀："陛下，安大姑娘应当是不久前受过重伤，伤在小腹上，今日从高处跌落，小腹撞在假山的尖锐之处，旧伤添新伤，虽性命无忧，可……"

太医说到这里，就说不下去了，似乎不知该如何启齿。

"小女到底如何了？还望太医给句准话。"安荆南连忙追问。

太医只得用眼神询问祐宁帝，祐宁帝下令道："直言。"

"安大姑娘伤及内腑，日后恐不能为人母。"太医令只得语气怜悯地道。

沈羲和看向珍珠，珍珠颔首。

安争依的确伤得很重，没有性命危险，可那孕育胎儿之处损伤极大，能怀孕，却坐不稳胎，等同于失去了做母亲的资格。

只不过珍珠怀疑这伤并不是此次造成的，安争依受的旧伤是箭伤，应当是旧伤就导致了她不可能再怀孕，可他们没有证据，这话不能从她的口里说出去。她是太子妃的女官，造成安争依旧伤未愈又添新伤的人是太子妃的姊妹，她说了，无疑是在为沈璎媇推脱罪责。

"陛下……"安荆南听了这话，老泪纵横。他没有叫屈，也没有喊着要祐宁帝做主，可他的悲恸与哀求神色，更能令人同情。

"安大娘子何时可以醒来？"祐宁帝沉声问。

"这……"太医看向随阿喜，"安大娘子疼痛难忍，是随郎君施针帮她止痛的。"

随阿喜便躬身回道："陛下，安大娘子随时能醒。"

只需要施针，他就能让安争依苏醒，也能让她的身体短时间内被麻痹。

于是祐宁帝带着人入内。

随阿喜给安争依施针，很快安争依就醒来了。因为随阿喜的针还扎着，安争依虽面色苍白，但似乎并没有多少痛苦之色。

祐宁帝看了看沈璎媇与安争依，问道："你们二人因何事发生冲突？"

被特许半躺着的安争依垂首不语，似柔弱破碎的瓷娃娃，轻轻一碰就会支离破碎。

"陛下，"沈璎媇挺直背脊，目光不闪不躲，"是安大娘子主动寻上淮阳，并且出言不逊，甚至对淮阳说了诸多阿姐的不是，欲挑拨离间。淮阳不知安大娘子何故如此，因而只得避让。亭子口虽然狭窄，淮阳却能笃定自己并未触碰到安大娘子，安大娘子却在淮阳与她擦身而过之际，忽然往后栽倒下去。

"事发之时，假山上方只有淮阳带着乳娘，安大娘子带着她的贴身丫鬟。若有人从下方看，倒似是淮阳将安大娘子推了下去。

"淮阳自幼在宫中长大，蒙陛下恩宠，不敢恃宠而骄，十数载，从未轻易与人红过脸。淮阳是怎样的性子，陛下再清楚不过，此事请陛下明断。"

沈璎媇的确不是个张扬跋扈之人，但在这件事情上，安争依受到的伤害极大，祐宁帝也不能仅凭沈璎媇往日的为人就将之揭过。

祐宁帝又询问了沈璎媇的乳娘谭氏，谭氏与沈璎媇口径一致，而安争依和她的丫鬟同样口径一致，说是安争依想嫁入东宫，请沈璎媇做说客，劝一劝沈羲和，沈璎媇恼了，便将安争依推了下去。

双方各执一词,再也没有别的人证,安争依又受了这般重的伤,安荆南则在一侧一个劲儿地追悔自己教女无方。

"太子妃,依你之见,此事当如何决断?"祐宁帝索性直接问沈羲和,一则,此事牵扯沈璎婼;二则,女眷之事,理应由执掌宫权的沈羲和处理。

沈羲和微微一笑:"陛下,此事断不了孰是孰非,安大娘子伤得极重,日后也寻不到好郎君,两全之策就是纳安大娘子入东宫。"

谁也没有想到沈羲和竟然直接说将安争依纳入东宫。很多人都清楚,这也许就是安争依的最终目的,可都觉得,只怕她想达到这个目的,还需费一番口舌。

伤了安争依的人不是沈羲和,沈璎婼与沈羲和又不亲近,沈羲和如果不理会此事,大不了就是让祐宁帝责罚沈璎婼一番。

"你当真如此想?"祐宁帝也有些惊讶。

"是。"沈羲和颔首。

"阿姐……"沈璎婼才开口,沈羲和就犀利地看了她一眼。

"荆南,你们父女如何作想?"祐宁帝又问安荆南父女。

安荆南看了安争依一眼,安争依有些羞怯地低下头:"全凭陛下做主。"

"七郎,你可同意?"祐宁帝最后问萧华雍。

萧华雍从沈羲和说了那句话之后,就一直盯着她,眼睛一眨不眨地盯着她,沈羲和却坦然地回视他。夫妻二人目光相接,一个平静无波,一个怒意翻滚。

萧华雍极力压制着自己的情绪,沉默了许久才躬身道:"全凭陛下做主。"

他心中酸涩又刺痛,但仍旧理智地隐忍着。他知道沈羲和不在乎东宫有没有别的女人,但这个女人绝不会是帝王的,她应下此事,必有她的筹谋,他若否决,只会打乱她的计划。

当日,陛下似是为了给安荆南一个面子,果然亲自下旨,将安争依赐给萧华雍做侧妃,纳妃之事等到回了皇宫之后进行。

消息一出,最先忍不住的人就是萧长赢。他面色铁青,想要去寻萧华雍,却被萧长卿给拦下了。

"这件事是太子妃逼太子点的头,委屈之人应该是太子!"

自己一颗心落在沈羲和的身上,听到这个消息,萧长赢倒是把太子看成了薄情郎。

萧长赢呼吸一滞,停下脚步,浑身僵硬,许久之后,才有些迷茫地问:"阿兄,她当真不在意?"

这世间怎么会有这样的女郎?为了一个与她不亲近的庶妹,她就迫使自己的夫君纳妾?这不应该是沈羲和这种高傲孤冷之人的行事作风,她不应当允许自己吃亏,不应当妥协才是!

"我不知道太子妃在不在意，只知道安氏这次捅了马蜂窝。"萧长卿颇有一种想要看戏的心情。

若是沈羲和当场强势回击了，或许安氏还只是伤筋动骨。这次她看似妥协，事情反而不能善了。等着看吧，这件事情不闹得惊天动地，收不了场。

只是不知道沈羲和要如何行事，萧长卿倒是有些期待。

听兄长的语气，知道兄长笃定这是沈羲和的一步棋，萧长赢才彻底冷静下来，也没打算再出去。

不止萧长赢狐疑，就连安氏父女也狐疑。安争依可是把沈羲和绝不退让的高傲性子打听得清清楚楚的。原本她是想要借助沈璎婼一步步地实现自己的计划，没想到沈羲和轻而易举地为沈璎婼退让了，这和她预估的沈羲和的反应不相符。

"阿爹，我们要盯着太子妃，我总觉得太子妃不会善罢甘休。"安争依可不认为沈羲和要等着她入了东宫后再对付她。

"不用我们盯着，陛下自然会盯着。"安荆南安抚女儿，"你好生备嫁便是。"

安争依低下头："是。"

若非被嫡母算计，丧失了生育之能，彻底成为废人，她何须千里奔波，来到京都，沦为棋子，嫁给短命的太子？

她原本该有更辉煌光明的人生才是！

领教过沈羲和的手段的人，没有一个觉得沈羲和会就此作罢。人人都盯着她，偏偏她好似忘了这件事，对安氏既不热络，也不冷淡。数日过去了，沈羲和依旧如往常一般，该做什么就做什么，许多人见看不到好戏，也就不再白费心思地盯着她了。

倒是淑妃好似寻到了盟友，在安争依的伤势稳定之后，常来探望安争依。

这一日，登州传来奏疏，祐宁帝看了，面色凝重。登州严重缺水，百姓已经按捺不住，想要迁移，能够调动的水源都已经被调动了，消耗了极大的财力和物力，却仍旧是杯水车薪。

景王萧长彦奏请允许百姓迁移，由官府来组织与安顿。

这是个极大的问题，百姓迁移到何处去？朝廷将他们安排在什么地方？除了登州之外，附近的其他州，干旱情况也不轻，百姓是否都迁移？若是百姓全部迁移，朝廷如何安置？百姓大量迁移，是否会引得人心惶惶？

若不将百姓全部迁移，朝廷如何安抚登州以外的百姓？另外，若是朝廷下令全部迁移，有些百姓不愿迁移，又该如何安排？这一系列问题，让萧长彦奏请的事一时间难以得到落实。

祐宁帝紧急召见三省六部以及相关朝臣商议，大家各执一词，迁与不迁各有利弊，最后争吵了一番也没有吵出结论，气得祐宁帝拂袖而去。

行宫有座藏书楼，是供帝王和皇室中人阅览之所，祐宁帝时常来此。藏书楼建在清幽的竹林之中，屋檐下挂着竹牌制作而成的风铃，风起铃响，清脆的声音不但不会让人觉得吵闹，反而似老僧手中的木鱼被敲击的声音，有种令人宁心静气的魔力。

祐宁帝一迈入藏书楼，心里的郁气就散了不少。刘三指取了帝王之前未看完的书籍过来，内侍都守在外面，刘三指安静地陪着帝王，屋子里只有香炉中飘散的清香缭绕。

不多时，外面有了响声，祐宁帝仿若未闻，刘三指出去片刻后，回来躬身禀道："陛下，镇北侯府、平遥侯府的郎君带着人猎了一只梅花鹿，有上好的鹿茸血，陛下可要饮用一些？"

鹿茸血是上等滋补品，尤其是刚放出来的，更是难得。

祐宁帝自从过了不惑之年，就特别注重养生之道，听了此言，颔首道："呈上一碗。"

大补之物被装在巴掌大的精致小碗里，是由太医亲自送来的。太医不但检查了鹿茸血，还探了祐宁帝的脉，确定祐宁帝承受得住，祐宁帝才饮下。

等了大概半盏茶的工夫，祐宁帝并无不适，太医才退下。

太医退下之后，藏书楼仍旧香烟缭绕，时间一点点地流逝，不过半炷香的工夫，祐宁帝顿觉一股燥热之气来得极其迅猛，直冲腹下。他霍然站起身，双拳"砰"的一声砸在案几上。他咬牙下令："刘三指，封了藏书楼！"

说完，祐宁帝大步离去。他隐隐觉得自己被算计了，却不知道什么人敢算计他，本想命人去传淑妃，却觉得他停在这里等反而更难克制体内的躁动感，出了屋子，行走间，反而克制住了，没有露出丑态。

出了藏书楼，祐宁帝也没有发现有人凑上来。此处是行宫，兼之祐宁帝在女色上极为克制，身边也没有一个宫娥，尽是内侍。他保持着最后的理智，朝着距离藏书楼最近的淑妃的宫里走去。

"陛下……"内侍见祐宁帝疾步而来，正要行礼通传，刚张口，祐宁帝已经不见了踪影。

"淑妃在何处？"祐宁帝看到淑妃的大宫女，沉声问道。

"娘娘在午歇……"

宫女的话还未说完，祐宁帝就疾步进入了寝宫。

寝宫内充盈着怡人的香气，微风吹动着重重帷幔，祐宁帝看着前方影影绰绰的一抹婀娜身影面朝内侧躺着，心头更加火热，扯掉衣袍就贴了上去。

刘三指守在淑妃的寝宫外，瞪大眼睛，看着太子妃与太后带着昏迷不醒的淑妃赶来，淑妃的大宫女同样脸色苍白和惊慌。

淑妃在这里，那寝宫里的是何人？

"刘三指，你缘何在此？"太后诧异地问。

今日太子妃陪她游园，恰好看到无缘无故昏迷在一处的淑妃，她们便带着淑妃回了寝宫，顺便宣了太医来看看。结果二人来到这里，竟然看到刘三指守在外面，而寝殿的房门紧闭着，男欢女爱的声音断断续续地传出……

太后变了脸色。

不等刘三指解释，尚书令、中书令、侍中三人也疾步而来。尚书令崔征还没有听到暧昧的声音："刘公公，登州急报，我们要见陛下。"

刘三指看到崔征等人，没来由地一阵心惊肉跳。

这要是在宫里，他们肯定不会来到此处，可这里是行宫，宫妃都是独门独院，却只有一道等待通传的二门，明间待客，梢间与次间相连，也就几步路的距离。

恰好此时，屋内传来了如释重负的暧昧的高昂的声音。这里除了宫娥和内侍，都是已经成家之人，哪里不懂得这个声音的含义？崔征三人的面色可谓五彩纷呈。

他们都是文化人，信奉孔孟之道，克己复礼。这等白日宣淫之事，对于他们而言，已经有违礼法，更何况现在登州灾情肆虐，他们都焦头烂额，为了应对登州之事而殚精竭虑，他们的陛下竟然在这个时候做出如此荒唐之事！

"刘公公，还请通传陛下，登州急报！"崔征作为尚书令，当下就沉着脸走上前，态度十分强硬。

太后捏紧拐杖，也隐忍着怒意。

刘三指哪里敢推却，硬着头皮敲了房门，却没有得到回应。在几方人马的虎视眈眈之下，刘三指只好爹着胆子推开房门，哪里想到一只脚刚踏入房门，迎头砸来一个瓷枕。刘三指本来能躲开，可眼下这个局势，这一砸他得接住。他额头上传来剧痛感，鲜血也流了下来，伴随而来的是帝王暴怒的大喝声："滚——"

这一声怒喝让崔征等人瞬间黑了脸，太后更是用力地蹾着拐杖："混账，我亲自去请他！"

"太后……"沈羲和连忙拽住太后。

祐宁帝此刻已经到了毫无理智的地步，就像被欲火燃烧了理智的猛兽，根本认不出人，太后进去，也只会落得和刘三指一样的下场。

香是她调制的，没有人比她更清楚效果有多猛烈。

其实单单是香，并没有催情的效果，一定要搭配上鹿茸血，刺激着鹿茸血沸腾，便是神仙都难以克制住欲望。

"太后，陛下绝非纵欲之人，此间想必有隐情，我们且等一等。"沈羲和拉着太后往明间去，转身吩咐崔征等人："若是事情十万火急，崔公不若寻太子与六部的人先行商议。事急从权，陛下又素来心系百姓，凡于国于民有利之举，陛下定不会怪罪。"

刘三指顶着满头的鲜血，低着头，突然抬起眼帘看了沈羲和一眼，没有多言。

"臣等已经商议过，只待陛下下令。"崔征冷着脸说道。

这些事情，他们都会先行商议，以免到了陛下面前一问三不知，担上失职失察之罪。现在只能等陛下下令，他们才可以立即实行对策。

这件事，即便是太子殿下也不能越过陛下下令，否则日后追责起来，谁也逃不掉。

"臣等也在这里候着陛下！"中书令陶专宪沉声说道，然后如柱子一般笔直地立在明间的门口。

侍中卫颂左右看了看崔征与陶专宪，选择了沉默。

每个人的脸色都不是很好看，唯独沈羲和依旧从容。她面色淡然，没有隐藏的得意与喜悦之色，也没有焦虑与迫切的表情。刘三指忍不住打量沈羲和，只觉得这位太子妃深藏不露，有一种成竹在胸的自信姿态。

这时，被唤来给淑妃诊脉的太医走了出来："回禀太后，回禀太子妃，淑妃娘娘是被人偷袭，以至于昏厥，幸而未受重伤，片刻之后就能苏醒。"

太后听了这话，心中稍安："你且退下。"

太医如蒙大赦，恨不得脚底抹油，迅速离开。他才走到房门口，又有一群人急匆匆地过来，不是别人，正是安北都护安荆南。安荆南面色冷然，给太后与太子妃行了礼之后，就直奔主题："太后娘娘，小女失踪，还请太后娘娘与太子妃帮忙寻一寻人。"

太后闻言，目光一沉："安娘子失踪了？"

"是的，小女身子才有些许起色，平常不出院子，今日莫名其妙地失踪，院子里外的守卫都未曾见到小女。"安荆南说着，有意无意地扫了沈羲和两眼。

"安都护莫急，我这就遣人去寻。"沈羲和慢条斯理地说道。

现在行宫内的命妇都归沈羲和管，安争依失踪了，沈羲和当然要积极寻人，立刻吩咐珍珠，让她去给金吾卫轮值的统领传令，搜查安娘子的下落。

末了，沈羲和还说道："安都护若是实在担忧，我便让太子殿下下令，让大理寺一起寻人。"

安荆南还不知道此处发生了何事。他知道沈羲和与太后在这里，没想到来了这里，发现崔征等人也在。这意味着陛下应该在这里，他却没有看到陛下的身影。

他怀疑女儿是被沈羲和掳走了，可沈羲和这么坦然，令他心中没来由地生出一股不安感。

"请太子妃见谅，可能是微臣忧心过重，有金吾卫在，行宫的安危应当不需要多虑，用不着如此兴师动众。"

沈羲和微微扬眉，觉得有些可惜。安荆南还有点儿理智，事情若是当真闹得更大一点儿，就更好玩了……

没有惊动大理寺，金吾卫还是出动了，毕竟安争依也是在他们的护卫下失踪的，追究起来，他们也逃脱不了失职之罪。

奈何金吾卫将能够搜查的地方都搜遍了，也没有寻到安争依。统领来回话，刘三指听得冷汗都冒出来了。他现在已经确定在淑妃卧房里与陛下翻云覆雨之人是谁了。

"好好的一个活人怎么会失踪？"沈羲和听了回话有些诧异，旋即转头问淑妃的大宫女："淑妃宫里的宫娥可俱在？"

大宫女战战兢兢。她能够陪在淑妃身边，掌管淑妃的宫务，自然不是傻子。这会儿她也猜到了一些情况，却不得不如实回答："俱在。"

"哦……"沈羲和意味深长地"哦"了一声，而后似笑非笑地对安荆南说道："我知道安娘子在何处了。"

"在何处？"安荆南心中有一种不祥的预感。

沈羲和微勾红唇，露出一丝艳丽至极的笑容："在龙床上。"

沈羲和的话音一落，所有人都惊了。

她的言辞之中的尖锐与隐怒之意几乎是不加掩饰的。

她这么直截了当、不留丝毫余地地将陛下的脸面扯下来丢在地上踩踏，可谓胆大包天！

"太子妃！"安荆南脸上皮肉一阵抖动，怒道，"你血口喷人便罢了，竟然敢诬蔑圣上，此乃杀头大罪！"

陶专宪不依，这人当着他的面给他的外孙女扣罪名，当他是个死人吗？

"安都护，太子妃素来进退有度，绝非口出狂言之人。何况事关陛下，又当着太后的面，若无证据，太子妃岂会草率出言？"陶专宪上前一步，睿智的双眸深沉地盯着安荆南，"另外，太子妃的意思是安娘子不安分地爬上了龙床，可没有诬蔑圣上之意。"

"安都护护女心切，这是人之常情，可未知真相，未经彻查，也未曾询问太子妃殿下何以如此定论，便口口声声地指责太子妃殿下诬蔑圣上，往小了说，安都护是企图扭曲事实，掩盖安娘子可能犯下之过错，诋毁太子妃殿下的清誉，以下犯上，犯下不敬之罪！往大了说，可就是意图挑起陛下与东宫的不睦，动摇国本，祸乱朝纲！"

安荆南虽然狡猾，但到底是个武官，又常年不在京都，在安北还是一方地头蛇，当地的文官可都要看着他的脸色过日子，哪里敢与他争辩？

乍然对上曾经是御史大夫的陶专宪，文官之中的铁齿之人，他哪里招架得住？

安荆南被噎得面色涨红，侍中卫颂见状，站出来做和事佬："陶公勿恼，安都护莫急。太子妃行事稳妥，又是陛下以宫权相托之人，自然不会无的放矢，不若问问太子妃何以断定安娘子此刻……"

"已将宫中搜遍，寻不到安娘子。方才我已命东宫女官去核实各宫宫娥以及女眷的踪迹。"沈羲和抬手，接过珍珠躬身递上的册子，"宫中女眷俱在，唯独安娘子不知去向。而陛下中了宵小之徒的暗算，此刻正……总不可能是行宫之中凭空多了个女子吧？"

沈羲和捏着册子，直接递给了尚书令崔征，崔征接过册子后，开始翻阅。这是沈羲和在派金吾卫搜寻安争依的时候，同时清点了各宫女眷，包括大臣所带的内眷，都已一一核实，册子上有每个宫的内侍官的印鉴，证明人员齐全。

沈羲和这么做的理由是听闻安大娘子失踪，恐其他女郎受害，故而核实人员，自然无一人不配合。

登记在册的女眷都在，唯独少了安争依，行宫之中不可能无缘无故地多个女郎与陛下翻云覆雨，沈羲和由此断定淑妃寝宫之内的女子是安娘子，的确合情合理。

在崔征等人查看名册的时候，就有人将淑妃宫里发生的事情小声地告诉了安荆南。安荆南听了，脸色青白交加。他用炯炯有神的双眸盯着沈羲和。此刻他很清楚，自己的女儿栽了。

他只能寄希望于陛下留女儿一命，但沈羲和来势汹汹，他觉得这件事很悬。

留安争依一命？

沈羲和心里冷笑。这绝无可能，安争依动心思动到她的头上，就要做好留下小命的准备。

她不但不会留下安争依一命，还要让祐宁帝亲自下旨斩杀安争依，给祐宁帝与安氏之间划上一道深深的裂痕！

"太子妃殿下适才说陛下遭人暗算，这是何意？"崔征忍不住问道。

沈羲和说那句话就是等着他们问，闻言，面不改色地道："适才淑妃宫里发生此等事，我既有管理后宫之责，少不得要查明原因，因而派人去彻查了一番。"

沈羲和的目光漫不经心地扫了安荆南一眼，然后她问刘三指："陛下今日是否服用了鹿茸血？"

刘三指心口一紧："陛下服用了一碗鹿茸血，有太医在侧，往年陛下也曾服用过鹿茸血，从未有承受不住的情况。"

一碗鹿茸血，又有太医盯着，祐宁帝当然不可能兽性大发。

"有太医在，陛下服用鹿茸血自然无妨。方才我让女官去了藏书楼，发现藏书楼里点了玉簪香。"沈羲和又说道。

第五章　一招肃清掌宫权

"玉簪香有何不妥？"刘三指问。

玉簪香是一种新采购入宫的香，还是从沈羲和的独活楼中采购的，香气清新，有凝神提气之效。近来，藏书楼一直点此香，一直无事，为何今日出了事？

"玉簪香寻常的时候确实无害，可它与烈性之物相冲。陛下先服下鹿茸血，再点玉簪香，便有了催情之效。"

这也是刘三指他们都在，却没有任何异样的原因。

"此事宫中采购之时，想来有人叮嘱过。"

沈羲和唤来了内侍省负责采购的内侍，核对了采购单子，确定这次来行宫时带了一批玉簪香，而且内侍也说了，采购之时，独活楼的掌柜特意叮嘱过他注意事项，因而每个人来取玉簪香时，他都会亲自嘱咐到位。

"玉簪香除了陛下让人取了在藏书楼里点，还有何人取过？"沈羲和问。

内侍毕恭毕敬地回答："各宫主子都有各自的喜好，这等新物极少得到主子们的青睐，近来除了陛下吩咐藏书楼里要点玉簪香，便只有安大娘子因为受了伤，夜里难以安眠，偶然因点了玉簪香好眠而取走不少。

"太子妃殿下明鉴，无论是藏书楼的守楼太监，还是安娘子的侍女，奴婢都叮嘱过。"

所以只有两方知道玉簪香的不妥之处，打理藏书楼的内侍被传了过来。他脸色苍白，看着很痛苦。原来他今日值守的时候，因为吃坏肚子，离开了一会儿，哪里知晓就这么一小会儿时间，陛下就喝了鹿茸血，等他回来时，已经晚了。

安争依那边取玉簪香的侍女也被叫来审问，确定内侍省的人知会到位了，其余的事情一概不知。

安争依那里的玉簪香也被搜查了出来，用量对不上，少了一些，不知去向。

已经走了出来，站在门口的祐宁帝知道这不知去向的玉簪香就在淑妃的寝宫里。

喜怒不形于色的帝王头一次有了无法遮掩的暴怒之意。

"如此说来，一切都是安娘子所为，那鹿茸血也不是巧合？"卫颂皱眉道。

沈羲和瞥了他一眼："问一问猎到梅花鹿的人便知。"

很快，平遥侯府的世子与镇北侯的纨绔子丁珏就被叫了进来，被问及此事，丁珏回道："今日原本没打算猎鹿，是平遥侯世子追着鹿不放，还险些惊了马，从马上跌下来！"

所有人的目光齐刷刷地落在平遥侯府世子的身上，世子只得说道："我与安二郎是好友，安二郎知晓我们今日要去狩猎，就派了丫鬟来和我说自己馋鹿肉……"

一切水落石出，事实就是，安争依为了爬上龙床，筹谋已久。

"传安二郎。"祐宁帝大步跨进了屋子。

帝王的面色略显阴沉，他浑身都有一股暴风雨来临前的平静感。众人齐齐行礼，祐宁帝随意地挥了挥手。

路过沈羲和的面前时，祐宁帝目光沉沉地停顿了片刻，沈羲和低眉顺眼地站到一侧。

安二郎立即被请了过来，尚不知发生了何事。面对询问，与平遥侯世子对质，他自然是大大方方地承认："鹿是我请余世子所猎，并许以一株人参作为酬谢。"

东北尤其是长白雪山的人参乃是贡品，安二郎许诺的自然不是寻常人参，也难怪平遥侯世子铆足了劲儿要猎到一只梅花鹿。

"缘何今日要猎鹿？"刘三指得了帝王的示意，询问道。

安二郎总觉得有什么事情发生了，但又猜不到是何事，将求助的目光投向父亲，安荆南也不敢开口与他说什么，只能隐晦地给他使眼色。安二郎知晓这是让他说实话，只能说道："家中幼妹馋鹿肉，小臣来京都前，因为剿匪，受了些伤，尚不能骑射，恰好与余世子有些故交，这才托了余世子相帮。"

有人猎到了梅花鹿这样的好东西，询问帝王是否要饮鹿茸血，这是必然之事，否则就犯了不敬之罪。至于陛下会不会饮，就看天意了，这是沈羲和设局时留下的唯一不可预估之处。

实则，沈羲和对此把握极大，一则，鹿茸血是上好之物，皇家子弟都会饮鹿茸血滋补身体，祐宁帝更是对养生之事极为重视。梅花鹿并不是时常能遇上的，帝王也不会为了口腹之欲就下令猎捕梅花鹿，否则地方官员、豪富就会大肆猎杀梅花鹿，帝王每次饮鹿茸血都是狩猎偶然猎到梅花鹿时。

祐宁帝距离上次饮鹿茸血已经许久，且近来因登州之事头痛不已，太医都传了几次。鹿茸血有强身健体，使人精神焕发之效，帝王不会错过。

关于玉簪香会刺激鹿茸血，使其成为催情之药一事会不会提前被帝王知晓，这一点沈羲和也早就规避了。

包括玉簪香在内的很多香都是从沈羲和的独活楼中采购的，但以前的荣贵妃对沈羲和抱有敌意，采购来的香都压箱底或者分给一些宫里不受宠的宫妃，就是不想让沈羲和的东西出头，故而在沈羲和接掌宫权之前，没有人知晓这些东西的存在。

是沈羲和接掌宫权之后，重新清点这次行宫所带之物，才让这些东西渐渐见了天日，玉簪香也是在沈羲和的授意下出现在藏书楼与安争依那里的。

沈羲和对自己的香很有信心，只要祐宁帝点了，一定会喜欢上它的凝神清新的效果，会时常让人在藏书楼里点，且因为点过多次，所以不会防备。守藏书楼的内侍是沈羲和的人，今日也是受安氏的暗算才闹了肚子，祐宁帝素来有仁君之风，自然不会为难他。

至于安争依为何突然想吃鹿肉，其实传口信给安二郎的丫鬟是沈羲和让人假扮的，这根本不是安争依自己的意思。而今日这些人去狩猎，也是沈羲和让步疏林煽动丁珏组织的，恰好定在这一日。

众人来了行宫，入秋之后外出狩猎是常有之事，更是一种不可免去的风气。若非今年登州之事，帝王只怕会亲自组织秋狝活动，似丁珏这些世家子弟去打猎，也没有任何可疑之处。

一切的一切，都是安争依想要爬上龙床，在明知鹿茸血与玉簪香不可共存的情况下，先是知晓有人要围猎，借用兄长的怜惜之情，央求丁珏他们猎到梅花鹿。

有了梅花鹿，就有了鹿茸血，这势必要献给尊贵的陛下，而陛下听闻有这等好物，如何能够不饮用？安争依猜到陛下会饮用鹿茸血，又知晓陛下常去藏书楼，近来又点了玉簪香。

这就是合情合理的解释，可只有祐宁帝与安荆南知道，安争依绝对没有爬上龙床的心！

他们知道又如何？证据确凿，他们要如何为安争依扭转乾坤？

"去，把安氏带过来。"祐宁帝按了按太阳穴。

他从得到皇位后就如履薄冰，四面楚歌，这么多年经历了无数阴谋诡计，一直是胜利者，走到今日，积威日重，已经许久没有这么无力和气恼过了。

明知道真凶是谁，明知道被算计，甚至人家连算计的过程都原原本本地呈现到了他的面前，他愣是没有办法去惩戒这个人！不但惩戒不了，他还要成为真凶手中的提线木偶，顺着她的心意一步步地走下去！

祐宁帝遇到过形形色色的对手，像沈羲和这么胆大、这么肆无忌惮的还是第一个。哪怕是当年宦官专权的时候，那几个欺主的奴才也不敢如此放肆！

这要是放在十几年前，以他的心性，他非得气得吐血不可！

安争依虚弱无力，哪怕是被收拾了一番，衣着整齐，却仍旧媚态横生，一看就是经过云雨，尚未平复的模样，这副样子让崔征和陶专宪这样的老臣看了，脸色很不好。

"你缘何在淑妃的宫里？"祐宁帝问。

"陛下……小女……小女不知……"安争依是真的不知道。她不过是午歇片刻，熟睡过去，不知怎么的，一觉醒来就在淑妃的宫里，而且浑身绵软乏力，后来就……

安争依的泪水一颗颗地滚落，她也算是经历过不少明争暗斗的人，以为自己很坚强，但这一次的事情还是让她的大脑一片空白。她终于明白，自己的那点儿小聪明对有些人而言，不过是蚍蜉撼树，不值一提！

"你可有遣人知会你的阿兄，说你想食鹿肉？"祐宁帝又问。

"陛下，小女没有，小女没有！"安争依哭泣着摇头否认。

祐宁帝最后问："你可知鹿茸血与玉簪香相冲？"

安争依咬着唇，过了好一会儿才颔首。这个她知道，和在藏书楼里的内侍不同，内侍省告知了安争依的丫鬟这一点，丫鬟自然会告知安争依，而玉簪香出现在安争依那里，本来就是沈羲和刻意而为。

"去，把安氏的婢女叫来！"祐宁帝又吩咐。

退下的内侍很快就匆匆归来，战战兢兢地说，安氏的丫鬟自尽了。

沈羲和嘴角上扬。

"陛下，事情已经明了，安氏女为攀富贵，暗算陛下，有损龙体。她乃陛下赐婚东宫之人，如此作为，更是挑拨陛下与太子的父子之情，有损君威。还请陛下严惩，以儆效尤。"陶专宪掷地有声地说道。

"陛下，小女一心爱慕太子殿下，岂敢对陛下生出妄想之念？还请陛下明察。"安荆南还想垂死挣扎一番。

"安都护，凡事要讲究证据，眼前之事证据确凿，安娘子胆大妄为，安都护亦有管教不严之责。安娘子若是寻常娘子也就罢了——她作为太子侧妃的名分已定，如今谋算陛下，这是陷陛下于不义！日后陛下如何面对太子殿下？安娘子必须严惩。"崔征冷着脸说道。

安荆南不理他们。他吵不赢这些巧舌如簧的文臣，只能求助祐宁帝："陛下——"

这已经不是安争依一个人的事情了，若事情就此定论，身为太子准良娣的安争依算计陛下，为了安抚太子殿下，陛下也必然是要将她赐死的。安争依如果被赐死，正如崔征所言，是他教导无方，整个安氏将会颜面无光，他作为父亲，也要受到牵连。

祐宁帝自然向着安氏父女："事情尚有疑点，命宗正寺与京兆尹协同详查，三日之内，必须查出……"

"太子妃……"祐宁帝的话音未落，天圆就急匆匆地跑过来，给祐宁帝与太后行了礼之后，十万火急地对沈羲和禀道，"太子殿下怒火攻心，吐血昏厥！"

祐宁帝："……"

沈羲和："……"

太子殿下这血，吐得真是时候……

可一想到自己名义上的女人背地里勾引了自己的父亲，换了谁都得气血上涌，更何况太子殿下本就体弱。

事情闹得这么大，行宫又只有这么点儿地方，想要瞒下去也不可能，更何况安荆南来找女儿，还逼得太子妃下令让金吾卫搜查了一番，人人都在等结果。

这会儿只怕不止萧华雍，整个行宫里没有人不知道安争依干的好事了。

沈羲和心里知道萧华雍是装的，却不得不配合，匆匆朝着祐宁帝行了一礼，就疾步回了自己的寝宫。萧华雍面色苍白如纸，安静地躺在床榻上，唇瓣更是变成了浅淡的紫色，一头青丝散在枕头上，整个人看起来格外孱弱，甚至可怜……

祐宁帝和太后自然紧跟着沈羲和而来，祐宁帝紧盯着萧华雍的面色，沉默不语。

几位太医轮番问诊，得出的结果一致，太医令禀道："陛下，太子殿下这是气急攻心，伤了心脉，因此才会昏厥。太子殿下本就体弱，近年来更是屡屡情绪起伏，实属伤身，祸及根本，只怕……"

"只怕什么？"太后阴着脸问。

太医令心口一颤，不得不实话实说，且东宫就有医者，精通医理，他们也瞒不住："若无良药与机缘，只怕活上三五载都是奢望。"

太医令说完，几个太医都伏在地上，不敢抬头，大气都不敢喘。

沈羲和倏地转头，对太后与祐宁帝行了跪拜大礼："儿请陛下将安氏赐死！"

她是太子妃，除非在特殊场合，否则基本上是不需要给太后与皇帝行这样正式而又庄重的大礼的。

"安氏寡廉鲜耻、心如蛇蝎，这样的女人，陛下难道还要犹豫吗？"太后冷着声音逼问。

一边是下软刀子的沈羲和，大有祐宁帝不公正处置安争依就长跪不起，闹得无法收场的架势，一边是态度强硬的太后，明摆着不满他拖延和偏向安争依的态度。

"阿娘，安氏之事尚有疑点……"

"疑点在何处？"太后追问，"行宫虽然不是皇宫，但她的院子亦有金吾卫守着，若非她自个儿离去，如何能够悄无声息地离开？行宫之中倘若当真的有这般能耐之人，陛下岂能安生？"

"阿娘，疑点在淑妃这边。若安氏算计朕，肯定会将淑妃藏好，岂能将淑妃随意地扔在院子里，这岂非不打自招？"祐宁帝抓住这一点说道。

"淑妃娘娘早已醒来，不若请淑妃娘娘前来问一问，她为何会被随意地扔在院子里？"沈羲和垂着眼说道。

淑妃早就醒了，只是一直没有出面。

沈羲和此话一出口，祐宁帝就知道这不是个漏洞，而是个更加让安争依百口莫辩的证据。

这个丫头的城府比他想象的还要深，她故意露出这种看似令人怀疑的破绽，引着人一步步地深究，追究到最后，反而把她想要构陷之人弄得再无翻身之地。

到了这个关口，他也不能不叫淑妃来。众人出了萧华雍的寝房，到了外面的正院里，这个时候，来的不仅仅是刚刚在淑妃宫里的人，还有打着看望太子的旗号过来的一众皇子和宗亲。

当然，是萧长卿起的头，也是他带着这么多人浩浩荡荡地来"关心"皇太子的。实则早就猜到了原委的萧长卿，就是故意带着这么多人来看他这个高高在上、生杀予夺的父皇如何憋屈，如何有苦不能言，如何打落牙齿和着血往肚子里吞的，他的眉眼间甚至带着毫不掩饰的愉悦之色。

"陛下，妾本在卧房里午歇，醒来时就从卧榻上到了明间旁的贵妃榻上。"淑妃有些茫然和不知所措，"妾也不知发生了何事。"

"淑妃娘娘，你掌心的印记是如何来的？"沈羲和将目光落在淑妃的手掌上。

淑妃将手腕一翻转，遮掩了痕迹："我不知道太子妃此话何意。"

沈羲和一把抓住淑妃的手腕，强势地将其转了过来。淑妃的掌心有个类似小山的印痕，应当是她攥紧了什么东西留下的。

沈羲和："我与太后救淑妃的时候，就看到淑妃娘娘手中握着什么东西，只是不曾多想罢了。"

"我什么都没有握，这是方才在梳妆时，想到有人掳走我，捏华胜捏得用力，华胜上的雕纹留下的痕迹。"淑妃挣脱沈羲和的手，又从头上取了一个华胜下来，白玉华胜上的确有远山的浮雕，大小看着倒是差不多。

"是吗？"沈羲和勾唇笑了笑，转过头，看向带着两个金吾卫押着一个内侍回来的碧玉。

碧玉上前行礼后禀道："太子妃殿下，婢子在淑妃娘娘的寝宫内见到这个小内侍鬼鬼祟祟的，只是喊了他一声，他拔腿就跑。婢子与金吾卫抓住了他，在他的身上搜出了一枚令牌。"

碧玉躬身，用双手递上玉牌，玉牌上面有个小山的凸起浮雕。沈羲和将玉牌拿了过来，又一把从淑妃攥紧的手里夺过华胜，两相对比之后，问道："淑妃娘娘，要我试一试哪一个才是在你的掌心留下痕迹之物吗？"

淑妃面色一凛，手也不自觉地抖了抖。

"这枚令牌……若是小王未看错，是安北都护府的。"萧长卿声音凉凉地插了一句话。

沈羲和扫了他一眼，用不着他多言，这种东西，见过的人都能认出来。

安荆南与安争依头皮发紧。沈羲和一直隐而不发，突然发难，准备齐全，这会儿，他们父女连"玉牌是伪造的"这句话都不敢喊，因为一旦这么喊了，沈羲和就会顺势让人去查这东西。他们父女可以肯定，他们带来的人绝对丢了一枚信物，这一定是货真价实的！

"淑妃娘娘得了此物，为何要隐藏？"沈羲和审视着淑妃，"莫非淑妃娘娘与安娘子情同姐妹，故而要成全安娘子的攀龙附凤之心？"

这就是说淑妃与安争依是同谋。若她们当真是同谋，那很多事情解释起来就更容易了。

"你……"淑妃气急，却不知该如何辩解。她曲解掌心上的印痕在先，沈羲和拿到把柄在后，她说什么都缺了底气。

淑妃不说，祐宁帝却明白，淑妃同样遭了沈羲和的暗算。淑妃不傻，知道手里的东西对安氏不利，才会想要遮掩。

淑妃为何要遮掩？安氏在她的寝宫里与她的夫君春宵一度，她应该恼怒才是。

她之所以遮掩此事，是因为她聪明，知道这是沈羲和的计谋。她是向着陛下的，更知道安氏一族是陛下的人，不能让沈羲和的计谋得逞，不能让陛下受损，这才在意识到这点之后就把东西给藏起来或者毁掉，甚至在短时间内找到了一个差不多的东西，企图蒙混过关。

祐宁帝这般一想，将眼眶泛红的淑妃护在了身后："刘三指，你亲自去查，查令牌！"

"陛下，臣请求随刘公公同去。"陶专宪上前请求道。

他明摆着就是怕祐宁帝包庇安争依。祐宁帝气得胸口发疼，却根本没有不允的理由。

于是陶专宪和刘三指一道去查了。

这是安北都护府的护卫特有的令牌，质地相同，出自同一个雕刻师傅之手，极难假冒，且隐蔽之处还有标记。

安北都护府带来的护卫并不多，很快就被召集了起来。刘三指让他们所有人将令牌放到带去的托盘上，有一个护卫却拿不出来。

就在刘三指上前逼问的时候，护卫突然口吐鲜血，倒了下去，很快就死了，死于中毒。

祐宁帝和安荆南等人看着被抬上来的尸体，脸色更加阴沉了。

"陛下，可还有疑点？"沈羲和抬眼问道。

祐宁帝盯着这个儿媳，她那黑曜石一般清幽的眼里没有得意之色，也没有丝毫逼迫之意，平静无波，却反而似沉寂无边、看不到尽头、令人绝望的难以冲破的深海。

沈羲和不愧是沈岳山之女！

疑点肯定有，但此刻祐宁帝也好，安荆南也罢，都心知肚明，沈羲和的局已经破无可破，他们再拎出疑点，只会让安氏一族被牵连得更深。

一个鹿茸血，牵出了安二郎，一个淑妃，牵出了安北都护的护卫，他们再询问下去……

祐宁帝看向安荆南："荆南，你可有话说？"

到了这个地步，是就此打住，还是要继续争辩，由安荆南自己选择。

安荆南心里也有些挣扎。他想要看一看沈羲和到底能够把他们安府陷害到何等地步，却又不敢冲动，怕到最后收不了场，当真让安氏一族葬送在这里。

他不敢用安氏一族去赌。

安荆南闭了闭眼，垂首单膝跪地："陛下，臣……教女无方，甘受责罚！"

安争依一下子跌倒在地。她知道自己完了，父亲舍弃了她。

在信王说出安府的令牌时，她其实就看到了自己的结局。沈羲和太狠，手眼通天，竟然能够神不知鬼不觉地拿走他们安氏的令牌！

"陛下，安北都护何止是教女无方。"陶专宪可不会轻易放过这些人，认定这些人把主意打到东宫上，其心可诛，"安氏女心比天高，对陛下起了觊觎之心，陛下之所以如此轻易地遭了暗算，不过是因为对安氏信任有加。安氏父女辜负陛下的信任，幸好只是有权欲之心，若起了歹念，陛下危矣！"

"安氏女谋算陛下，将行宫护卫玩弄于股掌之中，又能调动安北都护府的军护为其效命，只怕安北都护府的军护已然不知轻重，明知是要谋算陛下，也敢为虎作伥，可见平日里，安北都护驭下不严，纵女无度，对陛下也无尽忠臣服之心，才使得随行军护目无法度，藐视君主！"

陶专宪的话掷地有声，赶来"探望"太子的大臣与皇子都沉默了。论起给人扣罪名，曾经屹立御史台十数载不倒的陶专宪敢说第二，绝无人敢认第一。

偏偏人家不是随意乱扣，一切有理有据，就好比方才之言，众人细细品味，还真的无法反驳。

"陛下，陶公所言极是，这绝非仅仅只是妇人攀龙附凤之心，若无都护纵容、公权私用，安氏女一个内宅女郎，无官无职，如何能够调用军护？"崔征想着方才他们为了登州之事，十万火急地赶来，却听到了那些不该听到的声音，心里还有些气。

尽管以崔征的老谋深算，深知其中定有内情，可他不想管，到了他们这个地步，由来只看结果。成王败寇，陛下自己技不如人，被算计了，就应该承担后果！

侍中卫颂不好拆陛下的台，但也不敢在这个时候袒护陛下的人，只能保持沉默。

"陛下，陶公与崔公所言，儿深以为然。见微知著，此事若不严惩，君威何在？"萧长卿躬身说道，被双臂遮挡的脸上勾勒出迷人的笑容。他已经许久没有如此开心了，就连当初火烧皇陵时，也没有这般开心。当初他固然是让陛下丢了人，动了气，可哪里有沈羲和狠？

沈羲和这一招，让陛下明面上是受害者，不严惩安氏父女都不行。可安氏父女是陛下的人，安荆南更是陛下的心腹，陛下此刻被架在了火架子上，不得不动自己的人，否则根本收不了场。一旦陛下下狠手，萧长卿就不信安荆南心里不会种下一根刺。

这些情况萧长卿都能想到，更何况是祐宁帝？

"安氏女……赐鸩酒。"祐宁帝连罪名都懒得叙述，目光落在安荆南的身上，"安北都护随朕南征北战，战功赫赫……"

"陛下，安都护战功赫赫，儿不敢否认，"沈羲和打断了祐宁帝的话，"可安都护已然享有高官厚禄，这难道不是安都护的战功换来的？陛下既已赏过，此刻再因其战功而减罪……战功赫赫之人可不止安都护一个，若让人误以为于社稷有功就能目无法纪，只怕会引来祸端。"

祐宁帝目光沉沉地盯着沈羲和："依你之见，该当如何？"

"儿不敢干涉朝堂之事。安都护是朝廷的重臣，儿只是忧心，日后若谁对陛下生了二心，因为安都护一事而壮了胆，对陛下不利。"沈羲和义正词严，一副她很担忧陛下的模样。

萧长赢垂着头。他知道他不应该笑，毕竟陛下是他的父皇。可他忍不住，眼中掠过了一丝笑意。

除了他，其他人都心惊胆战。太子妃胆子之大，也令他们钦佩不已。

面对低眉顺眼的沈羲和、噤若寒蝉的群臣，祐宁帝忍了又忍，才说道："安北都护教女不严，治下不明，念其治理安北有功，降为副都护，以儆效尤！"

言罢，祐宁帝拂袖而去。

沈羲和带头恭送："陛下英明……"

帝王走了，其他人自然不会留下，陆陆续续地离开了。刻意落在后面的步疏林忍不住转过身，对沈羲和抱了抱拳，以示钦佩之意。

钦佩沈羲和的人何止步疏林？但凡有点儿城府的人，都知道安氏一族是陛下的亲信，安争依哪里敢爬龙床？她若真敢，整个家族必然都会被陛下厌弃！既然不是安争依想要爬龙床，那陛下乃至安氏定然都是被人陷害。

眼下有谁会去算计安氏，还扯上陛下？答案不言而喻。太子妃不仅胆子大，谋算深，还足够狠辣。

瞧瞧两位向太子殿下示好的女郎是何等下场？

一个身份尊贵的吐蕃公主，被挂在荒郊野岭里吹了一夜的冷风；一个手握重兵的都护的独女，失了清白，背上染指圣上的罪名，牵连了整个家族，还难保性命。

众人不由得打了个寒战，纷纷思量着，回去要告诫自家的女郎，莫要对东宫生出不该有的心思，也要谨防有人利用她们，让她们沦为帝王与东宫博弈的棋子。

不论是生杀予夺的天子，还是敢公然挑衅陛下的太子妃，都不是他们能招惹的人。

东宫曾经是时常被人忽略的存在，很多人理所应当地认为，东宫必然会随着萧华雍的逝世而轻描淡写地消失在他们的记忆里，可沈羲和飞来一笔，彻底擦亮了"东宫"二字。

安北都护的位置空了出来，不少人开始上蹿下跳。很多人观望着东宫的反应，沈羲和压根儿没有将这个位置放在眼里，由着他们去争夺。

祐宁帝不知出于何种心思，没有即刻委任新的安北都护，一心扑在登州的灾情上，连中秋佳节都是草草过的。

八月二十日，是太史监算出的登州有雨的日子，这与沈岳山递给她的日子相差几日，沈羲和与萧华雍都在关注登州的消息。

"今日登州若无雨，只怕会发生民乱。"萧华雍轻声地在沈羲和的耳畔说道。

登州有没有雨，他们尚且不知，但今日行宫这边定然是有雨的。黑沉沉的乌云覆盖在行宫的上空，沉闷的日头令许多人心中不安，就连陛下的心情都十分压抑。

"为何会发生民乱？"沈羲和不太关注朝政，遑论是地方上的事。

"老五早就在登州散布今日有雨的消息，不少百姓向官府求证过，小八虽然没有亲口说，却也不曾反驳，朝廷太史监预测今日登州有雨之事也在登州散布得沸沸扬扬。"萧华雍盯着风雨欲来的黑沉天空，黑眸仿佛也染了浓云，令人猜不透他在想什么。

"他这是在做什么？难道他认识观天之人，推测出下雨之时不是今日？"

否则这人何必做这种无用功？

萧华雍轻轻摇头："天文之事，玄之又玄，至今也无人能够铁口直断。往年太史监也不是没有失手过，他不过是散布一些谣言，太史监推测准了于他无害，推测错了……"

陛下与景王萧长彦都要吃苦头。

百姓苦熬了半年，绷着一根筋，就等着这一日，若是这一根筋断了……

"呦呦，放宫人之事，不若就搁置吧。"萧华雍担心沈家认识的那位高人出纰漏。

陛下此刻正愁没有机会对沈羲和下手。

"且看今日登州是否有雨吧。"沈羲和知道萧华雍在担忧什么，既然太史监都可能出错，沈羲和寻找的那位也未必不会出错。

沈羲和要借降雨之事大赦天下，放走宫人，若对方的预测也是错误的，陛下将人放了，却没有下雨，这对沈羲和的威信会有极大的影响，陛下或许也会逮着此事做些文章。

沈羲和并不想放弃这么一个以迅雷不及掩耳之势洗清后宫的大好时机。

错失这个时机，她又已经向陛下露出了爪牙，等解决登州的事情，陛下腾出手来，势必不会轻易让她把后宫牢牢地掌控在手心里。

一直到子时过，登州都未曾落雨，而登州百姓失控的消息也在半夜被紧急地传到了御案之上。除了体弱的皇太子萧华雍，陛下将几位皇子与大臣都急召到了处理朝政的太云殿中，连夜商讨应对之策。

萧华雍虽然没有被急召，但也被惊动了，披衣下榻，看着雨后宛如被清洗过一般格外黑亮干净的夜空："登州无雨。"

"阿爹求助之人，是一位德高望重的方外之人。他若不知，自然不会妄言。他既然给了准确的时日，必然是笃定有雨。"沈羲和其实一直没有歇息，也在等结果。

她不想错过这个机会，试图说服萧华雍。

纱幕般细密的长睫微垂，他半遮的黑亮眼瞳里少了些许深沉之色，多了一丝含笑的宠溺意味，他道："我明白了。"

"嗯？"

他明白了？他明白什么了？他没头没脑的一句话，让沈羲和一头雾水。

"剩下的事便交给我，你无须再理会此事，我定能让你达成所愿。"萧华雍用手握了握沈羲和的肩，便转身沿着长廊走去。

雨水顺着屋檐溅落，溅起的水珠没入了他步履间微掀的袍角中。

沈羲和缓缓地转动脚，却没有追上去。她停了片刻，收回了露出裙裾的鞋，将翘头的珍珠再次藏于轻纱裙摆之中，细长的颈部微仰，在雾蒙蒙的烟雨之中莹白泛光。平静的目光落在细碎的雨幕上，她久久未眨眼，不知在想些什么。

行宫的一场大雨下了一天一夜，隔日天明，依然"淅沥"未停，登州却依然暴晒，百姓绷着的那一根筋彻底断裂，他们干涩的眼底彻底没有了光，覆上了一层蜘蛛网般的血丝。百姓个个急红了眼，由文登与清阳两个大县开始暴乱，暴乱顷刻间朝着牟平县、黄县、蓬莱县等波及而去。

"你让小燕王在登州引起了民乱？"沈羲和面无表情地看着萧华雍。

听到沈羲和的问话，萧华雍回过神来，看着她的目光，低声说道："呦呦放心，虽是民乱，却不会伤及百姓。有小十二在登州，我已经叮嘱过他，官府不会对百姓进行武力镇压，事情闹不大。煽动百姓的人也是我安排的——他们混在其中，会见机行事，不仅不会令百姓受到伤害，还能让百姓提前拿到粮食。"

这些粮食，朝廷不到万不得已，是不会发放的，否则后续不继，反而会酿成大祸。

如果沈羲和得知的那场雨真的下了，这些粮食怎么被运来的，就会怎么被运回户部，保证国库充盈是首要问题，这些百姓只要能够勒紧裤腰带活下去，朝廷就不会管。

经此大难，这些百姓要活下去，不知道有多少人卖儿卖女，这么闹一闹，倒也能让他们喘一口气。

听了萧华雍的话，沈羲和面色才缓和下来。她不是个良善之辈，却不喜欢欺负弱小，罔顾无辜，践踏百姓。

她知道萧华雍定然在谋划什么，可若是为达目的，殃及无辜百姓，她会不喜。

"你的目的……？"沈羲和想了想，没有想到萧华雍插手登州之事的理由。

"我早前不是与你说过，老五将太史监推测的下雨之日的消息散布到登州了吗？"萧华雍一只手挽袖，一只手动作优雅地端起茶碗，"民乱虽然看着雷声大雨点小，可传出去不好听。陛下最不能容忍的就是政绩上有污点，这可是一个大污点，陛下若是抓到了背后谋划之人，绝不会轻饶。"

沈羲和瞬间明白了萧华雍的意思。他想把萧长卿所为之事放大，然后把掀起民乱之事嫁祸给萧长卿。萧长卿本来就是泄露太史监推测的降雨日的人，既然被萧华雍知道了此事，那肯定有迹可循。

再加上登州有萧长庚这个内应，萧华雍让萧长庚做些手脚，里应外合，要让萧长卿百口莫辩，并不是难事。

只是沈羲和不明白："我们与信王井水不犯河水，你为何突然对他下手？"

"我可没有要对他动手，你还不了解你的夫君？你的夫君素来是个安分守己之人，哪里会无无缘无故地挑事呢？"萧华雍明亮的双眼中透着无辜的笑意，他看上去人畜无害。

沈羲和的嘴角忍不住抽了抽，她露出了一言难尽的表情。

她面前的这个男人恐怕是全天下最会使坏的男人，竟然好意思说自己安分守己。

"你……"

"太子殿下，信王殿下与烈王殿下求见。"沈羲和尚未张口，门外突然响起珍珠的通传声。

萧华雍浅饮一口平仲叶茶，闭眼享受了片刻，才放下茶杯，站起身，执了沈羲和的手，拉着她去了待客的明间。

萧长卿穿着一袭月白长袍，负手而立，面色平静。

萧长赢穿着一身烈火红衣，眉峰微皱，神情复杂。

"太子、太子妃。"见到萧华雍与沈羲和，萧长卿带头按规矩行礼。

萧长赢跟在萧长卿身后，紧绷着脸，有些敷衍地跟着兄长行礼。

萧华雍伸手虚扶了一把："五兄、九弟不必多礼。"

沈羲和也在他的身后回了个礼，兄弟二人在萧华雍的招待下落座。

待到下人斟了茶之后，萧长卿开门见山地道："太子殿下，不知有何指教？"

"五兄来得比我预料的快。"萧华雍先称赞了一句。

"若不快一些，我怕自己就被定罪了。"萧长卿深深地凝视着萧华雍，话里有话。

萧华雍陷害他，又让他知道自己是被他陷害的，而此刻，无论是登州的萧长彦，还是陛下，都没有查到是何人掀起了民乱，或者可能是没有掌握证据，但已经觉得是他所为。

这摆明了就是让他登门。

"五兄若是光明磊落，何惧莫须有之罪？"萧华雍淡然地说道。

萧长卿承认这件事他是掺和了一脚，却没有想要闹到萧华雍推波助澜的这个地步。倒不是不想给陛下添堵，也不是畏惧被查出来，而是他在地方上的势力不及萧华雍，他掌控不了局势，若是闹得不能收场，遭殃的就是无辜百姓。

"太子殿下有何吩咐？直言便是。"萧长卿已经深知萧华雍的真面目，不欲与萧华雍在言语上互相试探。

与聪明人说话就是痛快，萧华雍也不再顾左右而言他："登州干旱是源头，若五兄心系百姓，特意去求了高人指点，知晓哪日有雨，告知陛下——如此心系登州灾情的五兄，又怎么会是民乱的主谋呢？"

沈羲和听了萧华雍的话，霍然看向他，终于明白了萧华雍的一番苦心安排。

太史监能够算错，他担忧旁人也会算错。无论沈羲和如何信任对方，这种错误一定有可能存在，他舍不得让她任何一步走得惊险。

她刚刚与陛下作对，若是亲自去对陛下说哪日登州会降雨，又以大赦后宫为幌子，陛下一定会质问她。碍于大旱之事紧迫，哪怕陛下知晓她的私心，不敢不重视，也定会要她立下军令状才会行动。

一旦真的立下军令状，若是没有降雨，沈羲和便无法收场，还会被言官攻讦。陛下可以趁机收了让她执掌宫权的谕令，或许还会牵扯得更深……

"你知晓哪一日有雨？"萧长卿难以置信。

"我认识的一位德高望重之人预测到了，不过世事无绝对，此事到底有风险，毕竟太史监也不是酒囊饭袋，也有算错之时，要不要赌一赌，全凭五兄选择。"萧华雍摆出一副他很好商量，绝不强迫的态度。

萧长卿与萧长赢都被萧华雍的无耻震惊到了。

萧长卿能拒绝吗？

他当然不能！

他不是没有法子化解危机，关键是自己的把柄在萧华雍的手上！他要想另寻法子化解危机，得先让萧华雍高抬贵手。

他只要现在起身离开，萧华雍就会把他泄露太史监预测下雨日的事情捅出去。有了这些真实的证据，哪怕后面引起民乱的证据是萧华雍捏造的，只要他不能证明是旁人陷害他，就算有证据，也不能证明此事是他所为，在查不出另一个人的情况下，陛下的怒火也只能由他来承受！

这个罪名，他不受也得受！

"你要我如何告知陛下？"萧长卿沉声问。

"宫中宫女，深锁宫中，阴气郁积，故旱灾肆虐。"萧华雍给了他十七个字。

不止萧长卿，就连萧长赢都蓦地抬头。

原来……萧华雍谋算如此之多，只不过是要为沈羲和清洗后宫！

三个人都受到了不小的震撼。

萧长卿回过神，察觉到弟弟的情绪，几不可闻地叹了一口气，站起身对萧华雍说道："太子殿下之意，我已知晓，不打扰太子殿下了。"

说完，他就带着萧长赢离开了。

次日早晨是朝会，就连萧华雍也不曾缺席，除了一些按部就班之事，首要之事便是登州的旱情。所幸登州的民乱因为百姓领到了粮食，轻易地平息了，不过这只是暂时的。

任谁都能够看出来，要是登州一直不下雨，迟早会再次爆发民乱，下一次就不好平息了，而且朝廷也没有那么多粮食可以用来安抚百姓。这一次朝廷放粮，足足用了国库的大半余粮。

祐宁帝与朝臣商议了许久，大多数人还是主张民间筹粮，这同样需要国库掏钱，自然也有其他朝臣提议由陛下领头，带着他们募捐，这样一来，就能鼓动四方豪富乡绅，积少成多，哪怕今年登州一直不下雨，也能够助百姓渡过难关，来年等各地的税收上来，国库自然充盈。

这些提议得到了大部分臣子的附和与认同，但也有不少人提出了反对意见。各地组织募捐，少不得有人中饱私囊，借灾情和陛下之名，压榨豪富乡绅，处理不慎，不知要引得多少大善之家家破人亡。

这样的先例，前朝甚至更早之前不是没有，几方争执不休，祐宁帝全程面无表情地听着，等他们吵够了，才让刘三指宣布退朝。刘三指的话音刚落，信王萧长卿便站了出来："启奏陛下，有关登州旱情，儿有事上禀。"

本要起身的祐宁帝闻言，又坐了回去："你说。"

"太宗陛下在世之时，亦有天降大旱之事，后大赦后宫，便天降甘霖。"萧长卿走到中间，躬身说道，"儿昨夜不知是否夜有所思，梦中得到高人指点，陛下若效仿太宗陛下，或能换来登州降一场雨。"

萧长卿这番话不啻一滴水溅落到油锅里，"噼里啪啦"，瞬间炸开，整个大殿的朝臣都用一种见鬼的表情看着萧长卿。

大赦后宫，信王知不知道自己在说什么？

在这个节骨眼儿上，一旦陛下大赦后宫，不管是放什么人，还是放了之后录什么人，都绕不开沈羲和这个已经得了口谕要执掌宫权的人，以沈羲和的手腕和强势姿态，谁能在她的眼皮子底下埋入自己的人？这样一来，整个后宫岂不是就落在了沈羲和的手中？

沈羲和可是刚刚从萧长卿的生母手中夺得了后宫大权，萧长卿竟然转头帮沈羲和？！

"大赦后宫，天降甘霖，你如何能笃定？"祐宁帝面色冷了一些。

"陛下，后宫自陛下登基，已经二十载未曾放人，而每年采选未曾断歇，掖庭宫内阴气郁积，正如百年前太宗陛下在位之时的大旱灾情，儿虽不能笃定，却也觉得先人智慧不可辱没，放宫人出宫也是积攒福德，陛下何妨一试？"

萧长卿说得有理有据，却遭到了群臣反驳，尤其是大世家的人。宫中有他们的人，若大赦后宫，直接动了他们的利益，他们可不想自己日后对宫中之事耳聋眼瞎。

"你可听见群臣之意？"祐宁帝审视着萧长卿。

"陛下，儿此举并无私心，只是为陛下分忧，为受苦受难的百姓谋利。"萧长卿掀袍，跪了下来，挺直背脊，"请陛下采纳。"

"大赦后宫，兹事体大，不可随意定夺。"祐宁帝留下这句话就转身走了。

朝臣恭送陛下后，也纷纷散去，谁也没有想到，萧长卿走出大殿，又跪了下来："恳求陛下为登州百姓大赦后宫。"

大门紧闭，无人回应，萧长卿却面不改色，如青松一般笔直地跪着。

"用不用我们在登州添把火？"沈羲和等萧华雍回来之后，问道。

萧华雍莞尔一笑："一事不烦二主，老五既然接下此事，自然能成。"

正如在登州散布太史监预测的消息一般，萧长卿轻而易举就能散布自己今日在朝堂上说的话，只需要稍微煽风点火，百姓听闻大赦后宫就能有雨，自然会联名请命。

后宫是帝王的，帝王若不大赦后宫，便是为了贪图享乐而罔顾百姓的死活。

"陛下这是想看一看是否真的是信王在登州煽风点火？"沈羲和瞬间明悟。

登州百姓不可能迅速知道萧长卿的提议，朝中有能耐的大臣都有分寸，不会在这个时候插手，只会选择明哲保身。没能耐的大臣更不敢出头，或许根本看不透陛下的深意。

"老五不傻，陛下注定要失望了。"萧华雍从沈羲和的手里接过剪子，弯身替她修剪面前的平仲叶盆景。

"这就是你给信王的自白的机会。"

萧长卿定然已经安排好这些事，有人会把他今日之言在登州大肆传播，牵动登州每一个百姓的心，只不过他要借助他人之手故布疑阵。

如此一来，哪怕景王萧长彦与陛下已经察觉到前段时日泄露太史监预测的下雨日子以及引起民乱的人极有可能是萧长卿，有了第三方势力的出现，他们也会猜测到底是谁在捣鬼。

萧长卿没有对萧华雍设防，兼之也没有在登州干什么大事，故而掉以轻心，被萧华雍抓住小辫子，小题大做，导致不得不亲自帮沈羲和提出大赦后宫，从而换萧华雍收手。

萧华雍收手了，萧长卿之前在登州所为之事却有了痕迹，要彻底翻过去，让陛下也弄不清这是不是他在登州干的好事，就只能趁机再嫁祸给旁人。

若是这次萧长卿提出大赦后宫以祈雨的话是通过旁人的口散播出去的，那他就能够把水搅浑，把自己给洗干净，总比陛下心里因为先前太史监的事情对他有所猜疑好。

"我们作壁上观便可。""咔嚓"一声，萧华雍将一片多余的枝叶剪掉，深沉的眉目染了光，令人望而生畏。

他放下剪子，拈起了掉落的枝叶，在指间转动着："呦呦，你要记住，你有我，也有我交给你的人，我与我养的人皆可为你所用，旁人也能为你所用。"

大概是时间紧迫的缘故，当日下午，登州就有大量百姓蠢蠢欲动，各地村民果然联名请求陛下大赦后宫，速度之快，令人瞠目结舌，仿佛早有安排一般。

萧长彦看着城内跪着的一片百姓，百姓已将街道填满，一眼望不见尽头，萧长彦只得将联名书送往行宫。与此同时，他不动声色地抓到了一些领头之人，经过一番严刑拷打，竟然查出这些人是昭王萧长旻的。

沈羲和也知道了，原来萧长卿寻到的替罪羊是萧长旻。

祐宁帝的皇子没有一个是酒囊饭袋，可精明程度也有高低之分，显然，萧长旻就是垫底的那个。故而，萧长卿拿萧长旻做替罪羊，沈羲和一点儿也不意外。

"老二就是管不住自个儿的好奇之心，所以才自作自受。"萧华雍伸长了脖子，看着沈羲和压香灰。

她坐姿端正，微微垂首，一袭轻纱与她的青丝飘散而下，白瓷香炉如银似雪，胎质细腻，与她从袖袍之中伸出的柔荑一般，似有莹光。

竹节柄灰押（灰押，《香篆》中有记载，用于处理香灰，制作香灰的造型，保持香灰的整洁。）随着她的指尖轻轻移动，将白霜一般的香灰抹平。

萧华雍很喜欢看她点香的过程，她优美如画，一举一动都令他目不转睛。见她不语，他又说道："登州之事原本与老二无关，他不过是想知晓谁在兴风作浪，便派了人去登州查探，老五就等着他自投罗网。老五把先前散播太史监测下雨之日的人舍弃了，这个人连同老二的人都落到了老八的手上，老五的人一口咬定与老二的人是同谋，且呈上了一些说不清道不明的证据，这件事就这么落在了老二的头上。"

沈羲和将香灰压平之后，选了一支毛笔沿着香炉的边缘转了一圈，将灰尘清理掉，这才轻轻地将一旁的香塔放到平整的香灰之上："后日便是降雨之日。"

到现在，祐宁帝还没有松口要大赦后宫，再拖两日，后日若真的降了雨，大赦后宫之事便会不了了之。

"明日之内，陛下必然会下旨大赦后宫。"萧华雍将目光落在香塔上，沈羲和在与他说话时也没有停下动作。

东宫夫妇含情脉脉，相隔几个院落的祐宁帝却面色阴沉无比，他的手里捏着一份奏折。这份奏折是江南急报，登州灾情牵动的绝对不止登州，而是整个天下，江南是人杰地灵的富饶之地，每三年一场科考，录取的大半学子来自江南。

文人最擅长的就是伸张正义，泼墨挥毫，祐宁帝手里捏着的就是一篇江南学子的文章，不少文章已经开始含沙射影。从登州的灾情联系到祈福的怪异现象，再是信王跪求大赦后宫，帝王迟迟不处理，虽未明言，但只要有点儿脑子的人都看得出来问题所在。

登州与江南和行宫何其遥远？萧长卿不过是在院子里跪了一天一夜，登州百姓的联名请命书都才递到他的手上，江南就已经有了动作。何时南北之间消息竟如此灵通，宛如比邻？

明显这是有人在故意操纵。这是在威胁他，那么是何人在暗箱操作？

有嫌疑的大有人在，祐宁帝首先怀疑的必然是跪在外面的萧长卿以及看似没有动静的东宫，当然，也不排除别的人。

但这个时候他没有时间计较这些。再不大赦后宫，他便成了荒淫无度的昏君！

"把人叫进来。"祐宁帝冷着声音吩咐。

刘三指连忙去外面，吩咐两个内侍把跪了一天一夜，腿都伸不直的萧长卿给请进来。

祐宁帝盯着萧长卿，对方面不改色，好似膝盖已经麻木，却仍旧能够挺直背脊跪在他面前。

"朕若下旨大赦后宫，登州无雨，你便是蛊惑人心、扰乱朝纲，朕对你处以极刑都不为过！"

萧长卿面不改色，有些憔悴的双眸里布满血丝，却依然闪烁着不屈的光："百姓不能久等，请陛下即刻下旨，昭告天下，若三日内登州无雨，儿愿以死谢罪！"

生死博弈的这一步，就是萧华雍不愿意让沈羲和以身犯险的这一步。

"刘三指，去宣旨。"祐宁帝吩咐，"送信王回去，朕倒是要看看，登州干旱是否因为宫中阴气郁积！"

圣旨下来，沈羲和立刻启程回宫，为大赦后宫而忙碌。遣送名册送出去后，沈羲和就盼着登州下雨。隔日便是约定之日，萧长卿和祐宁帝约定的是三日内登州下雨，那就是最迟后日，但沈羲和还是希望今日就能如期落雨。

从清晨到黄昏，仍旧没有消息，一直到子时过了，登州也没有消息传来，沈羲和没等到消息，不愿歇下。苍茫的夜色中，海东青撕碎了浓墨般的夜色，飞掠而来，给沈羲和带来了好消息——在子时之前，登州大雨倾盆而下。

大雨会影响朝廷传信，萧华雍了解沈羲和，就让海东青第一时间将消息传了过来。

这场雨下得令不少人揪起了心，祐宁帝看着手中的奏报，心情复杂。他更想知晓萧长卿的背后是何人在指点，那人竟然比太史监预测得更精准。

萧长卿在此事上敢以命相赌，若没有人给他底气，祐宁帝是不信的。这样一个能够算透天机的人，容不得祐宁帝不忌惮，故而他一早便亲自去探望了萧长卿。

"登州降雨，解了百姓燃眉之急，五郎功不可没。"祐宁帝坐在床榻前，萧长卿膝盖受伤，卧床不起。

"是陛下福泽庇佑，儿不过是病急乱投医，翻阅了些典籍罢了，不敢居功。"萧长卿格外谦逊。

祐宁帝不会相信所谓的后宫阴气郁积，导致登州大旱，那么就必然会认为萧长卿有高人指点，这也是萧华雍不允许沈羲和冒头的重要原因。他把萧长卿算计进来，就达到了一个平衡，萧长卿背后有个算尽天机的人，沈羲和背后有西北兵马。

现在陛下忌惮的就不再只是沈羲和一个人，若是两者出现在沈羲和一个人身上，陛下只怕顾不得什么颜面不颜面，就是背上骂名，也容不得沈羲和。

"太宗陛下在世时，虽有先例，但古往今来也仅此一例，大旱却不在少数。"祐宁帝慢条斯理地开口，"你倒是好胆色，毫无根据也敢以命相赌。"

"陛下，既然有先例，怎么会是毫无根据？"萧长卿低头温顺地回话，"儿也是想着登州灾情，操之过急。此事总要有人提及，大赦后宫之事非比寻常，若儿不以性命担保，人人争先效仿，何以收场？"

祐宁帝倏地抬眼，目光凌厉地盯着萧长卿："你可想过，若无雨，你又如何收场？"

萧长卿长睫微垂，遮掩住眼中的所有情绪，露出了有些苍白的唇："儿只知，若登州再无雨，百姓受苦，陛下难做，朝臣推诿，长此以往，必将导致国家大乱。

"儿身为皇子，领俸禄，享食邑，于上应为陛下分忧，于下当为百姓请命。

"旱灾持续半载，举国上下，自陛下及百姓，穷尽其法也不能化解，儿不知此法是否可行，愿以绵薄之躯全天下大义。"

萧长卿慷慨陈词，一片拳拳爱民忠君之心，仿若没有听懂祐宁帝的试探之意。

至此，祐宁帝也知道眼前这个儿子不会对他想知道的事吐露一字半句。

祐宁帝没有露出半分不悦之色，反而欣慰又赞叹地伸手拍了拍萧长卿的肩膀："有子如此，父之幸；有臣如此，国之幸。

"登州之事，你功不可没。你已是亲王，朕赏无可赏。昭仪跟着朕数十载，虽有大过，也已受了惩戒，念在其子有功，朕便恢复她的贵妃之位，解了其禁足之罚，让她依旧位主含章殿。"

萧长卿闻言，牙关紧咬，面上却十分喜悦，挣扎着要起身谢恩："儿代阿娘叩谢陛下。"

祐宁帝把荣贵妃放出来，牵制沈羲和的同时，又绊住了萧长卿，还能让所有人看到陛下对萧长卿的赏赐，只是这赏赐让萧长卿不想要也得要！

沈羲和才刚拿到内侍省与宗正寺批复的放人册子，所有她要放出宫的人，内侍省与宗正寺都没有留下。沈羲和满意地点了点头，把册子交给了珍珠："你与内侍省的内侍一道去落实此事，确保每一个人安然出宫。"

"诺。"珍珠用双手接过册子，躬身退下，与入门的红玉擦身而过。

红玉上前说："殿下，陛下下旨，以信王殿下有功为由，恢复荣氏贵妃之位。"

沈羲和微微抬眸，神色平淡。早在萧华雍把事情推到萧长卿的头上时，沈羲和就猜到了这样一个结果。祐宁帝忌惮萧长卿与沈羲和左右，荣贵妃复位一事势在必行。

沈羲和轻轻一笑，缓缓起身，轻纱滑落，飘下的披帛迤逦于地。她行走间，银丝勾勒的平仲叶若隐若现，清雅飘逸。

"把准备好的人都带上，我们去给贵妃娘娘道贺。"

话音未落，人已走远，迎风摇曳的平仲叶追逐而去。

宫里留下的人不少，祐宁帝并没有把所有的宫妃带走，但没有人敢在这个时候去寻找荣贵妃，因为沈羲和就在宫里，荣贵妃虽然复位了，但她的宫权已经落在了沈羲和的手里。

沈羲和带着二十多个宫娥浩浩荡荡地到了含章殿，一身素衣的荣贵妃竟然早早等在了宫门口。荣贵妃面色虽有些憔悴，风韵却不减丝毫，见到了沈羲和，也没有半点儿不悦与愤恨的样子。

"有劳太子妃来看我。"荣贵妃笑着寒暄。

"陛下下旨，贵妃复位，含章殿的宫娥皆已被发放出宫，我打理六宫，岂敢怠慢贵妃？故而去尚仪局挑了些宫娥给贵妃送来。"沈羲和语气淡淡地解释来由，转过身，对着跟在红玉身后的宫婢吩咐："今日起，你们便在含章殿伺候。"

"诺。"

"这些人如何分配，全由贵妃做主。"沈羲和又对荣贵妃说道。

"让太子妃费神了。"荣贵妃含着笑，将人全部接收，没有一句反驳与挑剔的话。

沈羲和淡淡一笑，荣贵妃能够屹立在祐宁帝的后宫里这么多年，自然不是等闲角色，只不过先前没有和沈羲和交过锋，且在后宫之巅站久了，也就生了懈怠之心，这才轻而易举地被沈羲和弄得身败名裂。

这一次，荣贵妃吃了教训，脑子倒是长了回来。

沈羲和从来不喜欢与人虚与委蛇："贵妃娘娘，好自为之。"

"太子妃的忠告，我定然铭记于心。"荣贵妃不动声色地应道。

沈羲和留下人，带着红玉等人回了东宫。虽已至九月，可京都酷暑，要十月才渐凉，沈羲和不耐热，却也没有打算再回行宫，以大赦后宫后，诸事繁忙为由，留在京都里将该填补的人都填补上。

宫中各方势力的暗桩哪里只有宫娥？还有内侍，只是她没有寻到法子将这些人一道给打发掉。不过独木难支，这些人绝不会单枪匹马地潜伏在宫中，应当会互相援助，沈羲和把宫娥都遣散了出去，一定程度上也让他们陷入了孤立无援的境地，轻易不敢再有动作。

秋意渐浓，沈羲和估算着，行宫避暑的日子应当接近尾声了，萧华雍应该很快就会回来，却没想到登州大雨一直未歇，自那夜起，连续五日都下着，大雨滂沱，不但不歇，甚至不曾减小。

原本狂喜的登州百姓脸色渐渐苍白，就连登州的官员，一个个的脸上都浮现了忧色。景王萧长彦与燕王萧长庚也因为大雨而一直没有撤离登州。

祐宁帝还没松一口气，登州就再一次成了他的心病。为了防患于未然，他下令登州官府紧盯着靠近山林的百姓，萧长彦与萧长庚在没有接到谕令之前，就已经分头行动，却仍旧晚了一步。

七日的连绵大雨造成了不少山体滑坡的现象，附近的村民伤亡惨重，唯有村里人经验老到又管理得当的小山村损失较小。

大半个登州刚刚在最酷热的日子里经历了干旱，百姓连气都没有喘过来，就又陷入了暴雨和泥石流中。干旱之时，他们只是看不见希望，心中焦灼，此刻却有不少人已经流离失所，家破人亡。

登州沿海，这大雨再持续下去，受到牵连的绝对不止依山傍海的村民，一旦海岸决堤，大半个登州都要陷入洪涝之中，甚至相邻的州县也会被殃及。

山体滑坡的事还没有解决，登州各地发来的水报就被递到了祐宁帝的御案上。

比起之前的旱情，眼前的水灾更令祐宁帝面色凝重，朝廷上下更是百爪挠心，人人都希望能够早日渡过这一难关。

旱情至少还能依赖各方支援，如今登州水灾将起，各处都出现了山体滑坡事故，官府想要运送救灾之物，难于登天。

"殿下，陶公去了登州。"珍珠急急忙忙地传信给沈羲和。

沈羲和霍然站起身，接过递来的消息。消息是萧华雍传来的，陶专宪自请与工部尚书一道前往登州视察灾情。

工部管着水利事宜，工部尚书比陶专宪还年迈，往日里对朝廷的纷争惯会装聋作哑，可到了危急关头从不含糊。他虽然要不了多久便会致仕，但他的治水经验丰富，放眼整个朝廷，唯有陶专宪能够与其相比。

陶专宪十年前当地方官的时候，甘州大涝，是他凭一己之力保全了数万人的性命。

看完萧华雍的信报，沈羲和虽然担忧，却也无可奈何。这是外祖父自己的意愿，她有法子把陶专宪弄回来，但她和萧华雍都没有这么做。他们都知道，这是陶专宪心中的信仰。

学以致用，为官者当为百姓请命，为弱者谋福。

"去行宫。"沈羲和当即做了决定。

宫里的事情，她差不多已经处理完了，现在登州又面临着洪涝灾害，这个时候，祐宁帝没有心思带着人浩浩荡荡地折返宫中，路上一日，会耽误多少急讯？

"齐培那边可有消息？"沈羲和坐在马车上，忽然问道。

早在旱情初现的时候，沈羲和就已经让齐培放下手中的所有事情，在安南、安北等地秘密收粮。为了不引得米粮价格被哄抬，齐培少不得要多跑几个地方。

国库的粮食大半在先前被投于登州，这一回，只怕陛下也拿不出粮食来了。

"齐培与华陶猗已经筹集了三十万石粮食，这是五日前递来的消息。"碧玉回话。

三十万石是一个庞大的数量，但若是真的发了洪涝，水灾再持续久一些，这些粮食也是杯水车薪。

"前几日，江南等地粮价上抬，陛下下旨，各地若有米粮暴涨之情，等同谋逆罪处决。"碧玉又补充了一句。

历来发国难财者不少，天灾便是统治者也无可奈何，完全不允许人从中获利，绝无可能，但这些人也不能越过界限，否则喂饱了商户，伤及的是国之根本。

沈羲和沉默了片刻，说道："传信给齐培，让他停止收粮之举。"

之前倒也罢了，现在陛下下了旨，这个时候，齐培若再大面积地收粮，反而会引火上身。而且三十万石已经不是小数目了，哪怕华富海再富有，继续收下去，也会造成钱财捉襟见肘的情况。

"你让华富海停止收粮?"沈羲和刚到行宫,萧华雍就接到了消息,将人接回屋子里,亲自递了一杯用平仲叶泡的茶。

"嗯。"沈羲和用茶水润了润唇,颔首,"在其位,谋其政,你不是陛下,这件事不应当由你我出风头。若华富海一人就把粮食供应齐了,只怕陛下也容不下他,而且这么一大批粮食,总不能全由你我掏腰包。"

他们不是掏不起,是不能这么做。

"呦呦是打算……?"萧华雍唇边露出一丝笑容。

"陛下虽然下旨,命各地不得哄抬粮价,但想要完全控制,只怕不易。"沈羲和将自己的打算说了出来,"且看登州是否当真不幸,遇到水灾,实在是不幸,便让华富海联络户部,以低价将粮食卖给朝廷,以供赈灾。由他领头,又达三十万石粮食之巨,旁人还敢藏着掖着,抑或以高价将粮食卖给朝廷?"

这是最好的法子,沈羲和收粮本就不是为了赚钱,而是为了缓解灾情。华富海二人辛苦一番,便当作是积攒福德。

"此法甚妙。"萧华雍摸了摸下巴,这样做也可以防止有人借商户之手暗中捣鬼,"让华富海领个头,拿一部分钱,再接受朝廷的欠条,即便国库不充盈,也能解决这次灾情。"

凡事都需要一个人带头,有了带头的人,后来者才会老实。

"这是最坏的打算,我宁可用不上。"沈羲和看着窗外明媚的阳光下随风摇摆的池塘金莲,眼底掠过一丝怅然之色。她只希望登州大雨能够早日停歇。

萧华雍也颔首,一时间夫妻俩之间的气氛有些凝重,两个人都在忧心登州的情形。

然而老天爷似乎发了狠,要折磨登州的百姓,大雨持续了七日,观测水位的水卒有去无回,朝廷派去登州传递消息的人也渐渐失联,呈递上来的奏报越来越不及时,这意味着情势已经严峻到了刻不容缓的地步。

"小十二失踪了。"萧华雍眉头微皱。

"遇险了?"沈羲和也关切地问了一句。

在一定程度上,萧长庚算是萧华雍的人,尽管是被迫选择的。对于萧长庚这个人,沈羲和的评价是识时务、知进退、有能力、能屈能伸。

这样的人说不上好,也说不上不好。只要能够出现一个彻底将他压制住的人,他必将是一柄所向披靡的剑。但若是不足以压制住他的人,哪怕是在他羽翼未丰之前令他臣服,日后也必将会被反噬。

对于压制萧长庚,萧华雍能做到,她亦有这个自信。所以,她也将萧长庚纳入了他们的势力范围。

"事有蹊跷。"萧华雍蹙眉，目光虚虚实实，看不真切地落在某一处，似在沉思，"昨夜我才收到他的传信，他已经从险地中撤离出来，人在县衙之中，今早便失去了踪迹。

"消息是我留下的人传来的，说他在回程的路上遇上山体滑坡，现在下落不明。"

"难道是深夜突然有急事，他又离开了县衙？"沈羲和说完，又觉得这种可能性不大。

"县衙的一致口径是，小十二并未入县衙，是在撤离的路上遇险的。"萧华雍抬眸看向沈羲和。

"是地方官员动的手，还是其他人动的手？"沈羲和问。

"小十二在牟平县，我查了查，这一带的历任官员都与小八扯不上关系。"萧华雍习惯性地抚摸腕间的五色缕。

"你觉得不是景王动的手？"沈羲和颦眉，"可我反而觉得是他动的手。"

"哦？"萧华雍饶有兴致地看着沈羲和，"对于呦呦的高见，我洗耳恭听。"

沈羲和瞥了他一眼，也不和他计较："无论是赵正颢还是华富海，任谁去查，都与你没有半点儿关系，可他们不是照样听命于你？"

萧华雍有这样的能耐，萧长彦为何没有？

萧华雍嘴角的笑意变深，他颔首道："确实有理。"

"最有利的证据是燕王传给你的平安信。"沈羲和又说道。

闻言，萧华雍忍不住低笑出声："夫人心细如发，为夫甚是折服。"

和聪明之人在一起，他就是这样轻松自在。

萧长庚既然能被萧华雍选中，那就绝不是等闲之辈。若是连地方官员对他有恶意都察觉不到，他也不够资格入萧华雍的眼。

若一个小小的县令都能套住他，他也对不住自己孤零零地在深宫里长到今日的能耐。

所以必然是萧长彦动了手，而且他很可能已经察觉到了萧长彦的举动，才会如此巧合地把平安信在他失踪的前一天传到萧华雍的手上。这是提前暗示萧华雍，他现在并无危险。

"景王怀疑你与燕王有牵连？"沈羲和觉得萧长彦这样猜疑也是人之常情。

他数年不在京都，对京都的掌控定然不足，这两年萧长庚也过于顺遂，若说他完全相信萧长庚没有人帮扶，也说不过去。

"未必是我。"萧华雍微微摇头。

萧长彦只是猜测萧长庚很有可能早已经与旁人为伍，与他这个后来的哥哥相交，极有可能是抱着做细作的心，奈何裴家随着裴展的离世，开始式微，裴策虽然是个俊才，但毕竟年幼，绠短汲深。

对于一个极有可能要依附他，又能力不俗，常年在京都，对京都了如指掌的弟弟，萧长彦又舍不得拒绝，因此必须下狠手试探一番，或许……

试探是其次，更狠一点儿，萧长彦就是想让萧长庚哪怕背后真的有人，也不得不与背后之人决裂，从此之后彻底为他所用。

"那你去登州吗？"沈羲和猜不透萧华雍此刻的心思。

按理说，他们已经把萧长彦的心思都摸透了，萧长庚也亲自来了信，暗示一切让他自己来，萧华雍应该不去才对，但萧华雍此刻给她的感觉并不是要对此事置之不理的样子。

果然，萧华雍开口道："去，去会一会小八，看看他这么多年过去，长了多少本事。"

"我去吧。"沈羲和拦下萧华雍。

登州现在本来就是个危险之地，意外之多，难以估量，沈羲和不想让萧华雍涉险，另外一个原因便是陶专宪也在登州，她正好可以去看顾外祖父。

见萧华雍摇头，沈羲和又连忙问道："你用什么理由去登州？"

皇太子体弱多病，现在去登州，不是添乱是什么？

即便是祐宁帝也不可能放行，除非萧华雍又装病，寻个替身守在东宫里，自己暗中前往登州。

"我和天圆是可以替你打掩护，可现在陛下时刻盯着我的一举一动，你若如往常一般装病，暗中去登州，只怕没有那么容易蒙混过关。"

今时不同往日，萧华雍若想偷偷离宫，从她执掌宫权那日开始就不太现实了。

祐宁帝现在忧心登州的灾情，忌惮她和萧长卿，对萧华雍的怀疑已经暂时放下，然而萧华雍与她到底是夫妻，祐宁帝未必不会离间他们二人，定会想方设法地拉拢或借助萧华雍行事。

如此一来，萧华雍也会被祐宁帝多加关注。

"不能暗着去，那我就光明正大地去。"萧华雍神秘一笑，"我们一道去。"

"光明正大地去？"沈羲和用探究的眼神盯着萧华雍，他定然又想到了什么损招。

"嗯，不仅我们去，把老五也带过去，大家一起热闹热闹。"萧华雍眼底笑意更浓了。

沈羲和抬了抬眉，没有追问他要如何达到目的，总之，用不了多久，答案自然会揭晓。

萧华雍也卖了个关子，没有把自己的计划说出来。

接下来的两日，沈羲和指点着碧玉等人不着痕迹地收拾行囊。萧华雍像个没事人一样，报了病，留在自己的寝殿里歇息，也不出门，尽缠着沈羲和下棋作画，调香烹茶,每日都过得无比雅趣。

直到第三日,祐宁帝派刘三指将他们夫妻二人请到了朝会的大殿里,不少大臣在里面,看到他们时,目光都十分复杂。

等到见礼一番过后,祐宁帝才吩咐内侍将一块横幅拉开,上面是从什么凹凸不平之物上拓印出来的字迹,一共十六个字:

日出东方,山河无恙;
北辰之星,镇国四方。

沈羲和目光一凝,霍然看向萧华雍。

这块横幅的字面意思过于浅显,只差没有直接说,让萧华雍去登州镇国,就能雨过天晴,山河无恙!

这就是萧华雍想出来的法子。

"这是今早从登州送来的,黄县有块巨石自山顶滑落,石头上刻着这句话。"祐宁帝道,其语气令人听不出喜怒。

萧华雍轻咳了几声,才在沈羲和的搀扶下,十分费劲地对着祐宁帝欠身:"山河无恙,是陛下福泽四方,儿不过只有一具孱弱之躯,何以镇国?依儿之见,是有人刻意而为,意图借灾诱儿入登州,对儿不利。"

这样的东西,信与不信,就看帝王怎么想。

萧华雍把自己的想法说了出来,也的确不排除有这种可能。

祐宁帝自诩不是一个暴君,断然不会仅仅因为这不知从何处飞来的一块石头就对萧华雍下手,否则日后有些人有样学样,这天下岂不是要大乱?

"朕亦如此作想。"祐宁帝颔首,"然而登州的百姓此刻十分焦灼,此事又闹出了不小的动静,百姓不知其中的真相,寄希望于七郎去登州,七郎以为如何?"

萧华雍沉默了片刻,才垂首回道:"儿能为百姓尽绵薄之力,岂敢推辞?儿愿去登州,以破不实之谣传。"

祐宁帝点了点头,不等他开口,沈羲和先一步请示道:"陛下,登州险象环生,绵雨未歇。太子体弱,本不能受颠簸,如今既是为了百姓,不可推卸,儿请求随同殿下一道前往,也好贴身伺候。"

祐宁帝没有立即答应,而是沉思了片刻才同意:"也好,就由……信王护送太子夫妇前往登州。"

青山绵绵,树影倒退而去;车轮辘辘,飞扬的尘土悄无声息地落下。

沈羲和松了手,搭在指尖上的车帘子落下,隔绝了视线。她转过头,看着靠坐在马车上，半躺着的萧华雍，他的双眸直勾勾地盯着她，不知看了多久。

沈羲和："我原以为你会让信王殿下自请护送我们，陛下开口点名让信王护送，倒在我的意料之外。"

"意料之中。"萧华雍莞尔。只要沈羲和与他说话，聊的是旁人，他也不在意，兴致勃勃地开始展示自己是如何运筹帷幄的："天降奇石，这件事极其玄乎，且牵扯到我，陛下与小八都不会觉得此事是我所为，猜测是旁人设计了我。有这种能耐之人不多，老五就是第一嫌疑人。

"他们心里认定此事是老五所为，但都猜不到老五的目的为何。小八只怕觉得老五把我送到登州，是想借他之手对我不利，届时便可一箭双雕。小八岂能让老五独善其身？"

不若就把萧长卿也一道弄到登州，即便陛下没有这个想法，萧长彦也会促成此事。若是萧长彦预料得有错，此事不是萧长卿所为，那么这人藏得够深，会令他忌惮。

如此一来，萧长彦就得寻个得力的合伙之人了。除了萧长卿，萧长彦只怕对任何人都看不进眼里。

无论这件事是不是萧长卿搞的鬼，把萧长卿弄到登州，对萧长彦都是最好的选择。

沈羲和忍不住笑了笑，笑声轻盈，眨眼间便随风散去。

"呦呦因何发笑？"萧华雍不解。

聪明人与聪明人在一块儿，也有不好之处，那就是彼此都是心思深沉、八面玲珑的人，有时候极难从一颦一笑、一言一行中瞬间摸透对方的心思。

"我是觉得，太子殿下惯会以受害者之姿行谋害人之事。"沈羲和也不避讳，直言道。

她仔细想来，他总是喜欢这般给人使绊子，每一次都好似他受了最大的委屈和迫害，让深陷他的陷阱之人还对他深表同情，却不知自己才是那个受害最深之人。

"世人趋利避害，行事往往不容许自己委屈与退让半分，却忘了过刚易折。他们不信有人会损己伤人，这才轻而易举地被自己的狭隘之思蒙蔽了双眼。"萧华雍轻叹，"既能让自己置身事外，又能借刀杀人，何乐而不为之？"

"殿下的这番手段，非常人能行。"

萧华雍每一次都是看似是受害者，旁人都以为他受了多少迫害，陷入了多危难的境地，实则局都是他自己所设。漫说完全可以掌控住自个儿承受的风险，他实则压根儿从未真的有过一丝亏损，浮于表面的受害者模样不过是掩人耳目罢了。

就好比这次天降奇石，换了萧长彦，绝不敢如此行事，盖因他对皇位有心思，这份隐晦的野心，令他在这一点上犹如惊弓之鸟，不敢让旁人窥见丝毫。

他遮掩都来不及，如何敢以此为局来谋算什么？

正因为他有了这样的想法，才会将心比心，把萧华雍给排除在外，以为奇石是旁人所为。

"为人处世要以己推人，己所不欲，勿施于人，这是德高质洁。"萧华雍缓缓地说道，"观人观局，切忌以己推人，否则一叶障目，容易粉身碎骨，这是愚不可及的行为。"

沈羲和先是颔首，继而又摇头："北辰所言极是，可这世间真正能做到之人不过凤毛麟角。"

这太难了，不论是为人处世以己推人，还是更深一步地识人布局，跳出自己，纵观全局，不受自己惯有的思维束缚，都难如登天。

许多人连前者都做不到，遑论后者？

"凤毛麟角……"萧华雍嘴角上翘，"多谢呦呦赞誉。"

他可不就是这凤毛麟角吗？

越靠近目的地，越不太平，萧华雍等到萧长彦派人来试探，借机与沈羲和脱离大部队，先行一步，后面的事情自有天圆将他的意思传达给萧长卿。

沈羲和与萧华雍一路上冒着雨，紧赶慢赶，距离文登县越来越近。他们越靠近这边，雨势越大，路过的田地都被积水淹没，许多山村被山石掩埋，城镇中倒是热热闹闹的，那是因为里面安置着从受灾的村子里获救的百姓。

这些百姓都一无所有了，有些百姓甚至痛失亲人，一个个都愁容满面，精神萎靡，抬头望着大雨滂沱的天空，脸上都是茫然、空洞与绝望的神色。

或许是这边百姓受灾的情况严峻，镇上的食肆都被征用了，也不知道萧长彦是如何鼓动当地的富户的，竟然有不少人主动赈灾。

他们寻到了一户人家落脚。沈羲和站在二楼的窗户旁，看见有人冒着雨推着大浴桶朝接收灾民的地方行去，知道里面是熬的驱寒之药。

萧华雍站在她的身侧，捕捉到她眼底的赞赏之色，便说道："呦呦是否好奇小八是如何让这些富户心甘情愿破财的？"

沈羲和颔首。她的确很好奇萧长彦是如何做到的，要知道，现在灾情如此严重，这些富户能够有一两家大公无私，愿意捐献出钱财、粮食、药材、衣物就不错了。但在沈羲和看来，好似家家都慷慨解囊，实在是出乎意料。

萧华雍的鼻间短促地哼了一声，他有些阴阳怪气地说道："小八让自己的人扮作灾民，煽动灾民洗劫了两家富户，而后在这些富户人人自危之际，站出来动之以情，晓之以理。"

萧华雍说得隐晦，可沈羲和听懂了，普通大户人家都有护卫，这些百姓再穷途末路，也不会轻易壮胆冲上去，且有皇子在此，他们还是相信朝廷，寄希望于朝廷补给的,更不可能做出这样的事情。但萧长彦拿不出东西来安抚和安置这些人,就只能好人坏人一起做。

富户们与其心惊胆战,担忧自家被洗劫一空,很可能还会闹出人命,不如主动将东西拿出来,还可以博个好名声。

听出萧华雍对萧长彦的这种行为颇为不屑,沈羲和侧首,似笑非笑地睨了他一眼:"我们马上就要入文登县了,听闻这一路上,景王可再没有任何动作,一心照顾着灾民,你这是计谋落空,恼羞成怒了?"

明知她是故意气自己,萧华雍还是忍不住气上了:"等着吧,好戏还在后面。"

沈羲和浅浅一笑,不再多言。萧华雍是个不轻易出手之人,一旦出了手,自然是好戏不断。

视线被细密的大雨阻隔,她看什么都仿佛蒙了一层薄雾,有些模糊:"这雨不知何时能停,用这样的法子,没法确保登州百姓果腹,一旦这些富户捉襟见肘,百姓便会为了温饱和活下去而丧失人性,届时才是真正的大祸临头。"

虽不赞同萧长彦的做法,但沈羲和当日不在此地,不知具体情形是否已经到了不得不出此下策的地步,也不好评判萧长彦的对错。

这个法子的确能尽快拿到粮食,赈济灾民,否则萧长彦和当地富户谈判,不知要谈到何年何月,亦不知这些满脑子钱财之人会如何狮子大开口。

"我们能想到这一点,他自然也能想到。既然他用了这个法子,要付出多大的代价,都得他自个儿承受。"萧华雍慢悠悠地开口。

"北辰,这的确是打压景王的最佳时机,可我们不能让登州陷入这样的乱局。蛮横之道,非久治之策,除了激发这些人心中的怨恨情绪,释放他们藏在心底的恶念之外,就只能牺牲无法自保的老幼妇孺。"沈羲和侧首看着萧华雍,"我们在此地等信王。待到信王至此,我们便随着信王一道入文登县,届时你是皇太子,萧长彦正好以敬你为由,将一切事情推给你,若当真发生暴乱,造成死伤,也是你背锅。"

"小八是在安南城顺风顺水久了,净想着美事。"萧华雍笑了一声,"我可是体弱多病的皇太子,来此地的任务也不过是做个吉祥物,想要让我为他收拾残局,他也配?"

沈羲和也知晓,萧华雍若是想要推诿,有成百上千的法子:"你便当真不管了?"

"自是……""不管"二字在舌尖绕了绕,萧华雍将漆黑明亮的眼瞳一转,"呦呦心善,舍不得百姓受一丁点儿苦。呦呦要我管也不难……"

他说着,那双饱含情意的眼睛从上到下看了沈羲和一遍,暗示的意味极其明显。

沈羲和不再是那个懵懂无知的少女了,和萧华雍成婚大半年,对他热衷于折腾自己的事,只需要他一个眼神就能领会。不过她可不会惯着这人。

平日里他索欢，她都难以抵抗，若当真再由着他，自己非得被他拆掉，吞吃入腹不可。

沈羲和长长地呼出一口气，瞥了满目期待、眼眸晶亮得吓人的萧华雍一眼，一言不发地走了。

他不管，她来管！

看着沈羲和步伐轻盈地离开的背影，萧华雍露出失落的神情，又有些不自在地摸了摸鼻翼，沉默地跟上。

沈羲和其实并不是一个善于与人打交道的人，故而并不打算寻人攀谈，了解情况。另一个原因则是她现在的身份不过是个寻亲的普通商贾内眷，自然也不应该关心民情。

她打着伞，套上了油靴，脚踩在积水流淌的青石板上，一路走着看着，不长久停留。百姓缺少什么、需要什么，其实并不需要去打听，她用眼睛看也能够看到。

萧华雍无奈地跟在沈羲和的身后，也不出声打扰她，随着她沿着几条街走了一圈。二人回到落脚的地方时，他临走前吩咐的姜茶已经被端了过来，萧华雍倒了一碗，递给她："驱驱寒。"

见她接过姜茶，萧华雍又去打了一盆热水，倒入了些许驱寒的药材，端到她的面前，弯身将手伸向她的脚。沈羲和下意识地往后挪了挪，察觉萧华雍的意图，结结巴巴地说："我……我自个儿来。"

她和萧华雍是夫妻，更亲密的事情他们也做过，甚至有时候萧华雍死皮赖脸，他们还共浴过，但让萧华雍为她洗脚，这样的事从未有过，她也不曾伺候过萧华雍洗脚。

这种事情，不知为何，她总觉得有些怪异。

萧华雍强势地抬起她的双脚，去了鞋袜。虽然他们穿的都是上好的油靴，可路上的积水很深，雨水又不停歇，沈羲和的脚指头有些潮。

她的脚十分小巧，白皙细腻如玉雕，圆润的脚指头十分粉嫩，萧华雍竟然看入迷了。若非沈羲和挣扎了一下，他只怕还没回过神。

萧华雍装作若无其事地将沈羲和的双脚放入脚盆里，说道："这件事用不着你烦心，我会处理好，保证不让手无缚鸡之力的人受牵连。"

第六章　一波刚平一波起

一股热流自脚底钻入，沈羲和感觉到一股寒气顺着背脊被驱散了，原本有点儿冰冷的双手也蓦然多了一点儿暖意，这种舒适感令她忍不住微眯眼眸。享受时，她甚至没有注意到萧华雍用双手轻轻地捏着她的脚踝。过了一会儿，她睁开眼睛，说："衣食住行，他们样样都缺，药材更是重中之重。现在天气湿冷，不知有多少人受了寒，他们又聚集在一起，风寒传染的势头更是难以遏制，你要如何解决？"

风寒本就容易人传人，但现在的情形是无法单独安置灾民的。

"将染了风寒之人安置到一处，未染风寒之人安置在另一处便是，费不了多少事。"萧华雍轻轻地给沈羲和揉按着脚上的穴位，低着头说道，"缺什么便运什么过来。"

"运？我们能至此都是因为轻车简从，许多路连策马都危险。"

更何况是运东西？

"路上不能运，便从水上运。"萧华雍微微抬头，笑得从容，"水上不能运，便从天上运。"

"天上运？"沈羲和怔了怔。

她想到了秋狝时，她在山上的时候，海东青给他们送东西，可这世间哪儿来的那么多海东青？萧华雍的确驯养了不少鹰，却不是什么鹰都似海东青那样，能够将人给提起。

"我若是弄一批鹰来运送粮食和药材，明日陛下就会集齐三军，给我扣上一个怪力乱神之名，挥军杀了我。"萧华雍说到这里，忍不住笑了，"我已经选好了线路，你只管放心，我定然能把你让齐培他们收集的粮食送到登州，保管让呦呦的一片拳拳爱民之心不付诸东流。"

萧华雍顿了顿，收敛了笑容，继续说道："只不过属于你的功劳和名利，谁也别想抢。"

"我有什么功劳？"沈羲和被他说得哭笑不得。她到现在，就没有对登州百姓做出过什么实质性的贡献，让华富海与齐培收购的粮食，也尚未被运送到百姓的手里。

"我说有，那便是有。"萧华雍将她的双足抬到早已铺了一块干布的双腿上，捧着质地细腻柔软的布的两头一合，将她的双足裹上，有力的双手覆上去，力道不轻不重地为她擦拭掉水渍。

而后，他将她打横抱起，抱上了床榻，按住她的肩膀，阻止她起身："歇会儿，明日珍珠他们便能与我们会合。"

隔日，信王护送的太子夫妇入了城里，闭门不出的百姓的脸上都忍不住多了一丝喜气。他们拿这样不给人活路的天气实在是没有法子了，全部希望都寄托在那块虚无缥缈的奇石上。

既然天降奇石，说太子殿下能够镇住这场大雨，那么他们自然是信的。故而太子殿下一入城，他们都恨不得夹道相迎，放鞭炮相庆。

萧长卿等人被安排在了驿站里，距离萧华雍他们的落脚之处约莫有两刻钟的脚程。

"我们如何回去？"沈羲和问萧华雍，想来他肯定有安排。

萧长卿一定知道护送的人是假的，也许也猜到了萧华雍的坏心思。这一路行来，虽然因为萧长彦谨慎，没有让他吃苦头，可萧长卿未必不会感觉心里不舒服，严防死守，不让他们再换回去是情理之中的事。

"等。"萧华雍嘴角含笑，吐出一个字。

午间的时候，沈羲和没有想到，这么大的雨，"太子夫妇"竟然能够摆脱萧长卿，来到距离他们落脚处不远的食肆里。这间食肆里安顿着受灾的百姓。

而萧华雍带着沈羲和换了身行头，从后门入了食肆，在食肆掌柜的掩护下，轻易地与替身换了过来。他们才刚刚换过来，就听到了外面的喧嚣声。

"臣听闻太子皇兄与皇嫂至此，特来相迎。"

萧长彦的声音传来，萧华雍与沈羲和对视了一眼。萧华雍轻咳了两声，微微抬手，沈羲和默契地靠近，挽住了他的手臂，搀扶着他走了出去。

其实替身来此，换了一身普通的打扮，虽然里面见到他们的百姓心里隐隐有些怀疑，却也不敢妄言。萧长彦这么大张旗鼓地暴露他们夫妻的身份，安置在这里的百姓瞬间变得十分惶恐。

沈羲和搀扶着萧华雍往外走，百姓纷纷伏地不起，以示恭敬。

萧长彦这样做的目的，沈羲和与萧华雍多少能够猜出一点儿，他无非是想让他们夫妻的容颜暴露于人前，也免得他们夫妻私自出去，混入人群中，听说些什么或者背地里做些什么事。

经过萧长彦这么一番动作，日后除非他们夫妻易容，否则走到哪儿都隐瞒不了身份。

"八弟免礼。"萧华雍声音微弱地说，"如此大雨，劳烦你冒雨前来，受累了。"

"太子皇兄言重了。皇兄身负庇佑百姓安宁之责，不惜拖着病体千里奔波而来，臣钦佩不已。即便是为了登州百姓，亦当以皇兄安危为重。"萧长彦严肃地说道。

萧华雍还没有开口，外面一个声音先一步响起——

"八弟此言，倒像是在说为兄不作为，护不住太子殿下。"

身披蓑衣，头戴斗笠，依然掩盖不了松柏之姿的萧长卿站在雨幕里，密集的雨水仿佛给他蒙上了一层轻纱，令人看不清他的神色。

待到他穿过雨幕，面容变得清晰之后，众人才发现他的脸上只有浅浅的温雅的笑容，仿佛方才那句话不过是戏谑之言。

"是我失言，五兄勿恼。"萧长彦竟然退让了。

"为兄方才亦是说笑之言，八弟莫要放在心上。"萧长卿也解释道。

兄弟二人看似友好地相视一笑。

"喀喀喀……"萧华雍这时候突然剧烈地咳嗽起来。

"门口寒冷，太子殿下不可迎风而立。"天圆站到萧华雍的前方，为他挡住了风。

"臣疏忽，太子皇兄可要请医者？"萧长彦连忙问道。

"我身侧便有医师。"沈羲和淡然地说道，然后把萧华雍搀扶到了一侧的背风处，随阿喜与珍珠上前。

沈羲和退到外围，环视一圈，便对萧长彦说道："一路行来，景王治理有方，安顿有法，令人钦佩，今日我与太子看了殿下安置的百姓，吃食、药材、防潮御寒之物一应俱全，太子殿下也盛赞景王殿下。"

萧长彦谦逊地道："臣职责所在，当不得太子皇兄与皇嫂夸赞，若有疏漏之处，还望皇嫂与皇兄指教。"

"景王殿下过谦。"沈羲和微微一笑，话锋一转，说道，"方才看了百姓的安置情况，我倒也有些想法。"

"皇嫂请讲。"

"阴雨不绝，寒风凝聚，不少百姓感染了风寒，殿下送药请医，爱民之心日月可昭。"沈羲和先夸了一句，而后才说道，"只是风寒亦会传人，病者与未病者若不隔绝，风寒肆虐，殿下的药便平白浪费了。"

萧长彦抬眼看了看沈羲和，旋即抱拳："皇嫂所言极是，小王这就去安排。"

萧长彦立刻吩咐自己的人去办，转头又对沈羲和说道："是小王疏忽，多亏皇嫂思虑周全。"

沈羲和笑了笑，侧首看向萧华雍："殿下，既然景王殿下担忧你我的安危，特意前来相迎，我们不如早些启程。登州情势严峻，景王殿下必定是忙里偷闲，我们不好耽误景王殿下办公。"

虚握着拳头，抵住唇轻声咳嗽的萧华雍抬首，看着娴雅地站在面前的沈羲和。她身上没有了平日里的淡漠气息，也没有了与他私下相处的随意感，一举一动端庄守礼，颇有太子妃的贤良淑德风范。

萧华雍敛下眼皮，遮挡住眼底一闪而过的笑意，温和地回道："好。"

说完，他就由天圆小心翼翼地搀扶了起来。

车驾、马匹都已经停在门口了，此地入文登县再也没有山路，虽然路上积水不浅，却不影响马车过路。萧华雍先上了马车，紧接着，沈羲和搭着碧玉的手，也上了马车，在车辕上停住了脚步。

似是想到了什么，沈羲和侧首对着下方的萧长彦说道："景王殿下，我身边的医女与医官都略懂医理，如今城内郎中与药材短缺，我与太子殿下也想为百姓略尽绵薄之力，便将他们二人留下，听从景王殿下差遣。"

"太子殿下与太子妃宅心仁厚，小王代百姓谢过太子妃。"萧长彦自然没有拒绝的理由。

沈羲和轻轻地对珍珠与随阿喜点了点头，二人便留了下来。

车子行了半个时辰才到城门口，一路上雨势越来越大，入城时，沈羲和掀开了车帘。雨幕如烟，她竟然连飞檐屋角都看不清。

家家闭户，飞溅的雨水打湿了大门，低矮之处，雨水已经没过门槛，半个屋子都浸泡在水里。沈羲和忍不住蹙起了眉，眼中浮现一丝忧虑之色。

萧长彦早就安排好了住所，县内的驿站情况堪忧，屋子里积水严重，人根本无法落脚，他们自然不能住在驿站里。萧长彦早早地住进了县衙，县衙也就那么大一块地方，沈羲和等人安置不下，于是萧长彦自掏腰包，买了一套位置不错的宅院。

"景王殿下，怎么不见燕王殿下？"沈羲和入内等了片刻，没有看到萧长庚，便主动询问。

萧长庚失踪的消息，萧长彦就透露给了萧华雍暗中盯着他们的人，或许也没有瞒过萧长卿的耳目，至于陛下知不知晓，沈羲和也不能断定，总而言之，此事没有张扬出去。

"周边几个县亦受暴雨侵袭，情势不容乐观，十二弟在临清县主持大局。"萧长彦解释，一副萧长庚在临清县过得很好的模样。

沈羲和点了点头。她这样问就是透露自己不知道萧长庚失踪的消息而已，有了答案，自然不再追问。

萧长彦将他们安排妥当之后，就急匆匆地离开了。

他们是来当吉祥物的，萧长彦才是有赈灾皇命在身的人。甭看萧华雍身份尊贵，但调动人员、颁布灾情指令等事情，都是萧长彦说了算。

萧长卿似乎压根儿没打算干预赈灾之事。他的职责是保护萧华雍，于是他以连日奔波劳累为由，回自己的房间歇息了。

沈羲和站在窗前，微微抬起下颔，望着远方并不乌黑却厚得仿佛随时能塌下来的天。

她穿着一袭白色的广袖襦裙，袖袍随风飘舞，金丝勾勒的平仲叶宛如蹁跹的蝶儿般舞动。

她的肩膀上忽然一沉，一股暖意将她包裹住，萧华雍将一件同样绣着平仲叶的白色斗篷搭在了她的身上。他身躯高大，站在她的身后，双手伸到前方，手指灵巧娴熟地为她系着带子。

系好斗篷，他又为她整理了一番，而后递上一本册子："这是整个登州所有的库存记录。"

沈羲和接过册子，翻开看了看，面色更凝重了。她迅速翻完一整册内容，不由自主地捏紧指尖："照这样下去，用不了五日，登州就会绝粮绝药。"

巧妇难为无米之炊，医者也无法在没有药的情况下治病救人。

沈羲和估算的五日，还是后续勉强度日的结果，若这大雨再下个五日，亦不知水患是否会席卷而来，届时内外夹击，整个登州都会陷入绝境。

"你是觉得这雨五日内不会停歇？"沈羲和转过身，忧心忡忡地问。

"我不懂观天之象，亦无掐算之能，却有一种直觉，这雨五日内停不下来。"萧华雍轻轻颔首，"你若要插手此事，须得早做准备。"

"依你之见，我该从何处下手？"沈羲和没想过袖手旁观，只能尽力而为，希望能让十数万百姓度过这一劫。

"既然要插手，那就将大权掌握在自己手上，莫要让人掣肘你。"萧华雍极少这样正色地对沈羲和说话。

他的话在沈羲和的脑子里转了一圈，沈羲和便懂了："你要我先发制人。"

萧华雍的眼中不可抑制地浮现出薄雾一般的一丝笑意，他道："符合太子妃素来的强势作风。"

从沈羲和入京以来，桩桩件件事情，她从来都不让任何人有半点儿喘息之机，以极其强硬的手腕，干净利落地达到自己的目的。

"既然你苦心为我搭了桥，我岂能拂了你的心意？"沈羲和轻笑。

萧华雍一脸期待地对沈羲和眨了眨眼。

太子夫妇进入文登县的当日下午，据闻，他们正在午歇，突然有人冒雨跪在他们落脚的府宅外，高举雕刻着"申冤"二字的木牌。

被唤醒的太子殿下与太子妃立刻将人叫了进去，太子殿下由于身子不适，未能出面，而太子妃并未让信王来接见，而是亲自接见。

申冤的并非一人，而是三人。太子妃经过一番盘问，才知道他们竟然是文登县的大户，只不过半月前，他们几户人家都被灾民洗劫。他们一告灾民趁乱打劫，二告景王殿下偏颇灾民，借机坑骗他们的米粮、布匹、药材，并将证据都拿了出来。

这段日子，他们供血一般拿出了全部存货，用来救济灾民，实在是掏空了家底，一家子人也都没有活路了。

太子妃听闻此事之后，异常震怒，当即着人请了景王前来，将证据直接甩在了景王的身上："景王殿下，可有辩解之言？"

萧长彦没有想到这件事竟然留下了证据，目光扫过红着眼告状哭诉的三人："皇嫂为嫂，小王自然敬重，可朝廷之事轮不到皇嫂来质问小王。"

"你皇嫂不能，孤能不能？"

中气不足、后劲不够的虚弱之音，糅合着怒意，却格外掷地有声。

沈羲和与萧长彦转身望去，看到天圆搀扶着眉宇间藏着怒意的萧华雍走来，似乎因为方才的一句话而岔了气，萧华雍忍不住剧烈地咳嗽着："喀喀喀……"

他的身后，一袭月白长衫的萧长卿闲庭信步地跟着。

"殿下……"沈羲和急切地迎上前，动作自然娴熟地抚上萧华雍的后背，轻轻地为他顺着气，眼中笼罩着一层忧虑之色。

咳了好一会儿，萧华雍才好似顺了气，勉强对沈羲和扯了个笑容，轻轻拍了拍她搀扶着他的胳膊的手："无碍。"

安抚了沈羲和，他才转过头，面色一下子变得严肃起来。他问萧长彦："助长灾民抢掠之风，你可认？"

证据都摆在面前了，萧长彦便是不想认也不成。幸好他行事谨慎，虽然有偏颇包庇灾民之嫌，却没有人抓到是他命人鼓动灾民去劫掠的证据。

萧长彦垂下眼帘："登州百姓历经数月干旱，方迎来一场甘霖，喜悦之情尚未退去，甘霖又变成了水患。他们本来就承受着辛苦劳作但颗粒无收之痛，转眼间又流离失所，许多百姓更是家破人亡，可谓遭受迎头痛击，难免有激愤之下行事不妥的情况。

"臣弟担忧，若此刻再对他们施以严惩，会激起民愤，让他们理智全无之下作乱，使得登州陷入水深火热之中，故而只得施以怀柔之策。"

"好一个怀柔之策。"沈羲和嗤笑了一声，"景王殿下怜悯百姓，同情弱者，是殿下心胸宽广。可殿下借此压榨大户，用他们的家底为自己博了个好名声。难道他们便不是受难的百姓？难道他们因为祖辈的累积或自身的聪明而积攒了家底，就活该成为被压榨之人？

"殿下可知，若此事传出，日后何人还敢行商？岂不是人人都唯恐哪日成了砧板上的鱼肉？争相畏惧的后果，便是百姓惧富，如此一来，家国钱财收支锐减，时日一久，国富民强便是空谈。

"殿下可知，你因为此举，或许会成为天下罪人？！"

萧长彦霍然抬头，盯着强势到咄咄逼人的沈羲和，眼底似有云涛翻涌，定睛一看，却又平静无波。

萧长卿双手交握，垂于身前，也垂着眼睛，却把沈羲和的话听得真真切切。这是好大一个罪名呢。

他们都明白，萧长彦所为不至于到这个地步，却也不能否认这个行为的确可能造成沈羲和预测的那个结果，尽管可能性微乎其微，却也不能完全排除。

萧长彦咬着牙说道："登州大雨自上月月底开始，时至今日未曾有一刻停歇，登州出入之道皆已断路，一城百姓的生死，小王不能置之不理。这是权宜之计，确有不妥，皇嫂责难，小王不敢推卸责任。一切等到登州百姓度过此劫后，小王自当向陛下请罪。"

沈羲和的黛眉微微上扬。萧长彦如此隐忍退让，着实让她高看了一眼。而且他明面上说自己错了，暗中却在提醒沈羲和，他即便是错了，也只有陛下能够降罪，她还没有给他定罪的这个权力。

沈羲和当然没有权力处置亲王。漫说她没有，便是萧华雍也没有，可她并未想过要给萧长彦降罪。她看向了萧华雍。

萧华雍微微摇头，沈羲和却执拗地盯着他。

最后，萧华雍犹豫了片刻，沉沉地叹了一口气："八弟既然是戴罪之身，这登州灾情之事便由为兄来操持。八弟之过，为兄会上奏陛下，请陛下定夺，也算是安抚百姓。"

萧华雍不给萧长彦回话的机会，侧首对来告状的三人说道："你们被难民劫掠，是官府看管不力之责，后景王以此劝你们慷慨解囊，固有胁迫之意，却也为你们解了难。

"须知，若是景王严惩带头闹事的灾民，他们怨气难消，穷途末路，必定会血溅三尺。

"你们富裕本不是错，亦不是该被欺压之人，然而应当明白怀璧其罪的道理。待到水患之事了结，孤会上奏陛下，为你们此次相助百姓之举赐予积善之家牌匾。你们以为如何？"

不管他说得有多么义正词严，面色有多么威严从容，沈羲和的心里都只有"无耻"二字。

萧华雍把一个心里偏颇妻子，明面上却又顾念兄弟之情，夹在兄弟与妻子之间左右为难，尽最大努力周全双方的好儿郎演绎得淋漓尽致。

他撸了萧长彦赈灾主官的大权，又在状告萧长彦的人面前晓以利弊地维护萧长彦，将所谓的仗势欺人变成为他们着想，为了安抚这些被压榨了家底济民的大户，又许诺给予荣誉。

好事都被他一个人做完了！

于沈羲和，在外人眼里，他满足了妻子想要揽权的目的。

于萧长彦，他虽然偏向妻子，却也算是将萧长彦这不当之举给彻底揭过了，日后不会再有人逮着这件事，揪着萧长彦不放。

于这些文登县内被迫掏空家底的大户，他是为他们做主，为他们送来至高荣誉的皇太子，他们得对他感激涕零。

"小民叩谢太子殿下。"告状的三个人激动地伏地叩拜。

萧华雍虚弱地抬了抬手，似是精力不济，转头看萧长彦："八弟可有异议？"

对着露出一脸温和笑容的太子皇兄，萧长彦就差没有把自己给憋死了。他看了一眼沉着脸似乎有些不悦的沈羲和，张了张嘴，只得回道："是臣弟无能，偏劳太子皇兄受累。"

他这算是默认了太子的举措。

萧华雍点了点头，便疲惫地说道："若无他事，你们便退下。八弟随我来，登州之事，你仔细与我说说。"

说着，他就由天圆搀扶着往另一处走去。

来告状的人被送了出去，大堂之内只剩下了沈羲和以及沈羲和的丫鬟，还有萧长卿。

萧长卿深深地看了沈羲和一眼："太子妃与太子殿下可真是……珠联璧合。"

萧长卿心里对萧长彦深表同情。

萧长卿能够看穿萧华雍，是因为他早就知道萧华雍的真面目。而他能够知道萧华雍的真面目，除了一开始游移不定地猜测，还要归功于萧华雍自己主动露出来给他看。

萧长彦比他惨，是因为他被迷惑了。

不，不仅仅是萧长彦被迷惑了，是所有人都被他们夫妻二人迷惑了。

盖因沈羲和表现出来的野心、聪慧和智计让人心惊，她足够强硬且有令人胆寒的手腕，加上萧华雍刻意收敛，完美地将萧华雍的真面目遮盖住了。

没有人觉得理智强硬、杀伐果决的沈羲和会被儿女情长牵绊，因此就会下意识地去猜测她这样的女郎选择嫁给萧华雍的原因。

她如此聪慧且心思缜密，既然选择嫁给萧华雍，那就是笃定一切都在她的掌控之中，萧华雍就是她想要的那个命不久矣，会给她留下一条更为顺畅之路的人。

尤其是西北沈岳山诈死一事之后，人人都知晓沈氏背后有个能够令人想"死"便"死"，想"活"便"活"的大医师，拥有通天手段，能够骗过一城的郎中。

既然沈羲和有这样的能人在手，萧华雍绝不可能是装病，否则逃不过沈羲和的眼睛。

或许有人会想，也许萧华雍与沈羲和达成了某种协议，互惠互利。

但沈氏一族烈火烹油的境遇打消了他们的这一点疑虑，除了切身体会过情爱的滋味，甚至自己也愿意为妻子牺牲一切的萧长卿，只怕没有人会相信，若萧华雍当真是在伪装，是为了韬光养晦，沈羲和如此聪慧之人，怎么敢与虎谋皮？

顺着沈羲和的立场来想，萧华雍的确是个命不久矣，却又痴迷于她，被她当作踏脚石的小可怜，然而，有几个人能够想到，萧华雍是个并不比沈羲和更好对付之人呢？

"多谢信王赞誉，也愿信王殿下早日再结良缘。"沈羲和坦然地接受了萧长卿的赞誉，好似浑然不知他的弦外之音。

"小王告辞，太子妃与太子殿下若有吩咐，遣人来告知便可。"萧长卿抱拳行了一礼。

沈羲和也没有挽留他，目送着他的身影消失在雨幕之中。

"殿下，如何？"萧长彦回到县衙里，幕僚连忙迎了上来。

萧长彦转身坐在上首，接过下人递上来的茶盏，表情沉稳严肃："太子妃行事，一如在行宫里与陛下针锋相对，毫不遮掩。"

沈羲和明目张胆地想要从他的手里接过赈灾之责，萧长彦不明白她这么做的目的。能够进入文登县的路基本上全断了，就连沈羲和他们都是颇费周折，绕了不少山路，才顺利进来。

她要运送大量粮食、药材与布匹等物，根本是天方夜谭，整个文登县所剩物资，已经维持不了百姓度过五日，这雨哪怕是明日便停，后面的四日他们去开路，也来不及。

遑论萧长彦觉得这一场雨短时间内不会停歇，沈羲和怎么会看不到这一点？她偏偏要在这个时候把烫手山芋接过去，反而给了他一个及时止损的大好时机。

要知道，他来这里之后，就没有病死、饿死过一个百姓，这会儿沈羲和把烂摊子接过去，一旦后续物资供应不足，所有罪责都得由沈羲和一人承担！而他永远是那个有功之人！

"这……"听萧长彦将方才发生之事细细道来，幕僚也傻眼了，完全想不通沈羲和为何这么做，"除非……太子妃能变出可以供给整个文登县的百姓的物资。"

"变？"萧长彦宛如听到了什么天方夜谭，眼神极其不屑。

他至此已经数月，不止文登县，整个登州基本都在他的掌控之中，除非这位太子妃有通天之能，否则绝对无法解决接下来要面临的危难之局。

幕僚也不信沈羲和能够凭空变出物资，否则她岂不是妖物？

"信王殿下是何态度？"幕僚转而问道。

"五兄好似置身事外，始终不置一词。"萧长彦回想了片刻后，说道，"他未曾阻拦太子妃，就连太子也帮着太子妃。"

这就更让萧长彦一头雾水了。对于萧华雍，他暂且不做评价，萧长卿肯定明白现在揽了赈灾这个责任会有怎样的后果，竟然一言不发。

难道沈羲和当真有通天之法，早已经告知萧华雍和萧长卿，才会促成如今的局面？

想到这里，萧长彦坐不住了，搁下茶碗，站起身吩咐："去将舆图取来。"

他要好生看一看，他是否真的有疏漏之处。

要是沈羲和真的运来了粮草，他的罪责便大了，那些被他压榨着赈灾的富户定会联名上书声讨他，这些被他征用了的公粮，少不得日后还要以朝廷的名义弥补回去，才能平息民怨。

他这是给陛下出了一道大难题！

萧长彦仔细研究了整个文登县乃至周边地方的路线，确定不可能还有路能够大量运送物资，才松了一口气。

"你去将县内的粮食、药材等物资的储存数量散布出去，再把太子妃对我借富户周济百姓之事感到不满，借此令我不可再干预赈灾之事的消息也传出去，让所有人都知晓。"萧长彦吩咐道。

幕僚目光一亮："诺。"

萧长彦在煽动百姓给沈羲和施压之际，萧华雍上奏的折子也被誊写到了布卷上，绑在了信鸽的腿上。现在文登县想要递消息，还真的只能靠信鸽。

信鸽的速度也极快，当日折子就被递到了祐宁帝的手上，祐宁帝看了之后，面不改色，沉思片刻，就召集了几位大臣。

沈羲和请求陛下下旨，以仁义之名昭告天下，为登州解难，筹集粮食、药材、布匹等物资。这个法子祐宁帝倒是很满意，因为国库已经拿不出赈灾之物了。

家国兴亡，匹夫有责。

世间不乏仁义之士，祐宁帝倒也不觉得这么做会令朝廷蒙羞，毕竟朝廷已经援助了登州一次，也不能掏空国库来供应登州。

祐宁帝可以带着文武百官先做出表率之举，如此一来，筹集物资倒不难，难的是要如何将东西运入文登县……

萧华雍的来信上未曾言明这一点，但既然他敢提出要东西，自然不敢让这些东

155

西打水漂。

祐宁帝也研究了一番舆图，始终想不出法子。于是他抱着期待之心，想看看沈羲和的能耐。

是，沈羲和的能耐，这份奏疏虽然是萧华雍递来的，但字里行间所写之事完全不是萧华雍的行事作风，不止祐宁帝，就连相继浏览了一遍奏疏的几位大臣，以崔征为首，都觉得这是那位太子妃的手笔。

她才刚拿到后宫大权，就迫不及待地要给东宫增添声望，聚拢民心了。

众人心思各异，沈羲和与萧华雍一早便离开了府邸。谁也不知道他们的去向，就连被萧长彦煽动着聚集而来想要求个说法的百姓，也只得到了一个消息，那就是太子妃与太子殿下外出，为他们筹集粮食去了。

"这里……"沈羲和站在山脚，四周平坦，这一路过来，他们是坐的马车。他们还在文登县内，灰蒙蒙的雨幕之后，高山的轮廓若隐若现，两山相隔甚远，中间是一条宽大的河流，因为连日下雨，河流湍急，能够听到河水怒吼之声，声势浩大。

"对，就是这里。"萧华雍颔首，"筹备之物，由苏州码头航海而上，到了登州境内，不可再于海上航行，由此转入岔道，进入河流，最为保险。船只停在对面的山边，那里不是登州境内，未曾被大雨笼罩，河流平缓，可以行船靠岸……"

萧华雍指着自己带来的舆图。

沈羲和看完之后，又抬起头看向对岸，船只不可能行到这里，因为这里的河流实在湍急，那么停到对岸，相隔如此之远，又如何将东西送过来？

萧华雍似乎看出了沈羲和心中的疑惑，对天圆使了个眼色，天圆打了个手势，立即从树林中奔出一群人。这群人扛着木桩，选了几个地方，迅速深深地扎下几个木桩，再将之牢牢固定住。

等他们做完这一切，萧华雍吹响了骨哨，一声鸣啼响起，海东青那庞大的身影穿过灰蒙蒙的天空，撕开雨幕，朝着萧华雍展翅而来。它的嘴里似乎衔着一根东西——是一根十分粗壮且精巧的铁索。它将铁索扔给了打木桩的人，打木桩的人将铁索穿过粗木桩，紧紧扣住。

海东青折返回去，很快又衔了一根铁索过来，一根根铁索便悬在半空之中，没入看不清的雾气中，与对岸相连。

"粮食等物资会用油布裹实，再用特制的铁链网兜住，从对岸滑向此地，继而运送至县城。"

虽然这样做折腾了一些，但速度不会慢，多弄几条滑道，再挑选一些精壮的百姓与衙役一道搬运，再多的粮食和布匹，都不过一二日便可运到。

"萧北辰，你真是个奇才。"沈羲和钦佩不已，这样的法子他都能想得出来。

"不，是我遇到了一只奇鸟。"萧华雍抬眸望着再次衔来一根铁索的海东青。

海东青好似察觉到萧华雍在赞扬它，竟然偏了偏庞大的身躯，绕了个弧度，像极了幼童被赞誉而手舞足蹈的模样，令沈羲和忍不住笑出声来。

海东青把一根铁索扔到接手之人的手中后，落在萧华雍的脚边。雨水将它的羽翼淋湿了，它浑身泛着深色的光泽，头上的软毛湿漉漉地贴着身体，少了些许平日的威仪，看起来呆头呆脑的。

撑着伞的萧华雍后退半步，做出了避让的姿势，伸出手臂，用掌心抵住海东青的额头："虽能博美人一笑，却没有懈怠之权，好生留在此间，把事做完。"

他拍了拍海东青的翅膀，朝着沈羲和仰了仰下颔，示意沈羲和与他一道离去。

海东青的圆润脑袋偏了偏，它似乎在理解萧华雍的意思，眨巴着眼睛，让沈羲和都不嫌弃它湿漉漉的模样了，摸了摸它潮湿的羽翼。

瞅着萧华雍与沈羲和并肩离去的背影，海东青缓慢地明白过来，自己又被抛弃了。不高兴的海东青顿时扑腾着翅膀，迅速甩动脑袋，抖出的雨水飞溅开来，溅了萧华雍的衣袍一身。

萧华雍躲闪不及，看着湿了一大片的袍角，转过头，还没有发怒，海东青就怪叫了一声，展翅飞走了。飞走的一瞬间，它双爪离地，还蹬飞不少泥土，萧华雍差一点儿又被溅了一身泥。

回程中，两个人有商有量，说的都是关于登州的事情，绕了大半天路，与守路的莫远会合。马车未停，莫远勒马跟上，护在马车外，声音透过车帘，传入马车内："有三方人马追来。"

萧华雍不想现在就暴露他们将粮食运入文登县的法子，然而想要掩盖行迹也不大容易，故而他们直接让莫远早早地拦在这里。

"三方人马？"沈羲和眉头微抬，看向萧华雍。

除了萧长卿和萧长彦，还有一个人，也盯着他们的一举一动。

"还有一人是登州郡守。"莫远道。

"登州郡守是平遥侯的胞弟。"萧华雍解释道。

平遥侯是陛下的心腹，但平遥侯又即将与昭王联姻。

"昭王殿下也颇有心思。"沈羲和一听这话就知道这人听命于何人。

若是陛下想知道，不会派登州郡守跟来，因为这件事陛下想知晓很简单，直接传信问即可，沈羲和与萧华雍难道还能隐瞒？

"只可惜他的能耐无法与他的野心相提并论。"萧华雍语气平淡地说，好似从未将萧长旻放在眼里。

到目前为止，萧长旻虽然什么事都要紧盯着，却也算安分守己，没有亮出一次爪牙。沈羲和从不是个生事之人，萧长旻对她也构不成威胁，她自然也没有好斗到非要与之针锋相对的地步，双方算得上是相安无事。

对于萧长旻，沈羲和并未评价。夫妻俩没有回到落脚的宅院里，而是绕路去了临海边缘，陶专宪等人驻扎在这里。

沈羲和一直担忧外祖父，不亲眼来看一看，实在是难以放心。

这里的百姓大部分已经撤离，朝廷来的人都借住在百姓的家中。海岸边的村子虽然简陋，但由于并不靠山，倒也没有被摧毁，只是大部分屋子里积水严重，这些积水有从屋顶漏入的，也有从地上渗入的。

沈羲和他们赶来时，恰好陶专宪带着人去巡视海岸了。营地里煮好了吃食，正好他们还没有用膳，工部尚书仲平直留守并陪着他们。

仲平直吩咐衙役给他们也盛了一碗粥，粥极稀，菜也是些干菜，再也没有其他东西。

"仲公，你们平日里就吃这些东西果腹？"沈羲和蹙眉。

他们从县里过来，虽然现在的确粮食紧缺，但远远没有到这个地步。

仲平直已经年过六旬，但依然精神矍铄："殿下切莫误会，这是我与陶公商议而为。现在登州光景堪忧，我们虽然守在此地，却未能出力，能够饱腹，足矣。"

谁知道大雨何时停？谁知水患何时起？他们不知道登州的存粮有多少，但也是做过地方官的，能推算个八九不离十，能省一口，说不定就能多让好几口人活命呢。

沈羲和张了张嘴，还未言语，萧华雍轻咳出声，而后轻声说道："仲公与陶公，实乃国之脊梁，心系百姓，是我朝之福。"

"殿下言重，臣受之有愧。"仲平直诚惶诚恐地道。

眼下粮食还未运来，虽然已经解决了进入文登县的问题，可能不能顺利运至萧华雍预计之处还不知道。粮食的确要计划着吃，于是沈羲和将劝说的话咽了下去。

不多时，陶专宪回来，和他们一起用了夕食，沈羲和与萧华雍也打算留宿一夜，同陶专宪与仲平直深入了解一番如今的水势。

陶专宪说道："城中积水无处可排，唯有挖掘渠道，引流入海！"

沈羲和怔了怔，百姓现在其实根本不担心那没过脚腕的积水，他们恐惧的是海水，如果官府下令挖掘渠道，将这些他们不放在眼里的积水引入令他们惶恐不安的海里，只怕会引得百姓慌乱。

"引流入海？"沈羲和看着眼前在大雨之中依然显得很平静的海面。

除了密密麻麻砸落的雨水、飞溅起来的水花、"哗啦啦"的水声，海面上再也没有什么波澜，她听不到怒涌的波涛声，看不见奔腾的急流。

"陶公，你有几成把握？"萧华雍肃容问。

陶专宪对萧华雍抱拳行了一礼："殿下未曾临海而居，但臣与仲公都曾于临海之乡就任。"

"十四年前，都里镇也曾如此时的登州一样，大雨肆虐近三个月，恰逢微臣在此就任。微臣当时也担忧大雨滂沱，是否会引得海水漫延，故而一直守在海边。

"然而大雨下了三个月，海水确有漫延，但漫延到往日之处后，再未上涨。臣原以为是臣记错了，然而次年特意留心，发现海水涨退是四季循环必经之过程，并不受旱情与大雨影响。

"眼下海水漫延至此亦与大雨无关。往年到了此时，海水也会漫延至此。微臣所言句句属实，万不敢轻忽一城百姓的性命，殿下可寻渔民核实。"

"殿下，臣亦敢以性命担保，陶公所言为真，此法可行。引流入海，即便大雨绵绵不绝，亦不会有水患之忧！"

陶专宪与仲平直言之凿凿，沈羲和与萧华雍四目相对。他们纵使算得上博览群书，可此类事情，古往今来记载甚少，他们也未曾涉猎。

术业有专攻，沈羲和与萧华雍相信陶专宪与仲平直的判断，以二人的品行，若无绝对把握，他们二人也不会下此定论。

然而太子夫妇相信，百姓却未必相信，挖渠之事不能耽误，须得举全城之力，尽快疏通，才能早日杜绝水患。

"陶公、仲公，劳烦你们二位将渠道之路画出，其余之事交由孤去办。"这一刻，萧华雍极其坚定地支持二人。

陶专宪与仲平直大喜过望。其实他们早就想到了这个法子，也清楚这个法子会遭受多少非议与驳斥，即便直达天听，也未必能够得到陛下的恩准。

实在是这个法子有些骇人听闻，且一旦判断失误，引流入海致使海水倒灌，将会葬送一城百姓的性命，甚至还会祸及数城百姓，其后果便是陛下也承担不起。

这比盗墓案更加罪不容恕，唯有陛下退位让贤，方能堵住悠悠之口。故陛下绝对不会应允此法，这才是二人迟迟没有将此法上奏的缘由。

然而他们二人已经想尽了法子，一一草拟，又一一推翻，最终也只有这一个法子能解百姓之难。

眼看着快没时间了，施行此法已经迫在眉睫，他们都准备上书陛下了，这个时候，太子殿下和太子妃来了。

听闻太子殿下与太子妃来文登县，陶专宪当即击掌道："希望来了。"

当时仲平直尚且不明白陶专宪亢奋的缘由。此刻看到笔直地立在他们面前的萧华雍，仲平直才明白。

此刻的太子殿下丝毫不显得孱弱，神情坚定，身如松柏。在大雨之中，他宛如一柄出鞘的利剑，笼罩着锋利的光。

擎天一剑，顶天立地，刹那间破开云雾，让人窥见天光。

仲平直在朝堂上素来寡言少语，极少与人往来，做个本本分分的孤臣，数十载安安稳稳，到如今，外面风起云涌，也无人拉拢或者暗害他。

他自问把什么事情都看得明明白白，却发现自己也有被蒙蔽之时。此刻的皇太子威严、锋芒毕露、强势，是他从未见过也未曾意料到的模样。

仲平直的目光下意识地看向沈羲和，却接触到了太子殿下投来的沉沉目光。

仲平直背脊一凉，连忙收回目光，躬身应道："臣领命，定不负殿下所托！"

"外祖父，不用克扣口粮，五日之内，必有粮食入城。"既然萧华雍都露出真面目了，沈羲和也用不着藏着掖着了。

沈羲和的话又让仲平直惊了惊，就连陶专宪都震惊不已。

他们虽然一心盯着水利之事，却也知道景王对粮食短缺一事苦恼不已。因为要疏通渠道，他们也大致了解过进入县城的路线，更清楚现在根本无路可以运送大量粮食入城，没有想到沈羲和与萧华雍竟然有法子！

两个人心中忍不住激动！正如萧华雍信任他们引流入海，他们也信任萧华雍言出必行，那么粮食一定会有！

有了粮食供应，后面的事情就迎刃而解了，他们一定能够渡过这个难关。二人一扫脸上的愁云，仿佛透过倾盆大雨，看到了阳光明媚的远方。

第二日，从临海处回去之后，沈羲和就让萧华雍装作受寒，卧床不起，自己立即让莫远急匆匆地把随阿喜给带过来。

她让莫远带随阿喜过来，自然不是为了给萧华雍看病，而是让随阿喜给萧华雍施针，或者再开些药，让萧华雍看起来真的有风寒入体的征兆。

随阿喜回来没有多久，萧华雍感染了极重的风寒这个消息立即传了出去，萧长卿作为护卫，自然要尽职尽责地来探望。萧长彦不仅来探望，还带来了他的幕僚。

"听闻太子皇兄病重，臣的幕僚略懂医术，比寻常郎中要多几分本事，请皇兄恩准其为皇兄探脉。"萧长彦言辞恳切。

其实他们不仅仅想要知道萧华雍是不是真的染了风寒，更想知道萧华雍是不是真的命不久矣。

萧华雍做足了准备，他体内的毒造成了他身体虚弱的虚假脉象——这种毒极其少见，若非有意说明是因为中毒所致，只凭着脉象来判断，那他就是早夭之象。

"一人计短，二人计长，我已经请了医师，虽然已经开了药，倒也想看看景王身边的医者是否有别的收获。"回话的是沈羲和。

似乎除了刚刚回京之时，他去东宫拜见的那日，试探舅父之死的时候，沈羲和是安安静静地站在萧华雍的身侧，一副贤内助的模样，这之后都没有半分客气的样子，仿若无论何时何地都在为萧华雍做主。

萧长彦蹙了蹙锋利的剑眉，还没有开口，萧华雍便习惯性地配合着沈羲和，将手伸了出来。萧长彦的心口一堵，他从未见过哪个儿郎如此顺从妻室。

尽管萧华雍与他并无兄弟情义，可到底是同父异母的亲哥哥，还是身份高于他们的皇太子。萧华雍这么顺从沈羲和，令他也觉得有种莫名其妙的颜面丢失的感觉。

萧长彦对幕僚点了点头，退后一步，眼不见为净。

他的幕僚忍不住屏气，仔细地给萧华雍探查了一番，越探查，结果越让他的面色克制不住地惊骇。

"你这是什么表情？"沈羲和不悦，"难不成太子殿下病入膏肓了？"

虽然太子殿下没有病入膏肓，可其实也差不多了。

这句话在幕僚的心头闪过，他定了定神，战战兢兢地说道："小人失态，太子殿下受风寒极重，需要卧榻休养……"

萧长彦看了看惊恐不安的幕僚，出言掩护："既然太子皇兄病重，这赈灾一事，臣不敢再让皇兄操劳，不若……"

"景王殿下戴罪之身，即便赈灾一事太子殿下不可再费神，这不是还有信王在？"沈羲和打断了他的话。

她其实很想直接说还有她在，不过她的心思可以明晃晃地表露，却不能直接说出，表现得再明显也没有证据，可要是说出来了，那就是把柄。

左右将这件事推到萧长卿的身上也一样，萧长卿早就对他们夫妻的真面目了然于心。

萧长卿深吸一口气，这对夫妻可真是……一丘之貉！

他们用人从未有过求人的态度，也从不给被用之人拒绝的机会。

偏偏眼前这件事他还真的推托不得，萧华雍十有八九是在装病，在装病一事上，这世间就没有比萧华雍更驾轻就熟之人！

他也不知这夫妻俩又在捣鼓什么阴谋诡计。无论如何，萧华雍病倒，不能操劳，萧长彦又是戴罪之身，眼下就只有他的身份最尊贵，他这个时候不挺身而出，都不配亲王之荣！

"喀喀喀……"萧华雍一阵剧烈咳嗽后，吃力地开口，"五兄……"

萧长卿眉心一跳，不得不上前："太子殿下，臣在。"

"赈灾之事，劳你……喀喀喀，费心！"

"臣领命。"

天高皇帝远，这会儿太子就是君，他们都是臣，只能听命。

萧长彦目光在沈羲和与萧长卿的身上扫了个来回，眉宇间有一丝阴郁之色一闪而逝。

"殿下需要休息，你们既然都探望过了，城内尚有不少事情需要安排，你们且退下吧。"沈羲和冷着脸下了逐客令。

萧长彦与萧长卿只得一起告退。二人出了门，离开院子，迈入通往大门的风雨走廊，萧长彦忍不住问道："五兄，五嫂仙逝已有三载，五兄可有打算？"

萧长卿脚步一顿，转过头，目光平静地看着萧长彦，不明白萧长彦忽然关心他的个人之事是什么原因。饶是萧长卿心思敏感，也没有第一时间猜到萧长彦是在怀疑他与沈羲和有什么暧昧之情，而是在思考萧长彦是否想要与他联手，打算给他送个美人，抑或牵一段姻缘。想到这里，他神色就冷了下来："八弟，九弟已被赐婚，来年便能大婚。你的个人之事尚且没有着落，为兄如何能让你操心？"

萧长卿只差没有直接说：你自己都没有娶妻，就多管闲事到兄长的头上了？

萧长彦听了这话，越发觉得萧长卿是在逃避这个话题。

是的，他怀疑沈羲和与萧长卿关系匪浅，倒不一定是有染，或许两个人已经联手。

"是弟弟僭越了。"萧长彦拱了拱手，大步离去。

萧长卿抬眼看着他消失的方向，皱着眉沉默了片刻，转身往自己的院子走去。

"太子殿下的身子如何？你方才为何如此失态？"萧长彦回到了县衙里，只留下了自己的幕僚。他对幕僚的城府极其了解，对方不应当露出那样的神色。

"殿下，太子殿下是真的命不久矣。"幕僚颤声说道。

萧长彦蓦然盯着他，抿唇不语。

"殿下，属下随着先生学艺之时，有一次扬帆出海，不慎遇到风浪，到达西域之外的一个神秘之地，那里有许多我们从未见过的奇花异草，多为有毒之物，其中有一种毒极其刁钻，像蛊虫，入了人体会蛰伏起来，日渐折磨、蚕食人体，直至令人油尽灯枯。"

沈羲和与萧华雍都想不到，萧长彦的这个幕僚见过萧华雍所中的毒。

"你是说……太子殿下身中这种奇毒？"萧长彦明悟过来。

幕僚颔首："这种毒不仅刁钻，还十分霸道，中了这种毒，别的毒就再也不能近身，但它也是无解之毒。"

中了这种毒的人会百毒不侵，却无药可解，一旦毒素浸透身体，就是死期。

他的先生对这种毒很感兴趣，特意带了一些回来钻研。经过反复钻研，先生确认这是无解之毒。

"太子殿下中毒多久了？"萧长彦有一瞬间怀疑萧华雍中的毒可能是沈羲和所下，目的就是不着痕迹地除掉萧华雍。

"属下无从判断，这毒虽然无药可解，但毒发的速度可快可慢，体健之人，抑或有杏林圣手时常调理，抑制毒素蔓延，也会有成效。"幕僚摇头，"属下只能断定，太子殿下的身体亏损极其严重，哪怕再怎么抑制，也至多不过两年，便无法再抑制。"

萧长彦沉默了许久，才问："当真药石无医？"

这一刻，萧长彦说不出心里是什么滋味。他想要帝王之位，是因为早早地就知道太子无缘于帝位。他一直以为太子是体弱，现在却发现这并不是天意，而是人为。

他心里有种同为帝王天家子的悲凉感，倒也没有多少喜悦之情，不过太子在他的认知里就是个早夭之人，这个结果并不让他意外，只是夭折的原因有些不同罢了。

"先生钻研十数载，一直未曾寻到解药。"幕僚如是回答。

"此事日后莫要再提，你也权当不知太子是中毒。"萧长彦收拾好情绪，叮嘱道，"太子中毒应当与沈氏无关，但沈氏极有可能也知道太子身中奇毒。她与五兄或许真的如你所言，早已结为同盟。"

既然沈羲和早就知道萧华雍命不久矣，那肯定要给自己寻找一个更好的退路。

萧长彦从未想过，沈羲和是打算没了萧华雍后，也要单枪匹马地与他们一较高下。

他虽然不轻视女郎，但也不觉得女郎能够拥有这样的魄力和手腕，在他的固有认知里，女郎终究还是要依附儿郎的。

"殿下，您说太子殿下是否知晓自己身中奇毒？"幕僚问。

萧长彦顿了顿，亦有些不确定："应当知晓。"

他更偏向于萧华雍知晓，真正因为知道自己命不久矣，萧华雍又真心倾慕沈羲和，才会事事顺从她，对她有求必应。

"可查出沈氏如何运粮？"萧长彦问。

幕僚垂首："殿下，沈氏手下的精锐不少，即便是我们的影卫对上，也未必讨得了好。"

萧长彦微惊，影卫是他一手培养出来的，这些人个个都是能征善战且可以独当一面的精兵，没有想到幕僚对沈羲和手下的人评价如此之高，看来是派人打探沈羲和的行径时，与之交过手了。

萧长彦抿了抿唇，说道："把人都撤回来，不用再探。"

看沈羲和的架势，她也不会再给他机会接手赈灾之事，她的法子迟早会暴露出来，他等一等便是，用不着真的动用影卫与之周旋。

"十二弟那边可有动静？"萧长彦又问。

幕僚疑惑不解地摇头。按理说，应该有人去救燕王才是，可到了现在，东宫夫妇与信王都已经入了城，二人都好似深信燕王是在临清县赈灾，没有丝毫举动。

萧长彦皱了皱眉，只得吩咐："盯着便是。"

现在他们只能以静制动，不可轻举妄动。

一心静待事情发展的萧长彦再一次被沈羲和接下来的举动弄得一头雾水。她好似真的把事情都交给了萧长卿，萧长卿勤勤恳恳地开始了解县内一切与赈灾相关的事。

沈羲和却好似成了贤惠的妻子，只留在萧华雍的身边近身照顾他，不理外间之事。

县内的存粮本就捉襟见肘，沈羲和又切断了他们从大户之中冠冕堂皇地获取救济粮之路，故而百姓的伙食情况日益下降，只不过三日，百姓已经不能每顿吃饱，只能吃个半饱。

　　萧长彦之前特意散布出去的消息，也在每日饮食越发差的百姓之中传开，所谓升米恩，斗米仇，大抵就是这个意思。

　　之前有大户掏出家底，让他们每日都能吃饱，虽然不是大鱼大肉，但许多从贫瘠之处撤出来的百姓往日在家里也未必敢这样吃。

　　现在他们吃不饱了，心中自然开始埋怨，压根儿想不到之前是旁人养着他们，只觉得是沈羲和多管闲事，拿了这些有钱人的钱财，替这些搜刮民脂民膏的富户撑腰，才导致他们现在食不果腹。

　　最开始，萧长彦之所以让这些富户掏家底，就是因为有人洗劫富户。于是有人恶向胆边生，也觉得应该这样做，让沈羲和妥协一次。故而这天夜里，不少人集结，挑选了城里的一家乡绅，趁夜偷袭。

　　然而事实是，他们连大门都没有闯进去。先前那些人之所以能够那么顺利，是因为萧长彦派了自己的人混入其中，真正的灾民不过是充数罢了，为的是让这件事看起来确实是灾民所为。

　　大户人家都有家丁，这些家丁对付萧长彦的人不行，对付这些愚民却手到擒来。

　　一大早，衙门就被敲响，有人束缚着一些灾民来报案，告这些灾民私闯民宅，意图谋财害命。

　　灾民自然是大喊冤枉。这些灾民也不是单打独斗，也有亲眷，这些亲眷自然不能坐视自己的亲人被投入大牢，故而煽动一些心里同样对日益下降的饮食不满的灾民，跑到县衙高喊，让县衙老爷为他们做主。

　　"太子妃，信王殿下派人来请您去县衙。"碧玉将事情经过大致说了一遍。

　　现在衙门被灾民堵得水泄不通，呼天抢地的声音甚至盖过了大雨声，而且越来越多的灾民聚集过来，官府若不及时疏散，这些灾民都淋了大雨，感染了风寒，很可能会形成疫病，届时就会闹出人命。

　　"走吧。"沈羲和穿了一身翻领袍，便于出行。每一步她都算着——她是故意等着这些人闹事的。要让他们乖乖地配合后面的挖掘渠道之事，那她就得先在这里立下威信，让他们不敢轻易质疑与反驳她。

　　另一个原因是救济粮还没有运过来，四日前，陛下昭告天下，为登州求粮。

　　华富海与齐培早就准备好了，齐培早就是过了明路的沈羲和的人，当年齐家的冤案是沈羲和插手才翻过来的，齐培第一个响应，捐出三千石粮食。

　　紧接着就是齐培做了功夫的人跟着响应，或捐赠粮食，或捐赠药材，或捐赠布匹，或捐赠其余物资。

祐宁帝也深谙这些人的心思，当即就亲自写了嘉奖旨意，八百里加急地褒奖齐培，有了这个开头，华富海才站出来，大手笔地捐了五万石粮食、药材若干。

　　这一举令天下人注目和赞叹，百姓都忍不住夸奖，甚至不少百姓因此对华家的商号格外青睐，其他无利不起早的大商户见状，也紧跟上步伐。

　　所以，这次筹集到的物资之多，甚至令祐宁帝都惊愕了。

　　三日前，第一批粮食、布匹、药材等急需之物，已经沿着萧华雍的路线被运上了船，每日都有飞鹰传信，沈羲和能够精准地掌握这些物资的运送进度。

　　最迟两日，物资就能抵达登州。

　　"老天爷不开眼，要绝我们的活路，王爷为何也看不见我们的疾苦？我们家破人亡，重病缠身，如今再不给我们一口饱饭，只怕要饿死了！"凄厉的哭喊声响彻整个县衙，那人喊道，"既然左右逃不过一个死，不若我就一头撞死在此地，只盼着县令与王爷能动一动恻隐之心——"

　　紧接着就是一阵高呼喧哗之声响起，有人要以死明志，有人死死拦着，有人撕心裂肺地大哭……

　　沈羲和来到这里时，看到的便是一片混乱的场景。她从后门入了县衙，从县衙内走到门口，碧玉重重地敲了一声锣，震耳欲聋的声音令混乱的场面静了静。

　　沈羲和清冷的声音在这个时候响起，她道："松开他。"

　　众人循声望去，就看到了面色漠然、缓缓走来的男装女郎，就连信王与景王都对她抱拳行礼。她迈过门槛，目光淡淡地扫过所有人，最后落在被人抱着腰要以死明志的人身上，冷漠地说道："松开他，让他撞。"

　　这场连绵的大雨到底持续了多久，这些心里早已绝望之人根本记不清。这样持久的大雨，带给了他们极深的阴影以及厚重的寒意。

　　然而此刻他们才发现，那种浮于表面的寒意让他们麻木，眼前这个容貌清雅、神色不怒自威的女郎，一句话带给他们的寒意，却能够从脚底蹿入心口，让他们背脊发凉。

　　就连束缚着那个要撞墙以死明志者之人，都在沈羲和投来的目光下下意识地松了手。年近四旬的中年男子没有了束缚，颓然地栽倒在地，好似忘了要以死明志。

　　沈羲和不急不缓地迈出两步，停在了他的面前："为何不撞？"

　　这人愣了愣，一言不发，脸色突然变得灰败起来。

　　"墨玉！"沈羲和唤了一声。

　　众人只觉得眼前一花，而后就是一阵凄厉的惨叫声响起。众人定睛一看，就看到一个劲装女郎不知何时将那个要寻死之人拎了起来，一手摁着他的后脑勺，狠狠地将他的头磕在了石柱上，顿时鲜血飞溅，骇得众人都退了一步。

　　就连萧长卿与萧长彦都惊了惊！

他们一个曾经暗杀过不少高官厚禄之人，一个更是在战场上杀人如麻，鲜血于他们而言，和水流一样不起眼，但他们也从未这样对百姓下过手，虽然这是个刺儿头。

这个女人狠起来，真是令人莫名其妙地觉得毛骨悚然。

那人磕破了头，立刻就有医者上前为他治疗。墨玉松了手，将人扔在地上。

沈羲和抬眼对上又惧又怒的百姓，语气极其平淡地开口："祐宁五年，扬子洲大水奔涌，一泻千里，百姓以血肉之躯筑墙守护家园，日食不过一碗清汤，更有重灾流散之民以浊水充饥；祐宁七年，都里镇洪涝，朝廷赈灾之粮因押运官疏漏，葬送在海里，百姓以泥浆果腹；祐宁十年，甘州水患……"

沈羲和将本朝的几次水灾一一道出，把当时的百姓是何等境地也说得清清楚楚。

说完之后，她顿了顿，才目视着渐渐垂下头的百姓："你们，因为旱灾在前，朝廷的救济粮来得极快，哪怕大旱时，朝廷也想尽办法，让你们吃饱喝足。

"接着是大雨带来的灾情，尚未酿成水患，你们也未曾饥饿一顿，景王殿下为了能令你们饱腹，不惜牺牲名声，强压大户，为你们供应吃食，更为你们腾出上好的食肆，让你们栖身。这是景王殿下身为皇族，不忍见你们受苦受难的恩赐，并非你们理所应当地享有的权益。

"可你们将之视作你们理应得到的东西。受灾以来，你们吃饱喝足，每日过着衣来伸手、饭来张口的生活，反倒养成了大老爷的脾性。

"你们受了多少恩惠——哪怕你们再愚昧无知，也应当知晓，没有哪个粮仓是取之不尽的。这一个多月来，你们享受着他人供应的粮食，可曾想过，供应你们的人也已经弹尽粮绝？你们吃着他们的，用着他们的，可曾有过一丝半点儿感恩之心？

"须知，若是不供着你们，他们乃至他们的至亲，也不至于与你们一样，用半碗汤水充饥。他们尚且没有怨言，没有憎恨你们，你们哪里来的颜面，先恨上了他们？"

大部分人的头一低再低，但仍旧有人忍不住嘀咕："我们……我们也不能坐着等死啊……"

"朝廷可曾放弃过你们？"沈羲和扬声问道，"你们食什么，我乃至病中的太子殿下亦食什么。哪怕到了此刻，我们都未撤离，你们觉得这是为何？"

"哗啦啦"的大雨溅落在地面上，"砰砰砰"的声音仿佛砸在了这些人的心口上，令他们有些窒息，发不出声响。

"县内是何情形，官府不曾夸大，亦不曾隐瞒，来路断绝，粮食难以入城，并非朝廷不愿再运粮食救济你们。"沈羲和过了片刻，又说道，"我与太子殿下已想到法子运粮入城，尚需二三日，当下县内存粮吃紧，为免救济粮入城之前，你们无粮可食，这才暂时缩减供应量。

"我自问虽不能令你们饱腹,却也不会令你们饿得难以入眠。你们多为农户,难道受灾之前顿顿能吃饱喝足?"

这真是灵魂拷问,这些人有大半其实在受灾前吃得并没有受灾后好,虽不至于食不果腹,但也不可能敞开肚子吃,尤其是食量大之人或者家里人口多者,半饱不饱是常态。

沈羲和轻哼了一声:"在家中尚且能忍饥挨饿,危难之时,食旁人口粮,你们倒是忍不得饿了。"

但凡有些脸皮之人,都被臊得恨不得找个地缝钻进去,一时间都生了退意,奈何沈羲和过于威严,她的话没有发,他们也不敢走。

看出他们的心思后,沈羲和语气淡然地说道:"去广安堂领一碗姜汤,都散去吧。"

这些人如蒙大赦,迅速离去,被墨玉磕了脑袋的人也被抬到了广安堂。墨玉控制了力道,这人不会有事。

沈羲和转身入内,开始数落萧长彦:"景王殿下,造成今日之事,你罪责难逃。"

萧长彦早知沈羲和看他不顺眼,不过此刻沈羲和得势,他也只能认:"皇嫂教训得是,是我疏忽了。"

"你何止是疏忽?你是好大喜功,目光短浅!"沈羲和厉声道。

萧长彦捏紧拳头,垂首躬身:"还请皇嫂训诫。"

"你以为我指的是你包庇灾民劫掠富户的事?"沈羲和眼中透着浓浓的讥讽之色,"此举虽有失妥当,可你到底是一片为民之心,县内的情形也确实逼得你不得不出此下策,算得上情有可原。

"然而,你对百姓的情况不了解,妄自慷慨救济,在完全不知大雨会延续多长之时,因为能从富户手中榨取粮食,便完全不心疼,对所有灾民都管饱,从未去了解过他们日常食用多少。

"你若早早地就控制他们的食量,以你获取的粮食,哪怕大雨再延续十日,也不会为粮绝而发愁,更不会养成这些无知百姓如此之大的胃口,让他们产生官府派送粮食是让他们撑着吃的贪念!"

如果一开始景王就立下粮食的分量只需令灾民不饿肚子的规矩,就不会有今日的闹剧。

本来心中有些不服的萧长彦闻言,垮了肩膀,面色青白。

沈羲和的话似软刀子一般,一刀刀地扎入萧长彦的心口,他却一句反驳之言都说不出。

他能征善战,却对民生这一块疏忽至此,这的的确确是一个大过。沈羲和说得没有错,若是他一早就定下每日每人供应多少口粮的规矩,以他获取的粮食,至少还能撑十天半个月，绝对不会造成如今这种粮食短缺的窘迫局面。若是萧华雍与沈羲和没有来此地，他仍旧想不到法子补上粮食的缺口，后果将不堪设想。

这确实是自己的过失，萧长彦收敛神色，深深地对沈羲和拜了拜："皇嫂教训得是，是我之过，罪责难逃。我会上请罪折，向陛下悔过。"

萧长彦如此爽快地认错，倒是让沈羲和扬了扬眉。她也不好再逮着不放地数落，不过没关系，这一茬过了，还有下一茬。

"后日便会有粮入城，请信王殿下安排一番，需要百名壮劳力去接粮。"沈羲和丢下这句话，也不多看两个人一眼，便转身带着她的人走了。

萧长彦想问什么，却想到他现在罪上加罪，根本没有资格多问。沈羲和直接吩咐了萧长卿，意思再明显不过，那就是让他好生反省，不要再胡乱插手。

"五兄受累了。"萧长彦不咸不淡地说了一句。

萧长卿唇边笑容十分温和："为民尽力，应尽之责。"

两个人对视一眼，都不再虚情假意地客套，各自朝着一个方向离开。

朝廷为登州征粮一事都昭告天下了，哪怕文登县消息闭塞，此刻他们也已经知道了，只是因为往来消息不便，除了萧长彦和萧长卿以及刺史，其他人都不知粮食如何运来，即便是萧长卿等人，也只知道是由水路运来。只是环绕在此地的水路都水流湍急，大雨之下，更是方向难辨，他们对此并不看好。

沈羲和却笃定后日粮食能够运来，着实让他们心里震惊。他们也只能按照沈羲和所言去张贴告示，大张旗鼓地挑选壮劳力运粮。

告示一出，再经过敲锣打鼓的一阵宣扬，前来应征的人不少。这些人心里都满怀希望，这可是他们的命！

萧长卿看着萧长彦被沈羲和数落得一无是处，对挑选人手之事亲自监督，沈羲和说一百人，他一个也不多要。

在等粮食的过程中，最清闲的人当数萧华雍。他装病被困在屋内，寻了些花草，每日剪裁，装入各色花瓶内，为沈羲和装点素淡的屋舍。

"小十二的下落，我已经查到了。"正在修剪枝叶的萧华雍见沈羲和进入屋内，便将刚得到的消息告知了沈羲和。

沈羲和脚步一转，朝着萧华雍走来："你要营救他？"

"咔嚓"一声，多余的枝干被萧华雍剪掉，他没有说不救，也没有说救，忙活了片刻，才抬首说道："我听夫人的。"

沈羲和："再委屈燕王殿下一些日子，等过段时日，我让景王如何抓的人，就如何毫发无损地将人送回来。"

"哦？"萧华雍顿时来了兴致，"呦呦要如何让小八自个儿把人送回？"

"你当我真的是故意与景王不对付，在他面前做个张牙舞爪、咄咄逼人的泼妇吗？"沈羲和端了杯茶，轻轻地抿了一口，"我先点出他压榨富户，今日又添上一笔办事不力的罪，看似小罪，可小罪积累多了，也成了大罪。等时机成熟了，我再问他燕王在何处。

"燕王是与他一道来赈灾的，我们来此面对灾情，应接不暇，再加上他言之凿凿，说燕王在临清县赈灾，两县互通消息不便，我们不知道燕王何时失踪，也情有可原，可他若不知，那就耐人寻味了。

"尤其是燕王失踪如此之久，我们来之后，他竟然仍旧说燕王在赈灾，这明显是在说谎。

"我们来之前，他还能以无暇分身，一心扑在灾情上，疏忽不知的理由来推脱。现在我卸了他的职权，他可谓闲在县衙里，要是再不细查燕王是何时失踪的，如何向陛下交代？

"但凡燕王因此有个三长两短或身受重伤，他都难辞其咎。

"差事没有办好，兄弟他也没有关怀，数罪并罚，我能让他亲王之位不保！"

萧华雍听了，目光一亮，忍不住拊掌赞道："妙，甚妙！"

原来从夺萧长彦的赈灾之权开始，她就筹谋着救萧长庚了。这明明是两件毫不相干之事，在真相没有浮出水面之前，看不到丝毫相连之处，就连萧华雍都以为沈羲和夺主理赈灾之权，只是为了不让萧长彦碍手碍脚，只怕萧长彦自个儿也没有想到，这件事还牵连着萧长庚呢。

萧华雍将灼灼目光落在沈羲和的身上，旋即定在她手中的茶碗上，嘴角忍不住咧开了："呦呦，这是我的茶碗。"

他还喝了一口茶水。

尽管他们是夫妻，但沈羲和将士族礼教刻入了骨子里，他们还从未共用过物什⋯⋯

嗯，除了浴桶。

沈羲和勉强定了定神，好似没有听到萧华雍的那句话，自以为神色自然地放下了杯子："景王殿下城府不浅，前面是因为心系赈灾之事，没有空闲多想，为了让计划顺利进行，必须让景王殿下忙起来。你可有建议？"

你可有建议？

听着这句干巴巴的问话，萧华雍差点儿忍不住笑出声来。他此时才发现，他这个伶牙俐齿的妻子转移话题竟然转移得如此生硬。

明明她的心中早就做好了打算，她却非得来问他一句，好揭过方才之事。

"粮食、布匹、药材等物资运至，大雨亦会阻挠运送，需要有人时刻盯着，呦呦不若将此事交给他，他自然无暇他顾。"萧华雍忍着笑，一本正经地回道。

沈羲和颔首，这个想法与她的不谋而合。按照萧华雍的计划，这些东西运送到县内不是最难的，最难的是如何在大雨之中，不让物资受潮的情况下运到城内。

"粮食呢？粮食在何处？"

"我们去何处搬运粮食？"

"会不会是骗我们的？这水流如此湍急，把我们推下去，指不定都翻不起一个水花……"

百姓惶恐不安，忍不住小声嘀咕。这些声音都被大雨和河流声遮盖了，但是他们的躁动模样还是清晰地映入了沈羲和等人的眼里。

沈羲和是坐马车随着押运粮食的板车一道来的，板车浩浩荡荡，蜿蜒成长龙。

"太子妃。"萧长卿与萧长彦同时见礼。

沈羲和回了一个礼，大步走到木桩边缘，给紧跟着她的莫远使了个眼色。莫远上前，伸出结实有力的胳膊，挽住最边上的铁索，用力晃动，巨大的波动传到了对岸。

华富海与律令早就在对面等着了，看到信号，同样挽住第二根铁索，用巨大的力道晃动，木桩扣住铁索的铁环发出"叮叮当当"的声响。

沈羲和退后几步："每条道上十人，两人守在前接应，八人分两队，抬粮。"

尽管看到这些铁索和木桩，萧长卿就有了猜想，可沈羲和真的这么做，他还是有些惊愕。

两岸相隔极远，从对岸滑过来，且是极重的粮食，她就不担忧铁索承受不住，中途断裂，粮食掉入河流之中？这些东西若是有个闪失，他们于朝廷，于百姓，都交代不了，说是死罪也不为过。

沈羲和竟然真的敢这么做！

萧长卿心中这般想着，却没有犹豫，按照沈羲和的吩咐行事。两边的人又互递了一次信号，很快，众人就在嘈杂的雨声与河流声之中听到了有东西在铁索上滑动的声音，甚至远远地看到铁环摩擦铁索迸射的火光。

四个铁环顺着两根铁索滑了过来，铁环下连接着细密的铁网，铁网极大，兜着用油布包裹着的东西滑到这边，撞在木桩上，发出沉闷的声响，木桩却纹丝不动。莫远一条道上分配了一个侍卫，铁环是活扣，能够弹开，侍卫协助两个百姓将东西取下，拎起来递到身后。

四个等待已久的百姓将铁环绕过肩膀，两个人前行，两个人倒退，默契地将东西搬上板车。

"将粮食搬上板车，取下铁网，运送之事便交给景王殿下。"沈羲和看向萧长彦。

萧长彦不是很想接手这件事，这油布包裹得严严实实的，大雨之中又不能查验，如果运到城内后发现不是粮食，岂不是都是他的责任？

· 170 ·

对于沈羲和，萧长彦不得不防备。

似是看出了萧长彦的犹豫与怀疑，沈羲和冷笑了一声，一把抽出莫远手中的佩刀，当着萧长彦的面刺入了一个油布袋之中，霎时间，白花花的米撒了出来。她转头看向萧长彦："景王殿下是否怀疑只有这一袋是粮食？"

萧长彦的脸色红白交加，他没想到自己的心思被沈羲和不留情面地拆穿了。百姓看到粮食，只有兴奋，没有多想什么，但这里有萧长卿，也有县令甚至登州刺史，还有陛下派来随时待命的总兵，这些人可不是好糊弄的。

"如此大事，我岂能糊弄？这些粮食、药材由殿下运入城中，自然由殿下派人盯着，到了城内，当着百姓的面打开，也好安百姓的心，殿下有什么可担忧的？"沈羲和沉声说道，"还是殿下以为，我会以一城百姓的性命来构陷殿下？殿下的防备之心可真是令人匪夷所思。"

原本没有什么想法，正在扛粮食的百姓，这会儿也明白了，原来景王殿下担心这是太子妃弄的假粮食，让他押运就是为了陷害他。

这会儿，大家看萧长彦的目光都变了。

沈羲和是故意的。萧长彦自发生旱情之时就来了这里，数月来，可谓劳心劳力，对登州百姓一直不离不弃。大雨下了一月有余，他也没有让百姓饿着、冻着，在百姓心中声誉极高。她不毁坏一些他的名声，待追问萧长庚之事时，他就能利用这些威望和声誉自保。

萧长彦之前的功劳，沈羲和并不否认，但也不觉得自己卑劣。

她可没有陷害萧长彦。一切都是萧长彦自己递上来的刀，她不用，岂不是浪费？

"皇嫂勿恼，我方才只是在想，如何押运才能更快，不至于令粮食堆积在此。"萧长彦的脸色很快便恢复正常，他仿佛丝毫没有受到影响，不疾不徐地为自己找补。

"景王殿下大可放心，板车不够用时，我让对岸暂停不递便可。"沈羲和面色淡然地说。

"瞧我，见到粮食，一时喜极，竟没有想到这一点。皇嫂放心，我定会将交到我手中的粮食完好无损地送入城内。"萧长彦笑着接受了沈羲和指派的事，带着他的人往卸粮食的押运车走去。

倒是一旁的萧长卿看着粮食被一摞摞地卸下来，铁网被一张张地送回来，好奇地问："这些铁网如何送到对面去？"

这样精细的铁网，承载着这么重的东西，于高空之中滑下，竟然没有丝毫断裂之象，定然是稀有之物，应当不会有太多，这次运过来的粮食不少，对岸的铁网只怕不够。

然而铁索是对面高，此处低，铁网无法扣上去，逆向滑回。

此处与对岸相连的是难测宽度的河流，河水湍急，船只难行，如此远的距离，人不可到达，因此萧长卿生出了好奇之心。

"信王殿下聪颖过人，不妨猜一猜。"沈羲和没有回答他，将腾出来的铁网递给了莫远。

莫远带着十张铁网，骑马离去。这种事情当然是由海东青来完成，其实沈羲和也曾建议萧华雍在这边的高处弄个木桩，连接对面的低处，将铁网滑回去，但被萧华雍给否决了。

萧华雍说海东青更快，而且铁索有限，从这里把铁网滑回去，还得多个人在对岸收集铁网，耽误工夫。

众目睽睽之下，自然不能暴露海东青，正好萧华雍称病，就有了理由不来此地，去另一处带海东青守着，让海东青干活儿。

海东青能够抓起一个活人、一头山猪，几张铁网于它而言，没有半点儿负担。

粮食等物资并不是一次性运来的，而且运到对岸临时搭建的码头上，也要绕极远的路才能到达扎下木桩的能够连通这里的铁索处，他们从白日忙到天将黑，也就运了二十来车物资。

不过这二十来车物资足够解县内好几日的燃眉之急，来接运的人个个都很振奋，丝毫感觉不到疲惫。物资被运入城中，看到的百姓也都欢呼出声，热泪盈眶。

沈羲和看到他们洋溢在脸上的笑容，眼中有光泽闪动，心口也微暖。将物资分发到各乡镇的活儿就由萧长卿负责，沈羲和回了住所。先归来的萧华雍配好了驱寒的汤药与药浴，就等着沈羲和回来。

"雨水潮湿，地上寒冷，日后你便不去了吧。"萧华雍握着沈羲和微凉的双足，有些心疼地道。

沈羲和挣脱不开，索性不挣扎，由着他服侍自己泡脚："嗯，今日去一回便行。"

物资一日运送的数量有限，后续不知还要运送多少次，今日是第一日，诸多事情需要沈羲和亲自出面，才压得住萧长彦和萧长卿，之后她派莫远去看着就成。

"信王与景王对铁网如何送回的事很好奇。"沈羲和提醒了一句。

萧华雍低笑一声，拇指微微施力，轻轻地按揉着沈羲和的脚底："他们不仅对此好奇，更对我是如何搭上铁索的感到好奇。"

两岸相隔甚远，抛铁网是不可能抛到对岸的，河流又湍急，泅渡或行船都不成。

只不过这终究是他们解不了惑的难题，对岸算得上是座孤岛，要绕行极远，才能顺着分岔的平静河流从另一端上岸，萧长卿与萧长彦纵使有心探察究竟，也无力实现。

"我见铁网滑下来时有火花迸溅，铁网与铁索当真不会被磨断？"沈羲和仍旧有一点儿忧心。

"磨损自然是有的，磨断却非三五日之事，这雨也不知要下到何时，倘若当真还要绵延一两个月，你也无须担忧，我会令人时刻查验损耗情况，已经命人再赶制一些，以备后患。"萧华雍神色从容，"运粮之事你无须担忧，粮物运至，分发之后，当务之急是挖掘渠道，引流入海。"

"外祖父他们已经把挖掘之道规划好了？"沈羲和闻言，问道。

萧华雍给她擦干净脚，将她抱起来，放到软榻上，用兔皮小毯子细心地裹好她的脚，这才去洗了手，熏了香，拿了几个画轴。

沈羲和半靠在软榻上，随手取出一卷画轴展开。画卷上是县城的舆图，画得比较粗略，用不同颜色的颜料勾勒出了各处的积水情况、土质问题以及是否适合挖掘，尽可能避开了民宅，但仍旧有少数避无可避的民宅要被推倒征用。

沈羲和一卷卷地展开画，脑海里不由得浮现出这个河道挖出来之后的模样，越看双眸越亮："若是成了，日后此地再无水患！"

这是陶专宪与仲平直在一个月前就已计划好的水利工程，得到了沈羲和与萧华雍的支持，二人才不辞辛劳地将每一处落到实处，以最快的速度呈了过来。

"不仅不用再忧心水患，你看这些地方，有利于百姓浇灌，还有这几处，陶公与仲公的意思是，顺带修建水库，可以大量储存雨水，也解决了日后的旱灾之忧。"萧华雍指着几处地方给沈羲和看。

两个人有商有量，谈到激动之处，欢声笑语不绝。

"一切就绪，就差呦呦劝服百姓了。"

地方官员虽然也会反对此事，但身在朝廷，也只能听命行事；陛下尽管也会驳斥，然而天高路远，现在消息互通不便，他们完全可以对陛下的命令视而不见。

只要百姓信服，愿意听从调遣，一切便水到渠成。

沈羲和嘴角上扬，别有深意地看着他："我有个绝妙之法，一定能让百姓一呼百应，只需借一借你的名头便可。"

连续四日，他们终于将第一批运至的物资全部安全送入县内，再由萧长卿监督，通过驻扎的军卫护送到各镇。

这一批物资解决了目前县内百姓的需求，而一直没有停歇的大雨造成的积水越来越严重，成了现在最大的隐患。

许多百姓家中积水难排，纷纷冒着大雨到衙门请求县令做主。

县令很庆幸这会儿有信王与景王在，轮不到他做主，也用不着他抓耳挠腮！

事情办不好也不用他来担责，他只需要去请示萧长卿与萧长彦就行了。

两个人也不得不聚在一处商议对策，倒是提出了一些法子，却都治标不治本。萧长卿没办法，只好去寻陶专宪二人取经。

陶专宪也没有隐瞒，说："根治之法便是挖掘渠道，引流入海。"

萧长卿听了，心神一震。他知道，陶专宪既然提出此建议，必然是别无他法或者对此法信心十足，但这个法子过于凶险，谁也不敢主动提出来。

"陶公可禀明太子殿下了？"萧长卿问。

"自不敢隐而不报。"陶专宪回复。

萧长卿若有所思，而后对陶专宪抱拳行了一礼，沉默地离去了。

这一日，陶专宪与仲平直赶来，将最终落定的挖掘方案交给沈羲和与萧华雍。沈羲和与萧华雍对此道并不如二人精通，仔细听了二人所言，又提出了一些顾虑。四个人仔细商议，务必将可能发生的意外降到最少，经过大半日的探讨，最终定下了此法。

翌日一早，沈羲和就端着一碗汤药递到了萧华雍的面前。

她面前的人一副笑眯眯的模样，还杂糅着看好戏的戏谑之意。

萧华雍将顾长的身躯往后靠去："这便是你想的法子？"

"物尽其用，我可是从你这儿现学现用的。"沈羲和莞尔，微微偏头，发髻间的步摇随着她的动作摇曳，越发衬得她容光焕发。

萧华雍轻叹了一口气，端着药仰头一饮而尽，颇有认命的意味。

咽下汤药后，他眉头深锁："苦。"

沈羲和看了他一眼，往日也不见他如此怕苦，今日他倒是拿乔起来。沈羲和自一旁拈起一颗蜜饯，递到他的唇边。

萧华雍眉开眼笑地含住蜜饯，温热的唇还坏心眼儿地嘬了一口她的指尖，换来她的怒瞪，萧华雍愉悦的笑声自胸腔里爆发了出来："哈哈哈……"

"不许笑！"沈羲和一把将萧华雍推倒，扯出被萧华雍压在身下的水袖，挽着披帛，大步离去。

很快，忙碌奔波的萧长彦与萧长卿都接到了皇太子身体又不好的消息，不止太子妃带来的医师愁眉苦脸的，太子妃还着人去外面请郎中，大有病急乱投医的架势。

萧长卿和萧长彦便是再忙，也不得不腾出空去探望萧华雍。

"太子妃。"两个人一到屋舍门外，就看到了站在风雨长廊下望着飞雨的沈羲和。

她似乎在出神，思绪不知飞往了何处。

他们的呼唤声让沈羲和回过神，她还了一礼："郎中在屋内，景王殿下身侧的幕僚，不妨也唤来。"

"他正在外门候着，我这就传他进来。"萧长彦说着，便要折身。

"碧玉，你去将景王殿下的幕僚请进来。"沈羲和吩咐了跟在身侧的碧玉。

第七章　太子妃自有妙计

"诺。"碧玉领命，萧长彦便顿住了脚步。

"太子妃，不知太子因何病发？"萧长卿关心地询问。

"我亦不知何故。太子殿下与我一道用了朝食，忽然昏厥，旋即浑身高热。我令跟随的御医与医师轮番诊脉，他们都诊断不出缘由。"

沈羲和远黛一般的眉间凝聚了一丝若有若无的愁雾。

萧长彦与萧长卿听了这话，诧异地对视了一眼，都沉默无言。

萧长彦的幕僚这时候被带进来，恰好屋内传来"噼里啪啦"的声音，沈羲和惊了惊，迅速冲进屋内。

萧长卿二人顿了顿，也立即跟上。

屋子里有被打翻的木盆，是给萧华雍诊脉的郎中不慎打翻的。这会儿郎中正战战兢兢地跪在一侧，沈羲和已经坐到了榻边。

萧长卿与萧长彦对视一眼，绕过屏风入内，听到了萧华雍的呢喃："黄河之水天上来，奔流到海不复回……"

萧华雍反反复复呢喃的都是李太白的这首诗句，除了沈羲和，也就只有萧长卿大概明白真正的意思。

"你为何如此惊慌？"沈羲和质问跪在一侧的郎中。

郎中仿佛被吓掉了魂儿，跪在一侧瑟瑟发抖，甚至没听到沈羲和的问话。

"皇嫂，可是太子皇兄有何不妥？不若让我的幕僚看看？"萧长彦见郎中面色发白，看着比太子还要不好。

沈羲和沉着脸，让开一步，表示默许。萧长彦的幕僚上前，按在萧华雍的手腕，刚按了片刻，也惊得倏地站起身来。

这个反应吓得所有人都面色一紧。

萧长彦的幕僚深吸几口气，极力克制着身体的战栗，说道："太子……太子殿下……摸不到脉象……"

明明是活着的人，却没有脉象！

"胡说八道，太子殿下活生生的一个人，怎么会切不到脉？"沈羲和面色一冷，厉声呵斥。

无论是郎中还是萧长彦的幕僚，都"扑通"一声跪倒在地，两个人心中都翻江倒海。他们也算是小有所成的医者，一个看过不知多少疑难杂症，一个更是师从名家。

活人竟然没有脉象，这实在是匪夷所思，闻所未闻，令他们心惊肉跳。

"黄河之水天上来，奔流到海不复回……"昏迷不醒的萧华雍断断续续、反反复复地呢喃着这两句诗，宛如因高热而烧迷糊之人，然而萧华雍的面色除了苍白，没有丝毫潮红。

他分明没有任何病症。

"莫远，去将珍珠带回来，再去请医者，将县内所有的医者都唤来！"沈羲和高声吩咐，急切的神色显而易见。

最后沈羲和请了所有能够请来的医者，就连珍珠被带回后，也没有探到萧华雍的脉象，差点儿被吓得魂飞魄散。什么都不知道的她，好在紧要关头想到随阿喜与她提过一嘴，她的心才放回去。

屋内屋外跪了一片人，个个都面色惊慌，眼中透着畏惧之色。

沈羲和大发雷霆，萧长彦与萧长卿也不好开口劝说，更不知如何劝说。

"都是一些庸医，留着有何用？"沈羲和面若冰霜，眼神沉郁得让人胆寒。

跪在屋檐下的一些郎中顿觉雨中的寒风拂来，背脊一凉，眼见着带刀侍卫按着腰间的佩刀，大步流星地走出来，二话不说，押着边上的几个郎中就要拖下去。

这一幕把一些郎中吓晕了过去，还有一些郎中被吓得差点儿失禁，唯有一个郎中似乎急中生智，眼看着侍卫要拽他的胳膊，倏地跳了起来："太子殿下无病——"

他的高喊声，引得所有人都将目光投向他，就连要拖人的侍卫也住了手。

"把人带进来。"

沈羲和的声音自屋内冷冷地传出来。

年轻的郎中咽了咽唾沫，既害怕，又视死如归，梗着脖子跟着侍卫入了屋内。

"你方才是何意？"沈羲和沉声问。

年轻的郎中匍匐在地，只能看到一片浅紫色的裙裾。裙裾用丝线勾勒着极其精美繁复的图案，弯月似的杏色披帛落在上面，他忽然就结巴了："回……回太子妃殿……殿下……小人……小人曾听闻……听闻……有人被神明附体，会使活人无脉……"

"你可知信口开河,造谣生事,诬蔑储君,该当何罪?"沈羲和看着眼前的人。

她安排了人借机说出她事先安排好的话,面前这个却不是她安排的人。

"殿……殿下,小人没有胡言乱语。小人……小人曾在一本书上见过如太子殿下这般……这般的症状……"年轻的郎中战战兢兢地说道。

"何书?在何处?"沈羲和追问。

年轻的郎中吞吞吐吐。忽然一柄寒剑刺来,架在了他的脖子上,他身子一抖,一股脑儿地说道:"《异梦经》,小人家中便有!"

沈羲和扫了他一眼,《异梦经》这本书她未曾听闻过。

"莫远,你随他去将书取回。"

"诺。"

年轻的郎中被莫远带走了。

沈羲和面色凝重,没有注意到躺在床榻上的萧华雍忍不住动了动身子,差点儿装不下去,连肩膀都动了动,但最终还是归于平静。

大约一刻钟的工夫后,莫远将用油纸包裹的书册带来,面色却有些古怪:"殿下,此书确实记载有类似的内容,属下给信王殿下与景王殿下一观?"

沈羲和抬眸,淡淡地扫了莫远一眼,都没有给她看,就直接给萧长卿与萧长彦看?莫远不仅行为怪异,语气怪异,就连他主动开口的举动都反常不已。

"可是这书有何不妥之处?"

莫远把头垂得极低,没有回话。

"罢了,你送到两位殿下手中便可。"沈羲和也不是非要看。

她虽然察觉到怪异,但完全没有往淫秽之物上想。这就是一本详尽描写男女房事的书,起了个掩人耳目的名字,实则看了内容她就能明白书名的用意。

"异梦"二字取自同床异梦,一本书有十九回,每一回都是一个单独的故事,大多数是夫妻间各种房事不顺,或男方或女方遇到一些非人之物,与之不知羞耻地缠绵悱恻。

萧长卿和萧长彦看了几个露骨的词就面色大变,萧长彦直接将头扭到一边,萧长卿则深吸了几口气,努力排除杂念,捏紧了手腕上的印信,目光掠过那些香艳的描写,大致看完了这个故事。

这样的书籍自然不能侮辱神明,讲述的是一个女郎被迫嫁给富家子,娘家贪图富贵,不仅棒打鸳鸯,还将女郎的情郎害死。情郎死后,怨气积聚,化为厉鬼,附在了女郎的丈夫身上,与女郎颠鸾倒凤。偶然间,富家子的好友——一个郎中,与富家子偶遇,观好友面色不佳,又知好友素来讳疾忌医,故而不着痕迹地探了一下好友的脉,却发现好友并无脉象……

大概是被吓狠了,年轻的郎中才会想到这个胡编乱造的故事。他自然不敢说太子殿下是被厉鬼附身,故而急中生智,说了神明。

故事的最后说了解决之法，就是斩断鬼魂对人间的妄念，那么调换一下，要治好太子殿下，自然要完成神明的指示。

　　萧长卿看完故事之后，挑拣了能够说的内容，说给萧长彦与沈羲和听。

　　沈羲和并未多想，原来这是一本怪力乱神之书，这种书，沈岳山与沈云安都不准她看，难怪莫远不愿交给自己。

　　沈羲和并未深究，只觉得瞌睡之际有人递上枕头。方才她已经暗中吩咐人去调查这个年轻的郎中，得到的消息是并无不妥之处。有这么一个人冒出来，反而比她刻意安排更为妥当。

　　事后即便是萧长彦或陛下派人来查此事，也基本查不到什么人为的痕迹。

　　"如此说来，是有神明要借殿下之躯做出指引？是何指引？"沈羲和尽职尽责地扮演着自己的角色。

　　到了这个时候，萧长彦也已经明悟——如今登州有什么事情是需要神明指引的？不就是眼前十万火急的水患？

　　"黄河之水天上来，奔流到海不复回……"

　　这会儿萧长彦再听这句话，就没有任何疑问了。沈羲和的用意并不是取原诗的意境，而是字面上的意思。

　　水从天上来指的是雨，奔流到海不复回，意思就是将水引入海中，水就不会再流回来。

　　萧长彦刚想到这一点，外间响起了仲平直的声音。

　　"老臣求见太子殿下。"

　　"请仲公进来。"沈羲和语气微微缓和了一点儿。

　　仲平直被请了进来，向沈羲和与萧长卿二人见了礼。

　　沈羲和说道："仲公，殿下昏迷不醒，可有要事？信王与景王在此，仲公不妨直言。"

　　"太子殿下为何昏迷不醒？"仲平直先关心了一下萧华雍。

　　沈羲和面露犹豫之色，不知如何启齿。

　　萧长卿开口道："是一桩怪事……"

　　萧长卿将事情从头到尾讲述给仲平直听，略过了《异梦经》，改成了坊间传言。

　　仲平直年过六旬，仲家虽不是簪缨世家，却也是几代耕读，正正经经的读书人出身，若是让他知晓太子的病扯上了这等不堪入目之物，萧长卿怕老人家气出个好歹来。

　　仲平直为官数十载，哪里会不明白这就是沈羲和与萧华雍设计好的，为的就是让百姓信服，干劲十足地听从安排，挖掘渠道？

　　他心中不由得暗赞了一声，再也没有比这对百姓更有说服力的法子了。

　　换了旁的法子，哪怕百姓迫于无奈，齐心协力地挖掘渠道，心里也会隐隐担忧，这么多人出力，未必不会有人害怕，因而敷衍了事。

要知道，他们暂时不修水道，只是先挖，先将日益严重的积水引走，挖水道的人一旦有半点儿不尽心的地方，都可能导致引流失败。

原本仲平直就想着要怎么才能说服百姓，实在不行，大不了他和陶公两个老骨头引水之前，仔仔细细地亲自将每一处检验一遍，只盼着老天爷能够多给他们一些时间。

现在这个法子可谓一劳永逸，他可以想到，今日这怪异之事传出去后，不只是百姓，便是县内的差役也会怀着对神明的敬畏之心，倍加仔细与卖力。

如此一来，渠道挖成之日，他与陶公只需要在关键之处检验一番，当日就能引流！

想到这里，仲平直心里一阵激动，连忙开口道："说来也巧，臣与陶公商议出的解决水患之策，正好与太子殿下此事吻合……"

仲平直将精简的舆图拿了出来，在萧长卿与萧长彦面前展开，详尽地为二人解释如何解决水患，还有这个法子后续的修补问题以及带来的长远好处等。

萧长卿早有心理准备，现在再来看待这件事情，就越看目光越亮。他没有任何顾虑与担忧，看到的都是此事成了的好处与带给百姓的福祉。

至于能不能成，事情到了这一步，已经不在他的顾虑之中，因为萧华雍与沈羲和出手了，那么此事就是势在必行，容不得任何人阻拦。

萧长彦心里没有准备，第一个念头就是事情若不成，可能会带来的严重后果。他将剑眉逐渐皱起："此事干系重大，得禀明陛下，由陛下做主才可。"

这么大的事情，他们要是不通知陛下就擅自决定，万一失败了，万死难辞其咎；便是成了，他们也得到陛下面前请罪。

"殿下，此事已经耽误不得。"仲平直为祐宁帝效劳多少年了，对祐宁帝的脾气还不了解？

若是祐宁帝亲自到了这里，看到了这里的惨状，或许会孤注一掷。可祐宁帝不在这里，哪怕他们把这里的情形说得再刻不容缓，但毕竟还没有出现水患与人员伤亡的情况，比起往年那些洪涝灾害，可谓不值一提，祐宁帝绝对不会轻易松口。

然而这次的水患与往常的不同，往常的水患来势汹汹，他们抗击得也义无反顾，虽然有损伤，可到底不算惨烈。

现在这里的情况看似还好，却只是因为还未到爆发之时，一旦爆发，那就是毁灭性的灾难！

他们将会毫无招架之力，只能眼睁睁地看着整座城被水吞没。

"如此大事，若不禀明陛下，你我眼里可还有君上？"萧长彦坚持。

"殿下，此法可行。然而挖掘渠道之时，需要将这些地方的积水暂时堵在一处，待到渠道挖通后放水。"仲平直极力劝说着萧长彦，"大雨一直都未曾断绝，臣与陶公按如今的雨势推测，最迟两日后，必须动工挖掘渠道，否则渠道未曾完工，我们就要先遭受堵住的积水的反噬，此法就再难成功了！"

"仲公，小王知晓仲公心系百姓，这就去传信给陛下。"萧长彦说着，抱拳行了一礼。

他才迈开步伐，就被莫远挡住了去路。萧长彦目光锐利地看了莫远一眼，转头看向沈羲和："皇嫂这是何意？"

"太子殿下情势凶险，我既然知晓解救他之法，就不可不试一试。"沈羲和淡然地回视他，"百姓尚且还有一日可等，我却不知活人一直无脉象能等多久。抑或……太子殿下有个三长两短，景王殿下以死谢罪？"

"皇嫂！"萧长彦面色一沉，"子不语怪力乱神，神明指引一说子虚乌有，皇嫂何故借此生事？"

"神明指引，子虚乌有？"沈羲和讥讽道，"这话景王殿下似乎说得有些晚。我与太子殿下未来登州之前，可未曾听闻景王殿下如此义正词严地说子不语怪力乱神。"

萧长彦噎了噎。

他都忘了萧华雍是因何事来的登州。这不是出了个天降奇石的事？

陛下都默许了萧华雍按照天降奇石的意思来登州，那会儿他不觉得怪力乱神之事荒谬，现在又说不能信这些东西，岂不是自打嘴巴？

一时间，萧长彦也无法反驳沈羲和的话。

"天降奇石之事是景王殿下传回京都的，陛下认可了，才会命太子前来。有此事在前，便是陛下授命，听从天意。此刻我亦是奉皇命行事。"沈羲和说得理直气壮。

她瞥了萧长彦一眼，转而对萧长卿与仲平直道："水患一事刻不容缓，请信王协助仲公，调派人手，即刻行事。"

她顿了顿，目光微转，睨向萧长彦："若有人从中阻拦，一律按违抗皇命处置——格杀勿论！"

沈羲和一锤定音，且有理有据，形势比人强，萧长彦知晓他不但没有立场反驳，甚至若是执意反对，只能落得一个被沈羲和软禁的下场。

不出半日，萧华雍作为储君被神明附体，是上苍不忍百姓受苦，特意借太子之体告知治水之法的消息就传开了，这正好与先前天降奇石的事遥相呼应，百姓信以为真。

故而陶专宪与仲平直提出引流入海的法子时，竟然没有一个人担忧与畏惧，他们在沈羲和散布的一系列消息之下，对此深信不疑且期待不已。

由萧长卿调配人手，陶专宪与仲平直拟订动工之法，驻守的军卫也被沈羲和指挥得团团转，不仅要监督百姓动工，还要尽力从县内调运工所需之物。

儿郎们分批轮流开始挖掘渠道，女郎们熬药烧饭，确保大雨之中劳动的儿郎不受风寒侵蚀。

沈羲和与萧华雍督促着朝廷运送粮物，这一动工，所需之物大幅度增加，先前运送的一批粮食，至多三日就会耗光。

萧华雍在集体动工的次日便醒来了，萧长彦还有什么不清楚的？所谓的神明附体，不过是这夫妻二人联合起来唱的戏，目的就是顺利展开引流入海这个治水之法。

整个县城内，能够去挖渠道之人，包括陶专宪亲自去了，萧长卿更是以身作则，披着蓑衣，与百姓为伍，宛如一个庄稼汉，挖得热火朝天。

不能加入的人都在尽力发挥自己的作用，上下一心，众志成城，萧长彦也不得不跟着萧长卿一道干活儿。看着这人人辛劳却无怨无悔的画面，萧长彦心情也极其复杂。

若是这个法子能成，萧长彦心里对沈羲和是深深钦佩的，拥有这样的魄力和才智，也难怪她有胆色去争那个位置。

"皇嫂不怕海水反噬吗？"这一日回到县衙，萧长彦终于看到来督促进度、关心物资消耗情况的沈羲和，忍不住将心中的疑惑问了出来。

自从与萧长卿一道亲力亲为地带头挖掘渠道，萧长彦每日忙得比九伏天练兵还要累，也再未见到过沈羲和。

原本目不斜视，只打算与萧长彦额首致意就擦身而过的沈羲和顿住了脚步："景王殿下，你可有旁的法子破眼前之局？"

萧长彦微微一怔，眼前之局指的是积水日益严重，大雨绵绵不绝的局面。萧长彦诚实地摇头："并无。"

"治水迫在眉睫，仲公与陶公提出的法子，不论成与不成，都是唯一之法。这是我们唯一的机会，水患不除，这座城终将成为水城，城中百姓一样没有活路可言。既然如此，为何我们不孤注一掷？"沈羲和反问。

萧长彦哑口无言，想了想后，说道："事情并没有到这一步，百姓可以迁移。"

萧长彦是做过最坏打算的。若是陶专宪二人实在没有稳妥的法子，大雨也仍旧没有停止的迹象，他就上奏陛下，迁移城中的百姓。

他们能够弄出一条让萧华雍等人入城的路，就能够弄出一条迁移百姓的路。

"水患无情，漫延可至千百里。文登县的百姓可以迁移，然而文登县被吞没后，殿下焉知大水不会殃及下一个县？若当真如此，殿下是打算再弃一个县？"沈羲和微抬下颔，面色凝重地看着萧长彦，"听闻殿下用兵如神，难道在战场上，殿下也会弃城而逃？"

"这不能相提并论。"萧长彦反驳。

战场上面对的都是穷凶极恶、犯我领土的敌人，他的责任是护住自己的家国和百姓，哪怕是战到只剩最后一兵一卒，他也不会退缩分毫。

现在面对的是天灾，他心中，百姓的安危是首要的。

"在我看来并无不同。"沈羲和语气淡然地说道，"不过是殿下承担不起失败之责罢了。与敌军对垒，殿下不会投降，不会低头，也是因为殿下承担不起弃城而逃的后果。"

萧长彦忍不住握紧拳头。他发现沈羲和是个言辞不尖酸刻薄、粗鄙狠绝的人，她的声音也清朗得像山间轻响的泉水，甚是悦耳动听，偏偏她的话最让人难堪。

萧长彦不想承认沈羲和的话，却又无法反驳。后者他可以义正词严地告诉沈羲和，他身为一军之统帅，他的血和魂都不容许他做逃兵；而前者，他不得不承认，沈羲和所言没有错。

是的，他承担不起这个法子若是失败，因他而造成满城百姓溺亡的代价，也无法想象他死后都要被后人唾弃，在史书上因为愚蠢和冲动而留下供后人引以为戒的一笔。

"总要有人站出来，不是吗？既然你们不敢，那就由我来，事情成了，皆大欢喜，不成也不过是迎来逃不过的结局，为何要为浮云般的名声而踟蹰不前？"

话音落下，沈羲和目视前方，撑着雨伞离开了。

萧长彦目送着她远去，阴雨朦胧，发丝轻摆，水汽氤氲，佳人远去。

他还在回想着方才沈羲和说的话——总要有人站出来。

这句话谁都懂，可懂了还义无反顾地站出来，只有极少数人能够做到这一点。

萧长彦的神色有些复杂，他也算领教过了沈羲和的手段，她能够将一件极有可能引发众怒的事情在翻手间便落实到人人信服的地步，以她的聪慧程度，他相信，她完全可以逼一个人站出来，未必需要亲自来承担责任。

然而她没有这样做。她在他看来，不见得是个多么光明磊落之人，却在大义面前没有半点儿推诿之心。这样的女郎，萧长彦从未见过。

恍惚间，他有些明白，为何他的太子皇兄会对她如此痴迷了。

京都的祐宁帝终于收到了迟来的消息，是萧长彦传来的，萧长彦倒不是告状，他的职责是必须将发生的种种事情尽数上报。

祐宁帝看完消息之后，一巴掌拍在了案桌上，震得几个大臣心口一紧，一个个噤若寒蝉，谁也不敢先开口。

祐宁帝愤怒，是觉得沈羲和好大的胆子，这么大的事情，她竟然敢自作主张。但萧长彦将事情不偏不倚，也没有添油加醋地缓缓道来，包括沈羲和反驳他的话，愣是让祐宁帝想要责难，都找不到出发点。

说他们目无君上？消息递来了，之所以这么慢，是因为登州情况特殊，而登州的水患等不到陛下回信许可；说他们装神弄鬼？偏偏是他先认可了天降奇石之事，亲自下令派萧长卿护送萧华雍去登州……

一口气憋在心里，祐宁帝气得心口发堵，暗自后悔将沈羲和弄到京都。思及此，他不由得隐晦地扫了刘三指一眼，去查沈羲和的性情之事，是由刘三指负责的，结果真人比刘三指说的难缠多了。

沈羲和做事滴水不漏，随机应变之能更是令他都不得不赞叹，强势却又不冲动，睿智却不自满，比沈岳山更难对付！

刘三指把头垂得更低了，不用想也知道，一定是那位太子妃又出了幺蛾子。他这一辈子，事事妥帖，从未有一件事办得令陛下不满意，唯独在太子妃这儿出了纰漏。

祐宁帝压下心中的不悦情绪，扫了一眼恭敬垂首的大臣们："登州之事……既已成定局，又得上苍指引，是我朝之福。传令下去，全力补给登州。"

大臣们听了这件事，也觉得匪夷所思，不过不吉利的话，他们也不敢说。若是此事尚未实施，他们自然可以争论一番，可眼下事情已成定局，就连陛下都只能盼着结果是好的，他们岂敢说不好？

倒是有人嘟囔了一句："这神明附体，为何附在太子殿下身上，而非……"

而非什么？

这人虽未说明，但没有人不知道未尽之言：为何附在太子殿下身上，而非陛下身上？这是不是说明太子殿下更受苍天眷顾？再联想到今年祈福之时，陛下的香无论如何都上不了，偏偏太子殿下能，这就更耐人寻味了，聪明的人都装作没有听到这句话。

祐宁帝的目光中闪过一丝寒意，但他没有发难，而是不耐烦地挥了挥手，让他们散去。

所谓神明附体，祐宁帝没有当作一回事，不过就是故弄玄虚。活人无脉象算什么？沈氏背后的神医还能令死人复活呢！前不久，沈岳山不是亲自表演了一回？

倒是今年他上的香，若说之前他有三分怀疑是沈羲和所为，此刻便有七分怀疑了。然而他拿不到证据，也不知道沈羲和是如何动的手脚。

只是他觉得沈羲和这是在不遗余力地为萧华雍造势。

难道他们还想谋反？若是不想谋反，难道沈羲和不知，这样下去，只会将萧华雍架在火上烤？

储君之名胜于帝王，这不是招惹杀身之祸，是什么？

抑或沈氏是故意设局，引得他对太子痛下杀手？

一时间，聪明的帝王都想不通沈氏的背后之意。

若是沈羲和知晓祐宁帝的想法，恐怕也只能无奈地笑一声。一切不过是巧合罢了，她压根儿没想给萧华雍造势，还是这样的声势。

"无论陛下信不信这些无稽之谈,这都是一根刺,若不及时制止谣言,你我尚在登州赈灾,倒也无人敢兴风作浪。"沈羲和听到消息后,说道,"此次赈灾若成,又是利民之举,东宫势必声势浩大,恐有人添柴加油,对东宫不利。

"故此,最好的法子是拔了陛下心头的这根刺。

"神明附体,既然我们利用这一点拧紧了登州百姓的心,万众一心地治水,自然不能将此推翻。那就说清楚为何神明择你,不择陛下……"

很简单,神明附体也不能冒犯帝王,帝王受命于天,且举凡志怪之谈,能被附体之人,都不是身体康健、意志坚定者,正好萧华雍体弱,因此神明才附在他的身上。

沈羲和让齐培好好寻些人写话本子,拿到最好的食肆去说,务必把陛下的神圣不可侵犯、威仪不可亵渎渲染得淋漓尽致。如此一来,谁还能以此做文章,对东宫不利?

"以传言治传言,妙!"萧华雍轻轻地拊掌。

百姓喜欢的就是一些新奇又充满传奇色彩的传言,沈羲和这传言足够令他们听得津津有味,印象深刻。

"呦呦早就想到有人会借此生事?"

所以她早已有了应对之策。

"先前相国寺上香与此次的事恰好碰在一起,一次可以不重视,两次却不得不做好准备。"沈羲和颔首。

萧华雍闻言,一个翻身,躺在了一侧的贵妃榻上,双腿交叠,将头枕在双手上,扬扬得意地道:"我真是好命,能得妻如此。"

有这种女诸葛一般的妻子,他能躺着赢到最后。

沈羲和不知该摆出什么表情,最终无奈地摇了摇头,继续核她的账。

消息是飞鹰传递的,很快就传到了守在江南的齐培手上。这件事情很好办,江南多俊才,尤以文人为多,更不缺奇思妙想,差不多一个晚上的时间,齐培就拿到了话本,立刻紧锣密鼓地寻人开说。

一时间,祐宁帝如何尊贵,引得天神都不忍陛下统治的百姓受苦,故而有神明频频示警,陛下如何体态康健,魑魅魍魉都不能近身,连神明都不敢侵犯龙体的传言飞遍大江南北。

总而言之就是,太子殿下没有越过陛下。太子殿下只是因为连神明都要避让陛下,才退而求其次的选择,这也说明神明认可陛下挑选储君的眼光。

功劳都是陛下的,陛下才是百姓心中第一位的,众说书人又列举了一些陛下在位期间的功绩,大肆吹捧了一番。

祐宁帝哪怕知道这些传言都是假的,但百姓争相传颂,这无疑大大地提升了帝王的威仪，祐宁帝心里还是高兴。

就在这个时候，沈羲和又做了一件事，那就是把昭王先前传的谣言递到了祐宁帝的御案上，并且附上了证据，义正词严地说昭王动摇登州百姓，离间陛下与太子的父子之情，其心可诛，请陛下严惩，以安民心。

她顺便提了一句，太子殿下本就体弱，千里迢迢，不辞辛劳，代陛下来登州赈灾，乍闻谣传，惶惶不安，病情加重，也请陛下给太子殿下一个公道。

萧华雍知道沈羲和的所作所为后，忍不住笑出了声，再一次自豪地道："呦呦类我。"

"老二只是被削了亲王爵位？"萧华雍看到祐宁帝的处置结果，甚是不满意。

萧长旻没有像当年的老四一般被一撸到底，还留了个郡王的头衔。

萧长旻所为，的确对沈羲和与萧华雍没有多大妨碍，但正如沈羲和所言，他在一定程度上扰乱了民心，并不能因为沈羲和控制住了局面，就代表着萧长旻的行为不够恶劣。

天圆低着头，不用他回答，传信上将事情说得清清楚楚。

萧华雍接着往下看，竟然看到萧长旻主动请罪，在陛下面前指天发誓，涕泗横流，说他没有制造谣言，不过是与一些心思不正之人喝了酒，将些许事情说出了口，因而传了出去，祐宁帝见他的脑袋都磕破了，这才从轻发落。

"老二竟然会去请罪？"萧华雍有些诧异，以他对萧长旻的了解，萧长旻应该不会提前知晓沈羲和发难。他摩挲着指间的黑子，轻轻地在棋盘上磕了两下："派人去查一查。"

恰好这个时候沈羲和回来了，萧华雍迎了上去，殷切地递上热茶。等到沈羲和换了身衣裳出来，他便开口道："老二逃过了一劫。"

他将萧长旻主动认罪，又推出了一个替死鬼的事情告知。

"他赢在陛下对我不喜。"沈羲和听完，淡然地说道。

祐宁帝对露出了锋利爪牙的沈羲和，恨不得除之而后快，奈何抓不到她的把柄，又不敢轻易地做局，还顾忌着身在西北的她的父兄，因此对她既厌恶，又无可奈何。

这一点萧华雍不否认。他只能说别的事："是平遥侯去劝老二请罪，平遥侯府里竟然藏着个精明人，是我看走眼了。"

一张脸闪过沈羲和的脑海，她微微摇头："你不是看走眼了，是压根儿没有将人看在眼里。"

和萧华雍成婚这么久了，萧华雍不轻视女子，也不会刻意贬低，更没有世俗中大多数儿郎那种将女子视为被困在内宅，只能相夫教子的妇人的想法。

但他极少去关注女子，或者说这么多年来，让他看在眼里的女子只怕就她一个。

"余家二娘子。"沈羲和一提醒，萧华雍就想起来了。

隔日，沈羲和在县衙里等到了萧长彦："景王殿下，请留步。"

萧长彦有些惊讶："皇嫂有何吩咐？"

"吩咐不敢当。"沈羲和拿着一本账册，"如今文登县内物资充足，还有大量物资有序地运来，周边的几个县虽然没有水患，雨势也不如文登县凶猛，却也受了灾，既然此刻物资充裕，我便想要拨一些出去。

"燕王此刻在何处？也怪我与太子殿下自打来此之后便诸事缠身，只在首日问过景王殿下，之后便一直无暇关怀。"

萧长彦目光微闪："十二弟在荣成县。"

沈羲和点了点头："我这就派人送些物资去荣成县。燕王小小年纪，独自一人撑着一县，实属难得，我与太子殿下身为哥嫂，应当勉励与慰问。"

言罢，沈羲和就转身离去了。

萧长彦总觉得事情有些不妥，沈羲和这是默认他与萧长庚一直保持着联系。这也没有错，他与萧长庚是一道来的，如今萧长庚失踪之事，他一直没有宣扬出去。

若沈羲和派人送了东西到荣成县，却没有见到萧长庚，他再说他不知情，就实在是圆不过去了。萧长庚许久不与他联系，他理应及早告知萧华雍，或者上报陛下才是。

"殿下，十二殿下一直在想方设法地逃跑，只当自己落入了匪徒手中，至今无人来搭救。"幕僚听了萧长彦的话，报告了萧长庚的情况。

"你说太子妃是不是在搭救他？"萧长彦冷不防地问道。

"这……"幕僚也说不上来。

沈羲和此刻问及萧长庚，合情合理，没有丝毫刻意而为的感觉。

"殿下，属下觉得燕王殿下应当不是太子妃之人。"幕僚奓着胆子说道，"燕王曾在殿下面前毫不避讳地夸赞过太子妃，且也袒露过他对太子妃的心思。另外，若太子妃与燕王结盟，便不可能再与信王结盟。"

萧长庚明显是比萧长卿更好的选择，萧长卿不好拿捏，与沈羲和对上，两人胜负难料，萧长庚却明显不是沈羲和的对手。

萧长彦沉默了片刻后，说道："现在倒是我骑虎难下了。即便我将十二弟送回来，如何能够让十二弟不将自己失踪多日之事透露出去？"

他难道要亲自现身，对萧长庚说，这是自己对他的考验？

幕僚想了个法子："殿下，文登县内诸事已有条不紊，殿下不若去寻太子妃，接手送物资去荣成县之事，再亲自去营救燕王，对燕王说殿下一直在暗中探察，并未将他失踪之事声张。"

这是唯一的法子。

萧长彦隔日便寻了沈羲和，沈羲和略一思索，就应允了下来。

他没有看到沈羲和目送他出城的目光有多么意味深长。

　　"借小八的刀，杀老二的姻亲。"萧华雍不知何时站到了沈羲和的身侧，从碧玉的手中接过伞，撑在了沈羲和的上方。

　　沈羲和余光瞥见了一片油纸伞，忍不住抬头，发现他手中的伞大半倾斜到了自己这边。她嘴角微动，握住了他的手，一点点地将伞推正："莫要以为景王殿下走了，你就不再是体弱的太子爷。"

　　萧华雍应景地轻咳了两声，语气也弱了几分："世人皆知太子爷体弱，却不知太子爷爱妻如命。故此，我应该多表现表现。"

　　沈羲和发出一声轻叹，看了他一眼，迈步往前走："我们迟迟不营救燕王殿下，景王殿下知晓再囚着燕王也于事无补。这段日子，我让他忙得无暇分身去处理此事，昨日突然提及，他势必要将燕王放出，如何放出来却是一件难事。

　　"燕王活生生的一个人——被囚了多久，他自己知晓，'不知'囚他之人是谁，自然要将此事告知我们，如此一来，就戳穿了景王先前与我们说的燕王在荣成县的谎言。

　　"弟弟失踪，景王隐而不报，还说谎遮掩，无疑表明他就是囚禁燕王之人，这可是大罪。"

　　"他只有一个法子，那就是把小十二放出来，且让小十二为他圆谎。"萧华雍接过沈羲和的话。

　　沈羲和黑曜石般的眼眸里闪烁着星辉，她唇角微勾："以示诚意，景王殿下得亲自去与燕王言明，只是这戏要做得好一些，最好是由景王殿下亲自将燕王营救而出。

　　"如此一来，景王便可对燕王解释，他一直不愿打草惊蛇，在确认燕王暂无危险之际，便没有告知你我，灾情严峻，不愿给你我增添烦忧，燕王如何能够不善解人意，佯装自己从未被囚？"

　　萧华雍的步伐极小，他亦步亦趋地跟着她，目光从未从她的身上挪开一分。她像是有一种魔力，无时无刻不吸引着他的目光，让他舍不得少看她一眼。

　　斜风细雨，难免沾湿鞋底，风雨长廊下印下两串一大一小的脚印，渐行渐远。

　　萧长彦要去"营救"萧长庚，沈羲和派了人跟着，制造混乱，再与萧长庚配合，萧长彦想要瞒天过海，绝无可能。

　　沈羲和想到这里，眼里的笑意加深："景王不是想知晓燕王对他是否真心投诚吗？我帮他一把。"

　　萧华雍一只手负在身后，一只手撑着油纸伞。冷风中，潮湿的气息钻入鼻间，他顿觉神清气爽。

　　花开两朵，各表一枝。

　　萧长彦清晨出发，下午便到达荣成县，这里的人都是他的，他将押运来的物资清点完毕，放入县衙仓库，先发了告示，分派发放物资的事情，这才于深夜去"营救"萧长庚。

原本一切都按照他的计划进行，他孤身一人"浴血奋战"，杀上了山，找到萧长庚，带着萧长庚，被惊醒的绑匪一路追杀，逃到了山腰，两个人都筋疲力尽。萧长庚这段时日被喂了药，根本使不上劲儿，只能依靠萧长彦一个人。

"八兄，你先走，去寻人来救我。"萧长庚靠在潮湿的石头背后，喘着气，说道。

细雨纷纷飘落，没有星月的夜空显得格外暗沉，萧长庚看不清萧长彦的表情。

"已经打草惊蛇，你若再被擒住，必然性命不保。"萧长彦道。

"此时天黑路滑，我小心隐藏，一定能撑到八兄带人回来。"萧长庚仍旧在劝说。

"要走一起走。"萧长彦一把拽起萧长庚，让他整个人几乎挂在自己的身上，冒着细密的小雨，继续往山下走去。

然而，两个人还没走几步路，就被围堵住了，萧长彦将萧长庚护在身后，招式灵巧、敏捷又迅猛，一旦抓住空隙，就将追杀之人一剑毙命。

潮湿的空气之中渐渐飘散出血的味道，就在萧长彦放倒最后一个人，两个人都还没有松一口气之时，一个黑衣蒙面人持刀刺来，萧长彦抬手横剑挡下，目光一沉。

这样强劲的力道，这样迅猛的攻势，这样狠辣的刀法，这不是他的人！

来人目标明确，就是他和萧长庚，逮着空隙，无论是对谁，只管下杀手。

若是寻常的时候，狭路相逢，萧长彦未必会将这人放在眼里，可这个时候身边多了一个四肢乏力的萧长庚，且对方明显也没打算放过萧长庚，这让萧长彦束手束脚起来。他渐渐落了下风，手臂、胸口上，甚至连腿上都被浅浅地划了几刀。

就在这个时候，暗处竟然有一支箭飞射过来，在雨声和夜色的遮挡下，无论是萧长彦还是萧长庚，都没有第一时间发现，等看到的时候，已经来不及避开了。

萧长庚竟然用尽全力撞向萧长彦，暗箭没入了萧长庚的肩胛骨，而他扑倒了萧长彦，两个人一起栽倒，顺着山坡一路滚了下去。

黑衣人追了一半，察觉到有人来了，这才撤退。

萧长彦安排好的人久久等不到萧长彦，担心有什么闪失，只能前来迎接，这才救了二人一命。

"王爷，大事不好了，燕王殿下所中的暗箭上有毒。"县令面色苍白地带着郎中过来，"这毒……郎中无法……"

萧长庚受了伤，还中了不轻的毒，萧长彦要救萧长庚的性命，就不得不求医，眼前的郎中已经是县内最见多识广的，如果解不了毒，就只能……

随太子而来的宫中太医、太子妃身边的医师，无论萧长彦寻哪一个，萧长庚的事都捂不住。

萧长彦闭了闭眼，想到方才暗箭飞来，萧长庚的那一撞，若非如此，这会儿躺在这里生死未卜的人便是自己："派人快马加鞭地去求太子殿下派医师前来！"

"殿下——"幕僚一听这话，面色大变。

"去！"萧长彦不容置疑地喝了一声。

"殿下，寻太子求医，我们做的事势必会败露。"幕僚大急。

萧长彦神色格外冷峻："谁说事情会败露？不是有人暗算我与十二弟？十二弟便是被这人绑走的，我不过是为免在灾情肆虐之际引起百姓恐慌，才对此事隐而不报。只要十二弟能被救回，这便不是大罪，就算掘地三尺，也要把暗算我们之人挖出来！"

"小八的人已经进城，用不了多久便能至此。"萧华雍紧盯着萧长彦的动静，几乎是萧长彦的人一出发，他就收到了消息。

卯时过半，天将见明，沈羲和早起梳妆，萧华雍站到了她的身后，自然地从碧玉的手中接过发梳，动作不轻不重地为沈羲和梳着披散的青丝。

沈羲和端坐着，目光清亮，用指尖拨弄着一支步摇："景王殿下与你不同——他一定会救燕王。"

萧华雍顿了顿，又仿若什么都没有发生一般继续手上的动作："呦呦觉得小八比我仁义？"

听着好似没有情绪，毫不气恼的语气，沈羲和却知道，这人又不悦了。她抬眸看向镜中："我说的话难道有误？若是换成北辰，燕王就成一具尸首了。"

不论陷入这个局里的萧华雍是否察觉一切都是阴谋，都会一不做二不休，让萧长庚成为死人。现成的替罪羊都寻好了，他还有什么不敢下手的？

只要萧长庚死了，他就永远不会陷入被动的局面。

"呦呦果然了解我。"萧华雍皮笑肉不笑。

可真是难为他扯出这么难看的笑容，沈羲和低头莞尔："我并非觉得你无情狠辣。你与景王殿下不同，景王殿下幼时有生母陪伴，后有外祖家倾力呵护，去了安南城又上阵杀敌，他的骨子里有一种义气。在燕王舍身为他挡下致命一击的时候，他便会想起战场上与将领携手御敌的过往经历，从而触及他心中的情义。

"你自小孤身一人，习惯了孤军奋战，并不需要有人帮扶，亦不会去信任一个人。于你而言，这些牵绊不是左膀右臂，只是拖累而已。"

如果萧长卿是一只灵巧的猎豹，萧长彦是一匹勇猛的狼，那么萧华雍无疑是一头慵懒的虎。虎是不喜欢与任何动物为伍的——它们习惯了孤独，也享受孤独。对待靠近的活物，哪怕是向它示好的活动，它们也会毫不留情地置之于死地。

两个人生长的环境不同，行事作风自然不同。

刹那间，萧华雍的俊脸多云转晴，他用指尖灵活地为沈羲和绾了个发髻："呦呦有一句话不对，我会信任一个人，拿命去信任。"

说着，他从她的手中抽走那支步摇，插入她的发间，将发髻固定住。

"承蒙北辰厚爱，愿我不负你的信任。"沈羲和坦然地笑了笑。

萧华雍手一抖，勾住了步摇，将刚插入发间的步摇拉了出来，步摇掉落在地，发出了清脆的声音。幸好这是一支银柄步摇，并未受损。

沈羲和俯身将之拾起，递向身后："人快到了，北辰可要快些才是。"

"啊？哦！"萧华雍有些手抖地接过步摇，重新绾发髻，为她插上步摇，翻滚的心渐渐平息下来。

从不信到不反驳，这是他无数次表明心迹之后，沈羲和第一次明确地回复他，尽管言辞委婉，可意思是信他。萧华雍想清楚后，忍不住笑了，笑容甜得像春风中摇曳的花，明媚而又温暖。

及至萧长彦的人惨白着脸，一身湿透地跪在他们的面前，萧华雍还没有回过神来。

"燕王因何事受伤？"沈羲和派随阿喜快马加鞭地赶过去，留下了来求医的人问明缘由。

来人垂下头，伏在地上："回禀太子妃，小人亦不知，只知王爷与燕王殿下深夜冒雨行路，燕王殿下遭人暗算，中了毒，人事不省，衙内请了县内最好的郎中，郎中亦不知燕王殿下身中何毒。情势危急，王爷便派小人前来向太子殿下与太子妃求助。"

这是个口齿伶俐的人，沈羲和听了这些话，就知道萧长彦必然特意叮嘱过，再问也问不出什么，便挥手让其退下了。

文登县离不开人，萧华雍也不宜奔波，沈羲和不能去探望萧长庚。

这一点也在萧长彦的预料之中，故而他才会毫无顾忌地救萧长庚。等随阿喜到了，萧长彦的毒自然能解。毒其实并不是在箭上，这样太危险，出了差池，可能会真的要了萧长庚的命。既然萧长庚是萧华雍的人，沈羲和就不会去冒这个险。

毒一直在萧长庚的手上，是中箭之后，他自己找机会服下的。这毒也不会致命，甚至不会伤及肺腑，至多让人腹泻呕吐，还有清理肠胃之效，是谢韫怀研制的。

"十二弟，你可还有何处感到不适？"萧长彦一听到萧长庚醒来，便第一时间上前关切。事实上，萧长彦一夜未眠。

萧长庚吐了好几次，这会儿十分虚弱，勉强喝了一碗不算浓稠的白粥，才有了一点儿精气神："八兄莫要担心，我无事。"

萧长彦打量了他片刻，才愧疚地说道："是为兄不好，早在发现你失踪后，就不应自负，应当及时将消息上报陛下，也不至于连累你吃这么多苦，还险些丧命。"

"八兄不必感到歉疚，时局危急，便是早早地将消息告知陛下，陛下也无法遣人来救我，"萧长庚甚是通情达理，"只会引得掳我之人图穷匕见，反而于我不利。"

"十二弟对掳你之人可有猜疑？"萧长彦问。

萧长庚低头思忖了片刻，缓缓摇头："他们囚着我，倒也没有动用私刑，亦不曾问过话，吃食上也未曾克扣，他们的目的，我亦捉摸不透……"似是想到了什么，萧长庚蓦然说道，"这些日子我倒是琢磨着，有一个人极有可能。"

"谁？"萧长彦紧盯着他。

萧长庚看了看外间，确定无人才说道："八兄可听闻过皇伯？"

萧觉嵩？

萧长庚想到这个人，在萧长彦的意料之外。

"那日偷袭我之人身手了得，绝非寻常来路。掳走我之后，他也并无所求，料想是在等着八兄求助朝廷，届时引发民乱，诋毁陛下……"萧长庚合情合理地推测着。

"若是这位……太子殿下已经来此半个月了，他为何还不动手？"萧长彦在思考萧觉嵩在这里的可能性。

"太子皇兄到登州了？"萧长庚诧异，旋即说道，"或许皇伯并不在此处，只不过是有爪牙潜藏于此，不敢轻举妄动。"

萧长彦闻言，若有所思，想到方才得来的消息，那支暗箭的线索指向了登州郡守余贡。

"你说……那日暗杀我与十二弟的人，当真是皇伯所派？余郡守当真与皇伯勾结？"萧长彦将双手负在身后，站在屋檐下，望着倾斜的细雨。

"属下不敢贸然断言。"幕僚垂首，"但是殿下，燕王被抓以及中毒受伤之事，都得给太子殿下与太子妃交代一个来龙去脉，我们要如何善后？"

他们怎么善后？萧长彦也一直在考虑这件事。虽然他没有明着提出要萧长庚为他遮掩，但既然他与萧长庚已经有了过命的交情，这一点不用说明，萧长庚也必然会袒护他。

太子那边追问起来，萧长庚大抵会说他当晚在外遇险，是自己见他迟迟不归，才去寻人，而后两个人遇到了追杀，接下来他便不需要再说谎了。

可萧长庚被囚禁了半个月，自己想要彻底抹去囚禁处的痕迹，除非是炸山，让一切灰飞烟灭。

自己无缘无故地炸山，尤其是现在这个节骨眼儿上……炸山绝非一个人能办妥的事，但人多了，未必不会在没有成事之前就先露出马脚。

且此地虽不像文登县那样大雨滂沱，但也是阴雨绵绵近月余，炸山的后果难以预估，萧长彦不打算去毁灭那些证据。

证据既然不能被毁灭，又阻止不了被人查到，那他就只有一个法子了……把这些证据扣在另一个人身上。

登州郡守倒是够资格成为掳走皇子的人。在登州这一亩三分地上，他能绑走皇子，也算合情合理。

幕僚看到萧长彦眼底一闪而逝的狠厉之色，大抵猜到了他的用意，迟疑道："殿下，未必是余郡守……"

如果弄错了，他们就没有办法继续追查真正的幕后黑手了。

"是与不是并不重要，现在我们首要的事是摘干净自己。"萧长彦已经没有时间去把前因后果全部摸清楚了，紧要之事，是在萧华雍尤其是沈羲和的面前先把萧长庚失踪之事揭过。

幕僚顿了顿，也知晓这件事情刻不容缓。如果王爷不救燕王殿下，一切尚有时间转圜，这一求救，惊动了太子与太子妃，事情就变得刻不容缓。

而且胆敢绑走皇子，软禁亲王，等闲之人难以令人信服。现在灾情之下，就连匪徒都寻不到一个可以出来顶罪的，他们选来选去，还真的只有余郡守最为合适。

"殿下，余府要与昭郡王联姻，这个时候殿下对余郡守下手，是在对昭郡王宣战……"幕僚心里还是有些顾虑。

"他？"萧长彦闻言，冷笑一声，"本王不惧他。"

"小八有动作了。"萧长彦的人才刚刚开始对余贡布局，派人盯着他的一举一动的萧华雍就知晓了。

"人都是自私的，景王殿下现在别无选择，只能把余郡守绑走萧长庚的罪名给坐实。"沈羲和难得偷得半日闲，坐在屋子里，摆弄着她的香，"至于余郡守掳走并软禁皇子的理由，我都已经帮他想好了。"

这件事情扯到萧觉嵩的头上，再合理不过。

"能不能牵连到平遥侯府，就看景王殿下够不够狠了。"沈羲和眸中水光潋滟。

她都不需要亲自动手去栽赃嫁祸，萧长彦自然会将事情落实，萧长旻和平遥侯府恨也恨不到她的头上来。

"呦呦高智，令我折服。"萧华雍说着，还装模作样地给沈羲和作揖。

借刀杀人做到沈羲和这个份儿上，萧华雍不是逢迎沈羲和，是真的折服。

无论是挥刀之人萧长彦，还是挨刀之人余贡，都不知道他们只是沈羲和手上的棋子。

她不动声色，杀人于无形，达到目的，片叶不沾身，全身而退。

"若无些许智谋，我岂敢嫁与你为妻？"沈羲和头也不抬地回道。

"能被呦呦如此高看，荣幸之至。"萧华雍道，他的笑容从眼角溢出，在眉梢散开，让他看起来比常人白上些许的俊脸顿时蒙上了一层柔光。

萧长彦动手很快，次日，余贡之子企图破坏水道，被当场抓住。

挖掘水道的同时，他们还挖了几个临时的蓄水库，就是将原有的积水和持续降落的雨水全部存在几个地方，等到水道挖成，再放水入海。

这期间，临时的蓄水库尤为重要，官府须派人时刻把守，尤其是积压了这么久的蓄水库，若是在这个时候放水，那么沿路挖水道的百姓都会被水冲走，且水势无法阻拦，势必会造成洪涝灾害。

余贡之子就是要去破坏水库，沈羲和不知道萧长彦是如何做到这一点的，接下来顺着此事调查，还没有等在外的余贡回来，诸多让余贡百口莫辩的证据已经摆在了沈羲和的面前。

"小八能够守住安南城，肯定不是愚笨之人。"萧华雍翻着递上来的证据，竟然还有一份余贡之子对其罪行供认不讳的认罪书。他侧首问天圆："动刑了？"

天圆面色深沉地摇头："并未动用私刑，这人自己认罪的。"

"自己认罪的？"沈羲和惊讶不已，眼中浮现不解之色，"他不会是个傻子吧？"

"太子妃，此人是个秀才。若非今年登州大旱，他或许能够中举。"天圆回道。

这人能够考中秀才，哪怕是个书呆子，也应该知晓认下这样的罪，他的父母兄弟一个都跑不了。

沈羲和想不明白，他为什么会主动认下这样的罪，哪怕是被威逼利诱，应该也不可能认罪……

"他的神志是否清醒？"她问。

"神志清醒。"天圆点头。

沈羲和看向萧华雍，萧华雍也在沉思，显然这个结果也超出了萧华雍的预料。

夫妻二人沉默，天圆等了少顷才禀道："殿下、太子妃，余五郎被当场拿下，百姓都在，个个义愤填膺。也不知是谁将太子妃当日说过的'若有人从中阻拦，一律按违抗皇命处置——格杀勿论'的话给宣扬了出去，百姓都在等着太子妃严惩余五郎。"

"这是反将我一军呢。"沈羲和轻笑了一声。

当日只有沈羲和与萧长卿、萧长彦兄弟二人在，这话是谁宣扬出去的，答案不言而喻。沈羲和原本是打算让萧长彦和余府对上，萧长彦这样反手一计，倒是将事情全部推到了她的身上。

她有言在先，绝不能食言，否则她的威信会大减；最为重要的一点是，她若不践行当日之言，只怕之后行事都不会顺当——若再有人闹幺蛾子，她就没有理由严惩了。

遑论余五郎被当场抓住，且自己认罪，她若是不严惩，也不能平定民心。

她一旦出手了，平遥侯府就会把这件事情算到她的身上，认为一切都是她处心积虑所为。虽然事情的确是她处心积虑所为，沈羲和也不惧怕平遥侯恨上她，但她可以承担属于自己的责任，却不愿替萧长彦背负一半。

"去看看余五郎。"沈羲和吩咐。

她是要余府溅血，也是要给平遥侯一个警告——别把小聪明玩到她的面前。她自然不会和萧长彦反着来，为余府开脱，只是想知道这个余五郎着了什么魔，这么大的罪名也敢认。

余府是否真的和萧觉嵩搅和在一起，沈羲和难道不清楚？

既然这是子虚乌有的罪名，那么余五郎为何脑子发昏，无缘无故地去破坏蓄水库？

"我与你一道去。"萧华雍大步追上沈羲和。

沈羲和脚步一顿："我所见所闻，皆会回来告知你，你不适合出面。"

去看余五郎，沈羲和少不得要去县衙。县衙门口有五六个百姓，且不是普通的百姓，而是百姓的代表人。他们是在这里等候消息的。

"你们且先回去，此事虽是众目睽睽之下被抓了现行，可太子妃说了，余五郎如此行事，十分可疑。"莫远将沈羲和的话传达给等候消息的人，见他们想要开口，先一步说道，"太子妃需要审问是否有同谋。"

最后一句话将他们到嘴边的话全部堵了回去，他们如何能够不担心还有同谋？

打发了这些人，也算是安抚了百姓的情绪，沈羲和在牢里看到了盘膝坐在木床上的余五郎。余五郎是个模样端正，看起来斯文干净的少年郎，约莫十八岁。

听到动静，他睁开眼睛，见到沈羲和，不急不缓地起身，端端正正地作揖行礼："见过太子妃殿下。"

沈羲和在他的面前站定，上下打量了他一遍，看起来没有任何问题，他意识清醒，神志清明。

"你可知你所犯何事？"

她眼前的少年郎风度翩翩，仪态端正，说话不慌不忙："学生意图破坏蓄水库，论罪当诛。"

沈羲和面无表情地盯着余五郎。

他看起来并不是有恃无恐地挑衅。他清楚自己做了什么，也明白这样做的后果，甚至做好了承担后果的准备。

"你为何要破坏蓄水库？"沈羲和问。

余五郎低着头，没回答，沉默地保持着谦恭的姿势。

"太子妃殿下，下官问过数遍，他就是不答。"陪同沈羲和来的县令开口道。

"从你的书房搜到的证据来看，你与罪人萧觉嵩有往来，是受他指使，才会蓄意破坏蓄水库，欲造成百姓伤亡，引起山河动荡。你可知此罪若定，你乃至你的父母兄弟，通通罪责难逃？！"沈羲和沉声问。

余五郎对此充耳不闻，也不做回应。

"太子妃，余郡守赶来了。"就在此时，衙役禀报。

"让他进来。"沈羲和吩咐。

很快，余贡风尘仆仆地赶来，面色很不好，穿着便服，下半身却尽是淤泥与水渍，就连头发都极其凌乱，一路小跑而至，跌跌撞撞。

"下官见过太子妃。"余贡略微整理了一下仪容，对沈羲和行礼。

"余郡守来得正好，好好问一问令郎为何作恶，可还有同谋。"沈羲和将县令搜查出来的证据以及那份认罪书一把扔在了余贡的身上，自己拂袖离开了牢房。

县令没有跟着沈羲和离开，就站在牢房外看着父子二人说话。然而余五郎不只面对县令与沈羲和是那副态度，就是面对自己的生父，也是那样的反应。

余贡问他是否犯罪，他言辞清晰地承认；问他为何犯罪，他就仿佛被缝上了嘴，闭口不言。哪怕余贡怒极，动了手，他也不反抗。

"北辰，你说这余五郎是否与生父有仇，才会想着玉石俱焚？"沈羲和从未遇到过如此匪夷所思之事。

萧华雍听了沈羲和回来后转述的情况，转动着手上的黑子，沉默了片刻才问道："呦呦，你可听说过摄魂术？"

沈羲和瞳孔微缩："摄魂术？我听说过……"

在西北的时候，叔伯们常常凑到一起小酌几杯，酒兴上头，便会忍不住聊起往昔，尤其是战场上的风云变幻与惊心动魄的场景。

阿爹极少参与闲聊，多数时候在倾听、安抚或者插科打诨。只有一次，阿爹面色凝重地讲述了一场战役。在那场战役之中，阿爹差一点儿回不来。

那时阿爹为了稳定后方，对抗西域一个神秘的部落，敌方很懂得蛊惑人心的那一套，阿爹他们从山谷中过，就能听到山峰之巅有动人的歌声传来。女子的歌声极其魅惑人心，心志不坚的人刹那间就会陷入幻境之中，甚至会对自己人刀剑相向。

深夜行军，他们总能听到诡异阴森的哭声，如泣如诉，宛如遍地孤魂野鬼。有些士卒受不了这种森冷的魔音的侵扰，索性一刀了结了自己。

诸如此类的诡异得难以言喻之事多如牛毛，那是沈岳山打的损失最为惨重的一战。不过这些他都撑过去了，而后更可怕的事情发生了，他们遇到了埋伏，军队被冲散之后，大雾弥漫，等到迷雾散去，他们重新聚首，沈岳山没有发现任何异样。

接下来，怪异的事情不断发生，身边的人一个个地倒下，沈岳山怀疑亲卫之中有人被调了包，可用各种法子试探，试探出来的结果竟然是每一个人都没被调包。

如此一来，沈岳山无法轻易地怀疑任何一个人，一旦猜错，就会酿成无法挽回的悲剧。

"后来呢？"萧华雍难得听到沈羲和主动讲起沈岳山的事，还恰好涉及神秘的摄魂术，就更好奇了。

"后来……"沈羲和垂下眼，"是我阿爹的亲卫队长被人施了摄魂术，成了叛徒……"

这个人像极了现在的余五郎，知道他在做什么，也知道这样做的后果，不惧怕事情败露，也丝毫不觉得自己的行为有错。

"呦呦可想知晓，我如何知道这世间有这等奇术？"萧华雍低声问。

沈羲和收敛情绪，抬头看着萧华雍，那个眼神的意思就是萧华雍知道这些事理所应当，在她眼里，萧华雍就是个博古通今、无所不知、神通广大之人。

"有特殊的缘故？"

萧华雍轻轻颔首，双唇微动，声音很平淡："我被人施过此术。"

沈羲和霍然站起身，紧张地看着萧华雍。

女子贞静，仪态优雅，世族贵女的行为举止更是堪称表率。

萧华雍还是第一次看到沈羲和发间的步摇摇晃得如此厉害，忍不住扬唇笑道："在十岁的那一年，我总觉得有什么声音在我的耳畔不断响着，每当这些声音响起，便犹如有人在我的耳畔蛊惑我。我听不清在说什么，却觉得像有一根无形的绳索将我牢牢地束缚……"

那时候他羽翼尚未丰满，天圆等人虽已跟在他的身侧，却远远没有今日之能。他将此事告知了天圆，让天圆去调查，却查不出是谁在装神弄鬼。

"后来呢？"沈羲和也如萧华雍方才一般急切。

"后来……"萧华雍唇边笑意未变，只是眸底泛起丝丝缕缕的寒气，让他的笑容看起来令人背脊发寒，"我一直摆脱不了这蛊惑之音，又寻不到蛊惑我的人藏在何处，索性将计就计……"

他打算不再抵抗，看一看这人的葫芦里卖的是什么药，却没有想到，他当真有一段时日脑子里一片空白，做了什么事，自己完全不知。等他清醒过来，已经是十日之后。这十日，他的所作所为，他丝毫记不起。

然而一直跟着他的天圆，说这十日，他还是他，每日都与往日无异，也未曾做过什么出格之举。

沈羲和听了这些事，大为忧心："你之后便一直未曾想起那十日发生之事？可还被蛊惑过？"

"都未曾。"萧华雍握住她的手，"我记不起那十日的点点滴滴，之后也再未被蛊惑过，今日之我亦非十岁稚童。"

漫说他现在羽翼丰满，寻常人难以近他之身，便是当真有人突破重重关卡，潜伏到了他的身侧，以他今日的心志……

沈羲和深吸一口气，言归正传："后来一直没有查到当年是何人对你施术？为何对你施术？"

"未曾查到。"萧华雍将脸上的笑意尽收，"我是后来在外历练，遇上了一位懂得此道的奇人，机缘巧合之下，与他共患难，他才提点了我一番。

"我才知道自己当年竟然是被人施了摄魂术。这位奇人用他的法子试探了我一番，确定我现在并未被人施术，便飘然而去。"

"你竟然没有将这等能人异士收为己用。"沈羲和有些惊讶。

"我求才若渴，却也看得出，有些人天生便是九天盘旋的鸟，若是被关在了笼中，要么丧失活命之能，要么日渐消沉，直至抑郁而亡。"他既然欣赏，又何必强折？

难怪他身边的人都对他忠心耿耿，沈羲和暗自点头。她也钦佩萧华雍的心胸和气度。

天潢贵胄，生来便享受着被人逢迎与顺遂的生活，大多数养成了不喜忤逆的脾性，遇上所求之物，得不到，宁可毁去。

"呦呦终于又发现了我的一个可取之处。"萧华雍沾沾自喜。

沈羲和忍不住白了他一眼。他努力把话题带偏，她努力将话题扯回来："故而，余五郎就是被人施了摄魂术，景王殿下身后有这样的能人！"

她抬眼凝视着萧华雍："北辰，你可有化解之法？"

余五郎破坏蓄水库是事实，哪怕是被人施了术，依然罪责难逃，沈羲和达到了目的，却不想这么轻易地放过萧长彦。尤其是萧长彦的身后竟然隐藏着这种令她不得不小心谨慎之人，那她就更要把这人给挖出来。

"只有深谙此道抑或施术之人可以化解。"萧华雍也不知道能否寻到当年遇到的那位能人，不过小八搜罗到了这样的能人异士，萧华雍觉得自己有必要花些心思去寻人。他不惧自己遇上此等事，却不能不忧心沈羲和："那位先生对我提及过，摄魂术并非一种术法……"

摄魂术其实不像未曾接触之人想象的那般惊世骇俗，施展的方式也因为习得之人的偏好而有不同，不过都需要通过一种媒介才能对人施术，从而达到控制人的思想的目的。

如果他们能够寻到这个媒介，就能破坏媒介，令被施术者清醒。

思及此，萧华雍忽然抬首看着沈羲和："呦呦，切莫轻举妄动。"

"嗯？"沈羲和不解为何他忽然劝诫自己。

"呦呦，你中计了。"萧华雍低声说道。

"我中计了？"沈羲和更疑惑了。

"只是对付一个余贡，你不觉得小八放出这么厉害之人有些大材小用吗？"萧华雍反问。

沈羲和微微一怔，抿唇不语。

萧华雍等了片刻才继续说："整个荣成县都在小八的控制之中，他来了登州如此之久，要想把余贡弄成替罪羊，有的是法子，却非要动用如此能人，是因为他怀疑有人在背后操纵，觉得余贡这个替罪羊来得太及时。他想抛出鱼饵，看一看是否如他猜想的一般，一切都是有人下好了套子，将他往内赶。

"寻常手段如何能够引得你好奇或忌惮？唯有这样的奇人异士，才能让你忧虑，让你忍不住想要一探究竟，最好是借机将他这一员虎将斩于此。"

沈羲和的心一跳，这的确是她心中所想，而且若是萧华雍不提醒，她便会如此行动。

"好一招抛砖引玉。"沈羲和赞叹了一声。

她差一点儿就中了萧长彦的计。萧长彦倒也舍得，将这样的底牌暴露出来，就是为了引她露出马脚，只怕前方还有陷阱，引着她顺着这位会摄魂术的能人一步步深入。

"我终究小瞧了他。"沈羲和叹道。

"不是你小瞧了他，而是他故意让你放松警惕。"萧华雍不是安慰沈羲和，而是实事求是地给沈羲和分析，"裴展死于西北，小八便已经开始忌惮你，你在行宫所为，他更觉得你不易对付。故而从你入登州以来，他就处处示弱，每每被你压制，让你放松警惕，对他产生误判……"

他的兄弟之中，最难对付的有三人，一个是老四萧长泰，一个是老五萧长卿，还有一个就是小八萧长彦。

老四是个心思毒辣刁钻之人，老五是个心思缜密稳妥之人，小八是个心思深沉隐忍之人。

"再过几年，燕王亦非池中之物。"沈羲和感叹了一句。

祐宁帝育儿有方，长成的皇子没有一个是草包，聪明绝顶者亦不少。

"依你所言，我倒不好再顺着余五郎查下去了，再查下去，燕王这伤也白伤了。"

她如果再调查下去，就会暴露一切都是她在背后主使，萧长庚恰巧道出萧觉嵩与余贡牵扯就不再是巧合。那么萧长庚就会彻底暴露，之前费尽心思接近萧长彦就是白忙活一场。

"你不能查，不意味着我不能查。"萧华雍笑容变得神秘了几分，"正好让他见一见'皇伯'，打消他心中的疑虑。"

既然他们都把萧觉嵩给扯出来了，不用一用，岂不是有些浪费？

"你何时动手？我替你掩护。"这件事情还真的只能让萧华雍假扮成萧觉嵩去调查才行，对于这个会摄魂术的人，沈羲和既好奇，又忌惮，能够早日查清，那最好

198

不过。

然而，她还是叮嘱道："你切记小心行事，莫要强求，实在不行，我还有燕王。"

即便萧华雍假借萧觉嵩的身份依然查不到这个人也无妨，只要"萧觉嵩"真的现身了，萧长彦对萧长庚最后的疑虑也就消失殆尽了，以后有萧长庚在他的身边，他们不用担心摸不清他背后的人。

"我会谨慎行事，此事宜早不宜迟，不若就明日……"萧华雍附耳对沈羲和说了几句话。

夜幕降临之前，沈羲和传见了余贡，直截了当地问他："余郡守，令郎对所犯之罪供认不讳，你可还有话说？"

余贡颓然地佝偻着身躯。他能有什么话说，喊冤吗？

儿子都认罪了，而且他亲自去劝了、骂了、打了，都改不了儿子的心思。他甚至扒了儿子的衣衫，看了看胎记，确认这就是他的儿子。

"太子妃，犬子所为，下官一概不知。下官教子不严，有负皇命。"余贡无力地开口。

"余郡守是否知情，不由我来判断，自有圣裁。然而令郎之罪百姓有目共睹，当日我曾说过，挖掘渠道是解燃眉之急的首要之事，任何人若阻拦，以违抗皇命论处——杀无赦。"沈羲和沉声说道，"百姓激愤，为免影响赈灾，消磨百姓团结一致的决心，明日午时，问斩。"

余贡张了张嘴，想要反驳，抬起头，却看到沈羲和身侧的碧玉手上捧着的御赐金牌，那句"太子妃无权定罪"的话硬生生地卡在了喉咙里。

在一定程度上，现在的沈羲和代表着体弱而无法出面的皇太子，储君也是君，余五郎的罪名，证据确凿，萧华雍有绝对处置权。余贡明白，自己就算反驳了沈羲和，也不过是惹得太子再出面罢了，儿子他保不住了。

现在他只能想办法保住他自己和平遥侯府。

余贡虽然不知道好好的儿子突然着了什么魔，像完全变了个人似的，却隐隐觉得这件事情不简单。自己的儿子一心只读圣贤书，虽有些文人的清高性子，却从未树敌，应当无人会对他下套。

昨日至今日，他也花了大力气去彻查此事，确实没有发现丝毫儿子得罪人的迹象，兼之灾情持续了大半年，这段时日，儿子绝不可能与人结怨，可若是早就结下了仇，对方也不会等到今时今日。

他更相信这是神仙打架，而他们只是被殃及的池鱼，儿子不过是个引子，背后之人真正剑指的是平遥侯府。

平遥侯府是他们余氏的根，根若被斩断，必然导致大厦倾倒。

此事谁是主谋，余贡一时间也分辨不清，不过最值得怀疑的人莫过于眼前的太子妃。他没有忘记先前关于太子得老天眷顾的传言，那是他受了昭王殿下的命令传到登州的。

也许从那一刻起，他就错了，错在不该不听兄长的话，胡乱插手皇子之间的是非，才会给余家招来这样的横祸。

就在余贡沮丧认命之际，沈羲和扫了一眼正在天人交战的余贡，慢悠悠地开口："余郡守也莫要灰心，此事尚有回旋的余地。"

沈羲和的嗓音十分清朗，似山间的清泉荡过浅溪，有一种令人心旷神怡的魔力，可余贡此刻听着，心中一凛，下意识地绷直了背脊，生怕自己听错了一个字，落入万劫不复之地："殿下此言是何意？"

"我与太子殿下在此事发生之后，便查过余五郎，倒觉得余五郎不应该有机会与逆臣接触，此事突然发生，委实有些突兀。"沈羲和淡然地说道，"若非我们心里倾向于余五郎为人所害，就凭与逆臣同谋之罪，余郡守此刻也不能再站在此处。"

这一点也是余贡心里的疑惑，他一直以为这是沈羲和为了报复他先前为昭王大开方便之门，将那些不利于太子的流言传入登州。按理说，若这是太子妃所为，她应该在拿到儿子的口供，搜出那些证据之后，就立刻下令将自己缉拿。

即便他与儿子不同，没有亲自去破坏救灾之事，也有官身在，必须由陛下定罪，太子妃也不应该就这样放过他，由着他自由出入，不免去他的职责。

要知道，太子妃此刻想要他的小命很容易，只需要把他关押起来，来个畏罪自杀，即便是陛下也没有法子从中挑出不妥之处。

而沈羲和并未如此做，此刻还似要对他推心置腹。

太子妃到底是真的怀疑有人在捣鬼，还是欲擒故纵，她的目的远不止对他下手？

余贡内心天人交战。他一边告诉自己，太子妃十分危险，不可被她蛊惑，一边又隐隐有些挣扎，或许这件事真的不是太子妃所为，是有人趁机浑水摸鱼，对付了他，还让他恨上太子妃？

瞅着游移不定的余贡，沈羲和慢条斯理地说道："明日余五郎是否会被问斩，就要看他是当真与逆臣为伍。"

余贡没有明白沈羲和的意思，沉住气说："请殿下明示。"

余五郎到底是自己嫡亲的儿子，哪怕有一丝可能，余贡也想要护住他。余贡不是不防备沈羲和，只是想要听清楚沈羲和的意图再来判断。

沈羲和却轻笑一声："看一看明日是否有人劫法场。"

言罢，沈羲和转身走了，留下愣在原地半晌没有回过神来的余贡。

他不明白为何有人会来劫法场，还是沈羲和以为他会派人去劫法场，特意警告他一番？

余贡回去之后，百思不得其解，少不得要寻心腹商议。

萧长彦有心让余府背上绑走和暗算萧长庚的罪，既然能够不着痕迹地对余五郎下黑手，自然派了人潜伏在余贡的身边。萧长彦虽然在邻县，一来一回需要不少时间，可是飞鸽传书比人快，半夜他就收到了消息。

"太子妃说，会有人劫法场？太子妃不信余五郎投靠了皇伯。"萧长彦披着斗篷，站在烛台前。

"太子妃敏锐，余五郎往日的行为也容易查清，他突然与逆臣扯上关系，太子妃不信也在情理之中。"递信的幕僚觉得沈羲和这样的反应才是对的。

她没有火急火燎地把余五郎给杀了，这说明不是她要借殿下之手对付余家。

萧长彦点了点头，他疑惑的是另一点："太子妃为何说会有人劫法场？"

余五郎凭什么？难道是太子妃要派人劫法场？就算她觉得有人做局陷害余五郎，可二人非亲非故，她也不像是个大公无私、伸张正义之人，怎么会大费周章地救下余五郎？

这一点幕僚也没有想明白，一时间，主仆二人沉默下来。

百思不得其解的萧长彦穿上外袍，披上斗篷，去寻了萧长庚。萧长庚好似已经歇下，听到他在门外与守夜的内侍对话，才被吵醒，掌了灯："八兄深夜前来，必有要事，还请进来。"

萧长彦有些歉意："你身子尚虚，我不应叨扰你。"

"八兄言重，我已无大碍，八兄不与我生分，才会有事便来寻我。"萧长庚眼神清澈，"八兄请直言。"

萧长彦摩挲了一下拇指上的扳指，才说道："你可见过皇伯？"

"远远地见过一面。"萧长庚如实作答，"去年去行宫避暑，皇伯绑走了太子皇兄，要陛下亲自去赎。"

萧长彦听了这话之后，久久不语，烛台的幽光映照在他的侧脸上，将他刚毅英俊的半边脸勾勒得更加丰神俊朗。

"八兄为何提及皇伯？"萧长庚等了半晌之后，主动发问。

"十二弟有所不知，当日对你我不利之人便是皇伯所派，而他在登州的爪牙是余贡的嫡子……"萧长彦将自己设的局告知了萧长庚。当然，他不会坦承是自己设的局，而是将这些当作真事一般说了出来。

萧长庚也佯装不知，信了他的话，面色微沉："八兄是担忧皇伯派人营救余五郎？"

"好不容易养的一枚棋子，亦不知皇伯在朝廷中安插了多少棋子，若他见死不救，会不会寒了旁人的心？"

萧长庚收起了不以为然的表情。若只是个成事不足败事有余的余五郎，不至于让萧觉嵩去救人，可萧觉嵩若是为了安抚人心，树立威信，让更多被他安插之人死心塌地地追随，这样做倒是值得。萧长庚道："八兄的顾虑甚是有理。

"可余五郎明日就要被问斩了，你我此刻也鞭长莫及。且你我既然能想到这一点，想来五兄与太子妃也能想到，必然有所准备……"

说着，萧长庚顿了顿，沉思了片刻后，才又说道："八兄，或许这是太子妃刻意泄露的消息。"

"哦？何以见得？"萧长彦问。

"太子妃或许也如我们一样，料想到皇伯极有可能去劫法场，刻意吐露消息出来，若此事被皇伯知晓，只怕皇伯便会歇了劫法场之心。如此，太子妃就能轻易地将余五郎绳之以法，也免了百姓心中的惶恐情绪。"

萧长彦静静地看了萧长庚片刻，在沉思的萧长庚抬起头的一瞬间，收敛了神色，露出恍然之笑："原来如此，为兄明白了，既然太子妃成竹在胸，那是我多虑了。你好生歇息，明日我们还有许多事要忙。"

萧长彦拍了拍萧长庚的肩膀，双手背在身后，大步离去。

萧长庚将人送到门口，立在屋檐下，目送萧长彦离开。冷风吹动着屋檐下的灯笼，摇晃间，灯火忽明忽暗，照得萧长庚的那张娃娃脸也宛如蒙上了一层银霜，看起来有股凉意。

萧长彦对沈羲和了解不深，因此才去萧长庚那里试探一番，原来沈羲和是这个用意……

所以她是真的信了余五郎与萧觉嵩是同谋，看似是在袒护，实则想要置余五郎于死地？

沈羲和为何要这样做？她若真的对余贡不满，这个时候应该趁机动手才对。

萧长彦故意挑了余五郎而非余贡，就是想看看沈羲和会不会急不可耐，结果沈羲和的反应完全在他的意料之外。是他低估了沈羲和，还是他猜得不对，这件事情与沈羲和无关？

萧长庚与沈羲和都觉得余五郎是萧觉嵩之人，所以才认为萧觉嵩会去劫法场。

难道他并没有冤枉余五郎，余五郎其实真的是萧觉嵩之人？那么萧觉嵩当真会去劫法场？

"王爷，不若我们派人去法场外见机行事。"幕僚看萧长彦犹豫不决，便建议道，"不管有没有人来劫法场，都去盯着，切莫轻举妄动，无论如何也不能入了圈套。"

萧长彦想了想，应允了，研墨修书一封，传了回去。

几乎是前后脚，萧长彦与萧长庚的消息一起递了出去，但萧长庚的飞鹰传信明显要比萧长彦的飞鸽传书快，萧华雍早上一睁眼就收到了消息，且消息已经到了一个时辰，只不过天圆不敢惊醒萧华雍，才在这个时候将消息递上来。

"小八今日一定会在法场上埋伏人。"

所有的事情都在按照他们的计划一步步进行。

他要的就是萧长彦派人来，然后亲眼看到萧觉嵩的人劫法场，之后就是跟踪萧觉嵩，从而发现萧觉嵩的踪迹……

"敌人是神龙见首不见尾的'皇伯'，他不会派等闲之人，极有可能是派他的影卫。"沈羲和起身穿衣，"即便是抓到了，也证明不了那是他的人。"

萧长彦是狡猾的，对余府下手的目的是把自己对萧长庚的所作所为顺水推舟地推到余府上，却通过另外一个无关紧要的法子先把余五郎置之死地，然后再暴露余五郎对萧长庚的所作所为，这样一来，死无对证，能够减少露出马脚的可能，同时，也让余贡完全想不到是他给余五郎下的套。

"无妨，他要玩心计，我便陪他玩一玩。"萧华雍伸手将沈羲和的一缕发丝从被衣裳裹住的怀里钩出来，而后在她的额头上亲了亲，"等夫君为你出头。"

萧华雍占完便宜，心情大好地去洗漱了。

沈羲和拿洗脸的巾子擦了擦额头，这人一大早未盥洗就亲她，真是越来越不讲究！

她手上做着嫌弃的动作，心里却没有半点儿排斥和气恼的感觉。

萧华雍当着沈羲和的面换装，折腾了大半个时辰就变了个人，沈羲和虽然不是第一次看到，却仍旧叹为观止。他又寻了个替身替他在屋子里装病，便在沈羲和与萧长卿去了县衙后，不惊动任何人，悄悄离开了府邸。

监斩余五郎的事，沈羲和没有残忍地派余贡来，而是交给了县令，但余贡还是在法场之外的食肆里寻了个位置，紧紧盯着法场的动静。

天空一直下着不大不小的雨，有不少百姓不顾下雨的阻拦也要观看行刑。他们的脸上都是愤恨的表情，因为他们知道，一旦被余五郎得手，或许此刻他们都已经没命站在这里了。

时辰一到，县令还没有扔下令牌，就有发狂的马疾奔而来。百姓惊悼地让开，等到疯狂的马奔到了法场内，众人才看到一个一直贴在马身上的黑衣人飞出来，持刀朝着行刑的刽子手砍去。

幸好这个刽子手孔武有力，手中还有钢刀，躲过了一劫，紧接着，百姓之中也有人不知何时蒙上了面巾，飞身而起，朝着法场飞掠而去。

余贡远远地看到这一幕，被吓得面无人色。这样的架势，让他这个亲爹都忍不住怀疑，难道儿子真的是逆臣的爪牙？

他脑子"嗡嗡"作响，心里只有一个念头：完了，完了……

第八章　我有夫人无所惧

这下他们余府跳进黄河都洗不清了。他顾不得其他，手一挥，立刻将自己调来的人手支使上去，务必要拦住这些人劫走儿子！

只要儿子没有被劫走，一切还有回旋的余地；一旦人被劫走，那他就百口莫辩了。

萧长彦派来的人始终冷眼旁观，无论这件事是不是一个局，只要他们不插手，就无法扯到他们的身上来。

萧华雍派来的人的的确确是萧觉嵩生前的人。这些人都是萧觉嵩临终前托付给他的，萧华雍没有犹豫就接收了，这些人对他大有用处。

尤其是这些人身上被萧觉嵩用秘法刺上去的标志，当日在行宫，已经在祐宁帝面前过了目。

也不知道这些印记是怎么刺上去的，与黥面不同，黥面尚且能够通过挖肉毁去，而萧觉嵩这些人的印记刺在胸口上，与心脏的位置相连。祐宁帝派仵作勘验当日行宫留下的尸体时，就发现这东西挖得再深都有痕迹，要想彻底抹去，除非连同心脏一起挖掉。

漫说祐宁帝没有弄明白这是如何做到的，萧华雍到现在都没有弄明白。不过只要人被抬到祐宁帝的面前，就能让祐宁帝亲自向萧长彦证实他们这个"皇伯"的存在。

平遥侯府之人与萧觉嵩有往来，足够让祐宁帝心里留下解不开的结，哪怕不能直接证实平遥侯府叛变，日后平遥侯想要得到祐宁帝的信任也不大可能了。

君臣离心，再让祐宁帝失去一个心腹，萧华雍觉着值得。

不过到底是自己接手了的人，萧华雍把人派出去，他们只要能够全身而退，他也不会刻意杀一个人留给祐宁帝做证据，一切看他们的本事。

沈羲和派莫远隐藏在暗处，有人劫法场的话，莫远就带着人冲出去。他们都知道彼此是自己人，故而看似缠斗得难分难解，却都没有下死手。

萧长卿和县衙乃至余贡的人不知情，对待敌人就没有留手，当然，敌人也没有对他们留手。萧长卿派来的都是从宫里带来的人，不是他自己的人，这些人的身手远远比不上萧觉嵩的人。

眼看着情势一边倒，余五郎要被劫走了，驻守在此的军卫赶到，流矢如大雨般齐发，萧觉嵩的人到底折损了两个才带走余五郎。

这些人带着余五郎离开，萧长彦的人螳螂捕蝉，黄雀在后，立刻跟了上去，却没有想到对方甚是敏锐，没过多久就发现有人跟踪，将他们甩掉了。

"余郡守，这个标志你可识得？"沈羲和问跪在一旁的余贡。

余贡识得。去年行宫之行，他这个地方官自然没有资格去，但是皇太子被掳，陛下亲自去接人，险些被萧觉嵩弄得双双丧命江中，这么大的事情，参与者平遥侯怎么可能不告知他？

这个标识现在举朝上下都知道，陛下还想知道这个标识是如何印下的，就像与生俱来的胎记，若是有人琢磨出来，也是大功一件，故而，不仅满朝文武皆知，就连百姓都知道。

正是因为识得，余贡才觉得完了。

"即日起，余郡守留在县衙里，不可随意走动，不允许人探视，我会将此间发生之事尽数上奏陛下，由陛下圣裁。"沈羲和下令软禁了余贡。

没有将他投入大牢，是因为她还没有资格给一方郡守定罪。

沈羲和公事公办，软禁了余贡，又让萧长卿执笔，将此间发生之事尽数上呈京都。

另一边，余五郎被救走，被关押在暗无天日的地方，萧华雍则在这里等着萧长彦来。余五郎中了摄魂术，只要萧长彦想找，就一定能够找到，而且萧华雍已经把大致范围透露给萧长彦了。

萧华雍觉得萧长彦一定会来，因为杀了萧觉嵩就是大功一件！

这里发生的事情，天尚未暗下去，萧长彦就接到了消息。因为有萧觉嵩留下的人做证据，萧长彦毫不怀疑。他也研究过这标识是如何做到的，毕竟不想自己的人有朝一日混入假货。

然而一直到今时今日，一整年了，他也没有琢磨出来。

"本王要去会一会这位皇伯。"萧长彦当即做了决定。

"殿下，属下不赞同殿下冒险。"幕僚忧心地阻挠。

他也没有想到，他们只是想要找个替罪羊，给替罪羊弄个合情合理地绑架皇子的理由，却真的误打误撞……也不能说是误打误撞，只能说燕王或许早就隐隐察觉，这才不隐瞒殿下，将自己知道的事尽数相告，如此看来，燕王投诚之心倒是不再可疑。

任凭他们想破头也不可能想到萧觉嵩已经死了，死之前还将自己的人交给了萧华雍。并且萧长庚是萧华雍的人，现在的萧觉嵩就是萧华雍。

有了萧觉嵩的人作为证据，即便是祐宁帝也会对此深信不疑。

"本王不去寻他，他也会寻上本王。"萧长彦知道这一面非见不可，"想来本王绑了十二弟，又欲将此事嫁祸于他，且歪打正着，害他废了一枚棋子，他定然已知晓。"萧长彦莫名其妙地有这种直觉。

"殿下……"

"殿下，有人送来一封书信。"幕僚正准备继续劝，外间响起通报声。

幕僚转身出去，将没有落款的书信接过来递给萧长彦，萧长彦拆开信之后，就看到一句话："皇侄，别来无恙。"

这句话让萧长彦觉得莫名其妙，他何时见过萧觉嵩？陛下登基，萧觉嵩落荒而逃的时候，他尚未降生，萧觉嵩一直到二十一年后才现身。可萧觉嵩不会无缘无故地寄来这封信，定然是真的见过他，只是他没有识破萧觉嵩的身份。

这个认知令萧长彦心中不安。

萧华雍接手萧觉嵩的人，另外一个缘由便是可以了解萧觉嵩的过往。如今萧觉嵩的心腹都在萧华雍的身侧——他们往日对萧觉嵩寸步不离，萧觉嵩去过何处，见过何人，他们都知晓。

萧觉嵩在几年前的确与萧长彦见过一面。那就是裴氏衰败的那一年，萧觉嵩在安南城出现过。而且当年裴氏之所以败得那么惨，萧觉嵩还在其中起到了不小的作用。

这些事，萧长彦在见到萧华雍扮演的萧觉嵩的第一眼，就明悟了。

当年安南城出现叛徒，他的外祖父和大舅还有几位表兄尽数战死在安南城，他火速赶往安南城，稳住局势，搜查细作，在城门口严加排查。

就是在安南城的城门口，他亲手将被人挤到一边险些栽倒的萧觉嵩搀扶住，亲自验了萧觉嵩的路引，亲口下令将萧觉嵩放出了城门。

"皇伯！"诸多记忆浮现在脑海中，这两个字萧长彦唤得咬牙切齿，眼中泛起了血色，"当年安南城之战，皇伯可还记得？"

"自然记得。"萧华雍那有些泛黄的双瞳依然锐利，却很平和，他静静地看着萧长彦。

这样平静的表情更像是在挑衅。

萧长彦捏紧双拳，骨头发出了清脆的声响，如一柄随时会出鞘的利剑："安南城之战，皇伯在其中扮演了什么角色？"

"皇侄用兵如神，心有成算，不如猜一猜？"萧华雍不答反问，嘴角噙着一丝若有若无的笑容。

心中的某种猜测被印证，萧长彦怒意直冲胸前，又想到了一件事："我的舅父裴展命丧西北，听闻当时皇伯也在西北？"

"是又如何？"萧华雍漫不经心地问。

"我舅父之死，皇伯可有参与？！"萧长彦直截了当地问。

萧华雍勾了勾唇："我与你的父亲是死敌，裴氏效忠的是你的父亲，我和你的舅父自然也是敌人。"

他这是委婉承认了裴展之死与他脱不了关系。

萧长彦紧紧地盯着萧华雍，眼底满是狠厉之色，跟随萧华雍的人纷纷警惕起来。萧长彦看起来随时会暴起，持刀劈向萧华雍。

萧华雍抬手挥了挥，他们才往后退了一些。萧华雍甚至上前两步，与萧长彦四目相对，一个怒意翻滚、隐忍克制，一个云淡风轻、毫不在意。

这口气，萧长彦终究压了下去。这里不是他的地盘，他贸然动手，是莽夫行为，讨不到任何好处："皇伯约我来此，有何赐教？"

"岂敢赐教？不过是想要好好地见一见，这个胆敢算计到我头上的侄儿是何模样。"萧华雍不疾不徐地开口，上上下下地打量了萧长彦一番，眼里没有半点儿轻视之意，却令萧长彦极其不适。

因为萧长彦觉得眼前的萧觉嵩连一根头发丝都在散发着看不上他的气息。

然而萧长彦不是急躁的毛头小子，在安南待了几年，浴血奋战的战场已经磨砺出了他的城府。过了最初的愤恨阶段，他此刻极其冷静："既然见到了，请恕侄儿不奉陪了。"

萧长彦转身欲走，却被萧华雍的人堵住了去路。萧长彦目光锐利地扫了他们一眼，背对着萧华雍问："皇伯这是要对侄儿动手吗？"

他嘴角微微上扬，一抹冷笑挂在唇边。就算萧觉嵩看不上他，他也不相信萧觉嵩这个时候敢要了他的命。

"我既然'绑走'了一个燕王，再绑走一个景王，正好替皇侄圆谎，皇侄不应当感激我吗？"萧华雍一只手背在身后，缓缓地踱到萧长彦的身侧，"你我好歹一脉相承，是嫡亲的伯父与侄儿，我岂能不顾血脉亲情，对你痛下杀手呢？"

"皇伯囚着我又有何用？"萧长彦不解。

"皇侄手下的能人不少，不若让皇伯见识见识？"萧华雍停在了萧长彦的面前，眼瞳一转，看着面色大变的萧长彦，"将景王殿下请下去，好生安顿。"

萧长彦的眉峰动了动，两个人上前将他押住，刚刚按住他的胳膊，恰好此时外面"嗖嗖"飞进来几个弹丸！这几个弹丸落在地上就冒出白烟，只是眨眼间，"砰"的一声爆开，巨大的烟雾霎时充斥四周，周围一时间伸手不见五指。

弹丸飞进来，还没有爆开前，萧长彦就双臂一震，强劲地挣脱了束缚他的两个人。他顺势展臂，五指成爪，朝着身旁的萧华雍的咽喉扣去。

萧华雍有些笨拙地往后一仰，堪堪躲过了萧长彦的铁臂，腿弯却被萧长彦横扫过来的腿踢中。萧华雍顺势往后一倒，萧长彦俯身追击，差一点儿抓住萧华雍的胳膊的时候，一股劲力袭来，先一步架住了萧长彦攻向萧华雍的手。

来人戴着面具，是个和其他人穿着打扮一样的黑衣人，只是一个照面，萧长彦就知道这个人的身手极其了得。

萧华雍这个时候已经被黑衣人推到了安全区域，被好几个黑衣人护在身后。

萧长彦眼底闪过一丝杀意，错失了最佳机会，必须将这些人全部杀掉，否则自己休想擒住萧觉嵩。不过这一次他也算是有备而来。

烟雾还没有散去，不少人冲了进来。这些人身手了得，萧华雍站在远处，看着这些人的路数，嘴角微微露出一点儿不易察觉的笑意。这些人是萧长彦的影卫！

这些人速度极快，看着便像一串串抓不住的残影。

双方的人都是武艺不俗、万里挑一的好手，战况一时难分高下，没过多久，一股淡淡的酸涩味道拂过萧华雍的鼻尖。与沈羲和在一起久了，萧华雍在沈羲和的熏陶下，对味道也比常人敏锐了不少。

他垂眸看着地上溢出白烟的弹丸，从袖中倒出一些香粉撒在地面上，吩咐一侧的黑衣人："点燃。"

黑衣人立刻掏出火折子，将地上的香粉点燃，一股清醇的香气弥漫开来。

这股香气很奇特，明明极其浓烈，却丝毫不冲人。

这是沈羲和特意调制的香料，先前萧华雍就中过沈羲和的迷香暗算，婚后，沈羲和就给了他这种香料，只要闻到异常的味道，将之点燃，它能够让人清心明目。这种香料还能够助人抵抗大多数毒烟与迷雾，用料极其珍贵，调制之法也甚为复杂，对调制的材料、调制炙干的日头温度都十分挑剔，很难才能制成一盒。

香烟弥漫开来，原本有些头脑发沉的黑衣人也渐渐清明起来，对付起萧长彦的人更加兴奋和斗志昂扬。

萧长彦的人身手敏捷、灵巧，萧华雍的人出手狠辣、果决。

一刻钟之后，双方各有伤亡，然而萧华雍这边的人明显渐渐占了上风。就在这个时候，一阵刺耳的声音从外面传来，十分嘹亮，是铜镲的撞击声，这声响宛如一根根尖锐的针，要刺入人的脑子里。

这些声音影响了萧华雍这边的黑衣人的心神，莫说在御敌的人，便是没有御敌，护在萧华雍身侧的黑衣人，听到这声音，也觉得格外刺耳，忍不住甩了甩脑袋。

萧华雍听着这有节奏、有规律的刺耳声音，也觉得脑子里仿佛被塞入了什么东西，变得沉重起来。又是一阵刺耳声传来，很多黑衣人感到一阵烦躁，手上的动作一顿，就被萧长彦那边快如疾风的影卫一剑了结！

形势瞬间颠倒。

萧华雍见自己这边的人一个接着一个地倒下，刺耳的铜镲撞击声对萧长彦的人竟然没有丝毫影响。这些人自然不是失聪了，只能说明他们早就对这种能够扰乱人的心神的声音习以为常，甚至已经麻木，足见萧长彦是如何训练出这一批能够上天遁地的影卫的。

萧华雍给身边的人使了个眼色，这几个人把准备好的耳塞塞入耳中，这些耳塞是沈羲和特意赶制出来的，为的就是防止萧长彦的摄魂术。

萧华雍对沈羲和提及，摄魂术只有修习达到炉火纯青的地步，才能够只用一个眼神就令人失魂，大多数的人还是需要通过一些会动会响的外物来控制人。

于是沈羲和让碧玉等人连夜赶制耳塞，这些耳塞所用的棉花，她都用香料浸泡后再晒干，以前都是用来做鼻塞的，散发出来的幽香能够醒脑，使七窍相通，塞入耳朵里一样有效。

耳塞虽不能完全杜绝铜镲的干扰，但也不会再让他们轻易地被牵动心神，这些人的手中飞出带着倒刺的铁链，细长的铁链甩起来银光闪烁，十分灵巧，可远攻可近攻。

铁链因为有细长的倒刺，一旦缠在人的身上，只需要一拉，就能轻易地刮掉一层皮肉，更不能用手去拽或者阻挡，哪怕是用兵刃格挡，一旦兵刃被缠住，也能够轻易地夺走。

这种精细的武器是萧觉嵩捣鼓出来的，萧华雍见了，都赞叹了一声"心思灵巧"。

有了这几个人的加入，形势再一次发生变化，双方不分伯仲，一边快，一边狠，刀光剑影，火花四溅，鲜血迸溅。

因有烟雾，萧长彦的人没有发现，这几个手握铁链的黑衣人在每一次收回放出或者抖动飞舞铁链的时候，都有细微的白色粉末飘散开来，这些细小如粉尘之物被还未散尽的白烟完美遮挡，很快，萧长彦的影卫就成了好似被什么东西激怒的斗牛，清明的眼睛变得猩红。

萧华雍看火候差不多了，佯装不敌，要保存实力，下令："撤。"

近身的黑衣人掩护萧华雍迅速逃离，交战的黑衣人慢慢聚拢给他们断后，随后跟上。

追出山洞，看着漫延一地的血迹，萧长彦抬手："莫追。"

影卫虽然一时刹住了脚，可杀红了的眼睛看到血迹，仿佛看到了什么刺激神经的东西，令训练有素的他们控制不住自己的脚，疾风一般刮过了萧长彦身边。

萧长彦这才惊觉大事不妙，果断而又迅速地将能够打晕之人全部打晕，却还是有一半人沿着血迹追了上去。

萧长彦从来没有一刻像现在后悔将他们训练得过于身手敏捷，他们的动作令他完全来不及全部阻止。

血迹一直延伸到山腰的茅草屋前，茅草屋在细雨之中看着摇摇欲坠，浓烈的酒味儿溢满整个屋舍。这是烈酒，酒味儿直冲鼻子的烈酒。

味道从几个屋子里溢出来，而血迹也在雨水的冲刷下，如同蜿蜒的蛇一般爬入了左右两边的屋子里。影卫自动分为三组，冲进了屋子里，萧华雍远远地站着，手中有三支带着火油的箭矢。他拉弓之后，箭矢便"嗖嗖嗖"地朝着三间茅草屋飞射而去。

萧长彦赶来的时候，恰巧看到三支带火的箭矢射出，哪怕在雨中，火也没有熄灭。箭矢精准地扎入了茅草屋的屋顶，射入了屋内，浓烈的酒气顺着冷风灌入他的鼻间，他瞳孔骤然紧缩："不——"

"砰砰砰——"

萧长彦撕心裂肺的高喊声被突然响起的爆炸声掩盖了，细雨之中，茅草屋被炸得四分五裂，与稻草一同飞起的还有断臂残肢，就连站在门口的萧长彦也被强劲的爆炸之力给弹飞了出来，重重地栽倒在泥地里，吐出一口鲜红的血。

他单手撑起被震得胸口发疼的身体，双眸充血，看着眼前轰然爆炸的一切。见再也没有一个活人站立着，萧长彦眼神狠厉，犹如地狱之中爬起来的恶鬼。

"把人擒来。"萧华雍吩咐。

"诺……"

"慢着。"下属应声，正要去捉拿萧长彦，萧华雍忽然又喊住他们，凝神静听。

海东青不知何时飞来了，在高空之中，也不鸣叫，只是盘旋了几圈。

萧华雍又挽弓搭箭，对准了萧长彦。

痛心疾首的萧长彦在箭矢对准自己的刹那，心脏莫名其妙地一阵紧缩。这种面对死亡的感觉，在战场上，他经历过许多次，每次都是这种上苍恩赐般的直觉让他保住了性命。

他几乎是下意识地用尽全力翻滚了一下，下一瞬间，萧华雍的箭就落在了他的身侧，那种面对死亡的窒息感并没有因为他躲过一箭就消失，反而更加强烈了。

这一次，萧华雍的三支箭矢飞射而来，萧长彦躲开了一支，另外两支，一支插入了他的腰腹，一支被飞来的箭矢给射偏了。

隔着雨幕，萧华雍眯了眯眼，看着手持弓箭、策马前来的萧长风，轻哼了一声，转身带着他的人撤离了。

萧长风赶到萧长彦的身边，将受了重伤的萧长彦搀扶起来，回望了一眼萧华雍消失的方向，带着他的人将萧长彦护送离开了。

等他们回到荣成县的县衙里，等待他们的是端坐在县衙内不知等候了多久的沈羲和。

县令战战兢兢地缩着脖子立在一侧，萧长庚面色微白地虚靠在靠背椅上。

萧长风搀扶着萧长彦进来，对上面无表情、看不出喜怒的沈羲和，心口一紧。

他堂堂七尺儿郎，少有惧人的时候，哪怕面对陛下，都是敬畏居多。唯独对沈羲和，他莫名其妙地有些惧怕，尤其是现在，他与沈羲和还是大姨姐和未来妹夫的关系，自己又矮了一头。

"巽王殿下来了登州，竟没有先至文登县见过太子，倒是先来了荣成县，这难道是皇命？"沈羲和好似没有看到满身伤痕的萧长彦，不急不缓地质问萧长风。

"八兄……"倒是萧长庚先一步上来搀扶萧长彦，对县令吩咐道："快请郎中。"

说着，他也不理会沈羲和，把萧长彦搀扶入内。

沈羲和也没有理会萧长庚与萧长彦，而是将淡漠的目光落在萧长风的身上。

"回禀太子妃，小王奉命前来传密令于景王殿下，恰好路过东山，听到震耳欲聋的爆炸声，不似惊雷，故前去查看，没承想竟然是景王殿下遭人暗算，这才出手相救。"萧长风面不改色地说着谎。

他是奉皇命而来没有错，但并没有密令要给萧长彦，只是在半路上接到了萧长彦的来信，说是发现了萧觉嵩的踪迹，盼他前来相助。他昔年曾经欠下萧长彦的救命之恩，这个情，他无论如何都要还，而沈羲和也不会去寻陛下证实是否有密令。

退一步讲，即便沈羲和去求证，陛下也会维护他与萧长彦，他大不了就是私底下被陛下斥责一顿，总比落下把柄在沈羲和的手上要强。

至于他接到萧长彦的求助信之事，他更不能告知沈羲和，否则一个因私废公的罪名就扣下来了。

沈羲和眼帘微合，清亮的大眼霎时间变得细长。她静静地看着萧长风。

萧长风站得笔直，任由沈羲和打量，丝毫不见心虚之色。不过他也有些不自在，为了缓解这种不自在的感觉，不得不主动问道："太子妃因何至此？"

沈羲和这个时候应该在文登县才是。可她来了荣成县，且无人得知，这让萧长风觉得她是故意来抓萧长彦的。

"逆臣劫了法场，我派人搜查，一路搜查到了此地。"沈羲和自然有合情合理的由头，"倒是不知景王殿下的消息竟比我的更为灵通，先一步遇上了逆臣。"

沈羲和话里有话。她是从劫法场开始就一路追击过来的，可远在荣成县的萧长彦比追过来的沈羲和还先一步与萧觉嵩交锋，这说明了什么？

这说明萧长彦早就知道萧觉嵩的行踪。可他一个来荣成县分发物资的人，不一心想着办公，盯着文登县的事情也就算了，还要掺和一脚，往小了说是办事不力，往大了说就是图谋不轨。

萧长风聪明地选择了沉默。欠景王的恩情，方才他已经还清了。这几个兄弟叔嫂之间的战争，他还是不参与，明哲保身为好。尤其是他日后可是要迎娶沈璎嫇的，沈羲和与沈璎嫇哪怕再无情分，也是姐妹，他即便不能帮助沈羲和，也不能与沈羲和作对，以免让沈璎嫇难做。

见萧长风又开始装聋作哑，沈羲和扫了他一眼，就起身入了内。她和萧华雍是一前一后赶来的，萧华雍想要以萧觉嵩的身份将萧长彦的命留在这里，她担心出岔子，这才赶了过来。两个人一明一暗，正好可以混淆视听，严丝合缝地遮掩计划。

萧长风赶来得很及时，救了萧长彦一命，也或许是因为萧长彦早早就知晓萧长风要赶来，这才有恃无恐地选择冒险，与萧觉嵩一较高下。萧长彦有援军，再惨也不会丢了性命，如果拿下萧觉嵩，那就是大功一件。

敢上战场的人，果然都喜欢用命去博弈。

沈羲和走到后院的时候，看到一盆盆血水被端出来。萧长彦的腰腹中了一箭，箭矢刚刚被拔出来，沈羲和用帕子裹住箭矢，从一旁的托盘里将其拿起来，上上下下地打量了一番。这是很普通的箭矢，就连工艺和选材都是大街上的铁匠铺随意能够买到的，便又将之放了回去。

沈羲和的视线落在床榻上，她等到郎中给萧长彦上了药，止血之后，才问："景王殿下如何？"

"回禀太子妃，箭矢入体极深，幸好没有伤及脾胃，不过殿下伤势颇重，今夜若无高热，或高热之后，明日能够退热，便无大碍。"郎中小心翼翼地回复。

高热不退吗？

沈羲和倒有的是法子，只不过都没有办法做到不留痕迹，短时间内也寻不到替罪羊，更何况还有萧长风在这里盯着，就更不好出手了。

最初她是不赞同在这里取皇子的性命的，会给百姓带来极大的恶劣影响，也会引得祐宁帝震怒，将此事彻查到底。不过现在灾情马上就能得到抑制，萧觉嵩劫法场这样的事情都闹出来了，她再栽赃一个杀皇子的罪名似乎也没什么。

而且萧觉嵩对皇子出手一事可不是她搞出来的，是萧长彦自己安排出来的结果，她顺势而为，祐宁帝怎么查也查不到她的头上。

只可惜萧长彦有些运道，她将目光落在垂下的幔帐上，半响才收回。

萧长风看着沈羲和。她的神色看不出丝毫异样，但他总觉得，沈羲和方才有那么一瞬间对萧长彦动了杀心。不只有他这样想，就连萧长庚也这样想。

他们二人不知为何，心都提到了嗓子眼儿。直到沈羲和收回目光，一言不发地转身离去，萧长庚与萧长风才同时放下了心。察觉对方的气息变得平缓，二人不由得相视一笑，只是笑容多少都有些苦涩。

这世间只怕只有沈羲和敢这么明目张胆、毫无顾忌地对皇子起杀心。偏偏他们除了防备，都不敢轻易地主动出击，别说他们，就连陛下都不敢。

实在是沈羲和太难对付，任何人一旦出手，不将之击毙，那么就会被反杀。

自从沈羲和公然与陛下针锋相对，让自己的心思大白于天下之后，现在人人见到她，神色都有些复杂，有畏惧，有钦佩，有期待，有不屑……最多的是盯着她的肚子。文武百官不知如何作想，总之陛下乃至几位皇子，都不希望她诞下皇孙。

萧长风比旁人知道的还要多一些，陛下想要插手东宫，动些手脚，防止沈羲和怀孕，只差没有给萧华雍下绝育之药了，其他法子都以失败告终，沈羲和将东宫把持得很周密。

不是安插不进去人，而是她来者不拒，只是这些人要么永远起不到作用，要么一动就会无声无息地消失，沈羲和的几个婢女，称得上一句文武双全。

尤其是她刚拿到宫权，就敢随着太子到登州，将偌大的后宫交给自己的一个女官，偏偏这个女官将后宫的事管理得井井有条，就连宫妃几次刁难她，都没有抓到把柄。

沈羲和在荣成县的县衙里住下了。她要等萧长彦醒来兴师问罪。

不过沈羲和也没有歇息，而是将萧长彦的公务接手过来，连夜清查，将余下的事迅速安排妥当。

及至半夜，灯火依然通明，她没有歇息，萧长风与萧长庚自然也没有歇息。二人守着萧长彦，萧长彦果然在半夜烧了起来，且来势汹汹，郎中想了许多法子都没有助其退热。

沈羲和是带着珍珠过来的，萧长风与萧长彦的幕僚求到她的面前，沈羲和却直接拒绝："我的婢女不过是略懂医理，景王的病情很迅猛，她恐怕无力帮忙，我这就传信去文登县，请宫廷医师过来。"

宫里的医师来过一次，是萧长彦为了救萧长庚请的。只是等萧长庚的病情稳定之后，他们又回去了，因为他们的职责是守护好太子殿下。

萧长彦与萧长庚在这里有个三长两短，他们医治不及时也不会被降罪，可要是萧华雍有什么不测，他们就得陪葬，自然不敢逗留在此地。

"太子妃，无论成与不成，请珍珠姑娘试一试。从此地去文登县请医师，一来一回需要好几个时辰……"幕僚"扑通"一声跪在地上，磕头恳求着。

幕僚也懂一些医术，实在是束手无策了，才会求到沈羲和的面前。

"太子妃殿下，无论如何景王殿下也是太子之弟，敬称殿下一声'皇嫂'。如今景王殿下危在旦夕，太子妃殿下有懂医之人在侧，却冷眼旁观，此事传出去，只怕是不好听。"萧长风也跟着说道，"太子妃殿下不在意这些，难道太子殿下也不在意吗？"

这人懂得用萧华雍来威胁她。沈羲和从账册里抬起头，看了萧长风一眼，似笑非笑地问："我若让我的人去了，景王殿下因此有个三长两短，你们会相信此事与我无关？"

　　萧长风和幕僚都噎了一下，这个时候若说相信，那沈羲和当真下毒手，他们还能如何？若他们说不信，沈羲和又怎么会派人前去？

　　萧长风深吸一口气，说道："医者仁心。太子妃不辞辛劳，随太子殿下千里奔波至此，只为解百姓之困。太子妃心有仁义，绝非鼠雀之辈，怎么会对小叔下毒手？若景王殿下有什么不测，当属天意难违，自然与太子妃殿下无关。"

　　听听，他多会说话，沈羲和都忍不住扬起了嘴角。到了这个地步，她还真的没有拒绝的余地："珍珠，你随巽王殿下去一趟。"

　　"诺。"珍珠应声。

　　其实沈羲和在这个时候让珍珠下手的可能性微乎其微，萧长风不知为何，就是能够猜到这一点，或许是因为她很爱惜自己的人。诚然，就算珍珠下手后抓不到把柄，陛下也不能拿沈羲和如何，但是皇子被治疗后身亡，要让经手过的奴仆陪葬，这并不是什么大事，沈羲和有心求情，也无力救人。

　　只要珍珠出手了，萧长彦就有救了，萧长风是如此认为的。

　　"今日我倒发现，你的这位堂兄也不是个心思浅的人。"屋子里只剩下沈羲和，她略微翻动了几页账簿，微启的小轩窗后吹来一丝淡淡的多伽罗之香，她眉眼微弯。

　　下一瞬，一个温暖的怀抱从她的身后将她圈住，来人道："萧氏皇族无一蠢货。"

　　不说皇子个个都是能人，但绝对没有愚不可及者。

　　先前在西北，萧长风倒是藏了些锋芒，抑或并未表现出什么。

　　"他与景王是否有不为人知的瓜葛？"沈羲和顺势往后靠，微微仰起下颌，看看上方的萧华雍。

　　萧长风说什么密令，沈羲和压根儿不信。萧长彦可是在赈灾，在这个关键时候，不可能轻易地将他调走，关于赈灾之事，祐宁帝哪里有什么密令需要给萧长彦？

　　很明显，这是萧长风有恃无恐的托词，他知道她不会去寻祐宁帝问此事，问了也至多是让祐宁帝私底下训斥他几句。他是特意前来营救萧长彦的。

　　"幼时他们一道上学，小八救过他一命。"这件事萧华雍知晓。

　　"你既然知晓此事，为何不派人去拖住巽王？"沈羲和好奇。

　　"陛下是秘密派他前来的，我也才知道。"萧华雍低头在她的脸上啄了一口，"陛下也有陛下的手腕，若我能够时刻洞悉，事事尽知，此时此刻便不会再与他虚与委蛇了。"

　　他早就和祐宁帝撕破脸，正面对决了。

　　沈羲和颔首，想到上次祐宁帝对萧华雍下手，若非萧华雍恰好联系上了萧觉嵩，只怕不好脱身。祐宁帝能够从兄长的手中夺走帝位,又稳坐这么多年,绝非好对付之人。

身为帝王,祐宁帝积威二十余载,被他们算计那么多次,仍旧能够忍住脾气,这更令人望而生畏。

她已经打了帝王好几次脸,可祐宁帝每一次都能够放过她,从未对她采取过反击措施,甚至连警告都没有,这不是他无能抑或不敢,而是他沉得住气。

这样的人不会轻易动手,一旦动手,正如当日在行宫里对萧华雍一样,不会让人轻易翻盘。

"这次小八虽然逃过一命,可他的影卫至少让我折了十之有三,可谓元气大伤。"萧华雍说了点儿开心的事情给沈羲和听,"我还活捉了一些,打算带回去仔细钻研钻研。"

那些被萧长彦打晕的人,被萧华雍捉走了两个。萧华雍自然没有尽数捉走,否则会引得萧长彦警惕。今日的交锋场面十分混乱,具体死了多少个人,萧长彦自己也不能一一数清,更不可能再去清点,尤其是一些人已经被炸得四分五裂。

沈羲和听了这话,忽然露出一个古怪的表情:"你好似很喜欢捉人钻研……"

在行宫的时候,萧华雍也偷梁换柱,抓了祐宁帝的神勇军,也是捉回去钻研。

待到天亮之后,沈羲和将所有的账目核对完毕,就将批示的文书给了县令,让他联合当地的军卫,一块儿将一项项分发物资的事情迅速落实下来。

县令是萧长彦的人。萧长彦现在昏迷不醒,面对着强势得连巽王和燕王都不敢吱声的太子妃,县令只能手脚麻利地乖乖依从吩咐,所以萧长彦来了好几日都没有完成的事情,沈羲和只来了一日,就全部办完了。百姓都拿到了该拿到的东西,脸上多了一丝笑容。

荣成县三面环海,雨势也没有邻县大,再加上山坡较少,除了作物受灾,受灾的人员倒是不多,有了朝廷分发之物,他们今年也不用愁日子熬不下去了。

午间,萧长彦反反复复的高热终于彻底退了下去,沈羲和刚用了夕食,萧长彦就苏醒了。等到沈羲和去探望的时候,萧长彦已经进了食,面色苍白地半靠在榻上,看起来已经度过凶险,接下来只需要慢慢调养。

沈羲和问了郎中,也得到了这样的答复,便不客气了:"景王殿下,你可否与我说说,你为何与逆臣有了联系?"

该告诉萧长彦的事情,萧长庚都告诉了他,萧长彦对于沈羲和的问话也有所准备:"不瞒皇嫂,先前十二弟也是被皇伯所伤,我这才去求了医师来救治十二弟,故而顺着一些蛛丝马迹追查,只不过不甚确定是皇伯所为,一直未曾禀明太子与陛下。"

沈羲和转头看向站在一侧的萧长庚:"燕王殿下,景王殿下所言是否属实?"

萧长庚抱拳:"回皇嫂的话,八兄所言句句属实。"

"燕王是何时遭遇毒手的?"沈羲和又问。

萧长庚毫不犹豫地回话:"是五日前……"

"当真是五日前?"沈羲和冷冷地打断他的话。

萧长庚仍旧没有半点儿停顿:"正是五日前,八兄赶来之日。"

"景王殿下也是如此说?"沈羲和又问。

萧长彦闭着眼睛,轻轻地"嗯"了一声。

沈羲和的目光在低眉顺眼的萧长庚与半靠在榻上看似疲惫忍痛的萧长彦身上转了一圈,收回目光,沈羲和冷冷地吩咐:"将人带进来。"

萧长彦、萧长庚乃至一旁的萧长风心里都有一点儿不妙之感,果然,莫远很快带了一个人进来,这个人不是旁人,正是萧长庚的内侍。这个内侍在萧长庚遭到萧长彦伏击的时候就摔下山坡死了,萧长彦还派人善了后,清理了尸体,没想到此人还活着,且落在了沈羲和的手里!

"燕王可识得此人?"沈羲和问。

萧长庚感觉嗓子眼儿仿佛被堵住了,竟然说不出话。

"殿下,殿下,奴婢总算见到您了……"倒是这个小太监激动万分地扑上去,跪倒在萧长庚的面前,抱着他的腿,哭得好不激动。

"我……没事。"萧长庚也有些欢喜,这个跟随他很久的太监竟然没有死掉。

"景王殿下,根据富桂所言,你们是上个月遇伏的,而燕王失踪已有月余——在我与太子殿下尚未入登州前,他便已失踪。"沈羲和声音冰冷地说道,"到底是燕王与景王所言不实,还是这个内侍说谎,诬蔑主子?"

萧长风一个局外人都知道,肯定不是内侍在说谎,那就意味着萧长庚的确失踪了一个多月,而萧长彦竟然隐瞒不报,这……

气氛一瞬间变得僵滞起来。

"此事是我……"

"皇嫂容禀,是我让八兄隐瞒的。"萧长彦刚刚开口,萧长庚就出言打断他的话,"我与八兄早就发现了皇伯的踪迹,因为不敢确认,又不能掉以轻心,故而想了个法子,以身做饵。由我来引皇伯现身,为了让皇伯无所顾忌,我们才没有惊动陛下与太子殿下。"

萧长庚一力承担责任,将萧长彦的弥天大谎给圆了回来,所有人的目光都落在了萧长庚的身上。

萧长庚顿了顿,又说道:"八兄将我救出,我不欲连累八兄,这才谎称是当日遇上了皇伯。"

沈羲和缓缓地将目光从萧长庚的身上移开,看向萧长彦:"景王殿下,事实如燕王所言吗？"

萧长彦张了张嘴，挣扎了片刻后，说道："事实是……"

"八兄不必袒护弟弟，是弟弟好大喜功，连累八兄以身犯险。待到归京，我定会向陛下请罪。"萧长庚以清澈诚恳的目光直直地盯着萧长彦。

萧长彦的心口有些堵，他艰难地收回目光："是我没有照顾好十二弟。"

这算是婉转地认同了萧长庚之言。

沈羲和冷笑了一声："故此，你们早知逆臣的踪迹，贪功冒险，拒不上报，导致法场被劫，太子自宫中带来的金吾卫损兵折将？"

萧长庚垂首："是我之过，我会上折，向陛下禀明实情，领受责罚。"

"好一个兄弟情深。"沈羲和略带讥讽地赞叹了一声，便站起身离开了。

她没有在县衙里逗留，转身让人整顿一番，也未通知萧长彦等人一声，就带着她的人折回了文登县。

萧长彦对萧长庚说道："你这是何苦？此事本非你之过。"

这件事情，自始至终，萧长庚就是个受害者。现在他将所有罪责揽过去，陛下一定不会轻饶他。

寻常时候激进冒失一点儿倒也无妨，这可是赈灾之际，还想着独揽捉拿逆臣之功，将受灾的百姓抛之脑后，他们本就是来赈灾的，这是本末倒置的渎职之罪，弄不好的话，萧长庚也会如老二一般被削爵。

"若是削爵也无妨，总归还是能再争取回来，所幸你我也没有酿成多大的祸事，陛下纵使恼怒，也不会重罚。"萧长庚倒是乐观，"可若陛下要责罚，我伤势已经痊愈，即便是百八十板子也扛得住，八兄你……"

萧长庚的话未尽，但萧长彦懂。他不一样——事情放在自己身上，自己身为兄长，贪功，用弟弟去诱敌，弟弟失踪一月有余，自己竟然也敢隐瞒不报，那就不只削爵那么简单了。

这些情况，萧长彦与萧长庚都明白，甚至连萧长风与沈羲和也明白，所以沈羲和才讥刺了一句"兄弟情深"。

萧长彦目光真挚地看着萧长庚，伸出手掌："阿弟这份情，哥哥受了。"

萧长庚也伸出手，两掌相击，双手紧握。

沈羲和回到文登县的府宅里，碧玉递来一个蜡丸，沈羲和将之捏开，是萧长风离京的消息，沈羲和安插在萧长风身边的人递来的。只可惜消息晚到了一步，不然萧长彦就没命了，不过他能够这么快将消息递到这里，沈羲和已经很欣慰了，这大概是萧长彦命不该绝。

"不着急，日后有小十二在他的身边，他不足为惧。"萧华雍立在沈羲和的身后。他足足高出沈羲和一个头，将消息看得清清楚楚。

"天意如此，急也急不得。"沈羲和其实也忌惮萧长彦身边那个懂得诡异摄魂术的人，这才改了主意，不想留下萧长彦，哪里知道人家就是命大。

不过经此一事，萧长彦应该会彻底信任萧长庚，就看他们能不能通过萧长庚摸到这个懂得摄魂术的人了。

沈羲和迅速提笔，将这里发生的事情一五一十地上报给了祐宁帝。值得一提的是，萧长彦与萧长庚为了圆谎，特意说明他们是因为盯着余贡一家，才提前察觉到了萧觉嵩的痕迹。

这份折子被递到了祐宁帝的案头上，祐宁帝当即就传召了平遥侯，将折子劈头盖脸地砸在了平遥侯的脸上。祐宁帝最痛恨的人，莫过于萧觉嵩。

幼年时，他身为嫡出的皇子，却处处被萧觉嵩这个妖妃所生的庶出皇兄折腾。后来萧觉嵩逃出生天，就成了他的一块心病。现在自己的心腹竟然和萧觉嵩有牵扯，他如何不怒？

"陛下，微臣冤枉！微臣与逆臣绝无往来！"平遥侯指天发誓。

"你是没有与逆臣往来，你的亲弟弟代替你往来了！"祐宁帝喝道。

平遥侯"扑通"一声跪在地上："陛下，微臣管教不严，亦不知外放数年，他竟生了这样的狗胆，陛下恕罪。"

这个时候，他也保不住余贡了。如果只是太子妃一个人说余贡与萧觉嵩勾结，他还能喊冤，借着陛下与太子妃之间关系不睦来周旋，但现在真正说余贡与萧觉嵩勾结的是萧长彦与萧长庚。

现在他要怎么说？他难道说两个皇子在陷害自己的弟弟？

平遥侯到现在还是蒙的。他甚至开始怀疑这不是谁设的局，而是自己的弟弟真的被猪油蒙了心，投靠了逆臣，否则怎么才解释得清楚？

总不能是一直针锋相对的景王和太子妃合谋干的吧？两个人合谋，就是为了对付他的弟弟或者他？那二人也太看得起他们余家了。

余贡被以与逆臣勾结为由处斩，平遥侯也遭到了牵连，祐宁帝没有罢免他的官职，却削了他的侯爵，日后再也没有平遥侯府。

消息传到萧华雍与沈羲和的耳里，沈羲和很满意："陛下又失去了一个值得信任之人。"

"这才是一个开始而已。"萧华雍自眼底流露出意味深长的笑意。

有了一个平遥侯和萧觉嵩勾结，陛下就会怀疑有第二个，而萧觉嵩这枚棋子，执棋者是萧华雍。他想要将棋子落在何处就能落在何处，不愁不能一寸寸地瓦解陛下的势力。

萧长彦养伤，萧华雍"养病"，萧长风顺着痕迹去追查过，却没有查到丝毫萧觉嵩的下落，之后他也随着萧长卿一起忙于赈灾。五六日后，陶专宪与仲平直规划出来的渠道终于挖成。

二人从两头开始仔细检查，反复确认无误，可以放水之后，这才来通知萧华雍与沈羲和。

"明日便可以放水了。"沈羲和也很惊喜。

这件事情一直是他们心中的结，况且连日来，百姓虽然轮番去挖渠道，可一直泡在水里，汤药是抵了寒气，手脚却被泥水浸泡得脱了皮，不少百姓即便不慎被划伤，也不肯休息，哪怕伤口清理得再及时，也有化脓的趋势，沈羲和只能确保他们的温饱和医药问题。

这件事早日结束，对谁而言，都像是如释重负。

"是的，明日就能放水，不过我与陶公商议后，觉得还是要先祭河神，再放水。"仲平直建议。

"理应如此，便交由县令去安排吧，陶公与仲公好生歇息一日。"萧华雍颔首。

"祭河神的时候，太子殿下是否能亲临？我与陶公听说百姓都想见一见太子殿下。"

对拖着病体千里迢迢赶来，又得了天神指引而显得神秘莫测的萧华雍，百姓很好奇，并且也是打心里敬重与感激。

当然，对于一直陪着他们奋战在第一线，没有一日落下的信王萧长卿，他们也十分感动，因此对祐宁帝的崇敬之情更深了。因为萧华雍和萧长卿都是陛下的皇子，皇子能够亲力亲为，待百姓亲和，就是百姓心中最好的天家子。

从皇子身上也能看到陛下对他们的重视，且自打他们遇灾以来，陛下就没有断过他们的粮，甚至为了他们下诏，同商贾要物资，为他们纡尊降贵，他们如何能不动容？

沈羲和也看向萧华雍，萧华雍淡淡地笑了笑："好，我会去的。"

也不能让他们白白崇敬自己一场，他们对他感恩戴德，萧华雍自然也觉得自己受之无愧。他的确没有付出劳力，但若没有他，供应的物资绝不可能运来，这些百姓也没有力气干活儿。

渠道虽然挖通了，可雨水尚未停歇，故而祭河神的仪式也只能从简，在城门口举行，百姓也在有限的条件下舞了一段狮，鞭炮也是想尽了法子才点燃炸响。

余贡这个郡守被问斩，登州的新郡守尚未到任，于是萧华雍传令河南道的刺史前来主持祭祀活动。河南道的刺史年约四旬，是个老学究一样的人，站在城楼上慷慨陈词一番之后，萧华雍才披着厚重的斗篷，被沈羲和搀扶而来。

百姓看到萧华雍，顿时有些骚动，纷纷不顾地湿，准备跪拜。

沈羲和见状，看了旁边一眼。莫远心领神会，重重地敲响了铜锣，震耳欲聋的声音惊得百姓忘了自己的举动，众人下意识地站直了身子，当然，也有个别人被吓得

"扑通"一声跪了下去。

"诸位乡亲，殿下来此，原是看在乡亲们的赤诚之情，若是害得各位生了风寒，反而不美。"沈羲和提高声音说道，"还请诸位莫要多礼，殿下身为皇室，受百姓爱戴，为黎民谋福祉，实为应尽之责。能与满城百姓共同患难，亦是殿下与我之幸，我们唯愿日后登州能风调雨顺，乡亲们粮足谷丰，我朝国泰民安。"

"粮足谷丰，国泰民安！"沈羲和说的短短几句话，引得百姓纷纷附和，中气十足的小伙儿高喊着美好的愿望，一时间，大家一同高喊着。

沈羲和与萧华雍冲着他们微微一笑，就离开了城楼。他们直接去了放水的蓄水库，萧华雍坐在马车里，沈羲和今日穿着一袭翻领袍，由珍珠撑着伞护送过去。蓄水库前系了红绸，刺史把位置让给了沈羲和，由沈羲和来松开第一个闸门。

剩下的需要费力气的闸门都是由安排好的军卫去松开，军卫高喝着，用力地推开闸门。闸门完全被推开，差不多已经盈满整个蓄水库的水奔涌而出，滚滚而去，气势迅猛。

他们站在远处，看着这些水顺着水道一泻千里，朝着海里奔腾，不少人的心都提了起来。他们还是有一些担忧，"哗啦啦"的水流入海里，守在海边的百姓眼睛一眨不眨地紧盯着海水的水位。

时间一秒一秒地流逝，等到排入海中的凶猛大水变得细小时，他们担忧的事情仍旧没有发生，有沉不住气的年轻小伙儿咧开嘴高喊起来："成了——成了——"

这消息一个传一个，很快就传遍了整个县城，饱受积水和水患侵扰的百姓先是乍然欢喜，旋即泪流满面，最后都忍不住相拥高喊。

欢腾的声音盖过了雨声，笼罩在阴雨绵绵的县城上空，恼人的大雨在他们看来，也温柔可爱了几分。

这一幕幕落在沈羲和等人的眼里，紫玉忍不住感叹："他们好容易欢喜。"

"百姓所求本就不多，无灾无病，丰衣足食。"沈羲和目光温和，放下了车帘子，回头看了靠在车子里的萧华雍一眼："接下来便要修路了，我还有些事情需要安排一下。"

修路，是修离去的路，至于其他的路，自然会由此地的官府来解决。陶专宪与仲平直一时半会儿还不能归京，现在的水道只是简易版，目的是解决眼前的困境，接下来还需要细化，需要把这一项水利工程完完整整地落到实处，他们才能归京。

"呦呦还有何事？"萧华雍想了想，似乎没有什么忽略之处。

"近来，我翻阅了以往关于水灾的典籍，水灾之后，易诱发鼠疫，先例有不少。我不知此次是否会有，无论会与不会，早做防备，总归没错。"沈羲和对萧华雍说道。

萧华雍目光微深："呦呦真是一心为民。"

这一点他没有想到，旁人也没有想到，并非他们无知，只不过他们对百姓的心没有沈羲和那样纯粹罢了。

"我不过是多翻了一些典籍，哪里值得你这般赞扬？"沈羲和并不觉得自己有多么大义。

其实预防鼠疫这件事，对沈羲和来说很简单。

沈羲和的手上有短命产的灵猫香，她每年都收集了不少，独活楼也对外收集了一些灵猫香，可以将之作为主原料混合成香，在城内鼠类聚集之处烧一烧，每个受灾严重的村子里烧一烧，官府再叮嘱百姓一些预防事宜，这鼠疫定然闹不起来。

这些香料其实很昂贵，沈羲和以东宫的名义捐了出来，亲手交给刺史，等到郡守来了，再由刺史交代下去，一级一级地分配。

不过无论如何，这些措施都得等到雨停之后才能实施。然而事情就是这样巧合，下了数月的大雨，在引流的次日就弱了下来，之后，又连续下了三五日小雨，雨便彻底停歇了。

雨过天晴，好久未曾见到烈日的百姓都跑到大街上来晒太阳，妇人们也纷纷把潮湿之物摊出来晒着。沈羲和与萧华雍也是在这一日启程离开了登州。

一路上，百姓夹道欢送，从城内一直送到了城外，还是沈羲和让护送的军卫拦了好几次，才把人全部给拦下来。一行人出了文登县，百姓的热情也未减，比邻的县里没有文登县受灾严重，但也被波及了，沈羲和做主，如荣成县一样发了物资，才让百姓一扫愁容。

被堵塞的路都已经清扫出来，来时他们冒着雨，翻山越岭，连马都不能痛快地骑，走时一路艳阳高照，道路平坦，马车晃晃悠悠，连一颗石子儿都没有碾到。

他们回到京都便直达皇宫，已经十一月中旬了，京都飞起了大雪。如此寒冷的日子，祐宁帝派宗亲族长以及二皇子萧长旻与三皇子萧长瑱在城门口相迎，自己则亲自到了宫门处迎接。

京都的百姓哪怕早已见过太子妃与太子殿下，仍旧凑了寒冬的热闹，纷纷探出脑袋来看，比春日状元游街都要热闹几分。

帝王给了他们最高的殊荣，看起来并不似在做戏，因为这一次萧华雍与沈羲和虽然是靠自己赢得了民心，却也处处让帝王脸上有光。祐宁帝并非一个不能容人之君，这大概是自萧长瑱弄出盗墓案之后，帝王感到最高兴的一件事情，比逼退了突厥，与突厥签订了上贡合约还要高兴。

若非萧华雍的生辰在回程的途中就度过了，只怕祐宁帝又要给他大办一场。

这一日，萧华雍去了朝会，步疏林急匆匆地来求见沈羲和，一见到她，就顾不得东宫是不是安全，抓着她的手入了屋内，满脸焦急之色："呦呦，我完了。"

沈羲和递给她一杯桃花饮子："喝口水，慢些说。"

急得满头大汗的步疏林接过桃花饮子就仰头一口饮尽，一抹袖子，擦了擦唇边的水渍，让要递帕子的沈羲和动作顿了顿。

步疏林压根儿没有注意到这些细节，把杯子放下，几次欲言又止后，终于深吸一口气，说道："呦呦，我……我……把崔石头给睡了！"

沈羲和："……"

步疏林说完就闭上了眼睛，用手掌重重地拍着自己的额头，一脸悔不当初的样子："都怪那日与丁值他们出去喝花酒，喝的时候，他们还在我的耳畔讨论男女之间的房中事，令我一时产生了好奇之心……"

她又好奇，又喝醉了，加上崔晋百也喝醉了，两个人不知道怎么的就滚在了一处。

"何时之事？"沈羲和按下心中的惊涛骇浪。

"半个月前……"步疏林的声音极低，她说完，小心翼翼地觑了觑沈羲和的反应，果然见她面色微冷，立刻慌乱地解释，"我原以为瞒得过此事！那日我先醒来，便跑了。次日，大理寺接了一件奇案，陛下将崔石头给派了出去，我以为这件事就此揭过了，哪里想到，昨日崔石头一回来，就跑到我的府邸里扒我的衣裳，幸好我的功夫比他高，否则……"

否则她就露馅儿了。

沈羲和收敛了神色，若事情是这样，步疏林现在才来寻她也说得过去。她到底是太子妃，步疏林又是"外男"，要见她一面也不容易。

"你仍旧不愿与他坦白？"沈羲和觉得到了这个地步，不若就直接说了。

步疏林心里乱得很。她也知道自己逃得了昨日，逃不了今日或者明日。到了现在这个地步，她也摸不准自己是想豁出去告诉崔晋百真相，还是逃得远远的。但她又能逃到哪里去呢？

"阿林，崔少卿不是个藏不住事之人，你不若与他坦白。"沈羲和劝道。

步疏林脸上露出挣扎的神色，沉默不语。

沈羲和也不催促。沈羲和明白为何步疏林死咬着真相不肯松口，无非是想让自己多一点儿束缚和忌惮。只要她仍旧是崔晋百认识的那个步世子，那么就能约束住自己。她害怕撕开这一层伪装，会让她对崔晋百的情愫无法克制，会不经意间忘了自己的身份，从而露出马脚。

她不是不信任崔晋百，是不信任自己。

沉默之中，沈羲和想到了另一件事情："阿林，你事后……可服药了？"

"嗯？"步疏林没有听明白。

"避子汤。"沈羲和说得直白了一点儿。

步疏林瞪大了眼睛，面色变得煞白。

她忘了！

"不……不会这么……巧吧？"步疏林都结巴了。事情发生之后，她十分慌乱，不知如何面对崔晋百。次日，崔晋百被派出城，她松了一口气，也忧心崔晋百到底知不知道她的身份，一时间就忘了可能会怀孕的事情。这会儿被沈羲和提醒，她才觉得自己是真的完了。

"珍珠！"沈羲和唤来珍珠，"你给步世子把脉。"

珍珠向步疏林行了个礼，这才把手搭在步疏林的手腕上。她的面色渐渐变得凝重，看得步疏林越来越心慌意乱，面色变得更加惨白。

"回太子妃，日子尚浅，婢子不能确诊。"珍珠觉得十有八九是真的。

但步疏林的日子尚浅，珍珠还没有摸到走珠滑脉，但也摸得出与未怀孕的女人有细微的差别。当然，这个差别也有可能是旁的原因引起的，所以珍珠才没有把话说死。

然而步疏林已经身子一软，瘫在了椅子上，眼珠慌乱地转了转，立刻抓住珍珠："无论是不是，你先给我开一剂堕胎药！"

"你有没有想过，若是真的，你如何向崔少卿解释？"沈羲和提醒。

如果步疏林真的怀孕了，这个孩子就这么被她打掉，她和崔晋百只怕就彻底没有将来了。

"我顾不了这么多了！十月怀胎，我如何隐瞒得了？"步疏林将"堕胎药"三字脱口而出之后，反而渐渐镇定下来，"一旦我暴露身份，我与阿爹，乃至蜀南的诸多跟随阿爹的叔伯，都犯了欺君之罪，要被灭族的！呦呦，你应该是最能明白我之人。"

沈羲和明白，因为她们的身份何其相似？她们都只要行差踏错一步，换来的就是满盘皆输的局面，连累的都是数十上百人的性命。

"现在还不确定你是否真的怀孕了，堕胎药素来猛烈，你若未怀孕，服用此药也会伤及身子。"沈羲和放柔声音，握住步疏林的手安抚她。

"呦呦，你让太子殿下想个法子，再把崔石头支走，等我确定是否怀孕。"步疏林反握住沈羲和的手，满目哀求之色。

"确定之后呢？"沈羲和问。

"若没有怀孕，我便将身份告知他。"日后她便克制一些。崔晋百如何选择，端看他自己。若有了身孕，她只能隐瞒崔晋百一辈子——这个孩子，她不能要。

她没有办法将孩子生下来，与其让他伤心痛苦，他不若什么都不知晓。

沈羲和不赞同步疏林的解决之法。可她又不是步疏林，不能替步疏林做主，只能说道："阿林，你想清楚，想清楚你这么选择的后果。"

步疏林闭上眼睛，语气变得低落并且充满恳求："呦呦别劝我了，别再劝我，不要再让我犹豫不决。"

任何选择，对她而言都要付出残忍的代价。

她一辈子都不能做个真正的女郎，也许这一生只能怀这么一个孩子，以后就再也没有孩子了。这个孩子还是她与心爱之人的，她却不能留下他，要亲手扼杀他，她的心如何能不痛？

可她真的赌得起吗？

"呦呦，我若当真怀孕了，不快刀斩乱麻，一旦暴露，连他也罪责难逃。"

孩子都有了，崔晋百怎能不知道她是女儿身？他不禀报陛下，就是共犯，一样犯了欺君之罪，陛下甚至可以借此机会对整个崔氏不利。

她不止会牵连他，还会连累他成为崔氏的罪人！

沈羲和动了动唇，最终将话咽了下去。若步疏林真的怀孕，留下孩子实在是太冒险了，一个孩子的孕育过程是很漫长的时日，每一日她们都会心惊胆战，就连沈羲和都没有十足的把握助步疏林平安产子。既然她无法相帮，自然不能再劝。

"好，我让北辰将崔少卿支走，直至确认你是否怀孕。这段时日你要加倍小心。"沈羲和叮嘱。

"我知道，多谢你，呦呦。"步疏林心里安定了些许。

在六神无主的时候，她幸亏身边还有沈羲和，不至于陷入孤立无援的绝望情绪之中。

步疏林在东宫没有待多久，仿佛就是像平常一样来看望沈羲和，坐了片刻就离去了。

沈羲和送她出东宫，看着她的身影消失后，才转身问随阿喜："先前吩咐你之事，可完成了？"

"尚未。"随阿喜摇头。

其实随阿喜没有来禀报，沈羲和就知道事情还没有完成，但还是忍不住问了一句。听到了预料中的回答，沈羲和只得说道："尽快吧，恐怕我们的时间不多了。"

"诺。"随阿喜应了一声，就立刻退下了。

自从随阿喜推骨出卢炳，顺利地送到了萧长风的身边，沈羲和就没有让随阿喜停下来，第一个想到的就是步疏林。若是随阿喜能够推骨出一个步疏林来，或许能够让步疏林在适当的时候解脱。

原本时间充裕，现在步疏林闹出这样的事情，他们不得不加快进程了。

由于尚未完成，沈羲和也不好开口对步疏林说，以免最后失败，让步疏林有了期望之后，变得更加绝望。

她转身时，忍不住叹了一口气。

"呦呦，这是怎么了？"萧华雍恰好从一侧的转角处走出来，听到了沈羲和的叹气声。

沈羲和转身看了他一眼，待他走到面前，主动执起他的手，拉着他往寝宫走去，入了寝宫的院子，才说道："方才步世子来寻我……"

她把步疏林的事全部告诉了萧华雍，萧华雍蓦然想到了今日频频走神、心不在焉的崔晋百。恐怕这会儿散了朝会，崔晋百又往步疏林那里去了，想要证实自己心中已经八九分确定之事。

"这事……若当真有了，我赞同步世子的堕胎之举。"萧华雍沉思了片刻后说道，"并且我赞同她瞒着知鹤。"

崔晋百年纪轻轻能够成为大理寺少卿，绝非经不起生离死别之人，这件事情也不是步疏林心狠，实在是谁也承担不起事情暴露的代价。

萧华雍倒是有法子让步疏林消失两三个月，但怀孕十月，生产后调理一二月，足足一整年的时间，哪怕步疏林前期有孕不显，萧华雍也做不到让步疏林消失半年之久。

她可是陛下时刻盯着的人。

"我倒是希望阿林并未怀孕。"沈羲和轻叹一声。

否则事情的结果于步疏林和崔晋百而言，都太过残忍。

"此事只能看天意。"萧华雍也不知如何劝慰沈羲和。

"北辰，其实我已经在让阿喜推骨，为的就是若有朝一日阿林的身份暴露，好有个交代，只是尚未完成……"沈羲和想到了另一个法子，"你觉得能否让阿林先瞒着前几个月，等到她的肚子大了，阿喜那边也完成了，我们再帮忙遮掩一番，能否有瞒天过海之机？"

并不是长得一模一样就能不引人怀疑，步疏林从小在京都长大，熟悉她的人太多，他们短时间内要让另一个人把她模仿得惟妙惟肖，且还要知晓她的一些过往，实在是太难。

若他们制造一个意外，让步疏林来个假装失忆，要是旁人，或许真的能瞒过去，可步疏林是陛下紧盯着的人。一旦步疏林真的闹出失忆的事，陛下定然会想尽法子助她恢复记忆。

其他人且不说，沈羲和就能用香迷惑人，令人放松警惕，在不知不觉的情况下吐露实情。另外，萧长彦的手里可还有懂得摄魂术的人，焉知陛下手中没有这样的能人异士？

一旦步疏林对外宣称失忆，陛下就能正大光明地打着治疗的法子对步疏林用手段，他们就算想要阻拦，都没有立场和理由，反而会弄巧成拙。

萧华雍试想了一番沈羲和出的主意的可行性，最终说道："倒是有几分把握能成事，但其中的风险不小，一旦事情暴露，便是不波及你，或许也会暴露有人掌握了推骨之术的事实，你将首先被怀疑。"

步疏林是女儿身的事若暴露了，那么许多人再回头来看看步疏林对沈羲和的好，就不难猜出沈羲和早就知情，能够帮助步疏林到这个地步的人，也只可能是沈羲和。

萧华雍不希望沈羲和为步疏林去冒这个险，但步疏林是沈羲和的手帕交，他亦不好去左右沈羲和的决定，只得将自己的态度表达出来。沈羲和如何抉择，他都尊重，而且都会鼎力支持。

"我只是暂时这么想一想。"沈羲和听出了萧华雍的不赞同之意，便也说了自己的意思，尚且没有真的决定走这一步。

"一切等过些时日再说吧。"

现在他们还不确定步疏林是否真的怀孕。

萧华雍也与沈羲和一样，希望步疏林并未怀孕，这样也就少了些许烦心事。

按照沈羲和的要求，萧华雍将崔晋百又派出了京都公干。

崔晋百再次离京办公的第五日，萧华雍正在与沈羲和对弈，天圆忽然急匆匆地走进来，对着萧华雍与沈羲和行了个礼后禀道："殿下，您派人盯着步世子，派出去的人来报，还有人盯着步世子，律令查了对方的身份，是二殿下的人。"

沈羲和抬起头，看着天圆问："可知二殿下是何时开始派人盯着步世子的？"

"无法查到二殿下是何时派人盯上步世子的，但律令查过，半月前，步世子与崔少卿所在的花楼，二殿下也在同一日去过。"天圆回答。

萧华雍的人做事一向有脑子，不会主子吩咐一就只完成一，这就意味着，步疏林与崔晋百那日发生的事情，萧长旻可能也知道了。

不，应该说是萧长旻起了疑心，事情还没有得到证实，这才派人盯着步疏林。

"去查一查这个花楼。"萧华雍吩咐。

"诺。"天圆应声退下。

经过萧华雍这么一提醒，沈羲和便明白他的意思了："你是怀疑，这间花楼是二殿下所有？"

"呦呦可遇到过着便服的老二？"萧华雍问。

沈羲和遇到过两次，都是因为沈璎婼的关系，于是如实道："遇到过。"

"呦呦可曾注意到他着便服时的穿戴？"萧华雍继续问。

沈羲和仔细回想了一下，没有发现什么不妥当的地方。

对上沈羲和投来的狐疑目光，萧华雍落下一子："呦呦也和世人一样，认为皇子亲王，佩戴富贵之物，不是奇事。"

实则，本朝亲王俸禄有限，既无封地，府邸要养的人又极多，就那点儿俸禄，若无其他营生，势必会入不敷出。

萧长旻和萧长彦不同——在没有妻族和舅家支持情况下的，萧长旻不但没有入不敷出，而且平常穿戴饰物都价值连城。因为他喜好的都是看似质朴，实则千金难求之物，除了跟着华富海练出一双利眼的萧华雍，还真没有几个人看清楚了，包括沈羲和在内。

"我早就怀疑他有个钱袋子，只是他在这一块倒是做得滴水不漏，我一直没有摸清。"萧华雍轻笑了一声，"真没想到踏破铁鞋无觅处，得来全不费功夫，倒是老二自己给露了出来。"

萧长旻不是个重女色之人，应当说，他的这些兄弟都把陛下的这一点遗传得极好。对女色不看重，萧长旻去花楼，一定不是为了女色。

步疏林和崔晋百即便喝得再醉，也不可能不关起门来行事，否则早就闹得尽人皆知了。既然连与步疏林一同去喝酒的人都没有发现异样，那么萧长旻又是如何怀疑上的？

只能是花楼有人告诉了萧长旻这件事。花楼有花楼的规矩，又涉及客人隐私，还是达官显贵的隐私，若非花楼的主人，花楼的人是不会泄露客人的秘密的。

"你……可真是生了一双利眼。"他这样都能把萧长旻的钱袋子猜出来，偏偏沈羲和听了，还无力反驳，觉着他的推测合情合理。

"过奖，过奖。"萧华雍嘴上谦虚着，嘴角都差点儿咧到耳根了。

沈羲和真是没眼看他："若真如你所料，只怕他对阿林的猜疑更深。"

"这倒也未必。"萧华雍紧跟着沈羲和落下一子，垂眼看着棋盘，"若老二笃定，这会儿就是在想尽办法拆穿步疏林，而非小心求证。花楼之事谁也说不准，即便当真有一男一女寻欢作乐，也不能确定是步世子与知鹤。"

"即便如此，也是一个麻烦。"沈羲和微微蹙眉。

本来这件事情就因为步疏林的身份而不好解决，现在又多了个萧长旻在一旁虎视眈眈，他们想要把事情给无声无息地解决掉，就更加艰难了。

萧华雍以指尖在棋盘上落下一子，语气平淡："有些人活着若是让你觉得烦心，那就让他躺下。"

沈羲和连眉毛都没有动一下，不假思索地落下一子："就看这人识不识趣。"

"下个月便是二殿下与余二娘子大婚的日子，但愿二殿下能够懂进退。"

否则这才办喜事又办丧事，实在是有些触霉头。

夫妻俩相视一笑，方才之言宛如寻常闲谈，接着又全心对弈。

崔晋百办完差事，第一个知道的自然是萧华雍。在崔晋百动身回来的这一日，萧华雍带了郎中去步疏林的府邸，不能再让步疏林往东宫跑。

诊脉的结果令所有人的心情都沉重起来，步疏林的确怀孕了，不仅仅是萧华雍的郎中，就连步疏林自己府邸的郎中都确诊无误。

步疏林要堕胎药，萧华雍没有给，而是说道："这个孩子不能留，但你无权一人做主，知鹤明日便归来，你与他说清楚。

"老二已经盯上了你，你府中之人切莫出府购买堕胎之药，否则你的身份立马就会被陛下知晓。"

萧长旻现在还没有告诉祐宁帝，是因为这件事情非同小可，萧长旻如果没有掌握证据，诬赖朝廷重臣之后，他这个郡王的爵位也保不住。

步疏林面色一白。她不想告诉崔晋百自己怀孕之事，不知为何，一想到告诉了崔晋百，她可能会疯狂一次，会想要留下这个孩子……她就怕自己面对崔晋百时狠不下心。

萧华雍没有命令她，带着人离开了。

沈羲和收到了淑妃的传信。

"昭王竟然请淑妃帮忙，引得陛下对阿林的身份起疑。"沈羲和看了淑妃的消息，扬了扬眉。

"淑妃的确是个好选择。"萧华雍不意外。

萧长旻自己不愿意出头，但陛下不是轻信之人，风言风语对陛下并无影响，需要一个陛下信任之人吹吹风。朝廷中自然不乏陛下信任的人，可朝臣牵扯太多，未必会替萧长旻保密。

淑妃在宫里宫外都是孤立无援的，最重要的一点，在沈羲和的设计下，淑妃与沈羲和表面上是仇敌，因而淑妃就成了唯一一个不会向沈羲和报信的人。

萧长旻自然不知，淑妃才是最有可能向沈羲和泄密的人。

"昭王许了淑妃好处，淑妃有些心动，便问我的意思。"沈羲和将信函递给萧华雍。

淑妃与沈羲和是合作关系，不是从属关系，淑妃的意思很明显，她也可以不帮忙，只是这样的话，沈羲和就得补偿她在萧长旻那里的损失。

"让她帮，与其拒绝后，老二贼心不死，再寻旁人，不如一劳永逸。"萧华雍目光微沉。

萧华雍不喜欢沈羲和向任何人妥协，哪怕是协作也不行。

"嗯，我这就传信给淑妃。"

她拿了掌宫之权，又放走了一大批宫女，后宫被她牢牢地控制在手里，和淑妃互通消息比往日方便良多。

"你要如何破局？"沈羲和将信交给了珍珠，转身问萧华雍。

"最好的法子就是让步世子娶妻。"萧华雍垂眸，用指尖抚着一旁的盆景里的平仲叶。

沈羲和不确定自己听到了什么："嗯？"

萧华雍抬眼，看着沈羲和说："娶妻，安排一个人嫁给步世子，遮掩步世子的身份,或许还能从中周旋,让步世子平安产子。"

萧华雍一直不赞成保住步疏林腹中的骨肉,风险太大,但崔晋百为他效力,一直忠心耿耿,是他的心腹。他刚接到消息,崔晋百回程遇伏,身中奇毒,萧华雍也不得不做最坏的打算。或许这是崔晋百唯一的骨血,萧华雍已经开始在想一个能够降低风险的最稳妥的法子了。

另一个原因是,萧华雍看得出沈羲和对步疏林于心不忍,更对她腹中尚未降世的骨肉抱有一丝仁慈之心。既然如此,他少不得要多费一些心神。

"阿林是蜀南王世子。这个人的身份不可太低,陛下不会同意;不可太高,陛下也不会同意。如此一来,再想要挑选一个愿意替阿林遮掩,且绝无背叛可能之人,何处去寻?"沈羲和在脑子里过了一遍京中适嫁的女郎,完全没寻到合适的人选。

既然要帮忙遮掩,等到步疏林产子的时候,这人也要跟着做戏,之后还要真的将孩子视若己出,因此他们不可能瞒着对方。

哪个大家族之女能够做到这一步?

"要寻到此人,并不难。"萧华雍心中已经有了人选。

沈羲和问:"何人?"

"她算得上是我的堂妹。"萧华雍也不隐瞒沈羲和。

萧氏皇族很庞大,尤其是这么多年下来,昏君有,暴君却无,对手足没有大肆屠杀过。萧氏一代代传下来,枝繁叶茂,萧华雍口中的这个堂妹,是出了五服的,是太祖陛下兄长那一支,也曾经有三任先祖做过萧氏族长,担任过宗正寺卿。

只是到了现在,这一支只剩下一个孤女和一个幼弟。虽有萧氏身份在,亦有宗亲抚养照顾,但他们也就是过得比寻常百姓稍微好一些。

"我为何从未见过?"

按理说,宗亲女眷逢年过节都应该出现才是。

"她三年前丧父,目前正在守孝,是个外柔内刚的女郎,眼看着孝期要结束了,宗族已经开始为她安排婚事。"萧华雍简单地解释了一句,"只要步世子愿意将她的幼弟接过去一道抚养,她必然感激涕零。"

人选是不错,有软肋,也好控制,沈羲和却蹙了蹙眉:"北辰,事关女郎的一生,问清楚些。"

这人嫁给步疏林,这辈子从出嫁起就要"守寡",一辈子到老,何尝不残忍?

"除了'守寡',日后她就是蜀南王府的女主人。她的'孩子'是将来的蜀南王,她荣华富贵,享之不尽。在蜀南王府里,她一言九鼎,步世子与蜀南王都会对她敬重有加,就连她的幼弟也能够得到最好的教养——天下大儒,何人不能聘?即便是国子学,他也是想去就能去。

"步世子亦会为他铺平青云路,还有崔氏一族的感激之情。"萧华雍觉得这是天大的好事，只有傻女人才会拒绝。

"孩子生下来，是送回崔氏，还是留在蜀南王府？"沈羲和蓦然想到另外一件事情。

如果崔晋百真的有个好歹，这不仅仅是崔晋百唯一的骨血，大概也是步疏林唯一的孩子。

"留在步府，蜀南王府需要继承人，崔氏不会绝后。"萧华雍很显然已经想明白了这件事，"即便让知鹤来选，他亦会如此抉择。"

孩子送回崔氏，还要解释孩子的生母是谁，又是一团乱麻。孩子只要活着，姓甚名谁，都是父母的骨血，是血脉传承，萧华雍觉得不必拘泥于此。

沈羲和也觉得这样好："无论你觉得这条路有多好，都得问问人家女郎的心思。我不希望她是被迫或者急于摆脱眼前的困境而嫁给阿林，否则她眼下或许不会心生怨念，但时日一长，谁知道她会不会做出点儿什么事？"

虽然沈羲和相信，以萧华雍的能耐，他要拿捏一个人很简单，但又要多费一分心神。

"呦呦不用为此担忧。"萧华雍嘴角笑容意味深长。

也不过是眼前几年罢了，再过几年，这个天下就会易主，届时即便她心有不甘，将事情捅出去，又能如何？她这样做不过是自寻死路罢了。

沈羲和并不知道，这一刻，萧华雍已经对祐宁帝起了厌烦之心，开始了真正的谋夺帝位之路。

既然萧华雍已经有了想法，沈羲和便不过多干涉了，由着他去行事。她只是每日都会过问一番崔晋百的情况。

翌日，沈羲和这里来了一位特别的客人。

女郎梳了一个双环髻，飘逸的丝带随着一袭碧色襦裙飘扬，三层轻纱大袖既显贵气，又不失飘逸。她步履无声，清雅动人。

"小女见过殿下。"美人盈盈施礼，姿态谦卑。

沈羲和伸手将她搀扶起来："萧娘子多礼了。"

萧闻溪——汝阳长公主之女，因韦驸马和胭脂案有关，汝阳长公主与驸马和离，陛下恩准，令其一双儿女改姓萧。

萧华雍还曾假扮过其兄萧甫行。

如今胭脂案也过去三年了，萧闻溪刚刚守完孝。

"今日冒昧前来求见太子妃，实则有一桩婚事想请太子妃成全。"萧闻溪丝毫不见外，与沈羲和寒暄了两句就直奔主题。

沈羲和微微扬眉，萧闻溪竟然是为了婚事来求自己。

她怎么能够替萧闻溪做主？汝阳长公主尚且在世，萧闻溪又是陛下的外甥女，无论如何都不应该求到自己这里才是。

沈羲和不动声色地问:"可是萧娘子心悦之人需要我做说客?"

好在她的兄长已经娶妻,否则沈羲和都怀疑萧闻溪想要嫁给她的兄长,难道是她的表兄?

"是,只有太子妃相助,小女才能得偿所愿。"萧闻溪双瞳盈盈动人,望着沈羲和的目光却又似泛着一点儿异样的波光。

"对方与我有亲?"沈羲和试探道,"萧娘子,即便对方与我有亲,我亦不会出面。我不愿我的至亲是因为不能拂了我的颜面而迎娶萧娘子,这对你和他都不公。"

萧闻溪没想到沈羲和误会了,忍不住笑了,而后目光变得晦暗,略带探究地看着沈羲和:"太子妃殿下就不曾想过小女对太子殿下贼心不死吗?"

她倾慕萧华雍,并且曾经直白地在沈羲和的面前摊开来讲过。那时她看得出沈羲和完全不在意此事,可现在沈羲和已经是太子妃,且太子殿下对太子妃一往情深,京都尽人皆知。时至今日,太子妃难道还是一点儿也不在意?

"萧娘子即便是痴心不改又如何?"沈羲和云淡风轻地反问,"你与北辰同姓且不提,北辰是怎样的人,萧娘子既然倾慕他,就应当略有耳闻。他若愿意纳你,用不着你求到我的面前;他若不愿意纳你,你求到我这里……"

"是自欺欺人,对吗?"后面的话,沈羲和还没有说完,萧闻溪就自嘲地说道。

"不。"沈羲和明眸深沉,粉唇微启,"是自寻死路。"

她敢笃定,任何对萧华雍有心思的女人,只要以他之名闹到她的面前,萧华雍都会让对方后悔来这世间一遭。

萧闻溪闻言,心头一震,瞳孔缩了缩,又失魂片刻,才苦笑道:"小女不及殿下……不及殿下对太子殿下这般了解。"

也许她看到的只是萧华雍冰山一角、一闪而逝的真面目,而沈羲和看到的是全部的萧华雍,且是萧华雍心甘情愿地袒露到沈羲和的面前的。

"萧娘子若无旁的事……"

"殿下不在意吗?"萧闻溪从未如此失礼地打断过旁人的话。可她还是忍不住想问一问,也许问清楚了,就能放过自己了。

"在意?"沈羲和一时间没有听明白萧闻溪指的是什么。

"在意有人倾慕太子殿下。"萧闻溪补充。

怎么能有人对别的女子倾慕自己的丈夫这般无动于衷?难道沈羲和的心里真的半点儿也没有萧华雍吗?

知晓萧华雍真面目的萧闻溪从来不相信外面的那些传言,说什么沈羲和把萧华雍当作踏脚板和棋子。萧华雍岂是这样的无能之辈?这些鼠目寸光之人。

沈羲和低声笑了。她含着笑,轻轻摇头:"我不在意。"

不止萧闻溪愣住了，就连刚刚走到门口，抬手阻拦碧玉出声的萧华雍也停下了脚步，负手立在门口。

"你为何不在意？"萧闻溪忍不住拔高声音。她有点儿气愤，她倾慕的男子——这世间最高不可攀之人，竟然浑然不见沈羲和放在心上。

她视若珍宝、求而不得之人，旁人唾手可得，却弃如敝屣！

第九章　慕他如皓月生辉

面对萧闻溪的质问，沈羲和依旧面色平和："萧娘子因何倾慕北辰？"

虽然不知道沈羲和为何反问她，但萧闻溪没有遮掩。她对萧华雍的倾慕之情没有见不得人之处："太子妃若问我因何倾慕太子殿下，我说不上来，倾慕便是倾慕。大抵是……君子行藏，神龙游湖；秀拔兰馥，丰姿肃肃。"

萧闻溪只用了十几个字来形容萧华雍，但其中的赞美之意溢于言表，她对萧华雍的神往已经到了如痴如醉的地步。

"是啊，他正如你所言，是个如皓月般耀目之人。"沈羲和不介意萧闻溪对萧华雍的赞美，以及眼底流露出来的迷恋情愫，"皓月当空，万人瞻仰，有人羞愧，心生奢望，却不乏人妄想揽月入怀。然而皓月唯独属于夜空，旁人难以沾染。既已拥有，又何故在意遥不可及之人多看两眼？若要计较，唯有一个法子才能安心。"

"什么法子？"萧闻溪问。

"遮其清辉，折其华光，令明珠蒙尘，皓月暗淡，便再也无人觊觎。"

萧闻溪下意识地站起身，难以置信地看着沈羲和。

沈羲和挽袖抬盏，喝了一口桃花饮子："既然倾慕他万丈光芒，又岂能怨他华光太盛，引人思慕？"

对啊，她倾慕萧华雍，是因为萧华雍如皓月生辉，吸引目光。可他能吸引她的目光，也能吸引旁人的目光，若她要为此计较，此生何以安生？

"萧娘子，我不在意这世间如你这般倾慕他之人，并非我心中无他。"沈羲和素来是不扭捏、有一说一的性子，"而是我知道，我足以与他匹配，这世间也无人比我更有资格与他并肩而立。我更相信他，浮华万千，爱慕者如过江之鲫，亦无人能与我相提并论。

"若他是个朝三暮四之人，便更不值得我为他同旁的女郎争风吃醋。"

萧闻溪与沈羲和隔案相对，她愣愣地看着端坐在前方的女子。沈羲和今日着一袭白色罗裙，挽着淡紫色的披帛，裙裾铺散开来，金丝勾勒的平仲叶活灵活现。

她这个人正如平仲叶一般坚韧与沉着，能够在肃杀之秋盛放，能在凛冽寒冬傲然，浑身上下充斥着不动如山、古老而又幽远的神秘气息。

人人都说女子如娇花，萧闻溪也见过万紫千红的颜色，但沈羲和与她见过的女郎都不同——她不是一朵娇花，平仲叶是树，伟岸而又耸立云霄，与儿郎竞风流。

这一刻，萧闻溪终于明白，这或许就是萧华雍心折的缘由。他心悦之人，无论胸襟还是气魄，都是这世间女子绝无仅有、无法比拟的。

有什么东西狠狠地撞进了萧闻溪的心里，破碎了，又合拢了。

她是茫然的，又是震撼的，最后只叹了一声气，释然了。

她好似想明白了什么，眼眸变得更清亮了："今日前来，是想请太子妃为小女说媒，小女愿嫁给步世子。"

沈羲和霍然抬头，紧盯着萧闻溪。

萧闻溪却又姿态优雅地重新落座："小女早知步世子是女儿身。"

沈羲和眼底的光芒更加深沉了。

"那时小女才十岁，步世子救过小女。我们俩在山洞里，她以为小女昏迷了，便没有防备，脱了衣裳，散了发髻。"萧闻溪简略地提及往事。

其实萧闻溪是半昏迷状态。她十岁的时候，步疏林已经是豆蔻少女，身子已经与女童不太一样。萧闻溪一直把这个秘密藏在心里，是因为步疏林救过她。

"昨日太子殿下去寻了小女的阿娘，让阿娘说服表妹，嫁给步世子。"萧闻溪听到了，萧华雍和长公主都没有避着她，这样的事情也没什么好避讳的，"小女虽然不知发生了何事，却知晓没什么事情瞒得过太子殿下，太子殿下一定知晓步世子是女儿身。

"太子殿下既然知晓步世子是女儿身，又让阿娘给步世子寻妻子，且还是一个无父无母、孤立无援的妻子，定然是发生了十万火急之事，需要借着婚事，为步世子遮掩什么。

"请太子妃相信我，这世间再无比我更适合之人。"

"你为何不与你的阿娘说？为何不亲自去求北辰？"沈羲和问。

"小女的阿娘到底还有一片爱女之心。她虽然不知步世子为女儿身，却知晓步世子举步维艰，肯定不舍得小女嫁给这样的郎君。太子殿下……太子殿下亦不会同意。小女的阿娘和阿兄都是太子殿下的人，太子殿下对自己的人素来仁爱，绝不会欺骗小女的阿娘与阿兄。"

"既然你知道北辰不会同意，就应当知晓，我绝不会与他意见相左。哪怕你告知我你倾心于他，我亦不会如此狭隘地打发了你。"沈羲和拆穿了萧闻溪的心思。

萧闻溪苦涩地笑了笑："是的，是小女以小人之心妄度殿下心怀。小女亦不敢不认，确实有赌了一口气，盼着殿下知晓小女倾慕太子殿下，不假思索地应下这门婚事，让太子殿下与殿下失和的心思……"

倘若沈羲和是个不能容人之人，在听到她倾慕萧华雍，紧接着她又自请嫁给步疏林后，定会求之不得地成全她，到时候萧华雍就会愧对她的母亲和兄长，也会看清楚沈羲和是个怎样的人。

这是她原本的小心思，但这一刻，她为自己有过那样的心思感到羞愧。她还是提出要嫁给步疏林，因为这是她最好的选择。

"殿下，小女为先前的谋算向殿下请罪。"萧闻溪双手相叠，手背抵额，深深叩下去，行了一个大礼。

自女皇过后，这样的大礼便在女子身上废黜了，足见萧闻溪此刻的诚意。

萧闻溪行完礼，直起身，澄澈的目光对上沈羲和的双眸："小女欠了步世子一命，也该还她恩情。且我已经出孝，阿娘亦开始为小女寻婚事。小女不再痴心妄想，却也难以再对旁的儿郎动心。正如太子殿下当日所言，将我嫁给旁的好儿郎，便是对其不公。

"小女今日请婚，是经过深思熟虑的。

"小女不敢保证能一辈子守在蜀南王府，亦不敢担保他日不会再遇到心动之人，但小女可以向殿下担保，小女日后定然以大局为重，绝不会辜负步世子的救命之恩以及殿下今日成全之情。

"表妹虽然性子坚韧，却很有主意，且心思不少。

"小女不敢质疑殿下与太子殿下的驭下之能，却也要斗胆提醒一句，万事防不胜防。"

沈羲和不得不承认，萧闻溪的话说服了她。

但她没有心动："夫妻一体，我所欲所为，北辰从不违逆，他所欲所为，我亦会倾力相助。"

萧华雍不同意这桩婚事，她也不会同意，更不会觉得这是极好的选择就去说服萧华雍。

萧闻溪静静地看了沈羲和片刻，又对沈羲和深深地行了一礼："殿下所言极是，这世间唯有殿下能够与太子殿下并肩而立。"

世间从未有一个女子能够让她折服，但是经过今日这一番谈话，沈羲和让她折服了，萧闻溪道："小女会亲自去求太子殿下。"

"你回去吧，你所求，孤允了。"

萧华雍低沉的嗓音在门外响起。

二人转身，看到萧华雍大步走进来，一起站起身来。

"北辰……"

沈羲和要劝说，萧华雍捏了捏她的手，侧身对萧闻溪说道："你阿娘与兄长，都由孤去说。"

"小女叩谢殿下。"萧闻溪闻言，端端正正地行了拜谢礼，抬眸时深深地凝视了萧华雍一眼，又迅速收回了目光，低着头后退，很快就离开了东宫。

"你为何要同意？"沈羲和不解。

"她是真的想嫁，正如她所言，这也是她最好的选择。"

有长公主与萧甫行在，萧闻溪不会叛变。她方才也说了，她会以大局为重，也相信他们，哪怕是论功行赏，也不会亏待她。

"你如何同长公主交代？"

长公主为了投诚，将宫里的暗道地图交给了萧华雍。对萧华雍而言，她是不可能再叛变的人，也是有大功之人。

"如实交代。"萧华雍微微一笑，"她守孝三年，已经不能再耽误了，姑母不给她寻亲，过不了多久，陛下也会过问，她逃不过嫁人的命运。她嫁给步世子，也能过几年逍遥日子。日后她若遇到良人，一个死遁便能天地任逍遥。"

沈羲和想了想，便说道："由你。"

正在萧华雍为崔晋百中毒的事一筹莫展之际，谢韫怀归来了。

曾经的谦谦君子此刻有些不修边幅，玉一般的人，现在比被西北风沙席卷的糙老爷们儿看起来还要黝黑一些，只是那双眼睛格外有神与清亮，略显消瘦的颀长身子藏在青衣之中，像翠竹一般坚韧，从骨子里透着虚怀若谷的豁达气度。

"太子、太子妃，我自关外带了一个人回来，让他为太子诊断。"谢韫怀神采奕奕地开口。

沈羲和心头一喜，谢韫怀有这样的反应，意味着萧华雍体内的奇毒有眉目了。她抑制不住地喜上眉梢："快快将人请进来。"

一个高大魁梧的男子被谢韫怀带了进来。男子面部极其立体，皮肤也十分黝黑，沈羲和去过蜀南之地，见过不少皮肤黝黑的人，却是第一次见到这么黑的男子。他说着沈羲和听不懂的话，谢韫怀竟然能用一种奇怪的语言与他顺畅地交流。

这位医师没有给萧华雍诊脉，而是要求接一碗水，放些粗盐，再让萧华雍放些血在碗里。

"我借用齐郎君的船扬帆出海，不慎遇到了风浪，流落到一个神秘之地，遇到了当地的族人。阿勒是他们部落的医师，我与他聊到殿下体内的奇毒，他给了我一种虫子，以此虫之卵烘烤制毒，便是殿下体内所中之毒。"谢韫怀三言两语便将来龙去脉说了一遍，"现在，阿勒是想要确认殿下体内之毒是否为此毒，以及中毒有多深。"

萧华雍站起身，用温热的素帕擦了擦手掌，从天圆的手中接过炙烤过的匕首，面不改色地划过掌心，虚握的拳头对着碗，将血滴入碗内。

他的血和正常人的看似没什么差异，但旁人细看就会发现，萧华雍的血更为黏稠，落在盛了水的碗里，散开的速度极慢。

阿勒看着这个场景，摇了摇头，从穿得有些别扭的翻领袍里掏出一个皮质的锦囊，从里面倒了一滴不知名的水到碗内，抬手对萧华雍示意血已经足够。

萧华雍摊开手，谢韫怀迅速为萧华雍清理伤口，撒上止血散，包扎妥当。

而阿勒紧紧地盯着碗，碗内的血渐渐变了颜色，黑红之中泛着金色的光，就好似有人将一把金子磨成的粉末撒在了水的上方，金粉在血色之中浮动着。

"怎会如此？"沈羲和见状，面色凝重。

谢韫怀开始询问阿勒，阿勒眉头紧紧地皱在一起，对谢韫怀说了些什么。

谢韫怀又有些急切地反问了什么。

阿勒抬起双手对谢韫怀摇晃着，说的话，沈羲和与萧华雍都听不懂。

谢韫怀目光一滞，转头对萧华雍说道："阿勒说殿下中毒已久，他会尽力而为。"

"崔少卿也中了毒，珍珠与阿喜都束手无策，令狐拯前辈外出游历，未曾寻到人，正好若谷归来得及时，少不得要让若谷晚些时候再歇息，先去一趟崔府。"萧华雍转移话题道，"珍珠与阿喜也在崔府，曾说只能护住崔少卿六七日，眼下已过了四日。"

情况的确刻不容缓，谢韫怀便应道："我这就去一趟崔府。"

"孤随你一道。"萧华雍说着，见沈羲和迈步，便转身对她说道："呦呦留在宫中，以防有事。"

沈羲和深深地看了萧华雍一眼，如他所愿："好。"

萧华雍带着谢韫怀，还有紧跟着谢韫怀的阿勒，一道去了崔府。出了宫门，谢韫怀与阿勒都随萧华雍乘马车，萧华雍便问："孤的毒，到底能不能解？"

谢韫怀对上了萧华雍平静的双瞳，萧华雍的眼睛华光深藏，银辉凝聚，像深沉得让人不可轻易去窥探的夜。谢韫怀沉默了片刻才如实回道："阿勒言，此毒入人体，不会即刻取人性命，而是一点点地侵蚀，会随着毒素深入而转变。此毒共有五次转变，解毒也分为五个阶段，不同之期的解毒之法不同。

"殿下体内的毒已入膏肓，而他们部落数代人研究此毒的破解之法，至今尚未有人寻出破解最后一个阶段之法。"

也就是解毒人来迟了。若是早些时候，对阿勒而言，解毒并不难，但现在他也没有法子了。

萧华雍闭上了眼，纱幕般的长睫在眼下投出一片阴影，微微颤动。片刻之后再睁目，他眼底已一片清明，并且深不可测："完全无法，无力回天？"

谢韫怀看向阿勒，与阿勒交流了几句。阿勒忍不住看了一眼萧华雍，萧华雍听到自己即将面临死亡时那种从容不迫的淡然样子令阿勒钦佩，阿勒小声地与谢韫怀说了些话。

谢韫怀面色依然沉重："他们族中有人提出可试之法，诸多法子都以失败告终。但还有两种法子未曾尝试过……"

"如何试？"萧华雍问。

谢韫怀犹豫了片刻才说道："法子有些骇人听闻，且一个不慎就死无全尸……"

听了这话，萧华雍明白了，想来剩下的法子对躯体有损害。他是皇太子，代表的是皇朝不容侵犯的威仪，即便是为了治病解毒，也不容忍冒犯，陛下能够冠冕堂皇地拒绝。更何况这个法子的结果还未知，陛下不会同意的，偷偷尝试也行不通，他定然需要长时间休养治疗。

除非，他不是皇太子。

然而，这个储君之位，哪怕是为了沈羲和，他也不能丢失。

只要他是皇太子，他与沈羲和的骨肉就是嫡出，是正统，是能一呼百应的继承人。

"莫要让太子妃知晓。"萧华雍不露声色，令人看不出丝毫情绪，淡淡地叮嘱了一句。

谢韫怀张口，正准备说什么，阿勒却先说了一句话。

萧华雍将询问的目光投向谢韫怀。

谢韫怀听后，忧心忡忡地说道："殿下若要尝试救治之法，不可拖至明年。"

皇太子的马车平稳，皇城的路平坦，听不到丝毫车辚辘的声音，春暖花开的季节，京都的街道格外热闹，人来人往，一片繁荣。

马车内却静得仿若能听到人的呼吸之声，萧华雍不知想到了什么，视线落在一处，思绪又好似飘得很远。

直到马车停在崔府门口，萧华雍率先下了马车，才对着身后的谢韫怀说道："孤知晓了。"

言罢，他微微佝偻着身子，轻咳着入了崔府大门。

谢韫怀带着阿勒给崔晋百诊脉，他的手才搭在崔晋百的腕上没多久，脸色瞬间大变。他用谁也听不懂的语言与阿勒说了几句话。

阿勒听完瞪大了眼睛，回了谢韫怀几句话。虽然萧华雍听不懂他的言辞，但能感受到他的惊讶与不可思议，之后阿勒也像验证萧华雍的毒那样，取了崔晋百的血来辨别。

萧华雍隔着屏风，将经过看在眼里，目光微沉。

阿勒好像确定了，从他随身挂着的皮质囊包里取出一个贝壳，将贝壳打开，里面有些药粉。他将药粉递给了谢韫怀，谢韫怀吩咐人去取了储存的雪水来，用雪水兑了药粉，给崔晋百服下。

之后谢韫怀坐在床沿上静静地等候，每隔一盏茶的工夫，就重新为崔晋百诊脉一次。一个时辰后，谢韫怀才舒展眉目，走出来对萧华雍说道："殿下，崔少卿所中之毒已解。"

崔家人自然大喜过望，崔征更是要对谢韫怀深深一拜，谢韫怀连忙避开，伸手搀扶崔征："崔公莫要折杀晚辈，为崔少卿解毒，晚辈是领殿下之命。"

"老臣叩谢殿下大恩。"崔征带着崔家的人要给萧华雍行大礼。

萧华雍给天圆使了一个眼色，天圆就搀扶住了崔征，笑着说："崔氏是朝廷栋梁，股肱之臣。崔少卿少年有为，太子殿下不忍能臣早夭，寻医问药是情理之中的事，崔公莫要多礼。不若听听齐大夫可有旁的叮嘱，仔细将养崔少卿，盼崔少卿能早日再为朝廷效力，方不负殿下今日搭救之情。"

众人齐刷刷地看向谢韫怀，谢韫怀的确有些话要说："崔少卿体内之毒虽解，再无性命之忧，然而此毒霸道，对身子损害极大。崔少卿是手臂中了毒镖，被毒素伤及的肌肤需缓慢调养，半月之内手臂使不上力是正常之事，这半月，需要有人每日为崔少卿按捏手臂……"

说到此处，谢韫怀顿了顿，目光看向随阿喜："若随医师能每日为崔少卿针灸，活络经脉，或许不用半月，崔少卿便能康复。晚辈会开一些药给崔少卿煎服内调，每三日再来诊脉一次。"

崔家人听了这话，自然不胜感激，等他们道谢一番，萧华雍才站起身。

"崔少卿既已无性命之忧，孤便回宫了。阿喜留在崔府里，直至崔少卿痊愈。"

谢韫怀开了药，也带着阿勒离开。等回到他在京郊的屋舍，谢韫怀果然看到萧华雍在这里等着他。

"殿下是想问崔少卿所中之毒？"谢韫怀知晓萧华雍的来意。

萧华雍转过身，静静地看着谢韫怀，等待他回答。

谢韫怀先对阿勒说了句话，阿勒拎着东西入了屋内，谢韫怀才对萧华雍说道："崔少卿所中之毒，与殿下的不同——此毒直取人的性命。"

若非崔晋百幸运，随身带着萧华雍赐予的来自令狐拯的解毒药丸，短暂地压制了毒素，紧接着随阿喜接手得及时，随氏针法精妙独特，将毒封住，否则崔晋百根本等不到解药。

萧华雍所中的，是一种难解，但不会立刻要人性命的毒。

"虽然不同，却出自同一处。"萧华雍淡然地说道。

谢韫怀颔首："是的，在阿勒所居之处，四处长满了毒物。毒物千奇百怪，无论是殿下体内的毒，还是崔少卿所中之毒，皆生在此地。"

"位置。"萧华雍简短地说了两个字。

谢韫怀听明白了,甚至早有准备,从行囊里拿出了一张羊皮卷递给萧华雍:"殿下,这是我推断出的位置,或许有偏差,但偏差不大。"

这是一份舆图,在本朝疆土之外,若非谢韫怀特意标注,在舆图上根本看不出有那么一个神秘的部落。萧华雍的目光落在了与部落相邻的几个国家上。

本朝开创先例,万邦来贺,搜罗天下奇珍,异族人更是常来常往。

谢韫怀将舆图标注得很详细,阿勒生长的部落不属于任何一个国家,一面朝海,三面都有其他国家,却都有些距离,而这三个比邻的国家都来过京都朝贺。

这些人带了一些本国的稀世奇珍,但这种奇特毒物,定然不会敬献到宫里,只会拿到京都私下交易,至于卖给了何人,就很难查到了。

他们想要根据这个线索去查出幕后给萧华雍以及崔晋百下毒的人,可能性微乎其微。

萧华雍中毒年逾十四载,哪怕这种毒从阿勒生活的部落流出不多,想要追查到,也极其渺茫。

萧华雍的眼底没有兴起丝毫波澜,他将羊皮卷合上,转头问:"我所中之毒是否会传到子嗣身上?"

若是这样,他便不能给沈羲和一个亲生的孩子,否则这个孩子未必能够养大,对沈羲和不利,还要让沈羲和经历一场生离死别。

"否。"谢韫怀给了萧华雍一个令他略微感到轻松的回答。然而他话锋一转,又说道:"殿下,此毒虽然不会传到子嗣身上,然而身中此毒之人极难使人怀孕。"

萧华雍那向来波澜不惊的眼瞳倏地紧缩,他将捏着羊皮卷的指尖紧扣,骨节泛白。

察觉到萧华雍如同暴怒的猛虎,正在克制自己摧毁一切的欲望,谢韫怀只得说道:"只是不易,并非一丝机缘也无。我会与阿勒商议一下,看看如何为殿下调养身子。"

谢韫怀明白,沈羲和无论如何都需要一个子嗣,只有这样,她未来的路才不至于走得太艰难。

"既然不易有孕,倘若生了孩子,对孩子的身子骨可有妨害?"萧华雍收敛了气势,再度恢复了平和。

如果孩子生下来就不健壮,萧华雍也不想让沈羲和去遭罪。

谢韫怀垂首:"无人可知。"

萧华雍的心情略微沉重,早春的枝头桃花娇艳,在暖阳的包裹下更显得俏丽明媚,与桃花树下神色黯然的萧华雍形成了鲜明的对比。

绚丽的日光似乎照不入他的身体。

不知过了多久，萧华雍才动了动喉头，嗓音有些沙哑："如何解毒？"

他问的是那两种没有试验过的解毒之法。

"其中一种是阿勒他们部落的医师认为最有可能的法子，只不过这个法子有些残酷，至今未曾在人的身上尝试过。"谢韫怀没有丝毫隐瞒。

他原本就是为了解萧华雍体内的毒而扬帆出海，既然寻到了，哪怕还未证实萧华雍确实中的就是这种毒，但脉象相近，症状相同——谢韫怀抱着宁错勿纵的心，将之方方面面地学透了。

为了这毒，谢韫怀在部落里待了很久，久到从无法交流变成能够顺畅交流，甚至得到了部落里的人的接纳和钦佩。他也为部落解决了不少麻烦，这才被他们尊敬，毫无保留地告知此毒的信息。

"万物相生相克，殿下此毒来自一种活物，此物在阿勒所在的部落也有一种相克的毒物，是一种如水蛭一般会吸血的长虫。"谢韫怀说着，从怀里掏出了一个画卷，在萧华雍的面前展开。

很小的一幅画卷，上面画了一些颜色鲜艳的蛇，蛇只有拇指粗，胳膊长。

"用此蛇吸尽殿下体内的毒血。"

"吸尽毒血？"萧华雍眉头皱了起来。

"自然不是一次将血吸尽。"谢韫怀详细地解释道，"先吸走殿下体内的毒血，再以活血、生血之药调养，此毒藏于血中，再生之血应当无毒或毒性较弱，如此一来，殿下体内的毒素便会减少，周而复始，直至殿下体内再无毒血，这是一个极其漫长的治疗过程。"

蛇吸走血，他再养出新的血，再吸走，再养……

萧华雍都能想象出来，倘若当真能够以此法解毒，他浑身都会是蛇咬的印子。

"放血不可以吗？"比起浑身都是被蛇咬的印子，萧华雍更愿意浑身都是刀痕。

"放血之法已经试过。"谢韫怀摇头，"以蛇相吸，是因为这种蛇的牙齿之中的毒素对殿下所中之毒有相克之效。阿勒的先祖也尝试过捕蛇，取其牙内之毒，但此毒极为特殊，藏于蛇牙内是无色之水，从牙内挤出不消片刻，便会混浊无用。"

故而只能让蛇咬住萧华雍之后，将蛇牙内的毒直接混入萧华雍的体内，再吸走萧华雍体内的毒血，这才是最佳的治疗之法。

"二者之间当真相克？"萧华雍可不想一种毒未解，又中一种毒，抑或解了一种毒，又中一种毒。

谢韫怀挽起胳膊，露出了密密麻麻的一排排蛇咬的齿印："请殿下信我，我亲身验证过。"

"你……"萧华雍怔了怔，很少有人或事能够直击他的心房，令他动容与震撼。

谢韫怀的胳膊上少说也有十几排的蛇齿痕，萧华雍一时间不知该说什么。

"只因为是……她所托？"萧华雍艰难地问。

谢韫怀笑了笑："受人之托，忠人之事只是其一；其二则是，我这一生痴迷于医术。医者求知，即便不是为殿下，他日再遇此类之毒，我亦会舍身求解。"

他说着，鼻间发出一声短促的笑声："我亦是凡夫俗子，对人世间尚有眷恋，故此行事之前，定会确保不祸及小命，才会出手，殿下莫要多虑。"

萧华雍神色复杂地看着谢韫怀，看了好久，谢韫怀始终坦然。

最终，萧华雍收回了目光，一言不发地转身离开，走到栅栏之前，又停下了，背对着谢韫怀问："倘若呦呦不是沈氏女，不曾背负沈氏一族的命运，你……还会将她视作知己吗？"

谢韫怀面上的笑容渐渐消失，风中花香阵阵，暖意铺洒一地。

两个人都静立着，好似画面静止了一般，良久之后，谢韫怀释然一笑："殿下，这世间没有倘若，我亦不是庸人自扰的性子，从来不会陷入不切实际的妄念之中，不曾如殿下所假设的这般想过，我的双眼，只看向前方。"

他不往后看，亦不会往虚无之处看。

早春的风吹过河堤上的绿柳，纤细的柳枝轻柔地摆动，东宫有一条小河，河边的绿柳格外翠绿。沈羲和今日着了一袭鹅黄色的罗裙，层层半透明的轻纱相叠，像白雾一般披在肩头，嫩绿色的披帛绕过双臂，从肩头飘下。她整个人站在清风中摆动的绿柳下，显得格外温柔。

沈羲和平常着清冷的雪色、月白色、天空蓝与丁香紫衣衫居多，这大概是萧华雍与她相识三年来，第一次见到她穿颜色如朝阳般温和的衣裳。

她立在河边，手里端着盛放鱼饵的双鱼图定窑瓷碟，时不时用指尖拈起几粒鱼饵，撒在河面上，引得河中的锦鲤争相摇摆，她的目光却没有落在这些有趣的鱼儿身上，而是看向前方，仿佛穿过了河岸密林，穿过了巍巍宫墙，穿过了丽日长空，落在不知名的远方。

萧华雍立在桥头，给碧玉竖了根手指，轻轻地摆动了两下，示意她不要惊扰沈羲和。

最终还是萧华雍沉不住气，轻咳了两声，上前几步，与她并肩而立："呦呦在想何事，如此出神？"

他都站了起码有一炷香的时间了，她竟然愣是没有发现。萧华雍的心里头有些不是滋味。

沈羲和收回目光，却没有看他，而是垂着眼，又抓了一把鱼饵扔下去："我在等你，等你开口。"

"呦呦……"萧华雍看了湖面片刻，才缓缓转身，面对着沈羲和，"我的毒已无力回天，我们需要早做准备。另……"

他的话尚未说完，沈羲和蓦然转身，与他面对面，黑曜石一般的眼瞳里此刻少了以往那种让人摸不透、看不清的淡漠之色，反而多了一丝水光。

她的眼眶没有泛红，萧华雍却精准地捕捉到了方才那一闪而逝的水光，像一颗流星，瞬间坠落，湮没在他的心口，刺得他的心脏有些发疼，让他一瞬间忘了要接着说什么。

一时间，两个人相顾无言。

沈羲和隐忍着，看似波澜不惊，但心头波涛汹涌，她垂在水袖之中的手，捏紧了层叠的轻纱，指甲都因为用力而泛白。

酸涩的感觉从她的眼眶深处向着眼瞳包裹而来，她忽然仰起了天鹅颈一般细长的脖颈，看了一眼白云飘浮的苍穹。须臾之后，她若无其事地垂眸："还有……多长日子？"

萧华雍从未听到过她这样干涩低沉甚至透着点儿虚弱感的声音，哪怕她刚入京，尚未服用脱骨丹之前，身子骨那样羸弱，声音也不曾像这样。她的脊梁似有尺撑着，她的傲骨在一言一行间，他都能看得清楚明白。

萧华雍心口的疼痛感加剧，他不敢去看沈羲和，嗓音低沉地回道："一年……不到。"

他是不会等死的。等到年底，他会离开，去接受谢韫怀这或许注定失败的解毒之法，用尽一切去拼搏一次。至于他能否归来，一切都是未知的。

"不是……还有明年吗？"

明明众人都说他活不过二十四，可他明年才二十四啊！

"太子殿下，活不过两轮。"萧华雍也想到了这句批语。或许他应该顺着这句话的出处去查一查，除了下毒之人，谁能这么准确地知道他毒发的时日呢？

这个两轮，端看人如何解读。盼着他早逝之人，自然希望他活不过二十四岁的生辰；舍不得他之人，便想着他或许是活不过二十五岁的生辰。

沈羲和明显是后者。

气氛压抑而沉默。

春光正好，绿柳成荫，花蕊娇艳，惠风和畅。

这样的美景，此刻落在沈羲和的眼里却比狂风暴雨来临前密布的乌云还要令她压抑。

萧华雍深吸了一口气，脸上露出一丝笑容，对沈羲和说道："呦呦，过几日对外称有孕吧。"

沈羲和盯着他，他竟然要她假装怀孕！

萧华雍仿若不知道自己说了什么惊天动地之言，依旧浅笑着，眼底竟然有一丝憧憬之色："算算日子，我还能见到孩子。"

"萧北辰！"沈羲和咬着牙，挤出了他的名字。

萧华雍重新鼓足勇气，整理好情绪后，看向沈羲和："呦呦，若谷说中了此毒之人不易使人有孕，我恐怕给不了你亲生骨肉。

"如此也好，我们现在对外宣称有孕，待到八个月后就抱来一个男婴。他不是你的亲生骨肉，若乖巧懂事，你也不愿操劳，便好好地栽培他；他若忤逆不孝，你无须心慈手软。

"我想好了。民间不知有多少人生下孩子后无力抚养，我会把事情安排妥当，孩子身上绝不会有胎记。孩子成长的过程中，让阿喜推推骨，使他务必长得不像血亲，与我眉目有一两分相似即可。"

在知道自己可能不能伴她一生之后，萧华雍想了很多事。沈羲和一定要有个孩子，且必须是儿郎。如此一来，他会在自己离开之前定下孩子太孙的名分，有了太孙，就不会再立东宫，沈羲和可以陪着太孙一直留在宫里。

她是太孙的嫡母，处境不会变得艰难，只是日后少不得要孤军奋战，会更劳累一些。萧华雍坚信这些都绊不住她想要护住西北与至亲的心，最后的胜利一定属于她。

无论是陛下还是其他不长眼之人，他都会在最后的日子里替她扫清。

"你可知道自己在说什么？！"沈羲和从未如此恼怒过，恼怒到吸口气都觉得气里藏着刀，刀划过她的身体的每一处。

"混淆皇室血统吗？"

旁人想都不敢想之事，从萧华雍的嘴里说出来却那样轻描淡写。

好似萧华雍浑然不在意："皇室血统由来不都是能者居之？"

萧氏不是第一个皇族，亦不会是最后一个。

在太祖夺位之前，萧氏也只是臣子，不过是因为山河动乱，萧氏在逐鹿中原时力压群雄，才成了皇室罢了。

萧华雍坚信，即便日后登基之人仍是萧氏血脉，谁又能推算出萧氏皇族还能流传几代？

沈羲和目光逐渐变得锐利与凉薄："萧北辰，你凭什么剥夺我做母亲的资格？"

萧华雍身子一震，眼神慌乱而又沉痛。他闭上了眼，转过身，不再面对沈羲和，负在身后的手紧了松，松了又紧，如此反复。好半晌，他才用失了魂一般的声音说道："我……没有剥夺你做母亲的资格……"

微风将这句话送到沈羲和的耳里，她一时间气血上涌！向来持重端庄的沈羲和，一瞬间气恼得什么都顾不得了，双手一用力，就将萧华雍给推到了河里："你现在就去死！"

说完，她气得转身，头也不回地离去。

他竟然想让她寻别的男人再婚生子！

气死她了，气死她了！

沈羲和长这么大，从来没有这么生气过。她气得胸口起伏不停，气得看什么东西都不顺眼，气得看谁都想呵斥，看见什么东西都想要随手摧毁。

可她到底是太子妃，不能这样做，但又憋不住。于是她直奔宫里的马厩，牵了自己的马儿，也不管自己的衣着适不适合骑马，翻身上马，狂奔出去。

萧华雍被推到水里后，立刻浮了上来。他还有些蒙，看着怒气冲冲地离去的沈羲和，连忙爬上岸，想要去追她，但想着自己这副模样去追也不妥当，便吩咐天圆赶紧跟上，自己匆匆换了身衣裳，一边穿着外袍，一边系着腰带，脸色苍白，慌慌张张地追过去。

他这副模样被不少宫人看在眼里，一时间，东宫有宫女爬了太子的床，被太子妃捉奸的消息不胫而走。

萧华雍牵来了马，要去追沈羲和，被珍珠给拦了下来。太子殿下骑马可以，但是骑马奔腾，那就是大事了。

珍珠道："太子殿下，您若这般去追，只怕太子妃殿下更哄不好了。"

虽然不知道萧华雍与沈羲和之间发生了什么事，但是珍珠相信，萧华雍要是不管不顾，惹来猜疑，情况只会更糟。

萧华雍哪里顾得上这些？左右他八个月后就计划"薨"了，也不在乎是否有人再猜疑什么。谁若敢来试探，他不介意将人变成弑杀储君的罪人。

然而他才刚翻身上马，就听到了马蹄声。宫里的围场本就不大，沈羲和跑了一圈回来，看到萧华雍，更气了，直奔萧华雍而来。马与萧华雍擦身而过之际，她又用力一把将萧华雍推了下去，下方的珍珠等人连忙将人扶住。

沈羲和也不跑远了，就围着这一圈跑。

这么大的动静自然引来了不少人，就连祐宁帝都带着淑妃来了，几位皇子也相继而来。

众人只见沈羲和策马奔腾，面色阴沉。

萧华雍被东宫的侍卫搀扶着，眼巴巴地看着沈羲和，一脸心虚的模样。

"朕听闻太子妃怒气冲冲地从东宫到了马厩，你惊慌失措地追过来，你们俩这是唱哪出？"祐宁帝到了近前，问道。

"何人在陛下面前造谣？"沈羲和在见到祐宁帝的一瞬间，勒住缰绳，跳下马，迅速过来见礼。听了祐宁帝之言，她当下反驳："不过是儿一时兴起，想要骑马，太子殿下才刚回宫，儿让太子殿下歇息，太子殿下估摸着是听闻儿来马厩骑马，忧心儿不慎弄伤自个儿，这才急忙追来。"

"正是如此，陛下。"萧华雍自然附和沈羲和的话。

萧华雍带人出宫去崔府不是秘密，也的确才回宫没多久，收用宫娥的事的确说不通。

"是儿治宫不严，竟有人拿些子虚乌有之事惊扰陛下，儿定会彻查，严惩不贷。"沈羲和又接了一句，说完，目光凉凉地掠过祐宁帝身侧的刘三指。

她正一腔怒火无处可发呢。

上次大赦后宫，放了宫娥，漏过了内侍省，她正好拿他们开个刀。

沈羲和说要查，那就是真的查，而且是以雷霆之势，剑指内侍省，直接查到了一位少监的身上。这位少监是刘三指一手提拔的徒弟，沈羲和将人丢给了刘三指，由他亲自去处置。

内侍省有内侍监两人，从三品宫中行走，是为陛下心腹，一位是刘三指，另一位在长秋廷。长秋廷由先皇设立，是宫内审问宫中人员之处，折磨人的手段可比刑狱都令人闻风丧胆。

少监六人分别管着后宫，供皇后差遣。祐宁帝登基之后，未曾设立后宫，二十余载皆由荣贵妃掌宫权，但整个内侍省都在陛下的掌控之中。

这也是沈羲和拿到了宫权，祐宁帝依然不急的缘由。内侍省穿插着前朝后宫，极其复杂，沈羲和一直没有轻举妄动。不过今日她不想去权衡利弊，只想出了心里这口气。

虽然她还没有动过内侍省，但早就盯着人，证据一样不少，且动作迅速，容不得人翻盘。

刘三指只得认栽，将人杖责了一百大板。沈羲和要提拔朱升为新的少监，刘三指也不敢有异议。

"奴婢叩谢殿下提携之恩，必当鞠躬尽瘁，一心事主，绝无二心！"朱升来给沈羲和磕头。

三年前，他和另外一个小内侍随同被沈羲和杀掉的黄中寺去接她入京，当日那样的情形，他也算是机警。这三年来，曾经那个胆小却机敏的小内侍成长了不少，沈羲和也在暗中不断照拂他。穿上从四品的内侍服的朱升看起来也颇有当官的气势，再无当年谨小慎微的模样。

沈羲和不是没有人提拔，沈氏也在宫中安插了人，但她还是选择了朱升："你敢接下，我很欣慰。"

她动了刘三指的人，就是挑明了要和内侍省展开一场你死我活的殊死搏斗，这也是她和陛下的第二次交锋，这个时候，朱升接下沈羲和给他的机会，就是与整个内侍省为敌。

哪怕是那些被压迫，想要改变局面之人，也不敢在明面上偏向他。

"孤臣赤胆，奴婢之幸。"朱升一直是个有野心的人。富贵险中求，他知道，只要自己陪着沈羲和扛过这一战，只要沈羲和成为最终的胜利者，他就是下一个刘三指。

无论成与败，人这一生总要为自己执着的事全力以赴地拼一次。

沈羲和原想再对他说几句话，余光瞥见了萧华雍，遂打发他："去吧。"

朱升恭恭敬敬地应了一声才退下。他一走，萧华雍就撩开了珠帘，踱到沈羲和的身边。

沈羲和对他视若无睹，翻开后宫六局递上来的书函。

萧华雍有些不知所措地绕了两圈，才在她的身侧站定："呦呦……我们不要闹别扭可好？"

他的语气低落而又透着哀求之意，皇太子在太子妃的面前向来没有架子，姿态放得极低。

沈羲和捏着书函的指尖猝然收紧，她一个字都看不进去，却也不愿理会他。

"呦呦，有些事无法避免，即便你不愿接受，也终将面对。"萧华雍忽然正色道，"我今日之言若惹恼了你，望你见谅，但我所言皆是……发自肺腑。"

他允她再嫁，是真心的。谢韫怀的法子，他会去试，但并没有抱希望。他不敢有希望，谢韫怀亦不敢担保毒能解，这都不过是不愿屈服地垂死挣扎罢了。

他总要为她想一想，她正值璀璨年华，难道要她余生都为他守着？他舍不得。

只要一想到他长眠于地下，她却孤身一人，他的心就像被人揪着一般疼。

沈羲和不是逃避之辈。事已至此，她不想再与萧华雍置气。略过什么改嫁不改嫁的话，沈羲和转身，平静而又执着地盯着他："我只要亲生骨肉。"

只是不易有孕，并非不能有孕，不到最后一刻她不愿放弃。

她既然留不住他，那就为他延续血脉。这是她能为他做的，她认为最有意义之事。

"呦呦……"萧华雍并不赞同，试图劝说，"我的时日不多了，我盼着自己离去前，能看到你'产子'，否则，我如何安心离去？"

宫里虎狼环伺，一想到她要独自产子，他就被没来由的恐惧感笼罩住了。

女人生子本就是在鬼门关走一遭，她又生的是嫡皇孙，包括陛下在内，不知有多少人不会给这个孩子降生的机会，更何况，即便沈羲和真的有孕，一朝分娩，也未必就是男婴。

另外，她的性子，他太了解了。若他们没有孩子，他日如果有人能打动她，或许她还能敞开心扉一次；一旦他们有了骨肉，她就不会允许这样的人出现，也不会再给自己一个机会。

"北辰，无论是男是女，我都想有一个亲生骨肉，一个流着你我之血的孩子。"

沈羲和目光坚定，"我情感淡薄，与你往来亦是别有所图，嫁给你仍然有诸多无奈与利弊权衡。这一年你待我好，我非草木，实难无动于衷。

"我的心中有你，但我不是个为情而生、为情而死之人。我会难过，会悲痛，但仍旧会好好地活着。

"而且，我可以笃定地告诉你，无论你我是否有孩子，往后余生，再也不会有人能进入我的心。"

她明白他是为了什么，于是明确地告诉他，她不要这些。

萧华雍从未有一刻如此心乱如麻，甜蜜、苦涩、喜悦、痛苦、希冀、绝望……种种矛盾的情绪充斥在他的胸间，似乎要将他的一颗心撕碎成无数片，令他的身子都忍不住颤抖起来。

沈羲和上前两步，双手穿过他的腋下，主动抱住他："我这一生一直冷静自持，严以律己，从未有过冲动冒进之举。我知晓，你若不在，我若有孕，腹中的孩子就是活靶子，盼着他夭折的人多如牛毛，个个都手眼通天，我自问有几分本事，也未必能护他周全。

"我亦知，若有不慎，甚至会落得一尸两命的下场，实属不智之举。可我也想任性一次。

"北辰，你将我纵得如此恣意妄为，那便纵容我到最后吧。"

他未曾想过，有朝一日他也会悔不当初，恨自己不该招惹她，不该撩拨她。哪怕她仍旧会选择自己，他也应该克制住自己，让她永远是那个心无波澜、着眼天下、冷静自持的女郎。

"呦呦，对不住……"他尽管悔恨，却也知晓哪怕时光倒流，回到最初，他知晓今日的结局，还是会忍不住一步步地靠近她，一寸寸地占据她的心房。

沈羲和轻轻地摇着头，失神地看着远处盆景中开始复苏的平仲叶："北辰，在你心中，我不应当是个娇弱的、承受不起生离死别的怯懦女子。人生一世，有许多活法，各有各的精彩。

"你无须懊悔或愧疚，从嫁给你的那日起，我就对日后的结果有了认知。我并非盼着你不好，但也从不天真地幻想世间一切皆能顺我心意。

"我早就知道可能会有生离死别的一天，但仍旧顺从本心地倾心于你，不曾刻意扼制，不曾有意逃避。因为我活着，不愿勉强自己。我若不愿意，你再怎么对我好，也未必能动我心神半分。

"由此说来，你我大概是有一段缘。你我既有缘，无论缘深缘浅，终究是逃不过的，又何必去自寻烦恼，为不能逆转的过往而懊悔，为不可预知的将来而忧愁？

"你还有数十载寿命也好，仅余八个月寿命也罢，抑或你的大限就是明日，是下一瞬，又何妨？我们能相守一刻便欢乐一刻，这样不好吗？

"对你闯入我从未计划过的人生，我只有满心欢喜。

"喜怒哀乐，皆因有你，足可回味一生。"

明明要承受丧偶之痛的是她，却要她反过来安抚自己，萧华雍用双手环住沈羲和，抛去那些事无补的杂乱情绪，变得平静柔和。他轻轻地拥着她："那我们听从天意的安排，可好？"

"天意的安排？"沈羲和不解。

"一个月，我本不易使你受孕，这个月我们不再避忌，看天意是否让我们有个孩子。若是没有，两个月后，我们再对外宣称你已有了三个月的身子。"萧华雍退了一步。

推迟一两个月离开，对他的影响其实并不大，他还是希望能够在她最艰难、最需要他的时候，陪伴她最后一程。

沈羲和沉默了许久，久到萧华雍的心忐忑起来，才低低地应了一声："好。"

她想要任性一次，却不是疯狂一次，到底她背负的不只是萧华雍对她的情意。

那一切就让天意来决定吧。

有缘就像步疏林与崔晋百，一夜风流就能珠胎暗结；无缘的话，即便成婚，一生也注定无子。

沈羲和派了珍珠去寻谢韫怀，共享了白头翁的手札，二人还有半分师兄妹的情分。谢韫怀是最了解萧华雍体内奇毒的人，沈羲和想要怀孕，想知道是否可以调理或者有法子控制一下萧华雍体内的奇毒，增加怀孕的可能性。

谢韫怀没有藏私，把自己想到的可行之法，都告知了珍珠，珍珠回来转交给了沈羲和。

事无巨细，衣食住行方方面面，沈羲和都按照谢韫怀的叮嘱行事，且严格要求萧华雍配合。

如此过了几日，随阿喜来报："殿下，你要的人属下已经改好，只是……"

昨夜被突然发了狠的萧华雍折腾得有些疲惫的沈羲和半靠在美人靠上，慵懒地望着池塘，一时间没有反应过来随阿喜说了什么，脑子转了转才明白过来。她迅速直起身："只是什么？"

"只是步世子的嗓音独特，属下也同太子殿下送来的口技师傅训练过他，无奈这人于此道实属没有天赋……"随阿喜很苦恼。

这人和第一个推骨出来送到萧长风身边的卢炳不一样，卢炳本就是个江湖游侠，到了萧长风身边，基本接触不到以往相识之人，所以嗓音可以忽略不计。

步疏林却是在京都长大的，随阿喜虽然把人推骨出来了，但声音实在是无法伪装，这人一开口便会露馅儿。

"把人带过来，我先见见……"沈羲和吩咐道。顿了顿，她又转头吩咐碧玉：

"将步世子一道请来。"

步疏林自从得知崔晋百的毒解了,就再也没有去过崔府。她不敢面对崔晋百,她有孕的事直到现在也还没有告知崔晋百。崔晋百因为还在调养中,半边胳膊不听使唤,也没有离开过崔府,倒是盼咐贴身小厮去寻了步疏林几回,只是都被步疏林打发回来了。

这几日,步疏林犹豫不决,浑浑噩噩,碧玉来传见,她立刻就入了宫。

而随阿喜的人先一步来到沈羲和的面前,所以步疏林一入屋子,就石化在了门口。

面前这个穿着打扮、身段面容与自己一模一样的人,令她震惊了许久,她才一阵风一般刮过来,在人家身上又捏又摸。确定不是易容,她惊呆了:"呦呦,你这是从何处寻来的?难道我阿爹还有个私生子?还是我阿娘当年生的就是龙凤胎?不对啊,若是如此,应该将男婴留下……"

说到这里,浑然忘了自己是女儿身的步疏林,竟然将手伸向人家的两腿之间,要验证对方是男是女,吓得人家迅速后退躬身:"世子……"

"阿林!"沈羲和也看不下去了,高声呵斥。

步疏林这才反应过来,讪讪地冲沈羲和笑了笑。她就是和丁值那帮人鬼混习惯了,一时间失了分寸。

不过这会儿她看着这个和自己长得一模一样的人,因为听了他的声音,没有了方才的震惊感,她和他是两种完全不同的嗓音。

"这几日诸多事情耽误,你的事出了些纰漏……"沈羲和一直没有将萧长旻猜疑她的身份的事情告诉步疏林。

萧长旻与淑妃已经达成协议,预备在他与余桑宁大婚之日试探步疏林。

试探的法子,淑妃没有说,这个由萧长旻来决定,决定当日再告知她,萧长旻谨慎一些,沈羲和觉得这在情理之中。

"这件事会惊动陛下?"步疏林面色立刻变得凝重起来。

"嗯。"沈羲和颔首,"昭郡王是个认死理之人。这件事,他定会寻人来试探,即便你蒙混过关,也会惊动陛下。你也到了适婚之龄,陛下只怕会借此机会强行为你赐婚。萧娘子愿意嫁给你,长公主是太子殿下之人,萧娘子说曾欠你救命之恩,而且她也想摆脱眼下的困境……"

萧闻溪不愿随意寻个人嫁了,但女郎的花期摆在这里,她若一直不肯出嫁,陛下干预与否另说,即便是流言蜚语也会影响她的阿娘与阿兄。所以,她打算"嫁"给步疏林。

步疏林听了这件事之后,沉默不语。

沈羲和今日懒洋洋的,不愿多动,也懒得去猜步疏林的心思,便看向旁边的人:

"这是我为你寻找的替身,只是你们二人的嗓音相差甚远,你带回去,留在身侧,小心用着。"

人必须交给步疏林,只有步疏林才能把人调教得与自己脾性相同。

步疏林看了看替身,又看了看倦怠的沈羲和,深深地行了一礼:"呦呦,我承你的情。"

她的心里很感动,沈羲和对她的好,就连她阿爹都及不上。

她没有在东宫久留,太子殿下本就不在东宫,去了议政阁,她这个"外男"也不好面见太子妃太久。人是由莫远送出去的,有沈羲和这个宫权在手之人的令牌,她一路畅通无阻。

步疏林带着替身回去,金山、银山都惊讶了好半晌,主仆三人围观了对方许久,才七嘴八舌地开始商议如何培养人,最后一致决定双管齐下,不但要口头上说,还要让人家跟在身侧耳濡目染。

但这样的替身除了金山、银山,还不能被旁人察觉。最后这个人就直接留在了步疏林的屋子里,白日里就在屋里守着,夜里就在屋外守着,总之不能离开步疏林的屋子。

这一日,步疏林接到阿爹传来的密信,让她秘密去见一个人。她便索性让替身留在屋子里代替她,自己悄悄地离开,去约见的地方等候。

步疏林的替身这几日都在屋子里临摹她的笔迹,争取早日写出一笔相似的字。

临摹时,他扯动下方的一张纸,不慎将砚台给掀翻了,被墨泼了一身。脸上、脖子上、手上都是墨,收拾起来也难,他索性就请银山给他备下沐浴的汤水。

恰好也是这一日,几次三番去请步疏林来的崔晋百,因为一直没有看到人,耐心已经到了极限。在随阿喜的针灸辅助之下,他的康复速度比谢韫怀预想的还要快,胳膊上有了力道,他就立刻奔向了步府。

崔晋百在步府是可以来去自如的,已经到了管事都不会阻拦的地步。步疏林秘密出府的事,只有心腹金山、银山知晓,金山跟着去了,银山留在府邸里掩护。

银山没有想到崔晋百这个时候会来步府,去厨房帮替身要了水,就见厨房里有人在开小灶,炖了软烂的牛肉。耕牛不可随意宰杀,想要吃到牛肉,极其不易,馋虫犯了的他,留在厨房里大吃大喝。

替身在步疏林的屋子里沐浴,有人走近,习过武的他自然知道。但他以为是吃饱喝足的银山回来了,故而在来人推门进来时,也没有在意。

直到人绕过屏风走进来,他转身一看,才看到了面色苍白、僵硬地立在他的面前的崔晋百!

他拿了衣衫,迅速穿好。因为他与步疏林的声音不同,不能发声,故而他就隔着浴桶,僵硬着身子,与崔晋百面对面地站着。

崔晋百整个人已经傻了。他死死地盯着面前的人，一直以来的幻想在这一瞬间轰然破碎。

他……他竟然是男儿身！

可是那晚，他明明是与女子一夜缠绵，被褥上的落红也证明了这一点。如果不是步疏林，那么那一晚他与何人风流？

所以步疏林是知晓他与旁人……才会避着他，不愿见他？

崔晋百的大脑一片空白，他推断的情形完全被推翻，之前他有多喜悦，现在就觉得有多讽刺。

本就刚刚恢复几分元气的崔晋百压制不住翻涌的气血，张嘴喷出一口鲜血，细纱的屏风上绽开朵朵红梅。崔晋百受不住冲击，昏厥了过去。

替身连忙上前，将昏厥的崔晋百扶到榻上，急得不知所措，只能板着一张脸，去厨房抓住还在抢夺牛肉的银山，目光沉沉地盯了银山一眼，就转身走了。银山倏地站起身跟上。

回到屋子里，看到昏迷不醒的崔晋百，银山被吓得腿都软了："我去唤医师，再知会世子，你稳住，就模仿世子平日里的模样坐着……"

医师来了后，诊断出崔晋百是急怒攻心，六腑俱焚，伤了元气，加上旧伤未痊愈，若不及时行针顺气，极有可能导致终身瘫痪。

"我们入不了宫，随医师现在定然在宫中。"银山急得直揪头发。

"我去。"步疏林的替身丢下两个字，就拿了步疏林的腰牌直奔宫里。

也幸好现在是沈羲和掌宫权，步疏林本身又有金吾卫的头衔，他做出十万火急的模样，遇到熟人也不寒暄，这才顺利地到了东宫。沈羲和听到来龙去脉，惊得都说不出话了，连忙派随阿喜跟着人出宫，回程的路上，有随阿喜应付，他一来一回都没有出岔子。

等到随阿喜给崔晋百施针完毕，步疏林才十万火急地赶了回来，崔晋百仍旧在昏迷之中。

她心一紧："他如何了？"

"身体倒也无大碍，只是……"随阿喜斟酌着言辞，"崔少卿受了太大的刺激，或许会有一些躲避之意，短时间内，恐怕不易醒来。"

崔晋百被刺激得很重，本就伤得不轻，六腑俱焚，这些日子调养回来的元气全部折损。在随阿喜施针刺激他苏醒的时候，他竟有抗拒的反应。

"要如何才能将他唤醒？"步疏林担忧地问。

她没有想到事情这么巧，原本以为崔晋百真的会像谢韫怀说的那般，需要半个月才能行动自如。她还没有想到怎么面对他，他却提前避开所有人来寻她，又恰巧看到……

他一心恋慕自己，哪怕不知自己是女儿身之前，就表明了心思。

　　其实他骨子里还是受着礼教长大的克己复礼的世家公子，承认倾慕一个男子是因为他无法欺骗自己，他的内心未必没有一丝挣扎与自我唾弃的想法。

　　可那又如何呢？他就是心悦这个人，心悦到对方若是男子，他也愿意与对方一起面对世俗的非议。饶是如此，他也希望他们之间的感情能够正大光明，能够大白于天下，不用遮遮掩掩，偷偷摸摸。

　　故而，突然知道步疏林极有可能是女子，他有多喜悦与激动，可想而知，可这样的喜悦之情不但被方才的一幕打得支离破碎，还让他不得不面对一个事实，那就是他已经对心悦之人不忠！

　　他与别的女人有了肌肤之亲，甚至在这段时日里还留恋回味过，这足以摧毁他的信念，令他无法接受。所以，他才不愿醒来吧。

　　"世子，崔少卿是昏迷，并非意识全无，或许与他说些他想听之言，唤醒他的意识，他便能尽早醒来。"随阿喜其实也未经手这样的病人。

　　步疏林抿着唇点头，表示自己知道了，很快，屋子里就只剩下他们二人。

　　"崔石头……终究是我……负了你。"步疏林的声音极低，低得自己都听不清，因为她记得随阿喜的话，他不是意识全无。

　　步疏林深吸一口气，收敛了所有情绪，才说道："你醒来吧，我有许多话要对你说，我们需要好好谈一谈。你难道不想知晓我要对你说些什么话吗？你不想知晓我心中对你是如何作想的吗？

　　"我啊……从未想过会招惹你这么一块又臭又硬的石头，难道你们文人都这般刻板，认准了什么事，九头牛也拉不回？也不是……都说仗义多为屠狗辈，薄情总是读书人。你怎么就不薄情一些？这样的话，或许你我都能自在一些。

　　"或许当年我不该先招惹你……"

　　当初她为了躲过赐婚，让公主主动表示不愿意嫁给她，听从了沈羲和之言，选择将崔晋百作为挡箭牌。沈羲和选择崔晋百，是因为她知道崔晋百是太子的人，最初是为了试探他。

　　步疏林听从沈羲和之言，一则是信任沈羲和，二则是觉得崔晋百这样的人不会有后顾之忧，最为稳妥。

　　"可惜世事难料，最为稳妥的人，终究成了陷得最深之人，而我也作茧自缚，让自己陷在了里头。我知晓这些年，你每每都会被人以此奚落与攻讦，原以为……早晚有一日，你会受不住流言蜚语而与我形同陌路，万万没想到，你竟然这般坚定。

　　"你可真是个傻子……"

　　步疏林在崔晋百的身边絮絮叨叨了许久，崔晋百一直没有苏醒的迹象。她没有把人送回崔府，而是派人传了信，顺带将崔晋百昏厥的原因如实告知。

很快，崔少卿去步府寻步世子，不慎看到步世子沐浴，惊怒昏厥的消息就传遍了，甚至不期然传到了沈羲和的耳朵里。消息自然还是经由耳报神紫玉的口告知。

"阿林这是要做什么？"

事情发生在步府里，没有步疏林的授意，不可能传出来。没有步疏林这个混迹花楼的纨绔传播，沈羲和不信这件事会在短时间内传得尽人皆知。

"蜀南王不大好。"

这是步拓海亲自传给萧华雍的消息，目前为止瞒得极紧。若非步拓海自己递来消息，萧华雍都没有察觉，想来陛下也被蒙在鼓里。

"这……蜀南王不是一向身子硬朗？"沈羲和惊愕。

萧华雍揽住沈羲和的肩膀："蜀南王之所以只有步世子一个孩子，是因为他被人下了绝育之药，表面上看，似乎是因为内宅争风吃醋，实则……我觉得应该是陛下下的手。"

步疏林只是个漏网之鱼，蜀南王被下药之前，与一个良家女子有了一夜露水情缘，否则蜀南王府早就不在陛下的忌惮之中。等到蜀南王百年之后，爵位无人可传，自可收回。

为了解除药性，不信邪的步拓海没少折腾，兼之年少时在战场上受的伤……

年过五旬的步拓海早已是强弩之末。

"阿林是想要与崔少卿彻底断了。"沈羲和听了萧华雍的话，霎时明白了步疏林的意图。

她要回蜀南。那里有太多的人需要她，她必须成为蜀南的王，才能为曾经追随步家的人撑起一片天空。她不能抛弃步家，自然也不愿崔晋百为她抛弃崔氏。

曾经强盛的世家在陛下的手里彻底土崩瓦解，崔氏现在是世家之首，而崔晋百这一辈，无人能与他平分秋色。他要为了崔氏，为了世家的兴盛而留在崔氏。

这是他不可推卸的责任，一如步疏林无法逃避自己的责任。

与其相思成灾，长痛不如短痛，两个人早日决绝，各生欢喜。

"呦呦，每个人都有每个人的无可奈何、身不由己，亦有自主之权。"萧华雍将沈羲和散在肩膀上的头发轻柔地理顺，"这是他们之间的事，便由他们自个儿去抉择。是有缘无分，还是能再续前缘，端看他们的造化。"

正如沈羲和所言，人做每一个抉择时，都要欣然接受这个抉择带来的酸甜苦辣。

沈羲和微微颔首，说道："既然阿林用不了多久便要折返蜀南，她与萧娘子的婚事……？"

"计划不变。"萧华雍也仔细思量过，"蜀南王之事如今还没有丝毫风声走漏，但老二显然在一侧虎视眈眈，淑妃一旦动手，陛下必然起疑，成婚是最好的法子。"

"这件事还是得知会长公主一声。"沈羲和提醒。

萧华雍莞尔:"好。"

受到步疏林传出来的流言影响的还有萧长旻。他一度怀疑步疏林欲盖弥彰,越发觉得其中有鬼,心里更期待着大婚那日,将步疏林是女儿身的事于众目睽睽之下戳穿。

步疏林对外面的种种猜想并未放在心上。她这样做不是为了澄清自己,只是为了与崔晋百决断做个铺垫。崔晋百一连三日未曾醒来,步疏林每日都会陪他说上一个时辰的话。

今日是第四日。

"你在怕什么?怕我怨你不忠,怕我因此弃你而去,这才迟迟不肯醒来,是吗?"步疏林有些无力和沮丧,"你大可放心,我不会计较这些,亦不会因此怨恨和责怪你……"

又说了一个时辰的话,步疏林起身离开。她要开始安排离开的事宜,还要抽大量时间来训练沈羲和给她送来的替身,能够抽出一个时辰围着崔晋百,已经实属不易。

她回到重新整理出来的卧房,抓紧时间给替身上课,务必将自己一言一行的小习惯训练到位。她上了一炷香时间的课,银山跑了过来:"世子,崔少卿醒了!"

步疏林心头一松,迅速冲到门口,一只脚迈出了门槛,却突然停住。她犹豫了片刻之后,挪回了脚,转头对自己的替身说道:"你去。"

"我?"替身蒙了,难以置信。

"对,你去。"步疏林颔首,"他定然还要求证,等他求证完,你再折回换我。"

替身本就是从西北军中出来的人,奉命行事是他刻到了骨子里的执行力。得到步疏林肯定的答复后,他立马就跟着银山走了过去。

崔晋百醒来之后,神色木然,躺在床榻上,双眸无神。他的小厮喂他喝粥,他就张嘴;小厮与他说话,他却充耳不闻,直到门外传来了下人行礼的声音:"世子爷。"

崔晋百霍然转过头,紧紧地盯着外间,眼睛一眨不眨地盯着,盯着那个人跟着银山迈过门槛,是步疏林独有的行走姿势。隔着屏风缓缓而来的人,崔晋百看得不甚清楚,却和他刻到心坎里的那个人无一处不重合。

来人的身影一寸寸地越过屏风,露出他朝思暮想的那张脸,仍旧没有半点儿差异。他不知是否自欺欺人,总觉得眼前的不应该是他心里的那个人,却又寻不到不对劲的地方。

替身站在了崔晋百的面前,看着崔晋百的目光很平静,没有了往日的轻佻样子,也没有了那种令他怦然心动的光彩,一语不发。

崔晋百也紧紧地盯着他，目不转睛。

一个八风不动，一个目光似要将人穿透。

沉默了许久，崔晋百受不了了，也不知道哪里来的力气，竟然扑了上来。果然如步疏林所料，他用双手扯住替身的衣襟，向两边一扯，属于男儿的胸膛再次露了出来。

替身似乎才反应过来，一把将崔晋百推倒。没了力气的崔晋百倒回榻上，替身上前半步，似乎要关心他，又似乎想到了什么，看了再次呆愣住的崔晋百一眼，转身大步离去。

崔晋百再次愣住了，仿若被抽走了神魂，徒留一具空壳，失魂落魄。小厮心疼地上前将他搀扶起来："郎君……"

"你出去。"崔晋百避开他，有气无力，似呢喃一般吩咐。

小厮跟着崔晋百许久了，知道崔晋百这会儿是不容许别人忤逆的。所幸春暖花开，艳阳高照，也不用担忧崔晋百着凉，于是小厮便听命地退下了。

刚走到门口，小厮就见到换了一身衣裳的步世子折了回来。步疏林抬手示意银山也留在外面，她独自一人迈入了房门。

"我不是说让你出……"崔晋百隐忍着怒意呵斥，转头就看到换了身衣裳的步疏林。

她依然沉默无声，目无光泽，平静无波地看着自己。

步疏林站了一会儿，上前伸手将他搀扶起来，关切地说："别着凉。"

坐稳的崔晋百察觉到她要松手，反手一把抓住她，执拗地看着她，却不知道要说什么。

步疏林拍了拍他的手安抚他，在他的身侧坐了下来："我不走。我想与你说些话。"

崔晋百的心口莫名其妙地一阵发紧，他下意识地想要逃避，不想听她接下来的话："我的身体有些不适，改日再说。"

步疏林看了他一眼，没有勉强："好，等你好一些了，我们再谈。"

接下来又是一阵沉默，步疏林也没有立刻离开，而是扶着他躺下，又为他掖好被角："我守着你，待你入梦。"

言外之意，便是等他睡着之后，她就会离去。

崔晋百以为自己会睡不着，但在对方这样温和的目光的注视下，他的眼皮竟然克制不住地沉重起来。他一再强撑，最终还是抵不过身体虚弱带来的困意。

其实是因为步疏林在屋子里点了沈羲和赠予她的凝神香，香有催眠之效，能使人酣然入梦，睡一觉起来，精气神十足。

崔晋百再次醒来，果然感觉身体舒爽了不少，中途，步疏林还请了谢韫怀过来为崔晋百诊脉，又开了药。他醒来就见有人端上了汤药，本来不想喝，听到小厮说："是步世子亲自端来的。"

他便端起碗，眉头都没有皱一下，将药一饮而尽。

等他喝完汤药，洗漱一番，换了身干净的衣裳，正要束发时，银山走过来说："崔少卿，世子遣小人来请崔少卿移步一叙。"

崔晋百也不顾披散的头发，起身走向银山，示意银山带路。

银山只看了一眼披头散发的崔晋百，什么也没有说就把崔晋百带到了步疏林那里。

暮色四合，夜幕中繁星闪烁，微风吹过，灯火摇曳。

崔晋百走上九曲长廊，看到两旁挂着不少灯。他恍惚回到了那年的上元节——也就是在那日，他在刀光剑影之中，看清了自己对她的心思。

烛火透过各色各样的灯笼，散发出细碎的光，将幽深的庭院点缀得如梦似幻。

临水湖心亭中摆放着一方案几，步疏林跪坐在一边，正朝着来路。听到细微的脚步声，她抬起头，看着他一步步地走来。这是步疏林第一次看到崔晋百散发的样子。

世家公子，仪态端庄、衣着整洁是刻入骨子里的教养，尤其是见客时，绝不允许散发，这被视为极度失礼，唯有面对至亲时，才可随意些许，步疏林的双眸在五光十色的烛火中闪了闪。

崔晋百已经走到了她的面前，她扬起了平日里玩世不恭的笑容，伸手指向对面："坐。"

目光随着她的指尖落在放好的垫子上，崔晋百姿态优雅地落了座。

银山带走了崔晋百的小厮，静夜幽幽，只余他们二人。

步疏林为他斟了一杯茶："你伤势未愈，不宜饮酒，我们烹茶畅谈，亦是一番乐趣。"

崔晋百用深沉的眼眸一眨不眨地盯着她，问："你想对我说什么？"

一觉醒来，崔晋百想明白了，有些话她想说，他躲得过今日，躲不过明日。

步疏林嘴角的笑意未减，握着茶碗的手动作自然地转了转茶碗，她含笑喝了一口茶，这才说道："我心悦你。"

崔晋百的瞳孔一瞬间放大，他做好了最坏的心理准备，以为对方会冷嘲热讽、疏离漠然、厌恶排斥，唯独没有想过，对方竟然对他表明了心意！

那颗跌入谷底的心一瞬间冲上了云霄，他浑身发软，酥麻的感觉遍及全身。

"但我要娶妻了。"

什么叫作瞬间天堂，瞬间地狱？

火热的心还在翻滚，刺骨的寒冰就铺天盖地地砸了下来，让他依旧滚烫的心在冰天雪地里无力地挣扎。

大喜之后大悲，崔晋百表情难以形容。

步疏林垂眸："知鹤，我的阿爹快不行了，过不了多久，我便要回蜀南。我不能让步家绝后，阿爹最后的心愿是我后继有人。"

这个孩子，她不会打掉。她决定把他生下来，男孩女孩都好，他会是蜀南王府的小主人。

似乎有一股力量掐住了崔晋百的喉咙，让他张嘴却发不出声音，他只能颤抖着苍白的双唇。

她不知道怎样的选择对于崔晋百来说才是最好的。自始至终，她都自私地为着她自己和步府谋算。她承认她心悦崔晋百，但这份感情不足以让她丧失理智，拿步家和蜀南来赌。

将真相告知崔晋百又有什么意义？她还是要假成婚，坦白成婚只是掩人耳目，他们就能在一起吗？

这种想法太天真了，等到陛下开始怀疑她的身份时，她的一举一动都会被陛下紧盯着，她只要安然回到蜀南，就能得到喘息的机会。可他呢？崔氏呢？

他们若不了断，再让他知晓他们有个血脉相连的孩子，他如何能够克制住自己？一旦被陛下察觉真相，陛下未必不会拿他来威胁自己，届时她又当如何？她是自揭身份去救他，还是视若无睹，冷漠绝情地放弃他？

无论哪一种结果，都只会将他们伤得更深，将他们推入无法翻盘的绝境。

崔晋百的心闷得疼，他想过两个男子要在一起有多艰难，甚至曾经步疏林也说过绝不会让步家绝后，那时候他能够大方地说不在意，此刻却说不出口了。

原来，这世间当真有两情相悦，却不能长相厮守的人。

明亮的烛火将他的双眼照得通红，许久许久之后，崔晋百才哑着声音说："我等你……"

步疏林指尖颤动，眼中有水光闪过，却转瞬即逝。她用一种玩世不恭的语气说道："男子汉大丈夫，不应当为儿女之情所困。再相见亦不知是何年，知鹤，我本可不告知你我的心意，亦可借此次之事与你一刀两断，老死不相往来。

"然而，我不愿如此，不愿自欺欺人，亦不愿留下遗憾。我愿说出口，便是打算放下。

"你也放下吧，我们都放过自己，也放过彼此。

"我既然娶了妻，就断不会为了一己之私辜负她，伤害她。"

陛下正当壮年，想要变天，实在是太难，她不愿崔晋百因她而蹉跎一生。也只有他放下，她才能少一些记挂与牵绊。

"若我方才之言令你心有负累，那我收回方才之言。"崔晋百静静地看着步疏林。

他说收回,不意味着不执行。

粗神经的步疏林难得听懂了这句话的弦外之音,愣了一会儿,视线在波光粼粼的湖面上停留许久,才恍惚地笑了笑:"好,那你可要照顾好自个儿,如此才能多等我几年……"

"你若不归,我怎敢逝?"他说罢,黯然的双瞳宛若从灯笼里借来了一束光,变得明亮鲜活起来。

步疏林的心一松,她用双手端起茶碗:"这一碗敬我们,来日相逢,再不分离。"

崔晋百毫不迟疑,与步疏林相视一笑:"来日相逢,再不分离。"

翌日,崔晋百离开了步府。很多人盯着崔晋百,或是探究,或是凑趣,或是别有用心,都在等着崔晋百的反应。

令人诧异的是,崔晋百回到崔府之后,开始安安心心地养伤,甚至将大理寺积压的一些旧案卷宗也带回府邸翻阅,一心投入办公之中。

另一边,步疏林仍旧是那个没心没肺的世子爷,整日在当差时偷奸耍滑,与三五个狐朋狗友勾肩搭背,没事就凑在花楼里听听小曲儿。只是传闻中那个崔少卿与女子春风一度的花楼,步疏林再也没有去过。

以往一听到步疏林去了花楼,崔少卿便活像是要捉奸,立马赶过去的事如今也不再发生。有人刻意拿步疏林的事刺激崔晋百,崔晋百也不动如山,置若罔闻。

他又变回了那个冷血寡言的大理寺少卿。

"阿林难得周全了一回。"沈羲和听闻此事之后,忍不住叹了一声。

"他们都不是稚童,行事自会深思熟虑。"萧华雍不明白为何沈羲和总是放心不下步疏林,总拿步疏林当孩子看待,"呦呦,步世子是在京都长大的,你觉得她不甚聪明,并非她真的傻,而是你太聪慧。"

沈羲和听了这话之后,微微一怔,旋即恍然,接着哑然失笑:"是我着相了。"

萧华雍轻轻地点了点她的鼻尖,执起她的手:"走吧,今日还有一场大戏等着我们呢。"

今日是萧长旻与余桑宁的大婚之日,萧长旻虽然被降为郡王,到底比萧华雍年长,亲兄长大婚,于情于理,萧华雍都要去一趟,哪怕是露个面就走。

陛下派了淑妃与宋昭仪一道前来,淑妃是代表陛下和太后,宋昭仪则是因为十四皇子萧长鸿闹着要来,她身为阿娘,自然要陪同,其余王侯公卿亦尽数到场。

王宅红绸飘扬,锣鼓不歇,喜乐起伏,马车排成了长龙。

萧华雍与沈羲和到的时候,淑妃等人都已经到了。他们身份尊贵,萧长旻亲自来将他们引到了上座观礼。

郡王大婚,自然及不上东宫娶妃,况且萧长旻是续弦,有礼制束缚,不过仪式也隆重浩大。

萧长旻带着执扇遮面、华服盛装的余桑宁开始行礼。

等到新人被送到了洞房里，观礼之人可纵情豪饮之后，一切都还风平浪静，此时萧华雍已经可以离开了，观完礼便是全了情分。

"走吧，你若不走，我倒觉得他们不打算行事。"坐了片刻之后，萧华雍看穿了萧长旻等人的心思，这是防备着沈羲和。

沈羲和轻轻一笑，将手伸向萧华雍。夫妻二人执手起身，正欲离席，突然有人急匆匆地赶来，奔向与人推杯换盏的萧长旻，附耳说了些什么。萧长旻面色一变，立马就跑了出去。

"你的预料有误。"沈羲和见状，莞尔。

萧华雍扬了扬眉，吩咐天圆："天圆，你跟着去看一看发生了何事。"

新郎急匆匆地离席，自然引得满场目光追随，人人都有好奇心，今日人多眼杂，想要瞒过去也不容易，很快，事情的来龙去脉就尽人皆知。

原来是十四皇子萧长鸿不慎落水，幸好蜀南王世子路过，及时将人救了上来，否则后果不堪设想。

萧长鸿是皇子，其生母与跟着的宫娥内侍呢？

萧华雍与沈羲和对视了一眼。夫妻二人一道去了后院。萧长鸿呛了几口水，幸而为了以防万一，王府备下了御医，第一时间救治，萧长鸿才没有伤到。

萧长鸿醒来就"哇哇"大哭，宋昭仪也抱着他哭。

沈羲和被他们的哭声吵得头疼："宋昭仪，十四弟缘何一个人落水？"

宋昭仪连忙擦了擦眼泪，轻轻地拍着仍旧号啕大哭的萧长鸿："十四皇子喝多了饮子，想要如厕，妾陪着淑妃妹妹，便吩咐内侍陪着他，想着王府之中定不会有事，哪知……"

说着，宋昭仪又开始泣不成声。

沈羲和明白了。淑妃这是与萧长旻里应外合，借萧长鸿来试探步疏林。

萧长鸿绝不是意外落水，步疏林也是被刻意引过去的。萧长鸿是皇子，步疏林见到他落水，若是不救，一旦被人知晓，死罪难逃。

她必须下水，下了水就得更衣！

沈羲和倏地看向淑妃，神色淡然，明明眼中不见犀利之光，却令人不敢与之对视，淑妃微微垂眼。

第一步是逼步疏林下水救萧长鸿，步疏林落水之后，必然要换衣，难道萧长旻早就派人去盯着步疏林换衣？

淑妃竟然不知不觉地和她分道扬镳了——此事她先前只字未提。

"咦，怎不见步世子？"人群中突然有人发出疑问。

萧长鸿都已经换了衣裳，又请了御医诊脉，等来了萧华雍与沈羲和，少说半个时辰过去了，按理说，步疏林早该换好衣裳了，可迟迟不见人。

"是我疏忽，一心想着十四弟，将御医都召了过来，步世子可千万莫要伤了身子。"萧长旻装模作样地说道。

他的话让沈羲和恍然想明白了什么。萧长旻借助萧长鸿落水，把他们都给引到这里来，步疏林那边就很容易被人钻空子。

等到他觉得时候差不多了，萧长鸿这边也安抚住了，再由人提到步疏林，他就能顺势带人去寻步疏林。

果然，萧长旻对着两位御医吩咐道："步世子被安排在挽翠园的厢房里更衣，你们随小王去看看。"

挽翠园就是萧长鸿落水的地方，萧长旻将步疏林安排在最近的地方换衣裳合乎情理，却把萧长鸿弄到了这边来，两地隔了一个院子，步行也得半盏茶的工夫。

沈羲和的脑子里过了一遍这些信息，她淡淡一笑，执了萧华雍的手："殿下，我们也去看看。"

既然萧长旻要将事情闹大，那她就为萧长旻添把火，但愿萧长旻能将火给浇灭。

"好。"萧华雍对沈羲和莞尔一笑。

厢房外竟然一个人都没有，每个人都觉得事情有些不对劲。萧长旻神色如常，转过身对着众人拱了拱手："今日小王大婚，府中下人忙碌了些，若有怠慢，请诸位见谅。"

众人嘴上立马客气起来，心中的疑惑也释然了。

高门大户都经历过结亲的事，的确有忙不过来的时候。

萧长旻走上前，轻轻地敲了敲紧闭的房门："步世子，小王带御医前来，步世子可有受伤，可有受凉？"

屋内没有任何人回应。

萧长旻见状，推了推房门，房门由内闩着，这证明屋内有人。萧长旻又提高了声音："步世子，你可安好？"一连喊了几声都毫无回应，萧长旻急了，"步世子，小王失礼了！"

等沈羲和与萧华雍随着萧长旻入了屋内，屋内传来了萧长旻的怒喝声——

"你们……你们竟然……"

沈羲和后一步入内，屏风已经被推倒，卧榻四周散乱地堆放着一地衣裳，上半身一丝不挂的步世子将拥着被子、发丝散乱的女子护在身后。

沈羲和只看了一眼，就知道床榻上的人不是步疏林，而是她给步疏林送去的替身。她当即沉声喝道："都出去！"

吩咐完别人，她又冷冷地对床榻上的二人说道："穿上衣裳。"

所有人都跟着沈羲和与萧华雍一起到了屋外。

房门关上不到半刻钟，就重新被打开，走出来的却不再是替身，而是穿戴整齐的步疏林，跟在她身侧的是披散着头发的萧闻溪。

萧长旻看到萧闻溪，眼中掠过一丝讶异与困惑之色，不过很快就掩饰了过去。

"参见太子殿下、太子妃……"步疏林见礼。

萧闻溪跟在她身后垂首行礼。

"你们二人，虽男未婚，女未嫁，行为却也过于出格，竟然在昭王府……"萧华雍明显有些愤怒。只不过浊世佳公子一般的皇太子说不出粗俗的词，只得气恼地道："荒唐，实属荒唐！"

第十章　情之所至心所向

步疏林却忽然跪在了萧华雍的面前，抱着拳，恭敬地禀道："臣请殿下做主，臣遭人暗算，若非萧娘子……臣恐有性命之忧！"

一句话掷地有声，惊了所有议论纷纷的人，众人看向萧长旻的目光都有些隐晦。

"步世子何出此言？莫非世子被人下药了？"萧长旻立马出声。

他绝对没有给步疏林下药，只是点了些催情的香。

"臣救了十四殿下之后，就被请到此处换衣。臣的下人久去不回，臣身上衣裳尽湿，仪容不整，不方便出去，以免冲撞了未出阁的女郎。故而臣一直在屋内等候，不知为何，渐渐浑身燥热，意识模糊。臣察觉过来之时，为时已晚……"步疏林咬着牙说道。

"方才房门大开，有一股芳香散开，其中有三枝九叶草的气息。"沈羲和补充了一句。

三枝九叶草是壮阳之药，它的气息会使人淫乱，需要有一定的医理常识之人才知晓。这些人大部分不知，少部分人知晓，但都能明白太子妃这句话的含义。

"天圆，去将香炉取来。"萧华雍吩咐。

"萧娘子为何在此？"天圆去取证物时，淑妃问。

萧闻溪是女眷，按理说，应当与她们在一起，却独自来寻了步疏林。

"步世子曾经救过小女，小女听闻步世子入水救人，便前来关切一番……"萧闻溪声音轻柔，听着好似有一丝女儿家的娇羞感。

哪知萧闻溪忽然抬头，眼神中充满愤恨："却不想撞见有人鬼鬼祟祟，且四周竟然连一个下人也无，小女跟着人入了屋子，见步世子浑身乏力、面色潮红地倒在桌上，便拿起花瓶将人砸晕了过去……"

跟着沈羲和等人进入屋子的命妇恍然想起，屋子里似乎的确碎了一个花瓶，却没有见到人，不免问道："人呢？"

"人……藏在柜子里。"萧闻溪小声地说道。

"萧娘子既然发现有人对步世子图谋不轨，将人砸伤后，为何不呼救？"萧长旻问。

"小女见到步世子时，步世子已经开始七窍流血。四周无下人，小女若丢下步世子去寻人，步世子因此而有个好歹，小女此生都会悔恨愧疚。"萧闻溪垂首回答。

究其原因，还不是院子里没有人？这时候觉得萧长旻方才的解释过得去的人心里也忍不住犯嘀咕，尤其是天圆不仅拿了香炉出来，还带着一个昏迷的女子出来。这个女子被放在了地上，披散的发丝被天圆撩开，众人发现她竟然是余桑宁的堂妹！

余桑宁这个堂妹的父亲与余项不是同父兄弟，而是同祖父的堂兄弟，这人是余桑宁没有出五服的堂妹。

这下连萧长旻的脸色都变了。

正如沈羲和所想，哪怕步疏林要换衣裳，无论是派人潜伏，还是及时带人去戳穿，都不太容易成事，所以萧长旻想了个法子，给步疏林使点儿绊子。

萧长旻安排了一场捉奸戏，在房子里点了一种不易被人察觉，一旦被察觉便为时已晚的香，香有催情之效。他安排了一个丫鬟，说是服侍步疏林换衣，这也不会有纰漏。

步疏林若是女儿身，身份就会被拆穿；若是男儿身，在他的王府里睡了他府中的丫鬟，也是步疏林理亏。

萧长旻哪里想得到，这么隐秘的香料，他请了不少调香师品鉴都没有品鉴出来的东西，沈羲和只是闻了闻就察觉了出来，且步疏林竟然有萧闻溪相助，躲过一劫，顺带倒打一耙，把丫鬟换成了余府远房的女郎！

"二兄，此事你作何解释？"萧华雍质问。

人在他的府邸里着了道，而要爬床的竟然是他的新婚妻子的堂妹，弄不好的话，一个拉拢藩王的罪名就扣下来了。

寻常皇子拉拢藩王做什么？

几乎是所有想到这一点的人，目光都不由自主地瞟向萧华雍。

人人都说太子活不过两轮，太子殿下已经二十有三了，也就这一两年的工夫，所以昭王这是迫不及待了吗？

"哟，二兄这是做什么？步世子可是蜀南王府的独苗，日后要袭爵，这要是在二兄这里有个好歹，如何向蜀南王交代？"旁人不敢说，萧长赢却一点儿顾忌都没有。

他那句"蜀南王府的独苗，日后要袭爵"的话说得格外暧昧不清，引得人们一阵遐想。

可不就是谁绑住了步疏林，就相当于得到了蜀南王府的支持吗？

萧长旻的面色不太好，偏偏萧长赢也没有明说，萧长旻不能不打自招地接茬儿，只得对萧华雍回道："还请太子殿下允我些时日，我定会查明真相，给步世子一个交代。"

不等萧华雍回答，沈羲和先一步说道："此事涉及昭郡王殿下、余将军府、蜀南王府、长公主府，太子殿下岂能越过陛下，自己做主？昭郡王殿下有话还是寻陛下说吧。"

说完，沈羲和就有些强势地拉着萧华雍转身离开，萧华雍好似猝不及防，差点儿没有跟上，连忙调整步伐，跟上沈羲和。

太子妃都把太子殿下拽走了，其他人自然不敢留下来看戏。然而事情都不需要他们再看了，显而易见，就是昭郡王殿下欲用妻妹拉拢步世子，太子殿下还活着，昭郡王的野心就藏不住了！

原本热热闹闹的婚宴被这样一闹，新郎官都不得不跟着去宫里请罪。

刚处理完今日的朝政事务，还没有歇一口气，祐宁帝就听到了这样的事，气得把端在手里的茶碗直接掷在了地上，吓得明政殿的内侍、宫娥跪了一地。

等到人来了，祐宁帝将那具有压迫性的目光落在萧长旻的身上："这件事你要如何解释？"

"陛下，儿绝没有不该有的心思。儿也不傻，即便真的做这种事，也不应当在自个儿大婚时、自个儿府邸里啊！"萧长旻自然喊冤。

他也只能暂时喊冤。他现在还没有厘清思路，不知道到底是哪里出了岔子，抓不到丝毫可以翻盘之处。

"旁人的府邸哪里有自个儿的府邸好行事？"萧长赢凉凉地开口，"成了就是受害之人，不成还能喊冤。"

萧长赢不知为何，突然开始针对萧长旻，引来了萧长琪、萧长彦与萧长庚的好奇心。萧长卿站得笔直，一副事不关己的模样，也不阻拦萧长赢。

只有萧华雍瞥了萧长赢一眼，心里像明镜似的。

萧长卿、萧长彦、萧长赢乃至萧长庚都知道，萧长旻这是要和太子妃过不去，萧长赢心里一直藏着沈羲和，此时自然就看萧长旻不顺眼。

"九弟，为兄自问没有得罪过九弟，九弟何苦要为难为兄？"萧长旻忍无可忍地道。

"弟弟性子直，素来喜欢说几句实话，二兄若是听着刺耳，大可反驳弟弟。"萧长赢露出一丝痞笑。

"你……"

"行了！"祐宁帝打断兄弟二人的口舌之争，扫了两个人一眼，"九郎的话虽不中听，却也有几分道理，二郎你若觉得冤枉，朕允你同宗正寺卿与大理寺卿一道去查此事。朕倒是要看看，你打算如何自证清白！"

暂时解决完萧长旻这边的事，祐宁帝将目光又落在了步疏林与萧闻溪身上："你们二人既已有夫妻之实，朕便为你们二人赐婚。今日之事，朕会给蜀南王府与长公主府一个交代。"

陛下都如此说了，谁也不敢再揪着此事不放。故而陛下打发他们离去，他们也只能退下。

"北辰，你说得对，是我看轻了阿林。"迈入东宫，沈羲和说话便随意起来。

步疏林之所以能够躲过萧长旻的香，是因为身上戴了沈羲和送给她的香囊，一种特意防止中迷香或者催情香的香囊，沈羲和方才便见到了。

步疏林是故意将计就计。如果她突然去向陛下请求赐婚，或者等到陛下开始猜疑她的身份，再去想法子与萧闻溪成亲，陛下心中的疑惑不会因为萧闻溪嫁给步疏林而化解，他反而会猜疑萧闻溪与步疏林同流合污。这样一来，他就会对长公主生出防备之心。

故此，步疏林和萧闻溪的婚事，最好不是主动或者等到祐宁帝心中起疑之后再被动提出，无论是哪一种，都有些欲盖弥彰的味道，此次顺水推舟就是个绝妙之法。

"虽然步世子并非蠢人，但我也不容许旁人抢了我的功劳。"萧华雍站定，直勾勾地看着沈羲和，"釜底抽薪，一劳永逸，永绝后患，这是我支的着儿。"

此时碧玉递上信来，沈羲和看后，冷笑了一声。

萧华雍扬了扬眉，偏过头看了看："淑妃的心思不简单呢。"

萧长鸿落水并非如宋昭仪所言，是吃多了饮子要如厕，而是宋昭仪放任萧长鸿与娘家同龄的子侄玩乐。为了让孩子们多亲近，宋昭仪只派了一个内侍跟着。

内侍后来弄丢了萧长鸿，萧长鸿才落了水。

这个消息若是传到陛下的耳里，以陛下对萧长鸿的疼爱程度，淑妃再吹吹耳旁风，恐怕宋昭仪会失去养子之权。

萧长鸿才五岁，是离不开母亲的，一个皇子的抚养权关系到很多利益，后宫之中，最适合抚养皇子的人选还真是淑妃。

淑妃没有娘家，不会因为她养了皇子就助长外戚的野心。

"近来淑妃与宋昭仪来往密切。"

后宫都在沈羲和的掌控之中。

若宋昭仪看不清淑妃在其中起到的作用，丧失养子之权成了定局，淑妃再煽动一下宋昭仪，或者多承诺一些让宋昭仪陪伴萧长鸿的好处，宋昭仪可能自己都会选择让淑妃来抚养萧长鸿。

淑妃是吐蕃公主，陛下不会让她生下孩子。她生下的若是公主，自然皆大欢喜，但若是皇子，就大为不妙了，陛下会担心吐蕃也想参与皇朝内政。这一点淑妃心里明白。

从决定跟着陛下起，她就放弃了生子的权利。

但现在她不甘心，想要有个皇子，为自己的将来做打算，所以萧长鸿是最好的选择。

"你说，她只是为了防老，还是……？"沈羲和目光幽幽地看着萧华雍。

太子不长寿，陛下却正当壮年，五岁的皇子或许还能熬死前面的兄长，这绝不是异想天开。

"想那么多做什么？让她的算计落空便是。"萧华雍淡淡一笑。

有些事情，不用去深究对方背后的用意，无论对方用意为何，他们让其用意落空就成。

"祖母的身子骨尚且硬朗，往日你常去伴她，日后无暇分身，可以让小十四去伴着祖母。"萧华雍想到自己过不了多久就不在了，也算是让太后的心里多一份寄托。

隔日，宋昭仪的事情就爆发了，陛下大发雷霆，从宋昭仪的宫里将萧长鸿给抱走了。

太后好似闻风而去，最后将萧长鸿从明政殿领回了自己的宫殿。从此以后，十四殿下由太后抚养。

淑妃听说消息之后，怒气冲冲地奔向了东宫。

"太子妃为何要与我过不去？"淑妃拂开阻拦她的宫娥，沉着脸站在沈羲和的面前。

"与你过不去？"沈羲和轻笑一声，理了理胳膊上飘落的披帛，"淑妃娘娘，陛下恩宠，宫中顺心，让你忘了这世间的一切不过都是各凭本事，正如你害得宋昭仪失去养子之权，这是你的本事。我让你得不到十四殿下的教养权，是我的本事。

"怎么？我没有让你如意，便是与你过不去？是陛下纵容，让淑妃娘娘觉得这世间人人都合该顺着你的心意行事吗？"

"你……"淑妃噎了噎，"我以为我们是伙伴……"

"我也以为。"沈羲和微微偏头扬眉，"以前是，以后是不是，全由淑妃娘娘决定。"

"我只是想抚养一个皇子，何处冒犯了你？"淑妃质问。

"其实……你养不养皇子都冒犯不到我。"沈羲和淡淡地开口，"不论你是只想养个皇子，还是有别的心思，我都不放在眼里。我只是想给你提个醒，莫要忘了你的身份。

"皇家的事，你不该插手，陛下对你的恩宠也不能成为你随心所欲的利刃。"

今天淑妃敢算计到皇子的身上，沈羲和放任这样的心思膨胀下去，只怕哪日她就敢算计到太子、太后的身上。

"说来说去，你不过是一直在利用我，想要拿捏住我，不允许我有半点儿超出你的掌控罢了！"淑妃眼神中充满愤恨。

"你要这么想，我亦无法。"沈羲和漫不经心地说道。

"好。既然你不将我视作伙伴，日后我们各走各的路，如你所愿，一切各凭本事！"淑妃紧紧地盯着沈羲和。

沈羲和半点儿也没有退让："碧玉，送淑妃娘娘。"

淑妃气得面色发白，哼了一声就转身离去。

"殿下，淑妃……"珍珠正要开口，沈羲和抬手制止了她。

"她不会多嘴。"

淑妃不敢将她们之间的事情告诉祐宁帝，否则就是先将自己置于万劫不复之地。

沈羲和这边诸事顺利，萧长旻却焦头烂额。宗正寺卿与大理寺卿一起查这件事情，他只能跟着，最让他猝不及防的还是崔晋百借着大理寺职务之便插手进来。

催情的香料，不是他亲自拿去寻找调香师品鉴的，却也是他派的人。幸好他派的都是私下养的人，崔晋百虽然寻到了品鉴的调香师，根据他们的描绘画出了人像，还张贴了告示，一时三刻却寻不到人。

然而，崔晋百是铁了心要将事情查个水落石出，将香料拿去了独活楼，沈羲和亲自分析，香方很快就一目了然。崔晋百正顺着药房开始查。

香方内的诸多香料都是药材，当日他未曾防到这一步，是在一个药房一次性购买。药房贩卖药材都会记账，崔晋百只需要查一查这些药材是哪一日一次性被谁购买走的，就能查到香料为何人调制。

幸好这东西是上个月购买的，一时半会儿还查不到，但按照崔晋百将各大药房的账本搜罗回大理寺的拼劲儿来看，用不了多久，他就能查到。

"药材我是派王府的下人去买的……"萧长旻急得团团转，俨然是火烧眉毛了。

一旦被查到这个线索，他交代不出这些药材的去向，那么这催情的香为他所有就是事实。他为了拉拢步疏林，给步疏林下药的铁证也有了，对方可以直接给他扣上有谋逆之心的大罪。

皇子拉拢藩王，这是陛下的大忌！

他原本只是想要试探步疏林的女儿身，随意送了个丫鬟，哪怕步疏林真的是男子，睡了他的丫鬟，也得把人领走，他也算安排了一个眼线。

他压根儿没有想到步疏林竟然反将他一军，把丫鬟换成了余桑宁的远房堂妹。

"为今之计……只有一个法子。"

余桑宁坐在镜子前。昨夜本是洞房花烛夜，却因为这件事，她和萧长旻到现在

268

都没有圆房。她望着镜中面容姣好的自己，细细描摹的眉显得格外犀利："妾去寻一趟妾的六叔与六婶。"

余桑宁去看了一趟叔婶，之后叔婶去牢里探望女儿，谈话一番。等到余五娘子回到牢房里，就看到牢房里父母带来的食盒被老鼠弄翻，掉出来的一些吃食已经被老鼠偷吃了。几只眼睛流血的老鼠直挺挺地躺着，余五娘子被吓得高声尖叫："崔少卿，我要见崔少卿！"

余五娘子没有想到父母竟然这么狠心，要毒死她。父母明明说让她一力承担责任，日后将她接回家中，让她嫁给自己心仪之人，转头竟然……

事实上，毒药不是她的爹娘所下，是崔晋百故意弄出来吓唬她的。余五娘子心悦一个画师，甭看她在昭郡王府的事达官显贵都知晓，但贩夫走卒不知道，爹娘松了口，她便能够和心仪之人长相厮守……余五娘子才愿意把一切责任都揽在身上。

因为步疏林没出事，她揽下责任，也不会像萧长旻一样涉及谋逆，自然也不会被严惩。

她这才答应了下来，只不过到底是个没有经历太多风浪的被娇养的小娘子，兼之其父母的确偏爱兄长，她无法不信下毒之事，当即就把爹娘要她认罪的事情倒豆子一般说了。

接下来自然是她的爹娘被捉拿，崔晋百有的是手段逼人开口，对方指认是昭郡王妃许以好处唆使。如此一来，萧长旻与余桑宁都被传到了宫里，陛下要亲自审问。

面对祐宁帝的责问，余桑宁痛快地认罪："回禀陛下，给步疏林下药之事，是妾所为。"

余桑宁这样爽快地认罪，不仅是祐宁帝，就连跪在她身侧的萧长旻都惊讶不已。

她至少应该辩驳几句，至少也应该露出一点儿惊慌失措的神色或一点儿求饶之态。

余桑宁却安静得不可思议。她深深地俯首，额头触地，令整个大殿静得仿若落针可闻。

"事出必有因，朕想知道你为何要对步世子下药！"祐宁帝肃容问道。

余桑宁跪伏着，没有第一时间回话。

祐宁帝等得不耐烦，又问："朕问话，你都敢不答？何人借你的胆？"

余桑宁瑟缩了一下，这才微微抬起头，视线落在面前的地板上："陛下……妾的五妹已恋慕步世子多时，苦于无果，求妾成全，妾一时不忍，便做下了这糊涂之事。"

崔晋百闻言，面色一变。

祐宁帝将视线落在余桑宁身上片刻，才转而问崔晋百："余五娘子可说过此事？"

崔晋百抱拳躬身："回陛下，臣询问余五娘子，余五娘子并未言及此事。余五娘子的所有供词，臣已上书给陛下。"

在崔晋百的奏折里，余五娘子说她什么都不知道，爹娘来劝她说是她自己爱慕步世子，给步世子下药，她才刚听从爹娘的吩咐，转头便看到了被下毒的吃食，就将爹娘让她做假供之事说了出来。

"去，将余五娘子带来。"祐宁帝吩咐了人去提余五娘子。

这个工夫，明政殿的审问过程已经传到了东宫里，萧华雍正在作画，沈羲和在处理宫务。

听了天圆转述的话，萧华雍搁下了笔，转头看向对此仿若未闻的沈羲和："我这位新二嫂倒真的有几分本事。"

"虚晃一枪，断尾保命。"沈羲和落笔时没有半分停滞。

余桑宁一直都是个聪明的人，这次急中生智，在崔晋百面前虚晃一枪，争取了更多的善后时间，也逃过了一劫。

"老二野心不小，二嫂夫唱妇随，日后未必不会与你为敌。"萧华雍说道。

沈羲和瞥了他一眼，又拿起一份文书摊开，一边阅览一边说道："北辰，人世百态，太多的人与我们所见所思所虑所求所为不同。你我纵使行事收敛，称不上良善之辈，亦非为恶之人，却也不能党同伐异，这是君主的大忌。"

他们是冲着至高之位而生的人，君临天下的帝王，最忌讳按照个人喜好行事，按照个人喜好用人、择人。

"君王之度，不疑于心；疑之有度，是为君德。"萧华雍转身铺了一张纸，执笔蘸墨，挥手间如行云流水，将这十六个字书写下来。

他满意地欣赏了一番，转头吩咐天圆："晚些时候送去裱好，挂在我与太子妃的书房里。"

这字，留给他与呦呦的后人。

君王的风度，是不生疑心病；可以怀疑，却要掌握分寸，这才是君王的品德。

明政殿，余五娘子从大理寺中被带了过来。面对陛下的质问，余五娘子自然怯弱地摇头："陛下，小女绝没有倾慕步世子，也不曾求昭郡王妃成全。是昭郡王妃诬蔑小女！"

双发各执一词，余桑宁痛心疾首地看着堂妹："五妹，事已至此，你为何还不肯承认？你的闺中还有你偷藏的步世子的画像，每日挂在床头，你还对我说，只有如此，你才能安然入眠。"

"若非你以死相逼，说我不助你的话，你便在我大婚之日一头撞死在我的新房里，我如何会……"

余桑宁说到最后，已经哽咽难言。

"你胡说，你诬蔑我！"余五娘子面目狰狞，对着余桑宁扑过去，被手疾眼快的侍卫拦住了。

余桑宁有些不忍地转过头，对着陛下叩首："妾所言句句属实，恳请陛下明察。妾受迫于人，又顾念姐妹之情，酿成大错，愿领责罚。"

跪在余桑宁的身侧，在余五娘子要扑过来时伸手护住余桑宁的萧长旻都忍不住在心里为余桑宁赞了一声"好"。他此刻对余桑宁是打心底里欣赏，这一劫他们是躲过去了。

只要催情香不是他所下，就扯不上谋逆之罪。在步疏林安然无恙的情况下，他至多不过是被陛下训斥几句罢了。

这一场危机，余桑宁化解得让萧长旻都不由得叹服。

从她故意传出自己与他不欢而散，满腹怨气地跑回娘家时起，这就是一场算计，她清楚地知晓崔晋百等人时刻盯着他们，他们无论做什么，都是不打自招。

那她就让自己的"不打自招"顺利地被崔晋百拆穿。

她的确去寻了叔婶，也的确是要叔婶牺牲余五娘子，叔婶在她许的好处下，生不出拒绝的心思。旋即，叔婶会到天牢说服余五娘子。余桑宁也料到崔晋百会怎么恐吓余五娘子说实话，因为她太了解自己的堂妹了，余五娘子根本就是个靠不住之人，随意吓唬一下，就会吐出实话。

真正的计划，是从崔晋百以为拿到余五娘子的口供时开始的。

这个时候，崔晋百会在第一时间将供词上报陛下，事情涉及皇子、蜀南王世子以及长公主府，陛下一定会亲自审。也就是在这个时候，大理寺与宗正寺自以为事情水落石出，就会彻底放松戒备。

而在她被带到皇宫的这段时间里，叔婶早就在堂妹的屋子里布置好了堂妹恋慕步疏林的证据。

人证、物证俱全。

等到余桑宁与余五娘子对质完，这些证据也就被安排得妥妥当当了，只等着陛下吩咐人去取。

证据很简单，但是能够布置完美，还是少不得借助萧长旻的人脉。

萧长旻有个花楼，花楼里有画师，这个画师并非凭空冒出来的，是常年待在花楼的画师，身份经得起排查。

早在萧长旻交代她猜测步疏林为女儿身的时候，余桑宁就猜到花楼是萧长旻的。她昨夜就已经吩咐人暗中去寻这个画师，让画师连夜画了不少步疏林的画像，有些还要做旧，交到了叔婶的手中，等她被带进宫里，叔婶就将画像布置在了堂妹的屋子里。

271

堂妹的丫鬟经不起审问，那就来个畏罪自尽，死前将主子的所作所为写下来。手段看似拙劣，也经不起推敲，可死无对证，只要是丫鬟亲手所书的东西，那就是铁证。

最后一步，就是王府去购买调香药材的下人。这个下人自然是余桑宁吩咐的，余桑宁与萧长旻早就被赐婚，王府下人听她使唤也不算不合理。

至于为何那么早就开始吩咐王府的人，而非自己身边的人，余桑宁对着崔晋百的这一质问也有说法："我虽不敏，却也能够从五妹痴迷步世子的行为中猜到这些调香药料有异常，否则五妹怎么自个儿不去寻，非得来胁迫我？"

很快，大理寺和宗正寺派去的人就在余五娘子的闺房里搜回来了余桑宁安排好的证据：除了每一幅神态不同的步疏林的画像，还有一张催情香的香方以及一些香料。

到了这一步，余五娘子整个人的魂儿都被抽走了，她终于明白，她被爹娘彻底放弃了。

为了兄长的前程，她成了弃子。

一切都是因为她心思不正，痴迷步世子，却苦于无法靠近，故而做下错事。

王府那日为何没人？是因为昭郡王妃受她胁迫，将人遣走了，事情都是她一人所为。

而他们……他们这些主使者，都成了受迫人，她的至亲也不过是教女无方！他们都没有罪，多好啊！

他们牺牲她一人，保全了所有人。

"余五娘子，你可还有话说？"祐宁帝问。

真相到底如何，祐宁帝心中自有一杆秤。他不是要包庇谁，而是全凭证据说话。

老二夫妻把事情做得这么滴水不漏，他难道要无凭无据地喊着他们构陷旁人？只要他在眼前的情势下说一句不信，老二夫妻只怕要来个以死明志，闹到最后，反倒是他这个父皇容不下他们夫妻俩。

"可还有话说？"余五娘子失魂落魄地重复了这句话几遍，忽然放声大笑起来，"哈哈哈……"

她笑得泪如雨下，笑得疯癫不已。

她也不知道哪里来的力气，抑或是押着她的侍卫因为她忽然狂笑不止而失了神，竟然让她挣脱——她拔出了发间的金钗，扑向余桑宁！

余桑宁身边有萧长旻，萧长旻是习武之人，迅速将余桑宁护在身后。所有人都以为余五娘子是要杀余桑宁，其实不是，她在余桑宁的面前，将金钗刺进了自己的颈部。

这一幕惊呆了所有人，余五娘子刺了自己，又猛然将金钗拔了出来，鲜血飞溅

272

出去，喷了余桑宁一脸。

余五娘子死死地瞪着余桑宁，身体倒下去时，也死死地盯着她。脖子上血流如注，她却笑得极其阴森："为恶……恶之人……不得……善终！"

谁也没有想到余五娘子竟然会选择以这么激进的法子自尽。

余桑宁闭上了眼睛，鲜血在她的脸上滑动的黏腻感更明显了。温热的血液仿佛能灼伤她的肌肤，血腥气直冲她的鼻间，令她忍不住颤抖。

步疏林的女儿身事件就这样落下了帷幕，对于余五娘子，步疏林心中有愧，后悔自己当日把余五娘子牵扯进来，早知如此，直接打晕萧长旻安排的丫鬟便是……

然而事已至此，步疏林只能把愧疚之情深藏于心。

祐宁帝为她与萧闻溪赐了婚。

宫中又多了一桩婚事，沈羲和又忙了起来。半个月后，沈羲和接到了一封家书，是沈云安传来的，薛瑾乔有了身孕，沈羲和要做姑母了！

阿林有孕在前，现在阿兄与乔乔也有了孩子，沈羲和大喜过后，忍不住抚摸自己的小腹。

直到一个月后，春日结束，迎来夏日，沈羲和在晨光熹微中，被一股压制不住的恶心感给惊醒，转头就趴在床头干呕起来。惊醒的萧华雍面色大变，撩开床帐高喊："珍珠！"

今日不是珍珠守夜，守夜的碧玉听到喊声，立刻吩咐小宫娥去传唤珍珠，自己先奔了进来，只见披着一件外袍的太子殿下倒了一杯水，递到沈羲和的唇边："喝口水缓缓。"

沈羲和就着他手上的力道喝了两口水，才把那股子不适感给压了下去。她抬头对上萧华雍眉头紧锁的脸，用指尖轻抚他的眉："我没事，只是做了个奇怪得令我感到不适的梦。"

"梦？是何梦？"萧华雍忍不住问。

"我梦见与你临湖赏景，忽然游来一群七彩锦鲤，锦鲤中藏着一条灵动耀目的金色锦鲤，这条锦鲤好似识得我，径直朝着我游来。我忍不住蹲下身，想看个仔细，它竟然一跃而起，惊得我忍不住大呼。就在此时，它竟蹿入了我的嘴里……"

沈羲和想到梦中的场景，刚压下的恶心之感顿时又有些反复。她忍不住又喝了两口温热的水，这才彻底压下恶心感，恰好此时珍珠推门而入。

沈羲和看到珍珠，忍不住无奈地笑了笑："我无碍。"

"珍珠既然已经来了，便让珍珠探探脉，我与她们都能安心些。"

沈羲和无法，只得乖乖地伸出手腕，珍珠半跪在脚踏前，指尖搭上了沈羲和的皓腕。

萧华雍将沈羲和搂在怀里，扯了扯被褥，仔细地将她裹严实，以免她着凉。

片刻工夫后,珍珠先是一惊,旋即又仔细地为沈羲和探了脉,这才忍不住激动地禀道:"殿下,您有喜了,小殿下已经有一个月了。"

十日前,她给沈羲和探脉时还没有探出一点儿端倪,没想到现在的脉象这么明显。

一个月……沈羲和忍不住看向萧华雍。

萧华雍的一颗心也"扑通扑通"地跳,好似要跳出来,这会儿,他什么都来不及多想,满心的喜悦之情让他忍不住用额头抵上沈羲和的额头:"呦呦,我们有孩子了。"

"嗯,我们有孩子了。"沈羲和唇角含笑,黑曜石般明亮的眼眸里却泛着水光。

"太子妃腹中的胎儿可安好?日后太子妃要如何将养?孤需要留心些什么?……"萧华雍将一连串的问题砸向了珍珠。

珍珠在跟着白头翁的那段时日里,也照顾过孕妇。自打沈羲和准备怀孕起,她就格外重视这些医理,故而将准备好的注意事项,结合沈羲和当前的身子情况,一一告知了萧华雍。

萧华雍听得格外认真专注,末了,还像煞有介事地准备了一本小册子,将之一一记录在案。

也就是从这一日开始,沈羲和每日做了什么、吃了什么,萧华雍都详细地记着,说是等孩子日后长大了,留给孩子看,让他知晓他娘为了平安生下他,让他更健壮,都付出了什么。

沈羲和听了这话,心里忍不住又暖又甜。

她怀孕了,这个消息却没有公布出去。她和萧华雍商议,等三个月后,她坐稳了胎,再去惊动那些魑魅魍魉,也趁着这两个月,他们把所有能够防备的情况都尽可能地预防起来。

夫妻俩在东宫里养了一个月,无人得知沈羲和有孕。四月,步疏林大婚,沈羲和无论如何都要去:一则,新娘子是长公主之女,也算是皇室嫁女,沈羲和需要代表皇家去观礼;二则,人人皆知她与步疏林交好,朋友成婚,她若不去,委实说不过去。

因为这两点,她不能推托,否则反而会引得一直盯着她的一举一动的人猜疑。

萧华雍也知道这一点,想要陪着沈羲和去,却被沈羲和拦下了。

"到底不是皇子、公主成婚,你身为储君,去观礼,过于隆重。而且你在我的身侧,时刻担忧我,反而会露出马脚。我去去就回,带着莫远和珍珠,绝不会出事。"

萧华雍只得依依不舍地将坚决不允许他去的沈羲和送到东宫门口。

步疏林大婚是按照亲王世子的规格,由礼部主持的,主婚人也是礼部尚书,是寻常大户人家也及不上的隆重排场。长公主只有这么一个女儿,十里红妆,场面声势

274

浩大，比两个月前萧长旻成婚还要壮观。

余桑宁也随着萧长旻来参加婚宴。她是皇室家眷，与沈羲和同席，沈羲和居中，左右分别是李燕燕与余桑宁。这二人都与沈羲和有些不愉快，故而都不与沈羲和攀谈。

两个人又不能越过沈羲和闲谈，一时间，三位身份最尊贵的皇媳保持着沉默，弄得旁边的两位公主与几位宗亲长辈都噤若寒蝉。

直到一碗汤羹被端上来，余桑宁掀开瓷盅，捂着嘴，扭头干呕起来，这才吸引了众人的目光。

一位经验老到的命妇忍不住惊讶："昭郡王妃莫不是有喜了？"

余桑宁干呕了几下，脸上浮现一丝红晕，有些矜持地颔首："嗯，昨天才确诊，月份尚浅，方一月，不宜宣扬。"

一时间，道贺的声音络绎不绝，也有人夸赞余桑宁有福气，成婚才两个月，就有孕一个月了。

沈羲和没有说话，抬了抬眉，心里对余桑宁有孕的事有些意外，同时觉得挺好的，多个人分散注意力。

数日之后，沈羲和再次见到步疏林，步疏林神色黯淡："呦呦，我是来寻你辞行的。"

沈羲和蓦地看向她。

步疏林也回视她，神色有不舍，也有无奈："阿爹快撑不住了，用不了几日，应该就要报丧了。我身为独子，即便是陛下也不能阻拦我回去为阿爹送葬守孝，且……"步疏林顿了顿，手抚上小腹，"我已怀孕快四个月了，现在还能勉强遮掩，再留几日……"

到时她想遮都遮不住了。现在是初夏，步疏林总不能在夏日穿厚重的衣裳，可她的小腹已经逐渐显怀，肚子会越来越大，早些离去才是万全之策。

"陛下不会轻易让你回蜀南的。"沈羲和有些担忧，"你可想好对策？"

"太子殿下已经为我想到了对策。"步疏林回道。

听到是萧华雍亲自定下的对策，沈羲和就放心了。夜里等萧华雍回来之后，她便问："你要如何安然地将阿林送回蜀南？"

步疏林还怀着身孕，这件事的难度就更高了。

"等蜀南王的丧报递来，步世子必然要进宫辞行，将她留在东宫里，派个替身回去。我这两个月寻了不少人，易容成她的模样，出了京都，我们先制造一场追杀，扰乱陛下的视线，亦让所有人失去步世子的行踪。"

他们会发现很多个步疏林往不同的方向奔向蜀南。

误导祐宁帝之人的判断，同时也分散了祐宁帝的人力，这倒是个极好的法子。

"你是安排阿林先行，还是随后？"沈羲和问。

"让她先行。"萧华雍早有计划，侧首对沈羲和淡淡地笑了笑，"无人知晓她在东宫就被调包了，也就无人猜到她会先行一步，待到所有人都发现他们盯着的人是假的步世子时，他们也会笃定步世子还在后面，或者选了别的路，与他们的行程差不多。"

另外，他们即便猜到步疏林已经先行，也未必追赶得上。

沈羲和颔首。萧华雍安排到这个地步，已经极其详尽与周全，离开了京都，剩下的就看步疏林的本事了。

"呦呦不用担忧，我虽不能派自己培养之人，但你莫要忘了，我还有皇伯这枚棋子在手。"萧华雍低笑一声，安抚沈羲和，"该放任的自然还是要放任，皇伯毕竟是反臣，若一开始便护着步世子，于蜀南而言，便是灾难。"

只有等到步疏林生死一线的时候，萧觉嵩的人才能出手，祐宁帝即便察觉到蛛丝马迹，也不能给蜀南扣一顶反臣同党的帽子。

相反，祐宁帝还要及时安抚蜀南，觉得萧觉嵩是见缝插针，会生出与萧觉嵩争夺较劲的心思。

群臣这边也要给个交代，祐宁帝一个处理不妥当，群臣就会人人自危。萧觉嵩想整谁，就刻意护着谁，有了步疏林在前，难道祐宁帝还能差别对待？

"北辰，你当日走了一步妙棋。"沈羲和不得不赞叹萧华雍当初拿下萧觉嵩的高招，这让他行事便宜了许多，更是将他完美地隐藏了起来。

"不过是有些运道，恰好皇伯命不久矣。"萧华雍觉得这件事的运气成分偏多。

林木成荫，阳光明媚。

天高地阔，镜湖无波。

近日来风平浪静，沈羲和在东宫里深居简出，除了定期给祐宁帝与太后请安，哪儿也没有去。

步疏林大婚后没过多久就是平陵公主出嫁的日子，不过有生母荣贵妃操持，兼之沈羲和的后宫大权是从荣贵妃的手中夺来的，当日还闹出了不小的动静，两个人可谓撕破了脸，故而平陵公主大婚，沈羲和就自动避嫌了，全部事情交由荣贵妃操持。

沈羲和养胎的日子格外悠闲，珍珠与碧玉揽走了大量的宫务，从去年到现在，沈羲和教导了大半年，对于宫务，她们也变得得心应手，沈羲和更多的时候是与萧华雍在一起。

两个人一起侍弄花草，一起烹茶作画，一起弹琴和曲，一起对弈畅聊，一起聊他们的骨肉……

日子过得万分惬意，蜀南王病逝的消息迟迟没有传到京都，沈羲和难免有些忧心:"是否出了岔子?"

"陛下在蜀南亦有眼线。"萧华雍解释,"蜀南王应当不想让陛下先一步知晓他大限将至,故而一直拖着。"

蜀南王远没有到缠绵病榻、药石无效的地步,否则哪里瞒得住?只不过他确实时日无多,最多还能撑三五个月。只是这三五个月他不想要了,也不能要。

他是想在安排好后续事宜,在所有人都还没有察觉到他有异样之前,利用一个契机将报丧的文书于陛下措手不及之际呈上明政殿,让陛下不得不放走步疏林。

"蜀南王一片慈父之心。"沈羲和轻叹一声,忽然目光微黯,"我想到了阿娘……"

陶氏当年也是可以被抢救过来的。但她深知,如果她没有因为萧氏而殒命,萧氏一个平妻的位分跑不了,沈云安也很有可能步上与步疏林一样的命运。

沈羲和情不自禁地伸手抚上尚且平坦的小腹:"父母之爱,当真如此无私吗?"

"这得看人。"萧华雍将双手负在身后,垂首看着沈羲和,"许多爹娘会为了骨肉将生死置之度外,亦有不少爹娘可以卖儿卖女,以获取荣华富贵。"

上慈下孝的情况不少见,父子反目的情况亦不在少数。

"但我总觉得,只要是心存善念、仁德之人,都会无私地爱着亲生骨肉。"最后,萧华雍又说道。

沈羲和笑了笑。未曾发生之事,谁又能定论呢?但她赞同萧华雍的话。

五日后的一个清晨,一匹疾驰而来的烈马从城门口一路奔向宫门。烈马上的人胳膊上绑了白布,往宫门口一跪,递上了一份丧报:"陛下,蜀南王……仙逝了!"

此时,御极宫正在举行大朝会,消息递上来,一片哗然。

消息来得太突然,众人猝不及防,除了萧华雍,似乎没有人有一丝准备,个个都错愕不已。

萧华雍清晰地看到祐宁帝的脸抽动了两下,显然,祐宁帝愤怒到了极致。

消息都大张旗鼓地传到宫门口了,祐宁帝安插在蜀南的暗哨竟浑然不知。人都从蜀南一路到了京都,也没有任何人察觉到异样,这要帝王如何能够不怒?

只是等到群臣诧异过后,纷纷望向祐宁帝时,祐宁帝已经换上了悲戚的神色,当即挥了挥手,罢朝。

步疏林一刻都不耽误,换上了素衣,进宫请求陛下允许她回蜀南奔丧。

祐宁帝没有一点儿拖延与扣留的借口,本朝以孝治国,步疏林为父奔丧大过天,他只得应允。

步疏林按照计划,来到东宫辞行,离开的已经不再是步疏林本人,而是萧华雍安排的易容好的人。

沈羲和亲眼看到萧华雍将步疏林带入了暗道的入口,在原地站了许久,不知想了什么，过了好一会儿才转身离开。

而京都此时半点儿也不平静，萧华雍送步疏林离开皇宫的时候，刘三指已经揣着祐宁帝的令牌出了宫。

这是一个收拢蜀南军权的大好时机，步拓海已经死了，只要回去奔丧的步疏林有个万一，蜀南军权自然会落回陛下手中。

所以，这一次祐宁帝会全力击杀步疏林。

与此同时，各方的反应不尽相同。

昭郡王府，萧长旻回府之后，也立马召集了心腹，进行了一场秘密商谈。这样的事情自然瞒不住余桑宁，余桑宁一直等着萧长旻商议完，送走所有心腹，才让人将萧长旻请来。

"若是为了步家之事，你便别开口了。"萧长旻入了屋子里，直截了当地说道。

虽然认可也赞赏余桑宁的才智和手段，但萧长旻骨子里还是认为女人就该有女人的觉悟。

他可以询问自己的女人，却不允许自己的女人什么事都要指手画脚。

"殿下，步世子与太子妃交好。"余桑宁已经摸清了萧长旻的性子，只得委婉地提醒道，"妾只是觉得蜀南王之死不是突发之事，步世子是否早已接到消息，提早做好了准备？若是如此，步世子必然会向人求助。放眼望去，整个京都，步世子能求助，也敢提前将这等秘而不宣之事告知之人，只怕唯有太子妃。"

"太子妃等人只怕早有准备。"

原本有些不耐烦的萧长旻面色变得凝重起来。这种可能性他没有想过，但的确很有可能发生！

"依你之见，该当如何？"萧长旻问。

余桑宁顿了顿，才行了个万福礼："殿下，人人都不乐见步世子顺利回到蜀南，我们何必横插一脚？"

沈羲和太邪门了，她总觉得与沈羲和为敌绝不会有好下场，但对萧长旻的野心也猜到了几分。

别看她已经嫁给了萧长旻，对权势的渴望让她也想母仪天下，可她素来是稳扎稳打的性子，就凭萧长旻的能耐，不是她轻视萧长旻，他根本没有可能夺得皇位！

且不说沈羲和占着东宫正统的位置，就算太子殿下真的命不久矣，沈羲和也没有诞下嫡孙，论文还有信王殿下，论武还有景王殿下，暗中潜伏着的燕王殿下也不是泛泛之辈，这些人哪个不比她眼前的人有能耐和倚仗？

偏偏也不知道是谁以长幼有序为名，给昭郡王洗了脑子，竟真的让他做起了春秋大梦！

在她看来，萧长旻安安分分，日后做个亲王，荫庇子嗣就好。这些话，余桑宁现在自然不能对萧长旻说，只得循循善诱。

余桑宁要他作壁上观，萧长旻沉默了片刻后，说道："你的话，我会慎重考虑。"

说完，萧长旻就转身走了，又把那些心腹招来商议。听到消息后，余桑宁闭了闭眼。

她心里清楚，这些心腹里面就有做着位极人臣的大梦的人，就是这些人把萧长旻吹捧得看不清自己有多少能耐，这一次只怕萧长旻又要插一手，只盼着莫要因此招来横祸！

与昭王府比邻的信王府，在外练兵的萧长赢急匆匆地赶了回来："阿兄，我们……"

萧长赢欲言又止，额头上渗出细密的汗珠，可见是有多急切。

萧长卿自己曾经为一个人痴狂过，明白那种忘不掉，放不下，一心只向着她，任何与她相关的事都会管不住自己的心情。

故而他没有斥责和劝阻萧长赢："你想做什么就去做吧，京都这边，我会为你掩护好。"

萧长赢目光晶亮，压抑着兴奋的情绪，感激地道："多谢阿兄！"

说完，他脸上挂着笑容，倒退着大步跑了。

步疏林很明显是沈羲和的人，能否平安回到蜀南，关系着沈羲和是否能拥有一大助力。

萧长赢与萧长卿都无心帝位，萧长赢自然一心帮着沈羲和。他不是嫡子，给不了沈羲和想要的名正言顺。所以哪怕沈岳山选择了他，他也被沈羲和给否决了。

他只想尽他所能，给予沈羲和他能给的一切，不需要沈羲和知晓。

萧长赢几步回到了自己的王宅里。他身为亲王，又是在军营之中挂职的皇子，没有陛下的旨意，根本不能擅自离京，一旦被发现就是重罪故而他需要偷偷地溜走。

无论是装病还是编造别的理由，都不是长久之事，故而他需要一个人为他遮掩。这个人若是他的兄长，他才能毫无顾虑。

"殿下，三娘子来了。"萧长赢的长史前来禀报。

正在收拾行囊的萧长赢顿了顿，站起身，大步走了出去。

三娘子是陛卜赐婚给他的未过门的妻子——尤汶珺，他们还有三个月就要大婚。

尤汶珺是将门之女，不喜钗裙，日常都是着一袭翻领袍，长发高束，看起来英姿飒爽。

"请殿下屏退左右。"尤汶珺行礼之后，看了看萧长赢身侧的人。

萧长赢挥了挥手，他身侧的人都退下，长廊的亭子里就只剩下了他们两个人，

"三娘子有话直言。"

"殿下不能离京。"尤汶珺就依言直说了。

萧长赢狭长的眼眯了眯。

尤汶珺怔了怔。她原本只是猜测，萧长赢的反应却告诉她，他是真的要离京。

他们被赐婚之后，萧长赢就来寻过她，对她言明，他的心中有一个人，此生大抵再难放下。

她当时心中有些酸涩。要说她对萧长赢有多深的男女之情，那绝不可能，毕竟他们才相识。可他们已经订下婚约，他之于她，到底是不同的。未婚夫婿说自己心中有人，此生不忘，如何能叫她心中无波？

她永远无法忘记，那日艳阳高照，在花香满园、彩蝶翩飞的院子里，他那样坦荡与磊落地对她说出了那般残忍与绝情的话。

"三娘子，小王心中已有恋慕之人。只是小王不够贤良，难入她眼，故而与之有缘无分。但小王放不下她，今日告知三娘子，是不欲欺瞒。三娘子若不愿嫁入烈王府，小王自会悔婚，三娘子且安心，小王定不会让三娘子担污名，受牵连。"

他悔婚？

刚刚被赐婚，他就说要悔婚。他是那样直截了当，站得笔直，像一柄长枪，挺拔得令人无法质疑他的话。她相信，只要她摇头，他一定会让婚事作废，也必然会让她全身而退，自己承担一切。

那一瞬间，她好生羡慕那位令他心仪之人，甚至觉得荒谬与好奇：到底是怎样的女郎，天家郎君，文武双全，俊美不俗，竟看不上眼？

"殿下，你可知你我的婚约因何而来？"尤汶珺忍不住问。

他们是陛下赐婚，是陛下对尤氏的恩宠与笼络。他要是悔婚，要承担什么后果，他的心里清楚吗？

"小王今日与三娘子坦诚相待，便是将选择权交给三娘子。对于婚约之意，三娘子大可不必深究。"他双眸明明有水一样的光泽，却毫无波澜。

她不必深究？

尤汶珺是重武，却不轻文，只是对那些繁文缛节感到不耐烦。但她清楚地知道，她的婚姻是没有办法自己做主的。尤氏想要更进一步，想要在东北不受陛下的忌惮，想要表示忠诚，她必须嫁给皇家。

她已经和烈王被赐了婚，断没有烈王悔婚之后，就嫁给景王或其他皇子的可能，只能嫁给宗室。陛下对宗室向来是敬着，客气着，却不放权。她嫁给宗室，也会被家族放弃。

只有天家皇子才能如此骄傲地说出"不必深究"。哪怕承担了所有悔婚的责任，他依旧是陛下的皇子，过几年再立功，仍旧会是陛下宠信的亲王，他们不在对等的位置上。

尤汶珺没有开口，萧长赢大抵明白了她心中所想，便说道："三娘子若仍旧要为了尤氏嫁给小王，小王与三娘子也能相敬如宾，烈王妃的荣耀，三娘子一分不少。"

烈王妃的荣耀一分不少，别的她就不要痴心妄想，对吗？

她忐忑地憧憬着的爱情，还没有萌芽，就被从泥土里拔了出来，狠狠地摔在地上，被踩得支离破碎。她是尤三娘，是东骑军的铁娘子。于是她挺直了腰杆："殿下放心，妾明白了。"

相敬如宾就相敬如宾吧，情情爱爱本也不是她心中所求，若是可以，她倒是宁可留在东北，留在那一片能够策马奔腾的平原上，奈何自己是女儿身……

"小王以为，那日与三娘子说明白了。"萧长赢冷冷地说道。

萧长赢这个人长得极其俊美，又武艺出众，在军营里摸爬滚打，看着却一点儿也不蛮横或者刚烈，沉着脸，反而有一种说不出的阴郁感，令人畏惧。

"殿下，你我既然成婚在即，自然是一体的。你此去便是与陛下为敌，一旦暴露，绝非擅自离京之罪！"尤汶珺劝说道。

她在京都这么久了，对萧长赢心里装着谁，也能猜出来，能够让他觉得自己不够贤良，自惭形秽的女郎，还真的寻不出第二个，只有东宫里的那位……

他从不会主动去寻那位，可只要有那位出现的地方，他就连脚尖都下意识地朝向她，目光也极力地克制着不追随过去。尤汶珺甚至觉得，若是哪一日出现刺杀的情况，他第一个扑向的绝不是他们都应该效忠的陛下，而是那位。

那位……也的确是世间罕有的女郎，又曾于他有救命之恩，他念念不忘也在情理之中。

他想做什么，她都可以装瞎，可这次不行。

"三娘子，请回。"萧长赢说着，便转身离开。

他走了两步，尤汶珺沉声问道："殿下，值得吗？"

"三娘子，情之所至，心之所向。若要衡量，便也能放下。"

正是因为放不下，他才会万事做不到衡量得失。当他听到消息时，他的第一反应就是助她，无论她是否需要，他都想竭尽全力地相助，这就足够了。

他只是想要顺心而为。

尤汶珺愣愣地看着萧长赢远去的背影，绛红色的衣袍在他的步履间翻飞，烈烈如火。

她忍不住皱眉。她不懂这是怎样的情，让他能够眼睁睁地看着心爱之人嫁给旁人，能够明知心爱之人心中无他，明知心爱之人已为人妇，自己却仍旧要为她赴刀山，下火海，义无反顾。

太子妃心中爱慕之人是太子啊！

那样淡漠、内敛、秀雅的女子，只有看向太子时，目光才会温和片刻。

尤汶珺不相信萧长赢看不出太子妃的心思，可他还是视若无睹，还是对太子妃情根深种。

大家都在传太子殿下是早夭之命,难道他以为太子殿下早逝之后,太子妃能够接纳他吗?

尤汶珺不解,忧心忡忡地离开了烈王府。

与烈王府背面相连的景王府,也是一片沉寂,不止萧长彦在,燕王萧长庚也在。

"八兄,是否要……"萧长庚起了个头,他的未尽之言,萧长彦心领神会。

"平地惊雷,四面楚歌,八方围堵……"萧长彦摩挲着大拇指上的扳指,"这是一出好戏,岂能少得了你我?"

如果说祐宁帝是最不想让步疏林平安回到蜀南的人,那么萧长彦就是第二不想的人,盖因蜀南与安南接壤,两地的兵马大多就在他与蜀南王二人手中,哪怕蜀南军权回到了陛下手中,对他也是百利而无一害的,落在步疏林的手里,那就扼制了他的咽喉。

步疏林明显是沈羲和的人,步疏林与沈羲和结为同盟是最好的选择。他们都为异姓王,正如他与诸位兄弟一样,上了位,无论如何也要留下一两个兄弟以彰显仁义,安抚今时今日拥立旁人的朝臣,令朝臣都知晓,他不是残暴或心胸狭隘之君,才能坐稳皇位。

沈羲和他日手握大权,也要优待蜀南王府,方能不使得西北跟随沈氏之人生出唇亡齿寒之心。因而他与步府是天然对立的。

"八兄要如何应对?"萧长庚又问。

"此事交予谁,为兄都不放心,十二弟可否亲自去一趟?"萧长彦将目光落在萧长庚的身上。

亲王私自出京是大罪,萧长彦自然会在京都替萧长庚遮掩,但若是出了纰漏,那就全是萧长庚的罪责,与萧长彦毫无干系。

他们二人到底不是一母同胞的兄弟,与萧长赢和萧长卿兄弟完全不一样。

萧长庚没有片刻犹豫,从容地笑了笑:"八兄如此信任我,我如何能让八兄失望?"

危险吗?自然是危险的,只是不入虎穴,焉得虎子?萧长彦要他去,这是一个渗透萧长彦的影卫的绝佳机会,他也深信萧长彦这次不是试探。毕竟他对萧长彦可是有救命之恩的,这个时候,若是被萧长彦暗算导致丧命,萧长彦的帝王路也差不多绝了,跟随之人怎敢倾力效忠?

萧长庚琢磨着,他或许要与九兄正面交锋了。

萧长庚都能猜到萧长赢会去,萧华雍如何能够猜不到?更何况沈羲和的西北之行,萧长赢可是千里护送,这件事可是发生在他的眼皮子底下。

故此,萧长赢还没有出京,萧华雍就接到了消息。萧华雍沉默片刻,对天圆吩咐道："看着他一些，要让他活着回来。"

萧长赢若是死了，他去做了什么，就遮掩不下去了。

沈羲和是个极度理智与漠然的人，萧长赢若是活着回来，她哪怕知晓了，也不会动容半分。正如她自己所言，旁人待她好与不好，非她所求，她绝不会因此心潮起伏。

然而，萧长赢若是死了，沈羲和未必不会因此记在心里。他怎么能容忍别的人在她的心里留下印记？哪怕是极其浅淡的印记都不行。

他活着的时候，她的眼里、心里只能有他！

"诺！"天圆应声，退出屋子，看到了站在门口的沈羲和，面色微变，也只能低着头行了礼，悄然退下。

"为何要派人去保护烈王殿下？"沈羲和迈步入内，质问道。

她的语气听着没有什么起伏，可萧华雍知晓她已经动了气，因为她猜到了原因。

他连忙大步上前，握住沈羲和的手："我并非有意隐瞒你，这是步世子必须经受的考验。"

他为何要派人去护着萧长赢？萧长赢身手极佳，即便独自偷溜出京都，萧长卿以自身的势力，也一定会给萧长赢重重保护。在这样的情况下，萧长赢如何能够不安全？

答案只有一个，因为萧长赢这一去，惊险程度已经超出了沈羲和的预估。

聪慧如沈羲和，轻易就能想明白，萧华雍这是给步疏林设了一重致命的考验。

在京都外会上演一场惊心动魄的截杀，截杀的人，萧华雍或许会派萧觉嵩的人，或许会是由的人去扮演，如此做，是不希望步疏林被真的截杀之后，暴露出京的是冒牌货，否则便是明晃晃地昭告天下，她在防备着帝王。

有些遮羞布，不仅仅是帝王不能扯下来，就连步疏林也不能扯下来，否则换来的就是帝王破罐子破摔：既然你都开始防备、不信任君王了，君王怀疑你有二心，岂不是合情合理？

除非步疏林能够证明截杀的人就是陛下派去的，否则就是做臣子的先猜疑。上位者之间的较量，师出有名是极其重要的一环。

所以由萧华雍先一步截杀，打乱陛下的计划和旁人浑水摸鱼的想法，先一步让步疏林逃离，步疏林逃离了，在明知有追杀者的情况下，无论分散多少个替身，都只能说明步疏林有远见，不能说她是疑心君王。

然而，沈羲和没有料到，萧华雍从这里起就要让步疏林变成一个诱饵，一如当年穆努哈逃离京都，四处乱窜，将萧华雍的暗棋一枚一枚地暴露在四皇子萧长泰的眼里一样。

萧华雍要让步疏林一步步地将陛下以及各方势力，全部给揪出来。而他站在最高处，将整个天下的各方势力看得一清二楚，分清哪些是敌，哪些是友，哪些是墙头草，哪些保持中立。

"阿林有身孕。"沈羲和也不是不能接受萧华雍考验步疏林，毕竟步疏林日后要被她托付性命，无论是能力还是忠诚度，都要展现出来。她不能因为情分就盲目将自己的性命托付给步疏林，否则现在已经投靠萧华雍，并且通过了重重考验之人心中会不服。

她只是希望萧华雍能够换个时机。

"这是最佳的时机。"萧华雍深深地凝视着沈羲和，"呦呦，我时日无多了。"

他没有太多时间了，否则也愿意念在沈羲和与步疏林的情分上徐徐图之。

步疏林够不够资格在他离开后替沈羲和掌握南方兵权，他必须在离去前确定下来。

"呦呦，我们走的是皇权之路。"萧华雍少有地对沈羲和肃容，昭示着他的认真与坚持，"这条路有去无回，也不容许我们在半路停歇或转道。跟随在你我身侧的每一个人，都需要经过千锤百炼。

"我知晓你怜惜步世子腹中的骨肉。可你是否想过，待到你临盆时，我若不在，他们会因为你腹中的胎儿而对你仁慈，将战争拖延至你临盆之后吗？"

不，不会。

现在她有孕之事尚未暴露，且步疏林之事引走了所有人的目光，故而没有人这个时候对她动手。一旦她怀孕之事被公之于众，这些人只会绞尽脑汁地在她产子之前，让她们母子一尸两命。即便她躲过了明枪暗箭，最好的下手时机也是她临盆之时，敌人岂会心软？

"这不一样……"沈羲和反驳，"他们是敌人，阿林是我们的盟友。"

"不，呦呦，步世子不是我们的盟友。"萧华雍纠正，"她是我们的下属！"

从沈羲和嫁入东宫的那一刻开始，所有的一切都变了，步疏林与沈羲和再也不是单纯的闺中密友，而是君臣关系。为君者要爱惜臣子，却不能为臣子所羁绊而失了英明。

他是想要拖到沈羲和平安产子的时候。但能不能拖到那一刻，他自己也预估不了。倘若到时候他不在了，步疏林肩负的是镇守一方的责任，必要时还要为她挥军北上，这是数万大军的兵权，干系到她与她腹中的骨肉，是她日后成事的至关重要的一步！

萧华雍不会在这个时候心软。前路如何，萧华雍都已经悉数告知步疏林，步疏林愿不愿接受，萧华雍给予了她选择权。步疏林既然选择了走这条路，这一去，是生是死，只看天意。

沈羲和心一紧，面前这个渊渟岳峙的年轻储君，在这一刻展现出了帝王的铁血与刚毅作风。

她深吸一口气,压下了抗拒的情绪。她知道他说的是对的,路也是步疏林自己选择的,摆在步疏林面前的只有这条路。他们的确可以因为私情,给予步疏林更多的维护,可这样一来,萧华雍断然不会重用步疏林,不会将她的安危交托给步疏林,因为步疏林不值得他信任。

萧华雍第一次见到沈羲和的脸上流露出那种类似于逃避的情绪,叹了一口气,将她揽入怀中,小心翼翼地搂着她,有些自责:"呦呦,你的心……变软了。"

刚入京都的时候,她是何等冷硬与理智,凡事权衡利弊,不讲情分。那才是合格的帝王人选,现在不知因为与步疏林处出了情分,还是她刚为人母的缘故,她的锋芒锐减。

若他能一直护在她的身侧,站在她的身后,这样的一面令她多了些烟火气和鲜活感,他自然乐见其成。可眼下他不喜欢沈羲和的这一面,宁愿她还是那个冷硬果决的人。

"人非草木……便是养只狸奴,也能生出情感,遑论是交心的挚友?"沈羲和将目光穿过窗棂,落在院子里纵身跳跃着扑蝶的短命身上。

她也发现自己开始有人情味儿了。这人情味儿有了就是有了,是利是弊,虽不知该如何衡量,但她不排斥。

"小九追了过去,小八也派了小十二前去,我亦遣人跟着,我们能做之事已然做完。"萧华雍执起沈羲和的手,缓慢而又坚定地将之包裹住,"静待结果吧。"

为今之计,他们也只能静待结果了。

沈羲和只盼着步疏林与腹中的胎儿都能够安然回到蜀南。

"殿下,步世子安然出京。"就在这时,传来天圆的禀报声。

这个消息稍稍安抚了沈羲和忧虑的心。

回到步府的步世子整装上马,以萧闻溪刚刚查出有孕为由,将萧闻溪亲自送回了长公主府,即便是陛下也没有办法命令萧闻溪与步疏林一道启程。

萧闻溪若是随行,只怕凶多吉少,等到步疏林真的回了蜀南王府,再接安好胎的萧闻溪回去,也算是名正言顺。毕竟还在孝期,儿媳去陪着守孝,哪怕是陛下也不能阻拦。

至于日后萧闻溪生下来的孩子是否送到京都为质,也得等她先生下来,祐宁帝看看是男是女再言。

步疏林出京都之前是安全的,谁也不敢在京都动手,这无疑是栽赃陛下,给陛下抹黑。

其实,若萧华雍不考验步疏林,就在京都利用萧觉嵩的人安排一场刺杀,既能让陛下抓不到把柄,深深忌惮,又能引导舆论,让陛下之后不但不敢截杀步疏林,甚至还要为了堵住悠悠之口，加派人手护送步疏林。只要萧华雍愿意，再推波助澜一把，陛下定会派遣绣衣使护送。

如此一来，陛下若执意暗杀步疏林，就得牺牲掉绣衣使，绣衣使要么战死，要么落得一个护卫不力之罪。步疏林死了，这些护送的人也得陪葬，这样才能安抚蜀南大军。

这就是萧华雍能够给予步疏林的康庄大道。萧华雍问过步疏林，路是步疏林自己选择的。

选择了这一条路，步疏林能安稳地回到蜀南，却再也得不到萧华雍的重用，情分今日已尽，他日无论是萧华雍上位还是沈羲和掌权，都将会对蜀南之事公事公办，蜀南被慢慢削权，志在必行。

步疏林的担当促使她哪怕有孕在身，也选择了第二条路，成为萧华雍得用且重用之人。

出了京都，步世子的人马就遇上了埋伏，站在沙盘前的萧华雍，面前的墙上是一张巨大的舆图。这些年，他走遍每一寸国土，收益最大的莫过于这一张舆图。

每一处都是他亲手绘制，他哪怕站在东宫里，也能看尽天下的每一寸土地。陛下的人可能在何处设伏，其余的要插手的人可能在何处设伏，他都能料到一二。

步疏林出了京都便遇伏，这些人恰好埋伏在了陛下的人之前，距离也有讲究，等陛下的人接到消息，赶来想浑水摸鱼时，这一场看似激烈的厮杀已经结束，步世子已经下落不明。

"殿下，八名替身已悉数散开。"天圆将地方传来的消息递上，"陛下的人也分散追击了。"

灯光摇曳中，萧华雍唇边闪过一丝令人惊心动魄的光泽："先暴梁州，再露利州，将他们的人引入山南西道。"

那里有陛下心心念念的前太子逆臣在等候他们。

步疏林自京都离开，入梁州，转道利州，再接着进入山南西道，就能顺着长江而下，直达益州，蜀南王府就在益州！

这是最快的路，是人人都认为步疏林最有可能选择的路，步疏林只有走这条路才能缩短行程。

步疏林遇袭，下落不明的消息，祐宁帝与萧华雍几乎同时收到，刘三指低头禀道："陛下，步世子方出京都便遇袭，此刻人去无踪。"

"出京便遇袭？"祐宁帝在批阅奏折，头也未抬，"倒是个好法子。"

他要截杀步疏林，步疏林知晓，只怕整个朝堂无人不知，他的几个好儿子也不会错失这个良机。步疏林能否安然回到蜀南，关乎着蜀南王爵承袭之事，关乎着蜀南数万大军的掌控权。

蜀南不仅仅是对他有威胁，因为步疏林明着倒向沈氏，举凡心中对他臀下这把椅子有点儿心思的好儿子，都不愿乐见其成。

若非步疏林回蜀南之事关系重大，不能掉以轻心，他都想完全不插手此事，看一看他的这些好儿子的翅膀到底有多硬。

在京都之外就动手，只可能是两个人安排的，一是步疏林自个儿，二是沈氏。除了这二者，无人会越到他的前方，吃力不讨好，此举可让步疏林暂时大隐隐于市。

"岐州、凤州、梁州、金州、商州、邠州，神勇军分六路人马围剿，皆已守住入口。"刘三指又禀报。

这样的法子，祐宁帝早有所料。他养了一支骁勇善战的神勇军，不怕没人使唤。这六条路恰好包裹着京都，岐州与商州更是在京都两侧。

邠州在京都之北，与蜀南是两个背道而驰的方向。

那又如何？祐宁帝从未自恃过高，不认为他养出来的人舍不得绕点儿路。更何况还有个沈氏，他可是在沈氏这个小丫头手上吃了三次闷亏，宁可广撒网，也不容许步疏林逃脱。

"命人明日早朝奏报。"祐宁帝不打算这么早公开处理这件事情。

蜀南王世子在京都城门外被伏击，人此刻下落不明，消息会很快传到京兆尹，再由京兆尹递到侍中手中。卫颂在拿到急报的第一时间就爬起来，深夜敲响了宫门求见。

宫中传话，说陛下偶感风寒，喝了汤药后歇下了，卫颂知道这是托词。陛下这是要拖延时间，在暗地里先摸清步世子逃走的方向，这才不急着处理此事。

若这消息是递到崔征或者陶专宪的手上，哪怕陛下真的染了风寒身体不适，情况十万火急，二人也会执意求见，可他是陛下一手提拔的人，这个恶人只能由他来做。

他体贴陛下，便拿着奏疏折回府邸，却再也无法安眠，坐在书房里等待天明。

早朝的时候，卫颂才将消息递上去，御史台当即就站出来指责他不分轻重缓急，此等大事，竟然搁置一宿，若步疏林有个三长两短，他也难辞其咎。

卫颂无话可辩。

祐宁帝自然要护着自己的人，咳了几声："昨夜朕不慎染了风寒，卫卿连夜来奏，是忧君之心，此事是朕耽误了。传令下去，举国上下，各路官道，调派人手，寻找步世子。由州至县，乃至乡镇，分发步世子的画像，无论如何，都要竭力寻人，寻到则奖。"

奖什么？帝王没有说，但宫廷画师着实忙活了起来，开始绘制步疏林的画像，分发下去。

"陛下这是明暗夹击。"沈羲和听到消息之后，面色仍旧淡然。

她昨日忧心步疏林，可步疏林已经选择了这条路，就无法更改，她再忧心下去，也于事无补。陛下想令步疏林回不了蜀南之心，人人皆知，有这样的举措，他们半点儿也不惊讶。

陛下暗地里派的人，沈羲和不用猜也知道不在少数，现在明面上又有一道看似着急地寻找步疏林的圣旨被颁发了下去，实则是想让步疏林根本无路可走。但凡有人见到她，只需要告知官府，就能泄露她的行踪。

"步世子早一日出京，陛下的人察觉到时，为时已晚，即便是在京都之外的六州布下天罗地网，也拦截不到人。"萧华雍低声安抚沈羲和，"至于陛下的圣旨，宫中画师笔法精妙，定能将人画得惟妙惟肖。"

画像画得越像越好，只可惜步疏林身侧有萧华雍的人——步疏林不但换回了女儿身，还扮作商妇，穿上钗裙，露出初显的小腹，模样也易了容，即便大摇大摆地走在街上，也无人能够认出。

沈羲和望了萧华雍一眼，旋即收回目光。步疏林暂时是安全的，等到萧华雍开始用往四面八方逃窜的替身来为陛下乃至诸王反设陷阱之后，陛下与诸王都会反应过来，会重新审视一切。这时候步疏林绝无可能抵达蜀南，终究还是需要闯这一关的。

"你欲先从何处动手？"沈羲和问。

"梁州。"萧华雍也不隐瞒沈羲和。

算算时间，步疏林可以在梁州先露个痕迹，接着就是利州，搅乱整个山南西道，看一看这一地有多少魑魅魍魉。

"阿林走的是哪一条路？"沈羲和又问。

"我不知道。"萧华雍如实回答沈羲和，"她先走，在陛下等人回过神来之前，任意一条道都是安全的。蜀南王府也有安排，她要学会如何脱困，如何自保。"

萧华雍派在步疏林身边的人，不到万不得已，是不会传信给他的。这人并不肩负监视步疏林的使命，真正盯着步疏林的是海东青。

这也算是给了步疏林一些后路，若萧华雍的人时刻盯着，步府的底牌只怕就全部落在了萧华雍的眼里。

海东青不会言语，即便把一切尽收眼底，也不能转述给萧华雍听。

"这一路是否安稳，尚且不做定论。"萧华雍又说道，"我虽在京都城门口为她提供了一条逃生隐遁之路，但无论她如何逃窜，不出两日，各方人马都会在蜀南城门口埋伏。"

那也是步疏林的必经之路，她想要进入蜀南，绕不开那里，那里就是决战之地。

自然，萧华雍也在那里设下了重重关卡，届时谁胜谁负，就放手一搏。

"这是免不了的一战。"沈羲和也轻轻地叹了一声。

她抬眸看着天空，无垠的天空中，云雾映在她黑曜石般明亮的瞳孔里，她的目光仿佛一眼看透了万里，落在了梁州的土地上。

自从在京都被截杀之后，步疏林就失去了踪迹，各方人马几乎撒下了天罗地网，沿着蛛丝马迹追查过去，竟然都在中途断了线索，好似这个人凭空消失了。

至此，步疏林宛如水滴入海，茫茫大海，寻找起来，不啻大海捞针。

三日后，终于有人发现了步疏林的踪迹，判断出她正奔往梁州，之后她在梁州城外被陛下的神勇军围剿。幸好她选择深夜行动，好翻山越岭入梁州，两方人马在寂静黑暗的深山之中交锋，没有惊动官府，造成两面夹击的情况。

高悬的月照亮了飞溅的血，血腥之气弥漫开来，引得深夜活动的野兽发出咆哮声，扰得山脚的村民都忍不住提心吊胆，一直持续到天将大亮的时候，动静才渐渐停下。

村子里的里正组织了一伙壮汉一道上山查看情况，以免村民夜里不敢就寝。人也不能长时间地熬着，若当真有猛兽奔来，他们也好上报官府，做好准备。

哪知等待他们的是一地的断肢残骸，许多尸首面目全非，现场有搏杀的痕迹，更多的是野兽的脚印，里正连忙带着村民离去，将此事上报了官府。

梁州之下的县城，县令带着人来得很快，从血肉堆里翻找出了几枚令牌，令牌属于蜀南王府。县令一刻不敢耽误地将消息送到了郡守府邸，郡守又遣人快马加鞭地将消息送到了京都。

"梁州城外拼凑出了三十几具尸身，根据着装可以判断，少则有四方人马。"萧华雍下了朝，就将早朝议论的事情告诉了沈羲和。

这里的步疏林自然是假的，是他安排好的，蜀南王府的令牌，他想要多少就能取得多少。

沈羲和站在萧华雍的书房里，面对着挂在墙壁上的舆图，眸色渐深："你要将他们引入嘉陵江？"

萧华雍将双手背在身后，大步走到她的身侧，目光同样落在舆图上，锁定了嘉陵江："若是在陆地上开战，陛下的优势过大，嘉陵江才是各凭本事之地。"

说是各凭本事，但萧华雍准备的战场，自然有利于他布置设套。

"嘉陵江也好，不会惊扰百姓。"沈羲和淡然地说道。

萧华雍忍不住莞尔："呦呦真是心系黎民。"

无论何时，她第一个想到的都是百姓。

沈羲和侧首看了他一眼，随后问道："梁州厮杀有四路人马，另外三路，除了陛下的人以外，是昭郡王殿下与景王殿下的人？"

"不。"萧华雍否定，眼中生起兴味之色，"老二没动，是小八的人以及一路来历不明之人。"

"来历不明？"沈羲和微讶，就连萧华雍都没有查出这些人的底细？

"暂时摸不清来历。"萧华雍颔首。

这就很有意思了，最为心急的萧长旻竟然按兵不动，宛若没有被萧华雍迷惑。他明明派了人，赶了过去，却选择了作壁上观，这不像他的作风。

更出乎萧华雍意料的则是，这一次竟突然出现了一伙看不清路数的人。这伙人倒不是如陛下与萧长彦一般，要置步疏林于死地，而是想要将人活着掳走。

"活着掳走？"沈羲和黛眉微蹙，"抓了阿林，有何好处？"

蜀南王已死，这些人抓了步疏林，也不可能威胁步拓海，难不成还以为抓了步疏林，能令步疏林倒戈投诚？否则一点儿好处都没有，这些人抓步疏林的意义何在？

"步世子若与我为敌，我也会抓人。"萧华雍对沈羲和说出了另外一种可能，"只有真的步世子在我的手上，我才能弄个假的接手蜀南王位以及蜀南兵权。"

"除了陛下和景王，还有谁想要蜀南兵权？"沈羲和垂眸深思。

敢染指兵权的人，只可能是有野心的皇子，眼下除了景王，就只剩下萧长旻、萧长瑱、萧长卿……

萧长旻派了人，就不可能再弄出一伙人，且萧长旻的人不大可能瞒得过萧华雍。

萧长瑱与萧长卿都有可能派人。萧长瑱看似不争不抢，暗地里是什么心思，无人知晓。要知道他还有个心比天高、野心勃勃的王妃。

自打两年前来拉拢她，被她拒绝了之后，李燕燕一直循规蹈矩，再也没有生事，也不曾与谁密切来往。不过沈羲和可不认为李燕燕是认命了，只是在伺机而动罢了。

萧长卿就更让沈羲和不好判断了。顾氏离世之后，他好似一下子被人抽走了一股冲劲，对帝位似乎也从志在必得变成了可有可无，再没有谋划过……

"且行且看，狐狸总会露出尾巴。"萧华雍不着急知道这个人的目的，细长手指的关节在桌面上轻轻地敲击，"与之相比，我更想知晓老二为何变了性子。"

沈羲和眉目轻轻上扬，没有说话。这绝不是受余桑宁的影响，余桑宁之于萧长旻，还没有这么大的影响力，除非是在自身陷入困局之时，否则萧长旻绝不会听从余桑宁一个女流之辈的话。

此时的昭郡王府，萧长旻也刚刚接到消息，看了之后，眉头紧锁。

"殿下，还未寻到步世子的下落？"心腹忍不住问。

"蛊下在步世子跟前的侍卫身上，小王派去的人顺着岐州方向追去，现在更是一路去往岷州，难不成步世子要借道吐蕃？"萧长旻纳闷不已，"如今尚且没有追到人。"

步疏林不知道，甚至连萧华雍与沈羲和都没有预料到，萧长旻竟给步疏林的心腹银山下了蛊。

步疏林是花楼的常客，花楼是萧长旻所有，在步疏林与崔晋百一夜风流之前，这还没有暴露出来，银山时常跟着步疏林去花楼，早就被萧长旻暗算了。若非步疏林身为蜀南王世子，会定期请郎中诊脉，萧长旻其实想算计步疏林。

他退而求其次，选了步疏林身侧的银山，这蛊不伤人，只是活在人的体内。人吃五谷杂粮，就会排泄，中蛊三人的排泄物会带着一种气息，可以引得另一种小飞虫一路追踪。

他派着跟去梁州的人，不过是掩人耳目，以免让人起疑罢了。

萧长旻却不知，他知道梁州的痕迹是刻意而为，梁州的人或许不是步疏林本人，但又担忧步疏林与心腹分开行动，梁州的是步疏林本人，故而派了人去，却没有真正动手，这样的行为已经引起对他的行事作风了若指掌的萧华雍的疑惑。

然而他的人带着蛊虫一路追踪，却怎么也没有追到银山，这令他十分惊讶。他看着最新传来的消息，陷入沉思之中。许久之后，他想到那日妻子的话，豁然开朗："步世子一定是提前出发了，京都城外的截杀不过是掩人耳目。太子妃倒是好手段，不知她是如何让步疏林先行如此之久的！"

余桑宁坐在树下，枝叶间露出暖意融融的阳光，她享受着这份暖意，没有接萧长旻的话。聪慧如她，知晓萧长旻说这些话给她听，不过是盼着她能为他解惑。

步疏林先行一步，所以他才迟迟没有追到人，那么东宫是如何让步疏林在众目睽睽之下，在陛下的眼皮子底下偷梁换柱，早早先行，以至他的人到现在都没有赶上的？

萧长旻想知道缘由，她也想知道。可不论自己猜不猜得到，她都不愿开这个口。

萧长旻等了片刻，没有等到回音，转头看向余桑宁。她眯着眼睛享受着温暖阳光的模样，像一只慵懒的狸奴，有种说不出的惹人怜爱的韵味。

"你不愿我掺和此事，可有缘由？"

余桑宁缓缓地睁开眼，静视前方片刻，才侧首看向萧长旻："殿下不欲收手，我便是说出千百个由头，亦不过是徒劳。"

萧长旻剑眉微扬。他不得不承认，论起揣摩人心，眼前的女子可谓有上乘之功："你是畏惧太子妃，觉得我在自掘坟墓？"

话音随着他略显阴郁的目光一道落下。

余桑宁觉得他掺和此事，会惹怒沈羲和，哪怕得手，也会遭到沈羲和的疯狂报复，这个认知让他很不悦，这是在说他及不上沈羲和，要避让沈羲和。

余桑宁明明知晓萧长旻怒了，仍旧没有安抚他，反而火上浇油："殿下，人贵有自知之明。"

"你放肆！"萧长旻大怒，手掌已经抬起，对上余桑宁倔强地不躲不闪的脸，却没有挥下去，而是冷哼一声，甩袖扬长而去。出了院子，他就下令将余桑宁软禁起来。

余桑宁的心腹丫鬟十分焦急："王妃，你玲珑心肝，为何要故意惹怒王爷？"

余桑宁垂眸，将细长素白的手搭在小腹上，眼眸变得深沉，并未回答心腹的话。

她的确敬畏太子妃，但也没有敬畏到长他人志气，灭自己威风的地步。她觉得萧长旻在找死，不仅仅是因为他这一次非要掺和步疏林的事情，而是因为他看不清自己的能耐，认不清自己的位置，自视甚高，又无与野心相匹配的能力，还不听劝告。

但凡萧长旻能够多重视她的话，分一点儿权力给她，她都会穷尽全力地为萧长旻周旋。可萧长旻压根儿不把她的话当回事，她何必再徒劳？与其耗费这些无用的精力，她不若早做打算，以谋后路。

萧长旻大可不必如此小人之心地软禁她，她不会因为不看好他就投诚旁人，拿他能够追踪到步疏林的踪迹的消息去谋求利益。她如此作为，无论是与谁交换，都会让对方轻视。

"老二不知用了什么法子，竟然知晓嘉陵江是个幌子。"动手在即，萧华雍时刻关注着朝嘉陵江聚拢，被他安排的替身吸引过去的各方势力。

萧长旻的人也在假意中圈套，可与旁人相比，萧长旻明显是在敷衍。

沈羲和闻言，停下执笔的手，抬眸说道："其余人皆未起疑，独他一人例外，只有一个可能——他已知晓阿林真正的下落。"

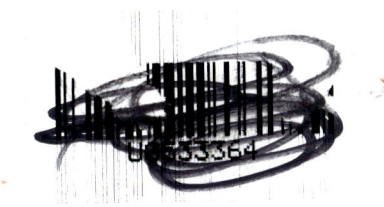

锦凰 著

我花开后百花杀

终结篇

下册

青岛出版集团 | 青岛出版社

第十一章　帝王杀生死有命

陛下的人、景王的人，还有来路不清的人，都不是好糊弄的。他们难道就不怀疑吗？其他人自然也是怀疑的，只是在没有别的线索的情况下，只能宁杀错，勿放过。

否则万一逃往嘉陵江的人是真正的步疏林，他们畏首畏尾，迟疑不定，就只能眼睁睁地看着步疏林逃过嘉陵江，直达蜀中。

尽管在步疏林入城之前，他们还能截杀一次，可那已经是步家的地盘了，胜算并不大，能够早一点儿将步疏林解决掉，谁愿意放过这个机会？哪怕这是要付出极大代价的机会，他们也在所不惜。

萧长晏既然掺和了此事，就应该也是这个想法。可现在他这么敷衍地对待嘉陵江的消息，只能说明他有更准确的消息。

"我已经传信过去，能不能接到信，就看步世子的运道了。"萧华雍颔首，沈羲和与他的想法不谋而合。

只不过他没有刻意追踪步疏林的路线，消息传递肯定会很慢，并且也不知道萧长晏追到了哪里，一切只能听天由命。

嘉陵江上江风徐徐，丽日映照万里，灰蓝色的江水随风浮动，像母亲手中的摇篮，温柔至极。

一艘能容纳数百人的大船停在码头上，陆陆续续上了几批人，走南闯北的水手看出了点儿门道，总觉得这些人看似伪装得极好，却个个来路不简单，忍不住去禀报大当家。

屈氏商船的头领是屈红缨，一个二十五六岁的女郎。听了禀报，她只说了句"小心些，盯着些"，便将人打发了。人走之后，船舱的阴影里，一个轮椅被推出，轮椅上坐着五官清俊的青年郎君，这人正是齐培："大当家不应亲自跟来。"

"屈家大船出行，我无一次落下，今日若不来，只怕会惊得你引诱之人起疑。"屈红缨将目光落在清瘦俊逸的齐培身上，"看今日之局面，只怕我这艘船要沉，我屈氏水路的招牌也要受损，齐郎君先前许我的好处，如今怎么看都是我吃亏了。"

"大当家要狮子大开口？"齐培面不改色地问。

"你说对了。"屈红缨咧嘴笑了笑，露出洁白的牙齿，样子爽朗，却又多了些匪气，"箭在弦上，不得不发，我若敲个警锣，人人都得下船。"

"大当家要如何？"

屈红缨上前，双手握住轮椅的扶手，脸倏地凑近："我要你以身相许。"

屈氏水行在闽南一带拥有鼎鼎大名，自太祖开海域之后发家，数代人都在水上称王。屈氏的造船之术一直甩同行极远，就连宫中造船也要从屈氏请工匠。

屈红缨的父亲有三子一女。屈父去世之后，谁也没有想到一直默默无闻的屈家大娘子竟然参与了夺权之战，并且取得了胜利。自从她上位之后，无论是官道上的人，还是黑路里的匪，都没有在屈氏的手上讨到好处，至今无一次意外发生。

她手里有最会行船之人、最会造船之人、最会预测风浪之人，这些人都对她心悦诚服。

齐培与她有交集，是因为去年给登州送粮，太子殿下选择的路线的确是最有可能将物资送达的，但在连绵大雨之中，风险也极大，只有屈红缨敢接这个活儿。

其实屈红缨本来也拒绝了华陶猗，是后来齐培出面才说服了她。

屈红缨时年二十五岁，大了他好几岁，看他的目光却一直如火般灼热，他早就知道她的心思。

齐培道："大当家不嫌弃我是残缺之体吗？"

"我若嫌弃你，今日便不会对你表明心意。"屈红缨忍不住凑近了一些。

红唇近在咫尺，她身上没有大多数女郎的芬芳，反而有一股潮湿的属于海风的气息，并不刺鼻。齐培没有闪躲，与她呼吸相接，凝视了她不知多久，才牵唇："如你所愿。"

他答应了！他答应了！

屈红缨的心"怦怦"地跳起来，但她又迅速往后退，立直身子，侧对着齐培说："为了你的主子，你可以卖身吗？"

屈红缨知道齐培效忠的是谁——这个天下最尊贵的女子。登州放水的时候，屈红缨混入登州，远远地见到过她一面，才知原来这世间竟有如此绝色。

屈红缨从记事起，就跟在爹娘的身后跑船。商船迎来送往，屈氏又是达官贵人的首选，她见过的富家女郎、名门淑媛不知凡几，容貌与太子妃不相上下，甚至略胜一筹的也不是没有。

可那些人在屈红缨的眼里都是空有皮囊，美丽的容貌只能维持短短十数载，转眼就会凋零。

太子妃却是不同的，她的身上有一种令屈红缨都想顶礼膜拜的气韵，这股气韵不是因为她是太子妃，而是从她的骨子里流露出来的，没有读过几本书的屈红缨不知如何形容。

齐培细软浓密的长睫微垂，他开口道："我的主子，只要想要，什么都可以得到，无须我来卖身。"

一时间，屈红缨心里又喜又涩，喜的是他并非出于别的缘由应下她的心意，涩的是有那样一个女子在他的心里，无关情爱，却画下了重重的一笔，永远不可抹去。

心胸豁达的她，亦不知为何，就是该死地在意这一点。她很想问他，若有一日，她与太子妃同时陷入性命攸关之地，他会选择救谁。她心里这样想，竟忍不住脱口而出了。

说完，她就听到了他低低的笑声，感到很懊恼。

齐培勾了勾手指，屈红缨倾身上前，不承想，齐培忽然摁住了她的后脑勺，将她猛然拉近，唇几乎贴着她的唇，他浅浅的瞳孔里仿佛充斥着某种致命的诱惑与危险气息："若有那一日，我定会救主子。"

屈红缨大怒，想要挣脱，却被齐培牢牢地摁住，他不容许她离开他分毫："我会救主子，再与你共赴黄泉。"

他的命、他一家的清白都是沈羲和赐予的，这份恩情重如泰山，他唯有以命来偿。若遇到生死抉择之时，他因私心而选择了心仪之人，哪怕能够苟活，此生亦无颜面立于天地间。

他深信，这样的他，屈红缨也看不上。

可这世间若是没有她，他也不愿独活。

心惊、震撼、心潮澎湃，这些情绪让屈红缨忍不住猛然一啄，狠狠地亲了齐培一口！她又如杨枝绿柳一般将腰肢一拧，身体迅速滑出齐培的胸口，转头笑意盈盈地睇了他一眼："记住你说的话！"

言罢，她飘然离去，满心愉悦地核实上船人员，清点一切，核对好所有工序，一声令下，大船渐渐驶离码头。

午后启程，夜幕降临之时，他们已经行驶到江河的中心地带，四周一眼望去，看不到旁物，只有河流在清冷的月光下泛着粼粼波光。

船舱的客房里一盏盏灯熄灭，唯有船外的灯在摇晃，万籁俱寂的时候，有细微的脚步声猝然响起，旋即，一声惨叫声划破了夜空，震得甲板上的一串灯笼都剧烈地摇晃了片刻。

厮杀不知道是如何开始的，"扑通扑通"的落水声此起彼伏，巨大的船也不知何时停了下来，在江心纹丝不动。有人跌入江水中，也有人从江水里爬上来，很快，干净的船就被江水与血水混合着染红了。

齐培与屈红缨都在自己的房间内，在等待另外一批人驰援。

果然，没过多久，一簇绚丽的信号烟火在夜空中点亮，外面的人拼杀得越发激烈，原本纹丝不动的大船也开始微微摇晃。这艘船上没有别的闲客，几乎都是这些心怀鬼胎之人。

片刻之后，又是一阵清脆的信号声在外响起，约莫一刻钟后，一艘艘小船从四面八方朝着大船驶来，船上站着一列列身着深色劲装的人。他们面容刚毅凶悍，手中的刀剑在夜色之中寒光闪闪。

看架势，这是两方人马，他们的船刚刚靠近大船，还没来得及跃上大船，齐培便掐着时间吹响了手中的竹哨。

一个个水泡鼓起，小船四周突然冒出了不少人，锋利的刀从船底刺入，有的刺空，有的刺入了人的脚底。

身手敏捷的埋伏者如同从河中爬出来的鬼魅，不给任何人反应的机会，一前一后扣住小船，合力一推，整船的人就都跌入水中，等待他们的不是一剑开膛破肚，便是一刀尸首分离。

浅浅的血色从河底翻涌上来，越来越浓，河水渐渐变成血红色，最终如浓墨般化不开。

全军覆没。

祐宁帝的神勇军一百人，萧长彦的影卫精兵一百人，还有一路人也有约莫一百人，数百人丧生江中，不但染红了江水，还引来了不少江中巨物分食尸身，令天光未明便出来捕鱼的渔夫吓得面无人色，立刻将此事上报官府。

消息递到朝堂上，祐宁帝一巴掌重重地拍在案几上，面色前所未有地铁青。

大殿上人人垂首，毕恭毕敬，噤若寒蝉，心思各异。

内敛深沉的陛下，何以如此怒形于色？有些不甚聪明之人一头雾水，完全想不明白：步世子遇难，陛下如此震怒是为哪般？

难道不是步世子越倒霉，陛下越高兴？还是说陛下觉得太平盛世，有人胆敢公然追杀亲王世子，鲜血染嘉陵江，这是打了朝廷的脸？抑或陛下做戏太过？

众人的心里转了十八道弯，却无人敢露出端倪。

祐宁帝收敛了胸中的积郁之气，目光沉沉地扫视所有人，掠过了萧长卿和萧长彦，最后落在了面色苍白地皱着眉——明显在忍受着不适感的萧华雍身上。

有那么一瞬间，祐宁帝生出了一股冲动——让萧华雍亲自去寻人，他倒要看看沈羲和舍不舍得手中这枚至关重要的棋子。

"嘉陵江之事，太子如何看？"祐宁帝问。

乍然被点名，萧华雍微微一怔，旋即恭恭敬敬地回道："陛下，步世子虽未袭爵，亦是朝廷重臣，惹来如此穷凶极恶之人追杀，从京都城外一路到嘉陵江，喀喀喀……引得百姓人心惶惶，更有不少不利于陛下之言凭空而来。

"儿以为，应当调令山南西道及剑南道的官府与军卫，沿路开道护行，严查路引，凡可疑之人，一律扣押详查，以表陛下善待功臣遗孤之心，喀喀喀……"

步疏林三次被截杀，虽未伤及百姓，事情却被传得沸沸扬扬。人人都在说，敢这么大张旗鼓的人，只能是陛下。流言蜚语并非强势镇压就能压制得住的，萧华雍完全是站在维护帝王清誉的立场上在发言。

这话中规中矩，表达了一片孝子之心，噎得祐宁帝刚散的郁气又有凝聚的架势。

"嘉陵江屈氏大船沉没，朕依稀记得，太子妃与屈氏素有交情，去年文登县的物资便是太子妃遣人说服屈氏派大船承接运输的。"祐宁帝没有接萧华雍的话，而是忽然说道，"屈氏百年招牌，首次遇到此等凶险情况，亦是受朝廷连累，便由太子妃代朕前往慰问，以安民心。"

此言一出，大殿上的大部分人如堕云雾，完全弄不明白陛下是何意。虽然屈氏商行因为步世子被追杀之事受了连累，沉了一艘大船，但区区商贾，于国于民并无多大的建树，值得太子妃亲自去慰问？

只有少数明白人才懂得陛下的言外之意。陛下这是点明了他们心中忽略之处，是在告诉他们，这一场惨烈的追击，自始至终都是太子妃布的局。

太子妃利用步疏林请君入瓮，杀得陛下的人都有去无回，这样一想，不少人心口一凛。

"陛下，不过是区区商贾，朝廷发一道文书，由地方县令宣读，已是莫大的荣宠。陛下令太子妃亲自前往，此例一开，其余商贾可能会纷纷效仿。世间之事，不患寡而患不均，陛下英明，应当不会行如此草率、偏颇，亦引百姓不满之举。"陶专宪第一个不满意祐宁帝的决定。

"陛下，我朝上有宗亲皇子，下有能臣武将。非国难无人之时，即便陛下看重屈氏，有意恩宠加身，也可以派钦差前往，怎么能派东宫太子妃？"萧长卿也站了出来，"陛下若不嫌儿愚笨，儿愿请命，行安抚之举。"

萧华雍不着痕迹地扫了萧长卿一眼。

祐宁帝的目光也落在萧长卿的身上。

他要去山南西道？这是嫌事情不够乱？

祐宁帝压根儿没打算真的派沈羲和去，说出这句话，也知道会被怎样反驳，不过是点一点有些人，让他们看清楚局势，不要乱站队罢了："陶卿与信王所言极是，是朕疏忽了，便如陶卿所言，由三省草拟文书，下发至闽南，抚慰屈氏。"

祐宁帝顿了顿，又下令道："步世子一路曲折，着……骁骑卫将军余项领兵前往山南西道寻人并加以护送，必要时……可调遣剑南节度使驻军。"

余项因为余桑宁而丢了大将军之职，被贬为骁骑卫左卫将军，已经坐了很久的冷板凳。冷不丁地又被陛下想起，却接了这么个烫手山芋，他只能面不改色地领命。

祐宁帝宣布退朝后，群臣一阵议论。剑南节度使与蜀南王府可谓王不见王，两者都有兵权，于吐蕃边境设防，且剑南节度使都督府与蜀南王府之间不到一日的行程。

吐蕃一直很听话，不似西北那般群狼环伺，突厥与契丹族还有各类外族总是不安分，哪怕西北地域辽阔，都护府与节度使不少，却被沈岳山压制得死死的，陛下但凡有点儿意见，沈岳山就撒手不管。这些人压根儿镇不住外面的人，这才有了西北王统御西北的局面。

蜀南王府就没有西北王府那么占据天时、地利与人和了，吐蕃因为那一段联姻，陛下在位期间从不生事，导致步拓海没有可以蛮横的理由，他更不能直接压制剑南节度使，稍有不慎，一个谋逆的罪名就会被扣下来。这些年，他和剑南节度使可谓井水不犯河水，却也相处得不愉快。

祐宁帝让余项去寻人，又言及必要时可调动剑南节度使都督府兵马，这不由得令人心头一紧。此举到底是为了护送步疏林，还是视情况而定，随时对蜀南王府进行辖制，就极其耐人寻味了。

"陛下这是暗的行不通，打算来明的？"沈羲和听了这事之后，问带回消息的萧华雍。

"明的暗的，都是无用的。"萧华雍转身，挨着沈羲和在水榭的美人靠上坐下，背对着沈羲和的肩膀，长腿一抬，直直落在了美人靠上，脑袋向后仰，倚在妻子的身上，姿态随意而又自在。

沈羲和垂眼看了看萧华雍，才说道："倒是给屈氏惹来了一些麻烦。"

陛下那番话说出来，明白的人都知道屈氏投向了她，想要讨好陛下，自然就会去挤对屈氏。屈氏船行享誉天下，虽是商贾，陛下也不愿让她拥有，更担忧她会继而拥有一支水军。

"下属若不能为你分忧，养着有何用？"萧华雍漫不经心地说道。

"屈氏并非我的下属。"正是因为如此，沈羲和才觉得连累了屈氏。

"以前不是，以后便是了。"萧华雍神秘一笑，"呦呦不妨早日备下一份贺礼。"

"贺礼？"

"给你的爱将与屈大当家。"

沈羲和闻言，惊讶不已："他们俩……？"

屈红缨这个人，沈羲和听闻过，毕竟去年多亏有她相助，才能解登州的燃眉之急。可屈红缨与齐培相差好几岁呢，沈羲和压根儿没有这样想过。

"缘分自然妙不可言。"

沈羲和听着萧华雍的语气，总觉得他在阴阳怪气，扭头审视着他："你这是何意？你以为齐培是为了替我招揽屈氏，才接纳的屈红缨？"

不得不说，屈氏是一个极大的助力，有屈氏效忠，她真的可以组建一支无往不利的水军。哪怕与陛下的争斗失败了，她也能带着人扬帆出海，逃离这片国土。

"我可未出此言。"萧华雍不承认。

沈羲和睨了他一眼："我身边不会有这等品行低劣之人，齐培亦不是此类谄媚之徒。"

萧华雍望着前方，笑了笑，未语。

沈羲和不欲与萧华雍在这件事上理论，呢喃道："不知道阿林如何了。"

步疏林如何了？步疏林在岷州就察觉到了不对劲。她感觉有人盯上了她，当机立断地下令："银山，你带一半人先行，金山留下，暗中保护我。"

步疏林扮作刚刚丧父，不得不挺着孕肚回乡奔丧的商妇，金山与银山都与她一道。只不过金山和银山都跟在暗处，旁人很难察觉他们是一路人。

她不过是察觉到不妥，想要化整为零，却误打误撞地将银山支走了。

银山带人一走，她就发现跟踪的人也跟着走了，心里极其疑惑，寻了个时机与金山接头："这些人是何来路？为何认出了银山，未认出你我？"

按理说，他们三个人都乔装打扮了，这些人能够认出一个，应该也能够认出另外两个才是。

"世子，会不会是跟着银山的人叛变了？"金山也极其纳闷。

"不是。"步疏林摇头，若是有人叛变，或许对方不知道她的行踪，但一定不会放过之前和银山一起走的金山，且知道了金山、银山一路都跟着她，哪怕她改头换面得再彻底，也不可能丝毫不起疑心。

其中缘由，步疏林也想不透，既然想不透，便不纠结于此了："你从后面反跟上去，要小心。你可以与银山通个气，前后夹击，将这些人……"

步疏林比了个抹脖子的动作，余下的话没有说。她现在怀着身孕，不想节外生枝，最好是能够不动声色地将人制服。

"世子与属下也分头前行。"金山为了稳妥起见，提议道。

步疏林颔首。

她要查清是什么人追上来了，又是如何追上来的，否则后患无穷。

当夜，步疏林便在岷州之下的一个县内停留，对外说是长时间奔波赶路，需要休养。

银山带着人，沿着他们定下的路线继续前行，金山落在后面跟着。

很快步疏林就发现，金山的后面还有人跟着，可真是螳螂捕蝉，黄雀在后。

这两批分别跟着银山与金山的人如果是同一伙的,那么一定知晓金山已经察觉到他们在跟踪,金山、银山需要尽快下手,最好不让他们传出消息去!

银山接到了消息,带着人先一步出了城,夜里在野外露宿。无论是沈羲和还是步疏林,都不希望将这些血腥的厮杀昭然于世,引起百姓的恐慌,以免交锋的过程中殃及无辜之人,同时也不想把事情闹大,否则极其容易泄露行踪。

因为这一批接一批的跟踪之人,步疏林担忧自己的身后还有她尚未察觉的人跟着。谨慎起见,银山与金山那边,她只派了个暗卫跟上,自己却在城内的食肆里落脚,静待消息。

月黑风高杀人夜,他们为了隐匿行踪,也不敢闹出太大的动静,甚至杀了人之后还要善后。他们最好能在安然回到蜀南之前,不引起官府的注意,以免暴露他们的路线。

不动声色地制敌并不容易,尤其是敌人人多势众,幸好步疏林临行前有沈羲和交给她的宝贝,这一路上,没事就一一摆弄出来。

银山生起了火堆,火堆底下埋了几颗蜡丸,随着火势升高,蜡丸熔化,一股淡淡的芬芳飘散出来,他们的人早就用了经过药材浸泡又晒干的鼻塞。

一群人围着火堆,谁也没有说话,潜伏在不远处的隐蔽密林内的人因为没有看到步疏林而不敢贸然行动,忧心打草惊蛇,却渐渐觉得四肢麻木,使不上力。惊觉情况有异后,他们一催动体内的气力,反而加速了吸入的烟雾的扩散,好几个人眼前一黑,"砰"的一声倒下。

这样的声响如何能够不惊动银山等人?他们察觉到时机已成熟,提起明晃晃的刀剑追了上去,对上了几乎毫无招架之力的跟踪者。

银山这边行动,跟在后面的金山也行动了,然而他们一动,他们的尾随者也察觉到了异样,先一步疾冲而来,拦住了金山与银山会合的去路。

这群人身手了得,且出手狠辣、凶猛,看着身边的人渐渐倒下,金山面色紧绷。他也是蜀南军中挑选出来的精锐之士,太熟悉这些人铁一般有力的身躯是如何铸造而成。

这些人出自军队!

一时间,金山感觉心惊肉跳,这个时候能够追击他们,又乔装打扮成军士的人,在他看来,只能是陛下所派,他们已经被陛下发现了。

这个认知让他对停留在城内的步疏林忧心不已,他顾不得其他,想要摆脱这些人,迅速往回赶,然而他带的人的身手和作战经验都远不及赶来阻止他们的人。

很快,败局初显,他本人被三个武艺完全不逊于他的人围攻,就在他避无可避的时候,一抹红影飞跃而来。

来人身姿矫健,剑法快如闪电,速度轻灵如燕,仅凭一人迅速为他们扭转了败局。

跟在金山之后的人并非祐宁帝派的，而是景王萧长彦的。萧长彦也如同萧华雍一样，觉得萧长旻行为怪异，便索性派人盯上了萧长旻。

而相助金山的不是旁人，正是在京都外失去步疏林的踪迹的萧长赢。他自始至终都知晓嘉陵江是个陷阱，故而并没有追过去，也曾找错方向，京中却有个兄长在帮他。

萧华雍与萧长彦猜疑萧长旻，祐宁帝和萧长卿自然也会猜疑，只不过祐宁帝的人被萧长卿给引到了另一个方向，而萧长卿及时通知了萧长赢，这才有了这次惊险的营救。

萧长彦的人见形势不对，立即想要撤退，萧长赢却没有要放他们走的善意。这些人一走，必然会彻底暴露步疏林的路线，他也不是孤身一人来的。

萧长赢没有蓄养私兵，萧长卿却养了不少，真刀真枪地打起来，这些人并不输萧长彦的人。

兼之萧长彦的人被金山等人消耗了体力，萧长赢亲自领头，又出其不意，一个人都没有留下。

等杀光所有人，处理完前方萧长旻的人的尸身后，银山才赶来会合。兄弟二人看着蒙面的萧长赢，并未因为他相助而放下戒备之心。

萧长赢吩咐自己的人将萧长彦的人清理干净，转过身对着金山兄弟二人拉下了面巾："带我去见你们的主子。"

兄弟二人恭恭敬敬地行了礼，金山开口道："小人拜谢烈王殿下搭救之恩，世子与小人等并非同路而行，殿下之恩，待小人寻到世子之后，定会如实相告，世子也定会重谢。"

此时，对于金山和银山而言，除了太子殿下，所有皇族都不可信。

萧长赢抱臂打量着二人："你可知方才之人是景王所派，而与你弟弟交手的人则是昭郡王所遣？还有陛下派来之人被我的阿兄引开，否则，你们的主子此刻早就陷入了四面楚歌之地。

"小王若想对你们的主子不利，此刻一个信号就能将各方势力引来。小王坚信步世子在你们十里之内，还是说，你们真的要等到小王的哥哥都确定了步世子由此而逃之后，才肯让我见人？"

金山是步疏林的左膀右臂，并不愚钝，已经判断出萧长赢真的对世子没有恶意，或者是想施恩，令世子与之联手……

似乎看出了金山所想，萧长赢沉声说道："你家世子能得小王相助，全是因为他跟对了人。"

但凡步疏林不是与沈羲和一道，就算这位世子投靠的是萧华雍，他也不会如此维护。

这些年，他从不与任何一个兄长为敌，也从不公然与父皇作对。

这一次，他可全都宣战了。

金山有些犹豫："烈王殿下所言，小人不敢质疑，只是世子现在不便……"

步疏林此刻可是女儿身，甚至还怀着孕。

萧长赢不明白为何不便，于是说道："你们去问过步世子，他若愿意见我，明日前方镇上，九爷府见。"

丢下话，萧长赢便翻身跃上马，策马狂奔而去。

金山、银山谨慎小心地折回去寻步疏林，这一路上都在警惕有没有被人跟踪。

直到回到步疏林的身边，他们也没有察觉到任何异样，自然要将发生之事尽数告知步疏林。

步疏林听后，竟然玩世不恭地笑了："天家风流，不承想，我们的陛下倒是生出了不少情种，我倒想看看陛下知晓后，是何脸色？"

步疏林披星戴月地赶去见了萧长赢。她就以这副模样站在萧长赢的面前，惊得萧长赢眼睛一眨不眨地盯着她。

夏裳轻薄，尤以女子的罗裙更飘逸，步疏林穿了一袭素白色的襦裙，青丝以一朵白色绢花绾起。不论是她本人，还是她现在假借的身份，都是一个奔丧的妇人，这副模样才合情合理。

这是一张陌生的脸，若非步疏林自报家门，后面又跟着金山，哪怕对方在路上与自己擦肩而过，萧长赢也无法认出这是步疏林。

"你好大的胆子！"萧长赢这句话似叹服，也似钦佩。

步疏林虽然易了容，改了身份，但人行走时的身段不是那么容易假扮的。步疏林是真的女儿身，且怀了身孕。正是因为如此，哪怕金山他们明明暴露了行踪，但因为他们跟着商队，人数众多，这才让人无法猜到谁才是步疏林。

只怕他的二兄与八兄手下的人只盯着一路上的儿郎，哪怕是想到步疏林可能扮作女子，蒙混过关，也不会盯上一个真的有了身孕的妇人。

"彼此彼此，我不过是为了活命而逼不得已，烈王殿下却擅离京都，到这里来维护我，这可是与陛下为敌，论起大胆，我哪里及得上殿下半分？"步疏林对萧长赢抱了抱拳，以示恭敬。

萧长赢狭长的眼眯了眯，他忽然语气冰冷地问："你倒是真的敢信，便不怕小王是故意哄骗你现身？"

"不管是与不是，我若连见殿下的胆量都无，又有何资格得到太子妃的信赖？"步疏林面上云淡风轻，好似并不惧怕萧长赢只是骗她现身，"如今我已四面楚歌，还能有更凶险之境？"

萧长赢说他是因为沈羲和才不惜冒险擅离京都，甚至不惧暗中和陛下针锋相对，这话步疏林信，却也没有因为信了此言，就一股脑儿地跑到萧长赢的面前。

实在是局势对她过于不利，太子有意给她自证能耐的机会，便不会从京都传消息给她。她在京都待了这么多年，自然也有自己的经营，但不敢轻举妄动，唯恐暴露了行踪。

此时，她对京都的情况一无所知，万万没有想到，太子殿下为她开了如此好的局，甚至还为她引走了诸方目光，她还是行程未过半就被各路人拦截，哪怕自身还没有完全暴露，也已经危险重重。

即便萧长赢只是将她引出来，她的境遇也不会更坏，盖因萧长赢亲自来了，就不似陛下、昭郡王与景王所派之人那么容易糊弄。她今日不现身，萧长赢只需要查一查商队，很快就能把她给揪出来。哪怕是一时被她现在的模样蒙蔽，他筛选一遍，也不过是多费一日半日的工夫。

到了这个地步，她与其小心翼翼地试探，最终也逃不开暴露的结果，更甚者，在躲避萧长赢的时候，还把自个儿暴露在其他人的眼里，就得不偿失了。

"如此对比，倒也的确没有必要再遮遮掩掩。"萧长赢颔首，开始审视步疏林。

他眼前这个女子模样的步世子，不但模样与往日大相径庭，就连脑子也较往日好使了不知多少。

"殿下既然提到了太子妃，便是真的有所图。引我现身，落在殿下手里，哪怕是碍于太子妃的情面，殿下也会保全我的性命。"步疏林有恃无恐。

要说真的信萧长赢对沈羲和有多深情，步疏林没有那么天真。只是左思右想，她觉得自己与其落在陛下或者昭郡王与景王手上，不如落在萧长赢手上。萧长赢至少还得保全她的性命，她也算变相得到了一张护身符。

"在京都，倒是小王小瞧了步世子。"萧长赢冷笑了一声，"收起你心中的小算盘，我来这里并不是为了你。你若想多条活命的路，最好别在小王的背后动小心思。"

步疏林怔了怔。她人已经来了，萧长赢用不着再为了让她放下防备而做戏，正如她心中笃定的那样，哪怕萧长赢对她有所图谋，也不会伤及她的性命。

故而，此刻萧长赢的话半点儿不掺假，他竟然真的为太子妃做到了这一步。

莫名其妙地，步疏林忍不住脱口而出："殿下，你不会后悔吗？"

这代价太大了，他冒险出京虽是大罪，但也还能敷衍过去，可若让陛下知晓他是为了帮助自己才私自出京，陛下第一个容不下他。

他这是在以命相搏。

"小王之事，用不着步世子费神。"萧长赢不欲与步疏林多言这些，转而说道，"二兄不知为何，竟然能够一路追踪你的行迹，我们都是随着二兄前来。当务之急，你需要将此事弄清楚。

"另外，二兄与八兄的人都折损于此，我们即便是及时拦住他们传递消息回京，也是此地无银三百两，如此之多的人折损在这里，他们必将穷追不舍。陛下的人也会很快收到消息，你要如何躲过此劫，心中可有成算？"

"缘由我已经知晓。"步疏林从腰间取出一个拇指粗细的琉璃瓶，琉璃瓶内有两只振翅的小飞蛾，模样甚是怪异，"这两只飞虫只要离开琉璃瓶，便会围着银山打转，他们应该是以此来追踪的。"

这也是为何银山动了，萧长彦的人就跟着追上去了，也不管她是否在后面。

"他们的人都已被灭口，显然会断了联络，他们心中定会起疑。我打算令银山暂时引开他们，哪怕是将信将疑，他们也不会不追上去。"步疏林接着说道，"至于我，必须在七日内赶到岷江。"

"赶至岷江？"萧长赢不解。

"我要顺着岷江回到蜀南城。"步疏林没有多做解释。

这是她和萧华雍的约定。萧华雍给陛下等人设了三道死局，第一局在嘉陵江，因为她的消息还未完全暴露，哪怕心有所疑，这些人都会上当。嘉陵江被血染红，这就是结果。

第二局是在岷江，为了让他们哪怕吃了嘉陵江的亏，也不得不入局，她必须亲自到场，引得他们非入局不可。若他们不敢来，岷江直达蜀南城，她可以顺利回到蜀南，也就没有第三局了。

但步疏林笃定，无论她是否能够及时赶到岷江，这第二局都不会落空，太子殿下的第三局势在必行。

当日太子妃送了一个几乎与她一模一样的替身，替身跟在她的身侧这么久，经过她的悉心指导，早就能够以假乱真。即便她赶不到，有这个人在，一样能够引得陛下等人，哪怕明知岷江一行会有去无回，也不得不奋力一搏。

太子殿下在点火，点燃陛下的怒火。从嘉陵江到岷江，若是在岷江再折损惨重，一怒之下，陛下或许会失去往日的沉稳与精明。那么到了蜀南城外的第三局，陛下将会明白什么是真正的迎头痛击。

"此去岷江，最近的码头也在茂州，岷州至茂州路途遥远，无论是水路还是陆路，皆绕不开嘉陵江。你可知嘉陵江被血染红，陛下震怒，严加把守，势要查个水落石出？你一旦出现在嘉陵江附近，哪怕是以如今这副模样，也难以走出去。"萧长赢沉声说道。

步疏林将明艳的唇微微扬起："殿下错了，距离岷江最近的不是茂州，而是……"

步疏林从袖中掏出羊皮卷，在萧长赢的面前展开，细长的食指点在了一处："这里！"

萧长赢瞳孔一缩，面色凝重："你竟当真要借吐蕃之道！"

岷江使得吐蕃的金川与本朝的汉州遥遥相对，也是两国的边境。

"你可知此处是何地？"萧长赢说罢，手中的剑落在步疏林手指的下方，指的地方比她指的更贴近吐蕃。

"剑南节度使都督府。"步疏林怎么能够不知呢？

岷江可真是个好地方，有吐蕃，有陛下的节度使都督府，还有蜀南王府，形成了一个三角，互相制衡。

"陛下已经下令骁骑卫将军余项领兵彻查嘉陵江一事，且令剑南节度使辅佐。"萧长赢将朝廷的事情告知步疏林，"这道指令，便是允许余项调动剑南节度使都督府的兵马。你敢从吐蕃借道入岷江，不啻自投罗网。

"陛下或许已经猜到了你们下一步棋落在何处，你不若传信去东宫……"

他说的是传信去东宫，是因为他也不确信这一切到底是沈羲和在背后操控，还是萧华雍下的一盘棋。

"多谢烈王殿下的好意。"步疏林却不以为意，"依殿下所言，陛下的确极有可能已经知晓我们下一步在何处谋划。可我确信，陛下能够预料到的，都是我主公愿意让陛下预料到的。"

太子殿下素来运筹帷幄，若不是故意引得陛下想到岷江，应当不会在嘉陵江就暴露闽南的屈家。太子殿下要找一艘船在嘉陵江行事并不难。

去年登州运送物资之事那般打眼，也让本来只在民间声誉极高的屈氏船行一时间名扬天下，游说屈氏出船的不是旁人，正是整个京都的人都知晓的齐培。

太子妃对齐培有救命之恩，甚至为了齐培，拉下来一个正三品尚书，这样的关系，谁能否认屈氏船行是效忠于太子妃的呢？

嘉陵江的教训如此惨烈，有了屈氏助力，东宫把下一个陷阱挖在岷江，似乎理所当然。

哪怕人人都知道，太子殿下是要让陛下以及那些对皇位有心思的人看清楚，他即便什么都告诉他们，甚至给了他们充足的时日来准备，最终的结果依然是他们惨败。

"你的主公……是她，还是……七兄？"萧长赢问。

其实他对沈羲和并不是特别了解，沈羲和行事也一样对陛下与他们这些皇族毫不留情。以沈羲和的才智，她布下这样的局并不难。

他的直觉却告诉自己，这不是沈羲和的作风，沈羲和是内敛之人，有足够狂傲的资本，但骨子里没有狂傲的根。她更像世家大族倾尽全力培养出来的继承人，稳重、深沉、睿智、不动声色。

现在这样刻意把自己的下一步棋落于何处暴露在人前，不是故布疑阵，诱敌入圈，而是一种猖狂到极致的自信作风，让萧长赢脑海里浮现的赫然是萧华雍的身影。

他这位骗了世人的太子皇兄，正如他每一次见自己与阿兄那样毫不掩饰地睥睨众生。

步疏林扬眉，人人都说烈王殿下性烈如火，她没有想到他竟也有如此心细如发之时。如今的局势，就连陛下也深信与他较量的是太子妃，而她投向的也是太子妃，萧长赢却在三言两语之中就猜出真正在做局的人是萧华雍……

这委实令步疏林刮目相看。

步疏林的眼神令萧长赢有些不悦，但这也于无声之中默认了他的推测。

一时间，他感到有些苦涩，真正的执棋人是萧华雍，萧华雍却让沈羲和挡在了前面。以沈羲和的聪明才智，她若不允许，萧华雍必然是搬起石头砸自己的脚。

沈羲和是不会被人利用的，除非心甘情愿。

眼下东宫一片安然，说明这一切都是他们夫妻共同商定的，沈羲和愿意为了萧华雍担下一切。

无论是为利，还是为情，都说明在沈羲和的眼里，萧华雍与旁人不同。

锐利如刀一般的烈王殿下，突然被一股沉郁忧伤之气笼罩，步疏林大概也猜到了他的心思，忍不住说道："烈王殿下，我的主公是东宫，东宫夫妻一体，两心不疑。"

或许是因为太子对外表现得体弱多病，沈羲和又十分傲然，难以亲近，没有多少人与他们夫妻私下接触过，步疏林有幸算是其中一人，明白太子殿下对太子妃那真是可以以命相护的深情。

太子妃也许最初不为所动，但近来，步疏林已经感受到了沈羲和的变化，太子妃看太子的眼神，会有温柔的光，出现这样的情绪对一个持重端庄的人而言，足以证明是情动。

"夫妻一体，两心不疑……呵……"萧长赢笑了，笑容说不出地苍凉。他闭了闭眼，再睁开，眼中已经一片清明："你即刻启程，我带着你的那个下属绕另外一条道，为你引开他们。借道吐蕃凶险异常，保重！"

"殿下！"步疏林大惊失色，顾不得有身孕，一个箭步上前，挡住萧长赢，"殿下，我自会寻人与银山一道将他们引开，殿下不必以身犯险。"

尽管这批跟踪银山而来的人尽数被杀，但长久失联必然会引得昭郡王乃至景王起疑，可他们这一次断得太干净，这些人即便怀疑她可能已经获悉被跟踪的缘由，继而挖下陷阱，等他们自投罗网，也不得不往下跳。

这一招是她刚刚从太子殿下手里学来的，倚仗便是谁也不舍得放开那个"万一"。万一真的是她，他们因为踟蹰而让她逃之夭夭，会悔恨扼腕一生！

即使他们真的中了她的计，也不过是折损一些人，对羽翼丰满的天家皇族来说，尽管肉疼，却也折损得起。

"你的人？"萧长赢嗤笑了一声，眼中有毫不掩饰的嘲弄之色，"你的人能够拦住他们几时？"

步疏林在京都，能够隐藏住女儿身已经实属不易，再想培植人手，无疑是痴人说梦。

蜀南王府倒有不少好手，但蜀南王敢将人往步疏林的身边送？眼下蜀南王府的人都被陛下拦截了，完全无法与步疏林接洽，否则步疏林怎么会如此进退维谷？

步疏林微惊，原来萧长赢竟然是为了替她拖延时间，让她去吐蕃的路上能够安稳一些。

"殿下……"

"小王没有空闲与你磨磨叽叽，此事便如此定下了。"萧长赢抬手打断步疏林的话，"小王只为你拖延三日。三日后，无论你是否抵达吐蕃，小王都会抽身。步世子，好自为之。"

不容拒绝的话音一落，萧长赢就大步离去，绕开了步疏林。

步疏林转身，只看到萧长赢远去的衣袂飞扬出一片血色的红影。

对于萧长赢的好意，步疏林没有拒绝。她没有任何立场拒绝，萧长赢不是为了她，她也没有能力影响萧长赢，与其僵持不下，不如干脆地接受这份好意，彼此都能少一些危险。

为了表示对萧长赢的信任，也为了让萧长赢装得更令萧长彦等人相信，步疏林将金山、银山乃至所有明面上带走的下属都交给了萧长赢。

僻静的小路分岔口，萧长赢见状，倒也高看了步疏林一眼："你有这份胆色，我便也送你些人。"

骑在高头大马上的萧长赢一袭红袍烈烈如火，在夏日的朝阳中，宛如冉冉升起的旭日，夺目得令人无法忽视。

他抬起手打了个手势，一批人从林地里无声无息地飞奔了过来。这些人恰似鬼魅，行无声，动无影，速度极快，好似一个眨眼间就立在了步疏林的面前。

步疏林暗自心惊。刚才这些人凭空冒出来，与她相隔数十步，明明她应该是看着他们由远及近而来，可现在回想，怎么也想不起他们是以何种姿势跑来的。

这些人的速度实在是太快了，只一个眨眼的工夫就飘然而至。

"殿下身边比我更需要人……"

"小王可不似你一般落魄！"萧长赢不屑地扔下这句话，掉转马头，余光瞥向被他召唤出来的下属："护好步世子。"

而后他抬手扬鞭，如离弦的箭一般飞驰而去，将那一抹艳丽的红掩藏于重峦叠嶂的群峰之中，徒留步疏林站在原地，对着这些目无焦距，好似傀儡一般身形精壮的

307

青年男子，几不可闻地叹了一口气。

步疏林对着这些木偶般的人拱了拱手："劳诸位相送一程。"

她刚说完，这些人就无声无息地隐匿了起来。

步疏林使劲眨了眨眼，然后努力去感受四周，竟然无法感觉到这些人的气息！但她敢笃定，这些人距离她很近！

若非时机不对，步疏林真的好想知道信王殿下是如何养出这样擅于隐藏的好手的！

是的，步疏林知道这些人绝非性子疏朗、无心帝位的萧长赢所养。她压下内心的震撼情绪，立刻驱马与继续赶路的商队会合。

然而她才前行不到一个时辰，就在歇脚的食肆里遇到了自己的人。

这个人是她特意留给沈羲和的，是她的暗卫之一。无论她去了何处，只要她还活着，或者还能寻到尸骨，这个人就一定能寻到她。

"世子，太子妃殿下命我带来了二十七。"暗卫和步疏林说上话后，带来了另一个人。

二十七就是沈羲和让随阿喜推骨出来的与步疏林一模一样的人，也是沈羲和的私卫之一。沈羲和的私卫是陛下特许培养的，全是在西北战乱中收养的孤儿，有些是弃婴，按照数字排序且命名，都姓沈。

在步疏林离京前，二十七被太子殿下要了回去，其他替身都是太子殿下命人易容的。

步疏林在知道太子殿下的计划之后，就明白太子殿下是要把二十七留在岷江这个局来用，只要二十七在，即便步疏林没有赶到或出了岔子，岷江的局仍旧不会受到丝毫影响。

现在沈羲和因为担心她的安危，不惜破坏萧华雍的计划将人送了过来，步疏林想到这里，眼眶微涩。

她已经知道了萧华雍时日无多，所以才愿意和太子殿下合力，借这次机会，重挫陛下乃至景王等人，即便太子殿下真的……

经此一役，他们也算是为沈羲和谋得了极长的喘息之机，这些事，聪慧如沈羲和，绝不会不知——她也就应该明白岷江之战有多么重要。

所以她应该知道二十七是多么重要的纽带！可沈羲和还是毫不犹豫地放弃了这个打击削弱陛下以及强敌的机会，放弃了这个可遇不可求、有一难有二的机会。

只是因为她真心将自己视作朋友，不忍自己遇难，这才把二十七送来这里，让自己借助二十七，破解眼下的困局。

想到这里，步疏林目光一定："你们即刻启程，赶往岷江。"

既然呦呦这么信任她，在意她，那她也要拼尽全力，为呦呦谋后路！

"我把二十七送到了阿林的身边。"对镜梳妆的沈羲和感觉到身侧的气息变了,睁开眼就见到萧华雍从红玉的手中接过画笔,弯身准备为她画花钿。

他总喜欢为她画花钿,自成婚后,大多数时候是他动手,她也从最初的排斥,到无可奈何,再到如今欣然接受与习以为常。

"我知道。"萧华雍将她转过来面对自己,分开双腿,弯下身,目光专注地落在她的眉心上。

清清凉凉的触感落在眉心上,沈羲和保持着额头不动:"北辰,我……"

一时间,沈羲和竟不知对萧华雍说什么。她似乎有些妇人之仁了。

想到步疏林现在的处境,以及她怀有身孕之事,沈羲和感觉到自己的腹中同样有个小生命在一日一日地成长,就不想让步疏林的孩子折损在这一场较量中。

"我的呦呦有情有义,何须懊恼?"萧华雍笔下未停,线条细腻平稳的平仲叶被他几笔勾出了神韵。

"我不应是这般模样……"沈羲和闭上眼,真切地察觉到自己变了。

她应该是以利为重,应该与萧华雍一样,狠心的时候绝不犹豫,更不应该在博弈之际心慈手软。

"是我之过。"萧华雍目光微垂,落在她的双眼上,"我不该把你拖入这万丈红尘中。"

是他强行让清冷的人染上了世俗的烟火气。

若非遇上他,她或许永远是那个淡漠孤冷的沈羲和,不会被太多的情感羁绊,她的心永远孤寂与安静,不为任何人、任何事所动。

他把她带入这个充满七情六欲的浮华人世,却又没有能力护她一世无忧,要她再做回那个遗世独立、冷眼看人世的人……他可真是个彻头彻尾的混账。

沈羲和倏地睁开眼,黑曜石般明亮的眼瞳对上了萧华雍充满懊恼的眼神:"不,与你无关,或许我从未真正认清过自己。这其实才是我的本性,你只不过是令我早日看明白罢了。"说着,她缓缓地握住他的手腕,目光十分坚定,"北辰,无论将来会面对怎样的局面,我相信自己都能游刃有余。

"关于你我的相遇、相知、相守,点点滴滴皆留在我的心底,令我山河日暮之际回首,不留遗憾。"

因为你的出现,我也曾体验到何为男女之情。

萧华雍的嘴角溢出点点笑意,他收了笔,端详后,确认无误,才起身将她揽入怀中,令她的侧脸贴在自己的胸膛上:"我引你入爱河,却不能伴你长久,你都不怨我怪我。今日不过是打乱我的一步棋,你又何必耿耿于怀?

"呦呦,我不愿你成为一个严己宽人之人,做个宽己宽人之人吧。"

沈羲和微微一愣,这才领悟过来,他这是明白她因为擅自打乱他的计划而心怀歉疚，故意宽慰开解她。

一时间，沈羲和感觉有一股热流流淌过心间，暖了肺腑，充斥着四肢百骸。

见她展颜，再不纠结于此，萧华雍才心口一松，心里也一样暖洋洋的。沈羲和那样拿得起放得下的性子，会为这样一个举动而扭扭捏捏，盖因她太在意他。

"明明是我坏了你的事，却要你反过来安抚我……"沈羲和忽然发现自己有些矫揉造作。

"你真的坏了我的事吗？"萧华雍反问。

沈羲和低头笑了笑，却又迅速抬眼，摆出了骄横的模样："若真的坏事了呢？"

萧华雍从未见过这样嬉笑娇嗔的沈羲和，忍不住低头在她的额头上深深亲了一口，而后紧紧地抱住她，克制着自己的激动情绪："由你，由你，都由你。我的命都由你掌控！"

被萧华雍紧紧地箍在怀里，周围充斥着他的气息，沈羲和忍不住抿唇，无声地笑了。

知她者还是萧华雍，她的确是不忍让步疏林陷于危难之中，因而更改了萧华雍的计划，然而岷江之战势在必行，如果没有步疏林，她又该用什么法子把这个战火点燃？

其实并不难，只要有一个人出现，这个人比步疏林更让祐宁帝想要除之而后快，且同样不明着来就行。

"你让阿兄去了岷江。"萧华雍没有去调查，也未曾接到沈云安的丝毫消息，却知道沈羲和的打算。

把鱼饵换成沈云安，祐宁帝只怕更不会放过这个千载难逢的机会。和蜀南王府比起来，西北王府才是祐宁帝真正的心腹大患。

而沈云安自然不是单单去岷江做鱼饵，而是做统帅。

既然祐宁帝已经动了真格的，要调动剑南节度使都督府的人，步疏林和他们都不在，哪怕萧华雍安排得再妥帖，都少了一个主帅来应对难以预估的突发变故。

"阿兄早就对水战跃跃欲试，这次可算是让他得偿所愿了一回。"沈羲和领首。

这真的是沈云安求之不得的机会。西北只有草原与沙漠，沈云安其实是个痴迷于行军作战之人，对水战早就心生向往，只是一直苦于没有机会。

当沈羲和传信过去之后，沈云安迫不及待，先出发，再传消息给她，她接到消息的时候，沈云安都已经出发两日了。

"如此，我们便静待阿兄的捷报！"其实沈云安能够亲自去，萧华雍也能心安一些。

只是沈羲和可以让沈云安参与此事，他却不能。毕竟刀剑无眼，纵使沈云安出意外的可能性极低，却也不能排除这个可能性，萧华雍承担不起连累沈云安的责任。

沈羲和并非没有想过这点：一则，她相信兄长的能耐；二则，他们沈家的人，只要一日守着西北，就不可能远离战场，作为一个将军，对任何战役都不应该心存畏惧。

沈羲和抬眼望向湛蓝的晴空，她对兄长的信心令她没有半分担忧之心。

从西北借道吐蕃，转入岷江，沈云安只用了五日。此时，萧长赢带着步疏林的下属，正在面临着一轮又一轮的追杀，步疏林怀着近五个月的身孕赶路，也逐渐接近了吐蕃，先行一步的二十七也同时抵达了岷江。

故此，祐宁帝很快接到了消息。

"沈云安在岷江？"

"回禀陛下，消息千真万确，只不过西北有西北王把持，人人都以为西北王世子带着世子妃在寺里礼佛……"

现在西北没有了他们的人，祐宁帝根本无法掌握沈云安私自离开西北、擅离职守的证据，除非抓住沈云安。

"好，好，真是极好！"祐宁帝目光冰冷，沈氏是当真不把他放在眼里，"调令神勇军三卫火速前往岷江，步疏林、沈云安，一个都不放过！"

沈云安到岷江相助步疏林，这对于祐宁帝而言，是个拒绝不了的诱惑。

西北一直是祐宁帝的心腹大患，西北一日有沈家，他的江山就一日不完整。南征北战数十年，他将七零八落的山河拼凑、统一，然后休养生息，以图再重现王朝中兴之局面，现在只差一个西北……

沈氏父子狡诈，这么多年，他一直没有寻到把柄。他不相信沈岳山与沈云安是规规矩矩的人，正如这一次沈云安擅离职守，无诏便离开西北，潜伏到了岷江，不过是沈岳山掩盖得好，没有被他抓到把柄罢了。

他会在岷江擒住沈云安，再带着沈云安的尸体向沈岳山问罪！

"诺。"刘三指应声，知道陛下这次是真的准备动手了。这大概是陛下渴望已久的对决，但他却不得不多嘴提醒一句："陛下，这条消息来得蹊跷。"

刘三指不是怀疑自己的情报的准确性。他敢肯定沈云安是真的去了岷江。但接管情报这么多年，他只需要问一问经过，就能够确定这消息来得太顺利，顺利得仿佛有人故意递到他手里似的。

这也就意味着，有人故意要让陛下知晓这个消息。

刘三指不确定这个消息是谁刻意要让陛下知晓，是诸王不想暴露自己的实力，又不确定那人是否真的是沈云安，故而宁可不要这份功劳，也不敢亲自上报陛下，以免事后成为西北王反过来诘问的挡箭牌，还是沈氏故意为之？

前者不足为惧，若是后者，那就是赤裸裸的对陛下的挑衅行为，他们不得不防备。沈氏这么明目张胆，背后一定是给陛下做的局。

虽不涉政,但他跟在祐宁帝的身旁,祐宁帝处理大小国事都不避讳他,偶尔也不计较他懂不懂,总会与他说上几句,他也培养出了一些敏锐的嗅觉,隐隐约约觉得这是沈云安故意暴露的。

否则沈云安自西北出发,一路无声无息地越过吐蕃,抵达岷江,都神龙见首不见尾,偏偏等到安全抵达岷江了,才把消息给暴露出来,未免过于巧合了。

眼下沈云安如鱼入江,他们想要搜到其痕迹,不啻大海捞针。

"呵。"帝王冷笑了一声,"他们算准了朕无论如何都会应战,那就让朕看一看他们的本事!"

他们?

刘三指敏锐地捕捉到了两个特别的字。祐宁帝只是扫了他一眼,并没有为他解惑,而是问道:"可查到蜀南王世子的行踪了?"

刘三指垂首:"奴婢无能。"

祐宁帝倒也没有发怒,反而说道:"藏得可真严实,二郎与八郎连同朕的人,都没有将之挖出来。"

忽然,刘三指心思一动:"陛下,奴婢派出的跟着二殿下的人在岷州失踪了。"

其实暂时说是失踪有些牵强,只不过是两三日没有递回消息,追踪的人有时候会潜入深山老林,几日递不出消息并不奇怪,可刘三指心中隐隐有个直觉,这批人怕是已经遇难了。

他们是追踪步疏林,寻常绝不会与其他势力起冲突,能够避让的,必然会避让,会对他们下杀手的只能是步疏林或者暗中保护步疏林的人。

对方突然下杀手,那就意味着步疏林本人的确在岷州。

"二郎着实让朕感到惊喜。"祐宁帝没有想到,广撒鱼饵,派人跟着萧长旻的人,竟然真的能够追查到步疏林的行踪,"多派些人跟上去。"

他若能够在岷江之前就将步疏林给解决掉,必然会重创沈氏的锐气。

"诺。"

"把沈云安入了岷江的消息散布出去。"祐宁帝接着吩咐,"让朕好生看看他们的本事。"

陛下再一次提到"他们",刘三指没有想明白指的到底是谁,沉默了片刻,陛下再无吩咐,他才躬身,无声地退下。

祐宁帝口里的"他们",其实指的是沈氏父子三人与另一个人。萧长赢看得出的不对劲,祐宁帝如何能够看不出?这次的行事之风,不论是与沈氏父子二人的,还是与沈羲和的,都大相径庭。

只是他并没有确定这个人到底是萧觉嵩还是萧华雍。

从以往的种种痕迹来看,这个人是萧觉嵩的可能性更大,可以祐宁帝对沈岳山的了解，沈岳山是绝不可能与萧觉嵩这样的人联手的。

但是沈岳山一定与另一个人联手了。祐宁帝思来想去，这世间能够突然得到沈岳山的信任，甚至在这一次掌控全局的人，也就只可能是萧华雍了。

萧华雍若要与他这个父皇作对，绝不会是为了皇位。祐宁帝扪心自问，这些年他从未亏待过萧华雍，怀疑试探的举动有，猜忌与除掉他之心却从未有过。

两年前在行宫试探，他也未曾想过要萧华雍的性命，只不过被突然横插一脚的萧觉嵩给搅乱了局，引走了他的注意力，现在细细回想，总觉得有些他忽略之处。

若之前的事当真是萧华雍所为，那这个孩子必然知道了自己的身世……

沉默的帝王陷入了深思之中。偌大的宫殿肃穆又寂静，他背着手，望着香烟袅袅的炉鼎，似乎在酝酿着什么，却让人猜不透，看不清。

很快，沈云安潜入了岷江之事就小范围地传开了，几位皇子都接到了消息，萧长旻只是赞了一声"沈云安好胆色"。他知道消息是陛下的人散播出来的，确定无疑，但不打算掺和。他只要把步疏林给抓到，就是大功一件。

和萧长旻差不多想法的是萧长彦。萧长彦的势力都在安南，只有蜀南才能遏制他，至于西北王，现在还不是他的心腹大患，他也不想暴露太多实力，坐收渔利岂不是更好？

两个人几乎同时收到了前往岷州的自己的人失踪的消息。哪怕人只是失联，他们也隐约嗅出了与众不同的气息，当即加派了人手前往岷州。

萧长旻对自己的东西很有自信，重新命人带着一只飞蛾追了上去。萧长彦与祐宁帝的人都紧随其后。

在岷州往南的地方，萧长赢带着银山等人遭到了猛烈伏击与追杀，此时，步疏林才刚刚从岷州往西，一脚踏入了吐蕃的领地。

三方合力，不惜代价，萧长赢带的人不少，却全部折损在了羌水一带，他不得不带着伪装成步疏林的人逃亡，只为给步疏林进入吐蕃多争取一些时间。

上一次这样无休无止地遭受追杀，还是四年前与沈羲和初相识的时候，那时候他疲惫不堪，伤痕累累，强撑着一口气。若那日沈羲和不出现，他大抵等不到阿兄派来的人。

伏在杂乱的草堆里，借着夜色与青山茂林的遮掩，萧长赢取出了一个香囊。这个香囊是与步疏林分别前，步疏林塞给他的其中一种东西。

虽然是步疏林给他的，但萧长赢知晓，这些大概是沈羲和给步疏林预备的保命之物。萧长赢捏着香囊，眼中忍不住浮现些许笑意，脸上的血污也仿佛干净了几分。

他是佩服沈羲和的，也不知道这香囊是如何调制的，不但能够令蛇虫鼠蚁、大型猛兽绕开，还能遮掩身上的血腥气，更妙的是，香气十分清新自然，宛如与山林的野花融为一体。

"王爷，追来了。"假扮步疏林的其实就是步疏林让银山带来的人。现在只有他与萧长赢还活着，就连银山都已经……

若非他是假扮步疏林的人，为了欺骗这些追杀者，萧长赢一路护着他，只怕他也凶多吉少了。

萧长赢好似没有听到他的提醒，翻了个身，仰面躺着，提着香囊悬在鼻前，猛然深吸一口气，倏地眼神一变，手一偏，一支利箭呼啸而过，"咚"的一声，射在正对面的树根上。

紧接着一排排细密的箭雨飞驰而来，萧长赢一个翻滚，顺着草丛的坡滚了下去。这是他寻找到的最佳位置，顺着这个位置，他就能滑入一条山涧里。山涧的水流尚且算得上汹涌，上方瀑布高悬，他落入水中，就能顺水而下。

至于步疏林的人，他自然不会再护着。能为步疏林拖延到这个时候，他已经仁至义尽。

一切都按他的计划顺利进行着，只是萧长赢万万没有想到，等他顺水而下，落入河流之中的时候，早已有人在这里提着明晃晃的刀等候着。

"九爷，你可真是让我们好等。"领头的人脸上有刀疤，没有蒙面。

"原来是钱小将军，八兄可真是好手段。"萧长赢认识来人。

这个人曾经很骁勇，父兄都从军，只是父亲因为误判军情，战死沙场，一道殒命的还有他的兄长。

钱家只剩下他一个人，他在军营里被排挤，有人诋毁他的父兄，他与人发生冲突，失手将人打死，被判了流放，却在流放途中逃逸，至今没有归案。

类似这样的从军中愤然离去却身手了得之人不在少数，萧长赢现在管着京畿卫队的操练之事，对这些人也算有些了解，粗略扫了一眼他身后的人，看着都是经过精心训练的人，可比他二哥手下那些三教九流之辈要拿得出手多了。

看来他的八哥就是招募了这些人，加以操练，迅速组建了一支凶狠的地下军。

"九爷参与到此事之中，五爷可知？"姓钱的人问，"九爷是与我们一道走，还是要赐教几招？"

杀了萧长赢倒不至于，萧长彦不想和萧长卿撕破脸，至少现在不愿意。他们俩太早斗起来，只会便宜旁人。

他抓住萧长赢，从萧长卿的手中置换利益，才是最好的法子。

"爷今儿教教你们如何做人！"萧长赢"唰"的一下亮出了缠在腰间的软剑，一个翻身，飞跃而起，持剑直击姓钱的人的面门。

那人一个闪躲，拔剑迎了上来，迅速将萧长赢逼入了他们的包围圈。他们可没想要讲道义，围攻时配合得十分默契，哪怕萧长赢身手了得，功夫远在他们之上，一时间也打得难分难解。

萧长赢双拳难敌四手，他们虽然有意不取萧长赢的性命，可在萧长赢顽固抵抗，且抓住这一点斩杀了四个人之后，也丢下了顾虑，对萧长赢下手更狠了。几个回合后，萧长赢的身上就多了不少口子，鲜血将他如火的红衣染得发黑，他此时像极了当年的模样。

突然，一把刀划过他的腰，在他闪躲时，他腰间的香囊被挑飞。萧长赢目光一寒，不顾身后的攻击，手中软剑在半空之中划出了残影，宛如无数的残剑在他正前方围攻之人的眼中炸开。

这些人都没弄明白，也没来得及闪躲，一个个双瞳爆破，鲜血顺着脸颊流下。纵身回落的萧长赢长剑一扫，划破了这些人的咽喉，顿时鲜血飞溅。

这些人倒下的同时，一把剑刺穿了萧长赢右边的胸膛。

其实刺来的有两把剑，只不过关键时刻，一抹黑影飞掠出来，挑开了另外一把刺向萧长赢的心口的铁剑。这人形如鬼魅，几个闪身就将被他拦下的人撂倒了。

萧长赢低头看着穿胸而过的剑，一把握住剑刃，手中的剑一个剑花后挽，就回刺到了身后之人的体内。同时，他掰断胸口的剑，一个旋身，手中的剑一划，身后的人轰然倒下。

而他自己也只能用剑尖抵住地面，才能勉强支撑身体，保持住单膝下跪的姿势，没有倒下去。

萧长赢抬起头看着面前站定的人，对方有一张让他感到十分陌生的面孔。其实他早就发现这个人了，在这批人出现之后，这个人故意让他发现了行踪。先前他还无法断定这人是敌是友，现在大概猜到了："我还以为……你要……喀喀喀……替我收尸。"

"太子殿下吩咐，要让殿下活着回京都，最好是躺着，哪儿也去不了。"来人一板一眼地复述了萧华雍的话。

他是负责保护萧长赢，不让萧长赢丢了性命，但为了萧长赢好，最好能让萧长赢再也没有力气跑出京都，参与不该参与之事。

萧长赢闭着眼睛，不想说话。

萧华雍派来的人也不再多言，上前给萧长赢抹了点儿药，止住血，就扛起萧长赢离开，连夜用最快的速度将人送回京都。

只用了两日时间，萧长赢就被送回了京都，一路上，他们不断换马车，日夜兼程。萧华雍将人交给萧长卿之后，就向沈羲和坦白："小九回来了，我的人送回来的。"

沈羲和在给萧华雍做衣裳。太子爷有一整个尚服局可以使唤，沈羲和又不是那种拘泥于后宅，一心相夫教子的贤妻，这种事，萧华雍从开口奢求。不过沈羲和有一年给父兄做四季衣裳的习惯，嫁给萧华雍之后，就从未厚此薄彼。

沈羲和闻言，捏着针的素白指尖顿了顿："受伤了？"

她虽是在问，用的却是平淡的陈述语气。萧长赢既然插手这件事情了，就不会半路抽身，哪怕是她亲自出面去阻拦都未必拦得下。以萧长赢的身手，除非萧华雍亲自去，否则不易将其制服，强行带回。

能够被萧华雍的人送回，且需要萧华雍的人护送，萧长赢只能是受伤了，而且伤得还不轻。

和聪慧的人说话就是格外轻松，一点就通。

萧华雍的目光从沈羲和的身上扫过，他见她继续飞针走线，嘴角微微上扬："被小八的人重伤，性命无虞，却要将养个把月。"

沈羲和轻轻颔首以示回应，未再多言，显然是不关心这件事情。

萧华雍却没有就此结束话题，而是逗弄着百岁，又说道："是我引了小八之人去截杀他。"

"坏透了，坏透了！"

沈羲和尚未做出反应，耳畔就传来了百岁的声音。她抬眼就看到萧华雍的手里握着一根打磨得很光滑的细长小木棍，刮着百岁腹下最柔软的羽毛，令百岁在笼架上跳来跳去。奈何它的一只脚拴着铁链子，它怎么也逃不开萧华雍的魔爪。

沈羲和静默地看了一会儿，问："为何？"

她一时间没有想明白萧华雍引萧长彦的人去截杀萧长赢的缘由，仅仅是因为萧长赢这次以身犯险是为了她而去？

若萧华雍只是介意这一点，萧长赢根本出不了京都，也不可能插手步疏林的事。萧华雍压根儿不需要萧长赢帮忙。他能确保萧长赢无性命之忧，一样能够保住步疏林的性命，也就不存在卸磨杀驴，等萧长赢帮了步疏林，再过河拆桥的事情。

萧华雍又戳了百岁几下，看着百岁扑腾着翅膀"嗷嗷"叫："呦呦鹿鸣，呦呦我心……"

萧华雍满意了，这才噙着一丝神秘而又愉悦的笑容放下手中的木棍。他没有回答沈羲和的问题，而是忽然说道："此次岷江一战，陛下定会疑心要么你们沈家与皇伯狼狈为奸，要么我在韬光养晦。无论是哪一种情况，都会让他寝食难安，可不同的结果他会有不同的应对之策。

"若是前者，他自会寻法子让你们沈氏自寻死路，沦为谋逆之臣。若是后者……"

"太子谋反，作为太子妃，我与父兄都是助你谋反的帮凶。"沈羲和接了萧华雍的话，"陛下想知晓是你在蛰伏，还是我们沈氏已经叛变，岷江注定会成为腥风血雨的战场。

"然而你已经摆明岷江是龙潭虎穴，我阿兄又去了岷江，陛下的神勇军金贵，被你折损了不少，陛下舍不得这些人白白送死，需要有人来探路。"

这个探路之人要想探出他们的底，就不能是酒囊饭袋，二殿下不具备这个能力，送过来纯粹就是送死，连一点儿水花都激不起，这不是陛下想要的结果。

剩下的只能是萧长卿和萧长彦。萧长卿与萧长赢是兄弟，萧长卿文武双全，但论带兵打仗，自然是萧长赢更加英勇无双，双剑合璧才是最佳人选。

萧华雍不想让萧长卿去，就让萧长彦的人重伤了萧长赢。一则，萧长赢重伤了，这是要上战场，祐宁帝会偏向于让萧长彦去；二则，萧长赢是被萧长彦的人所伤，萧长卿一定会铆足劲把萧长彦逼到岷江去，这样才能为弟弟报仇。

"信王殿下不是那么好糊弄之人。"沈羲和道。

萧长卿哪里会那么轻易地相信萧长彦堵住萧长赢与萧华雍无关？

"他信又如何？不信又如何？"萧华雍毫不在意，"他既然能够想到是我从中作梗，就能想到我为何作梗。比起沦为陛下的棋子，背负着皇命去岷江平乱，不得不使出浑身解数，不知折损多少羽翼才能在岷江自保，小九倒下，才是最好的选择，他应当感恩于我。"

沈羲和忍不住盯着萧华雍看。她自问也不是什么光明磊落之人，但萧华雍这般无耻，她真是甘拜下风。

"北辰，没有人喜欢被逼迫威胁，信王哪怕知晓这样做得益更多，也会痛恨你逼迫他不得不走你安排好的路，更何况你还动了他的至亲。"

若换作是她，萧华雍敢这样动沈云安，她不会善罢甘休，就算是迫于形势，这一次不得不忍了，可总会找个机会让萧华雍付出代价。

"哈哈哈……"萧华雍朗声笑了笑，利落地转身，展臂搭在美人靠上落座，姿态娴雅又潇洒，"无妨，他若想要出这口气，尽管放马过来，只要能在我的手上讨到好处。"

从最初相识到成婚前，沈羲和只觉得萧华雍此人正如他的那双眼睛一样银辉凝聚，华光深藏，熠熠生辉的背后是看不尽的幽暗；成婚之后，她才见识到萧华雍有从骨子里彰显出来的张狂性子。

不是无的放矢那般狂妄自大，他是真正睥睨天下的王者。

他好似把她和这个人世间的所有人划分成了两个圈子。除了对她，他对谁都未曾看在眼里，手段霸道又强势，完全不在乎这些人心中是否会生出怨恨情绪。

他并非想不到这些人会怨恨他，而是不看在眼里。

"北辰，你明明有别的法子……"她不明白，明明可以以此施恩萧长卿，他非要用压制的法子。

"呦呦，强者于弱者才叫施恩。强者于强者，在对方看来是帮扶，他总有法子在别处还了这份恩情。你要想真正绝了他们的这个念头，不是与他们井水不犯河水，而是让他们……"萧华雍收敛了笑意，掷地有声地吐出了两个字，"臣服！"

晨光熹微，风拂花香。

萧华雍侧首对上沈羲和微怔的目光，他的妻子无一处不好，唯独过于与世无争。

他相信，无论何时何地，遇到何种困境她都有脱困自保之力，这是一种智慧。可她内心少了一股冲劲，对人对事都游离于纷争之外。若非有她想护的人与物，她只怕会活得心如止水。

正是这份难得的心性，却成了她的弱点。

她不惧萧长卿兄弟，也知道一旦萧长卿有了夺位之心，他们必然要殊死一搏。

然而，在这兄弟二人没有为她制造麻烦，没有成为她的敌人前，她从不想主动出击。她倒也不是随遇而安，而是骨子里不强势，不愿随意杀人。能够与人和平共处，她并不想大动干戈。

萧华雍的意思，沈羲和明白。她却微微一笑："北辰，或许生在天家，你是对的。然而我性子如此，行事之风已然深入骨髓，想要改变，非一朝一夕之事。"

"不急，你知晓便好。"萧华雍温柔一笑，眼中微起波澜。

她是一个能够极快地适应环境之人，有些时候只是没有看到自己身份的转变以及应对皇家一切事务的性格上的不足之处。

萧华雍很早就发现了这些，但从未想过要提醒她，要强迫她去适应什么，去改变什么。盖因一切都有他担着，她只需要保持初心如故便可。

只是现在他陪伴她的日子不长了，他亦不知是否还能得到苍天垂怜，重回她的身侧，因此不得不让她看清一切，唯恐这些被她忽视之处，在他不能陪伴她之时，成了她的致命弱点。

沈羲和黑曜石般的眼瞳润泽柔和，她浑身都萦绕着如水般的柔光，牵唇笑了笑："嗯。"

两个人相视一笑，天朗气清，岁月静好。

与之截然不同的是信王府内，萧长卿面无表情地坐在榻沿上，用指尖摩挲着手腕上的印信，视线似落在静躺在榻上的萧长赢身上，又似没有聚焦，不知思绪飘向了何方。

日落月升，屋内的日光悄然变成了摇曳的烛火，床上昏睡的萧长赢才缓缓醒来。一声轻微的闷哼声引得萧长卿将目光聚焦，他慢慢地看过去："醒了？"

萧长赢打量周围一番，熟悉的布置让他知晓了自己身在何处。他抿了抿唇，轻声开口道："阿兄派给我的人，尽数……折损。"

他心里很过意不去，这些人都不是泛泛之辈，可见萧长卿培养起来费了多少心血。

"他们本就是为了护你周全，养兵千日，用兵一时，你无须在意。"萧长卿神色平淡，"是太子殿下的人将你送回的。"

"嗯。"萧长赢颔首后苦笑，"我们的一举一动都瞒不过他，他只怕早就派人一路尾随我了。此人功夫奇高，我竟半点儿也未察觉，太子的人送我回京都，只花了两日。"

这个速度令萧长赢瞠目结舌，他还是一个受了重伤之人，一路上每到一个点，就有人带着马车候着，日夜兼程，仅凭这一点，就能彰显太子手下到底有多少能人。

"你可想过，你为何受伤？"萧长卿问。

"是八兄的人。"提到这个，他就来了精神，"阿兄，我遇上了钱鬘！"

钱鬘在这之前就已经是个死人了，萧长彦手下不知道有多少本该已经"死"了的人。这些人不但好用，且无论犯了何事，都能和萧长彦撇清关系。

而且这些人本就经历过诸多变故，心中多怀有愤懑情绪，出手狠厉利落，对萧长彦这个于黑暗之中将他们拉出来的人极为感激和忠诚，哪怕被活捉了，也不会背叛他。

对于萧长彦招募了什么人，萧长卿并不感兴趣。见弟弟还没有明白自己的意思，他只得直言："是太子殿下引钱鬘寻到你的踪迹的。"

萧长赢愣了愣："为……为何？"

萧长赢不怀疑自己兄长的话，只是不解萧华雍为何要如此做。

萧华雍可以见死不救，他们无从指摘，可萧华雍引人来截杀他，这就是结仇。

"太子的心思深不可测，我亦是方才才摸透几分。"萧长卿刚刚守着萧长赢时一直在想这个问题，"西北王世子去岷江相助步世子了，陛下不会错失良机。

"而此事自始至终就是太子殿下毫不遮掩的一个局，任谁也看得出这是一场生死对决。陛下对我们各方羽翼心中自然有些底，绝不会坐视自己与沈氏两虎相斗，我等坐收渔利。

"无论是为了杜绝后患，还是为了保存实力，陛下都会将我们卷进去。

"两相衡量，只怕陛下对我的忌惮之心更胜于八弟，故而陛下最迟明日就会在岷江一带弄出动静和事端，名正言顺地派遣你领兵赴岷江。"

等到了岷江，萧长赢就必然要与沈云安动手，而萧长卿一定会保护萧长赢。

这一战，萧长赢不能输，否则就是重罪，更不能故意输，否则就是勾结谋逆。

"太子不愿与我和阿兄起冲突。"萧长赢心里松了一口气。

萧长卿瞥了他一眼："太子是要与我们定下君臣名分。"

萧华雍不愿将他们卷入这场纷争，是告诉他们，他愿意把他们当作自己人；刻意引萧长彦对萧长赢下手，也是告诉他们，谁是君，谁是臣。

"阿兄，你是何意？"萧长赢小心翼翼地问道。

其实兄长本就无心帝位，日后无论谁得了皇位，他们自然都是臣子，对萧长赢而言，这件事他并不难接受。

萧长赢担心的是兄长，曾经兄长是有野心的，只是这份野心让他承受了撕心裂肺的痛。他不止一次懊恼，应该早早带着五嫂畅游山河，不问世事。

若是如此，哪怕顾氏倾倒，他们也能够避开此劫，也许五嫂不会那般决然。

"太子与我们，从降生时起便已经是君与臣。"萧长卿对此看得很淡，"我只是隐隐觉得太子殿下此次过于心急。"

萧华雍将萧长彦卷进去，是雄心勃勃地想要一举歼灭或者重创陛下与萧长彦的两股庞大势力，同时又拉拢他们兄弟，这不像是等不及要登基，更像是……迫切地在铺路和托孤。

"操之过急？"萧长赢仔细想想，也觉得太子有点儿急。

太子好似恨不得制造一个时机，将有威胁之人尽数拔除。

"阿兄，太子殿下今年已经二十有三……"

外界传言，太子活不过二十四载，他们一直以为这是太子为了韬光养晦，自己散布的谣言，以起到保护作用。可他们的陛下何等精明？若是这个传言毫无根据，陛下岂会半点儿举措也无？

所以……太子是真的活不过二十四载，这才能合理解释太子现在的行为。

萧长赢的神色极其复杂，可谓半喜半忧。

萧长卿明白他此刻的心思。他喜的是太子有个好歹，他或许还能有得偿所愿的机会，哪怕机会十分渺茫；忧的是，沈羲和也许对太子并非无情，毕竟太子为她铺路到这一步，哪怕是块石头，也会有被焐热的时候，如此一来，太子逝世会给她造成巨大的伤痛。

"太子妃对太子定然有情。"萧长卿不得不给弟弟泼冷水，让他清醒地面对现实。

扫过萧长赢微僵的身躯，萧长卿慢条斯理地继续说道："太子素来高瞻远瞩，若是早知自己寿数不长，我们皇家绝非现在风平浪静的样子。这一战来得如此匆忙，只能说明太子是不久前才认命，接受了自己寿数不长之事。

"此时此刻，太子抛弃了萧氏，一心为太子妃筹谋铺路，他们成婚近三载，若太子妃丝毫不动容，太子也做不到这一步。"

没有人比他更明白，那种深爱一个人，渴望得到一丝一毫回应，哪怕一个眼神、一个一闪而逝的笑容的痛苦有多蚀骨钻心。

萧长赢咬紧牙关，沉默不语。

萧长卿似乎没有看到他的抗拒表情，继续说道："太子妃应该早就知道太子并非长寿之人。她毅然嫁入东宫，是为了嫡出正统，是为了日后不经历夫妻反目之殇。太子妃是个轻儿女情长，重家国天下之人。

"且不说她已然对太子有情，即便无情，太子逝后，她亦不会再嫁。"

故而，你最好趁早死了这条心。

萧长卿不希望弟弟抱有不切实际的幻想，一如当初的他，正是因为幻想过于美好，穷尽其力地去强拽，像放飞的纸鸢，越用力，越拽不住，最后满心欢喜落空，难以接受，因而悔恨终身。

"她要夺那个位置，太子若逝，她如何争夺？"萧长赢不愿意放弃。

萧长卿轻笑了一声："太子还活着，他们迟早会有子嗣，抑或……东宫已经有了喜事。"

萧长赢面色一白，紧抿了抿唇："即便她有了身孕，又如何笃定是皇孙？！"

"一定会是皇孙。"萧长卿一字一顿，说得分外肯定。

旁人是五五之数，但到了沈羲和这里，只要有了身孕，无论如何，生下的都会是皇孙。哪怕是假的，太子也会偷龙转凤。

"太子他……"萧长赢听懂了萧长卿的言外之意，心神一震，无法消化和认可这个事实。

血脉传承，皇室正统，何等重要？萧华雍为了沈羲和，不惜冒险混淆皇室血统？！

"这便是为何他能打动太子妃的心。"萧长卿给了萧长赢一记重锤。

萧长赢整个人顿时垮了，眼珠无措地转动着，心乱如麻。

平心而论，因为没有机会面对这样的抉择，他也不确定事到临头，换作是他能否做到萧华雍这一步，这样的事情太颠覆他的理念与传统，挑战了三纲五常……

看着六神无主的萧长赢，萧长卿一掌拍在他的肩膀上，轻轻捏了捏，轻叹了一声，负手转身离去。

第十二章　夫妻联手定胜局

　　这一次的事情，是萧长赢自己上赶着给萧华雍利用。看在太子如此坦诚的分儿上，他也不愿意别扭地去追究太子动了萧长赢的事了。太子若真的想动萧长赢，萧长赢也无法活着回来。

　　他没有了夺位之心，若是沈羲和的幼子登基，他倒也能够安然地退出这个圈子，双方算是互惠互利。

　　至关重要的一点是，他不与沈羲和交手，才不会令萧长赢左右为难。

　　既然如此，他何不早些筹谋，令时局安定下来，如此也能早日得到自在。

　　回了书房，萧长卿奋笔疾书，将一封封密封的书函传了出去。隔日天未亮，早朝尚未开始，岷江发生水寇屠杀捕捞渔民的消息在京都炸响。

　　一盏盏灯在官邸中亮起，文武百官纷纷急匆匆地正衣冠，入朝觐见。

　　一整个村的人被屠，血淋淋的奏疏呈到了祐宁帝的面前，祐宁帝大怒，下令剑南节度使、汉州与雅州守卫彻查此事，以蜀南王府丧事待办为由，绕过了蜀南王府。

　　朝中当即有人提议水匪猖獗，请陛下派人前往镇压。

　　祐宁帝采纳建议，当即点了萧长赢的名，回话的是萧长卿："回禀陛下，九郎昨夜回府遇袭，伤势颇重，儿还没来得及上奏。"

　　"京畿重地，亲王遇袭？"祐宁帝更恼火了，"大理寺，给朕严查！"

　　大理寺卿领命，萧长卿垂眸退回自己的位置。

　　既然祐宁帝都点了萧长赢，这个时候再点其他将领，反而不美，立马有人站出来提议由萧长彦领兵前去。萧长彦不想做这个问路石，他的人据理力争，想要为他推掉这件事，最后没有赢得过几方势力的博弈，他被陛下任命为统帅，带领五千水军前往岷州。

散朝之后，萧长彦特意堵住了萧长卿："五兄睿智过人，可莫要成了旁人手中的枪。"

萧长卿微微抬眼，笑意未达眼底，拱了拱手："八弟骁勇善战，手下俱是精兵良将，为兄在此遥祝八弟旗开得胜，再添功绩。"

"五兄，三足方能鼎立，唇亡则齿寒！"萧长彦沉声提醒。

"为兄不知三足鼎立，只知一个和尚挑水喝，两个和尚抬水喝，三个和尚……无水喝。"萧长卿笑了笑，"既然多了人，令大伙儿都喝不到水，总有一个人不应该存在不是吗？八弟。"

"看来五兄选好了抬水人，弟弟就祝五兄心想事成。"萧长彦冷笑了一声。

"八弟可要早日凯旋，否则为兄忧心八弟错过时机，见不着……"

萧长卿这句不软不重的话令萧长彦拂袖而去。

萧长彦有再多不满，也不敢违抗皇命，更不能在这个关头把自己弄伤弄残，躲开此事。

这样一来，他的确可以躲开这一场凶多吉少的无妄之灾，但陛下又不是好糊弄之人，他无论做得多么干净，陛下都明白这是他刻意为之，必然恼怒。

他不是萧华雍，注定和陛下站在敌对的立场上，无须在意陛下如何看待他。此时他惹恼了陛下，就是给自己竖了一个大敌。

他也不是萧长卿，对帝王之位没了野心，也就不在乎陛下如何看待自己。

萧长彦做足了准备，浩浩荡荡地离京，沈羲和所思所虑的却是另一件事。

萧华雍在伏案批阅祐宁帝分给他的一部分奏疏，沈羲和难得悠闲地抱着短命在一旁坐了许久，冷不防地开口问："屠村之事，是否当真？"

萧华雍握笔的手指顿了顿，他不答反问："呦呦觉得呢？"

祐宁帝御极二十余年，本朝出现了中兴景象，不说夜不闭户，也能说得上一句四海升平。盗匪不是没有，而是极难有成气候的，屠村这样凶残的穷凶极恶之徒实在是寻不到。

哪怕真有这样的人，他们也不敢闹出这么大的动静，除非这个村子里有什么了不得的财富，令他们人为财死，鸟为食亡。

故而，沈羲和不相信这是真的水匪所为。但若不是这样惊天动地的事，祐宁帝也不能大张旗鼓地调动兵马，有个大将军还不够，还要派个亲王去镇场。

因此，屠村的事绝不是空穴来风。

想到这里，沈羲和依然没有给祐宁帝扣上罪名："陛下不是如此不堪之人。"

祐宁帝重权吗？

自然是重的，否则也不会有谦王柱死的事发生，祐宁帝也坐不上皇位。

祐宁帝薄幸吗？

关于这一点，沈羲和其实不好判断，有些事情真的不是非黑即白。顾家灭亡，是政治角逐的必然结果。哪怕没有现在的顾家，撑过这一场，这样的事情仍旧会发生。

这和帝王的私心无关，对沈家，沈羲和身为沈氏女，心自然是偏向沈家的，同时也是维护沈家的，但真要站在沈氏女的立场上指摘祐宁帝的不对，也委实有点儿过。

祐宁帝的忌惮之心没有错。

沈羲和只敢保证她的父兄没有谋逆之心。可任由沈氏这样发展下去，后人会如何想，沈羲和不能担保。从这一点出发，祐宁帝是没有过错可言的。

只是祐宁帝不愿意退一步，亦不愿信任她的父兄。若是祐宁帝的心胸能够宽容一些，允许她的父兄从此远走，逍遥自在，做个富家翁，就能够双赢。

但他们都明白，这权力不能放，一旦放了，等待他们的就是帝王的屠刀。只有人死了，祐宁帝才能真正安心。

这也是最快掌控西北的方法，西北沈氏根深蒂固，哪怕帝王真的能宽容地放走沈岳山一家，同时善待西北跟随沈氏一族的大族，但只要沈岳山一日活着，余威犹在。

这些人不会相信沈岳山是心甘情愿地退让，无论沈岳山如何解释都无用。他们看到的都只有"飞鸟尽，良弓藏"的悲哀。

他们更信服沈岳山，会自发地抵抗祐宁帝派来整顿西北、接管西北的人，会使西北陷入新的乱局。这一点，祐宁帝和沈岳山都心知肚明，故而谁也不可能退让。

这是一个死局，是无法指责谁对谁错的死局。

抛开顾、沈两家，其实祐宁帝从没有做过一件对不起朝臣之事，而是勤勉忧国，勤政爱民。

沈羲和不相信祐宁帝会做出屠村之事，只为顺理成章地屯兵岷江，杀掉沈云安与步疏林。

萧华雍搁下笔，眼神郑重地看向沈羲和："呦呦，我们都不如你。"

乍闻岷江屠村一事，知道内情的人，如萧华雍与萧长卿等，第一反应都是觉得陛下心狠手辣。

只有沈羲和没有彻查此事，便相信陛下的为君之风。

萧华雍派人去查了："陛下的确没有屠村。他是陛下，要伪造屠村之象并不难。"

山河何其大？有多少村庄，又有多少人能够数得清？户部的记载尚且不全，这里面做文章的空间就极大。

祐宁帝随便寻找一个与世隔绝的偏远之地，靠近岷江，就能制造出屠村的惨状。抬的尸体都盖了白布，是否真的人，谁能知晓？鲜血淋漓，血染千里，谁能知是否人血?

只要故布疑阵的是官府的人,平民百姓怎么会怀疑?

他们至多是恍然大悟:原来距离他们不过百里之处,还有个他们一直没有发现的小村庄。

他们也会暗自庆幸,幸好不是他们惨遭屠村……

果然,情况与她所想的一般无二,沈羲和虽然觉得祐宁帝不是这么残暴的人,但想法真正得到证实,心里也不由得松了一口气。

这一切都是因为她和萧华雍合谋布局而起,是萧华雍引祐宁帝去了岷江,是她让沈云安去了岷江,才导致祐宁帝不得不布局。哪怕并非她杀了人,祐宁帝因此而真的屠了村,她亦会感到良心不安。

"呦呦有一颗公正之心。"萧华雍称赞。

无论是敌人还是恶人,她永远不会凭着自己的好恶轻易地对一个人做出判断;面对自己的亲人,她又自然地有所偏向,护短却又不盲目——这样的她才最适合做上位之人。

"不过是看事看人的习惯罢了。"或许是因为自己有,沈羲和从未觉得这一点有多么难能可贵。她只是习惯于摒弃个人情绪去看待一切,这也是她永远不会大意轻敌,或者轻易冤枉某一个人的缘由。

"陛下是要与景王坦白。"沈羲和突然明白为何祐宁帝要将沈云安潜入岷江的消息散布出去了。

屠村计划到了这一步,自然是滴水不漏的。下一步,祐宁帝自然是给萧长彦下密旨,让萧长彦知道屠村只是个假象,让他借此机会在暗中潜伏,擒拿沈云安。

这就彻底把萧长彦给推到了风口浪尖上,萧长彦没有任何退路。

哪怕明知道这是一场恶战,萧长彦也不敢和稀泥,想要借着沈云安在岷江的消息没有实质证据而消极应战,保存实力都不行。

帝王之命在呢。

祐宁帝也不担心事情暴露。他就是因为不确定沈云安在不在才下密旨,这可是一片良苦用心。

他不是怀疑猜忌或者欲对沈云安不利才这么做,而是为了力证沈云安的清白,才暗中行事。

当然,一旦沈云安擅离职守偷偷潜入岷江的事情被证实,他就是英明睿智、捉拿逆臣的君主,进可攻,退可守。

不管事态怎么发展,帝王永远是无可挑剔、滴水不漏的帝王。

祐宁帝的手段之高,教人拍手叫好。

"陛下这边,小八抵达岷江之前,暂时不会有顾虑。"萧华雍将视线落在书案上的平仲叶盆景上，目光有些意味深长，"倒是步世子有麻烦了。"

步疏林有麻烦？有什么麻烦？

萧长赢为了她，带着银山吸引萧长旻的人，萧长旻的人又引着萧长彦与陛下的人齐齐追偏了，这个时候，沈云安到了岷江的消息爆出来，祐宁帝应该没有心思再关心步疏林了。

在祐宁帝眼里，十个步疏林都比不上一个沈云安重要，步疏林全须全尾地回到蜀南，祐宁帝虽然惋惜没有趁机收回蜀南兵权，却也不在乎让步疏林多蹦跶几年。

可若是沈云安来了岷江，又大摇大摆地回了西北，那才是祐宁帝的奇耻大辱，才会令祐宁帝扼腕捶胸！

祐宁帝不追着步疏林了，之所以还想把萧长赢弄去岷江，除了沈羲和与萧华雍之前分析的利弊，还有一个原因就是他知道萧长彦忌惮步疏林，一定会继续追着步疏林。

然而，萧长赢这步棋被萧华雍给扰乱了，岷江的事刻不容缓，祐宁帝不得不让萧长彦去。

那么步疏林就这么轻易地被放过？

自然不是，不是还有个一直追着不放的萧长旻吗？

对付沈云安，萧长旻不够分量，对付步疏林还不行？且这一路来，真正能够寻到步疏林的人还真是萧长旻。

萧长彦带兵离京的当日，祐宁帝就召见了萧长旻，所为何事，萧华雍都不用去打听便能猜到。祐宁帝是暗示萧长旻继续对步疏林下手，事成之后，少不了他的好处。

祐宁帝有丰功伟绩，又是父皇，是诸位皇子心中崇敬之人，除了萧华雍，哪怕是萧长卿，对祐宁帝也深深地孺慕过。能够得到祐宁帝的认可与看重，萧长旻可谓摩拳擦掌。

踌躇满志的萧长旻正和属下商议得兴起的时候，向来有分寸的余桑宁不顾阻拦地冲了进来。

屋子里数道目光齐刷刷地看着余桑宁，萧长旻满脸不悦之色。

余桑宁的眼风都没有扫过在场之人，她直直地看向怒火中烧的萧长旻，在他要高声呵斥之前，抢先一步说道："妾有言告知殿下，还望殿下屏退左右。"

"啪"的一声，萧长旻一掌重重地拍在案几之上，额角青筋起伏，余桑宁却毫不退让。

下属见状，为首的人连忙打圆场："王爷与王妃定有要事相商，我等晚些时候再来向王爷禀报。"

皇族家事，不是他们能掺和的，他们都退下得很快。

"你最好真的有要紧事！"等到房门被关上，只剩下他们夫妻二人时，萧长旻咬牙警告道。

"殿下可知烈王殿下是如何受的伤？"余桑宁问。

萧长旻更加怒不可遏了："不要与我绕弯子，你若再故弄玄虚，莫怪我不顾念你腹中的那块肉！"

他能够容忍余桑宁在他商议要事时闯进来，不过是顾及余桑宁怀了身孕。余桑宁的孩子要是因他而有个闪失，他失德的名声就落实了，不利于他更上一层楼。

"烈王殿下早就不在军营了。自步世子离京起，他就暗自跟随，一路相送，是被殿下与其他人联手所伤，又被秘密送回！"余桑宁没有恼怒，也不再拐弯抹角，将她知道的一切简单地告知。

余桑宁为何知道这些？是因为她与顾青姝一直交好，信王对顾青姝无意，但顾青姝到底是姓顾，亦不曾做出什么损害信王府之事，信王不可能直接下令，让王府不准放顾青姝进来。

萧长卿有多看重亡妻，府里的人都知道，顾青姝顶着先王妃胞妹的身份，想要在信王府探听一些消息并不难，根据一些知道的情况，再推测一番，小心求证，不难拼凑出真相。

萧长旻呼吸一滞，旋即断然否认："绝无可能！"

"为何绝无可能？"

萧长旻乜了余桑宁一眼，说道："我们三方三日前在数千里之外伏击步疏林的人，若那人是小九，身受重伤，如何能够在两日内回到京都？"

萧长赢是一日前在京都"遇袭"的。

"这便是太子妃之能。"余桑宁并不觉得这不可能，旁人不能，不意味着沈义和不能，"殿下，倘若这一切为真，烈王此时受伤，绝非太子妃鞭长莫及，无法救人，而是她故意令其受伤，其目的……是令烈王殿下避过领兵去岷江之责！"

余桑宁见萧长旻不以为意，不信她之言，又给了一记重锤："只有太子妃能让西北王世子去岷江！"

陛下连步世子都顾不上了，甚至不惜将景王都派去了岷江，可见已经证实了沈云安在岷江的消息，否则绝不会如此孤注一掷。

由此推算，沈云安是故意去的岷江，更是故意放出的消息，是故意引陛下去决一死战，所以太子妃早早料到陛下一定会应战。陛下也极有可能更中意烈王殿下，想让他去岷江，毕竟景王殿下还追杀着陛下的另一个心腹大患！

萧长旻不愿信，却又不得不信，按照余桑宁所言，一切倒也真的合情合理。

一切合情合理的前提是萧长赢真的一路护送步疏林，太子妃也是真的能够在两日内将身受重伤的萧长赢送回京都！

但这真的可能吗？

自己这个九弟何时与步疏林扯上关系的？明知陛下要除掉步疏林，她还为了步疏林和陛下为敌？

难道萧长赢是为了暗中笼络步疏林，意在蜀南军？

可步疏林与东宫交好，萧长赢如此做，无异于虎口夺食，真要如此做了，太子妃还能容忍他活着回来？杀人的又不是她，萧长赢死在他们几方手里，萧长卿也恨不上东宫。

"太子妃怎么会救他？"萧长旻认为这里说不通。

"烈王心悦太子妃。"余桑宁回答。

萧长赢平日里与沈羲和是真的保持着距离，若无人提醒，哪怕有人仔细留心，也未必能够看出点儿门道。

但顾青姝提醒了余桑宁，余桑宁纵然也不信萧长赢能够为已经成为太子妃的沈羲和做到这一步，却又不得不相信，人世间自有痴情人，如萧长赢。

"小九心悦太子妃？"萧长旻说完这话就忍不住笑了，是那种觉得极其荒诞的笑容。

不是他不信萧长赢倾慕沈羲和，而是以己度人，他不可能为一个倾慕的人就做到这一步。

萧长赢和陛下为敌，哪怕是背地里这么做，也是胆大包天！

一个女人，一个嫁了人的女人，值得吗？

在萧长旻看来，这绝对是不值得的。

只是一眼，余桑宁就知道萧长旻在想什么了，遂心里有些不舒服。萧长赢这样儿女情长，余桑宁是看不上，虽不忌妒沈羲和，却也赞叹这份义无反顾的感情。

萧长旻这样看不上萧长赢，是因为他看不上女子。女子于他而言，只是待价而沽的附属品！

余桑宁面上没表露出什么，而是沉声说道："无论殿下信与不信，这便是事实。

"太子妃与沈氏，在岷江布下了天罗地网，这是一场生死之战。既然沈家下了战书，必然来势汹汹，准备万全。

"太子妃能够将烈王送回，这意味着她派了人一路跟随步世子。殿下先前派去的人尽数折于太子妃的人手中，再派人，也不过是徒劳送死，殿下何必要参与此事？"

见萧长旻面色一变，变得很难看，余桑宁并没有住口，只不过语气软和了一些："殿下若有心，不若此次作壁上观？

"沈氏与陛下针锋相对，牵扯进了景王，想来信王也不会置身事外，这是一个鹬蚌相争的天赐良机，殿下大可坐收渔翁之利。"

余桑宁实在是没法子了，与萧长旻说他没有可能夺得帝王，只会与他翻脸。

她要想安安稳稳地做亲王妃，保住荣华富贵，必然要竭尽全力地虚与委蛇。

这番话于萧长旻而言还算中听。若没有陛下撒下的糖饼在前，萧长旻听了这番话，说不定就会真的顺从余桑宁的话，顺势隔岸观火，伺机而动。

然则现在一切由不得他做主了，陛下已经给他下了暗旨，他才刚刚领了命，转头就推诿，那这辈子他都别想被陛下看重了。

萧长彦难道不想抽身，不卷入岷江这趟浑水？

他自然是想的。可有了萧长嬴"遇刺"在前，他不能如法炮制，没有其他法子推掉这个重担，只能捏着鼻子认了，硬着头皮上战场。

这大概就是太子妃让萧长嬴受重伤的缘由之一。

"我会先打探清楚。"这一次，萧长旻没有直接拒绝余桑宁的提议，只是含糊地敷衍。

余桑宁还想再说些什么，萧长旻却没有耐心再听。陛下对他下的指令，他怎么会告知余桑宁？

余桑宁看着萧长旻远去的背影，有些颓然。事情发生得太快了。

若是这一切发生在她嫁给萧长旻两三年之后，她有信心能够笼络住萧长旻，让他重视自己的每一句话，然而她和萧长旻成婚并不久，萧长旻又是个骨子里认为男主外女主内的人！

对于这些家国大事，他从来不认为女人该掺和，故而哪怕明知她聪慧，也不会很重视她的意见。

有了余桑宁的提醒，萧长旻没有立刻采取行动。他传信给了萧长庚，这一次是萧长庚带着他的人去阻击步疏林，对方应该与维护步疏林的人交过手，萧长庚不会认不出萧长嬴。

萧长旻问了萧长庚，这件事自然也瞒不住萧华雍。

萧华雍看了消息后，若有所思，将萧长庚递来的消息送到了沈羲和的面前。

萧长嬴护送步疏林这件事情，因为萧长卿和萧华雍两方打掩护，知道的人真的不多。

就连祐宁帝都不知道，萧长彦都是萧华雍故意让他知道才能知道的，萧长旻不可能比祐宁帝和萧长彦还耳聪目明。

"是昭郡王妃。"沈羲和只是略微一思考，就知道了症结在何处，"昭郡王妃与溧阳县主相交。"

余桑宁极其会钻营。若想要讨好一个人，哪怕是仇人，她都能够与其化干戈为玉帛，最典型的事例就是讨好她的嫡姐余桑梓。

余桑宁这一生，大概只有一个人她没有讨好成功，那就是沈羲和。

顾青姝自打被封了县主后，就一直低调，除了围在萧长卿的身边转，极少与人往来。因为这些人曾经都在顾氏蒙难之时对她翻脸不认人。余桑宁和沈羲和是唯一没有目睹顾氏从辉煌到落败的过程的同龄人。

顾青姝自然不敢与沈羲和往来，那就只剩下一个余桑宁，余桑宁又刻意与她交好，两个人很难不推心置腹。

"天圆，把这份消息送给五兄。"萧华雍转头就将纸卷递给了天圆。

纸卷上面是萧长庚的笔迹，萧华雍不惧萧长卿知道萧长庚是他的人。

他动了萧长赢，萧长卿的反应已经表明了他们兄弟愿意唯东宫马首是瞻。

正因为如此，萧华雍才不希望萧长卿当断不断，日后因为这个一直心软的祸害而栽个大跟头。

萧华雍让他知道萧长庚是自己的人，一则是让他明白自己的实力，二则是让他看到自己给予他的信任。

萧长卿正在与萧长赢分析岷江一事，东宫的消息递到手上后，他霎时面色铁青。

刚刚换了药，半倚在床榻之上的萧长赢忍不住伸长脖子看了看，顿时脸色也难看起来："我早说过，她就是个祸害，对阿兄贼心不死，还吃里爬外！"

信上，萧长庚只是问了一句是否要告知萧长旻萧长赢是护送步疏林之人，没有提到顾青姝。

可即便城府不深的萧长赢也能够绕过这道弯。阿兄说他是在京都遇袭，陛下震怒彻查，不似作假，这就证明陛下没有察觉到他是去护送步疏林了。

也许陛下怀疑过，可恰好在大截杀两日之后，他就出现在京都，这让陛下打消了疑虑，毕竟若非他亲自经历过，他也难以相信萧华雍的势力竟如此庞大。

既然连陛下都没有起疑，就凭他那整日痴心妄想，没有几分脑子的二兄能怀疑？

那萧长旻又是如何知晓此事的？只能是他们家里出了内贼，这个内贼会递消息给昭郡王府！

答案不言而喻。

"我不会留她了。"萧长卿起身。

东宫递来消息，他就得表态。

他若不动手，东宫会亲自动手。

看在亡妻的情分上，萧长卿希望为顾氏保留最后一丝血脉，因此对顾青姝十分宽容，但不意味着他会包容顾青姝将信王府的事情泄露出去。

萧长卿并没有立刻去寻顾青姝，亦不曾遣人去唤顾青姝。他回了书房，深沉冷寂的目光落在了书房上悬挂的一幅画上。悬崖峭壁，红梅独放，雪若鹅毛，沁凉入骨。

落款处是顾青栀的小名，这是顾青栀为数不多的存世画作。她性格高傲冷淡，满身才华，却极少展示，这幅画还是岳父开了口，才替他讨要来的。

萧长卿凝视了这幅画许久，才收回目光，研墨提笔。

他要惩处顾青姝，要令东宫满意，且不能打草惊蛇，万一让昭郡王府察觉，萧长庚必然暴露。

厘清思绪后，萧长卿慢条斯理地写了两封信，送出了信王府。

其中一封信被送到了萧华雍的手里，只有"已知"。

萧华雍骨节分明的指尖展开信一阅，他便将之扔给了天圆："盯紧一些。"

天圆躬身，接过信后问道："殿下，可要留意四方动静？"

祐宁帝这次真的动了神勇军，他们已经发现了异样，一直好奇一支庞大的军队到底是如何做到隐藏得毫无痕迹的。经此一事，他们才发现祐宁帝的神勇军是化整为零，分化到了各地。

手握神勇军指挥大权的巽王萧长风已经秘密出京了。他一声令下，竟然能够调动四方。

他们是否要去探察这些人到底藏匿在哪一个位置？

"这未必不是陛下撒下的饵，"萧华雍轻轻地摇头，否定了这个提议，"以此引我们入局事小，以此分化我们的力量才事大。"

经历了康王私造兵器、前户部尚书贪墨国库财物两件事情，祐宁帝一定怀疑有人知晓他私养精兵的事。行宫之中，神勇军受挫，祐宁帝更是对此深信不疑，故而之后极其谨慎。

偏偏无论是康王还是前户部尚书，都绕不开沈義和。康王是沈義和一手送上断头台的，前户部尚书虽他在背后推波助澜，但明面上也没有绕开沈義和。

因而，祐宁帝才会对沈氏怀疑最深。

他认为知晓并且一直想要探出神勇军底细的人是沈岳山。

这一次的局，无论祐宁帝是否怀疑背后还有旁人，沈氏就是摆在明面上的最大隐患。既然沈岳山想知道神勇军的底细，祐宁帝与其藏着掖着，倒不如拿出来，让沈岳山见识见识。

只要祐宁帝生出了这样的心思，就一定会闹出动静，用这些动静来达到一些目的，或是瓮中捉鳖，或是故布疑阵。

天圆心神一凛。他终究是想不到殿下那样深："殿下，步世子那边……？"

萧华雍深沉的眼眸被轻垂的长睫遮盖，只有清冷的声音透出了他的狠绝之意，他说："是生是死，由她自己选。"

天圆恭敬地应声退下。

其实事情到了这一步，依然没有脱离殿下的掌控，包括烈王殿下极有可能为了太子妃殿下铤而走险，去相助步世子。若这件事情当真发生，何时让烈王殿下乖乖地回来，太子殿下早已定下了界线。

此时才是步世子真正孤立无援的时候。太子殿下的考验，任何人都不能蒙混过关，步世子要想成为太子妃倚重之人，就必须展现出自己的能力与价值。

天圆走出大殿，抬眼望了望碧空如洗的蓝天，只能在心里祈祷：世子，聪明些。

他不希望步疏林选错，也不希望步疏林有什么闪失，否则太子殿下将会失去崔少卿这一个能臣。

而此时的步疏林确实处境艰难。她一入吐蕃，行踪就好似被泄露了，吐蕃与本朝接壤之地，往日兵防并不森严，因为设立了坊市，便于两国百姓进行商贸往来。

但她的商队因为各种各样的问题，被扣在了边境上，一直没有放他们通行。

"今日若再不放行，我们便只能强行脱身。"步疏林吩咐金山。

她已经让商队的主事拿了大笔钱财去疏通，这些人向来认钱不认人，倘若连钱财都不认了，必然是要命了！

"属下这就去安排。"金山退下。

屋子里只剩下妇人装扮的步疏林，她的容貌也做了细微的修饰，与往日相差甚远。

她在想，是谁泄露了她的行踪。

有烈王相助，那些人应该全部被引走了，即便是察觉到中计了，也来不及提前在这个十拿九稳的关卡给她设困。

更诡异的是，这些人只是不放行，并没有对他们不礼遇，难道这些人是在核实什么？

很快，被步疏林打发下去疏通关系的人便回来了："世子，是因为西北王世子……"

事情就是这么巧合，前几日，沈云安借道吐蕃，大摇大摆地去了岷江，赤裸裸地给祐宁帝下了战书。

祐宁帝当然恼怒。他没有想过步疏林随后也会借道吐蕃，只是不希望沈云安有一条退路，再从吐蕃悄无声息地潜回西北，于是亲自给吐蕃王修书一封，让吐蕃王对此地加强防守与管控，尤其是要阻拦本朝的大型商队或成团之伍。

祐宁帝只要沈云安走不了这条路。哪怕是岷江之战后沈云安跑了，祐宁帝也会阻拦沈云安回西北。

沈云安之所以能够大摇大摆地跑到岷江挑衅君威，是因为沈岳山帮忙遮掩。

若是沈云安迟迟不归，他倒是要看看，沈岳山要如何一直遮掩下去。

听完缘由，步疏林只得叹一声"时机不对"。若没有昭郡王等人围追堵截，她一定会早沈云安一步借道吐蕃，就不会被扣在这里了。

对于沈云安，她倒是没有一点儿埋怨之情，也没有资格埋怨。沈云安明显是为了助她才去岷江，否则此刻陛下怎会一心只在岷江？

她心里只有感激之情。

"世子，我们今夜还要强行脱身吗？"金山问。

步疏林摇头："既然不是行踪暴露，就不能不打自招，我们再等一日。想来不止我们被拦，旁人若有要退回的，我们也顺势跟着退回，再选一条路去岷江。"

这样不会引人猜疑。

步疏林计划得非常周详，却不知萧长旻在收到萧长庚的肯定答复，确定是萧长赢阻拦误导他们之后，当即派了人追杀过来。

萧长旻不但派了人追杀，还带了祐宁帝派给他的两名绣衣使，其中并没有赵正灏。不过这依然瞒不过萧华雍的耳目。

皇长子早逝，萧长旻顺理成章地成了成年皇子之中的长者。尽管自身文武兼顾，但周围有众多出类拔萃的弟弟在，他也没有多突出。

他的母族并不显赫，没有太多出挑的人物，他成年后，又被匆忙地许了一个不上不下、家世中规中矩的妻子。

无论是自身条件，还是母族与妻族，他都没有助力，自然得不到陛下的倚重。

好不容易被陛下委以重任，哪怕他得到了萧长庚的肯定答复，知道萧长赢插足此事，沈氏掌控着全局，自己此时插手，成则扬眉吐气，风光无限，败则……

失败的代价，萧长旻没有去思考，因为他知道，自己这一次只许成功，不许失败！

所以他紧接着亲自带了人，沿着他搜查的痕迹杀向步疏林。

银山死了，他失去了便利，但事发之地以及已经变得明朗的局势，都在指引着他步疏林逃亡的方向，他会很快找到目标。

萧长旻一离开京都，萧华雍就得知了消息。萧华雍已经把自己培植多年的势力逐一交给沈羲和，这些人也在一点点地被他推着向沈羲和靠拢，他所有的命令，都没有瞒着沈羲和。

萧华雍难得强撑着"病体"，去参与三省六部小朝会，沈羲和听了天圆递上来的消息，久久不语。

石榴枝头艳，夏时荷莲连。

倒映在碧波之中的火焰般鱼红的石榴花，与荷塘里探水而出的莲叶交相辉映，偶尔蜻蜓展翅，一掠而过，引得池水荡漾开来。

也就是看到这浅浅的水波，天圆才觉得这无风的盛夏，不曾随着太子妃的沉默不语、面无表情而静止，让他心头不太压抑。

他说不出此刻自己心中偏向谁更多一些，太子殿下所为固然少了些人情味儿，但这素来是太子殿下的行事之风。

太子殿下幼承帝王之学，君臣排在首位，要做一个合格的君主，就不能太过于偏重，不能被私情束缚，更何况，步世子与太子殿下并没有太多的私交。

步世子与太子妃私交甚笃，太子殿下将步世子推入这样的险境，太子妃因此而气恼，似乎也合情合理，这意味着太子妃是个值得追随之人。

当然，太子殿下也不是不值得追随，只是天圆觉得应该用另一句话来形容：太子殿下是一个值得臣服的人。

"我知晓了。"

天圆心思百转、忐忑不安间，不知何时，沈羲和淡然的声音钻入了他的耳里。

他抬起头，小心翼翼地觑了觑沈羲和的神色，竟也看不出半分喜怒之意，甚至自个儿在这里等了这般久，虽不知太子妃因何迟迟不语，却也没有感受到太子妃有半点儿情绪起伏……

这大概便是太子殿下痴迷于太子妃的缘由吧。他们是同样深不可测的人，纵然有不同的脾性与手段，骨子里却是同一类人。

"太子妃殿下可有吩咐？"天圆恭谨地询问。

沈羲和的目光落在石榴花树上，她忽然说道："我入东宫多年，还从未办过赏花宴，你传令下去，明日在芙蓉园办赏花宴。"

"啊？哦！属下这就去吩咐。"天圆惊了片刻，立刻收敛心神。

沈羲和是清冷的性子，嫁入东宫之前，极少出席盛宴，除非是宫中邀请。

入主东宫之后，她也向来不做这些事，从不借此与命妇往来。

在这个不大合时宜的关口，沈羲和竟然要举办赏花宴，天圆满脑子疑问，却不敢问出口，只能等到太子殿下回来后，提了一嘴。

萧华雍听了，先是怔了怔，旋即点了点头："你办好差事便可。"

沈羲和这个时候要办赏花宴，消息一出，人人一头雾水。

次日并非大朝会，但也拦不住御史上奏，痛斥沈羲和毫无怜悯百姓之心，岷江数百黎民枉死，她却一心想着玩乐。

然而，这些申饬的奏折根本递不到陛下的手里，萧华雍正大光明地拦下了，甚至都不隐瞒祐宁帝。

只是他也不知沈羲和此举何意："呦呦，何以突然来了兴致，要办赏花宴？"

沈羲和换了一袭素雅的杏色宫装，发髻高绾，两边簪了金钗，细长的金链上坠着一片片轻薄的平仲叶，垂到她的耳垂处。

平仲叶的脉络清晰可见，一如她的妆容一般精致华美，她道："我与殿下，都是政客。"

萧华雍挑了挑眉，往后退了一步，给梳妆完毕站起身的沈羲和让路。

沈羲和挽着淡金色撒花披帛，莲步往前："夫妻一体，殿下谋局至此，我总要助殿下一臂之力。"

萧华雍看着妻子远去的背影，黑眸里笑意氤氲，满目期待之色，甚至有点儿想厚着脸皮跟沈羲和去赏花宴。

只是沈羲和召见的都是命妇，他担忧自己跟过去，反而惹得陛下猜疑，坏了沈羲和的事，便按捺住了心思。

沈羲和今日办赏花宴，其实是奔着余桑宁而来，只不过，若是单独召见余桑宁，陛下必然会起疑。

于是沈羲和借着赏花宴故布疑阵，只要身份够高的人，她都会召上前来问一问，理由便是她掌管后宫之后，从未关心过这些命妇，故而借此机会与诸位说说话。

她的行为弄得人人满腹疑问，直到离开也未曾弄明白沈羲和的葫芦里卖的是什么药。

只有余桑宁回到府邸后，脸色变得刷白。她得了一封信函，握着信函的手都在颤抖。

信上是沈羲和详尽列举的康王府如何被她清除的步骤。

萧长旻刚刚离开，沈羲和就给她看这个，这是在告诉她，昭郡王府就是下一个康王府！

她极力克制，想要让自己冷静下来。她知道，沈羲和突然与她说这些，定然有目的，是要她因被恐吓而行事。

昭郡王府要被灭了，她若提前知晓，自然会选择脱身，不仅自己要脱身，余府也要脱身，否则自己再无倚仗。

余府……

刹那间，余桑宁明白了沈羲和的用意——她的父亲在岷江！

这是沈羲和给她的一个选择，如果她选择与昭郡王府共存亡，那就无视这一封警告之信。

她若想要让沈羲和秋后算账时放她一条生路，就得帮沈羲和在岷江这个即将被点燃的战场上，劝住她的父亲。

剑南节度使、她的父亲、景王三方围剿，这些人全是陛下的亲信，就连景王，不管私下有再多心思，此一役也得为陛下全力而战。

故此，他们会一心应敌，如果在这个时候，有一方心思摇摆，便是一个突破口。

沈羲和好大的胆子。她就不怕自己阳奉阴违，顺势将此事奏明陛下，与她虚与委蛇，反诱沈云安入局吗？

心思电转间，余桑宁颓然地跌坐了下去。

东宫之所以如此有恃无恐，是因为这一局他们即便是输了也不会伤筋动骨。

人人都说沈云安到了岷江，陛下也为此大动干戈，可沈云安即便真的在岷江，又如何？

陛下赢了，抓住了沈云安，又能怎样？只要沈岳山说这不是沈云安，然后再弄出个沈云安，朝廷想要借此定西北王的罪，借此动摇沈氏的根本，简直是痴心妄想！

就像此刻她手中的这封信，就算呈到陛下的面前，也伤不了沈羲和分毫。

在绝对的权势面前，帝王也要忍让一二。

只要沈氏尚在，她若当真选择向陛下表忠心，沈羲和会让她死无葬身之地！

这一点，她深信不疑！

所以，她没有选择的余地，只能劝说父亲，不能被陛下抓住把柄的同时，为沈云安与蜀南王府大开方便之门！

经此一役，陛下落败，只怕要被东宫扼住咽喉。

他们余府不能说有功，只要日后行事谨慎，或许能在帝王与东宫的博弈之中夹缝求生。

"呦呦要利用余氏？"萧华雍有些诧异，"她能说动余项？"

"她能！"沈羲和相信余桑宁有这个本事！

余桑宁是个极度自私惜命之人，摆在她面前的只有两条路，一条生路，一条死路。

沈羲和不是恐吓她，从萧长旻接下陛下的命令，亲自带着绣衣使去劫杀步疏林的那一刻起，萧华雍就不会让他活太久了！

萧长旻去势汹汹，以步疏林现在的人手，这是一场九死一生的恶战。

步疏林若是通不过考验，死于吐蕃，萧华雍会为她报仇，手刃萧长旻，以此来收拢蜀南的人心。

步疏林若是逃脱了萧长旻的追杀，萧华雍仍旧会杀了萧长旻，安抚刚刚归入麾下的大将。

故此，沈羲和说：他们都是政客！

"呦呦，余项做了陛下三十年的心腹。"萧华雍没有想过去策反余项，倒不是觉得不行，而是觉得风险过大，余项也不值得他费心思。

即便经历了几次波折，尤其是去年余贡之事后，余府连平遥侯的爵位都被削了，余项更是丢了大将军之位，俨然从祐宁帝的心腹行列被边缘化了，但君臣数十载，他们早已经不只有忠诚这一根纽带连接着，利益纠葛极深，或许祐宁帝有一些不能为外人道之事都是经余项之手去办的。

一旦余项背叛，必然不容于帝王。涉及灭门之祸，余氏即便是有几分聪明，也难以撼动余项的心。

萧华雍的提醒，沈羲和未曾反驳。她明眸一转，目光藏着笑意，凝视着他："北辰，我们不妨打个赌，赌这一局赢面只会属于我。"

佳人回眸，眼中如有星光洒落，骨子里透出的自信容不得人质疑。

今日她戴了坠珍珠的步摇与鬓唇，华光萦绕，风采逼人。

"既然是打赌，必有彩头。"萧华雍故作苦恼地思考片刻，"我之所有，皆已归你，囊中万物均能与呦呦赌。"

沈羲和深深地看着他，目光深沉，甚至有一点儿锐利，沉默无声。

萧华雍的心没来由地"咯噔"了一下。他们自相识到如今，她从未用这样的目光看过他，哪怕是相遇之初，她透着衡量与探究意味的目光，也不似现在这般，仿佛要用眼神将他剖开，将他的每一根骨头都看得清清楚楚。

"呦呦……"

萧华雍张口欲言，沈羲和却收回了目光，与他同时出声道："北辰，我若赢了，你答应我一件事，不可反悔。"

萧华雍仔细地打量了沈羲和一会儿，张了张嘴，最终还是没有追根究底。虽不明白沈羲和方才的目光是因何而起，但他对沈羲和问心无愧，也用不着忐忑不安。

"呦呦若有所需，大可直言，不必打赌，我亦会穷尽全力为你达成心愿。"

沈羲和轻轻摇头："一事归一事，我要与你以此为赌局，以你一诺为彩头。"

萧华雍的眉峰微微一挑，他想了想，还是应了下来："岂敢扫了你的兴致？我应下便是。呦呦若是输了，也答应我一件事即可。"

"好。"沈羲和爽快地答应。

两个人相视一笑。明明什么都没有说，二人之间却好似浓云散去，日头明媚了几分。

事情到了这一步，沈羲和与萧华雍能够安排的都已经安排妥当了，剩余的就只能看被放入棋盘的棋子孰强孰弱。

萧长彦自京都出发三日后，步疏林为了不做出头鸟，引起不必要的猜疑，愣是等到越来越多的人被阻拦入关，生出不满情绪，纷纷索要文牒撤回的时候，才顺势随大溜一起撤退。

然而她撤出关口，顺着边境线一路越过岷州，直奔茂州，在进入茂州的前一日，被萧长庚带来的人堵截了。

"步世子，别来无恙。"萧长庚盯着的不是大腹便便的步疏林，而是推骨成步疏林的沈二十七。

"燕王殿下这是要拦我吗？我可是奉旨回蜀南奔丧。"沈二十七跟在步疏林身边久了，又有步疏林时时指导，语态神情，就连小习惯都学得惟妙惟肖。

步疏林戴着幕篱，站在人群后，仿若一个无关痛痒的人。他们已经商议过许多次，一旦遇到变故，由金山带头，众人纷纷向沈二十七靠拢。

只有这种本能的保护举动，才能让所有人都相信沈二十七就是步世子！

"步世子，一过茂州便是岷江，沿途不太平，小王亲自护送步世子，可好？"萧长庚笑意盈盈。他年岁小，又长着一张娃娃脸，看着像朝阳一般的少年。

步疏林并不知道萧长庚是萧华雍之人，只当萧长庚要么与景王萧长彦为伍，要么是陛下所派，绝不会对她手下留情。

"殿下出京，可有圣旨？"沈二十七扬声质问。

萧长庚只是嘴角噙着笑，目光阴沉地看着沈二十七。

"殿下私自出京，看来是为我而来。"沈二十七退后两步，"既然如此，便不必白费口舌。"

步疏林暗中打了一个手势，暗卫从远处奔来，随行的护卫纷纷拔刀，毫不迟疑地朝着萧长庚所带之人冲去。

萧长庚一挥手，他的人也纷纷亮出武器，目光冰冷地迎了上去。

刀剑相击，寒芒乍现，厮杀之声响彻空谷。

萧长庚与沈二十七隔着无数纠缠搏斗的身影，目光交会，盯死了对方。

沈二十七不着痕迹地瞥了一眼假装成无辜百姓躲在竹林后扒着竹子的步疏林，当即向着另一个方向冲去，萧长庚迅速追上！

这支队伍，除了步疏林以外，还有另外几个身份可以查实，实则是护卫假扮的百姓跟着步疏林。他们的存在，在所有人看来都是为了掩藏沈二十七。

萧长庚带来的人并不嗜杀，没打算为难这些手无寸铁之人。

沈二十七主动将萧长庚引开，就是给步疏林带着这些人逃离制造机会。

步疏林如何能不懂？她当即就慌慌张张地往另一边跑去。

金山心急，但也不敢往步疏林逃离的方向撤退，还必须带着人往沈二十七跑的方向追去，只能在心里祈祷步疏林顺顺当当的。

可惜，步疏林的运道并不好，萧长庚之所以大张旗鼓地赶来，是因为得到消息，萧长旻已经带着绣衣使来了。虽然萧长彦盼咐他与萧长旻互通消息，可萧长旻一样防着他。

萧长旻一路追来，没有透露半点儿风声，若非萧长庚早一步察觉，提前弄出动静，步疏林这一行人恐怕会被萧长旻杀个措手不及。

饶是如此，萧长庚也只能隐晦地提醒，萧长旻与绣衣使来得太快。

步疏林带着几个人，恰好就撞上了萧长旻。

萧长旻早就把步疏林一行人摸清楚了，正在暗中撒网，哪里知道萧长庚打草惊蛇，害得他不得不匆忙赶来，以免步疏林逃了。

萧长旻倒是没有认出步疏林来，只是想到这些人一路随行，也不想放过，当下吩咐："抓起来！"

"哎哟！"几乎是下意识地，腹部已经显怀的步疏林仿佛被萧长旻这一行人吓到了一般，捧腹弯腰退了两步。

身侧随从打扮的人连忙上前扶住她，步疏林借着裙摆遮挡，给后面的几个人打了手势，让他们少安毋躁。

他们这个时候和萧长旻硬碰硬，根本没有任何胜算，反而会引得萧长旻猜疑。

萧长旻不是个嗜杀之人，在没有识破她的身份前，不会对他们下手，尤其是她确确实实是个孕妇。

萧长旻抓他们的缘由也很简单：一则是不希望他们逃出去通风报信，上报当地官府，把事情弄得越来越复杂；二则是必要时，可以用他们来威胁这帮人眼中的步世子——沈二十七。

她不若将计就计，先落入萧长旻的手中，趁着萧长旻对他们不设防，或许能够反制萧长旻。

"你们……你们要做什么？"步疏林做出惊慌恐惧的模样，声音不住地发颤。

萧长旻只是瞥了步疏林一眼，看到手下将他们驱赶着过来，就一言不发，骑马往前行去。

此时，金山与萧长庚的手下都已经聚拢到了沈二十七与萧长庚交锋的地方，两个人打得难分难解，似乎在伯仲之间。

然而萧长庚已经面色凝重，不是因为不敌沈二十七，事实上，沈二十七不是他的对手，若非他手下留情，沈二十七现在已经被他重伤了。

他面色凝重，是因为通过交手，他察觉到面前的人不是步疏林！

天下武艺各有章法，步疏林的武功路数应该是偏蜀南军才是。哪怕这些年在京都长大，假装不学无术的纨绔，步疏林私下一定有蜀南王安排来的心腹传授武艺。

即便蜀南王安排的可能不是蜀南军中的武艺师傅，是隐匿的游侠大家，武功路数也绝不可能来自西北军沈氏！

是的，萧长庚察觉出沈二十七的不少招式与西北军中的武师出自一脉！

他之所以知晓西北军武师的武艺，是因为投靠了萧长彦，萧长彦的手下招揽了各地曾经从军，但因各种事情离开军旅之士，其中就有那么一个曾经从军西北军。

这人已经成了废人，但萧长彦还是将人奉若上宾，就是因为这个人学了一些西北军武艺和军法。

萧长庚手中的剑快得如折扇一般"唰"的一下展开，晃得沈二十七目光一闪，沈二十七偏身闪躲，却没有捕捉到剑影落下的方位。待到萧长庚手中的剑脱手飞出去，另一只手迅速握住剑柄刺来时，沈二十七再要闪躲，已经来不及了。

剑架在了沈二十七的脖子上，沈二十七暗自心惊，没有想到小小年纪的燕王竟有这么高的剑术。

"你是七嫂之人！"萧长庚目光凝重，压低声音，在沈二十七的面前说道。

沈二十七目光一变，还没来得及张口，萧长庚突然手腕一松，握着的剑落了下去："挟持我！"

沈二十七抬腿踢起铁剑，抓住剑柄，一个旋身，将毫不反抗的萧长庚挟持了。

变故就发生在一瞬间，萧长庚带来的人都被金山等人缠着，压根儿没有看清楚萧长庚是怎么落在步疏林手中的。

"都住手！"沈二十七大喝一声，缠斗的双方这才停了下来。

此时，马蹄声纷至沓来，几乎是转瞬间，萧长旻就带着大批人马席卷着尘土出现在他们的面前。

"二兄，救我！"一见到萧长旻，萧长庚先一步求救。

萧长旻剑眉微皱，沉着脸，没有说话，阴沉的目光落在沈二十七的身上。

沈二十七与金山也看到了被困在萧长旻的队伍中的步疏林等人。

双方心里都担忧焦急着。

"步世子，陛下得知步世子遇袭，特命小王前来护送步世子回蜀南。"萧长旻冠冕堂皇地开口。

"圣谕在何处？"沈二十七问。

萧长旻答："陛下口谕。"

沈二十七挟持着萧长庚往后退了一步："适才燕王殿下也是如此与我道来，现在昭郡王亦说奉陛下之命，请恕我不敢轻信于人。他日陛下若要定我抗旨不遵之罪，我再领陛下的责罚！"

萧长旻闻言，飞快而又犀利地扫了萧长庚一眼："小王奉命前来，断不敢假传圣意。皇命在身，小王不可能放任步世子独自上路，步世子若不愿配合小王，莫怪小王冒犯。"

萧长旻继续与沈二十七说着，然而跟在末尾的步疏林清楚地看到跟在萧长旻身侧的两个气势格外不同的人已经蓄势待发，像锁定猎物的猛虎。

一人披着斗篷，哪怕被斗篷遮挡，步疏林也从细微处看出他的手中准备好了暗器，随时都能将暗器飞射出去。

步疏林没有和绣衣使交手过，人人都知道陛下的绣衣使，然而真正见过每一个绣衣使的真面目的，只有陛下本人。步疏林不知道这两个人是绣衣使，却敏锐地察觉到了危险。

"啊——"她忽然面露痛苦之色，捂着肚子，倒在身侧的护卫身上，痛苦地呻吟着，"我的肚子，好疼！"

大概是萧长旻并不觉得他们有什么威胁，只是让人看着，并未束缚，不过他们的行李都被没收了。

"我家夫人动了胎气，行李给我们，里面有保胎药！"接住步疏林的护卫粗哑着嗓音，急切地喊着。

这个插曲打断了萧长旻与沈二十七之间僵持的气氛，双方都看了过来。

步疏林仿佛很疼，额头上渗出了细密的汗，手在空中胡乱地抓着，只有金山才能看明白，那是暗语手势。金山读懂之后，面色大变，不着痕迹地靠近沈二十七，让沈二十七小心那两个人。

"绣衣使。"感觉到身后之人动作的细微变化，萧长庚趁着这个机会，用只有对方能听到的声音提醒道。

太子没有传信给步疏林，却传信给了他，告诉他萧长旻带了两名绣衣使。若非如此，今日他也不会先一步打乱萧长旻的部署，给步疏林他们争取喘息之机。

"将行囊给他们。"萧长旻吩咐。

他的人已经检查过行囊，里面没有任何兵刃。

但萧长旻不知，行囊里没有武器，却有比武器更可怕之物。

沈羲和送了各式各样的香，一路上闲来无事，步疏林早就摸透了每一种香的用处。

最初她为了甩掉祐宁帝、萧长旻、萧长彦等人派来的追踪者时用了不少香，后来又分了一些给萧长赢，留下的不多，却有一种最有杀伤力的一直没有用。

步疏林的护卫接过行囊，打开之后，从里面取出了一个纸包，纸包里面是一颗颗板栗大小的圆润泛白的丸子，神似蜡丸，又散发着丝丝药香，看起来倒确实像是保胎药。

其实这并不是保胎药，而是一种香丸，里面密封着药性极强的香料。

步疏林一边呻吟着，一边与扶着她的护卫交换了一个眼神。她似乎因为疼痛，在空中胡乱挥舞着双手，实则借着手势将消息传递给了沈二十七与金山。

变故就在一瞬间发生，萧长旻只回头看着那边的二人摊开纸包，露出药丸，就转头继续与步疏林对峙。

两名绣衣使压根儿没有回头看一眼，只是紧盯着步疏林与萧长庚。二人已经寻到了突破口，刚刚交换了一个默契的眼神，正要行动，身后突然响起一声高喝："当心！"

步疏林一把抓起药丸，趁着身侧萧长旻的随从对她不设防，在自己护卫的一推之下借力，一个灵巧挺身，身影极快地抽出了萧长旻的随从的佩刀，在对方还未反应过来之前，一刀将人击毙！

她脚下一踏，一跃而起的瞬间，将手中的香丸朝着两个绣衣使的方向扔了过去，这声"当心"也是她自己喊出来的。

她提醒的是沈二十七,准备出手袭击沈二十七的绣衣使感觉到带着气劲的药丸猝然逼近,本能地抽出长剑,反身将偷袭过来的药丸劈开。

白色的香粉随着香丸被劈开,于半空之中飞散开来,一股极其诱人到令人忍不住探究的芬芳蔓延开来。

天公作美,恰好一股风袭来,以萧长旻与两位绣衣使为中心的一行人都下意识地吸了一口气。绣衣使最先反应过来,抬手挡住了口鼻。

几乎是同时,跟在步疏林身边的三个人也动手了。递给步疏林香丸的人抓着另外两颗香丸,和步疏林一前一后地扔出,一颗朝着萧长旻扔去,一颗朝着萧长旻随行的高手扔去。

两个人几乎是和绣衣使同样的反应,香丸裂开,一行人隔得又极近,香气初闻,仿佛能令人头脑清明,大多数人猛然深吸了一口,有那么一两个人当场就栽倒了下去。

其他人见势不对,纷纷亮出兵器,围攻步疏林。步疏林虽然怀着五个月的身孕,却因为胎儿已经坐稳,手起刀落,身手灵活,这些人根本近不了她的身。

萧长旻见状,纵身一跃,朝着步疏林后背偷袭去一掌。步疏林好似后背长了眼,手中长剑一划,避开缠上来的几个随从,反身一掌迎了上去,握着剑的手同时一拂,细腻的白色香粉从袖中飞散而出,直冲向靠近的萧长旻。

萧长旻面色大变,旋身退开,却慢了半步,一些香粉撒在了他的脸上。

两个绣衣使几乎是在萧长旻袭击步疏林的一瞬间就同时纵身一跃,向沈二十七发动了攻击。

沈二十七手里挟持着萧长庚,一落下风,或者一有顾不上的缺口,就把萧长庚推过去。绣衣使可以不受威胁,可以不顾萧长庚的性命,却不敢亲手杀了萧长庚,因此束手束脚,与沈二十七周旋了好几招。有时候,沈二十七接不住招,或者反应不过来,萧长庚还会假装要逃,来提醒沈二十七,或者阻拦绣衣使,这才保住了沈二十七的性命。

随着时间的推移,萧长旻带来的人一个个地倒下,并不是被击倒,而是方才忍不住吸了一口香气,药效开始发作,只不过每个人发作的时间快慢不一,就连萧长旻与他最倚重的武师都在和步疏林主仆交锋的过程中,察觉到身体逐渐变得凝滞。

同样的事情也发生在了绣衣使的身上,只是他们到底经过千锤百炼,香粉对他们的影响甚微。感觉到自己已经中招,绣衣使不再手下留情,萧长庚再百般相帮,也不能暴露自己。

因为实力悬殊,沈二十七还是受了伤,其中一剑横扫腰腹——若非不知何方突然飞来一颗石子相助,沈二十七只怕要被一剑斩成两段。

饶是如此，沈二十七的腰腹也被划出了一道长长的血口子。他迅速退后，其中一名绣衣使盯着那枚石子。

石子挡住了他的剑，卸了他大半的力，救了沈二十七的同时，竟然没有粉碎，足见扔石子的人功力有多深厚。这人的武艺绝对高出他们二人许多，还藏在暗处！

他们二人这一迟疑，沈二十七立刻拔腿朝另外一个方向逃离。

绣衣使犹豫了片刻，转头看了一眼与步疏林几人缠斗得难分难解的萧长旻，还是决定追上去。

在他们看来，沈二十七就是步世子，杀死步世子是他们这一次必须完成的任务，方才隐匿在暗处的人或许就是步世子的暗卫。

实则，与步疏林共同对抗萧长旻等人的才是她的暗卫，她的人已经全部摆在明面上了。

看到沈二十七撤了，步疏林也立刻强势地杀出了一条路："撤！"

她到底是有身孕了，而且刚刚的香，虽然大部分被萧长旻等人吸了，他们当时闭了气，可后来动起手来，残余的小部分香对他们还是有一些影响。沈羲和的香过于霸道，可若不这么霸道，他们今日连一个逃离的机会都没有。

萧长旻推开步疏林扔过来挡路的一具尸体，正准备追击，却突然眼前一黑，栽倒下去，幸好心腹及时搀扶住了他。

看着步疏林等人逃离的方向，萧长旻从袖中放出了一个信号弹，炫目的火光朝着步疏林离去的方向绽开。

萧长庚跟跄着过来扶萧长旻，隐去了眼中的担忧之色。萧长旻一定设下了埋伏，不知道还有多少人在分批堵截，接下来他不好再出手。

萧长旻看了萧长庚一眼，意味深长地说道："十二弟倒是没有中迷香！"

萧长庚十分诚恳："弟弟离得远。"

金山顾不得是否被猜疑，迅速脱离了拼杀，朝着步疏林的方向追去。

萧长旻带来的人实在不少，步疏林一路被拦截，好在她的身边跟着一个对此地地形了如指掌的人，借助地形优势，再加上金山等人不要命地阻拦，才让她没有落入萧长旻的人手中。

与步疏林相比，沈二十七却极其轻松。他率先逃离，两个绣衣使追了上来，因为他是沈羲和的人，萧华雍派来暗中相助的人立刻挺身而出，以一敌二，将两个绣衣使拦下了。

沈二十七得到了喘息之机，简单处理了一下伤势，就绕路朝着步疏林的方向追去，恰好萧长旻也恢复了过来，香的作用虽然凶猛，但退散得也极快。

萧长旻立刻翻身上马，往步疏林逃逸的方向追去。萧长庚也纵马追着萧长旻："二兄，步世子往另一个方向逃了，你缘何去追一个妇人？"

萧长庚是真的没有弄明白,萧长旻手上更用力地扬鞭,面沉如水。

方才那个妇人有身孕是他的随从亲自搜身证实了的,他才一时大意,没有多想!

现在他有八成把握,那个有身孕的妇人才是真正的步疏林!

几个月前,他就猜疑过步疏林是女儿身,为此还设计过步疏林,只是后来反而被摆了一道,兼之长公主之女嫁给了步疏林,而当日昭郡王府上演那场闹剧时,步疏林当着许多人的面袒胸露背,确确实实是男儿身,萧长旻才打消了疑虑。

然而,方才步疏林出手时,她的模样虽然大变,可眼神与身手和萧长旻记忆里的步疏林重合了。再一看假世子那张与步疏林一模一样的脸,萧长旻还有什么不明白的?

步疏林一直有个替身,替身与她容貌相似,关键时刻可以替她遮掩女儿身的事实!

这一路跟着的妇人根本不是什么为了遮掩而随行的普通人,压根儿就是步疏林本尊!

这个猜测让萧长旻血液沸腾。他只要抓住了步疏林,不但能够完成陛下交代的事,还能够一举扼制东宫!

沈羲和乃至汝阳长公主,定然早就知道步疏林是女儿身!

只要想一想擒住步疏林,揭穿她的身份,能够掀起怎样的轩然大波,萧长旻就忍不住振奋,抽动马匹的力道更加重了,人随着马,如离弦的箭一般飞射了出去。

萧长庚目光闪了闪,也加紧追了上去。

沈二十七在夜幕降临之后,先一步寻到了步疏林。若非他已经知晓许多蜀南军的暗号,恐怕也很难找到步疏林。

在一个被低矮灌木丛遮挡,只能匍匐着爬进去的狭窄山洞前,灌木外的所有痕迹都已经被清理了,显然是有人处理好这些,又将追兵引开了。

沈二十七跪着进入洞内,洞内宽阔空旷,步疏林靠在石岩上,身上都是血迹。听到响动,她浑身都紧绷起来,手里握着浸了毒的暗器,蓄势待发。

看清是沈二十七,她才瘫软下去。

"世子!"沈二十七飞奔过去。

步疏林将身上挂着的一个香囊递给他,声音极其虚弱:"把这些香粉撒在洞外,莫要引来猛兽!"

深山中的猛兽对血腥味极其敏感,她方才也想去撒,但实在是一分力气都没有。

沈二十七连忙照做,然后折返回来,见步疏林面色苍白,搭在一旁的岩石上的手止不住地颤抖:"世子,你不能在这里坐以待毙。"

步疏林艰难地扯了扯唇："昭郡王定然知晓了我的身份，在这山中，他已经设下天罗地网，一旦我现身，必死无疑！"

从她遭受的穷追猛打来看，萧长旻是将全部火力集中在她一人身上了，这说明萧长旻已经确定她才是真正的世子，否则不会如此耗费人力。

步疏林哆嗦着手，取出一枚黑色质地、似石非石的令牌，将染着血的令牌交给沈二十七："这是我的步氏少主令，你拿着它离开此地，入茂州石密溪，我步家的暗卫皆养于此。首领名叫乍浦，你对他说……"

步疏林将接头的暗语告诉了沈二十七，这是步家最后的底牌，这枚令牌是调动人的关键，却也不是全部，得要令牌与暗语都对得上，才能得到乍浦等人的誓死效忠，只要缺一点，哪怕是顶着她的脸去的人，也只能有去无回！

沈二十七握紧令牌，看着已经虚脱无力的步疏林，行了一个军礼："世子，等我！"

既然萧长旻全心追击步疏林，对他反而没有那么多余力阻击，他想逃出去并不难。

沈二十七忧心步疏林，却也知道太子殿下一直派人跟着他，他能寻到步疏林，跟着他的人也能，不会真的坐视步疏林丢了性命。

他眼下迫在眉睫的事是救步疏林脱困。

正如沈二十七所料，他前脚离开，后脚一抹黑影就掠入了山洞，迅速给步疏林施针止血，然后守着昏迷不醒的步疏林。

约莫半个时辰后，步疏林醒来。见到背对着她的黑衣人，步疏林挪动着疼痛的身体，找了个舒适的位置靠着："我以为自己已经没有活着的价值了。"

背对她的人纹丝不动："殿下从未想过要你的性命。殿下只是不喜欢投诚之人有所隐瞒。"

步家的底牌就是对步疏林真正的考验之一，步疏林得到沈羲和的信任，日后会被沈羲和委以重任，萧华雍绝对不允许她有任何暗藏的势力不被沈羲和知晓，哪怕步疏林从未对沈羲和有过背叛之心。

步家的底牌被交到沈二十七的手上，知晓步疏林是女儿身的人基本已经死得差不多了，乍浦等人都不知道步疏林是女儿身，沈二十七掌看令牌，顶看步疏林的脸，有了对接的暗语，在乍浦等人的拥护下，可以成为真正的蜀南王，一个绝对忠于沈羲和的蜀南王。

的确，现在步疏林死了，对东宫来说才是最好的。

步疏林轻轻地笑了。她知道，若只有太子殿下，是没有必要留着她，她总归是女儿身，留着反而会有其他麻烦，太子殿下是为了太子妃而留她活着。

太子殿下在不遗余力地将她推向太子妃。

臣服、感恩、情谊……一重重羁绊，由不得她挣脱，偏偏她还心甘情愿，生不出半点儿埋怨之情。

只因她深信，沈羲和没有参与其中，也不屑于玩弄这样的手段。

恶人都被太子殿下做了，好人一直是太子妃。

原来帝王也有心，亦深情！

"殿下还有何吩咐？"步疏林按下翻涌的心思，抬眼望着这个始终背对着她的人。

黑衣人转过身，神色肃穆地看着步疏林："殿下问世子，是要另寻他处顺利产子，还是回到蜀南王府产子？"

步疏林微微一愣，旋即明白了。她把所有东西都交给了沈二十七，自然是可以找个安静的地方顺顺利利地待产的，等到将孩子生下来，自己还能不能回归蜀南，就是萧华雍说了算了。

如果她现在拼着一股劲回蜀南，萧华雍自然不会阻拦，却也不会相助。即便她平安地回到蜀南王府，产子也有极大的隐患，未必能够顺利。

她现在动了胎气，已经经不起折腾，若执意要回蜀南王府，也许这个孩子便保不住了。

步疏林的手按在隆起的小腹上，五个月的胎儿，她已经能够清晰地感觉到腹中骨肉的鲜活生命，怎么忍心？

"还请殿下庇佑，为我择一安宁之地，免我产子之忧。"将个中好坏想明白后，步疏林并未犹豫就做了决断。

黑衣人抱拳："世子且安心等待半日，自能如愿。"

说完，黑衣人就离去了。

步疏林没有阻拦，也不再多言。她昏迷前，只觉得醒来后必有一场恶战，现在的处境倒是比预料之中好上千百倍。

且她能够感受到，自己腹中绞痛之感渐消，显然是昏迷之中要么得到了急救，要么得到了良药。

既然此处安全，步疏林也就放松下来了，决定再小憩片刻。无论半日后面对什么，她都能有充沛的精力。

睡着了的步疏林并不知晓，萧长旻带着人几乎将整座山都翻了个遍，却一无所获，正在恼怒之际，遭到了一股来势汹汹的势力围杀。

这些人个个身手了得，几乎将他的人杀得毫无还手之力。

萧长旻原本为步疏林设下的一重重埋伏，好似全部暴露在了这群人的眼里，无所遁形，被这群人各个击破，杀得片甲不留。

最后只剩下几个人护着萧长旻与萧长庚狼狈地撤退到了山谷里，山谷的上方有苍鹰盘旋，一阵阵长鸣，像是催命的哀啼，又似送葬的号角，听得萧长旻烦躁而又神经紧绷。

他却不知，斜对面被树荫遮掩的地方，一支在日光下寒光闪烁的箭矢对准了他。

箭要离弦的前一瞬，被一只手给拦下了。

"殿下说了，昭郡王的命不应留在此地。"

萧长旻与萧长庚在一起，萧长旻若死了，萧长庚活下来，会坏了殿下后面的安排。

崔晋百以充血的眼沉郁地盯着按住他的弓箭的人，牙关紧咬。

"没有殿下，便没有今日的你我。"赵正灏面不改色，"殿下能告知你真相，替你遮掩，让你亲自来营救心上人，已然是恩德。知鹤，上命不可违。"

崔晋百缓缓地松了力道，垂下手："她在何处？"

赵正灏吹了一个短促的口哨，一只苍鹰掠来，又朝着另一边展翅高飞。

不用赵正灏多言，崔晋百拔腿就追了上去。

赵正灏透过枝叶，遥遥地与萧长庚对上视线，嘴角微扬，打了个手势，便带着剩下的人后退了。

虽没有看到赵正灏与崔晋百，但萧长庚知道萧华雍能够驯鹰，看到苍鹰盘旋，就猜到是萧华雍的人在围攻他们。

苍鹰忽然展翅离去，这意味着对他们的劫杀到此为止。

沉默片刻之后，萧长庚忽然开口道："二兄，我们是否分开撤离？"

蓬头垢面，身上还沾着血污的萧长旻审视着萧长庚，在想萧长庚到底是另有打算，还是纯粹觉得分头行动更有机会活下去。

"十二弟，你我此刻再无余力，若分两路，只怕皆无活路，不若共同进退，或能逃过此劫。"萧长旻不想在这个时候和萧长庚分开。

"二兄，弟弟往回走，二兄往前行。"萧长庚语气真挚地说。

这意思是他要为自己拖住追兵？

萧长旻有些意外，却没有心动。他与萧长庚素无兄弟情谊，此次若非被人算计，去了岷江，萧长彦也不会吩咐萧长庚助他追击步疏林。

"无论进退，兄弟齐心。"萧长旻说得大义凛然。

"好，二兄，我们生死与共！"萧长庚十分动容。

接着，两个人商量了一番逃走的路线，萧长庚说他根据山间的细流猜测可能有小路，能够绕回原路，吩咐两个人继续往前行，制造他们仍旧在逃的假象，他们赌一赌是否真的有小路！

萧长旻想了想，采纳了萧长庚的提议。兄弟二人只带了两个人绕路。

是否真的有小路，萧长庚并不知，好在运气好，还真的找到了一条，绕回了他们被追杀的路上，似乎远远地将追杀的人给摆脱了。

"二兄，你看这些人身上的印记！"萧长庚指着一具尸体说道。

这场拼杀，落败的是他们，但对方的损失也不小，死伤极多。

萧长庚指的就是一具敌方的尸体，萧长旻瞳孔微缩。这个印记他们都熟悉，当日萧觉嵩带着人杀到行宫，萧觉嵩手下的人都有这个印记！

萧长旻立马又撕开敌人胸口的衣服，每个人的胸口上都有这样的印记。

"原以为……竟然是……"萧长旻断断续续地呢喃，声音之中充满了难以置信的语气！

萧长庚见状，垂眸，遮掩眼中的异光。

与此同时，崔晋百也在山洞里找到了步疏林。

步疏林想过千百种一觉醒来后要面对的场景，唯独没有想到看到的竟然是双目赤红的崔晋百，一时间呆在原地。

崔晋百一步步地挪到她的面前，单膝触地蹲下，紧紧地盯了她好一会儿，才一把将她揽入怀中！

他死死地箍着她，好似要将双臂化作铁链，将她永远束缚住，一刻也不松懈！

此处的消息第一时间被递到了萧华雍的手里，萧华雍忽然转头对沈羲和说道："黑水部山崩，露出矿藏以及数百具尸骨，陛下派了人去彻查此事，知鹤也在其中。"

沈羲和正拿着小剪子给短命修剪毛，轻轻地应了一声。

"知鹤先去了岷州，会带着步世子一道去黑水部待产。"萧华雍又补充了一句。

沈羲和手一顿，抬眼看着萧华雍："殿下这是打一巴掌，又给一个枣？"

低低的笑声从萧华雍的胸腔中爆发出来，他说："不，我这是恩威并施。"

崔晋百能够在这个时候调查黑水部私采矿藏一事，定然是萧华雍给的机会。

没有萧华雍帮忙遮掩，崔晋百不可能离开京都，追到茂州去救人。

且步疏林现在不过五个月的身孕，距离产子尚有五个月，产后坐月子，加起来就是半年的时间。

不论私采矿藏之事需要查多久才能水落石出，之后总得有朝廷的人监督采矿一事，这就不是一两日甚至一两月之事，沈羲和相信萧华雍一定能够让崔晋百成为监督之人。

崔晋百长久地留在黑水部，天高皇帝远，步疏林便能安心产子。

于崔晋百也好，于步疏林也罢，这都是恩赐。

沈羲和扬了扬眉："黑水部之事……如此巧合？"

萧华雍知晓沈羲和心中所想，也不隐瞒："这件事我早几年便有所猜疑，也是不久前才有定论，不过仍旧不知其中缘由。"

"是何矿？"沈羲和追问。

无论是什么矿，按本朝律例，都归朝廷所有，只有朝廷有开采权。私采者，等同窃国之罪，诛九族。

萧华雍微微启唇："金！"

金矿，大量囤积金子，一般人可不会有这个胆量，就是不知道是当地官员贪婪，还是牵扯到了皇族，黑水部形势复杂，几大都督府相互制衡，又有不少外族部落，这里面的水不可谓不深。

"北辰所愿，应当不止于此。"沈羲和以黑曜石般耀眼的眼睛直直地看着萧华雍，有一种不露锋芒的穿透力。

"呦呦想到了什么？"萧华雍宛如明知故问，笑容带着一丝挑逗之意，凑近了沈羲和。

沈羲和移开目光，望向湛蓝的苍穹："海东青便是你在黑水一带苦追而熬回的，北辰对黑水部……不，应当说整个东北早有部署。"

他这个时候把崔晋百弄过去，明着是为了追查私采矿藏一事，暗地里其实是对东北下手布局。

东北原本是在萧长风的父亲手里，后来老巽王为了替祐宁帝训练神勇军，就假死离开，东北兵权一分为三，落入了三个都护府中。

这三个人都是祐宁帝的亲信，这么多年，也就先前安氏想要将女儿嫁入东宫，被沈羲和挫了挫锐气，贬了官职，看似打破了平衡。

"知我者，呦呦也。"萧华雍笑吟吟地承认，"不过我今日能有放开手脚对东北下手的底气，还是因为呦呦当日打破了缺口，撬动了安氏，是我沾了呦呦的光。"

"我当日对付安氏，你可没少怄气！"沈羲和难得翻起了旧账。

她指的是她答应让安争依入东宫，请陛下赐婚，萧华雍气得拂袖而去。

萧华雍丝毫不脸热，反而振振有词地说："我哪里知道呦呦的后手？终归是呦呦常日未曾把我放在心上，才让我不敢奢望呦呦会为我煞费苦心。也怪我心思敏感，听不得那些话，故而无法自持。"

听听这话，他先抱怨她对他不够上心，没能令他安心，再说他就是因为太在乎她，那些话才会令冷静睿智的他霎时无法保持从容与理智。

沈羲和懒得与他争辩这些，步疏林转危为安，她心里也松快了些。

瞧着她眉目舒展，心情颇佳，萧华雍便说道："我可是为了呦呦费尽心思，呦呦便不予我些许嘉奖？"

他费尽心思？

沈羲和满目困惑之色。

她知道萧华雍在为她铺路，哪怕是这次对步疏林的考验，也让她落了全部的好。

若是以往，沈羲和定会以为萧华雍是在以此邀功。可现在她不这般想了，心知萧华雍不会以此邀功。

那他指的就是另一件事。由于总觉得自己在儿女情长上永远追不上萧华雍的所思所想，她索性不贸然开口。

"依我往日行事之风，步世子休想这般轻易过关，更不会推波助澜，给她与我的爱将卿卿我我之机。我这可都是看在呦呦的情面上做的呢。"萧华雍幽幽地开口。

沈羲和噎了噎，张口欲反驳，却又反驳不了。但她不反驳，这厮眼亮如贼，自己轻易地应下来，还不知道要答应他什么事。

谈起正事来见地不凡、一丝不苟的皇太子，在不谈及正事，尤其是求褒奖的时候，无耻至极，多半把坏心眼儿落在床笫之间的那点儿事上。

沈羲和只要一想想他往日的劣迹，就不想松口了。

"呦呦不愿认下也无妨，终归是我一厢情愿罢了……"瞬间读懂沈羲和的心思的萧华雍以退为进，开始烹茶，"呦呦无须心怀愧疚，我都是心甘情愿的，纵使心中落寞，也不会生怨……"

沈羲和紧紧地盯着眼前这个表里不一的男人，他嘴上说着不生怨，语气和眼神里的幽怨之意都快化成实质了。

若非身为当事人，沈羲和看了萧华雍这副模样，真的会觉得坐在他的对面，惹他露出这种神色的女人就是个始乱终弃的恶妇！

沈羲和："……"

这人又演上了！

沈羲和深吸一口气，平复心绪，露出一丝轻柔的浅笑："北辰辛苦了。北辰替我袒护阿林，为表感激，我便替北辰遥控岷江。这一战由我动手，免得北辰伤及至亲，心有负累。"

萧华雍愣住了，没有想到沈羲和竟然这样反驳他。

伤及至亲？他和祐宁帝与萧长彦之间就是你死我活的敌对关系，然而沈羲和说得这么冠冕堂皇，他也不能反驳。

正如他对步疏林与崔晋百，明明是为了笼络人心，却非要扯上沈羲和一样。

他瞬间收敛了笑意："呦呦当真要亲自动手？"

"当真。"沈羲和颔首，面色镇静，没有丝毫玩笑之色。

萧华雍沉思片刻，开口道："好，那我便拭目以待，做个安分守己的皇太子，看呦呦施展拳脚。"

岷江一役干系重大，稍有差池，后患无穷。

萧华雍虽筹谋不少，但促成这样声势浩大，令祐宁帝与萧长彦倾巢而出的局面，是沈羲和令沈云安做诱饵的缘故。

仅凭步疏林一人，达不到这样的效果，萧华雍十分信任沈羲和的能力与手段，并没有因为这件事情干系重大而不放心。

他当场撒手，将此事全权交给沈羲和运作。

沈羲和也没有客气，全盘接手。

厘清了萧华雍的筹谋之后，沈羲和沉默了片刻，给沈云安寄去了一封书信。

沈云安接到信之后，哭笑不得，对齐培说道："太子妃可真是给我出了个难题。"

面对非亲近之人，沈云安向来不会直呼沈羲和的小名。当日他在萧华雍面前不是不设防，而是知晓妹妹的选择后，故意炫耀，显示兄妹亲密，结果反倒被萧华雍知晓了沈羲和的小字，萧华雍还自己瞎掰了一个凑上来。

"太子妃有何吩咐？"齐培问。

无论是剑南节度使，还是余项，以及最后赶来的萧长彦，都已经陈兵岷江，分左右以及靠近蜀南王府的下游将岷江围得水泄不通。

只是他们一直藏匿得极好，至今还没有正面交锋。萧长彦等人打着寻匪的名义不断扩大搜索范围，迟早能够把他们搜出来，他们隐匿不了多久。

无论是太子殿下还是太子妃，都未曾给他们下达指令，他们也有些按捺不住了。

"太子妃要我策反余项。"沈云安说出了他想都不敢想的事。

余项是谁？曾经的平遥侯，他不似西北王在祐宁帝微末之时多番维护，不同于刘三指曾经为祐宁帝几度赴死，不像老巽王为祐宁帝平定东北，劳苦功高！

但他是在谦王如日中天，强势席卷而来的时候，慧眼识珠地投向了祐宁帝，而后随祐宁帝南征北战，奠定了祐宁帝的军卫。可以说没有余项，祐宁帝当年攻入皇城前就没有暗杀谦王的底气！

虽然因为沈羲和与萧华雍三番五次出手，让余项一次次被祐宁帝申饬，最后还丢了侯爵，导致了君臣之间出现嫌隙，然而这对君臣之间已经不仅仅只有"忠诚"这一根纽带，千丝万缕的利益纠葛导致余项根本不可能反叛陛下！

正是因为如此，无论是萧华雍还是沈云安，都没有想过走这一条路。这是一条走不通的路，沈羲和却非要无路造路，这令沈云安心惊不已。

齐培也惊讶不已。这些日子，沈云安都与他在一处，没少与他讲他们即将面对的四个敌人：摆在明面上的剑南节度使、余项、景王萧长彦，以及隐藏在背后的陛下！

他几乎和沈云安是一个想法：要策反余项，不啻痴心妄想！

然而这又是太子妃下的令，对太子妃十分敬佩恭敬的齐培不敢质疑，只能问："太子殿下如何说？"

"太子殿下的信，来得比太子妃早，只有一句话：'遵太子妃之命行事。'"沈云安昨日接到萧华雍的传信，还有些摸不着头脑，这会儿算是明白了。

他那妹夫丧失了夫纲,这一战的主帅变成了他的妹妹。幸好主帅是谁,一直只有他知晓。他来了这里就是主心骨,影响不了下面的人,否则这儿戏般地临阵换帅,沈云安可真的要磨刀霍霍抗命不可!

"既然连太子殿下都信服太子妃,太子妃之策定然能成。"齐培犹如吃了一颗定心丸,也不管是不是痴心妄想,这会儿只觉得策反余项也不是什么了不得的大事!

沈云安忍不住翻了个白眼,拿着随信而来的锦囊走到一边,仔细研读里面沈羲和给他的策反余项之法。

微皱的眉渐渐舒展,目光也越来越亮,沈云安阅完信件之后,激动得霍然站起身,一拳头砸在自己的手掌上:"可谋!"

"太子妃之策,必是上上策!"齐培没有看沈羲和的策略,却发自肺腑地信任沈羲和与萧华雍!

"的确是上上策。"沈云安眉目间染上了与有荣焉的自豪之色,"今夜我们便往下游露出痕迹,等着余项主动寻上门。"

"世子放心,我定会安排妥当!"齐培不问为何余项会主动寻上门,应允下来之后,就推着轮椅出了暗门。

余桑宁早就已经将沈羲和的威胁,甚至连同那封信通过兄长的手寄到了余项的手里,信中自然是言辞恳切地陈述利害关系,盼望父亲能够明哲保身。

这封信在余项的心里的确泛起了涟漪,他却不是被余桑宁说动。余桑宁聪明是聪明,也拿捏到了利弊的关键,却不知自己的生父与陛下已经绑在一条船上,余项也不可能信得过沈羲和与萧华雍。

反倒是若这一次他能够除了沈氏兄妹,必然是大功一件,平遥侯的爵位未尝不能重拾!

他一直在等着沈云安寻上门,但沈云安似乎十分谨慎,迟迟不来与他接触。等了几日,余项都快失去耐心了,沈云安总算给了他暗示!

第十三章　你与我皆为政客

余项丢开所有人，孤身前去寻人，先见到的自然不是沈云安，而是沈云安的心腹莫遥。

莫遥穿着一身劲装，显然等了余项许久。他取出一条黑布："余将军，冒犯了。"

余项没有异议，任由莫遥蒙上他的眼睛，带着他上了马车。马车一路颠簸，到了一个深山野林里，四周聚拢于顶的树木，让人分不清东西南北，前方站着沈云安。

"余将军好胆色，敢只身前来见我。"沈云安赞了一句。

"比不上世子，单枪匹马地闯岷江。"余项沉着脸说道。

"余将军过奖。"沈云安把讽刺之言当作夸赞，"将军既然来了，想来是我们之间还能握手言和。"

"我岂敢与世子言和？"余项不冷不热地说道，"世子年少不知事，未免心存妄念。若是西北王，绝不会存有欲令我叛变陛下之念。"

夜色之中，沈云安麦色的肌肤泛着光泽，他漫不经心地牵起嘴角："将军若无诚心，便可自行离去，我绝不会阻拦。"

余项冷冷地盯着沈云安，许久之后果断转身。只是他才迈出两步，脚还未落地，身后就传来沈云安懒洋洋的声音。

"只是我那个妹子素来不留把柄于人，将军既然已经知晓康王府是如何灰飞烟灭的，可要做好准备，也好让我看看，当初陛下护不住忠心耿耿的康王，如今是否能够护住披肝沥胆的余将军。"

康王的死，当时就有些蹊跷，但是涉及祐宁帝私铸兵器之事，偏偏揭露者是沈羲和。彼时沈羲和刚刚上京不久，哪怕是沈岳山，祐宁帝也有自信，认为其不可能洞悉自己背地里蓄养军队之事，因而从未怀疑过沈羲和猜到了什么。

一切只能是因为康王行事不周，被沈羲和察觉到了行踪，沈羲和才借此设局，将康王置之死地。

　　在这件事情上，祐宁帝保不住康王，此事经不起深查，康王这个"私造兵器，意欲谋反"的罪名，谁都洗不掉！

　　他们都知道亲自撕开这道口子的沈羲和做了局，但她是怎么做的局，他们并不能猜透。

　　然而现在，余项知道得清清楚楚，每一个细节，每一步算计，甚至事情一发生，沈羲和就已经预料到陛下会派绣衣使去试图拯救康王，因而早早地弄下了火石，引得村民乃至四方官府奔赴而来，令绣衣使根本没有办法杀人灭口，扭转乾坤。

　　这些都是沈羲和写给余桑宁，余桑宁交到余项手中的信上的内容，写得仔仔细细，而此刻，沈云安以此警告他，是让他心里明白，沈羲和不会放过余府，今日余府不与沈家合作，就是选择了与沈氏为敌。沈氏的敌人，其下场可以看看康王。

　　寒夜冷寂，月华藏锋。

　　余项死死地盯着有恃无恐的沈云安，紧攥的拳头"咔咔"作响，赤红的眼瞳似乎都在轻轻地颤动。最后他忍无可忍地怒喝了一声："欺人太甚！"

　　话音未落，余项拳头穿破夜风，砸向了沈云安。

　　沈云安笑容一敛，脚下一定，宛如扎根于地下的苍松，偏身躲过拳头。余项顺势用长臂横扫，沈云安似是早已预料到，仰身旋腰，以一个不可思议的弧度，快如疾风般从余项横扫而来的手臂下躲过。

　　同时，沈云安迅速出手，抓住了余项的手腕，用力一拉，巨大的力气令余项整个人都离了地。顺着力的方向，沈云安将余项甩了出去。

　　余项飞扑出去，在坠地之前险险拧身翻越，勉强没有摔在地上，踉跄了几步，稳住身体。

　　沈云安将双手负在身后，气定神闲地侧身看着余项："余将军，你不是我的对手，我亦不愿和你彻底撕破脸。"

　　余项的手腕还有轻微的疼痛感，是方才沈云安捏住的地方传来的。他将目光落在沈云安的双脚上，自始至终，沈云安连脚没有移动半分，其武艺之精湛，可见一斑。

　　余项紧咬牙关，似乎在与自己较劲。沉默了半响，他才粗声粗气地问："世子要我如何相助？此事之后，太子妃会如何对待我余府？"

　　沈云安微微扬眉，黑眸中轻微地闪烁着光："余将军恐怕没有领会我的意思，太子妃殿下并无招揽余氏之意。此次不过是给余将军一个选择，是冒着被陛下满门抄斩，步上康王府后尘之险，死忠于陛下，还是晓进退、知变通地与我方便，求得活命之机。"

沈云安见余项脸色铁青，又慢悠悠地补充了一句："自然，此事之后，只要余府不与太子妃为敌，太子妃不会随意殃及无辜。"

这句话的意思很明显，沈家和东宫不需要余氏投诚，只是给余项一个选择，他要么得罪沈羲和，要么阳奉阴违，沈羲和看在这一次余项装聋作哑，配合她坑了陛下的情分上，以后不会再为难余府。

沈云安没有半点儿傲慢的语气，但字字句句都在透露他们沈氏对余府的蔑视之意。余项气得胸口疼，却将这口气咽了下去："世子好大的口气，当真笃定你们能活着从此地回去？既然如此胜券在握，你们又何必拉拢我？"

"呵。"沈云安轻笑一声，"其实我能否活着离开此地，与余府的安危并无干系。

"我在此地，你们谁擒得住我？擒不住我，谁敢说在此地见过我？蓄意挑拨，致使西北与陛下不睦之罪，又有谁轻易承担得起？"

他说得放肆至极，神色不屑一顾："即便余将军与八殿下合力将我逼死于此地，只要西北还能交出一个世子，我便是落入你们之手，西北军一日强盛，假的便能是真的，真的亦能成为假的，我便是余将军与景王殿下刻意构陷西北王的证据！"

沈云安的话令余项心口发沉。这些年为何陛下绞尽脑汁都对付不了沈岳山？身为帝王，要安上一个莫须有的罪名实在是太容易了，可沈岳山在西北根深蒂固，即便陛下将沈氏父子全部引到京都绞杀成功，也会引得西北瞬间兵荒马乱。

不单是民愤，西北的将领也会报复，还有闻风而动的西北边境以突厥与契丹为主的敌军！

一个不慎，陛下杀沈岳山一人就是毁西北半壁江山，导致自己成为千古罪人！

只要西北一日强盛，百姓一日视西北王为神，陛下就不能毫无证据地对付沈岳山。就像当年陛下只是想让萧氏嫁给沈岳山，前脚才将沈岳山关押起来，后脚突厥与契丹便联手来犯，西北军以没有主将为由，消极应战，逼得陛下不得不自打脸面，将所有的罪名扣在萧氏的头上，亲自将沈岳山放了出来。

陛下折了多少颜面，许了多少利益，才让沈岳山重新回西北坐镇？

当年陛下不能对付沈岳山，现在更不可能。正如沈云安所说，哪怕他落在了他们的手里，只要西北还能交出一个世子，一个西北上下认可的世子，陛下就治不了沈氏的罪，就连累不了东宫，撼动不了太子妃分毫。

届时，余府就不得不承担太子妃的怒火！

余项似乎是衡量清楚了利弊，最终妥协："世子要我如何予以方便？"

沈云安满意地笑了："余将军莫急，日后如何行事，我自会通知余将军，不会让余将军为难，露了马脚。"

余项紧绷着脸："世子与太子妃翻手为云，覆手为雨。我怎么知道自己会不会沦为替罪羊？"

等到沈云安赢了，陛下追查起来，发现是他的过错，沈羲和不为难余府，陛下能放过余府？

左右都是死，他又为何要做个叛徒？

"我与太子妃虽非善类，却也不做过河拆桥之事。凡于我们兄妹有恩者，我们当结草衔环。反之……"黑夜中，沈云安一双眼眸似浸染了冷月的光芒，"若与我们结仇者，我们必枕戈泣血！"

那话似化作了三尺青锋，令触及沈云安冰冷锐利的目光的余项背脊下意识地紧了紧，他有种被极其危险之物盯上的毛骨悚然之感。

这是承诺，亦是警告！

沈云安兄妹承诺余项，不会做局，令他成为最后的替罪羊；警告余项，他没有选择，相信沈云安，或许还能有一线生机，不信沈云安，就看余府能不能逃过沈羲和的狙击！

余项深吸了一口气，沉声说道："还望世子记得今日之诺！"

沈云安收敛气势，又变得随意起来："余将军大可放心。为了便于给将军传递消息，我派个人给将军。"

沈云安话音落地，伸出双手击了击掌，一道黑影蹿了出来，对着沈云安抱拳行礼，然后一言不发地立在一侧。

"余将军放心，我这个手下又聋又哑，还不会断文识字，将军带在身侧，他绝对不会刺探军情，只作为传递消息之用。"沈云安解释了一句，句句属实。至于余项信不信，沈云安不在意。

余项看着这个相貌平平的人，心里半信半疑，却也没有表现出来，对着沈云安抱了抱拳，就一言不发地离开了。

沈云安的人也如鬼魅一般，没有任何响动地跟上了余项。

沈云安目送着他们消失后，才转身朝着相反的方向回去。

幽静的小木屋内，齐培备好了吃食，看到步伐轻快的沈云安，淡淡地笑了笑："正好还温着，世子请用。"

沈云安也不客气，净了手，大步过去坐下，拿起双箸，一边吃一边问道："你这是刻意候着我，欲知我此行是否顺利？"

"刻意候着世子不假，但小人以为，世子必然顺利。"齐培含笑回道。

沈云安看了齐培一眼，就开始迅速扒拉饭。沈云安作为在军营里混迹长大的粗糙爷们儿，用餐可没有半点儿仪态可言，等他用了一半，屈红缨端着汤羹进来。

沈云安的行踪不宜让太多人知晓，除了齐培与屈红缨以外，没有人见过他，现在又多了一个余项。

"世子真的说服了他？"齐培不好奇，屈红缨很好奇，等沈云安吃饱喝足，便迫不及待地问。

沈云安喝了杯温水,寻了个舒适的坐姿:"陛下的心腹哪里有这般容易倒戈?今日我与他……"

和余项见面后的种种情况,沈云安都没有隐瞒,仔细地告知了他们。

齐培听后,若有所思,屈红缨皱眉:"世子是说这姓余的人只是假意答应与世子共谋,实则心怀鬼胎,时刻准备阳奉阴违?"

沈云安唇边噙着一丝笑,微微点头:"太子妃说,若余项寻来,直截了当地应允相帮,则说明他当真被女儿说服,真心要与我共谋。

"他若先表现得极其愤怒,后又挣扎一番才应允,必然是假意应允,不过是自以为聪明的举动。

"他若是无论如何也不低头,并且带了埋伏之人随后赶来,则意味着他坚定不动摇。"

"此话怎讲?"屈红缨没太明白。

齐培目光温柔地看着她:"他若直接应允,说明是把一切想明白了,做出了决断。他是个聪明之人,心中有鬼,便会多思多虑,会想着他若一口应下,世子定不会信他。为取信世子,他要抵抗、挣扎,最后不甘不愿地妥协。"

"正是如此。"沈云安点头。

若余项真心要倒戈,面对沈云安时,会极其坦荡,不会觉得一口应下会导致沈云安怀疑。

"既然如此,世子还要策反他?"屈红缨听罢,忍不住又问。

"他会。"沈云安说得极其笃定。

屈红缨还要张口追问,齐培握住了她的手,两个人不再多言。

沈云安起身回去,写了一封书信寄给沈羲和。

几年前,萧华雍就把驯鹰的法子教给了沈岳山,飞鹰传书快捷而又安全。

次日一早,沈羲和刚刚用了朝食,就收到了沈云安的信,阅完后莞尔,恰好被下了早朝归来的萧华雍看到,他问:"呦呦今日兴致极佳,不知有何喜事?"

"鱼儿上钩了。"沈羲和将沈云安的信递给了萧华雍。

萧华雍粗略地看了一眼:"呦呦这是要让余项聪明反被聪明误?"

沈羲和瞥了萧华雍一眼,抽回信,将之叠好放回信封后,取出一个匣子,打开精致小巧的锁,将信封放进去:"余项只是一条小鱼。"

"大鱼是……?"萧华雍挑眉。

沈羲和锁好匣子,仔细放回原处,冲他微微一笑,笑意透着了然的意味:"你还需要问?"

大鱼自然是被他逼迫得不得不去岷江的景王萧长彦!

"呦呦的心思深不可测，我怎会不需要问？"萧华雍说着，又忍不住说，"这匣子里的信封真不少。"

他方才看了一眼，粗略估计，起码有几十封。

"都是阿兄与我往来的信件。"沈羲和提到这个，神色都柔和了些许。

她有一个习惯，凡是与重要之人往来的信件，都会一封封地收藏起来。这些信的文字自然都是隐晦的话，尤其是她和沈云安，更是有些旁人读不懂的暗语，她也不担心信落到旁人手中成为把柄。

再者，她自信没有人能够偷走她的东西。这些匣子都暗藏杀机，开的手法不对，暗格会弹开，里面的毒粉只需被吸入口鼻半点儿，人必死无疑！

"呦呦把与阿兄的信件珍重地收起来，可见极看重阿兄。"萧华雍幽幽地问，"就不知我是否有幸，能让呦呦为我备下一个匣子？"

早在萧华雍用酸溜溜的语气提到匣子时，沈羲和就猜到他要说这个。真的听到时，她仍旧忍不住嘴角上扬，从旁边捧了一个大小一致，只是雕花的纹路不同的匣子，当着萧华雍的面打开："在这儿。"

其实信不全，有一些被烧掉了，但大部分留了下来。萧华雍没有在意信的厚度，而是被一旁由红线缠起来的发丝吸引，忍不住将其取了出来："原来我竟给呦呦寄了这么多青丝。"

尚未大婚时，沈羲和去为他寻琼花，萧华雍开始千里传信，每一封书信里都有一根他的青丝。

那一日清晨写信之后，束发时，恰好看到一根青丝落在了放在一侧尚未来得及装入信封的信笺之上，萧华雍便突发奇想，之后一直保留着这个习惯。

发丝多数是辰时梳发自然脱落的，也有特意拔下的，不知不觉竟然有了一缕，他没有想到沈羲和竟然将发丝全部收集了起来。

萧华雍捏着自己的发丝，抑制不住地咧开嘴，笑容有一种说不出的满足与甜蜜。

"身体发肤，受之父母。"沈羲和从萧华雍的手中拿回发丝，将之重新放回原处，"北辰身为皇储，发丝岂能随意处理？"

沈羲和不信道教、佛法，也不信鬼神、巫蛊，不觉得将这些东西随意处置会引来不必要的恶果，此刻这么说，颇有遮掩扭捏之态。

萧华雍抿唇，笑意飞上了眉梢。他也没有拆穿沈羲和："嗯，呦呦所言极是。多谢呦呦，为我考虑得如此周全。"

他没有多说什么，甚至在顺着沈羲和回话，可他晶亮的目光、餍足的笑容，都透露着他有一种笃定的认知——呦呦心甚悦我！

沈羲和深深地看了一眼无比雀跃、沉迷于某种欢愉情绪之中不愿醒来的萧华雍，沉默地去了书房，给沈云安回信。

萧华雍独自陶醉了许久，才巴巴地凑到沈羲和的跟前。见沈羲和给沈云安回的信中，竟然没有半点儿其余的言语，全都是对沈云安只身在外的方方面面报以关切的言语，顿时甜腻腻的心间就泛起了一丝丝酸意，像极了糖葫芦的滋味。

呦呦可从未这般事无巨细地叮嘱过他！

"又非三岁稚童，还需这般叮嘱……"他忍不住小声嘟囔。

他的声音含混不清，沈羲和没有听真切，却也能猜出来，从一旁取了一柄把手铜镜递给萧华雍。

萧华雍顺手接住铜镜，而后投来疑惑的目光。

"我瞧着镜中的人倒似三岁稚童。"沈羲和揶揄道。

萧华雍垂眸，镜中不就是他的脸吗？

被沈羲和这样取笑，萧华雍也不恼，径自照了照镜子："果然，呦呦的镜子更能照出我的丰姿。"

沈羲和："……"

自己总是能被萧华雍噎住，沈羲和面无表情地越过他，走了出去，将信递给珍珠。

萧华雍追了出来："呦呦可想去黑水部？"

他曾经答应过要带沈羲和去黑水部，答应她的事情就必须做到。他的时间不多了，他得快些安排起来。

"此时岷江情势焦灼，陛下绝不会允许我离京。"事情牵扯到了沈云安，这个时候她留在京都，留在祐宁帝的眼皮子底下，祐宁帝才会安心。

"自然不是现在，等入夏之后，我们去黑水部避暑。"萧华雍莞尔。

那时候沈羲和也坐稳胎了，距离步疏林分娩也不远了，或许他们还能赶上步疏林产子。

"可我怀着身孕……"沈羲和有些犹豫。她倒不是过分紧张腹中的骨肉，而是这个孩子关系到沈家的生死存亡，或许也是她与萧华雍唯一的骨肉，她难免会思量得多些。

"一切有我。"萧华雍握住沈羲和的手。

"好。"沈羲和不再多言，十分信任他。

哪怕他们都闭口不谈，心里却都清楚，他们再不愿面对，萧华雍能陪伴她的时间也不多了。

她深知萧华雍要带她去黑水部，不仅仅是为了兑现当初的诺言，更是要将他在黑水部的根基全部交给她。

沈羲和回握萧华雍的手，哪怕现在是五月天，他的指尖也十分冰凉，往年他虽然畏寒，手脚却不曾这样冰凉。

这段时日，他与她分被而眠，理由是她怀了身孕，他怕伤到她。

但沈羲和知道，他是怕她深夜里感觉到他的双足异常冰凉。

他避着不让她知晓，她就如他所愿，装作不知。

正如此刻，沈羲和一回握他的手，萧华雍就极其自然地抽回手，展臂将她揽入怀中，看似更亲昵，实则是怕她发现他的异样。

沈羲和没有丝毫挣扎，顺势靠在了萧华雍的怀里。

"余项不会轻易相信我与阿兄，相比于从我与阿兄的手中讨活路，将我与阿兄置于死地，他的赢面更大，还能立功获封，恢复平遥侯爵位指日可待……"

这一刻，沈羲和忍不住将自己的计划全部都告知了萧华雍。

"他一定会假意投诚，阿兄会引得景王察觉到他们在密切往来。景王定然会与余项对质，余项发现在阿兄这里，仅凭他一人，难以制服阿兄，也担忧日后被陛下猜疑他是否有一刻真的投靠了阿兄，知道对景王如实相告更有利。

"景王与你一样，不会天真地觉得我与阿兄真的会相信余项能被策反，但我们仍旧这般做，景王必然猜疑我们是有目的的，也许我们只是假意相信余项，实则是利用余项。

"景王定会想尽办法安排人手到阿兄身边，眼见为实。

"可阿兄身边他派不了人。你曾说过，景王手下有极擅摄魂术的人，我让阿兄给了他一个缺口，通过派到余项身边的聋哑人顺藤摸瓜，抓到与之联络的阿兄信得过之人，他定会对其使用摄魂术。对于摄魂术，景王必然十分信任。

"我并无破解摄魂术之法，但已经让阿兄提前部署，这个人看到的、听到的都会是阿兄想让景王知道的。

"等到大战之时，阿兄会将真正的部署告知余项，而通过这个被景王殿下摄魂之人让景王知晓这份计划不过是引余项和自己入套，景王会更相信自己，做出失败的应对。

"余项身边有阿兄派的人，景王会防备他，不会告知余项真相。

"等到败局初现，余项就会知晓景王不信任他。此时，就需要一个人为败局承担责任。

"余项看到了阿兄的诚意，看到了景王的自作聪明，看到了无可逆转的败局，只得与阿兄合作，将所有责任都推到景王的身上。"

沈羲和很少一口气说这么多话。说完之后，她仰头看着萧华雍："北辰，我敢只身前来京都，一脚踏入天家的旋涡，便有杀到最后的信心和手腕。你……你不用担忧我。

"我只是想告诉你，我撑得起一片天，你安心地治好自己，与我团聚便好。"

"呦呦……"

一声叹息，百转千回。

萧华雍的神情落寞怅然，巧舌如簧如他，一时间也失了言语，不知如何启齿。

任他们翻手为云，覆手为雨，即便能只手遮天，可面对生离死别，一样束手无策。

有些话正如伤疤，他们都知道在何处，小心翼翼地不去触碰，却不意味着不存在，不恶化。

这一刻，萧华雍真的希望沈羲和没有这般通透聪慧，也许他就能够瞒她久一些。这种心思一起，他又忍不住自嘲。他能为她如此着迷，可不就是她的冷静自持与睿智沉着深深地吸引他一点点沉沦吗？

愁绪只出现了一瞬，就被自制力强大的萧华雍给收敛了，他恢复了从容的面色，抬起手腕，露出的五色长命缕上缠着一枚黑色棋子："我从未小觑你之能，亦非觉得我身为男子，作为夫婿，就必须将你困于内宅中，万事挡在你的前面。

"我不过是想要待你好一些。倾我所有，愿你顺遂。"

他情不自禁地想要为她排忧解难，想她所想与未曾想到之事，不由自主地便付诸行动，只因知晓这些都是她所欲。

他知道，哪怕没有他，但凡她所求之事，她必能如愿。

可他就是忍不住捧上他的一切，献于她的眼前，想要她能够多自在与松快些。

沈羲和细密如扇的长睫因为垂眼而投下了一片暗影，没有人知道她在想什么，哪怕是拥着她的萧华雍也猜不透她的心思。

她的沉默，她的内敛情绪，令他心跳如擂鼓，他开始忐忑起来。明明他不觉得自己有错，也深知她不是胡乱动气的刁蛮性子，却还是控制不住地担忧。

这便是由爱生忧。

不知过了多久，在萧华雍忍不住张口欲言的时候，沈羲和抬起头，黑曜石般漆黑的眼瞳干净澄澈，眼神坚定："北辰，我们相识至今近五载，我受你之益良多，却从未与你真切地说一声多谢……"

"呦呦……"

"听我把话说完。"萧华雍急切地想要说话，沈羲和便将指尖贴上了他的唇，"我想要对你说一声多谢。

"多谢你从天而降，落入我的世界。

"多谢你持之以恒，敲开我的心房。

"多谢你坦诚相待，原来潘杨之好是这般令人无法自拔。

"多谢你倾心以待，我这一生，因你而无憾亦无悔。"

她的浅笑干净而又淡然，深深地刺痛了他的眼。萧华雍曾以为自己是个没有软肋的人，这一刻却忍不住红了眼。他一把搂紧沈羲和，心脏的震荡伴随着轻颤的身躯，昭示着他已情绪失控。

明明有千言万语想说，此刻他却吐不出一个字。

她承认了。她终于承认了他，承认了他的情。

这是他梦寐以求的事，真的到了这一刻，他却喜忧参半，甜蜜与钝痛感一起涌入心口，堵住他的喉咙，让他一度失声。

沈羲和却缓缓地牵起嘴角，伸出双手，反扣住他的肩膀，依偎在他的怀里。

悄然爬进来的日光，将紧密相拥的身影投射在屏风之上，宛如永恒的朦胧的画，缠绵而又美好。

种种悲喜，无须赘语。

京都的一切，影响不了岷江的战场。

萧长彦身份最尊贵，陛下下令他为此次彻查"水匪屠村案"的主官，剑南节度使与余项从旁辅佐。

掌握着调令的萧长彦，利用将包围圈不断缩小进行围剿的方法搜索沈云安的踪迹。同时，他收到了萧长庚的传信，步疏林在他们的追击下逃脱了。

那么沈云安一定是在这里接应步疏林……

萧长彦在由岷州过来，接近岷江的路上全部埋伏了人手，务必阻断步疏林与沈云安接头。

至于萧长旻笃定步疏林是女儿身的事情，不知出于什么原因，他并未告知萧长彦。

这也导致萧长彦误判了许多事情，这些萧长旻并不知晓，即便知晓了也不会在意。萧长旻与萧长彦本就只是短暂的利益不冲突，而敌人相同罢了！

在岷江搜索了好几日，眼见每一寸地方都已经搜寻过，仍旧没有沈云安的踪迹，连萧长彦都开始怀疑沈云安是否真的来了此地之时，他们终于发现了沈云安的踪迹。

然而顺藤摸瓜并不顺利，几次都被沈云安给甩掉了，不过只要人在，萧长彦就能沉下心来将人捉到！

这一日，萧长彦查到沈云安的踪迹之后，亲自来追，结果仍旧追丢了，却在冲过一片芦苇之后看到了余项！

刚刚和沈云安分开的余项转头就看到了站在船头迎风负手而立，目光紧锁住自己的萧长彦。

船缓缓地靠近，萧长彦开口："余将军是否要同小王解释一番，为何小王追着形迹可疑之人到此，却追到了余将军？"

心念百转，本能地想要编造谎言的余项，在萧长彦沉沉如乌云翻滚、酝酿着风暴的目光的注视下，还是决定坦白："殿下，可否借一步说话？"

萧长彦收敛了压迫的气势，打了个手势，上了余项的船。余项亲自划桨，将小船划远，停下之后才低声说道："殿下，末将早两日便见到了西北王世子。事情还要从太子妃递信给小女说起……"

余项没有任何隐瞒，从收到余桑宁的信开始，将一切和盘托出，甚至把随身携带的信都取出来交给萧长彦过目，将自己的打算，还有这几日沈云安在自己这里打探部署情况，沈云安派了个人跟在他身侧等等，也都悉数告知了萧长彦。

末了，余项也不忘表忠心："殿下明鉴，末将不过是以身做饵，引西北王世子上钩，一举将太子妃拿下，方能一劳永逸。"

萧长彦看完信，陷入了沉思之中。原来康王竟然是这样被沈羲和借刀杀人的，她用陛下的刀砍了陛下的左膀右臂，还骗得陛下安抚她！

这个女人的心计，令儿郎都胆寒！难怪她敢嫁入东宫，企图以嫡皇孙之母的身份与他们一较高下！

萧长彦将信件递给了余项，留着也无用，做不了制裁沈羲和的证据。

萧长彦说道："小王相信余将军的忠诚，余将军受累，与西北王世子虚与委蛇，待到擒获乱臣贼子，小王必定为将军做证，以保将军清白。"

萧长彦嘴上这样说，心里却觉得余项不是他自以为是的鱼饵，反而像是鱼！

沈羲和威胁余项不假，以康王为例，震慑余项也没有错，但就这样轻而易举地相信余项会因此而倒戈？

沈羲和恐怕没有这般天真！

余项追随陛下二十余年，曾官至十六卫之一的翎羽卫上将军，这是非陛下心腹不可授予的亲卫统领。

易地而处，萧长彦也不会相信余项能真正地偏向自己，哪怕是受迫！

若知晓余项只是假意顺从，沈云安为何还与余项周旋？

"此事你如何看？"离开余项后，萧长彦问心腹幕僚。

幕僚斟酌了一番："殿下，观康王府之落败，太子妃的心思深不可测。属下不敢妄断，此事稍有差池，后患无穷！"

萧长彦的猜测不能说不对，可即便萧长彦预料得分毫不差，余项只是在被利用，他们也只能知道余项带回来的情报为假，然而何又为真？

战场上的局势瞬息万变，一子错，则满盘皆输，他怎敢在这等大事上笃定地出主意？代价不是他承担得起的。

萧长彦立在船头，目光如深不见底的江河一般沉寂，他的食指摩挲着扳指："吩咐下去，延缓搜查，你派人盯着余项那边，看与余项身边的聋哑人传递消息的是谁。"

"诺。"幕僚应声退下。

很快，沈云安就发现了搜寻他们的三方兵力有所松动，忍不住嘴角微扬，星眸里闪烁着跃跃欲试的光："鱼儿咬钩了。"

只可惜他还不能拉竿。这可是一条大鱼，没有咬稳钩，他不但不能拉竿，还要沉住气，绝不能让其发现这是个险境。为了让鱼儿舍不得松口，他还得继续撒鱼饵。

他唤来自己的心腹莫遥，郑重其事地对莫遥说道："这一去危险万分，太子妃提及的摄魂术，我曾在西域有所耳闻，不但能迷人心智，更甚者，能将活人逼疯。有些道行高深者，还能令被摄魂者自戕……"

莫遥与他从小到大一块儿摸爬滚打，从有记忆起，就跟在他的身侧，他们出生入死无数次，情分早已超越了主仆，是真正的能为对方豁出性命的生死之交！

然而为了取信萧长彦，沈云安只能让莫遥去，换了旁人，多疑狡诈的萧长彦未必不会猜忌。

"世子不用为属下忧心，我们兄弟自打懂事起，便立誓为沈氏效忠，肝脑涂地，在所不辞！"莫遥单膝跪在沈云安的面前，抱着拳，铿锵有力地道。

沈云安亲自扶起他，握住他的手，用了用力："阿遥，此间事了，你便寻个女郎，早日成婚。我的儿子可要降生了，我们之间的情谊，需要血脉代代相传。"

莫遥麦色的脸泛起红潮，他有些磕巴地道："属……属下……领命。"

"哈哈哈……"沈云安捉弄完心腹爱将，欣赏着他的窘迫样子，肆意地笑出声来。

两个人之间的凝重气氛也瞬间消弭，沈云安收敛笑容，用宽厚的手掌沉沉地拍了拍莫遥的肩膀："去吧。"

沈云安一开始派到余项身边的人就是故意放给萧长彦的一个缺口，因而其私下一直与沈云安的心腹莫遥互递消息。

萧长彦的人想要顺藤摸瓜查到莫遥，并不难，沈云安也没有让莫遥故意露出踪迹，一切顺其自然，是早是晚，就看萧长彦的本事。

事实证明，萧长彦没有让沈云安失望，几次刻意搞出些小动作，引得余项频繁传递消息，终于确定了接头之人是莫遥。

"殿下，莫遥武艺不俗，难以轻易制服。"幕僚很头痛。

一如沈义和所预料，萧长彦想要对莫遥施展摄魂术，将莫遥变成他手中的一枚棋子。

他们要想不引起沈云安怀疑，就不能伤害莫遥，然而莫遥防备心极重，施术者根本无法神不知鬼不觉地对其施术。

"从与他接头之人下手。"萧长彦吩咐。

幕僚为难："殿下，西北王世子派到余项身边的人确实是个聋哑之人！"

摄魂术再厉害也有弊端，那便是对聋哑之人束手无策，要迷惑一个人不难，可要下达指令，往往需要一个特定的声音或者一句话来牵动被摄魂之人的神经，令其在毫无反抗的情况下，就连自己都不知道自己在做什么。

聋哑人可以通过眼睛见到的东西被摄魂，他们却无法给他下达指令！

萧长彦都有些诧异，没想到沈云安对余项如此坦诚，说是聋哑人，就真的是聋哑人。

再能装的人，经过摄魂术的检验，也会露出破绽。

他们不能对聋哑人下达指令，旁人一靠近莫遥，莫遥势必反抗，以莫遥的身手，他们也没有能一招将其制服之人。

他们不但不能让莫遥受伤，引得沈云安猜疑，还得让莫遥逃脱，否则就打草惊蛇了。

"只能出其不意。"萧长彦目光一沉，孤注一掷地道，"你妥善安排，只许成功，不许失败！"

幕僚知道萧长彦的意思，有些迟疑，觉得这样过于冒险，成功的机会不大，却也想不出别的法子，只得应下。

恰好这个时候萧长彦收到了萧长庚的来信，说他推测出了步疏林的行动轨迹，知道步疏林会在何处与沈云安会合。

萧长彦当即开始部署，并把自己的部署告知了余项，让余项告知沈云安。

这一次依然是莫遥去接的消息。他远远地看到聋哑人，正要上前，却突然凭空飞跃出一抹黑影。与莫遥对了一掌之后，黑影迅速掠向聋哑人。

等莫遥稳住身子，看过去时，聋哑人已经被戴着面具的人扼住了咽喉。

"你是何人？！"莫遥质问。

戴面具的人发出诡异的笑声，手上一用力，就听"咔嚓"一声，聋哑人脖子一歪，倒了下去。戴面具的人顺势一捞，将聋哑人的身体往冲过来的莫遥掷去。

莫遥接住了同伴的身体，戴面具的人趁机消失得无影无踪。

就在莫遥看向戴面具的人离去的方向时，倒在他怀里的人突然抬头，将手中的一把粉末朝着莫遥撒去。

莫遥十分警觉，一掌将人挥开，迅速退后，将手臂横在口鼻前。

但他仍旧吸入了一些粉末，心道不好，转身离去。这时候，四面八方纵身掠来好几个戴面具的人，堵住了莫遥的去路！

他们围着莫遥，莫遥全力应战，企图强攻，趁着药效还没有发作时逃离，但这些人轻功十分了得，不恋战，不迎敌，只是配合默契地困住莫遥。

时间一点点地流逝，哪怕莫遥吸入的粉末不多，也渐渐开始感觉头重脚轻。莫遥想在身上划一道口子，以疼痛刺激自己保持清醒，这些人却时刻盯着他的一举一动，不给他半点儿机会！

僵持了许久，莫遥渐渐发现，他越动武，越无法保持清醒，而他行动缓慢的时候，围堵他的人又趁机向他撒了些迷药。再次中了迷药之后，莫遥不过两个呼吸间就栽倒了下去。

与此同时，萧长彦与沈云安展开了正面交锋。萧长彦故意让余项今日去递消息，而萧长庚给他的消息其实是步疏林今日会抵达这个渡口。

步疏林一定会通知沈云安，这个时候，他就能拖延沈云安，不让沈云安察觉莫遥回去得太迟。

沈云安秘密来此，莫遥又是仅听从沈云安之命的人，想来不会惊动旁人，待到莫遥落网，被摄魂之后，他自然可以自圆其说。

萧长彦带的人不多，因为这是个码头，有百姓往来，有商船停靠，他们是打着调查水匪的名义来的，自然不能在这里开战，尤其下手的对象是蜀南王世子。

这里已经与蜀南相接，步疏林不是嫌疑犯，甚至在这一带颇具影响力，他们自然不能光明正大地为难步疏林。

沈二十七此刻就是萧长彦眼中的步疏林。他大摇大摆地出现在码头，甚至堂而皇之地将自己的身份告知船行的负责人，披麻戴孝，带着一行素衣大汉，声势浩大。

"步世子。"萧长彦见到了沈二十七，也见到了沈二十七身侧贴着络腮胡子随意敷衍了一番的沈云安。

萧长彦一眼就认出了沈云安，却没有办法在此刻揭穿其身份，而后喊打喊杀。因为步疏林是经历了一番追杀才至此，此刻他若发难，人人都会误以为他是醉翁之意不在酒，故意喊着西北王世子的名头，实则是要对蜀南王世子不利。

沈云安这样大摇大摆，不过是仗着他长居西北，无人识得，以及眼下的有利情势罢了。

"见过景王殿下。"沈二十七行了礼。接受过步疏林的亲自教导，沈二十七已经有了步疏林的五分气韵，不是沈羲和这等与步疏林交往密切的人，是察觉不到差异的。

"殿下缘何在此？"沈二十七问。

"我接到消息，称今日码头有水匪的踪迹，故来查探，不承想竟遇见了步世子。"萧长彦说着，用目光扫了一圈步疏林带着的包括沈云安在内的人，"步世子出京时，似乎并未带着这些人，小王瞧着眼生得紧。"

"殿下有所不知，我一出京都便遭遇伏击，所带之人多数遇难。所幸有他们拼死相护，我才能逃至茂州。"沈二十七悲怆而又愤愤地说道，"这些都是我的叔伯，往年随阿爹保家卫国，而后赋闲卸甲，隐居于此。知道我一路不太平，他们说什么也要送我回蜀南。"

沈二十七给了所有人的来历一个解释，而后说道："殿下职责所在，我不敢耽误，只是奔丧心切，阿爹已故去半月有余，我仍旧未归，令阿爹迟迟不能入土为安，实乃大不孝。

"眼见家门就在近前，我归心似箭，还望殿下体谅，速速放行。"

说完，他便使了个眼色，令金山将一沓路引呈给萧长彦。

萧长彦没有假意推拒，亲自一份一份地阅览，挑不出错处，只得说道："步世子稍等，小王这就派人清查行船。"

萧长彦的人看似进进出出，查得非常仔细和迅速，但还是拖延了大半个时辰才让开路。

船行驶没有多久，几个看似乘客打扮的青年忽然拔刀冲向沈云安与沈二十七。

这些人身手都不俗，手法极快，干净利落之中又透着一股嗜血的狠劲儿，久居军营的沈云安等人立刻察觉出这些就是萧长彦私下养出来的影卫！

几个来回之后，沈云安发现这些人仿佛研究过他们沈家的武艺，对他们的招式很熟悉！

他当下就给沈二十七使了个眼色，沈二十七迅速退到后面，不再出手，否则势必会因为招数而暴露！

就在此时，时刻护在沈二十七身边的乍浦提醒道："有官船追来了。"

沈云安挑开一柄长剑看过去，即使隔得远，也能看到船头立着的萧长彦。

沈云安明白萧长彦故意安排人与他们正面起冲突的原因。这里发生这样的事情，对方又来路不明，萧长彦是有权将他们双方都压制住的。明面上可能是审问对方，可对方才是他的人，他实际上是要借此机会将沈云安与沈二十七都带走！

"世子，你先走！"等到乍浦等人将影卫都拦下，沈二十七蹿到沈云安的身边催促，"我有蜀南王世子的身份在，众目睽睽之下，景王不敢真的对我如何！"

这是商船，还有百姓和商户看着！

沈二十七说得对，萧长彦主要对付的是沈云安，此地不宜久留。该与沈二十七交代的事，他基本已经交代了。

沈云安冲着沈二十七点了点头，回头看向轮廓渐渐清晰的官船。

他不能就这样一头扎入水里，会给萧长彦留下把柄，毕竟方才他的路引是沈二十七以蜀南王世子的身份呈上去的，他突然潜逃，萧长彦正好可以借此扣留沈二十七一行人。

沈云安目光一闪，锁定了前方与乍浦带来的青壮年交锋的影卫。

萧长彦花了心血与金钱培养出来的影卫绝非等闲之辈，哪怕是四五人对上乍浦带来的十几人，也丝毫不落下风。

沈云安嘴角上扬，犀利的目光迅速扫过双方缠斗的每一处，一条可行的线路在脑海之中浮现，他的脚与身体立刻跟着脑海中的线路移动。

烈日当空，粼粼金光铺在河面上。

明明是炎夏，却有无数道寒光在所有人的眼里一掠而过。

他们只觉得沈云安的身法快出了残影，有他快如闪电地从一端眨眼间穿过无数交锋的两方人马，直奔到另一端的行为衬托，好似那些在刀剑相拼、火花四溅的人都慢了下来。

等到沈云安落定，不少影卫的颈部都绽开了一道血痕，鲜血顷刻间喷溅出来，他们只觉得刺痛感来得突然，抬起的手还没来得及落在伤口上，就身体一僵，砰然倒下！

沈云安这一招震惊了所有人，尤其是乍浦这边和影卫交过手，知晓对方的身手有多利落的人，更是下意识地感觉脖子一凉。

沈云安一招杀敌六人，剩余的影卫一瞬间胆寒。领头的影卫立马一跃而起，剑锋直逼沈云安，其余的影卫也回过神，再一次与乍浦的人拼杀起来。

而沈云安看着宛如破空而来的一剑，迅速往后一跃而起，脚在剑锋上一点，身体在半空中灵巧地翻越，一头扎入了江中。

就在他扎入江中的一瞬间，一支长箭飞射而来，穿过他翻飞的地方，与他错身而过，扎在了船上。

沈二十七迅速走到船边，紧盯着沈云安跳下去、溅出水花的河面。他方才没有看到沈云安是否中箭，过了好一会儿，涟漪渐渐平静，没有血色漂浮上来，他的脸色才好了些许。

这时候，影卫也一个个地扎入江中，萧长彦的官船靠近，沈二十七沉着脸，望着只有几步之遥的萧长彦："殿下何以对我蜀南的人放箭？"

萧长彦扬眉："方才那人竟是蜀南之人？"他装模作样地诧异了一番，而后对沈二十七抱拳，"世子见谅，相距太远，小王未曾看清，以为是行刺世子之人。"

萧长彦顿了顿后，抬手一挥："你们速速去寻找世子的随从，定要安然将人带回。"

他一声令下，仿佛早已经备好的人一个个干净利落地跃入了水中，河面上掀起一圈圈的波澜，沈二十七只能冷着脸看着这一幕。

萧长彦解释得再敷衍，也算合情合理，不过是一个随从，他还能因此与亲王翻脸？萧长彦明显是故意为之，好有理由派更多的人去追杀沈云安。

沈二十七只盼着沈云安早有安排。

沈云安自然是早有安排的。萧长彦要怎么对付他，他自然猜不中，但萧长彦一定会对付他。

他落入水中之前，手臂还真的被萧长彦的箭矢擦破了皮。不过他压根儿不用逃，屈氏商船的下方有道暗门，他滑开门板就藏了进去。

萧长彦只怕做梦都想不到，沈云安就在他脚下的船内。

昏暗狭小的暗格里，隔着木板，沈云安听到了不少人跃入水中的声音。他安心地处理起了不重的伤。

沈云安点亮火折子，借着微弱的光，看到受伤之处青黑发肿，就知道箭上一定有毒。他迅速从腰间掏出一个瓷瓶，倒出一颗密封的蜡丸，捏开蜡丸，将里面的药丸嚼碎咽下。

而后他靠在木板上，用指尖搭着自己的脉搏，感觉到脉搏正在不正常地剧烈跳动，沈云安的面色越发紧绷。

许久之后，他承受不住心口的绞痛，张嘴呕出一口黑血，这才松了一口气："幸好我早有准备，呦呦说这厮阴险狠辣、心思狡诈，果然不假！"

沈羲和让沈云安亲自来对付萧长彦，是因为她和萧华雍这一次都不可能离开宫里，陛下会盯紧他们。

其他人只怕都不是萧长彦的对手，哪怕是沈云安亲自来，沈羲和也做好了万全准备。这一枚清毒丹药，就是她让谢韫怀亲自配的，只要不是萧华雍所中的那等奇毒，寻常毒药都能解。她还在里面加入了仙人绦。

她发现仙人绦似乎有增加药效之能，无论是药还是香，融入些许，效果倍增，自然就用仙人绦制作了不少东西，赠予父兄亲友。

感觉自己的脉搏逐渐恢复正常，沈云安靠着木板，开始闭目养神。

而随后跳下来的影卫乃至萧长彦派的士卒，都迅速分散到四周，如同一张张开的网。

他们从河中间一直追到了河边缘，都没有追到沈云安，有个别影卫还在岸边遭到了埋伏，有去无回。

沈二十七乘坐的船，被萧长彦以担忧步疏林的安危为由，需要详查，强行驶向最近的码头。

在行驶的过程中，沈云安算好了时间，从暗格里悄无声息地出来，潜入河里，没有半点儿涟漪地飘然离去。

等他回到暂时落脚的地方，莫遥与齐培都焦急地等候着。

"世子，你受伤了？"莫遥大步上前，面上是一片不作假的担忧之色。

沈云安的目光隐晦地扫过莫遥的脸，而后他将眼睛一闭，倒在了莫遥的怀里。

他是装的。

沈云安由着莫遥与齐培惊吓之后人仰马翻，静静地躺在床榻上，请来的医师是沈羲和早已经通过屈红缨安排好的人。

沈云安中的毒已经解了，医师依然说未解。沈云安感受着莫遥与往日别无二致的照料，暗自心惊。

他常年在西北，也曾远征西域，对摄魂术早有耳闻，但亲身经历才知道有多么可怕。

　　莫遥此刻或许自己都不知自己的异样。

　　沈云安深信，此刻若有人对他不利，莫遥还是会奋不顾身地护他周全，但不妨碍萧长彦动用摄魂术，莫遥会在不知不觉之中背叛他。甚至背叛了他，莫遥醒来，也记不起半分。

　　摄魂术果然让人防不胜防，幸好沈羲和一早就知道萧长彦不会放着不用，与其等萧长彦不知何时何处用，令他们毫无防备，不如让萧长彦按照他们的心意用上。

　　摄魂术有多厉害，萧长彦就会有多自信，从而有多依赖摄魂术！

　　沈云安掩下心思，算着时间幽幽地"醒来"，略带虚弱地交代莫遥："你再去与余将军联络一下，问一问为何景王殿下会知晓步世子的行踪，余将军又为何没有及早知会我。"

　　"世子，今日世子离去后，属下接到了余将军的消息，正是步世子之事，想来景王殿下对余将军尚有防备，或心存疑虑，故余将军递来的消息是步世子于三日后抵达渡口……"莫遥将余项给的消息告知了沈云安。

　　他的思维没有断片儿，好似他拿了消息就转身回来了，只是在他抵达接洽之处的时间上，萧长彦的幕僚已经通过摄魂术影响了他的记忆。

　　"是吗？"沈云安淡淡地应了一声，"既然景王殿下对余将军心有防备，自然也要让余将军知晓。"

　　"诺，属下这就去告知余将军。"莫遥明白沈云安的意思。

　　隔日，莫遥与聋哑人接洽时，很容易就被控制了，小船内传来竹板的声音，不过敲击了两声，莫遥清明的眼瞳就变得呆滞。

　　很快，一艘藏在芦苇荡里的小船驶了出来，萧长彦出现在了莫遥的面前："西北王世子可中毒了？"

　　萧长彦笃定沈云安受了伤，因为他射出去的箭矢扎在了船上，箭头上留下的血迹说明他得手了。

　　"是。"莫遥机械似的回答。

　　"你们可有解毒之法？"萧长彦又问。

　　"无。"莫遥如实回答。

　　萧长彦满意了，打了个手势，船迅速划走，旋即又是两声竹板的声音响起，莫遥清醒了过来，看到的是聋哑人的船越走越远。

　　他有些狐疑地看着河面浅浅荡开的波纹出神，总觉得有什么地方不对，却又说不上来，只能转身回去。

　　难道景王已经对他施了摄魂术，可他为何丝毫也察觉不到？

莫遥心里有了猜疑，但回到沈云安的身边后，只字未提。这是他与沈云安的约定，在之前，沈云安就告诉了他，沈云安不想利用他，让他被蒙在鼓里，这是对他的看重，也是一重风险。

但凡对他施术的人施术后多问一句他是否知晓摄魂术，他都会不由自主地和盘托出，可沈云安笃定萧长彦对摄魂术引以为傲，不会猜疑旁人知晓，兼之时间紧迫，他们不敢留他太久，自然不会问及这些预料之外的事。

可一旦他怀疑自己中了摄魂术，他们就不能再提及，否则接下来他与萧长彦的人接触时会暴露。

"世子，消息已经递给余将军了，余将军说他会谨慎行事。另外，余将军又递来消息，景王殿下以'路上不太平，水匪猖獗'为由，扣留了世子，说请世子等他一日，他部署完此地的事，明日亲自送世子回蜀南。"莫遥说着，递上了一卷纸。

沈云安接过纸卷展开，行军打仗的人都看得懂，这是一份简易的行军图，上面隐晦地标明了萧长彦的部署情况。

沈云安露出满意喜悦的笑容："余将军可算是帮了大忙！"

喜悦之后，沈云安又陷入沉思之中："不过既然步世子的消息有误，这次也未必准确。"

"世子担忧这是景王有意通过余将军之手泄露给我们的？"莫遥问。

"未必不是。"沈云安颔首，"我们可以试探一下是否属实。"

"如何试探？"莫遥想了想，说道，"属下也觉得可疑，但若为真，世子一试探，反而会引得景王殿下疑心。"

沈云安听了，半晌不语，目光落在纸卷上。按照余项的意思，萧长彦要准备三艘兵船护送步疏林。

实则，沈二十七压根儿不在任何一艘船上，为了掩人耳目，萧长彦强势地要求沈二十七配合，将乍浦的大部分人分散在三艘船上，他则带着沈二十七与乍浦随后前行。

这打散了沈二十七身边的所有人，不过形势比人强，沈二十七根本反抗不了。除非他趁人不备，悄悄逃走，否则必然要受制于萧长彦。萧长彦的理由也冠冕堂皇，让人挑不出错。

若沈二十七真的逃了，萧长彦完全可以派人明着找人，实则暗杀，将人置之死地，也能将此事推到所谓的水匪上。并且是沈二十七自己不信任他，要逃跑，因而被害，就连蜀南也无法追责。

最为致命的则是沈二十七落在了萧长彦的手里，即便沈云安不派人去营救，萧长彦也会自己弄出一场刺杀戏码，趁乱将沈二十七置之死地。

沈云安若派人去营救沈二十七，那就顺理成章地成了要对沈二十七不利的人，萧长彦也可以立即出兵,再寻机会让沈云安和沈二十七这个"步世子"一起送命!

"声东击西,今夜便行动!"沈云安目光坚定,失血的唇有些发白,越发衬得他面色冰冷,"先将步世子救出。只有步世子不在他的手里,我们才能掌握主动权。余将军是否出卖我们,投向景王,或者景王是否怀疑且利用余将军蒙骗我们,试上一试,自然见分晓!"

沈云安拖着病体,强撑着起身走到了书房里,写了一封书信,递给莫遥:"传给余将军。"

莫遥转身去办。

齐培看着走远的莫遥,忍不住对沈云安抱拳:"世子,好算计。"

"这一切都在太子妃的掌控之中。"沈云安可不敢居功。

沈二十七的行迹是故意借萧长庚之手透露给萧长彦的,萧长彦信任萧长庚,果然,萧长庚的消息没有让他失望。

萧长彦扣住了步疏林,但最终目标是沈云安,要想让沈云安中计,擒获沈云安,就得让沈云安相信余项递来的消息准确无误。

为了取信沈云安,萧长彦这次一定会让余项配合沈云安,将步疏林救出,这叫舍不得孩子套不到狼。

然而局中还有局,萧长彦以为自己算中了一切,却不知他的一切行为在沈羲和的算计之中!

月华似练水潺潺,薄云如雾山蒙蒙。

晚风中摇曳的烛火笼罩着沈云安,他双手撑在桌沿上,俯身紧紧地盯着桌上的图纸,上面标注着整个岷江乃至岷江周边的一切。

这份舆图是屈氏绘制而出的,其详细程度,只怕连临江而居的剑南节度使都要汗颜。

山川河流在岁月流逝之中,其实会发生改变,只是短时间内的变化不易察觉,但积少成多,除了屈氏这样数代航海行船的大船商,没有人能时刻关注掌控着江域的变化。

房内寂静无声,齐培与屈红缨都在,二人静默无言。

不知过了多久,匆匆的脚步声传来,沈云安抬眼时,莫遥已经从门口迈步进来,将手中的信函递给沈云安:"世子,余将军的信。"

沈云安将之拆开,看了之后,面不改色,抬眼对三人说道:"余将军递来消息,步世子被困于停靠在码头的官船之上。景王殿下似乎担忧有人趁夜劫走步世子,派了重兵把守。"

"至于人有多少,余将军唯恐暴露行踪,兼之时间紧迫,不敢详查!"

萧长彦"以明日一早行船,护送步世人等人去蜀南"为由,亲自作陪,一行人都在船上，正好有了由头加派人手，护卫安全。

"这位余将军的消息是否可靠？"屈红缨将目光落在被沈云安放在案几上的信函上，又看了看船停靠的码头。这里是官府的码头，只有官船或者承接运输官府之物的私船才能停靠。

为了不扰民，不给百姓带来不便，码头建立在十分偏僻之地，四周都没有居住的百姓，只有一眼望不到尽头的烟波浩渺和一眼能看清的江岸平地。

越是这样，他们越不好潜伏过去。唯一的法子是行船，等船到了码头瞭望塔的死角，他们再从水中潜入，游向这艘困住沈二十七的官船。

但这样做风险太大了，景王的人似乎颇懂水性，他们也不知道景王是否在水底也设有埋伏。

即便没有埋伏，相距也有近千米，泅渡过去的人体力损耗极大，能够靠近，也未必能够再应付巡逻守卫的人！

如果余项的消息再有误，他们这些克服重重困难抵达船上的人，不啻有去无回。

沈云安沉默不语，用指尖轻轻地点着长案。片刻之后，他抿了抿唇："我体内的余毒未清，不宜去营救步世子。疑人不用，用人不疑。莫遥，此次你领人去营救步世子，从这里着手……"

最终，沈云安决定孤注一掷。其余人也不好违背他的命令，沈云安将详细的计划告诉了莫遥，莫遥领命离去。

等到莫遥退下，屈红缨也去安排沈云安他们的所需之物后，齐培才似有深意地问："世子当真不亲去？"

沈云安星眸微转，对上齐培的眼睛，语气十分笃定："不去。"

齐培有些诧异。

他以为方才沈云安的一番表现只是故意做给莫遥看的，毕竟莫遥现在算是萧长彦的傀儡。无论他们做了什么、说了什么，莫遥都会不受控制，甚至毫不知情地告诉萧长彦。

"我不去，他们才能归来。"沈云安神秘一笑，又低头看向舆图。

他得仔仔细细地研究，看看如何给萧长彦挖一个坑，令萧长彦全军覆没，葬身江河之中！

齐培瞬间明白了，萧长彦的最终目标是沈云安。比起不被萧长彦看在眼里的步疏林，无论是现在沈云安与东宫联合，阻挡了他的帝王路，还是日后他得了皇位，西北永远扼住帝位的咽喉，西北王世子都是心腹大患。

他不想成为第二个祐宁帝，对西北束手无策，又如鲠在喉！

只要他能够杀了沈云安，西北王后继无人，爵位就再也传不下去！

至于步疏林，能一块儿杀了，自然一劳永逸，即便这次被步疏林逃了，他也还有下一次机会。沈云安要是逃了，哪怕是给沈羲和弄出一个谋逆的罪名，作为外嫁女，只要牵扯不上沈家，又有西北的人心做后盾，帝王也不敢轻易地对沈家下手。

故而，杀沈云安的机会实在是太少了！

月向西移，高悬天空，一江冷光。

"殿下，子时过了。"船头的甲板上，萧长彦的幕僚望了望夜空，低声提醒道。

过了子时，意味着还有半个时辰便是明日。

他们一直在等，但直到现在也没有半点儿动静。幕僚心里有些沉不住气，想着是沈云安不信余项之言，还是觉得殿下设伏之地过于危险，故而不肯前来……

"他会派人来的。"萧长彦双手笼在玄色的斗篷之内，斗篷的领缝了一圈灰色的貂毛，精致而又华贵，"这是步世子唯一的活命之机。"

他让余项递去"明日护送步疏林回蜀南"的信息，就是为了让沈云安看清楚，蜀南王世子已经是他的砧板上的肉。明日一旦行船，他就能将步疏林置之死地。

烟波浩渺，没有刺客水匪，他也能制造刺客水匪，沈云安只有死路一条，除非彻底放弃步疏林。

但沈云安既然千里奔波而来，甚至为了步世子不惜以身犯险，绝不会这么轻易地罢手。

那么今夜就是沈云安营救步疏林的最佳时机，亦是唯一的时机。

想到这里，萧长彦眯了眯眼："不过为了谨慎起见，他不会亲自来。"

不用莫遥递消息，萧长彦也能猜到沈云安不会前来。沈云安清楚自己有多重要，只要他不现身，步疏林就不会轻易地成为废棋。

毕竟萧长彦要用步疏林引出沈云安。

"不亲自来？"幕僚愣了愣，旋即了悟，又皱眉问道，"不亲自来，咱们还要放行吗？"

萧长彦瞥了他一眼："沈云安来与不来，能不能救走人，救了人后是否能全身而退，就看他的人有几分本事！"

虽然是做局，可萧长彦也没有和沈云安玩闹的心，这一局如果沈云安有本事，救走人了，就看沈云安怎么带着步疏林回到蜀南。

如果沈云安没有本事，他也不会手下留情，上赶着把步疏林交给沈云安，那就看沈云安如何在他"护送"步疏林回程的路上救下步疏林！

无论如何，他都是控局人！

除非彻底放弃步疏林，那么沈云安现在就能抽身。但萧长彦深信，沈云安不会放弃步疏林！

今日他先探一探沈云安的实力。

隐隐地，萧长彦有点儿期待这一次与沈云安的交锋！

恰好此时，垂眸的幕僚看到船边临江的一面有一串水泡冒出。他正要定睛细看，一声尖锐刺耳且不知是何物发出的声音破空而来，瞬间刺得听见的人背脊一紧。

不等他们东张西望地寻找声源，黑漆漆的夜空好似突然塌下来了一块，一种不祥的预感霎时将他们笼罩住，他们完全做不出反应。

那一片塌下来的"黑夜"迅速分散，掠过有光的地方，他们才看出那是一只只展翅飞翔的巨鸟。

"巨……巨鸟——"

不知是谁发出一阵短促的尖叫声，旋即就有"扑通""扑通"的落水声响起。

巨大的黑鹰，在没有光照的环境下，完全能够与夜色融为一体。它们展开双翼，体形庞大，速度快得令人没有半点儿反应的时间，一掠而过，翅膀横扫，宛如铁棍敲在人的骨头上一般让人疼痛不已。

这样始料未及的变故，令萧长彦措手不及。他自己都来不及闪躲，哪怕有侍卫立即围上来保护他，但是一只只接踵而来的黑鹰掠过，在他面前的护卫甚至来不及挥刀砍过去，就通通被掀飞，砸落到了江里。

这里靠近码头，水位并不深，然而好几个掉下水的护卫瞬间被潜伏在下方的人抓住，拧断了脖子。

沈云安的人扒了这些人的衣裳，迅速套上，将杀了的人用力地往江中心推去。

船上的黑鹰仿佛被船中的某种东西吸引了，围绕着船盘旋，从一边扫过船上的人，又飞掠到另一边，再从另一边朝着人飞扑过去，如此周而复始。

萧长彦被逼得不得不退到船舱内去，为了顺利地退回去，折损了不少人。

掩藏在船内的人不得不一个个地冒出来，迅速搭弓射箭，奈何这些黑鹰的速度太快，飞得又极高，箭矢飞射出去，连一片羽毛都没有射下来。

而沉入水中的护卫才刚刚冒个头，又有黑鹰袭来，迫使他们不得不又躲下去。好不容易有人爬上了船，刚刚站起来，就又被掀了下去。

狼狈的萧长彦撤回船舱，透过窗户看着外面的情形，面色紧绷而又阴沉。这并不是一艘战船，许多设施及不上战船那般便利。

那些弓箭全部飞到空中，扎入了江内，萧长彦抬手，冷声吩咐："取我的弓箭来！"

贴身伺候萧长彦的人立刻跑回他的房间，两个人吃力地将萧长彦那把极沉的弓递了上去，又有人将配套的箭也递了上去。

萧长彦审视了片刻，才寻了个窗户，搭上长箭，等待了约莫半盏茶的工夫，才瞄准了一只黑鹰，预判着它飞翔的轨迹和速度，松开拉满的弓，一支利箭"嗖"的一声破空而去，不偏不倚，射中了一只黑鹰。

也许是因为萧长彦这一箭的威慑作用，黑鹰纷纷退离，只在高空扇动翅膀，再没有似方才那般张狂地不断攻击船上的人。

离得太远，萧长彦也不能再射，鹰与人就这样在暗沉沉的夜里遥遥地对峙。

不知过了多久，又有一阵刺耳尖锐的声音响起，如同之前黑鹰毫无预兆地出现一样，声音一落，黑鹰又迅速朝着黑夜飞去，只是一眨眼的工夫，就好似融入了夜色中。

若非满地狼藉，一个个湿漉漉的护卫从江里爬出来，这来得突然、去得迅速的黑鹰，会令人觉得这是一场梦，一场令人心有余悸的梦！

萧长彦沉着脸，将弓扔给近侍，大步朝着一个船舱走去。方才在外面，第一个声音传来时，萧长彦也和所有人一样，没有来得及判断出声源。

而后黑鹰来袭，他根本没有心思想这些。可是刚刚在船舱内，第二个令黑鹰撤离的声音，他真真切切地判断出了发自什么地方。

他阴沉着脸，大步走到囚禁沈二十七的屋子前。乍浦看着面色不善的萧长彦，连忙挺身上前阻拦："景王殿下……"

然而乍浦只是开了个口，就被萧长彦一把给推开。乍浦不敢以下犯上，且感受到萧长彦并没有伤他之意，于是没有丝毫反抗地被萧长彦给推得倒退了几步，只能眼睁睁地看着萧长彦一掌推开门，大步迈进去！

屋子里，沈二十七就坐在窗台上，指尖上转动着一个金光闪闪、一根手指粗细的哨子。沈二十七见到萧长彦，懒洋洋地问道："王爷来势汹汹，所为何事？"

萧长彦的目光定在他的指尖上的哨子上，过了好一会儿，他才冷冷地说道："步世子的手段倒是不少，只可惜这些畜生救不了步世子！"

他这是撕破脸，承认"步世子"现在是落难被困了，可见他有多气恼。

萧长彦越气恼越好，其实早在沈二十七与世子见面的时候，就商量了对策，金哨子是世子给他的，让他在接到暗号之后见机行事。

其实第一声哨音不是他吹的，第二声才是。黑鹰只能听一种指令，之所以会围攻船，是因为沈云安在训练的时候引入了沈羲和的香。

沈二十七在船上点了这种香，黑鹰又得到了指令，因而不断地朝着这边围攻。除非得到撤退的指令，否则它们会一直围着船，直到拿到散发这种香气的东西。

见到萧长彦射落了一只黑鹰，而沈二十七也恰好接到了潜伏而来的沈家人的信号，这才下达了撤离的指令。这一道指令自然是为了迷惑萧长彦。

萧长彦误以为自始至终是他搞的鬼，就不会立刻去猜疑其他人，清查从水里爬出来的护卫，第一反应一定是跑过来兴师问罪。

一切果真如世子所料，想到他们的人已经潜伏上来，这会儿估计被组织着去换衣裳了，只要一离开领队人的视线，就能迅速分散，沈二十七忍不住嘴角上扬："闲来无事,我就喜欢琢磨这些左道旁门,不过是因为船上无趣,唤些黑鹰来逗趣罢了。

"它们原本是为我而来,只怪殿下之人过于大惊小怪,先起了伤害它们之意,它们才失了控……"

不得不说当初沈羲和把沈二十七送到步疏林的身边多么有先见之明。

别说与步疏林接触不多的萧长彦,即便是自小和步疏林一起长大的金山,看着眼前吊儿郎当、倒打一耙的沈二十七,一时间都有些恍惚。

要不是他知道真相,都要怀疑面前这位是真的世子了!

萧长彦气得眼神越发阴寒,然而此刻还真的不能拿面前的"步世子"怎么办,毕竟沈云安这条大鱼还没有上钩!

萧长彦冷笑一声,吩咐道:"来人,仔细搜查步世子的卧房。"

萧长彦身后的人要搜查,却被乍浦等人拦住了。沈二十七看了一眼双方剑拔弩张的人:"殿下凭何搜查?"

"沈世子敢如此明目张胆,不就是仗着小王拿不出证据,奈何不了他吗?"萧长彦连借口都不寻了,"小王此刻想搜查步世子的屋子,亦不需要缘由!"

船上都是萧长彦的人,他如何对待这些人,没有证据,哪怕这些人逃出去了,上告陛下,也奈何不了他。

说完,萧长彦目光冷冷地扫视乍浦等人:"若有人阻拦,格杀勿论!"

双方的下属倏地纷纷亮出兵刃,沈二十七抬手:"大丈夫能屈能伸,只得认命,让殿下搜。"

乍浦等人面色很难看,却还是退让开来。除了被搜了一遍的被褥,萧长彦的人基本上将这个屋子搬空了。

就在萧长彦带着人警告沈二十七的时候,莫遥带着人潜入了船内。他和沈六分开行动,他带着人潜入船上的厨房,将守卫的人全部放倒之后,就把厨房内的油都倒了出来。

一个人用木桶接了一桶油,一个人则将油刷在窗扉,接了一桶油的人用换下来的湿衣服遮挡住桶,哪怕是与巡逻的侍卫擦肩而过,侍卫瞥了一眼他手里的东西,也没有在意,这些油基本上都被刷在了不易察觉的各个地方。

沈六做好这一切,潜伏到了一个风往沈二十七的屋子吹的地方,用火折子点燃了一小块香,不多时,一股丝毫不引人怀疑的淡淡香气飘到了沈二十七的鼻间。

他吸了吸鼻子后,对萧长彦说道:"殿下,方才不少人落了水呢。"

莫名其妙的一句话,让所有人一头雾水,只有萧长彦把这句话在脑子里一过,面色一变,转身大步离去。走到门口,他又吩咐自己的心腹:"守好步世子!"

萧长彦留下了不少人盯着沈二十七与他的两个下属,便迅速消失在转角处。

他走出船舱,吩咐护卫统领,召集所有落水的护卫,命令刚刚下达,浓烟滚滚

377

而来，一阵尖锐的嗓音响起："着火了，厨房着火了！"

一时间，不少距离厨房较近的护卫下意识地冲向厨房。沈六等人趁机混入其中，暗中下黑手，能够撞下船的就撞下船，有人落单，没有其他人看着的时候，就直接手起刀落。

与此同时，船舱四处开始起火，莫遥带着人拦截萧长彦，萧长彦的幕僚见到莫遥，当即要动用袖中的竹板，却被萧长彦一把拦住了。

萧长彦迅速扫了一眼四周，这么多人，如果不能全部击毙，但凡有一个人逃离，看到了莫遥的异样，莫遥这颗棋就起不了大作用了！

萧长彦抽出佩剑，亲自迎击莫遥。

而沈二十七的屋子里，他一直坐在窗台上。窗户下是船的甲板，他想要从窗内跳入江中，完全施展不开，这可是萧长彦为他精挑细选的房间。

但有人喊了"厨房着火"之后，沈二十七就从窗子里翻出去，落在了船边。守在下方得了命令——无论什么时候都不能擅离职守的护卫立刻抽刀，这个时候两侧杀出两个人，四个人霎时交起了手。

萧长彦留下的人追击上来时，被乍浦等人给拦下了，又是一阵拳脚相向。

沈二十七避开这些人，也不知道萧长彦给他做了什么手脚，他的四肢也不算绵软，可就是没有多大的力气，随便一个护卫都应付不了。

幸好萧长彦虽然把他带来的大部分人分开了，但沈云安派来的人不少，一些来不及和落水者互换身份的人潜伏在江中，听到"着火了"的暗号，也纷纷冒了头。

这便导致不少人跳入江中与之厮杀，弄得不能动武的沈二十七愣是找不到一个合适的位置往下跳，就怕遇上敌人，他毫无招架之力。

这边的刀剑相拼，船上的烟雾滚滚，都惊动了远处埋伏在平地的萧长彦的影卫，这些影卫见情况不对，当下冲过来要增援。

然而因为距离较远，他们才冲到一半，就有一批黑衣人冲出来阻拦他们，双方激烈地交锋起来。双方都是经过特殊训练之人，武艺相当，黑衣人并非有意要厮杀个你死我活，只是一味地缠斗，致使萧长彦的人根本越不过防线去增援。

火势越来越大，越来越旺，木制的船很快出现了倒塌的迹象，然而双方人手旗鼓相当，沈二十七寻不到逃脱的机会，萧长彦的人也抽不出空隙去抓他。

眼看着再拖延下去船便会倒塌，沈二十七也知道很快会有援军增援萧长彦，不得不迅速挑了个风险较小的位置往下跳。

无论是萧长彦的人，还是沈云安的人，都紧盯着沈二十七的一举一动。

他这一跳，无论是营救的一方，还是击杀的一方，都拥向了他。

眨眼间，四周的人都朝着他聚拢，以他为中心，开始层层包围。

有人奋力想要杀到他的面前，有人拼命地要保护他，弄得他根本无法逃离，只得憋着一口气，潜到了水里。

他们虽然是沈家的人，西北又是大漠居多，实则，他们有一小部分人是远离西北，以水底作战训练为主的。到了水里，有了水的阻碍，再加上萧长彦的护卫被掣肘不少，哪怕有两个人逼近了沈二十七，沈二十七也巧妙地躲过了。

而这个时候，驶向这个方向的官船也受到了一艘来历不明的大船的攻击，这艘大船的掌舵手直接控制着船往他们这边撞，官船的人是萧长彦布下的后手。

行船最怕的就是碰撞，官船上的领头之人和掌舵手都瞠目结舌，从未见过这样行船的人！

对方不要命，可他们要啊！

一旦船被撞翻了，他们都得葬身鱼腹！在怕死的心理作用下，他们迅速躲避，因而萧长彦这里久久等不来援军！

萧长彦的心里其实有了猜测，毕竟是他让余项将他的大部分部署告诉了沈云安，目的就是让沈云安彻底信任余项，以备最后一战！

"殿下，不若放出信号，让余将军等人驰援！"幕僚和萧长彦已经被逼到了角落，幕僚提议！

萧长彦摇了摇头，只说了一句："沈云安没有来。"

沈云安没有来，一则是为了让他不孤注一掷，二则是隐藏在暗处，伺机而动。他现在放出信号，剑南节度使是来不及了，而余项一旦动了，沈云安或许就会亲自带人抄余项的底。

"这……沈世子不是与余将军结盟了？"幕僚觉得沈云安应该不会对余项动手，这不是毁了盟约？除非沈世子自始至终没有把余将军当作自己人！

"沈云安杀的是朝廷的人，余将军损兵折将，是我指挥不当，是为了增援我，责任也在我。"

即便沈云安抄了余项的底，余项也没有半点儿责任，盖因余项是奉他的命令行事。

"殿下，船快塌了！"幕僚看着因火势越来越大而开始下沉的船，提醒道。

萧长彦看了一眼四周，护着幕僚到了码头处："你先下船！"

萧长彦说完，折身朝着沈二十七的位置一跃而下，扎入了水中。

沈二十七在水里周旋了许久，此刻已经不在船边，游出了不短的距离。因着重重围堵，他也游得极其吃力。尽管他受过特殊训练，体力也不差，可架不住这样消耗。

尤其是在浮出水面换气时，恰好看到火光中，萧长彦跳下来，朝着他这边游来的身影，他心里不禁暗暗焦急。

此时，一艘小篷船好似看不到这边的拼杀场面与危险情形，行船的人晃晃悠悠地划着桨,将船摇向这边。

行船的人仿佛还唱着捕鱼的渔歌,与江河上厮杀惨烈的情形形成了鲜明的对比,也多了一丝不和谐的诡异气息。

萧长彦见到这条小篷船,心里清楚,这绝对是沈云安派来的人。他加快速度,想要将沈二十七拦截下来,却没有想到沈家那边的人已经开始开路,将人往两边杀,给沈二十七硬生生地杀开了一条路。

这些人到底不是萧长彦特训出来的,在水里与沈氏的人交锋,经验上吃亏,哪怕数量更多,却是一盘散沙,压根儿无法阻拦训练有素、能够团结协作、互相信任与辅助的沈家军。

萧长彦才追过来,沈二十七已经被拉上了小篷船。摇船的人是沈十五,沈二十七认出人,连忙叫道:"十五兄!"

"别愣着,船里还有世子给景王殿下备下的大礼。"沈十五看了一眼力竭的沈二十七,将船桨扔给了他,"撑好船!"

沈十五说着,就跑到了船舱内。很快,他用双手抬着一条猪婆龙(古代所有鳄鱼的统称)出来。猪婆龙的嘴被绳子绕了几圈,沈十五将猪婆龙扔下去时,专挑萧长彦的人砸,而后将绳子一拉,就把绳索拉了回来,得了自由又愤怒不已的猪婆龙逮着人就张口咬上去。

撕心裂肺的惨叫声,听得沈二十七都有些不忍。

猪婆龙并不止一条,足足有五条,都被沈十五往靠近的敌人身上扔去,不仅吓退了敌人,还帮助自己人迅速撤离,就连萧长彦见状,也只得迅速转身往回赶。

凡胎肉体,在水里和这等凶残之物对上,他们绝对没有活路。

有了五条猪婆龙的帮助,沈十五晃晃悠悠地划着船,朝相反的方向行去。

这一战,沈云安这边伤亡不大,萧长彦却损失惨重,不过远没有到伤筋动骨的地步。

沈云安这边的人安全地退回了沈云安的落脚之地,这个地方其实在深山里,易守难攻,哪怕萧长彦从莫遥的嘴里知道他们的藏身之地,在摸不清山里到底有多少路的情况下,也不敢轻易地带着大量人马来围剿。

如果只有步疏林在,萧长彦倒是可能会冒险一试,但沈云安是驰骋疆场的常胜将军,深谙行军作战之道,萧长彦自然要慎重对待。这也是沈云安在明知莫遥被施了摄魂术,可能会暴露他的行踪的情况下,却没有挪窝,有恃无恐的缘由。

"沈世子。"沈二十七见到了沈云安。碍于莫遥在,已经知道莫遥的情况的沈二十七做戏做全套。

"步世子受惊了,快去沐浴更衣,好生歇息一宿,我们明日再商议大事。"沈云安也配合地拍了拍他的肩膀,让屈红缨去安置他们,自己也回房,安生睡了个好觉。

萧长彦那边自然是在收拾一地狼藉的战场，幸好江中的人不少，哪怕有五条猪婆龙，也没有追上他。

不过这一次的损失还是超过了他的预期，幕僚接到下面的统计数字，报给萧长彦听，都能看到萧长彦眉眼间压抑着的冷厉之色。

这些是朝廷的人，一下子折损如此之多，他必须记录在案，上呈陛下，说明缘由，这也是他的过失！

幕僚见萧长彦迟迟不语，硬着头皮说道："殿下，这本就是为沈世子撒的饵，等到沈世子上钩，陛下自然会龙心大悦，再多的牺牲都是值得的。"

盯着一处出神的萧长彦闻言才回过神，摆了摆手："我并非为伤亡情况而忧虑。我是在想，沈云安是如何知晓我蓄养影卫一事的。"

无论是官船驰援，还是码头内他调遣了多少人，萧长彦都没有隐瞒余项，为的就是取信沈云安。

关于影卫，他却只字未提，余项也绝不会知晓他蓄养影卫。沈云安身在西北，哪怕是查——不是看轻沈云安的能耐，萧长彦敢笃定沈云安查不到。

否则他如何能够明目张胆地丰满羽翼至今日？

幕僚一惊，这才想起此事："殿下，恐怕是东宫传信。"

沈羲和在京都才待了几年？绝不是她，那么就只剩……

萧长彦脑海之中灵光一闪，眯了眯眼："回京都后得好生会一会太子殿下。"

对于这位不与他们一道成长的兄长，萧长彦其实一直保持着清醒，不过度猜疑，也不会轻易相信。

只是他回了京都之后，沈羲和声势太大，将所有人的注意力都吸引到了她的身上，以至于无论是他，还是陛下，都对太子有所忽略。

这会儿萧长彦对萧华雍起了疑心，再来看许多事情，就觉得拨开了云雾，仿佛处处都能看到萧华雍的身影。萧长彦不确定是他疑心太重，还是事实就是如此。

他只得按捺住心绪，一切等回到京都后再做定论。

"与影卫交手的人，可看出来路？"萧长彦眼下更关心这件事。

他的影卫经过千锤百炼，在战场上可以以一敌十，又训练有素、默契十足，寻常军队遇上，都讨不了好处，现在他们却屡屡受挫。

之前他派去追杀步疏林的人，遭到了萧长赢以及神秘人的狙击，折损了好几个，这一次虽然没有折损，却有数十人被困得突围不了！

"殿下，属下方才去询问过，他们从未遇到过这类人，有着死士的凶猛和不要命的感觉，又有暗卫的团结与利落劲儿。"幕僚有些担忧，他们这是遇上对手了！

"你说沈云安手中有多少这样的人？"萧长彦问，"此次他是料到我派来的影卫不多，还是他派来的人远不止这些，只是见影卫数量不多，便令一小部分人现了身？"

萧长彦问完，也不用幕僚答复，便自言自语道："定是后者。"

若是前者，除非沈云安在他的身边安插了耳目，而他调遣的影卫的人数，只有他和幕僚知道。

第十四章　计中计技高一筹

"你去寻余项，令他密切地与沈云安联系，我们好好地送他与步世子一程。"萧长彦不等幕僚再说什么，吩咐完就入了卧房，准备好好睡一觉，养精蓄锐。

而一觉好眠的沈云安睡到日上中天才起身，去看望了受伤的下属，才与沈二十七一道用了吃食。

在沈云安面前，沈二十七仍旧有些拘谨。他在旁人面前可以将步世子扮演得惟妙惟肖，在旧主面前却有些不自在，幸好沈云安察觉出来，也没有与他多言。

饭后，沈云安才让他、沈六、沈十五、莫遥、乍浦与齐培六人，一道来他的卧房外的小茶房内。他煮了一壶西北特有的羊奶茶，给沈二十七与齐培先分别送上了一碗："尝尝我们西北的茶。"

沈二十七的身份，这里只有沈云安与他本人知晓。

二人接了羊奶茶，自然是装模作样地赞美，而后话题就被引到了他们如何回蜀南上。

"按照如今的局势，这一条水路看似充满艰难险阻，却只有一道坎，是最有利之路。"齐培先说道。

他们改走陆路绕行不是不行，但要经过多少郡县？路上的关卡可不止这些。过了岷江，船能够直接行驶到蜀南的码头，蜀南就是步家的底盘，只要他们顺利地到了蜀南码头，自然化险为夷。

沈云安点头："水路，势在必行。景王殿下的三路人马加起来有数万大军，其中更有剑南节度使调遣而来的一支水师。

"昨夜我们将步世子营救出来，今日景王殿下势必会以'步世子被歹人掳走'为由，正大光明地调兵遣将，声势浩大地带着大军对付我们。"

沈云安的话令所有人的面色都有些凝重，但无人插话。

沈二十七与乍浦对视一眼，打破了沉寂的气氛："行军打仗素来为沈世子所长，世子若有良策，还请不吝赐教。我与下属全力配合，任由世子差遣。"

沈云安对着沈二十七笑了笑，没有卖关子："我此次前来，便是受太子妃所托，助步世子回蜀南王府。这些日子我也多方探察了朝廷的兵力，心中有些成算。

"另外，此次能够顺利地救出步世子，余将军厥功至伟，但我对他仍有几分顾忌……"

沈云安说着，露出欲言又止的表情。

"余将军？"乍浦有些惊讶，"是朝廷派来的余将军？"

沈云安颔首："我与太子妃胁迫此人与我们互通消息。"

"既然如此，世子缘何还有顾忌？"乍浦问。

"不是不信，而是不得不防。一步棋错，满盘皆输。"沈云安轻叹了一声。

"可若余将军当真一心投诚，世子又猜疑余将军，会不会弄巧成拙？"乍浦没有做戏，完全顺着正常的思维往下接沈云安的话。

沈云安唇边掠过一丝笑意，说道："故此，我想了一个万全之策。剑南节度使只能帮着景王殿下堵我们借道吐蕃的路，不能轻离守地，否则吐蕃因此而起异心，祸及百姓，无论是他，还是陛下，都无法交代。因此，我们可以不用过多地防范他。

"至于余将军与景王殿下，是以景王殿下为统帅。我们可以兵分两路，一路由此地绕道向东行，一路则反其道而行……"

沈云安指着舆图，两路人都是沿着江边前行，一路靠左，一路靠右，目的是分散他们的兵力。

沈云安简单分析之后，又说道："我跟着向东行，步世子跟着向西行，我会告知余将军，步世子随我一道向东行，向西是故布疑阵。

"余将军不会怀疑我，自然会请命向东阻拦我，实则是为我们放行。我会先行一步，绕路去接步世子。向西之路，这里有礁石，屈氏的船员都是经验老到之人，景王殿下若向西追来，我们前后夹击，不愁步世子不能脱险。

"余将军若对我阳奉阴违，将会和景王一道向东阻击我，派遣追往西路之人便不足为惧，步世子同样能顺利脱险！"

"这条路有礁石，此事是否鲜为人知？"乍浦一下子抓住了关键点。

"是，也是近来才显现的。"回答的是齐培，"只有屈氏的人才能在夜里摸清礁石有几处，每处在何地。"

这个肯定的答案让乍浦大喜过望！

沈云安扫了众人一眼："诸位若无异议，便如此定策。"

自然没有人有意见，沈云安便吩咐莫遥去着手安排。

等到所有人都散去，沈云安拉着沈二十七一道商议日后的事。

短时间内，步疏林肯定是回不来的，而萧闻溪也在在京都"养胎"。只要沈二十七安全地回到蜀南王府，萧闻溪这边就可以由沈羲和与萧华雍安排，确保她能安全抵达蜀南。

沈羲和的意思是等到沈二十七回了蜀南，就以守孝为名，深居简出，无论蜀南或周边发生什么大事，都不要掺和进去，一切自有她与太子谋算。

"三日后出发，你想个法子，偷偷地随我一道向东行，切记要掩人耳目，令他们都误以为你的确上了西路那边的船。"沈云安说完以后，又叮嘱道。

"世子方才不是……？"沈二十七有些诧异。

这个不是说给余项听的原计划？他还真的跟着世子，世子这样堂而皇之地告诉余项，真的就一点儿妨碍也无？

"方才之言，真真假假，都是说给该听之人听。"沈云安笑容神秘莫测，"我身边的莫遥，已经沦为景王之耳目，你的人昨日昨夜都在景王的手中，保不准他会为了保险起见而故技重施。"

所以沈二十七身边的人，现在一个都不能再信任。沈云安不会将他交给他身边的人保护，哪怕这些人不能再与萧长彦互通消息，也未必不会在关键时刻失去神志，反手给沈二十七一刀！

沈二十七只有跟着沈云安，才万无一失！

当然，沈云安也不排除沈二十七也被施了术的可能，但从现在起，沈二十七不会离开他的视线范围，没有机会再被萧长彦的人弄得失去神志！

"可我与世子同行，景王殿下若是信了余项传递的消息，我与世子岂不是自投罗网？"沈二十七隐隐有些担忧。

若是向西行，他们还能借助地利之便搏一搏，也许有逃出生天的机会。

向东而行，一旦被景王带着大队人马堵在这里，他们这些人就连背水一战，杀出重围的机会都没有了。

"正因为如此，景王绝不会向东追来。"沈云安万分笃定，"且不提景王身边有个他自以为我未曾察觉、深信不疑的莫遥，即便他不完全相信莫遥，也不会信我会大摇大摆地往死路走。"

"这就是太子妃所说的：聪明反被聪明误。"

对付萧长彦这样多疑又聪明的人，他们就不能走寻常路，一定要走他不会相信的路！

沈云安早就在他们没有被救回来之前，就私下与莫遥说过，他会把计划说给所有人听，其实真正的计划，既不是给余项的，也不是为了麻痹余项的，而是第三种——他会尾随"步世子"向西行。

他们能麻痹敌人的话，最好；不能的话，还可以借助地利之便逃出生天。

然而这些他是说给莫遥听，借莫遥之口传给萧长彦的，这才符合他在萧长彦心中的狡诈的形象。他故意借口要安排各个环节，拖了两日才趁夜行动，其实是给萧长彦去探察那片礁石的时间，让萧长彦相信他会尾随步疏林一路向西行。事实上，谁也不会想到，他对余项"深信不疑"，真正的计划就是沈二十七随他一道向东去！

向西，是沈云安送给萧长彦的全军覆没的丧命之路，可不仅仅是有礁石那么简单！

一切正如沈云安所料，他的计划被第一时间递给了余项，余项拿着这份计划，当即去找了萧长彦。萧长彦神色莫辨地阅览了一遍："余将军以为如何？"

事关重大，余项也不敢过分托大，只得斟酌言辞："殿下，沈世子将步世子救走了。"

沈云安能顺利救走人，是因为自己提前递了可靠的消息，余项委婉地表达，沈云安对他极其信任，所以传来的书信可信。

萧长彦不置可否，将书信沿着原有的折痕慢条斯理地折好，放回信封里，收了起来："余将军可否想过，若沈世子是借你故布疑阵，实则反其道而行之，该如何收场？"

沈云安对余项说，他会带着步疏林一道向东行，让余项请命向东阻击，为他大开方便之门。

可萧长彦从莫遥这里得到的消息却并非如此，这只是沈云安在利用余项，目的就是骗他向东阻击。

无论是沈云安还是萧长彦都清楚，他的首要目标从来都不是步疏林，而是沈云安！

沈云安为了迷惑他，才这么直白地说自己要掩护步疏林往东行。

他们真正的计划是步疏林跟着向西行，而沈云安尾随其后，哪怕他不上当，仍旧追到了西边，他们也能借助地理优势摆脱他。只要进入了蜀南境内，步疏林亮出了身份，他无论有多少手段，都只能作罢。

"这……"余项有些忐忑。沈云安之狡诈，他也领教过，到底沈云安是信他还是不信他，余项也不能笃定。余项道："殿下，是与否，只能请殿下明断，末将听命行事。"

萧长彦本就是统帅，余项也不是推卸责任，而是担不起也没有资格承担责任。

余项不敢冒头的态度并未激怒萧长彦，萧长彦挥了挥手："你且退下，待小王仔细思虑一番。"

余项听命离去，萧长彦站在船头，望着辽阔的江水，径自出神了片刻。不知过了多久，一艘小船驶来，萧长彦的幕僚跳到大船上，大步朝着萧长彦走来。他行了礼之后，提议道："殿下，不若属下带人先去探一探向西行的路？"

方才他已经召集人去行驶过这条路的一些渔家与商户家里询问，所有人都说那一块区域没有礁石。

沈云安要趁夜行动，前期准备工作还要耗时一两日，他们有时间去探测。

萧长彦摩挲着扳指，片刻后，叮嘱道："当心。"

幕僚又行了一礼，立刻亲自点人随同他一道去探察地形。

萧长彦盯着沈云安的一举一动，沈云安的确在为了趁夜行动而忙碌。

一日后，幕僚折回："殿下，果然有礁石，十分隐秘，若非提前知晓，仔细探察，属下未必能查到！"

萧长彦目光一定："命余项带两百人向东拦截，其余人随我向西去！"

三日时间一晃而过。

沈二十七在沈云安的安排下，自那日从船上被救回后，就"染了风寒，足不出户"。到了行动的这一日，沈云安特意挑了个身形与沈二十七差不多之人，给他披上披风，用帽子遮住他的大半边脸，带他上了船。

船是屈氏私下特地造出的大船，不为外人所知。不仅由乍浦等人一道跟随相护，沈云安更是派了大批护卫保护。

目送船驶远，消失在夜色之中，沈云安抬眼看了看月明星稀的夜空，唇边闪过一丝意味深长的笑意。

又等了约莫半个时辰，沈云安上了一艘小船，尾随着向西的大船。跟着他的只有撑船的沈六，无人得知他半路就悄无声息地从船上潜入了水中。

船上只有撑船的沈六以及一个穿着沈云安的衣裳的稻草人，沈六一路走得十分小心，好似生怕被人察觉，甚至到了视野开阔之地，宁可绕道，也不暴露在浩渺江波上。

这些消息都一字不漏地通过萧长彦派来潜伏的影卫迅速地递到了萧长彦的手上！

萧长彦调了大军，很快启航，朝着向西行的大船追击过去。

此时，大船上，沈云女派遣的人都到了船舱里，又从船舱潜入了江水之中，个个都脱离了大船。

沈云安先一步回到了向东行的大船上。他们算好了路程和行驶的时间，整个江面上只有这一处地方狭窄，可以迅速游到江河的另一边，错过了这里，两方就会渐行渐远。

早就在船上的沈二十七将备好的姜汤递给沈云安，沈云安仰头喝下，迅速去换了一身干净的衣裳。

他们的船缓缓前行,大约半个时辰之后,遇到了巡逻的官船。官船不多,也就三四艘,坐在船舱内的沈云安听到了熟悉的声音:"例行搜查,停船靠岸!"

这是余项身边的得力副将的声音,沈云安给屈红缨使了个眼色。

和向西行的船不同,这是一艘正正经经地挂了屈氏商号的船,屈红缨得到了沈云安的吩咐,出去主持大局,乖乖地跟在官船后面,到了最近的可以靠岸的地方停下,等待搜查。

余项带着人亲自搜查,屈红缨将余项引到了一个房间里,房间内,沈二十七与沈云安正在悠闲地品茗。

余项心里"咯噔"了一下。

沈云安好似没有看到余项面色大变,优哉游哉地道:"余将军果然守信,亲自来接我。"

"你……"余项在这一瞬间宛如被死死地掐住了咽喉,再吐不出一个字来,脑子里只有一个念头:他们中计了!

沈云安好似看不出余项惊魂不定的样子,故作不解地问:"余将军这是欢喜得失了神吗?"沈云安轻笑了一声,继续说道,"现在欢喜,为时过早,将军得为我与步世子放行,待到步世子过了岸,入了蜀南,才是皆大欢喜。"

"痴人说梦!"余项高声反驳的话几乎是脱口而出。

沈云安嗤笑了一声,随后道:"余将军果然缺了点儿成算。我若是余将军,到了今时今日,肯定会顺着我的话,这样还能讨到一边的好处。

"现在可好,余将军非要与我撕破脸,惹得我不得不翻脸,唉——"

末了,沈云安长叹一口气,好似他有多么不情愿与被逼无奈。

"你们以为自己能逃出生天?"既然撕破了脸,余项索性不再装了:"来人——"

他高喊一声,预期的大量兵马冲出来的场面却并未发生。他迅速转身,却被沈十五拦住。余项防备地后退几步,用手按住腰间的佩剑。

"将军莫要冲动,不若看看外面。"沈云安依然心平气和,目光望着船舱外的某处。

余项顺着他的视线看过去,瞳孔微缩。这是商船最为隐蔽的一个屋子,但是它的方向正对着码头的栈道,只见一个与他穿着打扮一模一样的人带着他的下属走上了岸。

那人似有所感,忽然转头看向他们。余项骇得倒退一步,面无人色。那人竟然与他一模一样!

太子殿下精通易容,手下自然也是人才济济,沈云安特意要了几个求教,这一回也算有了用处。

方才余项上船时,屈红缨特意压低声音,对余项一个人说:"世子有请。"

这个世子虽然没有指名道姓，可余项知道必然是沈云安，自然会独自跟来，他的人则留在外面。

只是这个房间在最深处，过道有个转弯，他的人被要求停在转弯处，他也没有多想，这才给了沈云安空子可钻。

早早易容成他的样子的人在他进屋子后没多久，就走了出去，一言不发地带走了他的人。

"世子以为如此便能胁迫我？"哪怕到了这个时候，余项仍旧没屈服。

有人易容成他又如何？涉及兵马部署的兵符令牌都在他的身上。

沈云安又倒了一杯茶，将茶杯托在指尖上轻轻地转动："余将军，你可知为何景王殿下孤注一掷地向西追击？"

虽然不知为何，但余项明白，这定然是沈云安的奸计，于是沉默不语。

"余将军又可知，我为何将景王殿下引向西面？"沈云安对不配合的余项颇有耐心，又问了一个问题。

这点余项得了一点儿风声，西面有暗礁，景王特意派人去探察过，没有瞒着余项。

"仅凭暗礁，自然不至于令景王殿下大伤元气，待到殿下追上去，发现我与步世子都不在，自然会折回追击。余将军在此不放行，等到景王殿下折返，一样可以将我们拿下。"沈云安将余项的心思抖了出来，"船外有两百人，这又是屈氏商号，我们若敢轻举妄动，将军正好释放信号，调来驻军，屈氏商号也会遭受连累。将军觉得我不敢与你鱼死网破，对吗？"

被沈云安准确地说出想法，余项一颗心更是沉入了谷底，这是一种有恃无恐的狂傲姿态！

果然，沈云安忽然笑得深不可测："余将军，你的殿下回不来了，你还是早些想好退路，是否当真要与我针锋相对。"

"回不来？"余项不信。

沈云安扬眉："起风了。"

船外狂风大作，他们远远地还能看到江水翻腾。

起伏的江水在黑夜中像咆哮着的巨兽，宛如无边的大口，能够将天地吞噬。

他们的船明明停在岸口，被拴得牢固，却也随着波浪而摇晃着。

余项的脸色在烛火的照耀下瞬间变得煞白。

他们在这里都能如此明显地感觉到风浪，那么另一边岂不是狂风大作？

所以，沈云安早就知道今夜会有风浪，才把萧长彦往西边引，这是要让萧长彦全军覆没！

"今夜不仅有狂风，还有暴雨。不过天潢贵胄，或许上苍庇佑，景王殿下能死里逃生。"沈云安幽幽地开口，似笑非笑地睨着余项，"余将军要与我一道等一等，等苍天垂怜吗？"

等？等什么？

等萧长彦的死讯传来？即便萧长彦真的能侥幸不死，其他人呢？那些人都能全身而退？

萧长彦带走了大批人马，如果尽数葬送在江河之中，他这里的人还能是沈云安的对手？

"哦，我忘了问一句：我传给余将军的书信，余将军可收着了？"沈云安忽然开口。

神色张皇的余项蓦然听到沈云安这么一问，先是愣了愣，旋即背脊绷紧。

那些书信全都在萧长彦的手中！

"我听闻景王殿下有一个幕僚，深得殿下信任，此次他可没有随景王殿下一道去追步世子呢。"沈云安慢悠悠地补充了一句。

书信不是沈云安的字迹，余项留着也没有用。余项既然选择与陛下站在一边，这些信落在萧长彦的手中也无妨！

可前提是他们得胜，现在情形变成这样，如果萧长彦与大军葬身江河，这么大的罪责，总得有人来背。

这些书信若是被递给陛下，陛下即便不能给他安上一个"勾结沈云安"的罪名，也能给他安上一个"勾结水匪"的罪名。

这些死在江中的士卒，必须有人给一个交代！

"余将军，这个幕僚能不能活着回到京都，全在将军的一念之间。"沈云安提醒道。

这话的意思是，萧长彦的幕僚已经落在了沈云安的手上！

萧长彦做事会留后手，沈云安自然要把他所有的后路都给斩断！

余项死死地盯着沈云安，眼前这个年轻的西北王世子还不到而立之年，却已经深谙掌控人心之道。

余项终于明白了从一开始，沈云安就知道自己不会轻易地被他胁迫，一切不过都是等着自己自作聪明，一步步地往他安排好的路走！

现在余项只有两个选择，一个是与沈云安鱼死网破，然后一起死在这里，朝廷会追封他为英烈，另一个……

余项抬眸看着沈云安："世子凭什么让我倒戈相向？"

其实若是可以，沈云安是真的不想保全眼前这个人，宁可让他被追封为英烈，也不想让这么一个贪生怕死、反复无常的小人回去。

不过……

390

沈云安垂下眼，盯着手中的茶杯，轻笑一声，仰头将已经冷了的茶水饮下："余将军敢去营救景王殿下吗？"

余项怔了怔，似乎不明白沈云安的意思。他缓缓地转头，看向已经逐渐恢复平静的江面，风似乎小了些。

"余将军现在只有一个法子，就是领兵去驰援景王殿下。"沈云安嘴角噙着一丝淡淡的笑意，"不过将军想要亲自去，得先过了我这一关。"

他要过沈云安这一关，不就是要和沈云安一决高下？此时此刻，他在这里叫天天不应，叫地地不灵。即便单打独斗，他也不是沈云安的对手。

沈云安无疑是在告诉他，他若反抗，只有死路一条。

余项按着剑柄的手几次松了又紧，紧了又松，心中翻江倒海，经过无数次挣扎后，余项垂下了手："世子到底要如何？"

"我能如何？"沈云安满眼无辜之色，"余将军与我结盟，我这个人向来对自己人护短，岂能见死不救？我自然是命人代替将军去驰援景王殿下咯。"

驰援？他是派人去追杀吧！

不过只要萧长彦死在江中，萧长彦的幕僚也死了，"他"明面上又真的冒险去救了萧长彦，朝廷也不能对他追责，这还真的是他唯一的生路。

"兵符令牌，将军。"沈云安直白地说出了自己的目的。

余项犹豫了片刻，还是将兵符令牌取了出来。调兵不是那么简单的，除了兵符，还要有调令。调令其实就是暗号，只有主帅与主将知晓，有了兵符，调兵的人还得对得上暗号才能调动兵马。

萧长彦明面上只给余项留了两百人，但有几千人备用。这些人本就是余项带来的，大多数是余项以前提拔的人。

这些，余项都交出来了。

沈云安拿到东西，商船并没有离开，而是一直被扣留着，今夜已经不适合启航。

沈二十七陪着余项，沈云安去见了扮成余项的沈十五，将东西都交给了他。

"世子，属下去便好。"沈十五见沈云安并没有下船，连忙说道。

沈云安微微摇头，目光投向随风摇曳的船帆："我必须去。"

沈云安要余项手中的人，并不是去明着援救实则击杀萧长彦，而是去拦截祐宁帝的神勇军。

祐宁帝派了神勇军，这件事沈羲和已经告知了沈云安，神勇军一定会跟在萧长彦的后面，因为萧长彦断定沈云安和步疏林都在那条船上。

今夜有风浪和暴雨，这是屈氏船行的老人家根据几十年的行船经验推断出来的，而从刚刚的一阵狂风来看，这位老人家判断无误。

黑夜、礁石、狂风、暴雨，这是一场极其危险的战争。

沈十五不想让沈云安冒险，但沈云安不能让这些亲卫独自前去：一则，他要给他们信念和士气；二则，他需要亲自去会一会神勇军以及萧长彦的影卫！

军令不可违，沈十五劝说不动，只得听令。沈云安调了余项所有的官船，让沈家带来的人、沈羲和派来的人，全部换上了官府巡卫的衣裳，一道混入其中，一声令下，船扬帆起航！

一路上还算顺利，但他们越往江中去，船颠簸得越厉害，狂风也一阵阵地刮来，天上的玄月早就不知藏到了何处，微弱的星光也再无踪影。

远处一道电光闪过，照亮了黑夜，露出了黑云张牙舞爪的面孔。

沈云安最先派出的引诱萧长彦的大船突然停了下来，最后留下的几个船员也弃了船，跳江离开。

"扑通""扑通"的声音被风浪声掩盖，由于距离远，萧长彦等人并没有发现他们。

"殿下，我们已经进入了礁石区，风浪极大，影响船员判断。"下属来报。

萧长彦带来了去探察过这片水域的人，这人本就是个水性极好的水手，靠的就是这门手艺传信。

然而风浪越来越大，加上黑夜伸手不见五指，没有月光照耀，茫茫江上，寻不到任何标记，此人难以判断航行方向。

"前面的船呢？"萧长彦问。

"前面的船也放慢了速度。"下属回答。

由于风浪，萧长彦从甲板上转移到了船舱内，只要一打开窗户，风就能将屋子内的东西吹得摇摇晃晃，甚至吹得他的眼睛都难以睁开。

这会儿，萧长彦也完全失去了判断方向的能力，斟酌片刻后说："可否命两艘船加速行驶，越过他们进行拦截？"

"殿下，此时风浪时有时无，却不小，又有礁石，包抄的方法实属不可取。"一个经验老到的船员低声劝说着。

萧长彦听取了意见，正在思虑，忽然一个哨兵前来禀报："殿下，前方的船似乎停了。"

"停了？"船内的所有人俱是一惊。

萧长彦顾不得外面是否有风浪，迅速冲出去，走到望哨的位置，沿着高挂的灯笼往前看去。

偶尔一道闪电闪过时，能看到船，寻常时候根本看不清，萧长彦也不能确定前方的船是否真的停了。

他当即下令："追上去。"

他话音一落，一阵大风袭来，有那么一瞬间，好似船都偏了偏，不过只是转眼间，又恢复了正常。

"殿下，前方礁石颇多，一旦追上去，恐怕不好撤退。"船员提醒。

"殿下，不若派两艘船前去探察？"属下建议。

萧长彦沉默了片刻，接受了这个提议。他们的船缓缓地停在一个相对安全的地方，萧长彦另外派了两艘船围过去。

另一边，沈云安带着几艘官船，跟着易容成余项的沈十五迅速追来。他们自然不是追着萧长彦，而是追着跟在萧长彦身后，由萧长风带领的另外几艘官船。

萧长风是领着神勇军，但此次陛下担忧分权而导致争端，索性将一切事情交给萧长彦来做主，让萧长风从旁协助。

萧长风带的人没有太多的行船经验，但也觉得妖风阵阵、天气诡异，便有些担忧："王爷，我们还要继续跟吗？"

他们再跟下去，就进入江域中心了，若是起了大风，想退都难。

"听令行事。"萧长风皱着眉头，看着被风吹得翻卷的旗帜。

萧长彦没有传令，他们接到的圣谕是以萧长彦为主帅，这个时候，哪怕萧长风察觉到不妥，也不能擅自撤离。

即便情况真的不好，他们也断不可能对萧长彦置之不理。

船又行驶了半盏茶的工夫，之前断断续续的风现在竟然持续不停歇，萧长风抬手："你吩咐后面的船减速，缓慢前行……"

"禀报王爷，后面有官船追来！"萧长风的话音未落，便有人上前来报。

"官船？"萧长风疑惑。

"是的，官船。"禀报的人回答，"共有五艘，看旗帜，属于余将军。"

若是一两艘船，萧长风或许会担忧是作假，可五艘官船不易仿制，若是官船被盗，余项除非是死了，否则定会放信号。

故此，五艘官船轻易地就与萧长风的船靠拢了，沈十五顶着余项的脸与萧长风寒暄，沈云安带着他的人自船中潜入江中，顺着翻腾的波浪接近了萧长风一行人的船，自底部对船进行破坏。

"王爷？"沈十五看到萧长风，大为惊讶，因为实际上余项并不知道萧长风来了。

船头的萧长风微微颔首："余将军不是留守后方，因何追来？"

萧长彦没有告诉余项萧长风来了，也没有告诉萧长风为什么余项被留守在另一方。萧长风自动理解为余项被留守后方了。

"王爷，末将偶遇一渔夫，渔夫告知末将，今夜会有狂风暴雨。末将担忧景王殿下，故而追来阻拦。"沈十五模仿着余项的声音回答。

萧长风看着后面若隐若现的几艘官船。余项既然是来报信的，用得着带这么多人？

这一个反常现象引起了萧长风的猜疑，他问："余将军何故携众而来？"

"不瞒王爷，景王殿下原本接到线报，步世子与沈世子皆会趁着今夜由此逃入蜀南。"沈十五也不拐弯抹角，谁都知道陛下要对付的人是谁，什么水匪，都是借口，"不过沈世子故布疑阵，派了商号的船向东行驶，殿下便命末将去东边守着，末将截获了商船。

"船上并无二位世子，果然是对方故布疑阵，恰好听了渔翁之言，故末将审了商船上的人，七拼八凑后，得知二位世子早知今夜风浪不止，大雨将袭，欲冒险闯一闯。

"他们会在礁石区弃船入水，游过礁石区，便能进入蜀南境内，而步世子早已知晓会有人在蜀南码头接应，一旦二位世子越过礁石区，便能逃出生天。

"末将放心不下，故而快速追来，为的是协助殿下拦截二位世子。"

这一番话合情合理，萧长风一时间也挑不出错。

恰好这个时候，沈十五听到了两声敲船声，便急忙说道："不知王爷因何在此？末将尚有要事，刻不容缓，还请王爷行个方便。"

萧长风看了一眼面前的人，两艘船距离不远，船头的灯火在风中摇曳，将那张属于余项的脸照亮了。

萧长风打了个手势，他们的船缓缓地让开，官船一艘艘地通过，朝着萧长彦追去。

萧长风沉默地看着官船消失，总觉得有种说不出的诡异感。

而沈云安在官船脱离了萧长风的视线后，立刻放下小舟，安排他的人乘小舟散开，必要时，可不必剿围萧长风，因为风浪实在是越来越大了。

"世子也可乘小舟离去吧！"沈十五再次劝道。

沈云安依然没有答应："前行吧。"

官船继续前行，而萧长风的船没过多久就开始进水，在与先前差不多的风浪中摇摇欲坠。

"船底破了！"去检查的人高喊！

几艘船的船底都破了，萧长风面色大变："不好！"

他们的船尚未进入礁石区，一路上也没有磕磕碰碰，行驶前也再三检查过，怎么可能船底突然就破了？

而且不是一艘船破了，是所有船的船底都破了，很明显是人为导致的！

这些船虽不是官船，却也是花大价钱购买的，日常也有人看守，寻常时候绝对无人可以靠近破坏。

只有刚才，他与余项几句言语的工夫，兼之风浪不小，还有浪拍岸石的声音，定然掩盖了有人潜入水中，破坏他们的大船的声音。

想到这里，萧长风对萧长彦担忧不已："放小船！"

萧长风意识到不对劲后，立刻放小船，想要去营救萧长彦，恰好这个时候，天空中豆大的雨洒落下来。

惊涛拍岸的声音在大风之中"哗哗"作响，似乎下一刻，整个江河都要翻滚过来。

远处的天空电闪雷鸣，白色的电光像高空中伸出来的骨爪，看起来十分骇人，小船在风浪之中，根本不敢脱离大船，而越来越多的水从大船的底部涌上来，整个船都开始下沉……

这个时候，沈云安已经追到了萧长彦，萧长彦也追到了弃船，不顾风浪，亲自上了弃船，看着空空如也的船，他的脸色阴沉到了极致。

恰好这个时候官船追了上来，下属来报："殿下，余将军追来了。"

"余项？"萧长彦面色一变，走到船头。

因为有礁石，余项的船无法行驶过来，沈十五站在船上对着萧长彦大喊："殿下，末将有要事禀报！"

萧长彦站在船头，恰好有风浪袭来，险些没有站稳，还是手疾眼快地抓住了桅杆，才没有摔倒。

"殿下，这船渗水！"在船舱内部搜查的人连忙跑上来扯着嗓子喊。

萧长彦是乘小船上来的，此时风雨交加，小船根本无法靠近，大船与大船之间距离也挺远。

风雨之中，原本平静的江面此时像是被扰了清梦的巨兽，开始愤怒地咆哮。这时候，即便他跳入江水之中，只怕也会被风浪吞噬。

萧长彦看着官船上的"余项"，他的嘴一张一合的，萧长彦能听到声音，却听不清楚他说的是什么。

风浪越来越大，船上的积水也越来越多，水从底部冲上来，朝着船头涌来，船头开始疾速地下沉。

"殿下，快走！"护着萧长彦的是他的影卫统领，此人的身手了得。

统领如鹰一般锐利的眼眸一扫，他迅速顺着船倾倒的方向滑过去，一手抓住绑在船边的绳索。

他将绳索捆在了船上，另一头系在身上，一把揽住萧长彦，一个纵身飞跃下去，落在了两船之间并没有经历多大风浪的小船上。

小船摇摆不定，幸好统领的身上有系在大船上的绳索，他和萧长彦才稳住了身子，没有轻易地被颠簸着抛到江里。

"快，快把船掉头！"另一艘船上，萧长彦的下属连忙高喊。

395

这艘船在大风大浪中并不怎么颠簸，但是在这样的情形下，舵手根本没有办法掌舵。

沈云安见状，入了船舱，问舵手："我们的船能不能靠过去？"

舵手顺着沈云安的目光看到的赫然就是萧长彦所在的小船。

舵手是屈氏最有经验的行船人，经历过各种各样的风浪，这艘官船原本就是屈氏锻造的，他行驶起来也格外得心应手。他用双眼搜寻着四周，又看着江上翻动的波浪的方向。

许久之后，他点了点头！

沈云安大喜过望，因此萧长彦二人没有等来自己的船，等到了余项的船。这个时候，捆绑着绳子的船已经开始断裂，船沉的速度太快，随着萧长彦上船的其他人都不得不跳下船，落入江水中。

有的人在江水中扑腾，十分艰辛，却越来越远，有的人直接被一个浪给打沉了下去。

"殿下，上船！"沈十五高喊。

危急的环境会左右人的思绪，在萧长彦二人看来，他们逃离险境才是首要的事。统领感觉到绳子松动，顾不得是不是最佳时机，纵身而起，带着萧长彦朝大船飞掠而去。

就在他飞跃而起的一瞬间，隐藏在暗处的沈云安甩出一枚暗器，暗器破开风浪和雨水，冲着萧长彦飞去。然而影卫统领敏锐地察觉到了，于半空中旋身，暗器不偏不倚地没入了统领的腰腹间，使得他凝聚的气力一散！

眼看着他与萧长彦就要掉下去，统领只来得及对萧长彦说一句："殿下，当心！"

说话间，统领把萧长彦一把推向船内。这个时候，绳子的另一端也彻底断裂，统领"扑通"一声扎入水中，溅起了一朵极大的浪花。

萧长彦落到船上，沈十五冲过来接人。在接到萧长彦的一瞬间，他将手中的匕首刺入了萧长彦的身体里，而沈十五与萧长彦的身体同时一僵，萧长彦也将暗藏在袖中的匕首插入了沈十五的身体里。

沈云安迅速冲出来，一掌朝着萧长彦劈过去，一支利箭却在这个时候飞射而来，使得沈云安不得不后撤，顺势将沈十五带走。

沈云安扶着沈十五站定，萧长风已经挡在了萧长彦的面前。

"世子，适可而止！"萧长风如青松一般，手握长剑，立在萧长彦的身前，一副保护萧长彦的姿态。

沈云安看着沈十五腰腹间绽开的血花，面色阴寒："各为其主，何来适可而止？是生是死，各凭本事！"

将沈十五交给其他人后，沈云安快如疾风般朝着萧长风攻去。

一个是西北王之子，一个是东北王之子，两个人从父辈开始就是旗鼓相当的对手，父辈未曾一战，他们俩却神交已久。

剑锋相接，火花迸溅。

寒芒四射，招招致命！

浪潮此时稍微平息了一些，远远地发现不对劲的萧长彦的影卫，一个个立马想办法从萧长彦的船上飞跃过来，与沈云安的人短兵相接。

萧长彦虽然受了伤，但仍旧握着铁剑，不允许任何人靠近他半步。

船只之外，其他地方也俨然无视风雨，变成了战场！

黑夜茫茫，浪潮、狂风、暴雨只是短暂地歇了一口气，仿佛蓄积了更多的力量，铺天盖地地袭来！

小船被掀翻，大船也在风浪中撞上礁石，船底破裂。

深夜，沈羲和从梦中惊醒。萧华雍倏地睁开眼，连忙坐起身，握住她的双肩："做噩梦了？"

说着，他掏出一块帕子给沈羲和擦拭额头上的冷汗，又细心地拢了拢被子。

沈羲和用手按住莫名其妙地跳得极快的心："我突然觉得心口堵得慌。"

她并没有做噩梦，却莫名其妙地惊醒，心慌意乱的感觉来得莫名其妙。

"珍珠！"萧华雍立刻传唤。

沈羲和来不及阻拦，东宫自然又是一阵人仰马翻。珍珠很快给沈羲和诊了脉，却并没有诊出不妥之处，只得说道："或许是太子妃殿下有孕之故。"

沈羲和有孕已经三个月了，尚未出现孕吐的情况，不过有孕之人情绪起伏不定也是常事。

"我没事，你别担忧。"沈羲和握住萧华雍的手。

萧华雍只能揽住她的肩膀，让她靠在自己的怀里，低头在她的额头上亲了亲："辛苦你了。"

沈羲和没有说什么，只是依偎在他的怀里，很快，困意再度袭来。

沈羲和再次醒来时，已经是阳光明媚的艳阳天。没有看到萧华雍，她便知道他去朝会了。等到她用完朝食，萧华雍才回来，面色有些凝重。

"有何事？"沈羲和也肃容问。

萧华雍上前揽住她，不想告知她，却知道隐瞒会使她对他的信任动摇，捏了捏她的柔荑，说道："昨夜岷江出现风浪加暴雨，阿兄选择昨夜对小八动手，今早渔民发现不少尸体被冲上江边，于是报了案……"

朝廷的八百里加急消息还没有到京都，萧华雍得到的是飞鹰传书。

"阿兄呢？"沈羲和反抓住萧华雍的手。

"阿兄受了伤，已经被寻到。小八与巽王失踪了。"萧华雍回道。

沈羲和松了一口气："没事便好。"

"陛下的神勇军、朝廷派去的人都损失惨重。"萧华雍都没有想到沈云安会利用天时地利，一举让陛下的人全部折在岷江。

"我特意让他选个日子。"沈羲和轻声地说道。

当初她衡量过要怎么做才能以卵击石，重创陛下与萧长彦的势力。

他们人手其实有限，以少胜多的办法太少，唯一能够利用的就是天时地利，恰好屈氏有这样经验老到的人可用，而老天相帮，恰好有这样的时机，否则时间太长，沈云安拖得起，萧长彦也不会等。

"呦呦，我真庆幸，你我不曾为敌。"萧华雍由衷地感叹。

他其实现在都说不准，他和沈羲和若狭路相逢，彼此间又毫无情谊可言，他们之间谁胜谁负。

沈羲和闻言，淡淡地笑了笑："若你不曾倾心于我，只怕也会觉得有我这样一个敌人是人生一大乐事。"

独孤求败是一种难言的惆怅与寂寞心情，棋逢对手未必不是一场酣畅淋漓的生死较量，生而幸，死亦欢。

"呵呵呵……"萧华雍低笑出声，很难不赞同沈羲和之言。

沈羲和见他心情畅快，问道："北辰可还记得你我之间的赌约？"

"自然记得，呦呦赢了。"萧华雍痛快地点头，"呦呦要我做什么，直言便可。"

沈羲和扬唇，牵着萧华雍的手去了她的香房。珍珠立刻抬了托盘，托盘上有画笔，有长短不一的细针，有金色的颜料……

"呦呦这是……？"

"为我画一个永不褪色的花钿吧。"

像黥面一样，将颜料深深地刺入她的肌肤，再也洗不去，刻在眉心处，正如他长在她的心里，再也抹不去，再也不会有任何东西可代替。

几乎是一瞬间，萧华雍就领悟到了沈羲和的用意，顿时感觉喉咙发紧，声音都变得有些沙哑："呦呦，你不应该被束缚。"

若有一天不能够继续伴她左右，他宁愿她渐渐将他忘记，将他放下，破茧成蝶，再寻新生。

"愿赌服输。"沈羲和目光平静而又坚定，"北辰，你要知晓：若心如磐石，有无约束都难再移；若心如柳絮，便是无风也能飘荡。"

所以，这并不是什么束缚，也不是什么承诺，只是她想要表达她的心以及他在她心中的位置。

萧华雍低头盯着沈羲和被他握住的手,盯了好一会儿,才抬起头,冲着她展颜一笑:"好。"

用针将颜料刺入肌肤疼吗?

自然是疼的,但沈羲和自始至终没有皱一下眉。那是两片相依偎的平仲叶,是沈羲和在纸上绘出的图案。

鲜亮的金色平仲叶,远看似金蝶,于眉心处展翅,给她清丽绝俗的容颜增添了一分难以名状的华贵与雍容气质。

夫妻俩在东宫情意绵绵,而岷江的消息在正午被递到了宫中,祐宁帝气得眼前一黑,当真晕了过去!

"陛下晕了?"沈羲和接到消息时,十分诧异。

这次的确让祐宁帝伤筋动骨了,但祐宁帝怎么会如此经不起刺激?

"我给陛下用了你的香墨。"萧华雍为沈羲和理了衣襟,低声在她的耳畔说道。

祐宁帝昏厥,他们无论如何都要去探望。

沈羲和研制的香墨,人若长时间使用,香会慢慢侵蚀身体。

既然他时日无多,就要尽最大的努力,为沈羲和扫平障碍。

在祐宁帝倒下之前,萧华雍得先把所有野心勃勃的人放倒。萧长彦这一次必然会被祐宁帝厌弃,但萧长彦背后的势力仍旧不容小觑,萧华雍不让萧长旻死在崔晋百的手上,活着回来,就是让祐宁帝不怀疑同去的萧长庚。

萧长彦也会把萧长庚推出来,祐宁帝要平衡皇子之间的势力,萧长庚此时上位最为妥帖,萧长彦背后的势力就由萧长庚来接盘好了。

至于他让萧长旻活着回来,还有一个用处。

"步世子已经顺利到了蜀南,当务之急是送世子妃去与之团圆。"萧华雍忽然说道。

"陛下不会轻易罢手。"沈羲和有些担忧萧闻溪。

萧闻溪虽然是假怀孕,但身体娇弱,与步疏林完全不一样。

"所以,我们要为她制造机会,让陛下无暇顾及她。"萧华雍嘴角缓缓上扬,"不止陛下,我们要让所有人都不敢轻举妄动。"

"你要做什么?"沈羲和问。

听起来,萧华雍要闹大事了。

"是时候与老二算一算账,给步世子与知鹤一个交代了。"

正值夏日,这个如骄阳一般不容直视的伟岸男子,一字一顿,却令人如坠冰窟,冷入骨髓!

萧长旻已经回来好几日了,回来之后就闭门不出,萧华雍与沈羲和也好似忘了他这个人,一切都风平浪静。

实则，只不过是钱要花在刀刃上，萧长旻的命也一样要物尽其用。

至于萧长彦那边——他是否大难不死，就看他的命了。这个时候，他们是不可能再兴师动众、赶尽杀绝的，祐宁帝受到的刺激不小，他们不会留下任何把柄。

更何况，萧长彦的身边应该有萧长风，他们将二人一举诛杀倒是不难，难的是杀了二人，还得不留痕迹。

即便萧长彦归来，也会被祐宁帝降罪，他们何必再横生枝节？

夫妻二人心照不宣，到了明政殿，几位太医刚好给陛下诊完脉。

整个大殿里除了伺候的人，就只有太后带着小皇子萧长鸿守着，其余的人，譬如淑妃等人都被拦在外面。

沈羲和与萧华雍得以入内殿，萧华雍问太医："陛下龙体如何？"

太医愁眉苦脸地说："回禀殿下，陛下是因为一时急怒攻心，才会气血上涌，以至于昏厥，略微调养几日便能痊愈。"

事实上，祐宁帝是中了毒，只是这种毒会使五脏六腑缓慢衰竭，十分均衡，一如人到暮年的正常变化，太医根本查不出来，等到毒素日益累积，厚积薄发之时，便是无力回天之日。

沈羲和对她的香墨十分自信，这可是经过谢韫怀、珍珠、随阿喜三人反复钻研过的。他们确定毒发之前很难被察觉，尤其是用在年事渐高的人身上，更容易遮掩。

"陛下无碍便好。"萧华雍说完，脸上的神情缓和下来。

祐宁帝还未醒来，他们坐了片刻，便被太后打发出去了。

陛下昏迷不醒，朝中大事自然需要人做主，太子也忙。

萧华雍接手的第一件事就是岷江之事。他的消息来得快，却不够精确，八百里官报中有了具体的数字，根据几处官府统计，现在收殓的尸体都已经有两千五百余具了。

还有江中没有统计的尸体，官府已经派出官船打捞，这些人里面，虽然许多人的面目经过江水浸泡，有些模糊，但他们的衣着各不相同。除了官府的巡卫、朝廷的兵卒，还有一些人身份不明。

岷江中下游的百姓人心惶惶，这么多被水浪冲过来的尸体，实在是让他们惊慌失措。大家都忐忑地等着朝廷的公告，好让他们知晓到底发生了何事。

故而，此事刻不容缓，太子殿下一向只有兼听则明一个优点，凡朝中大事，从无多少自主之能。这样的大事，他自然也要听从朝臣的意思。

"岷江之事，导致百姓惶惶，不可悬而不决，诸公有何高见？"

这不是朝会，能被召来商议的都是重臣，这些人多数心里明白，岷江之事追根究底，根本没有什么水匪，一切都是冲着西北王世子去的。

西北王要保蜀南王世子，很明显，这是东宫授意，他们此刻面对着温和的皇太子，心里都在打鼓。

大部分人在想：太子殿下是真的一无所知，完全被蒙在鼓里，还是一直都在扮猪吃老虎，是真正的幕后黑手？

只要一想到后者的可能性，他们个个都脊椎冒寒气。

这一次陛下可谓兴师动众，西北王世子隐于暗处，能带多少人？可就是这样的天罗地网，陛下都被弄得全军覆没，他们哪里敢吱声？

他们算是看明白了，陛下与东宫之争，甭管太子殿下是真的平庸也好，是心狠手辣也罢，二者胜负难料，他们还是明哲保身为妙。

最后还是陶专宪说道："太子殿下，此事干系重大，据急报所述，死者身份多数未明，昨夜官船因何入江，亦不能断定，此时定论为时尚早，不若先命人调查，以免误判，有损朝廷威信。"

萧华雍看向众人，没有人反驳，也没有人再提建议。他似乎也不知道如何处理这样的棘手之事，故而采纳了陶专宪的建议，当即派了人去查此事。

打发了朝臣后，汝阳长公主突然带着萧闻溪求见。萧闻溪已经接到丈夫平安入蜀南的消息，丈夫说已经派人过来接她，她恳请太子殿下允许她离京。

萧华雍自然没有阻拦，应允了下来，等到祐宁帝醒来后得知此事，就再也没有理由阻拦萧闻溪了。

"余项自戕了。"萧华雍回到东宫，沈羲和把接到的消息告诉了他。

萧华雍扬了扬眉，语气淡然："总算聪明了一回。"

余项这一次在岷江做的事，足够祐宁帝将他碎尸万段！

若非有他，祐宁帝和萧长彦的人哪里会那般容易全军覆没？

现在萧长彦下落不明，一旦被寻到，揭露沈云安是假扮余项接近他的，可以把一切事情都推到沈云安的身上！

余项做着沈云安将萧长彦诛杀，自己空口白牙，指鹿为马，将一切罪过推给萧长彦承担的打算，却不知道他贪生怕死，早就没有了活路，哪怕萧长彦真的死在沈云安的手中，还有萧长风在后头呢。

许多事情经不起推敲，余项现在自戕，装出自己是被沈云安擒获后遭到灭口的假象，哪怕萧长彦回来了，也无法指责余项反叛陛下。

死无对证，最妙的就是余项的手上有一封沈云安给他的书信，信上明明白白地写着沈云安等人的计划。事实上，沈云安也确实在按照这份计划行动，但余项将消息告知萧长彦后，萧长彦并没有信任他辛辛苦苦、卧薪尝胆得来的情报。

一切都是萧长彦刚愎自用，导致这一场交锋祐宁帝和他惨败！

"我还派人模仿了余项的笔迹，给剑南节度使寄了一封信。"沈羲和冲着萧华雍浅浅地笑了笑。

这封信告知了剑南节度使他们的计划，上面写着余项如何与沈云安虚与委蛇，探听到了沈云安的行动轨迹，叮嘱剑南节度使要时刻小心防范云云……

　　这就是萧长彦自作聪明，导致全军覆没的铁证，等到萧长彦回京，为了不担责任，剑南节度使一定会呈上这封信。

　　萧华雍听了，忍不住笑了："余项死得可真是……冤！"

　　若是早知道沈羲和还有这样的神来一笔，只怕余项也舍不得自己的那条老命，一切责任都可以推到萧长彦的身上。

　　余项被沈云安俘虏，不都是因为萧长彦不相信他的情报，给他派遣的人手不够？正因为他被俘，才从根本上说明，他没有和沈云安同流合污。

　　至于沈云安是如何拿到兵符和暗号，调动官船，迷惑萧长风的，这些就不是他一个被俘之人该明白的，陛下有本事去问沈云安哪，他最多就是一个失职之罪，这个失职之罪还有大半责任在萧长彦的身上。

　　"余项固然可恨，可我是个言而有信之人。我说过，只要他倒戈，就给他一条生路，便不会过河拆桥。"沈羲和认真地说道。

　　余项不是个好人，可以说是死有余辜。可那又如何？她答应了的事就是答应了的，不会因为对方是个死不足惜的人，她就能心安理得地违背自己的诺言。

　　"呦呦这是强者之言。"萧华雍满目笑意。

　　盖因余项这样的人，她若真想取其性命，易如反掌，所以才不在意那些顺手就能捏死余项的机会。

　　应该说，哪怕不是余项，是其他深不可测的人，她应该也会如此，不会过河拆桥，朝令夕改。

　　"不过他死了，也换了不少好处。"沈羲和看了萧华雍一眼。

　　现在一切过错都在萧长彦的身上，在铁一般的证据面前，他百口莫辩。

　　陛下接到剑南节度使手中来自事发前"余项"的书信，就会诘问萧长彦为何没有相信余项。

　　萧长彦能说他是因为身边有懂摄魂术之人，一直窃听着沈云安的一举一动吗？

　　他自然不能！

　　因为他说了也无济于事，只会更显得自己无能。他引以为傲、无往不利的摄魂术，这一次恰恰成了反刺入他的身体里的刀刃！

　　萧长彦这一次是彻底废了。

　　陛下的怒火、对朝廷的交代、葬身江河之中的数千精兵的性命，都得由他来担责！

　　"人虽有利器，但不可过于依赖。"萧华雍轻叹了一声。

　　萧长彦输就输在太过于依赖和深信他的摄魂术，认为这是攻无不克的制胜之宝。

若非如此，以他的敏锐与机智性子，他绝不可能那般轻易地相信沈云安让莫遥传递的话。

"摄魂术的破解之法唯有施术之人知晓，因为施术的依托之物千奇百怪，哪怕是懂术之人，也难以摸透。"

沈羲和这一次大费周章，还是想要了解神秘莫测的摄魂术。萧长彦的幕僚落在沈云安的手上，当时就遭受了酷刑，将莫遥的摄魂术给解了。

对于克制摄魂术的方法，幕僚也是知无不言，言无不尽，沈羲和对得到的结果却并不满意。

"你是在担忧……"萧华雍低头看着沈羲和，"我吗？"

"嗯。"沈羲和颔首，"你曾与我说过，你幼时中过摄魂术。那时景王尚且比你年幼，绝不可能是他从中作梗。有些危险既已露了痕迹，我们就不得不防。"

萧华雍握住沈羲和的手，目光落在窗外摇曳的石榴花上，眼里的红点缀着他深沉漆黑的眼瞳，宛如黑夜之中的火苗，透着一点儿妖异的光。

没有人知道他在想什么。

余项牺牲的消息也在当晚传到了京都，祐宁帝刚刚醒来，面色十分不好，但岷江到底发生了什么，为什么这一次的损失会如此惨重，祐宁帝还不清楚。

因此，他只是派人去余府知会了一声。

令沈羲和万万没想到的是，当天夜里，昭郡王府就发生了一件骇人的事。

据说昭郡王妃得知父亲身亡，悲愤之际，去寻昭郡王殿下，昭郡王殿下正好在与侍妾嬉闹。虽然君臣有别，萧长旻是皇子，但也是女婿，岳父丧生，昭郡王却寻欢作乐，昭郡王妃一时大怒，当即要对侍妾动手。昭郡王在保护侍妾的时候，不小心将昭郡王妃推倒了。

已经有了四个月身孕的余桑宁流产，惊动了太医署，此事自然必须报给执掌六宫的沈羲和。

沈羲和听了这消息后，若有所思。

"余氏父女倒颇有壮士断腕的气魄。"萧华雍嘴上夸赞，语气与目光却讽刺之意满满。

他们都清楚，余桑宁是因为蜀南王世子平安回到蜀南而感觉不妙，无论萧长旻会不会被东宫清算，以后都没法指望了——她必须及早抽身。

现在好了，萧长旻身为女婿，岳父尸骨未寒，他便纵情享乐，荒淫无度，是为不孝。

为了侍妾，他又重伤嫡妻，导致嫡妻滑胎，宠妾灭妻，是为不仁不义。

这还没有完，余桑宁流产后醒来，不哭不闹，径直跑到朱雀门前跪地不起，直言她不够贤良恭顺，不配为皇家妇，拿着萧长旻的休书来向陛下请罪。

沈羲和才刚听完外面禀报的消息，明政殿就来人了。这种事情，祐宁帝自然交由沈羲和处理。

事关皇家颜面，又搞得如此难堪，沈羲和是太子妃，又掌着宫权，这件事推给沈羲和也合情合理。

沈羲和正要起身，萧华雍却按住她的肩膀："这事有祖母在，你且看着便是。"

不是沈羲和将事情推给太后，而是沈羲和刚刚接到陛下的口谕，太后已经派人将余桑宁给抬进宫里，并且宣召了萧长旻。

沈羲和到底不能不露面，就和萧华雍一道去了太后的宫里，到的时候，萧长旻已经跪在了宫门口。

沈羲和瞥了一眼萧长旻，萧长旻蓬头垢面、眉头紧锁，衣衫似乎也是匆忙间整理的，看着有些狼狈。

沈羲和入了太后的宫里，余桑宁已经哭晕了过去，太后也面沉如水："将那个混账东西叫进来！"

很快，萧长旻便跟着内侍进来了，在太后高喝一声"跪下"后，"扑通"一声跪在地上。

"你说说，你做的是人事吗？你与畜生何异？"太后怒斥。

萧长旻欲言又止，面色微白，眼中还透着些许困惑之色："祖母……孙儿也不知……不知怎会如此……"

萧长旻是真的不知道。在步疏林的事情上，他与余桑宁有了分歧，后来他惨败归来，余桑宁竟然还对他冷嘲热讽，他就不爱搭理余桑宁了。他有侍妾，平日里宠着一两人，回来之后，也大多宿在侍妾的房内。

今日与往日好似没什么不同，就是这侍妾弄了点儿助兴之物，归来之后，他躲在王府里，说得好听些，是深居简出，说得难听一些，不过是丧家之犬。

他心里郁悒，也就没有克制，哪里知道余项死了？等到消息传来，余桑宁寻上门，他那时都做了什么？现在仔细想想，他竟然记不清楚，等清醒过来，就听到余桑宁因为他小产了。

余项死在了岷江，萧长旻当即觉得不妙，追过来时，余桑宁已经跑出府，跪在了宫门口。余桑宁的那封休书，的确是他的笔迹，也是他的口吻，但自己何时写下的，他竟然记不清楚。

迷迷糊糊间，他只知道自己在侍妾那里与余桑宁争执得厉害，对那些推推搡搡的画面也有些模糊印象，可又觉得这不应该是他干得出来的事。

因为余桑宁小产，萧长旻倒不怀疑这是余桑宁搞的鬼，心中对侍妾助兴的药物有了猜疑。只是这些话他不能对太后说，更不能当着萧华雍夫妇的面对太后说。

萧长旻不说，但沈羲和大致能够猜到。

她在萧长旻的身上闻到了一股淡淡的药味儿。

这股气息是复杂的药物混合的味道，沈羲和依稀能够辨别出来的都是致幻的药物，譬如曼陀罗。

所以此刻萧长旻也迷迷糊糊，说不出个所以然，沈羲和明白，他大概真的不知道前因后果。

一个昏迷不醒，一个支支吾吾，太后即便想要断个清楚明白，也是不可能的。

沈羲和来露了面，就和萧华雍离开了。既然太后接手了这件事，就轮不到她插足。

"老二这是栽在了自己的女人手里，还浑然不知，这会儿指不定还对她心怀愧疚呢。"萧华雍说这话时，语气有些幸灾乐祸的意味。

"昭郡王妃如此舍得，几个人能猜到？"沈羲和倒不觉得萧长旻没有看明白事情的真相是不够聪明。

虎毒不食子，余桑宁却舍了肚子里的骨肉。尽管大宅门内有不少阴私事，可寻常人哪里能够想到，萧长旻好好的郡王，余桑宁会弄得自己小产？

余桑宁是聪明的，明白东宫一定会对萧长旻进行清算，大概一直在等一个机会——一个顺利脱离萧长旻，还不得罪皇家，不影响日后立足的机会。

就钻营这一点，沈羲和是敬佩余桑宁的，余桑宁的手段有时连沈羲和都叹为观止。

现在这样的情形，余桑宁想要和离，哪怕是太后和陛下都说不出阻拦的话。父亲身死，夫君寻欢，为护侍妾，害她流产，她手上还有萧长旻写的休书，完全可以全身而退。

萧华雍赞同地点了点头，若非他和沈羲和早就知道余桑宁的真面目，以局外人的身份来看这件事，只怕也想不到做局的人是余桑宁自己。

"看来余项死前传了书信回府。"萧华雍说道。

这一切的先决条件，必然是萧长旻不知余项已经身亡，而余桑宁比朝廷早一步知道余项已经死了，才能这样做局，让侍妾给萧长旻下药。等朝廷的消息传来，她去找寻欢作乐的萧长旻，之后的事情就水到渠成了。

"余氏这一辈，只有昭郡王妃有些谋算……"她却被困于后宅里，终究是眼光短浅了些。后面一句话，沈羲和没有说出来，因为大多数女子依附男子而活，似余桑宁这般的人数不胜数。

只是像余桑宁这样聪明又狠辣的人不多见，但凡她的生存环境与自己相差无几，沈羲和并不觉得余桑宁会逊色于自己。

"余项赴死前定然是需要交代一些事的，早早传信回府，实属应当。"

看来余项交代了不少东西，不过沈羲和与萧华雍都不惧，无论余项聪不聪明，会不会让儿女怨恨他们夫妻,余氏的人,都不够资格令他们夫妻提防。

"原本还想着贸然给老二做局,总会有些引人怀疑之处难以周全,昭郡王妃倒是给我递了一把梯子。"萧华雍眼底笑意更浓了。

他把沈羲和送回东宫后就去忙了起来,沈羲和知道,他这是要改掉原本给萧长旻设的套,准备利用余桑宁来让事情更滴水不漏。

余桑宁敢这样做局,那一定是把一切都打点得妥妥当当,但沈羲和相信,只要是萧华雍想要的证据,哪怕没有,他也能无中生有。

他们夫妻是一样的人!

到了夜里,萧华雍便一脸闲适的样子,双手负在身后回来了。

"解决了?"沈羲和刚沐浴完,正坐在梳妆镜前擦拭着头发。

"只差关键一步,需要呦呦相助。"萧华雍从怀里取出一张单子递给沈羲和。

单子上全是一些药材的名字,好几味是香料。

"这是……"沈羲和接过单子,"使得昭郡王殿下心神大乱的药方?"

上面的几味药材都是白日里她在萧长旻的身上闻到过的,沈羲和才如此猜测。

"是。"萧华雍点头,"我寻了阿喜他们辨别,这并非药方,想到呦呦素日里调香时的香谱,故而拿来一问。"

余桑宁绝不敢去买现成之物,因为会留痕迹,经不起查。

她用的只可能是稀罕之药,最好是只有她自己有方子,亲自调配出来,如此一来,才能神不知鬼不觉。

"老二的那个小妾已经畏罪自尽,妾室的亲眷也已经人去楼空,余氏动作干净利落,看来筹谋已久。"萧华雍又说道。

以余氏的心狠手辣程度,这些人是死是活也未可知,萧华雍懒得白费力气去寻。

此刻余氏与萧长旻的事情还没有决断,余氏只怕还没有安心,更不敢掉以轻心,未必没有派人守着,他派人去打听,也许还会打草惊蛇。

"我仔细看看。"沈羲和看了看方子。在她看来,这些东西无论如何都不可能配成香料,有些药材明显不能共用。

但是里面大量的香料,又实实在在地说明这不可能是药方。

沈羲和想了片刻,有个猜测:"或许她为人谨慎,这里面多了些用不着之药。"

萧华雍想了想,觉得也不排除这个可能。

沈羲和也有了兴趣,却没有立刻去钻研:"给我三日,三日内,我一定配出这份香。"

"不急,余氏与老二之间的事还没有决断,两三日还是等得起的。"

余桑宁当日就醒了,只是虚弱得很,就连太医都说余桑宁亏损得厉害,日后恐怕难有骨肉。这个消息对余桑宁的刺激极大,太后不忍,没有让萧长旻见到余桑宁。

太后让余桑宁留在宫里歇息一宿,让萧长旻一直跪在宫内,以示惩戒。

第二日,太后才把二人叫到一处,至于说了些什么,无人得知,总之,萧长旻与余桑宁和离了。

余桑宁当日就被兄长接回了余府。

萧长旻则被祐宁帝申饬了一顿,就连郡王爵位也被撸掉了,现在只是二皇子,身上的职位也一并丢了,成了一个彻头彻尾的光杆皇子。

祐宁帝本就恼怒萧长旻成事不足,败事有余,当日去追击步疏林没有成事,才导致步疏林顺利回了蜀南,蜀南王府请求袭爵的文书只怕已经随着来接萧闻溪的人一道在路上了。

兼之萧长彦下落不明,还弄出一个收拾起来令人焦头烂额的大摊子,这会儿祐宁帝憋着一口气,萧长旻偏偏撞上去,祐宁帝能轻饶才是奇迹。

三日后,沈羲和经过无数次试验与研究,终于弄出了一味香丸,将成品放到了萧华雍的面前。

小拇指头大小的一颗圆圆的药丸,闻着有一股药香,萧华雍取出一粒端详:"这是……香丸?"

沈羲和颔首:"这颗香丸不用于携带或是用火,而是服用之物。"

这也是那日沈羲和还能闻到气味的原因,因为东西被萧长旻吃到了身体里,味道才能残留那么久。

"人服用之后会如何?"萧华雍问。

"这香丸……"沈羲和想了想,回道,"可以类比五石散,但比之更为霸道,小小一粒,不但能……助兴,还能致幻。"

她所谓的助兴其实是壮阳之效,能令男子在房事时不知疲倦,男女欢爱之后次日还能精神抖擞。

其损害极其微小,服用之人只需多食用一些养肾护肝之物,便能抵消其损害。此物若是做成,用于买卖,只怕也能赚得盆满钵满。

不过沈羲和是不会让独活楼里出现这种东西的,怕有人似余桑宁一般拿去祸害他人。

萧华雍嘴角一扬,将手中的香丸放到盒子里,盖上了盖子,扬声唤大圆进米,将盒子推给天圆:"交给镇北侯世子。"

步疏林走了,崔晋百也暂时去了黑水部,丁珏仍旧在大理寺整理文书,大概是没有了狐朋狗友,镇北侯终于为这个嫡子请封了世子。

有些事还真的只有这些纨绔才能做好。

丁珏拿到这些东西后,自然要和狐朋狗友余烬一道分享,余烬还是平遥侯世子的时候,他们就在一起玩。

不过余烬到底还有孝心，热孝在身，既不寻欢作乐，也不饮酒。丁珏带了东西去余府，是这样说的："这是好东西，不过余兄现在不宜使用，然而好东西可遇不可求，愚弟也是好不容易才寻到的。余兄可留一些，日后留着自用也可，留着赠人也拿得出手，可都是用好药材配成的。"

丁珏现在是镇北侯世子，余烬原本是不打算收下这东西的，不过想到日后还要仰仗对方，而且也没有想过要用此物，不好拂了丁珏的一番心意，故而收下了。

丁珏拿了这东西，自然不止分享给余烬，一道玩的朋友都分享了一遭，霎时间就受到了狐朋狗友们的追捧，众人更是私下打听何处能得到此物。

丁珏自然是神秘一笑："不可说，不可说。"

这边丁珏散发出去的东西小范围地得到了追捧，另一边时刻关注着余烬的余桑宁也知道了丁珏送来的东西是什么。她关心兄长，是因为她日后的富贵系在兄长身上。丁珏是个只知道吃喝玩乐的纨绔，她自然不能让其带坏兄长。

可丁珏前脚送了东西，余桑宁后脚就去询问兄长，不是告诉兄长她在监视他吗？所以余桑宁只能私下打听，丁珏这么高调，哪里瞒得过有心打听之人？

余桑宁很快就拿到了香丸，看到香丸的一瞬间，她的脸上血色尽失。

这怎么可能？！

这可是失传的香方！方子被她记下之后，立马就烧掉了。这个方子是她在母亲那边的一个孤本里偶然所得，这孤本在她的外祖家里传了几代，不可能为外人所有，另外，这个东西出现的时机实在是太巧了！

香丸恰好是她自己配制出来之后问世的，她想不怀疑这些东西是从她的手里泄露的都不行！

那么这东西是如何从她这里泄露的？余桑宁百思不得其解！

一切的根源都在丁珏身上，现在只有丁珏才有此物！

余桑宁不得不偷偷地约见丁珏。其实她通过余烬向丁珏打听会更便宜，但就有被余烬知晓她为了和萧长旻和离做下的种种之事的风险。

她不能让余烬防备、畏惧她。

她私下约见丁珏，丁珏也很给面子，同意见面，却不知道恰巧被萧长旻的心腹看到他们见面了。

"世子可否告知我，世子是如何得到此物的？"余桑宁开门见山地问。

丁珏摇着折扇，自以为风流倜傥："余二娘子一个女眷，寻根究底地打探这等物什，倒让我大为意外。"

"世子，还请告知，这香方是我外祖家祖传的。"余桑宁身子虚弱，没有精力与丁珏虚与委蛇。

"余二娘子的外祖祖上是……？"丁珏上上下下地打量着余桑宁，眼中的兴味毫不掩饰,露骨的眼神只差直言她的外祖祖上不是什么清白之家。

余桑宁心中怒火翻腾,却不得不按捺住情绪:"世子不愿告知……"

余桑宁起身,丁珏连忙伸手去拦,隔着一个天井的对面屋子里的人,看到的就是拉拉扯扯的画面。

这自然是丁珏有意而为。他故意选了这个位置,笑容还格外暧昧:"余二娘子,勿恼。这方子是从凌氏药行传出来的,我花了大价钱才得知,不知是谁买了药,被懂香的郎中给洞悉了。这抓药的人机灵,香药里掺了不少以假乱真之物,可道高一尺,魔高一丈,谁能想到遇到了一个深谙调香的郎中呢?"

余桑宁听了后,差点儿没有站稳,丁珏连忙扶了她一把,这姿势就更加亲昵了。

余桑宁现在哪里还顾得上这些,犹如抓住浮木一般抓住了丁珏:"世子,可否查出是何人抓药?"

这个人自然是她派去的,但她不能让别人查到这个人。她这样说自然是试探,希望丁珏去查一查。若是丁珏查不到,那么事情就到此为止;若是丁珏查到了,只能说明她没有将痕迹抹干净。

丁珏的目光落在余桑宁抓住自己的手臂的柔荑上。

余桑宁这才惊觉自己失态,连忙松了手,解释道:"祖上遗留之物,不容他人窃取,我一时情急,有冒犯世子之处,还请世子海涵。"

丁珏笑得吊儿郎当的:"二娘子放心,我不会放在心上。既然是二娘子祖上之物被人窃取,我便帮二娘子一个忙,不过……"

"世子有何吩咐,只管直言。"余桑宁稳了稳心神。

"此物是难得的好物,我替二娘子查明真相,二娘子可否与我一道将此物换作一条财路?"他不讨要好处,会引得余桑宁怀疑。

听闻此言,余桑宁心里松了一口气,对丁珏的防备心也减轻了不少:"等世子查明此事,我再与世子相商如何合作。"

"二娘子爽快,我定当竭力彻查此事,以期早日与二娘子共谋富贵。"丁珏合上扇了,日光晶亮。

两个人到底是孤男寡女,没有久留,很快就约定好如何传递消息,各自离去。他们才离开茶楼,萧长旻的心腹就面色阴沉地离开了。

一出茶楼,他恰好看到几个春光满面的少年郎进入了对面的花楼。花楼自然是萧长旻的,里面发生的事情都瞒不过萧长旻。

萧长旻的心腹也在花楼里得知了一种香丸,还有机灵的姑娘偷留了一粒。萧长旻的心腹拿了东西,又听了一些不该听的话,当即赶往二皇子府。

"殿下,属下在楼里得了此物!"萧长旻的心腹递上香丸,这香丸的样子和气味,萧长旻再熟悉不过。

这正是那日妾室给他之物。他可不是什么东西都往嘴里吃，这东西妾室早就拿出来了，他还拿去给郎中检查过，确定这是不损害身体的助兴之物，才在那日妾室又提到时，鬼使神差地服用了。

谁知道竟然酿成大祸！

"殿下，属下今日看到余氏与镇北侯世子……私会！"心腹很气愤，"他们举止亲密，绝非偶然相遇，私下不少人说这药是从镇北侯世子手中传出来的……"

"你说什么？！"萧长旻倏地站起身来。

不用心腹说得直白明了，只是几句话，就能让心里原本就有阴谋论的萧长旻不得不多想。

这个香丸可是让他栽了个大跟头！

香丸是从丁珏的手中传出来的，余桑宁又和丁珏牵扯不清，还在小月子之中，就迫不及待地与其私会！

这是不是意味着余桑宁早就和丁珏私通？她觉得自己这个二皇子失势了，早就寻好了下家？

天家之子哪里容得她不敬？所以为了脱离他，投奔情郎，余桑宁竟然下这样的狠手？

不得不说，萧长旻在这一瞬间，除了关于丁珏的部分，几乎猜中了全部事实！

一想到因为这件事自己被陛下一撸到底，以及承受的流言蜚语，萧长旻想要撕了这对狗男女的心都有了！

他们让自己身败名裂，他就要让他们死无葬身之地！

"去，派人盯紧这对奸夫淫妇！"萧长旻咬牙切齿地吩咐。

捉奸拿双，他要亲自把这二人的脸皮扯下来，一雪前耻！

萧长旻的人盯上了丁珏和余桑宁，萧华雍将一切消息尽数掌握在手中。

其间，丁珏又以告知调查的进展为由，与余桑宁会面了几次，这在萧长旻看来，无疑证实了余桑宁与丁珏有染的事实。

这一日，蜀南王府的人终于顺利抵京，除了上呈步疏林袭爵的奏疏之外，还有一个任务，就是带着有孕五个月的萧闻溪回蜀南王府与步疏林团聚。

萧华雍给萧闻溪选择了离京的日子，就在这一日的前一夜，丁珏与余桑宁再一次"幽会"。

两个人"幽会"的地方，竟是与萧长旻和离时余桑宁从他这里分割的一处庄子！

余桑宁与丁珏前一瞬才偷偷摸摸地到了相约之处，下一秒，萧长旻就带着人气势汹汹地把庄子前门、后门都给堵住了。

萧长旻黑着脸在外面等了片刻，才大手一挥，破门而入。他携众前来，五城兵马署和金吾卫都担心闹出大事，也跟着来了。

然而一行人冲进去后，没有搜到余桑宁与丁珏，却在屋子里搜到了另一个人。兵马署的统领和金吾卫的将军看清这个人的模样后，面无人色！

这个人竟然和陛下长得一模一样！

几年前，萧华雍见识过推骨术之后，就以玩笑的口吻对沈羲和说他们推一个陛下来玩玩。

沈羲和原本没有将此话放在心上，因为陛下是陛下，哪怕有人和他模样一样，但是神态、语气和阅历都不可能模仿得来，想以此来调包陛下，实在是痴人说梦。但萧华雍兴致勃勃，并且在萧觉嵩的人里找出了一个心甘情愿被推骨成陛下的人。

这个人与陛下有着灭门之仇，萧觉嵩才收留了他，现在有个机会能够接近陛下，能否刺杀成功，就看他的造化了，他自然不会放过。

恰好随阿喜也觉得这个人能被推骨成陛下的模样。虽然两者身高有些差异，但没关系，萧华雍又不是要调包陛下，不过是需要这样一张脸！

明政殿里，祐宁帝死死地盯着被押上来的人。来人因为这张脸，连护卫都不敢捆绑推搡他，祐宁帝再也隐忍不了怒火，抄起桌子上的砚台，砸在了萧长旻的额头上！

萧长旻不敢躲，被砸得头昏眼花，鲜血瞬间流了半边脸！

"你竟敢圈养这样一个人，狼子野心，昭然若揭！你眼里还有君父吗？！"祐宁帝气得每一个字都像是从齿缝之中磨出来的！

"陛下，儿不敢，这人绝不是儿圈养的！儿若养着这么一个人，怎敢大张旗鼓地带着人去搜查？！"萧长旻顾不得疼痛，大喊冤枉，这是要命的罪啊，"儿是去捉奸，对，是余氏勾结奸夫暗害儿！"

"捉奸？"祐宁帝冷笑了一声，"传余氏！"

祐宁帝的反应令心慌意乱的萧长旻觉得大事不妙，他却说不上来何处不妙。

就在这时，一旁的萧华雍站了出来："陛下，二哥孝悌，儿不信他大逆不道，还请陛下彻查此事。"

本就觉得心慌的萧长旻听了萧华雍之言，不但没有半点儿喜悦之情，反而觉得更加绝望……

余桑宁被带上来时是绝望的。从丁珏带着她在庄子上走了个过场就迅速离开，一路上告诉她一切后，她就如坠冰窖。

丁珏说他是太子妃的人，奉命行事，不过是刻意误导萧长旻来捉奸，从而搜查出这么一个和陛下长得一模一样的人！

太子妃真敢啊，连和陛下长得一模一样的人都能找来，还这么堂而皇之地养着。

411

在这一刻，余桑宁知道萧长旻完了。对于这个结果，她既庆幸自己行动得快，也对太子妃的手段感到心惊肉跳，同时也感到内心苦涩。

她费尽心机地想要全身而退，明明计划万无一失，虽然她与萧长旻和离了，但是借着孝道的名义，不但不会有人因此厌恶她，反而会赞扬她有气节与风骨。

等养好身子，她再筹谋一番，太子妃再将萧长旻给处理掉，她想要再嫁高门，也不是没有可能。

哪怕是陛下和太后，在萧长旻这样愧对她的前提下，也会厚待她。

她前面顺顺利利，现在却功亏一篑。

太子妃给了她两个选择，要么指认萧长旻，要么和萧长旻一起担上谋逆的罪名！

这是选择吗？她根本没有选择的余地！

"余氏，朕问你，你因何深夜外出，且与镇北侯世子相约？"祐宁帝将锐利的目光锁在了余桑宁的身上。

帝王的威压令从未感受过的余桑宁呼吸一滞，她有那么一瞬间感觉好似落入了无边的黑暗里，四周铺天盖地的压迫感朝着她奔涌而来，有一刹那，她的脑子一片空白。

一些话滚到了喉口处，她正要下意识地吐出来，丁珏在一旁仿佛被吓得不轻地瘫软了下去，犹如重物砸落，沉闷的声音使得余桑宁背脊一紧，找回了些许理智。

这个时候，就算把实话说出来，把方才丁珏对她说的话原原本本地告诉陛下，指出一切都是太子妃为了对付萧长旻所设的局，她也没有一点儿证据。

她若这样做了，不过是引得陛下猜疑沈羲和，而且丁珏已经暗示她，太子妃有孕了，在这种情况下，陛下就算想以事关重大为由审问关押太子妃都不行。

因为一旦查出这件事和太子妃无关，因此损伤太子的骨血，陛下都付不起这个代价。故而，陛下不会冲动地缉拿太子妃。

因此，哪怕她指认太子妃，最后也不过是由她来承担所有的代价。另外，丁珏敢告诉她此事，自然是太子妃授意的。太子妃既然什么都和她说了，也不会想不到她可能经不住陛下的审问而吐露实情，只怕早就想好了应对之策。

事到如今，她明知道自己成了太子妃的棋子，也得乖乖做一颗听话有用的棋子，否则第一个被毁掉的人就是她！

心思电转，余桑宁仿佛被吓傻了一般呆呆地站着，没有说话。

刘三指不得不提醒："余氏，陛下问话，你怎敢不答？"

余桑宁身子一抖，好似才回过神来，战战兢兢地回道："回……回禀陛下，妾实则……实则早在王府便见过此人……"

"余氏！"萧长旻目眦欲裂，额头上的鲜血都渗入了眼睛，双眼赤红染血，看起来比丛林里被激怒的野兽更狰狞。

若非有侍卫挡着，余桑宁相信萧长旻会扑上来将她生生地撕咬致死。

余桑宁不敢再看萧长旻，匍匐在地，声音哽咽又颤抖："陛下，妾所言句句属实。妾早在王府里便见过此人，初时误以为是陛下入府，后见王……二殿下对此人毫无敬意，才有了猜想。

"自此妾夜不能寐，辗转反侧，心中忐忑，暗中试探二殿下，却无果。后来又见过一次，妾便再也没有见过此人。

"直到妾与二殿下和离，有一日，镇北侯世子上门见阿兄，不经意间提及他见过陛下出现在……在花楼。"

第十五章　生与死各凭本事

"我……我没有……"丁珏哆哆嗦嗦地小声反驳了一句。

他已经被吓得两股战战。

祐宁帝并未发怒，沉声说道："接着说！"

"陛下，余氏胡编乱造，血口喷人！她定是被人收买了，要害儿的性命哪，陛下！她为了陷害儿，连亲骨肉都舍得害死，那日儿在妾室房中服了药，这药是出自丁珏之手，请陛下明察，儿冤枉！"

萧长旻说着，重重地磕头，原本就受了伤的额头瞬间将地毯印出一摊血渍。

"太医，别让他死了！"祐宁帝高喊，然后盯着萧长旻："朕定会将此事查个清楚明白，你先别急着喊冤！"

祐宁帝转而吩咐余桑宁："说下去！"

余桑宁还是那副吓得要死的神色，颤抖着身体说道："妾……妾一听这话就被吓破了胆……陛下怎么会在花楼里出现？那花楼……那花楼是二殿下的营生……"

这个重磅炸弹砸得萧长旻头昏眼花，余氏竟然知道花楼是他的产业！

这件事他做得何其隐秘？他自问京中无人能知，竟然被余氏知道了！

事实上，若非当初步疏林之事，就连萧华雍都不知道花楼背后的人是萧长旻！

余桑宁当然不知道，是丁珏在被五城兵马署堵住之前告诉她的！

"刘三指，你亲自去查花楼，给朕查得清清楚楚！"祐宁帝下令。

在不知道花楼是谁的的情况下，要盘查会比较困难，可在知道这是萧长旻的营生后，刘三指从萧长旻这边查就不难了！

萧长旻连忙跪伏在地："陛下，花楼的确是儿的营生，儿也的确利用花楼赚了不少钱财！但儿绝未行谋逆之事！"

祐宁帝瞥了他一眼，对等待吩咐的刘三指下令道："去查！"

等到刘三指退下，祐宁帝将沉沉的目光又落在了余桑宁的身上："把你知道的事都说出来！"

余桑宁哆嗦了一下："陛……陛下，妾与镇北侯世子是妾小产后才有了往来，缘由则是二殿下所说的药丸。妾知晓药丸就是那日二殿下服用之物，便询问镇北侯世子药丸从何处得来，镇北侯世子告知妾之后，便答应帮妾调查……"

余桑宁隐去了方子是自己祖上传下来的，以及要丁珏帮忙查的真正原因，其余的都是真话！

她说的事七分真三分假，陛下去核实，才不会有任何纰漏！

能够交代的，余桑宁都看似老老实实地交代了，她和丁珏的往来止于此。至于他们为何到了屋子里就立刻离开，是因为两个人都听到了动静，担心牵扯不清，这才迅速离开。

这个和陛下长得一模一样的人为什么会在这个庄子里，余桑宁不得而知。她的的确确不知道，所以不需要做戏，眼神没有任何闪躲。

余桑宁的话，祐宁帝派人去查证了，基本没有出入。

祐宁帝想听萧长旻的辩驳："朕给你一个自证清白的机会！"

自证清白！

谈何容易？

萧长旻知道，他现在掉入了一张天罗地网中，根本容不得他挣扎——他越挣扎，只怕会被束缚得越紧。

哪怕有了这个认知，萧长旻也不可能坐以待毙。他有些慌乱，不知从何说起，只能将自己的猜测和疑惑一股脑儿地抛出来。

"陛下，儿今日才见到这个人！儿那日的确是服了药丸，因而才失去了神志，不慎致使余氏小产，那药能蛊惑人心！

"儿醒来之后尚且迷迷糊糊的。故而得知此药是丁珏流出，且余氏与丁珏私有往来，儿便以为余氏与丁珏有染，是用丁珏之药暗害儿，想要全须全尾地与儿和离，再与丁珏厮守！

"儿得知他们二人今日有约，便特意去捉奸。儿若是知晓有这个人在，如何敢大张旗鼓地带着这么多人去捉奸？！

"陛下，余氏胡说八道，故意暗害儿！"

祐宁帝深深地看了萧长旻一眼，这一眼如同黑暗中的旋涡，仿佛要将人的灵魂都吞噬进去。

余桑宁与丁珏有没有私相授受，很好查出来，而且一切都是丁珏奉命做的局，该留的痕迹都留了下来。

在余桑宁小产之前，二人素无往来，这药的确是丁珏所得，至于如何得到的，与丁珏交代与告知余桑宁的一样，药也的确是余桑宁与萧长旻和离之后好几日才问世的。

"陛下，这……这药不过是助兴之物，并……并不能使人致幻……"丁珏自辩后，结结巴巴地道。

流出来的药，是沈羲和改了药方的。沈羲和用其他药代替了曼陀罗等，因而此药不能致幻，只是助兴之物。

不是如她一样嗅觉敏锐的人，哪怕是将两种药放在余桑宁这个制作过的人面前，余桑宁若不仔细去对比，也未必能从外观与气味上察觉到不同。

祐宁帝也不需要寻人来验证，只需要派人去问一问用过丁珏的药的人就知道了。

这些五陵年少都是一个圈，勋贵子弟，就连清贵之家也少不了几个贪花好色之人，丁珏这香丸得到了不少人的青睐，用过之人没有上百也有几十，这么多人一口咬定药不致幻，萧长旻的话不就经不起推敲？

所以那日他根本没有丧失神志，就是宠妾灭妻，对余桑宁动了手！

这个时候，余桑宁也哭哭啼啼地喊冤："陛下，请陛下为妾做主，殿下怎可如此诬蔑妾？殿下寻欢作乐在先，妾收到家父身亡消息在后！妾如何能料事如神地知晓那日会收到噩耗？平常殿下宠幸侍妾，妾何曾闹过？

"妾既然不能未卜先知，如何做局暗害殿下？殿下推诿自己的过失，诬蔑妾，妾有何颜面苟活于世？"

说着，余桑宁就站起身朝着大殿的柱子撞过去，殿内侍卫却好似被施了定身术，一个个都没有阻拦。

和预想的不同，余桑宁也顾不得，脚下没有任何停滞，只能赌上一命！

然而就在她要撞上柱子的时候，暗处有什么东西飞出，打在她的脚踝上，致使她身子一偏，结结实实地磕在了地上，偏离了殿柱。

"成何体统！"祐宁帝怒斥，"你这是在威胁朕吗？"

余桑宁如释重负地趴在地上，嘴都磕破了，顾不得整理仪态，连忙跪好："陛下……陛下，妾无能自辩，只得以微弱之躯证清白，陛下恕罪！"

说着她就低声抽泣起来。

这里就不得不提一下，余项虽然是自戕，但弄出来的是自己死于沈云安之手的假象，只有这样，才不用解释为何沈云安能拿到兵符与调令。

祐宁帝等人鞭长莫及，岷江之事又牵扯极广，当地官员但凡在朝廷有点儿人脉，能得到消息的都对此事讳莫如深，捞尸的时间都不够，哪里有时间去调查余项真正的死因？

遑论那日大风大浪，证据早就被淹没了。

所以在众人的眼里，余项死于非命，死于那日的暴风雨。暴风雨来临前，余项与萧长彦都不可能料到接下来会发生何事，否则怎么会一败涂地？

故而余项绝无暗通消息给余府的可能，余桑宁要早早地知晓父亲亡故，再做这样的局，这是不成立的。

余项自然也有自己的隐秘法子，就连沈羲和与萧华雍都是在余桑宁小产后才猜测到余项死前可能秘密地传信回来了。

萧长旻的辩驳显得苍白无力。

"是非对错，朕自有公断！"祐宁帝冷冷地扫了余桑宁一眼。

恰好这个时候刘三指回来了，将调查的结果也呈了上来。

祐宁帝看了之后，直接将其砸在了萧长旻的脑门儿上！

萧长旻口口声声地说他没有见过这个人，但花楼是他的，花楼里有人接过这个客人！

花楼的地下还有暗室，里面有关过人的痕迹！

京都见过祐宁帝的人不少，毕竟祐宁帝时常骑马从宫里去芙蓉园，百姓看到过也不足为奇，可是常年养在花楼里的女子，足不出户，昼伏夜出，根本没有见过他。

萧华雍只不过让这个人避开见过祐宁帝的人去花楼春风一度过，这是为了证实丁珏所言，佐证丁珏与余桑宁接下来的接触为真。

铁一般的证据摆在萧长旻的面前，容不得萧长旻狡辩。很多人都看明白了，这件事的背后还有人，这个人把萧长旻、余桑宁和丁珏都玩弄于股掌之间，但那又如何？

这个人只是知道萧长旻养了这么一个人且企图谋逆，揭穿罢了，只要证明这个人是萧长旻所养，萧长旻的路就走到尽头了。

祐宁帝把萧长旻关押到了宗正寺里，没有当即说如何处置，至于余桑宁与丁珏，自然是无辜之人。

原本这件事情到了这一步，也算是定了性，可以告一段落。

然而谁都没有想到陛下将那人一道关入了宗正寺。夜里，陛下亲自去了一趟宗止寺，回到宫中就隐秘地召见了入医。

"北辰，你在逼陛下。"沈羲和听了消息之后，目光紧锁着萧华雍。

盛夏灼热，他却披着轻裘，坐在火炉旁。香炭透着红色的光，映照在他白得有些透明的脸上，使他整个人显得更加不真实了，沈羲和莫名其妙地感觉心口一涩，移开了眼。

"我应了长公主，要将蜀南王妃安全送回府邸。"萧华雍捕捉到沈羲和的目光，屈了屈指尖，似乎想要离火远一些，下意识地做出了欲盖弥彰的动作。

沈羲和凝眸，将视线定在他的脸上，这个时候陛下被刺，绝不是为了制造混乱，让陛下无暇去管萧闻溪离京赶往蜀南之事这么简单，萧华雍在筹谋更长远的事，却没有向她坦承。

萧华雍好似没有看到沈羲和想要刨根问底的目光，含笑道："老二之事，陛下少不得要疑心于你，明日我们召太医请脉。"

这是要将沈羲和有身孕的消息公之于众。她已经怀有身孕三个月了，过了最危险的时候，是该公布了，再隐瞒下去，反而容易被人察觉后做文章。

对萧长旻设局，无论如何都是不可能做到不留痕迹的，萧华雍索性就明明白白地让所有人知道的的确确有这么一个人隐于背后，掌控全局，这并不妨碍萧长旻罪不容诛。

不论是遮遮掩掩，还是这样光明正大地让他们知晓背后有人，祐宁帝怀疑的对象都只会是东宫，也许是沈羲和，也许是沈羲和与萧华雍，猜忌沈羲和是不可避免的。

盖因能够做到，且非得对萧长旻下手的人已经没有几个了，东宫算一个，萧长卿算一个，萧长彦还在岷江，生死未卜，萧长瑱万事不出头，他那有点儿异心的王妃也不似沈羲和这般手眼通天。

此外，萧长庚也算一个。但若是萧长庚要对萧长旻不利，萧长旻是无法活着回来的，用不着非得回来折腾一回，除非萧长庚想要一箭数雕，害了萧长旻，嫁祸给东宫。

这个可能不是没有，但祐宁帝不会信。

沈羲和："我有了身孕，陛下固然不好轻举妄动，却也不会就此罢休。"

她有身孕，小打小闹的事，陛下不会出手，什么试探、略施小惩，都不会再有。萧华雍这是在逼迫陛下与他们决一死战。

"岷江一役，葬送了陛下的数千神勇军，不说全部，至少也损失过半了，现在陛下又被刺杀，且中了毒。陛下不会再与我们虚与委蛇。"

帝王的怒火已经被燃烧到最旺盛的地步，沉睡的猛虎被三番五次扰了清梦，绝不会轻轻地揭过。

"中毒！"沈羲和知道那个被推骨成为祐宁帝的人对祐宁帝心怀仇恨，也知道萧华雍给了对方一个近距离接触祐宁帝的机会，成与不成看他的本事，却没有想到，他还能够携带毒器接近祐宁帝！

萧华雍的笑意略深。

这样一个人，祐宁帝一时间只怕不知道如何处置，明显背后还有人做局，萧长旻和余桑宁这里都查不出线索，只能从这个人身上下手。这人或许知道是谁把他从花楼里转移到庄子上的。

当然，这些事自然不必祐宁帝亲自去审问。只是这个人不但长得与祐宁帝一模一样，还知晓一些祐宁帝的私密往事，只要疯疯癫癫地吐露出来，传到祐宁帝的耳朵里，祐宁帝定然是要去见他的。

祐宁帝终究是没有逃过情关，不过是关于远嫁吐蕃的心上人的一点儿消息，就让祐宁帝降低了防备之心，给了对方得手的机会。

"陛下伤得不重。"萧华雍又说道。

祐宁帝再怎么疏忽，身边也是高手如云。有绣衣使统领如影随形地跟着他，他不过是受了点儿皮外伤，只是这皮外伤就够了。

萧华雍没有用见血封喉的剧毒，浸了毒的细针藏在这人的嘴里，如果是剧毒，这人等不到陛下来就会毙命。虽然这毒不会立刻要了人命，但是也极难解，祐宁帝本就被香墨侵蚀的身子更是雪上加霜。

人，没有到穷途末路的时候，永远不知道会做出多么疯狂的事情。

萧华雍之前也从未深想过，不过近来随着身子越发惧冷，在做了最坏的打算之后，想得就会多一些。

祐宁帝心中有一根刺，那就是西北王沈岳山。这根刺迟早要拔，萧华雍不希望等他不在的时候祐宁帝才发作。无论沈羲和是否应付得了，他都不希望她独自面对。

既然这根刺如鲠在喉，不若他早些替祐宁帝做主，让祐宁帝要么吐出来，要么咽下去！

"北辰……"

"你好生养胎，其余的事有我在。"萧华雍嘴角噙着一丝温柔到极致的笑容，打断了沈羲和的话。

虽知道他都是为了她好，可她心疼他。她多希望他们什么都不用再管，在他最后的时光，没有纷纷扰扰，只有他们一家三口温馨惬意地生活。

然而他们身在这个旋涡里，这无疑是奢望，有些事情不是他们想喊停，旁人就会停下，给他们时间的。

沈羲和不欲再与他争辩，有些事争辩起来，只会影响他们相处的氛围，到头来什么都改变不了。

祐宁帝回了明政殿，太医诊断出他中了毒，而且毒侵蚀了他的身体，不但不好解，对他的身体造成的损害还难以弥补。

祐宁帝当即就下了令，要将那个人处死，结果谕令还没有送出去，宗正寺来报说那人已经死了。

同时还有一杯鸩酒被端到了宗正寺，送走了萧长旻。

萧长旻养了个"皇帝"，闹得尽人皆知，祐宁帝想要包庇都包庇不了。尤其是在证据确凿，再无疑点的情况下，祐宁帝今夜不处置萧长旻，明日御史台就会联名上书，那些等着萧长旻再也无法回来，瓜分原本属于他的一切的人也不会无动于衷。

花楼又涉及多少人的阴私？有多少人猜疑萧长旻通过花楼掌握了他们的把柄？这些人都会群起而攻之。这个时候，如果祐宁帝不处置萧长旻，等到明日，事情就不是萧长旻一死能了结的了。

"二兄死了。"城门口，乔装打扮的萧长彦死死地盯着告示。

皇子谋逆，这样的大罪肯定是要昭告天下的，陛下赐死亲子，必须将缘由说得明明白白，否则天下人如何议论与看待陛下？

告示上的罪名写得清清楚楚，萧长彦却知道这是萧长旻博弈落败的下场，一如现在犹如丧家之犬的自己。

他活了下来，却知道自己彻底失去了争夺那个位置的机会。他的影卫折损大半，这次岷江大败，葬送了那么多朝廷精兵，都是他这个做主帅的责任，陛下也需要惩戒他，给朝廷一个交代。

"殿下，我们进城吧。"跟在他身侧的萧长风开口道。

关于二殿下的事情，他不够资格置喙。

萧长彦转头看着萧长风，萧长风硬朗英俊的脸上有多处瘀青与擦伤，下巴上也满是青楂，显得格外狼狈。这一次他能够侥幸逃生，多亏有萧长风相护，他们俩都受了不轻的伤，一路上还以为会被追杀，没有想到东躲西藏，倒是顺利平安地来到了京都城门口。

"堂兄，你与淮阳县主婚期将至，日后你与东宫便是连襟。"

萧长彦的话点到为止。

东宫强势，几乎追着他们这些兄弟打压，没有一个人能够赶得上东宫的势头。莫要说他们，就连陛下与东宫相争，都未必能够占上风，谁让东宫背后是整个西北？

"殿下，长风忠于君主。"萧长风说道。

他不站任何人，只遵从帝王的命令。今日是陛下为正统，他就忠于陛下；日后谁能夺位，若还用他，他一样忠诚。若是夺位之人因今日他忠于陛下而不用他，也是他的命。

萧长彦看着低眉顺眼的萧长风，一时间竟不知说些什么好。萧长风为了救他，在船上与沈云安缠斗至船沉，两个人都没有因为即将成为亲戚而留手，各为其主，拼尽全力。

萧长风是无愧于陛下的信任的，这一次落败，责任也全在萧长彦自己身上。

萧长彦长舒一口气，走向守城将领，亮出了自己的玉牌。

景王回宫了，消息很快就如插了翅膀一般飞遍全城。萧闻溪就是在这两件惊雷般的大事的夹击下，轻车简从，悄无声息地随着蜀南前来迎接的人离开了京都。

前有二皇子谋逆、陛下被刺，后有岷江致使上万人葬身江河，一直下落不明的景王回归，两件事情都是朝廷大事，除了陛下，没有人在意萧闻溪离京之事。

可祐宁帝中了毒，又有步疏林离京之事的血淋淋的教训，神勇军受到重创，萧觉嵩竟然也搅和在里面，若非如此，萧长旻也不会拦截不了步疏林……祐宁帝多方思量，只派了几个人暗中跟着，能找到机会下手便下手，寻不着机会便作罢。

祐宁帝已经没有精力盯着萧闻溪了。他现在迫切地想知道，岷江之役到底因何成了如今这个模样。

明政殿内，萧长彦与萧长风笔直地跪在御案前，祐宁帝双手负在身后，站在御案后，目光沉沉地看着垂首不语的两个人。

大殿里只有四个人，刘三指侍奉在侧。

不知过了多久，帝王才出声："说说看，朕想知晓，是什么让你似被施了蛊一般，一股劲地冲向江中，对余项得来的情报视若无睹？"

剑南节度使已经将"余项"的书信呈给了祐宁帝。

萧长彦也是此时才知道还有这样一封书信，这封信是"余项"在事发前两日，也就是刚刚得到沈云安传来的情报的次日送出的，恰好在事发当日送到了剑南节度使的手上。

从这封书信中不难看出，当时余项以为萧长彦会相信他的情报，依计行事，向东拦截沈云安与步疏林。

然而余项万万没有想到，萧长彦率领大军向西追击，酿成了无可挽回的大祸。

萧长彦闭了闭眼。与喜欢垂死挣扎的萧长旻不同，他一眼就看出这是个无解的局，任他如何辩解，都改变不了就是他决策失误的事实。

他深深地叩首，额头触地："是儿无能，自作聪明，致使误判，大错铸成，无可更改，儿愿领罚。"

就在昨日，萧长旻才在这里如困兽一般百般狡辩，却多说多错，越深查，越将他谋逆之罪钉死。

今日萧长彦跪在这里，无一赘词，干干脆脆地认了罪，截然不同的反应，让失望透顶的祐宁帝胸口积压的怒气减轻了些许。

"朕给你五千人，只活下来不足百余人。"

这还是陛下明面上给的，没算上神勇军。

祐宁帝说不出地疲惫："人死了，你连敌人都没有找出来。对方是什么身份，从何而来，什么消息都没有，你这是打了一场自取灭亡的仗！"

沈云安的人没有丧生吗？自然是有的，只不过他们有备而来，死伤不重，且这些人在江河之中与神勇军和萧长彦的护卫混作一团，这两方人不能深查来历，自然就不能下令去查另外一方人，所以这件事情不得不这样不了了之。

戎马一生，机关算尽，登顶至尊之位的祐宁帝，哪怕当年被困于西北之时，都不曾这样憋屈过。

"儿羞愧，恳请陛下重罚。"萧长彦重重地磕了一个头。

"你没有话要对朕说？"祐宁帝问。

萧长彦顿了顿，才开口："儿无话可说。"

他说什么呢？他将事情从头到尾说一遍，难道要将自己身边有擅长摄魂术之人的事情一并告知陛下？他说了又有什么意义？

这改变不了他失职的事实，追击沈云安的事本就不能摆在明面上说出来，因为他没有证据。

他应受的惩罚，不会因为他说了这些而减轻，只会将他仅剩的筹码摊开。

祐宁帝一手撑住御案，抬手捏了捏鼻梁，意兴阑珊地摆了摆手："你退下吧……"

"儿告退。"萧长彦听话地行礼退下。

他的过失，陛下没有决断，而是要等到明日朝会，由大臣商议谏言之后再定论。

萧长彦虽然失误，导致朝廷损失惨重，闹得岷江周边的百姓人心惶惶，却到底罪不至死。

几方势力撕扯了一上午，最终的结果就是萧长彦成了一个闲散王爷，不但失去了安南的兵权，也彻底触碰不到权力的中心。

"阿兄，幸好我们早早抽身。"刚刚养好伤，能下床活动筋骨的萧长赢，看到兄长，忍不住感慨道。

连着两日，二兄和八兄一死一废，皇储之争情况日渐明了。

萧长赢的话让萧长卿怔了怔，萧长卿的脑海里突然闪过一些零碎的画面。

"王爷，皇权是鲜血铺地，帝位是良知开路。"

她清冷的声音回响在他耳畔，他们夫妻间，他从不对她设防，自己的野心瞒着所有人，却不曾在她的面前遮掩半分。

"青青是想我放弃这条路？"

那一瞬间，他下意识地问出这句话，心中竟然有未知的期待之意，不知是期待她与自己交心，多说些话，还是期待她对自己有所要求。他不知道那一日若是她说了一个"是"，他是否真的会为了她而放下多年的苦心经营，真的做个闲散王爷，一辈子与她富贵绵长。

然而，她没有给他这个机会，说："我不过是提醒王爷，耽于儿女情长，帝王之路，或许便差了临门一脚。"

一盆冷水浇灭了他蠢蠢欲动、殷殷期盼的心。

她总是这样——举凡他对她稍微好些，为她耽误正事，她就会这般冷言冷语，让他的一颗心支离破碎。

年少气盛的他也有自己的脾气。掏心掏肺换来的是被拒之千里，他总会抑制不住自己的怒气，记不清他们有多少次不欢而散，他拂袖而去。

往日种种画面，他历历在目。

萧长卿的心似又被细细密密的针扎了一次，阵阵刺痛感令他忍不住深吸一口气。

他低头看着担忧又懊恼的弟弟，心里总算有了点儿暖意。他知道弟弟是关心他才担忧，是想起他之所以抽身，是因为永失至爱才幡然醒悟，自己无意之间揭了他的伤疤，才懊恼自责不已。

萧长卿轻轻拍了拍萧长赢的肩膀，又捏了捏，沉思片刻，才说道："阿弟，我是来告诉你，东宫有喜了。"

今日下了朝会，东宫内侍就守在大殿外，当着文武百官的面对萧华雍说太子妃昏厥了。太子殿下苍白着脸，跌跌撞撞地冲向东宫，人人翘首以盼，等来的是不出所料的结果。

太子妃有了身孕，且已有三个月，坐稳了胎。

萧长卿第一时间转过头看了看帝王的脸色，即便陛下已十分克制，其狰狞与隐藏怒意的表情也没有逃过他的眼。

只要一想到方才帝王的脸色，萧长卿心中就多了一丝快感。

他盼望着沈羲和能一举得男！他必将全力以赴地将这个孩子扶上帝位，不为太子的威胁，不为时局限制，亦不是惧怕与东宫为敌。

他只为让陛下死不瞑目！

陛下有多么痛恨沈氏一族，有多忌惮流着沈氏血脉的皇嗣坐上萧氏的龙椅，萧长卿就有多希望这个孩子称帝。

最好是在陛下咽气的前一瞬，告诉他这么一个"好消息"，只要一想到那个画面，萧长卿就热血沸腾，激动万分！

萧长卿知道自己"病了"，但不愿意治。人活着，总要有一丝期盼与憧憬之情。自从她离开后，他觉得自己什么都没有了。但他不会成为一个自我了结的懦夫，也不会因此而消沉丧志。

因为这样的他，去了九泉之下也无颜面对她，她会更看不起他。

他唯一的信念，就是想要看一看那个主掌生杀大权，从不将他们这些人当作有血有肉、会伤会痛的活人之人，也无尽绝望与痛苦的模样！

太子与太子妃是夫妻，无论他们是真的两情相悦也好，还是太子殿下一厢情愿也罢，沈羲和要走的路，都需要一个孩子，这些萧长赢的心里早就清楚。

然而知晓是一回事，真的听到太子妃怀孕，他也难免恍惚与心口郁结。

低头不语的萧长赢没有看到哥哥眼中的偏执与癫狂之色。

两兄弟之间异常沉默，打破沉默气氛的却是一阵高喝声："你们谁敢拦我，我就死在你们面前！"

萧长卿兄弟俩同时回过神，将目光投向垂花门。顾青姝用匕首抵着脖子，逼得阻拦她的护卫不敢靠近，一路闯了进来。

看到白衣如雪的萧长卿，顾青姝眼泪一下子奔涌而出，充血的眼瞳无比幽怨地盯着萧长卿："殿下，我不要嫁到楚家去！"

江南楚氏是名门望族，不过多数人醉心学文，入仕者众多，却不爱钻营权势，多是清流。

萧长卿冷冷地看着顾青姝："你即便是死了，也要葬入楚氏的陵！"

顾青姝没有犯大错，但触及了萧长卿的底线。留在京都，她早晚会将自己给作死。

况且她对他的心思，令萧长卿有些硌硬，这让他想起了那个被顾青栀推给自己的表妹。

若非顾念她是顾氏最后的血脉，岳父对他亦师亦父，他早就将顾青姝随意处置了！

当年他只能救下顾青姝，顾氏的男丁被看得极严，唯一能够抓住时机的竟然是岳父。他如今想来，才发现这一切都在陛下的掌控之中，陛下知道岳父不会让他救，不知是在试探他还是在试探岳父。每每深想至此，他就齿寒。

顾青姝脸上挂着泪，愣在原地。她没有想到萧长卿竟然真的这样心狠！

她不信！

明明顾氏满门被斩，他独独冒着天大的风险救了自己！

明明顾氏背负了谋逆之罪，他还苦心奔走，为顾氏平反，令她能够重见天日，重享荣华富贵！

他只是在试探她！是的，就是这样！

怀着这样的痴心妄想，顾青姝毫不犹豫地用匕首抹了脖子。

鲜血飞溅而出，巨大的疼痛感令顾青姝倒地不起。萧长卿站在台阶上，就那样冷冷地看着她。

他没有阻拦她，也没有惊慌失措地喊医师。触及他冰冷的双眼，无边的黑与寒意让顾青姝前所未有地清醒，他根本不在乎她的生死。

眼泪决堤般冲出眼角，心口的疼竟然让她觉得脖子上的伤口都不那么痛了。

不知道过了多久，也许只是一瞬，顾青姝眼前发黑，才听到他冰冷的声音："传医师，去宫里请御医。"

昏迷前的顾青姝并不觉得欣喜，想到的只有那句话：你便是死了，也要葬入楚氏的陵！

萧长卿有一瞬间是真的想让顾青姝就这样一走了之。

对于顾青姝，他下不了杀手，但她自个儿不想活，他不会阻拦。

他原以为拖了些时间，顾青姝救不回来，不承想，顾青姝压根儿没用多少力，还避开了动脉。

听了御医的禀报，萧长卿只回了一句："知道了。"

他都没有等顾青姝养好伤，就命人收拾行囊，悄悄地将人送回江南待嫁。

这件事情，萧长卿只是禀报了祐宁帝。对于这个遗留的孤女，祐宁帝并没有放在心上，顾青姝得到的恩宠还不及沈璎婼半分。

祐宁帝听了后，随手赐了一些珠宝做陪嫁，这件事在几起大事的衬托下雁过无痕，没有泛起半点儿涟漪。

沈羲和开始养胎，祐宁帝没有让她将宫务交给旁人接手，她便放权给六尚局，有六尚局的协助，倒也没有什么大事。

六月的时候，可谓愁云惨淡的皇宫迎来了一桩喜事，也让压抑的宫廷多了一丝鲜活之气——烈王大婚。

萧长赢大婚，沈羲和没有去，以养胎为由，留在了东宫里，萧华雍却带着厚礼亲自去祝贺。

回来之后，他心情极好，搂着沈羲和迟迟不入睡："过两日我便找个机会，落实我们去黑水部之事。"

"朝廷接连发生祸事，陛下正愁寻不到机会对我们下手，我们这时候去黑水部，无疑递了梯子给陛下！"沈羲和的手搭在微微有了弧度的小腹上，她不想冒险。

虽然她信任萧华雍，但也不想让萧华雍太折腾。

"正是因为陛下寻不到机会，才会应允。"萧华雍将手覆盖在沈羲和的手上，两个人一起感受着掌心下小生命的存在。

沈羲和听了这话，就知道他又要闹幺蛾子，忍不住想：他是想把陛下给活活气死吧？

正如沈羲和所料，萧华雍觉得，如果自己不能活过今年，那就把陛下一并带走。

只是这些话，萧华雍不欲对沈羲和说，说出来只会徒增伤感。

"睡吧，明日我再去见见若谷。"萧华雍将手覆盖在沈羲和的眼睛上，调整了个能让她感到舒适的姿势，拥着她入眠。

沈羲和闭着眼睛，许久才迷迷糊糊地入睡，次日醒来，萧华雍已经不在身侧，也不在东宫。

这段日子，萧华雍一直去寻谢韫怀调理身体。谢韫怀非官身，时常召他入宫不妥当，会让人起疑，故而，都是萧华雍偷偷地出宫去寻他。

萧华雍既然打定主意要与她一道去黑水部，那就必然会把身体调理到最妥当的情况，至少不易再毒发。

谢韫怀京郊外的草庐里，他在准备着萧华雍的药浴，两个人一边闲聊，一边忙碌着。

两个人都博览群书，又游历丰富，无论是天南地北还是四书五经，甚至时政民生，都能聊到一处。

等到药浴准备好之后，萧华雍躺进去，谢韫怀开始为萧华雍施针。

用药浴排毒之法，拔除萧华雍体内因毒素累积而堵塞的寒气，并不能控制毒素，只有延缓毒发之效，减少萧华雍的疼痛感。

药浴针灸一个时辰后，恰好伴随服用的药煎好了，由阿勒端了进来。

草庐里只有谢韫怀与阿勒，一直以来，也都是阿勒和谢韫怀在照顾萧华雍。阿勒本就是被谢韫怀请来确诊萧华雍的毒的，机缘巧合下，还救了崔晋百一命。

他们一直在等萧华雍安排好一切，随他们一道去阿勒的部族治疗。

萧华雍接过药，如往常一般，仰头一饮而尽，然后搁下药碗，起身穿衣。

萧华雍穿到一半，突然感觉心口一阵绞痛，撑着桌沿，面色大变。

听到响动的谢韫怀与阿勒连忙冲上来，还没到萧华雍跟前，萧华雍张嘴喷出一口污血，而后栽倒了下去。

守在外面的地方听到谢韫怀的惊呼声，冲了进来，就看到谢韫怀扶着已经昏迷的萧华雍，一只手扣着萧华雍的脉门。

接着，谢韫怀面色苍白，对着地方吩咐道："派人去把阿喜叫来！要快！"说完，他目藏寒光，盯着阿勒，对地方说道，"把他看住！"

萧华雍又中毒了，明明药浴施针后，谢韫怀才给萧华雍诊了脉，这会儿工夫，萧华雍只服用了阿勒端来的药。

谢韫怀没工夫多想，救人要紧。他将萧华雍扶到榻上，迅速施针，寻药兑成药水，给萧华雍灌下。

随阿喜虽然是东宫的医师，好在住在宫外，来得也极快。谢韫怀立马让随阿喜给萧华雍施针逼毒，万不能令两种毒融合。

一番急救后，总算是有惊无险，可萧华雍虽然保住了性命，但毒到底入了体，哪怕他们应对得再及时，少不得还是刺激到了萧华雍体内原本潜藏的毒。

故而萧华雍是在一片寒意之中醒来的。明明屋子里烧着不少火炉，明明他的身上盖着厚厚的被褥以及轻裘，外面也烈日高悬，可他冷得身体止不住地战栗。

"殿下，是我疏忽了。"谢韫怀见萧华雍醒来，一掀袍，跪了下去。

萧华雍克制住身体的颤抖："发生了何事？"

这一刻，萧华雍仍旧不知道自己遭了暗算，只当治疗出了差错，抑或自己体内的毒有了变故。

萧华雍昏迷的时间，足够谢韫怀查清一切。阿勒的指甲里藏了药粉，药与萧华雍服用之药的碗里残留的毒素相同。

阿勒已经被捆绑住了，但他一脸茫然的样子，好似不知自己在萧华雍的碗里做了手脚。

"殿下，并非我替阿勒狡辩，阿勒在中土无牵无挂，甚至言语不通，想要收买他，几乎是不可能之事，此事极为蹊跷。"谢韫怀如实相告后，说出了自己心中的疑惑。

萧华雍闭上眼："我深感寒凉，症状可否缓解？"

"请殿下再忍半个时辰，等阿喜再为殿下施针一次，便能缓解。"谢韫怀大概已经猜到萧华雍醒后的症状，已想好了应对之策。

"嗯。"萧华雍轻轻地应了一声，"若谷，你起来吧，这件事不怨你。"

多余的话，萧华雍没有说，谢韫怀心里忐忑而又焦虑，实在是萧华雍现在的情况不容乐观。

萧华雍最好能够立刻跟着他去阿勒的部落，接受治疗。

只是阿勒不知为何被人利用了，谢韫怀担心萧华雍因此而放弃去阿勒的部落接受救治。

不过看着冷得浑身轻颤的萧华雍，谢韫怀也没再多言。

一直到半个时辰后，可以再度施针的萧华雍被随阿喜控制住了那股寒意，才在地方的搀扶下勉强坐起身。

"我的身子可还好？"萧华雍问。

"殿下，计划有变，殿下最好早些与我一道去阿勒的部落，接受解毒之法，等不到年底了。"谢韫怀急切地说道。

其实萧华雍这半个时辰一直在想这些事，心里早就有了猜测，谢韫怀的话不过是印证了他的猜测罢了。

"再等一月可否？"他问。

谢韫怀作为医者，自然恨不得现在就启程，但萧华雍明显还需要时间安排许多事情，谢韫怀只能委婉地道："殿下，尽可能早些。"

再等一个月也不是不行，只是多等一日，萧华雍就多一分凶险。

萧华雍明白了谢韫怀的意思，沉默了片刻，又问："似方才这般寒气流窜，不可自控的情况，可会常有？"

谢韫怀想了想后回道："殿下让阿喜每三日施针一次，便可抑制。"

萧华雍点了点头："我日后可还需要再抑毒？"

"殿下体内的毒似蛇一般由冬转夏，由眠至醒，先前的法子已无用处。"谢韫怀提起这事就很惋惜，这几个月的辛劳算是付之东流了。

"我明白了。"萧华雍说完，抬眼看向谢韫怀，"劳你准备出行之需，船择屈氏。"

谢韫怀松了一口气——萧华雍还信任他，也愿意去解毒。

"殿下放心，我定会安排妥当，绝不会再有疏忽。"

"若谷无须介怀，此次之事非你疏忽。"萧华雍反而宽慰谢韫怀。

他每每至此，周边都有暗卫随行，但凡有人接近，必然瞒不过他们。谢韫怀这里，他也派了人守着，确定无论是谢韫怀还是阿勒，都没有人来接近过。

这次的事情……

萧华雍等着地方的审问结果。

不多时，地方的声音就在门外响起。

"殿下，属下有事禀报。"

"进来。"

地方进来，行了礼之后禀道："殿下，属下推测……阿勒是中了摄魂术。"

萧华雍目光一凝，看着地方："你确定？"

地方垂首："还需要等律令带人确认。"

地方所谓的带人，自然是带萧长彦那个落入沈云安手中的幕僚。这个人现在还活着，因为沈云安还没有得到破解摄魂术的方法，这个人还有利用价值。

"便等确认之后再定论吧。"萧华雍拢了拢轻裘，"若是……"

若是什么，萧华雍没有说。他双眸深沉，阿勒不通汉文，想要对阿勒施展摄魂术，这人得令阿勒听懂他的话，这说明给阿勒施术的人懂得阿勒部落的语言。

这让萧华雍想到了自己中的毒，还有崔晋百上次中的毒。

一想到还有这样一个人藏在暗处，萧华雍就止不住地为沈羲和担忧。

偏偏这个人藏得极深，他想要将之引出来，实在是无从下手。

这个看似对他深藏敌意，却从不与他正面交锋，蛰伏在暗处，逮着机会便冲出来咬上一口，寻常时候从不冒头。

这人即便是伺机而动，也不在乎是不是将肉咬到了口里，立刻就缩回去，快得让人看不清是人是鬼。

萧华雍比往常回来得早，沈羲和觉得异常。看着他似乎和去时一样苍白的脸，她迎上来，握住他的手："今日发生了何事？"

他回来得早了，往日明明去了之后，归来的那两日脸色会变得好些，今日却好似没有起色。

"是出了些事，不过暂时没有定论，待明了之后，我再告知你。"萧华雍柔声细语道。

这件事，萧华雍没打算隐瞒沈羲和，他的计划要提前，就不能事到临头再让沈羲和知晓，那样的话，她毫无心理准备。

"好。"沈羲和不急。他既然要弄明白了再告诉她，那她等便是。

人就在他们的手上，调查起来很快，只是结果令萧华雍万万没有想到。

他辨不出喜怒的目光落在地方的身上，他问："你是说在重刑之下，他供出来的人是景王？"

"回殿下，的确是景王。"地方恭恭敬敬地回道，"他少时以奇人异士为师，与师父一道去过阿勒生长的部落，懂得阿勒部落之言，且早在登州之时就替殿下诊过脉，知道殿下体内有此奇毒。"

"他跟着景王殿下十年有余，一身本领有半数教给了景王殿下。"

"如此说来，景王亦会摄魂术？"萧华雍若有所思。

"据此人招供，的确是。"地方回道。

萧华雍负手临窗而立，目光投向窗外，神思却飘得极远。

在猜疑阿勒可能被施了摄魂术时，萧华雍没有想过是萧长彦所为，让萧长彦的幕僚过来，不过是为了确定阿勒是不是中了摄魂术，没想到竟然得出了这样的结果。

"下去吧。"萧华雍挥了挥手。

"殿下，阿勒如何处置？"地方请示。

萧华雍转过身，目光平淡："派人时刻跟着。"

他是不可能取阿勒的性命的。且不说阿勒亦是受害者，只说他还要随谢韫怀回阿勒的部落解毒，他就不可能不把活着的阿勒带回去，否则很可能遭到部落的人排斥与防备。

"诺。"地方退出房门，看到沈羲和带着端着汤羹的紫玉似乎早早地等在门口，连忙行礼。

沈羲和点了点头，带着紫玉入内。

她与紫玉一道将汤羹放在桌子上，才挥退了紫玉："查出来了？"

萧华雍披着轻裘，大步走过来，垂眼看着沈羲和，从她的手里接过汤羹，握着汤勺搅动了片刻才说道："呦呦，我恐怕不能随你去黑水部了……"

沈羲和给自己盛汤羹的手顿了顿，她抬眸向他望来："为何？"

萧华雍有些失神地看了沈羲和一会儿，眨了眨眼，垂首盯着手里的汤羹："那日我去寻若谷……"

发生的事情，萧华雍原原本本地说了出来。他原本还有近半年的光阴，猝然就缩短到只剩一个月了。

"哐当！"

沈羲和手中的汤勺砸落，溅起了不少汤羹。

"呦呦！"汤羹溅到沈羲和的手背上，萧华雍慌忙丢了手中的汤碗，握住她的手，直接用衣袖替她擦拭干净。

所幸汤羹不烫，沈羲和并未伤着，只是因为她肌肤娇嫩，有些泛红。萧华雍看着沈羲和的手，仍旧有些心疼，拉着她到了梢间，取了烫伤药给她上药。

沈羲和任由他摆弄，一言不发。她就那么目光愣愣，宛如失了神一般看着他，目不转睛。

等到给沈羲和上完药，萧华雍才抬头，猝不及防地与她丢了魂一般空洞的双眸对上，呼吸蓦然一窒。他展开双臂，将她拥入怀中。

他将脸颊贴着她的秀发，呢喃着："对不住，呦呦。我对不住你。"

沈羲和仍旧如木偶般呆愣了片刻才回过神，张了张嘴，想要说什么，却一个字都吐不出来，只是身子往他的怀里钻了钻，更贴近他，感受着属于他的气息和温度。

寂静的气氛下，每一次呼吸都令萧华雍心惊胆战，他不知道这一刻自己该对她说些什么。

过了许久，沈羲和才开口，声音低哑而又干涩："是谁？"

是谁暗算了他，将他早半年地从她的身边夺走？！

她没有咬牙切齿，没有满腔怨恨情绪，仿佛就是平平淡淡地问了一句"是谁"，拥着她的萧华雍却能够感受到她浑身紧绷，就好似一只蓄势待发的野兽，在为伏击撕碎天敌做准备。

"线索指向小八，可我心有疑惑……"萧华雍把自己的推测说了出来。

哪怕是怒意积于心口，沈羲和也能保持理智。她觉得萧华雍的怀疑是有道理的："他为何要陷害旧主？除非他真正的主子从来就不是萧长彦！"

"这一点，地方与律令都严审过。律令有一套审人的手段，哪怕是陛下的神勇军落在律令的手上，都能被撬开嘴。"萧华雍对自己的下属的能耐很认可，"在律令手上，几乎无人能说谎。"

律令呈上来的供词，自然确认都是真的，那么萧长彦的幕僚绝对没有说谎，所以是他们把事情想复杂了？

"或许借阿勒之手暗害我之人真的是小八，他现在恨你我入骨。依据他的幕僚的供词，他只需要见到阿勒，就应该能认出来，毕竟他早就知道我中了奇毒。"萧华雍这一刻也不确定事情的真相是什么。

"虽然我们与萧长彦是敌人，但我也不会冤枉他。我绝不会让害你之人逍遥在外，也绝不会胡乱迁怒无辜之人！"沈羲和素来平静无波、淡然沉着的眼里，布满了狠厉之色，她道，"既然不确定这件事是否他所为，不若亲自去问他！"

不试探，不猜测，沈羲和直接约见了萧长彦。

恰好沈璎婼与萧长风大婚在即，萧长彦欠了萧长风两次救命之恩，如今又无官一身轻，便时常往来于萧长风的府邸，沈羲和在沈府约见了萧长彦。

萧长彦也应约前来。见到抱厦中独自等待的沈羲和,他还有些诧异:"太子妃请小王来,又屏退左右,不知小王与太子妃还能有什么话需要私下谈论?"

他落到今时今日的地步,可都是拜沈云安所赐,而沈云安是奉沈羲和之命,他们已经是死敌。

沈羲和淡漠的眼神望向萧长彦,她没有招呼他落座,也没有命人上茶点,没有剑拔弩张、仇敌见面分外眼红的画面,是他们的涵养与沉着使然,并不意味着他们还需要寒暄。

"景王殿下,冤有头债有主,殿下若要报复,只管冲着我来,岷江之事与太子无关。"沈羲和开门见山地说道。

萧长彦摩挲了一下扳指,轻笑了一声:"人人都说太子妃胸有丘壑,嫁入东宫,图谋颇深。男女之情,如何能够束缚只有权力与野心的女人?原来,太子妃也心疼太子殿下?"

似乎是因为嘲弄了沈羲和一句,萧长彦面色轻快了不少:"太子妃与太子殿下夫妻一体。没有太子殿下,太子妃又何来筹谋的底气,又凭什么与我们这些龙子凤孙一争高低?

"自太子妃成为太子妃的那一刻起,太子殿下就已然随太子妃入局。生死有命,成王败寇,大家都怨不得旁人!

"我以为似太子妃这般心胸的女子,是不会天真地说出谁能独善其身的谬言的!"

萧长彦的话没有错,萧华雍本就参与其中,哪怕当真自始至终不过是沈羲和的垫脚石,也不能说他无辜,沈羲和只是想要确定对萧华雍下手的人是不是萧长彦罢了!

"这么说来,岷江一役,景王殿下损兵折将,背负骂名,心中恨极了我,却无从下手报复,故而将一腔恨意发泄在了太子殿下身上。你知晓太子身中奇毒,故而对救治太子殿下的人下手,令其暗害太子殿下!"

沈羲和冷厉的目光中隐含着杀意!

萧长彦却丝毫不惧,反而迈步落座,欣赏着沈羲和的怒意,心里反而有了些许快意:"太子妃何故如此恼怒?我犹如丧家之犬般自岷江回京,不也未曾对太子妃咬牙切齿?

"胜负乃兵家常事,总不能只允许太子妃对旁人机关算尽,轻则让人一无所有,重则让人家破人亡,而不允许旁人对太子妃打击报复吧?

"待到太子妃心想事成,执掌天下,再如此独裁与霸道也不迟。"

沈羲和不欲与萧长彦进行口舌之争,沉沉地盯着萧长彦:"我再问一遍,是你用摄魂术,对救治太子殿下的人下令,在太子殿下的药中下毒?"

萧长彦收敛了笑意，面无表情地回视沈羲和："看来事情成功了，本就命不久矣的太子殿下似乎更活不了几日了。"

沈羲和骤然起身，居高临下地冷冷看了萧长彦一眼："景王殿下承认便好！"

沈羲和留下这句话，便转身离去。她不想再看到萧长彦，怕自己忍不住做出不智之举。

她怀着孩子，不能冲动，不能动气！

"呦呦，不值得与他动怒！"萧华雍大步迎向归来的沈羲和。

看见她沉着脸，极力压抑着怒意，他担忧地宽慰道："生死交锋，中计都是因为技不如人，理应愿赌服输。"

这些道理，沈羲和何尝不懂？

她一直以为生死博弈，自己无论输赢都能处之泰然。

此时此刻，她不是不能接受事实，也不是输不起，只是控制不住自己的情绪。只要一想到他们连最后的时光都被猝然缩短，沈羲和就恨不得将罪魁祸首碎尸万段！

原来她也不过是凡胎肉体，有着人人都有的七情六欲。

"我一定要让他死无葬身之地！"

"好，就让他死无葬身之地。"萧华雍附和沈羲和，执起她的手，在双掌间轻轻地摩挲，"不过，呦呦，我自己的仇，我自个儿来报。"

沈羲和看向他。他没有插科打诨，轻柔的语气里只有认真的意思。

她很想亲手将萧长彦碎尸万段，却知道这只是她宣泄情绪的想法，相对而言，萧华雍肯定更希望自己的仇自己报，这样才有快意，一如她的仇，她也更想自己报。

"好。"沈羲和退让。

"呦呦只管放心，我会让呦呦达成所愿。"萧华雍道，他柔情似水的眼眸里荡漾着浅浅的笑意，但笑意未达眼底。

沈羲和抿了抿唇："报仇即可。"

萧长彦是皇子，哪怕是在外面被人挫骨扬灰，祐宁帝也会为他立衣冠冢。哪怕是被除族的萧长泰，祐宁帝也没有阻拦叶氏将他与叶晚棠合葬。

被定下谋逆之罪的萧长旻被赐了鸩酒，祐宁帝没有将他葬入皇陵，也命人寻了地方让他入了土。

她想要让一个皇亲贵胄死无葬身之地，何其艰难？不过是一句发泄之言，沈羲和不想为难萧华雍。

萧华雍只是笑了笑，手又抚在沈羲和的小腹上。这里面孕育着他和呦呦的骨血。

他原本以为自己至少能够看到孩子降生，可现在连看孩子一眼都做不到了，也不能在她生产之时陪在她的身侧，为她挡下最危险的风浪。

也许这辈子，他都没有缘分再见这个孩子一面。

想到这里，萧华雍就觉得让萧长彦死无葬身之地都便宜了他！

方才萧华雍带着阿勒远远地看了萧长彦一眼，阿勒确定自己见过萧长彦，萧长彦自己也承认，这件事是他所为。

虽然他是何时何地、如何对阿勒施的摄魂术尚未查清，但萧华雍已经没有工夫去深究这些事了。

萧华雍带着沈羲和回了东宫。萧长彦知道沈羲和不会善罢甘休，时时刻刻严阵以待，可沈羲和好似忘了他一般，丝毫没有出手的打算。

东宫里，太子殿下的身体日渐不好，连对太子已经有了很深的猜忌的祐宁帝都开始动摇对太子的怀疑之心。

但不知何时，宫里宫外都有了传言，说太医诊断沈羲和腹中的胎儿是男婴，是正统嫡出的皇孙。

与此同时，西北战事再起，蒙古、突厥、契丹等异族集结百万大军，挥兵而来，沈岳山亲自领兵，沈云安戍守后方。

这一场战事来得莫名其妙，谁也不知道原因，但西北可谓自主为政，上报朝廷一声，兵马粮草根本不需要朝廷供给，西北王大手一挥，就能迎敌作战。

人人都以为这会是一场少则一年半载的持久战，但前方捷报频传。

每日都有捷报，朝廷之人心思各异，陛下脸上的喜色越来越勉强，直至半个月后，传来西北王在战场上受伤的消息，气氛就变得更加微妙了。

"别担忧，这是我与岳父商量好的，接下来换阿兄上场。"萧华雍连忙安抚沈羲和，有些无奈。

岳父大人宝刀未老，杀得比他们预计的还快，他都没来得及告知呦呦。

"你们到底在谋划什么？"沈羲和探究地盯着萧华雍。

这半个月，他们基本上形影不离，萧华雍已经抱病不上朝了，每日都对着她，满脑子风花雪月之事，好似霎时就丧失了上进心，丝毫不将大业放在心上。

"容我卖个关了，再过半月，呦呦自然知晓。"萧华雍笑意盈盈，一副他就是要吊着沈羲和的胃口的样子，弯着双眼，看着沈羲和，笑容很痞。

沈羲和白了他一眼，轻哼一声，转身不理他。

萧华雍连忙握住她的双肩："今日他可有闹你？"

前两日，萧华雍贴着沈羲和的小腹喋喋不休，大抵是腹中胎儿也嫌自己的阿爹唠叨，竟然动了一下。

当时，英明神武的皇太子惊得双唇微启，本就大的眼睛睁得更大，一脸震惊的模样，沈羲和现在想起来，都会抑制不住地嘴角上扬。

自那以后，萧华雍便以此为乐，整日缠着沈羲和，与她腹中的胎儿说话，一说就是一两个时辰。

不过腹中的孩子大抵是骄矜的性子，就那日动了一下，之后就安安静静的，令萧华雍大失所望。

沈羲和一听他这话，就知道他又要开始唠叨了，很配合地寻了个位置落座，摆出一副准备和孩子一起听课的架势。

"我与呦呦的小钧枢，日后可要多心疼你阿娘……"

"钧枢？"萧华雍还未开始念叨，沈羲和就打断他的话，投以询问的目光。

他说的是她想的那两个字吗？

萧华雍重重地颔首："我给孩子起的名。"

"陛下会应允吗？"沈羲和觉得祐宁帝不会同意这个名字。

钧有国政之意，"钧枢"二字可暗喻执掌国政之人。

除非她产子之时，祐宁帝已经……否则祐宁帝有权越过他们给孩子赐名。

"我们的骨肉，只有你我才有资格为他起名。"萧华雍淡淡地笑了笑。

祐宁帝是没有资格的！

"你信我，陛下会同意我给孩子起的名字。"

沈羲和总觉得萧华雍在筹谋一件惊天动地的大事。她将手覆盖上萧华雍贴在她的小腹上的手："北辰，不可操之过急。我信你，你能为他人所不能为，也请你信我，我能成他人所不能成。"

"我自然信呦呦，只是随手而为，并未逞强。"萧华雍冲着沈羲和展颜一笑，蹲在她的身前，"呦呦，我只是在对小八还以颜色，顺带用一用陛下罢了。"

沈羲和将信将疑，也知道他不愿说，自己再追问，只会让他为难，索性也就不再追问。

他们能相聚的日子越来越短，她不愿与他争执与虚度，且由着他的心意来吧。

西北王在战事如火如荼的时候受了重伤，朝廷的人心思各异，多数人觉得惋惜，没有一鼓作气，照着西北王那势如破竹的劲头，也许他能够造就不世之功。

就在人人都以为这场战事要逆转的时候，西北王退守后方，由一直稳居后方的西北王世子顶上了。

如果说西北王是宝刀未老的猛虎下山，那么西北王世子就是高歌猛进、一往无前的孤狼。谁也没有想到西北王的受伤不但丝毫没有影响士气，还被沈云安用来激励西北将士的斗志。

祐宁二十三年，六月十七日，沈云安率领三十万大军横穿漠北，彻底击破异族联盟大军，生擒蒙古王，一把火烧了突厥王帐。

这一战，沈云安的铁骑抵达了姑衍山，这是除了汉时冠军侯以外，无人能够再创的辉煌战绩！

西北上下一片欢腾和与有荣焉的气氛，捷报传到朝廷来，朝廷之中的文武百官多数是发自内心地喜悦与自豪，一时间，不少文人为沈云安挥墨提笔，赞美之词溢于言表。

大街小巷都在传颂西北王和西北王世子的功绩，已经不止西北，即便是京都之人提到西北王父子乃至沈氏，都会肃然起敬。

哪怕沈羲和两耳不闻窗外事，一心闷在东宫里养胎，这些消息也如雪花一般飘来。

针对漠北那些蠢蠢欲动的异族，沈岳山其实早就演练过无数次，早有一举将其歼灭之心。奈何陛下猜忌西北，沈岳山不敢轻举妄动，一则是忧心功高震主，逼得陛下连最后一点儿脸面也不顾，置沈氏于死地，二则是担忧陛下在后方使坏，弄得他建功不成，反而落得一世英名尽毁，祸及子孙后代。

沈羲和上京之前，就听到过好几次沈岳山与诸位将军畅聊时的遗憾与惋惜之言。他一直以为此生这一战是打不了了，就不知沈云安有没有这个机会了。

然而沈岳山万万没有想到，自己这个便宜女婿为他完成了这个心愿，这酣畅淋漓的一仗打得如此顺利，可见他们父子私底下演练排兵过多少次。

这一仗之所以打得如此顺利，一则是陛下遭受了重创，私底下派不出捣乱的人，二则是萧华雍筹谋这么多年，令西北之外都是不会牵制沈氏的人，就连吐蕃也因为蜀南王而不敢轻举妄动。遏制西北要塞第一边陲的将领，是信王萧长卿的舅舅。

荣贵妃的话已经不好使了，萧长卿一封书信，就能让荣都护倒向萧长卿。

萧长卿已经向荣氏族长表明，他不会再争帝位，萧长赢亦不是为帝之才，更无为帝之心。东宫成皇，指日可待，他们何不早早与东宫交好？日后东宫自然会倚重他们。

就这样，数方势力角逐，西北王大军里没有细作，明面上是抵御外敌，非主动挑起战争的沈氏父子，才能这样毫无后顾之忧地奋勇厮杀一场。

"北辰，谢谢你。"沈羲和心口涌动着激动的情绪。

自成婚以来，萧华雍给了她无数感动，每一次都能令她无比动容，可这一次是真的让她的感激之情难以表述。

这原本该是由她来完成的事。她想过，待到日后她能主生杀大权时，一定要让父兄战这一场，无论生死，无论胜负，绝不能让父兄留有遗憾。

只是阿爹年事已高，沈羲和一直担忧等到自己大权在握时，他已不能上战场亲自杀敌，只能站在后方望洋兴叹。

"恰逢其时，能完成阿爹的心愿，我也很欢喜。"

原本若非萧长彦算计了他，萧华雍是不会这么快就走到这一步的。他还想有更多时间，与沈羲和多留下一些足迹与回忆。

不过现在是最好的时机，陛下处处被掣肘，值得用的几个皇子都被他们给废了，连代表帝王去西北褒奖西北军的差事，也只有萧长庚与萧长赢抢着来办。

祐宁帝自然是倾向于派萧长庚去，奈何萧长庚势单力薄，哪里撕扯得过萧长卿，只能无奈地退场。萧长赢去了西北，可是好好地遵从陛下的吩咐，多多关心西北战事。

这不，一入西北，萧长赢就和沈云安称兄道弟，两个人合作无间，令西北军如虎添翼。代表朝廷的萧长赢使得西北将士的心更安稳，也更凝聚，计划比沈岳山父子预料的还要顺利。

今日早朝，素来沉默寡言的萧长卿，大抵是为弟弟感到高兴，在大殿上洋洋洒洒地陈述了一番西北王父子功绩斐然，弟弟勇猛善战的话。

萧华雍没有去上早朝，但也能想象到萧长卿的一字一句，不啻一刀刀狠狠地刺到祐宁帝的心口，祐宁帝又不得不在文武百官面前称赞他说得好！

早朝的趣事，萧华雍也分享给了沈羲和。

沈羲和其实并不关心祐宁帝是否郁结于心，并不以此为乐，不过萧华雍说起来时明显容光焕发，她也情不自禁地跟着勾起了嘴角："你在逼陛下。"

从岷江之事开始，祐宁帝诸事不顺，还中了毒，至今余毒未清，心中有多烦躁，可想而知，这个时候，西北风光无限，这肯定彻底刺痛了祐宁帝的眼。

"还不够，还需要再添一把火。"

这样才能让做了二十多年君主的祐宁帝彻底扯断那一根理智的神经。

萧华雍目光一转，眼底锋芒尽退。他情意绵绵地看着沈羲和："余下之事，还得请呦呦相助。"

与萧华雍相视一笑后，沈羲和轻轻颔首："我知晓了。"

尽管最终要做到哪一步，萧华雍并没有告诉沈羲和，但沈羲和从目前的局势中看得出来，萧华雍是在逼迫祐宁帝丢了脸皮也要将沈氏父子置之死地。

既然萧华雍要逼得祐宁帝动手，她自然要在这样的情势下，助萧华雍一臂之力。

"思梦"这款香，是沈羲和独创的，取之于日有所思，夜有所梦。

香本身无害，但由于加入了两味能够致人心思浮躁的药材，其香闻着幽微清淡，却能够让人陷入噩梦之中。

这噩梦，就是人白日里思虑过重之事。

当然，也不是一梦一个准，但只要闻这香之人白日里想得太多，夜间便会大概率做这样的梦。

自从发生了安氏之事后，祐宁帝对用香便十分谨慎，就连他现在用的香墨，也都是沈羲和着人从许久以前就开始铺垫的，他们用了近一年时间，他才在这两个月开始使用。

寝殿的熏香自然也是严之又严，每日都是由刘三指问过宫中的香师，才会用在祐宁帝的寝殿里，想要调包，实属不易。

祐宁帝惯用的是混合香，以龙涎香为主，沈羲和去过不少次，只能从空气之中残留的气味拼凑出祐宁帝所用之香的香方。大抵是为了做区分，祐宁帝的香方与真正的混合香香方还有些差异，里面有一味不影响配方的香料。

沈羲和制作出了祐宁帝用的香，将"思梦"包裹在其中。线香本就是极其细长的一根，她想要再做手脚，本就艰难，还要让其内里不同，外表气味难辨，就更加不易了。

沈羲和与红玉琢磨了好几日，才勉强配出一份。将东西递给萧华雍时，沈羲和还是说道："若是遇到如我一般嗅觉敏锐之人，恐怕难以蒙混过关。"

据说，祐宁帝的那位香师的确嗅觉敏锐，萧华雍却不在意："我自有应对之法。"

祐宁帝就寝时有绣衣使轮值，这也是刺杀祐宁帝的不易之处，就连萧华雍也只能利用赵正颢轮值之时调换掉香。当天夜里，他安排人将那位被迷晕的香师放在地板上睡了一宿，天亮前才将人挪回榻上，悄无声息地离开。

次日一早，莫名其妙地感染风寒的香师眼晕鼻塞，闻到香的味道大体相同，就点了头。

当日夜里，陛下倒是未曾做噩梦。只是隔日京都茶楼内，一个说书人将西北王父子的功绩编成话本，在茶楼慷慨激昂地讲述，引得百姓追捧，恰好此时，萧长赢又将西北之事整理好的奏疏递到了陛下的案上，奏疏上将西北王父子的丰功伟绩说得淋漓尽致，祐宁帝看得面色阴沉，手一挥，就将所有的奏疏扫在了地上，大殿里的人霎时噤若寒蝉。

当天夜里，祐宁帝就做了梦，梦见沈氏父子携大军挥兵京都，沈岳山一刀将坐在龙椅上的自己杀了。祐宁帝是从噩梦之中惊醒的，醒后满目阴郁之色。

可时辰尚早，祐宁帝只得继续歇息，哪知道再一次陷入了噩梦之中。梦里，沈氏父子被万民称颂，有人说"无沈氏，无家国"，更有人说他今日的皇位全赖沈氏。零零碎碎的声音仿佛都在奚落他这个帝王，最后不知是谁将他推下台阶，把沈岳山推上了高台，高呼"万岁"。

祐宁帝再一次惊醒。东方既白，他再也无心睡眠，起身批阅奏折，却神不守舍。

"陛下。"刘三指的声音响起，才将祐宁帝唤回神，他道，"陛下，奴婢有一事禀报。"

祐宁帝捏了捏鼻梁："说。"

"东宫有传言，太子妃与太子戏言，要给皇孙起名钧枢。"刘三指说完，就垂下头，缩着脖子。

他也不是一出生就是内侍，曾经是陛下的书童，出身西北贫困之家。若非陛下蒙难，他也没有资格碰到陛下这样顶尊贵之人。

跟了陛下之后，他也努力读书识字，虽无多少学识，却也知晓"钧枢"二字为何意。

祐宁帝听了这消息之后，霍然抬起头，用宛如看死人的目光沉沉地盯着缩头缩脑的刘三指。

"咔嚓"一声，他手中捏着的笔断成了两截。

祐宁帝的胸膛起伏了两下，他好似岔了气，突然剧烈地咳嗽起来。刘三指连忙取出手帕上前，却没有想到陛下咳出了血！

"陛下！"刘三指惊骇不已。

"传御医。"祐宁帝压低声音吩咐道。

半个时辰后，卓太医丞面上笼罩着一片愁云。陛下没有看着他，但陛下周身的气压很低沉，他反复打了腹稿才说道："陛下忧思过重，致使体内余毒反复，有损肺腑，这才有了咳血之兆。"

卓太医丞说完，战战兢兢地等着祐宁帝的怒火。

然则祐宁帝迟迟不语。就在卓太医丞满头大汗之际，祐宁帝不辨喜怒地问了一句："朕是否时日无多？"

卓太医丞"扑通"一声跪在地上："陛下体内的余毒并不霸道，只需好生将养，徐徐清毒，尚有痊愈之机。"

祐宁帝这才转头，将视线落在太医丞的身上。这些太医的话术他如何能不懂？

或许他真的有治愈的机会，只是他的身子已经不容乐观了。

他幼时穷困潦倒，落下病根；少时南征北战，留下暗伤；壮年整顿朝纲，无暇休养；人至中年，才得了喘息之机，开始修身养性，显然也只是杯水车薪。

这一次他中了毒，所有问题一并迸发，来势汹汹，无可阻挡。

"退下吧。"他自问不是个暴君——人的生老病死不可逆转，即便是神医，也有救治不了的时候，他怎么会因此而降罪？

太医丞退下之后，长舒了一口气。他效忠陛下这么多年，也算了解陛下的脾性，才敢透露些实话。

寝殿内安静了许久，谁也不知帝王在想些什么。

从日中到日落，祐宁帝才出声："刘三指，备笔墨。"

一道嘉奖沈岳山的圣旨由铁骑带着，一路奔向西北。

隔日，所有人都知道陛下因为西北王之功而龙心大悦，除了有厚赏，陛下还召西北王父子入京，特许他们与太子妃相聚，并且出席淮阳县主与巽王的大婚仪式。

"陛下终究按捺不住了。"萧华雍语气淡然，似不出所料般波澜不惊，又似尘埃落定般释然。

"北辰,你到底要做什么?"沈羲和忍不住又问了一句。

一切很明显,萧华雍将祐宁帝逼得容不下她的父兄,这次召父兄入京,名为恩赏,实则是鸿门宴。她若料得不错,祐宁帝是准备在沈璎婼与萧长风大婚的时候动手。

那么萧华雍想要的又是一个怎样的结果?

"陛下还不能死。"萧华雍转身对沈羲和莞尔一笑。

祐宁帝现在驾崩,于沈羲和不利,他没有时间为沈羲和善后。祐宁帝要驾崩,也得在他的孩子降生之后才能驾崩。

否则尚有皇子存活,众人岂能容忍一个未出世的孩子登基?

沈羲和都想得到这些事,所以清楚萧华雍不会在这个时候要祐宁帝的命。

聪慧如她,心里隐隐有了一个猜测,却无论如何都不能宣之于口。

"北辰……"她张了张嘴,千言万语堵在喉咙里,终究只化作一声对他的轻唤声。

"呦呦。"萧华雍也唤了她一声,目光柔和,如春日的融融暖阳。他也似有千言万语,最后却什么都没有说,只是无声地将她揽入怀中。

他们都是聪颖过人的人,有些事无须言明,各自心知。

自祐宁帝的旨意送去西北后,萧华雍便病倒了,沈羲和以此为由,留在东宫,足不出户。所有来东宫探望的人,除了太后与祐宁帝,几乎没有人进得了东宫的大门。

夫妻俩闭门不见客,一心过着自己的小日子,这样的日子温馨平静,却又短暂。

祐宁二十三年,某月二十五日,沈岳山携子连同烈王萧长赢凯旋,陛下命信王萧长卿代为至城门口相迎。从城门口到宫门口的这一段路,百姓夹道相迎,花瓣、香囊、丝绢纷飞,比之状元游街更为热闹。

毕竟状元三年一个,英雄却百年一出。

祐宁帝也亲自等在宫门口,将人迎入宫中。君臣之间一派和乐景象,祐宁帝不吝赞美之词和金银珠宝等厚赏,毕竟高官厚禄于沈岳山父子而言,已经赏无可赏。

沈岳山父子拜别帝王之后,获得恩准,前往东宫看望沈羲和。

已经有了四个月身子的沈羲和,夏日轻薄的裙裾已无法掩饰她略微丰盈的身子,她的青丝只用一支平仲叶白玉簪绾了个简单的发髻,额前点缀着两支鬓唇,坠着齐眉的圆润的白玉珠子,令她整个人都变得柔和与温润了不少。

"阿爹、阿兄!"沈羲和疾走了两步,才在萧华雍的轻咳声中忆起自己有孕在身,差点儿又本能地扑向父兄。

倒是沈岳山与沈云安箭步上前,一人握住沈羲和的一只手,战场上杀敌不眨眼的沈岳山,这会儿却心有余悸:"都要做母亲了,怎么还这般冒失?"

"呦呦可还好？有没有不适之处？"沈云安紧接着问。

沈羲和感到无奈又好笑。她不过是快走了两步，都没有奔跑，竟然吓得父兄面色紧绷，一个劲儿地盯着她的小腹，好似下一瞬她就会动了胎气。

"阿爹，我好着呢，你的外孙也很好。"沈羲和侧首看了萧华雍一眼，"北辰将我照顾得很好。"

珠圆玉润，神采飞扬，顾盼间都是轻快地浅笑，这样的沈羲和，哪怕是在西北也很少见到。

看得出来萧华雍对她的影响和改变有多大，本该感到欣喜的沈岳山，却想到萧华雍现在的身子骨……

那一股喜悦之情还没有涌上来，就被翻腾上来的愁绪给压了下去。

"阿爹、阿兄。"捕捉到父子二人的表情变化，萧华雍连忙见了礼。

沈岳山父子哪里敢受礼，连忙避开。萧华雍尊敬他们是一回事，君臣有别是另一回事，沈岳山一掌握住萧华雍的胳膊："呦呦能嫁给你，是她之幸，我沈氏得婿如你，是我沈氏之幸。"

这大概是沈岳山身为岳父，给予萧华雍这个女婿的最高评价与肯定。

早在沈岳山出兵以前，萧华雍就把自己的计划和身体情况都悉数告知了他们。沈岳山明明知晓他马上就要离开京都，前途未卜，生死难料，或许会令他的爱女年纪轻轻就守寡，却仍旧这么认可他，这令萧华雍很欢喜。

东宫备下了家宴，所有菜品都是沈羲和亲自定下的，若非萧华雍不许她亲自动手，只怕她要自己做些菜供父兄品尝。

三个想要畅饮的男人，在沈羲和的注视下，愣是只敢浅尝辄止，萧华雍更是被勒令只能以茶代酒。三个男人对视一眼，都对彼此投去鄙夷而又感同身受的目光。

爹怕女儿，哥哥怕妹妹，丈夫怕夫人。

就在那一眼中，三个人惺惺相惜的感情又莫名其妙地增了不少。

一顿饭吃得畅快至极，酒足饭饱之后，萧华雍亲自沏了一杯茶，沈羲和备了些好克化的点心，四个人遣退了下人，留在香气融融的暖阁里。

"三日后就是巽王与淮阳县主大婚的日子，这几日，翎卫军私下调动异常，据我推测，陛下只怕要将翎卫军交给八弟来掌控。"萧华雍坐在靠近炭炉的位置，眼帘微垂，"这里会有一个空子可钻。"

萧华雍看向沈岳山父子。

什么空子，大家都懂。萧长彦才刚刚受了责罚，明面上，祐宁帝是不可能对萧长彦委以重任的，除非是临危受命，这种临危受命就没有过硬的调兵手续。

祐宁帝必然会提前给翎卫军大将军打好招呼，令其听命行事。

"陛下倒是非常信任景王殿下。"沈云安讥讽道。

萧长彦可是刚刚在岷江出了天大的纰漏，这会儿祐宁帝还敢将大军交给萧长彦。

"景王殿下骁勇善战，不是浪得虚名，岷江一事是他疏忽大意，过于依赖摄魂术，而我们又提前洞悉，有心算无心。这些事是会令陛下对他大失所望，却不足以令陛下彻底摒弃他。"沈羲和看了萧华雍一眼，夫妻俩四目相对，眼中都有笑意，"自然，陛下也别无选择。"

祐宁帝能够委以重任的人，这些年都被萧华雍一个个地踢出局了，剩下的要么能力不足，要么不够资格。而萧长彦不仅有能力，最重要的是，他足够恨他们。至少在对付他们这件事情上，他绝不会留有余地。

"还有一个缘由，"萧华雍轻笑一声，补充道，"陛下准备万全，却也不能笃定可以成事。当年阿爹上京，萧氏一事最后不也以失败收场？这一次的事，也未必不会有变故，一旦有变故……"

后面的话，萧华雍没有说出来，只露出一丝别有深意的笑容。

在座的人哪里不能明白他的未尽之言？

但凡出现意外，事败之后，都得有一个人担责，总不能真的让祐宁帝以死谢罪吧？

"这就是天家的父子。"沈云安冷笑道。

沈羲和看了一眼萧华雍："你情我愿罢了。"

萧长彦能不知道帝王的心思？他能不知道一旦接下这个差事，胜了，他或许能拉下东宫，以救驾平叛有功，成为第二个太子；败了，他就会成为坑害有功之臣，企图祸乱朝纲的罪人？

一步天堂，一步地狱，但他还是会选择赌上一次。

"皇权与黄泉，果然是殊途同归。"沈云安没有野心，比起阴谋诡计，更喜欢手起刀落的战场，故而明白不了这些为了皇权，不惜奔赴黄泉的人。

萧华雍听了这话，笑了笑，转而说道："翎卫军由我来应对，金吾卫那一日应当会交给谢戟，谢戟自有人去对付，阿爹与阿兄要防备的是禁军……"

这个局是萧华雍一手促成的，祐宁帝会如何行动，大致都在他的掌控之中，他将一切仔细说来，直至夕阳余晖被群山吸走，沈岳山父子才辞行。

"阿兄，乔乔可还好？"将父兄送到东宫门口，沈羲和忍不住提醒了一句。

祐宁帝当年对付阿爹，败就败在了他从未看在眼里的即将生产的陶氏身上。这一次与上一次何其相似？薛瑾乔也有孕在身，且已经七八个月，若有个万一，只怕也会早产。

"伯祖父在她的身侧，她如今不在王府里，在一个足够安全之处待产。"沈云安对妹妹眨了眨眼。

他们母亲的悲剧，他怎么可能让它再一次发生在自己的妻子身上呢？

沈羲和展颜一笑，目送着父兄随着渐浓的夜色远去，最后消失在巍峨耸立的宫墙之后。

该做的准备，大家都已经做足，只都等着二十八日的大婚仪式。

在大婚的前一日，作为准新娘的沈璎婼来东宫拜见沈羲和。沈羲和极其诧异，却还是见了她。

沈璎婼出落得越发亭亭玉立。少女身材玲珑有致，她穿着一袭鹅黄色的罗裙，挽着浅碧色的披帛，立在姹紫嫣红的花园里，在花团锦簇之中看着格外清雅脱俗。

"明日就要出嫁，何故今日来寻我？"沈羲和抬了抬手，示意她不用多礼。

沈璎婼还是行了礼后才站起身，面色没有一丝新嫁娘的喜悦之意。她欲言又止地看了沈羲和好半晌，才说道："萧长风在岷江救了景王，景王回了京都，报复了太子殿下，太子殿下现在……很不好，是不是？"

沈羲和眉头一扬："你是如何得知的？"

"景王时常至巽王府寻萧长风，两个人对月豪饮是常事，我偶然偷听到的。"沈璎婼回道。

沈羲和垂眸，看着迎风而立的秀荷："连尊称都忘了，可见你对巽王怨气极大。怎么？你是觉得，若非他救了景王殿下，太子殿下就不会似现在这般缠绵病榻吗？"

自遭了萧长彦的暗算开始，萧华雍就称病，对外营造了病入膏肓的假象，虽然也不算全是假象。

"难道不是吗？"沈璎婼反问。

沈羲和轻轻地摇了摇头："不是。"

沈羲和转身对上一脸不可思议的沈璎婼，说道："岷江之事是我与陛下在较量，无论是景王还是巽王，都是臣子，都是奉命行事，这是公。

"景王落败，报复我与太子殿下，太子殿下没有防备，遭到暗算，这是我与太子殿下的疏忽，怨不得旁人，与巽王无关。"

"怎么会无关？"沈璎婼气急。他们是一家人，可这话她说不出口，只能口不择言地说："阿姐可真是克己明理，太子殿下都这般危急了，阿姐还能丝毫不迁怒。阿姐心胸，我不过是一个粗鄙凡人，望尘莫及。"

沈羲和不在乎她的气恼话语，也知道她是无心之言。她只是努力地想要做沈家女，一致对外，与他们同仇敌忾罢了。

"圣旨赐婚，不容更改。至于太子殿下的仇，我们自然不会善罢甘休。"沈羲和只能对沈璎婼言尽于此，"你回去吧，巽王忠君，你若不想成婚之后仍旧左右为难，便好好地做巽王妃，只管享尽荣华富贵便是。"

"我……"沈璎婼哑然。

她知道沈羲和说的话都是为了她好，人人都觉得她的身份光鲜亮丽，实则，她

· 442 ·

不过是一条可怜虫。可不论是父兄、姐姐，还是舅舅，都不愿将她卷入其中。

嫁给巽王，无论哪一方胜了，她都是荣华富贵不愁的巽王妃。

她也清楚，父兄和阿姐不需要她相帮。她安分守己地不要出现在他们的面前，就算是报答他们了。她不是想要靠近他们，只是有时候，一些事情让她无法视若无睹。

果然，无论何时，她都会被拒之门外。

"是我打扰长姐了。"沈璎婼情绪低落地行礼告退。

等她走到垂花门处，沈羲和忽然开口道："明日多带些擅武的婢子。"

沈璎婼脚步一滞，惊喜地转身，却只看到了已经走远的沈羲和的背影。笑容顿了顿，复又明媚起来，她拎着裙摆，蹁跹而去。

"殿下，二娘子她……？"珍珠都不知该如何说沈璎婼。

她们恨萧氏，却对沈璎婼厌恶不起来。

沈羲和摇了摇头，不欲多言。

她和沈璎婼之间隔着萧氏，倒不是沈羲和放不下芥蒂，恨屋及乌，而是萧氏的命断送在她的手上。

"淮阳县主来东宫所为何事？"沈羲和回到屋子里，萧华雍便问。

"倒是一桩奇事。"沈羲和将事情原原本本地告知了萧华雍，"就不知道他们是真醉还是假醉。"

他们的对话恰好被沈璎婼听到了，这样的事情，就凭萧长彦的性子，他怎会大大咧咧地说给萧长风听？

"看来明日之事，让小八心有忌惮。"萧华雍微微一笑。

萧长彦这是变着法子来试探，想通过他们的反应来判断明日之事他们到底是否察觉，抑或是否一早就知晓。

然而事到如今，箭在弦上，不得不发，他们就算痛痛快快地将布局告诉萧长彦又如何？他除了多防备一点儿，难道还能在这个时候临阵脱逃？他若当真如此，不用他们动手，祐宁帝第一个饶不了他！

"明日……"沈羲和其实不希望明日到来，她的目光落在萧华雍的身上，显得有些迫切与忧虑，"明日，你会好好的，对吗？"

萧华雍笑而不语。

沈羲和的心沉入了谷底。

"北辰，我后悔了，我们……"

"呦呦。"萧华雍用食指轻轻地按住她柔软粉嫩的唇，"箭在弦上，不得不发。"

看到她的眼眶微微泛红，萧华雍长叹一口气，伸手将她揽入怀中："无甚区别。呦呦，你知道的，无甚区别。就让我不留遗憾地离开，可好？"

第十六章　有皇孙名曰钧枢

丝丝缕缕的疼意紧紧地缠住了沈羲和的心，原来人可以痛到这样的地步，超越皮肉承受的极限，哪怕抽筋剔骨也不过如此。沈羲和觉得每个呼吸间，进出体内的都不再是气息，而是裹着刀的飓风，刮得她的五脏六腑都痛。

"嗯……"腹中一阵抽痛，沈羲和忍不住闷哼了一声。

"呦呦！"萧华雍一把将沈羲和横抱起来，对着外面嘶吼："珍珠！"

等到萧华雍将沈羲和放到贵妃榻上时，惊慌的珍珠已经冲了进来。珍珠看到面色苍白的沈羲和，顾不得行礼，奔到近前就开始诊脉。凶险的脉象让珍珠面色大变，她一边取出银针，一边吩咐一道奔进来的墨玉："快去唤阿喜！"

珍珠迅速给沈羲和施起了针。幸好随阿喜对她倾囊相授，她虽然还没有学到随阿喜医术的精髓，可也能应付突如其来的棘手病症。

她施针施了一半，本就要来给萧华雍施针的随阿喜就在宫门口被墨玉给拽了进来。

随阿喜摸了沈羲和另一只手的脉，才神色严肃地对珍珠说道："我来。"

紧接着，他拈起一枚银针，接替珍珠，继续施针。

沈羲和面上的痛苦之色随着时间的推移而缓缓减轻，她额头上的汗也渐渐消失。

萧华雍不自觉地捏紧的拳头终于松开了，紧绷太久的神经猝然松懈下来，萧华雍眼前一黑，险些栽倒下去，幸好天圆手疾眼快地将萧华雍扶住了。

萧华雍阻拦天圆出声，稳了稳心神，这才缓缓地走向沈羲和。

随阿喜施完针，还未将针取下，对萧华雍说道："太子殿下，太子妃殿下不可再如今日这般心绪起伏过大。"

沈羲和自小就有心疾体弱的病根，虽然经过脱骨丹的救治，恢复了正常，然而生过病的身子恢复得再好，也不可能超过健康的人。

若非沈羲和养尊处优，又注重养生，遇到似今日这般来势凶猛的刺激情形，滑胎的可能性极大。

萧华雍深吸一口气，脚步虚浮地走到贵妃榻边，"砰"的一声跌坐下去。就是在这一刻，萧华雍才惊觉，原来他也有被吓得腿软的时刻。

虚弱的沈羲和转头看向他，有些勉强地伸手握住他的手："对不住，方才吓到你了。"

她自己也心有余悸，方才她的情绪根本不受控制，在不得不面对今日也许就是他们相处的最后一日时，一股绝望与悲伤的感觉瞬间将她笼罩住，令她感到窒息与恐惧。

"是我不好……"萧华雍的声音十分沙哑，眼尾也逐渐变得猩红，萧华雍握了握她的手，控制住自己的情绪，"呦呦，我不想你明日再知晓，怕你承受不住，这才早早地告知你，让你有个心理准备。答应我，过了明日，再也不要为人伤神，可好？"

沈羲和仰着头，望着屋顶，泪水还是从眼角滑落下来。她哭得无声，一颗颗泪水却如滚烫的沸水般滑过她的脸庞，砸落在萧华雍的心口，将他的心灼伤。

"呦呦，我其实是随若谷一道离去疗毒。"冲动之下，萧华雍终究还是将心底的秘密说了出来。

她身上的绝望之气，像日落西山一般暮气沉沉，让他为之担忧与恐惧。

"当真？"泪水模糊了沈羲和的视线，她看不清萧华雍的表情，抓着他的手不自觉地收紧。

那双眼中噙着泪花，他却也能够看出她眼中的质疑之色，她定是以为自己在骗她。

"对不住，呦呦。我原本是要瞒着你，因为疗毒之法极其漫长，我亦不知能否成事，担忧令你空欢喜一场，白白等待，蹉跎一生……"在沈羲和逐渐冷下来的目光中，萧华雍声音弱了下去，最后沉默不语。

"你不怕你尚在疗毒期间，我便改嫁他人吗？"沈羲和故意说话刺激他。

萧华雍只得态度良好地认错："是我思虑不周。"

他是思虑不周吗？

他以为她不知道他在想什么？

不过是因为疗毒之法成功的可能性微乎其微，他毫无信心，不想让她一直空等。倘若去了治疗之地，确有痊愈的可能，他有海东青哪，想要传信给她还不容易？

若他去了确定没有痊愈的可能，那就不用她再为他伤心一场。

他思来想去，其实都是在为她考量，沈羲和心口郁积的那一口气也散了。

相守的时光已然不多，她何必再浪费时间在置气上："北辰，我和孩子等你。"

她一笑，便是雨过天晴。

沈羲和动了胎气，明日又凶险，萧华雍原本打算大张旗鼓地请一回太医，却被沈羲和阻拦了。她异常坚定地说："我必须在！"

萧华雍拗不过她，只得应允下来。

原本不知道萧华雍要走，沈羲和什么都没有准备。至于身后事，还没有到那一步，沈羲和根本不愿去深想，更不可能早做准备。

这下萧华雍准备走了，沈羲和便闲不住了，当作他要远行，贴心地为他准备起行囊来。

萧华雍没有阻拦，看着她又变得鲜活起来，心也放松下来，跟在她后面一起忙前忙后，兴致来了，还捣一下乱，惹得她对他怒目而视，气急了，她还拿手上的衣裳、香包砸他。

东宫的气氛就这样和乐起来，与东宫相反，景王府的气氛十分凝重。

景王已经从沈璎嫽那里证实了猜测，东宫明日果然有布局。

他摩挲着手里的玉佩，缓缓地将玉佩缀着的穗子绕上来，将之放到匣子里，压着一沓书信。合上匣子后，他用双手捧起递给萧长庚："十二弟，明日为兄生死难料，这些东西便交付给你，日后……"

萧长彦想了想，自嘲地笑了笑："罢了，日后还望十二弟珍重。"

萧长庚低头看着匣子，没有接，而是问："八兄为何要蹚这浑水？"

"这是我唯一的机会。"若是他抓不住，就再无翻身之地。

"就此收手，一生富贵，难道不好吗？"萧长庚问。

其实萧长彦还有一条路，那就是放弃帝位。他与东宫虽有冲突，但只要不再触及东宫利益，东宫亦不会秋后算账，他永远都是景王。

"来不及了。"萧长彦长叹一声，"我亦不会甘心。"

"八兄……"萧长庚抬眼看着萧长彦，"八兄当真暗算了太子？"

跟在萧长彦身边的萧长庚，对萧长彦还有多少势力，大概有个估算，这些人不算少，但想接近萧华雍，几乎不可能。

他和太子一样，对萧长彦暗算太子之事存疑。

萧长彦闻言，笑了笑，没有回答萧长庚："这是我与东宫的恩怨，十二弟不必在意，回去吧。"

萧长庚眉头微微一蹙，见萧长彦自斟自酌起来，就知道他不会再多言。

萧长庚默默地接过萧长彦给的东西，离开了王府。然而他才刚刚踏出景王府，一道不知道蛰伏了多久的身影就似疾风般迅猛地从他的身边刮过。萧长庚还来不及反应，手上的东西就被夺走了！

景王府的侍卫被惊动，一拥而出，那人却身形极快地落在了对面的屋顶上。

景王府的侍卫挽弓搭箭，那人黑衣蒙面，双眼深沉，手中射出一个飞镖。

萧长庚闪身躲过，飞镖扎在了王府的大门上，还钉着一封书信。

这个时候，萧长彦也闻声而至，亲手取下了这封书信。

信封上写着"景王亲启"，这熟悉的笔迹让萧长彦目光一凛。

"都退下。"萧长彦挥了挥手，遣退了王府的护卫，却没有拆开信的意思，或许是没有在萧长庚面前拆开的意思。

"八兄，是弟弟无能……"

"若当真是他，即便是我，亦难以守住他想取之物。"萧长彦并没有责怪萧长庚，"十二弟不必介怀，且先归府。东西落在他的手上，应当无碍。"

听萧长彦的话，他明显知道那人是谁，萧长庚心中疑惑，不由得怀疑起来：这人到底是不是太子殿下安排来的？还是说有人早了太子殿下一步？

不过在萧长彦面前，萧长庚不动声色。若是有了意外，他早些离开，还能早些与太子殿下商议对策。

萧长庚的王府距离萧长彦的不远，他回到王府等了片刻，都没有等到人寻上门，就意味着那个人的确是萧华雍安排的。

萧长彦认识这个人，到底是被骗，还是真的有这么一个令萧长彦不设防的人存在，萧长庚无从得知。

萧长彦转身回到府邸里，挥退了所有下人，独自拆开了信函，刚劲有力的字迹与信封上的一致，只有一句话："故人归来，亥时相约。"

这封信连地点都没有留下，但正是因为这样，才取信了萧长彦。如果送信的真的是那个人，他知道那个人会在何处等自己。

芙蓉园张灯结彩，陛下恩赐，沈璎婼与萧长风在这里大婚。明日便是婚期，整个芙蓉园被装点得花团锦簇。四处红绸飘动，夜里更是有一盏盏宫灯在风中摇曳，散发出琉璃之光。

这样遍地华光笼罩，宛如天宫的地方，其实也有荒凉之地。

萧长彦沿着荒芜的杂草，一步步地往前走着，这里其实在十几年前并不是这样的，只是当年发生了一件诡异的事情，差点儿让他与萧长赢葬身于此。

当时萧长赢被萧长卿奋不顾身地救下，那时深陷绝望之境的他以为自己就要命丧于此，后来是另一个人救了他。

事后陛下追查此事，却发现这里是无故起火，并非人为。后有高人指点，此地须任其荒芜，才能让皇族兴盛，否则不利于皇家血脉传承。次年，他们的大哥便离奇地死在这里，后来陛下不得不任由这里荒废。

"八弟。"萧长彦陷入沉思之中，突然一道声音在他的耳畔响起。

他侧首，一张熟悉而又陌生的面容映入眼帘。

说熟悉，是因为眼前这个人与他是亲手足，十多年一起长大，甚至于他有救命之恩。

说陌生，是因为眼前的人没有了生在皇家的矜贵与沉稳气息，穿着一袭黑色劲装，却没有江湖游侠的随性。

他整个人看起来神采飞扬，满面春风，可以想到，他的日子一定过得舒心惬意。

"六兄。"萧长彦有些恍惚地看着来人。

来人是萧长瑜——他那位据说已经死了四年，葬身在天山的六哥。

六哥还活着！

他逆着光，站在自己的面前，半张脸被阴影笼罩，萧长彦看不清萧长瑜的神情，便迈出一步："六兄因何而来？"

萧长瑜为什么诈死，为什么在这个时候出现，又为什么夺走他的东西，刻意引他来这里？

其实哪怕不夺走那些东西，萧长瑜只要送上一封书信，他还是会应约前来。

萧长瑜："受人所托，忠人之事。"

"受谁所托？"萧长彦心里隐隐有个猜测，却又不愿承认。

萧长瑜之所以去天山寻雪莲，可是因为太子！

他们之间哪怕不是敌人，也不可能为友才是！

似乎读懂了萧长彦的心声，萧长瑜莞尔："八弟，世事无常，万事不会一成不变。正如当年我能跳入火海救你，今日我们也不得不刀剑相向。"

萧长瑜的话令萧长彦浑身都戒备起来，原来他心中那种不祥的预感并不是杞人忧天，这个曾经对他舍命相救的异母兄长，今日也是来取他的性命的。

萧长瑜伸出负在身后的手，掌心里托着一个匣子："皇家薄情，我们兄弟之间，除了五兄与九弟，都不过是面子情，背地里明争暗斗，不死不休。你我也算有些渊源。

"当年突发大火，我恰好在此。我若不救，必受谴责，你与九弟若有闪失，我也将遭到荣贵妃与裴德妃的记恨，救你亦非顾念兄弟之情。

"故此，今日前来，我亦无颜索恩。到底我们与旁的兄弟也不同，实非必要杀个你死我活。

"不若我们点到为止。十招之内，八弟若能抢回我手中之物，便是你胜，反之便是我胜。

"八弟胜，可带着此物离去；我若胜了，请八弟随我离去。"

夜风无声地撩动着萧长彦的墨发，他握紧了手中的长剑："六兄，为何？为何连你也甘愿投向东宫？"

萧长彦不懂，东宫到底凭什么服人……

旁人或许不知道萧长瑜文武双全，样样都在皇子中拔尖，他却清楚！

萧长瑜出身太低，幼时丧母，在这个能够将弱小之人拆骨吞噬的皇宫里，萧长瑜不能优秀，不能出头，才能平安长大。

正如他方才所说，他只是恰好在那里，明知道火海凶险，闯进去就很有可能性命不保，但不得不进去，因为他只是个无依无靠到任谁都能踩一脚的皇子，至"死"都没有封王……

这并不意味着萧长瑜不够出类拔萃，所以他早早地看透了皇族，才会毫不留恋地转身离开宫廷。

就是这样清醒、明智、果决的萧长瑜也投向了东宫，今日毫不犹豫地斩断了他们之间那一丝有别于旁的兄弟的情分，与他拔刀相向。

更别说连他都视为劲敌的萧长卿也明晃晃地站在了太子那边，否则沈岳山父子哪里能够如此顺利地结束漠北之争？

"是……太子给了你自由之身？"萧长彦不由得猜测。他们曾经虽然比不上萧长卿兄弟那般亲密，但也算谈得上话，萧长瑜的心思，他多少能知道些。

"不，"萧长瑜摇头，"是我欠了太子妃一条命。"

他和卞先怡欠了沈羲和一条命，当日卞先怡遭人胁迫，差点儿害了沈羲和的性命，沈羲和事后其实可以要了卞先怡的命，但并没有。

她只是让他服了毒，其实是手下留情，因为随阿喜跟着他们，解毒并不是难事。这份恩情，他一直记着。

故而当萧华雍传信给他时，他来了，不为萧华雍信中隐晦的威胁之言，只是为了弥补自己当年对太子妃的愧疚之情。同时，他也感谢沈羲和高抬贵手，让他能够与妻子和和美美地相守。

萧长彦怔了怔，旋即自嘲地笑了笑："原来如此，太子妃果真不愧是太子妃……"

一个从入京时起就从未掩饰过野心的女郎！一个能让陛下步步受制的女郎！一个让他从兵权在握变得一无所有的女郎！

很多人对他说过，太子妃工于心计，足智多谋，连陛下都不曾在她的手上讨到半点儿好处。

萧长彦并非不信，却也没有全信，只是没有亲身经历过，故而将信将疑。他万万没有想到，一次亲身经历，他便满盘皆输，再也无翻盘之地！

"六兄，我随你走，便是束手就擒。"萧长彦忽然笑了，"太子妃说过，对于太子之事，她绝不会善罢甘休，我一直等着接招。近一月过去，一直没有动静，我原以为是太子妃想不到好法子。

"此时此刻，我才知道终究是我低估了她。她是要我的命，又不愿让我的血沾了她的手，抑或我的这条命还能多为她谋划些什么。

"今日我随你走，便是死路一条。六兄，我一直知晓你武艺超群，以往你总是藏着，不愿赐教，今日便请全力以赴，让弟弟得偿所愿，领教一番，少些遗憾。"

萧长瑜听他言辞间有了赴死的决然之意，心里也是一阵叹息："八弟，你不该对太子下手……"

不是萧长瑜对沈羲和有多高的评价，而是沈羲和这个人的的确确公私分明。哪怕萧长彦与她利益相冲，只要是光明正大地交锋，双方都没有致对方至亲之人伤亡，日后沈羲和都不会赶尽杀绝！

"六兄不必多言。"他与萧长瑜所求不同，哪怕沈羲和再心胸宽广，他也不会甘心臣服。

不成功便成仁！

哪怕现在大势已去，他也不后悔！

他输了，那就认输！

从决定争夺帝位的那一刻起，他就知道落败是要以生命为代价的，早就做好了心理准备！

"既然如此，我们兄弟便酣畅淋漓地打一场！"萧长瑜将手中的匣子往后抛去。

夏夜绵长，晚风和煦，却也掩盖不了剑拔弩张的气氛。

两个人几乎是同时拔剑，用的兵刃极其相似。他们都双目沉着，风驰电掣般冲向对方。

剑与剑相接，火花迸射，横扫的剑锋在黑夜之中划出一道道森白的光，似乎要将夜幕破开。

皇子之中，单论武艺，去除萧华雍，必然是萧长彦与萧长赢更高。

这是因为萧长瑜向来不争不抢，不显山露水，但萧长彦一直知晓，萧长瑜的武艺造诣极深。

很早以前，他就想与萧长瑜一较高低，但萧长瑜总是拒绝。他万万没有想到，他们这一战，竟然是在这样的情形下，他再也没有点到为止的资格！

"这二人还要打到何时？若是引来了别人，岂不是会坏了殿下的大计？"远远守着的九章有些焦虑。

"快了！"地方抱着剑，如白杨般笔直地立在九章的身侧，双眸紧盯着交锋的两个人。

两个人的剑再一次交缠，如两条灵活的蛇一般不断相争，企图将对方压制住。二人都没有退让，随着手中的剑招变化不断往一侧移动着。

忽然，萧长瑜将剑一收，身子一旋，长腿横扫，逼得萧长彦凌空跃起，长剑横空劈下。

萧长瑜横剑拦截，萧长彦的剑劈在了萧长瑜的剑刃上。萧长彦目光一沉，正欲反手挑开萧长瑜的剑，却不料萧长瑜更快一步。

萧长瑜的另一只手几乎是在横剑拦截萧长彦的同时，握住他的剑尖弹了弹。

柔韧的剑尖反射的光刺得萧长彦下意识地避让，就在这一瞬间，萧长瑜握住剑柄的手一松，身子一让的同时，将胳膊一抬，手肘直击萧长彦的胸口。

在萧长彦被撞退的同时，萧长瑜的另一只手快如闪电地拽住了萧长彦的胳膊，萧长瑜握着萧长彦的手，一个错身，绕到萧长彦的身后，一掌劈在萧长彦的后背上。

萧长彦飞扑出去，于半空中飞旋拧身，剑尖触地才稳住身子。他借着剑尖的力道，迅速反弹起身，一个后空翻，手中的剑再一次刺向一脚将落地的长剑踢起来抓住的萧长瑜。

萧长瑜身子一侧，手中的剑顺着萧长彦刺来的剑，从剑尖绕着剑刃随着他仰身前移，划到了萧长彦的剑柄上。

就在这时，萧长瑜握着剑柄，剑刃刮过萧长彦的剑根，划出了刺目的火花，削断了剑柄，直划向萧长彦握剑的手。萧长彦想要转手，却发现他的气力完全被萧长瑜压制了。

眼见手要被削断了，他不得不弃剑，翻身避开。

然而就在萧长彦弃剑的一瞬间，萧长瑜手腕一转，用剑挑飞了萧长彦的剑，自己的剑也松了手。他转身面向萧长彦时，剑已经从惯用的右手落在了左手上。

左手使剑似乎也不影响他的灵活性，他一剑刺在萧长彦的心口上。

萧长彦僵住了，看着抵在胸口的剑柄。萧长瑜反手拿剑，速度快得令萧长彦反应不过来。

萧长瑜现在不想取他的性命！这是萧长彦的第一反应。

萧长瑜在萧长彦僵住的一瞬间，封了萧长彦的穴道："你输了。"

"六兄好身手。"萧长彦赞道，只是眼中一片颓然之色。

萧长瑜收了自己的剑。与萧长彦交锋了许久，他尽可能没在萧长彦的身上留下伤痕，正是因为如此，他的身上多了不少剑伤，甚至肩胛还被刺穿了一剑。

大局已定，萧长瑜说道："我的武艺不如太子殿下。"

留下这句话，萧长瑜大步离去。

其实萧华雍并没有让萧长瑜亲自捉拿萧长彦，只是让萧长瑜将萧长彦约出来。明日就是陛下实施大计的时候，这个时候，萧长彦格外谨慎。

除了萧长瑜，只怕没有人能使得萧长彦不惊动他人，单独赴约。

但萧长瑜要自己动手，萧华雍也下令给地方，让二人不得阻拦。

这一对异母兄弟，是有一些东西需要了结。

萧长瑜来去无踪，萧长彦被地方带走。

前后不过半个时辰的工夫。景王出了一趟王府，又回到王府，没有人知晓，亦没有人察觉到景王换了个人。

一切还得归功于岷江大胜，萧长彦的影卫几乎全部葬身江中，他的心腹幕僚也一并被拔除，否则，无论是萧长彦单独赴约还是换个人再回到府中，都不能成事。

沈璎婼与萧长风的大婚仪式之隆重，大约仅次于东宫，哪怕是前不久才大婚的烈王都要逊色一筹。

祐宁帝对外宣称是因为沈岳山父子立下大功，因此无人敢置喙。

毕竟沈岳山只剩下这一个孩子未成婚，沈璎婼嫁的又是宗亲第一人，世袭罔替的巽王。

婚礼十分热闹，已经许久未露面，自从公布有身孕，就从未召见过命妇的太子妃可谓万众瞩目。

男人们都因为岷江之事、西北之盛而隐晦地打量她，女人们不知道这些事，只觉得原本高高在上，拒人于千里之外，浑身上下透着一股疏离气息的太子妃，可能是因为将为人母，看起来竟然温润、亲和了不少。

原本就风华绝代的人，现在自然更添了一分雍容华贵的气息。

沈羲和却不在意旁人，几乎是一刻不离地盯着萧华雍，所幸皇太子不需要去迎合旁人。

想要上前恭维的人也被天圆拦住，以一句"太子殿下身体不适"就打发了。

沈云安已经提前到场，不少人围着他，沈云安也不拿乔。好不容易能够光明正大地喝个痛快，他自然不会放过机会，来者不拒。

沈岳山是与祐宁帝一道来的，是祐宁帝宣了沈岳山，这是特意给沈岳山做脸。

烦琐的大婚仪式结束之后，沈璎婼被送回了巽王府。

沈羲和听到消息之后，倒觉得祐宁帝对沈璎婼估计是真有几分疼爱。

芙蓉园喜宴是鸿门宴，他却让沈璎婼远离了这一场硝烟，只有萧长风这个新郎官留在这里招待宾客，与众人敬酒。

酒过三巡，就在祐宁帝给足面子，准备起身离去时，暗处有一枚毒针对准祐宁帝射来，幸好绣衣使及时现身，扑倒了祐宁帝。这枚毒针射在了这位绣衣使身上，绣衣使当场昏迷不醒。

"来人，有刺客，护驾！"刘三指第一时间扯着嗓子尖锐地高喊起来。

这一声让文官纷纷仓皇逃窜，武官个个朝着祐宁帝聚拢。

几乎是同时，一些手持佩刀的侍卫冲了进来，第一时间朝着祐宁帝奔去。谁也没有想到，这些面生的护卫竟然在靠近祐宁帝之时，拔刀刺向祐宁帝。

原来这些侍卫是刺客假扮的，祐宁帝的胳膊被划了一刀，幸好他身手敏捷，才迅速躲开，再一次被保护到了厮杀圈之外。

殿内刀剑相拼，冲进来的刺客不仅人数颇多，就连身手也俱不俗，皇宫内的侍卫有些不敌。

武官似沈岳山与沈云安这类才能占据上风，过半的人也就是打个平手，余下的不少人伤于刺客的兵刃之下。

这些刺客目标明确，就是冲着祐宁帝来的，对旁的人能放倒就迅速放倒，实在放不倒的，就痛下杀手！

刺鼻的血腥味迅速弥漫开来，沈羲和面不改色，冷眼旁观。两个年轻的武将倒在血泊之中。他们穿着禁军的衣裳，这个年纪能够进入禁军，护卫在祐宁帝左右，必然是朝廷重臣中出类拔萃的下一代。

他们只有一腔热血，尚且没有多少钻营权力的心思，是最为单纯的忠君之士。他们只怕不知道，他们拼死相护的陛下，正是这一场刺杀行动的主导者！

这些刺客能够这么顺利地埋伏在芙蓉园里，这么轻易地混入禁卫军中，自然是有内应的，只是没有几个人能够猜到主导者是陛下。

因为陛下舍得下血本，牺牲这么大，甚至连自己都负了伤，如此凶险。君子不立于危墙之下，陛下怎么会做出这样的不智之举？

当然，如果这一切的前提都是为了陷害沈氏父子，许多人只怕就能够理解了。

现在正是沈氏父子如日中天的时候，陛下越是在这个时候弄出沈氏父子生出谋逆之心的事，越能让人信服。

这叫得意忘形。

正好此前漠北一战，沈氏父子将西北边境平定，几个大部族都元气大伤，哪怕知道西北没有沈岳山父子，也无力再次集结来犯。

祐宁帝也就不惧怕沈岳山父子死了，西北再次陷入战乱之中。

这时，百姓对沈岳山父子十分推崇，他们的声望达到了有史以来最高的地步。越是在这个时候，百姓对沈氏父子越看重。一旦沈氏父子在众目睽睽之下成为刺杀君王的主谋，百姓先前有多赞誉，之后就会有多唾弃。

这是一种信仰的崩塌！

惹了众怒，哪怕是西北那些忠于沈岳山父子的人，也不敢冒着被万民唾弃的风险，真的赔上全家甚至全族人的性命，为已经成为阶下囚的沈氏父子起事。

沈岳山父子在，他们获益更多，自然站在沈岳山父子这边。如果沈岳山父子倒下，谁还能不明哲保身？

当年顾氏不也是如此？

这些事，祐宁帝都想得很清楚，也想得很美好。在他看来，沈氏突然大获全胜，平定漠北，不啻天赐良机，是一个让沈岳山父子从天堂跌落到地狱的良机。

453

殊不知，这个让祐宁帝舍不得错过的天赐良机，自一开始，就是萧华雍摸透了祐宁帝的心思而设的局。

为了防止陛下因隐忍西北已久，岷江又受了重创，不愿贸然行事，萧华雍还给祐宁帝添了一把火，让祐宁帝受了伤，中了毒，身子越发不好，精力开始不济，因而不得不疯狂地孤注一掷！

"北辰！"一直跟着沈羲和的萧华雍开始往祐宁帝身边靠拢，她下意识地一把抓住了他。

他转过头，眼神柔情似水，似早春的第一缕暖阳普照大地，令万物复苏，冰雪消融。

这眼神深沉得令沈羲和有些承受不住，他的目光明明那么温柔，却又带着一丝决绝的意味。

"呦呦。"萧华雍握住她的手，动作轻柔却又坚定地将她的手指一根根拨开，另一只手抚上她的发鬓，沿着她的轮廓，轻轻地描摹了一遍她的脸，似乎要通过指尖将她的容颜印刻在心底。

"好生照顾自己，一切以自己为先。"萧华雍笑了笑，就松开了她，顺势将她轻轻地推开，天圆带来的东宫护卫将她与萧华雍分成两个保护圈。

沈羲和被护着撤离，而萧华雍大步朝着祐宁帝走去，微哑的嗓音显得格外低沉："护驾！"

东宫的护卫几乎是第一时间冲上去，与来路不明、数量颇多的刺客交上了手。

这时候，变故再一次发生，陷入内乱局面的大殿被堵得水泄不通，高坐在上方的祐宁帝压根儿没准备离开。他要在这里坐镇。

这导致整个芙蓉园的护卫都朝着祐宁帝拥来，他们的职责是护驾，因而没有人开路，送这些文武大臣离去。

大臣们苦等着驰援，可芙蓉园距离皇宫不近，这些刺客显然是有备而来，也不知道有没有人冲出去求援。

不过他们又想到护卫间有信号，哪怕护卫们人出不去，放个信号也行。五城兵马和金吾卫在城内，来这里最多不过小半个时辰，他们只盼望这些人再快一些。

结果他们没有等到金吾卫与五城兵马司的人，反而等到了另一批穿着打扮与现在的刺客截然不同的灰衣人。这群人明目张胆得连面都没有蒙，一个个面色沉沉，提着刀直奔祐宁帝，遇神杀神，遇佛杀佛。他们的目标更明确，就是祐宁帝！

只要没有人拦上来，这些人也不会白费力气去杀人。

这一批人身手了得，丝毫不逊色于方才的那一批。

这群人出现后，就连祐宁帝都脸色一沉——这些人不是他安排的。

这些人当然不是他安排的，是萧华雍把萧觉嵩的人都安排进来了。萧觉嵩的人其实所剩不多，也就剩下几十个了，只是这剩下的人的身手都是上乘，祐宁帝要自导自演一出刺杀大戏，他就钻了空子，借着遮掩，把萧觉嵩的人给安插进来了。

故而出现了这滑稽的一幕，头一批刺客是祐宁帝的人，哪怕得到了祐宁帝的允许，伤害了祐宁帝，但也拿捏着分寸，第二批刺客则明显是真的要刺杀祐宁帝。

这可苦了头一批刺客。他们既不能表现出自己不是刺客，又要反过来阻拦萧觉嵩的人刺杀陛下。

故而这一幕落在许多大臣的眼里，就成了这两批刺客仿佛抢功一般要杀陛下！

一方攻，一方拦，谁也不能抢了他们杀陛下的首功？

这是多么猖狂的刺客才能干出来的事？

他们真的当京都的守卫是摆设吗？

然而这些大臣不知道，他们心心念念的军中守卫此刻被八方限制！

五城兵马司的统领寻不到人，延迟了兵马集结时间，金吾卫第一批被惊动的是巡卫，刚赶到门口，就被人斩于马下！

"殿下，这好似真的是金吾卫的巡卫！"杀了人的翎卫军将领这才看清对方的样子，惊慌失措地禀报骑在高头大马上的景王。

"萧长彦"面不改色："小王已经接到消息，混入芙蓉园的刺客，便是假扮成禁卫军与金吾卫。这些人来得如此之快，且小王方才观他们神色仓皇，目光闪躲，定是做贼心虚。"

禀报的将军仔细回想了方才那些金吾卫的反应，确如"萧长彦"形容的那样，一时间不安之色去了大半。

身为武将的他心粗，哪里知道金吾卫这一小队不过是看到景王携带大量翎卫军前来，心中惊骇，误以为景王要造反。

军队与军队之间虽然暗中较量，平时有不少龃龉，甚至一言不合就要比画拳脚，可一个体系里，小事瞒得住，大事不可能一点儿动静都没有。

翎卫军什么时候由景王掌管了？而且翎卫军驻扎在京城之外，算算时间，就算信号发出之时，景王立马出发，也不可能这么快就从军营里调兵遣将吧？

他们更不可能这么快就赶到了这里！

一切只能表明景王早知今夜有人刺杀陛下，且在婚宴中途就溜走，赶去集结大军，这才能带着这么多人在这个时候出现。

什么人能够在刺杀行动之前就知晓消息？除了刺杀行动的主谋，还能有谁？！

其实是祐宁帝给了萧长彦便利，所以萧长彦才能畅通无阻地从城门带兵入城。他也确实在婚宴尚未结束时就离开了芙蓉园，快马加鞭，出城集结翎羽卫。

翎羽卫的统领早就接到了暗谕，自然十分配合，甚至早有准备。

故而，"萧长彦"领兵而来格外顺利，然而他们刚刚到达芙蓉园附近，就遇上了巡逻的金吾卫。金吾卫盘查，"萧长彦"以救驾刻不容缓为由，令其让道。金吾卫越发怀疑，不肯退让。

金吾卫只差没有直言"萧长彦"是图谋不轨之人，"萧长彦"则说金吾卫是假扮的刺客，双方就发生了冲突。

于是"萧长彦"的人杀了这一队巡逻的金吾卫。

"萧长彦"大手一挥，带着人迅速前行，就在逼近芙蓉园大门口的时候，谁也没想到会有另一批人带着一队人来阻拦他们。

"八弟，你想做什么？"三殿下萧长瑱与"萧长彦"狭路相逢。

"萧长彦"眯了眯眼，看了看萧长瑱的身后："自然是救驾。"

"我看你是想刺杀陛下！"萧长瑱愤怒地道。

萧长瑱之所以会带着大量兵马出现在这里，一切还要从两天前沈羲和与萧华雍复盘了整个计划之后说起。

"芙蓉园近城门，以陛下的谨慎程度，景王带兵至芙蓉园，或许远比金吾卫与五城兵马司更快。"沈羲和说道。

他们是要闹得金吾卫与翎卫军自相残杀，要真的以兵力与祐宁帝对抗，京都现在没有任何人有这个实力。

祐宁帝并非暴君，相反，称得上是明君，他们想要策反几支军队，绝无可能！

这也是祐宁帝敢在京都对沈岳山父子下手的底气。

如果不能阻止翎羽卫与金吾卫联手平定这场"叛乱"，他们的人只怕不敌，等到祐宁帝收拾好残局，想要令他吃下这个哑巴亏就不容易了！

萧华雍也陷入了沉思之中。

军队，尤其是京都的军队，只有祐宁帝才有绝对的掌控权。

他们不能输在舆论上，不能让沈氏满门忠烈遗臭万年，因而不可能和祐宁帝真刀真枪地对上。

"倒是有一个人……"

"不合适。"夫妻俩心有灵犀，萧华雍很清楚她想到的人是谁——烈王萧长赢。

在京都，能够掌握兵权的皇子很少，每个皇子都有属于自己的卫队，但人数都是限量的，和看家护院的人差不多，只不过皇子、亲王的规格更高罢了。

真正想要在京都集结大量兵马，除了祐宁帝授意，就只有涉及军队方面的要职之人，皇子以前有萧长彦与萧长赢，现在只有萧长赢。

萧长赢与萧长卿虽然心照不宣地与他们结了盟，但这件事如果让萧长赢出面，很可能把萧长赢卷入是非中。既然大家是一条船上的人，沈羲和没有道理在有更好的选择的情况下，用自己的人。

"呦呦想用谁？"萧华雍问。

"三殿下不好吗？"沈羲和反问。

萧华雍对自己这个一板一眼、万事不沾手，每日像个提线木偶般规规矩矩轮值点卯，不出差错，不出风头的哥哥印象不深。

不过萧长瑱曾在禁卫中任职，虽然职务不高，但身份尊贵，又不钻营，倒是很合武将的胃口，即使寻常不往来，这些禁卫却对他很认可。

"三兄对万事都不上心，不结党营私，一心向着陛下，要把他拉入局，又不让陛下知晓，这并不容易。"萧华雍说道。

"三嫂会助我们一臂之力。"沈羲和神秘莫测地笑了笑。

那年李燕燕来寻她结盟，沈羲和就知道李燕燕是个心比天高、命比纸薄之人。李燕燕有野心，却没有与野心匹配的实力。也或许她其实没有野心，只是不甘愿见到陛下这个仇人高高在上。

她或许对萧长瑱有情，但又因为对方是灭国仇人之子而感到煎熬痛苦。

她想要忠烈一些，自尽而亡，却又知道那些还仰仗着她而活的旧臣的余生荣辱都系在她一人身上。

她痛恨着一切，却连求死都不能！

"三嫂？"萧华雍低笑出声，"高招！"

"她想要三殿下如同烈王与曾经的景王一般备受荣宠，被陛下委以重任，才好借此施展拳脚，再行图谋。"

只不过之前萧长泰与李燕燕合谋之事被萧华雍摆了一道，之后三殿下被革爵，夫妻俩这两年倒是消停了，除了家宴时能见着，平日里都见不到人。

但沈羲和深信，李燕燕那一颗蠢蠢欲动的心绝对不会就这样安分下来。

一旦有机会，她绝对不会放过。

"只需要告知她，明日景王会谋反刺杀陛下，一切便能水到渠成。"沈羲和胸有成竹地说，"时间要择好，明日午后再传信给她，她必然会将这个消息告知三殿下。午后你要令三殿下见不着陛下，应当不难。"

李燕燕是个有点儿小聪明却无大智慧的娇女，得到这个消息，她的第一反应一定不是让萧长瑱帮助萧长彦。尽管她恨祐宁帝恨得要死，却也不会天真地以为祐宁帝真的这般容易让景王成事。

与其傻傻地与景王合谋，最后落得个同谋之罪，她不如捞个救驾之功。

这几年，陛下的皇子一个个死的死，废的废，连景王都穷途末路，再也无法翻身，急红了眼，都想要篡位了，那么这个时候不正是萧长瑱复出的天赐良机？

太子都抱病两个月了，先前她远远地见了太子一面，太子看着就是大限将至的模样。

太子一旦去了，陛下正值盛年，难道不能再立太子？

那么陛下会立谁呢？还没有长大的萧长庚？令陛下心生防备，逮着机会就和陛下唱反调的萧长卿？都不可能！

余下的人选只剩萧长瑱与萧长嬴！

只要萧长瑱有了救驾之功，胜算就会在萧长嬴之上，所以李燕燕毫不犹豫地选择了救驾。为了这救驾之功，她也会阻拦萧长瑱过早地把消息告诉陛下，否则萧长彦谋逆之事不发生怎么办？

这就是李燕燕的小聪明！

李燕燕忘了她自己是梁国后人，萧长瑱娶了她，就没有资格当皇帝了，除非陛下的皇子皇孙全部葬身。

所以她在得到消息之后，连猜疑都不猜疑消息是真还是假，就盼着是真的，一腔热血地攒着劲儿，想把萧长瑱推到他们想要的那个位置上！

这就是李燕燕无大智慧的表现！

事情也正如沈羲和所料，她对人性的揣摩连萧华雍都钦佩。

萧长风与沈璎嬬大婚，是祐宁帝下旨要举行的盛宴，李燕燕自然要到场。芙蓉园的守卫不比皇宫森严，祐宁帝又在芙蓉园的禁卫中做了手脚，给沈羲和与萧华雍大开方便之门。

他们递消息给李燕燕都不需要多复杂的过程，就能做到神不知鬼不觉。

李燕燕捏着不知道是谁递给她的纸条，激动不已，纸上只有简短的几个字："今夜景王刺杀陛下。"

她霍然起身，第一想法就是去寻萧长瑱。她急促地走了几步，又停了下来，按捺住自己，度日如年一般坐了两个时辰。眼看着夕阳西下，她才佯装身体不适，令人去前院知会萧长瑱，自己先一步回府。

萧长瑱心里担忧她，得知她身子不适，应付了一番，便亲自寻了新郎官萧长风告罪，告辞回家。

他回到寝院，只见李燕燕端坐在那里，还用了一盏燕窝，面色红润，甚至连眉梢都隐有喜色，哪里像是生病了？

"你到底在闹什么？"萧长瑱有些不悦，好端端地称病，她以自己的身子做筏子。

他语气生硬，明显是有怒气，李燕燕心里有事，不与他计较："你看，这是我方才得到之物。"

萧长瑱看了纸条，字迹只能说得上工整，纸条也是寻常纸张，明显是用来掩人耳目的，不留任何痕迹。

他剑眉微皱："这是何人？竟敢胡说八道！"

"八弟今日申时未至便已离去，我派人查探过，八弟出了城！"李燕燕却相信萧长彦今晚要谋反,"他素来与巽王交好,今日巽王大婚,他却无故离席,岂不是有鬼?"

萧长瑱深深地凝视着眼睛晶亮的李燕燕。他有多了解她,或许她自己都不知道。她心里在想些什么,他一清二楚,他的心头微微有些刺痛:"我们不是说好,好好过日子吗?"

上一次,他替她喝下了陛下赐的"假"鸩酒。当时他腹痛难忍,真的以为自己命不久矣,她或许也知道自己即将失去他,夫妻俩互通了心意。

之后他被革爵撸职,这两年他们不问世事,一心过着自己的闲散日子,他以为他们一辈子都能如此相守到老!

现在他才惊觉是自己太天真了!她只是没有选择,才会与自己平静度日。她的心里始终藏着不甘与仇恨,但凡有一个机会,她都不会错过。

就连旁人都看得清楚,她心里的恨意经不起一点儿挑拨,否则这消息怎会递给她?他却一直自欺欺人!

萧长瑱不由得自嘲地勾了勾唇:"你可想过,为何消息独独递到你的手中?"

李燕燕脸上的表情滞了滞,她或许知道,却不愿深究,或许是真的不知。她避重就轻地道:"不论是何缘由,你能眼睁睁地坐视陛下被刺而不顾?"

"我能!"萧长瑱异常肯定地回答。

他对陛下是有敬仰、孺慕之情的。但这些年夹在父母家国与妻子之间,他是真的累了。他其实一直在选择李燕燕,只是李燕燕对他的爱恨过于复杂。

她爱他,又忘不了他是萧氏皇族;恨他,又将他放在心里……

他们就是这样爱着彼此,却又因为隔着太多东西而无法交心。

他不会去做忤逆不孝、大逆不道之事,却也可以将他万事不上心的本色发挥到极致。

他可以当作不知陛下要遇刺,弟弟要谋逆。他什么都可以不做,只想做李燕燕的丈夫,只可惜她不给他这个机会。

"太子殿下命不久矣,你想过日后的事吗?"李燕燕冷着脸问。

萧长瑱闭了闭眼,压抑着心头翻滚的情绪。他分不清失望与痛苦哪一种情绪更深,或许还有一缕深藏的绝望:"我们日后什么都能有,就是没有皇位!"

"凭什么不能有?"李燕燕嘶吼。

夫妻俩再一次赤目相对,萧长瑱的眼里是深深的哀痛与灰败之色,李燕燕的眼神则充满执拗与不屈。

两个人谁也不想退让,僵持了许久,萧长瑱才心灰意冷地道:"你定要让我卷入这些是非之中?"

李燕燕心里一揪,嘴上却说道:"我只是盼着我们将来能过得更好些。"

"更好些……呵呵呵……"萧长琪低笑，笑得苍凉而又绝望。许久之后，他才抬眸，眼里还泛着血色，眼神却冷漠得令李燕燕感到陌生："好，我如你所愿！"

萧长琪说完，唇畔依然噙着一丝令人揪心的笑容。他后退着离开，深深地凝视着李燕燕，直到脚后跟抵上了门槛，才停住片刻，紧紧地盯着她好一会儿，旋即决然地转身，大步离去。

李燕燕愣愣地望着萧长琪消失的地方，心好似突然被挖空了一块，眼泪毫无预兆地滚落下来，一种没来由的慌张感萦绕在她的心头。

她极力克制住自己，想着事成之后的种种好处，才将心头那一丝不安感给压下去。

萧长琪只需要去询问一番今日李燕燕带到芙蓉园的随侍，就知晓李燕燕何时得了消息，也就彻底明白李燕燕心中所求了。

他踏出王府，看着墨色渐浓的黑夜，万家灯火已经点燃，却照不亮无边的暗夜，一如他的心里那一片寻不到片刻暖意的寒凉之地。

他去了禁卫军所，他曾经任职的地方，不需要多费唇舌，只需要说一句他得了消息，今夜可能有人刺杀陛下，因为消息不确定真假，故而不敢大张旗鼓。

这样的消息无论真假，禁卫军将军都不敢视若无睹，尤其是他隐隐也察觉到派往芙蓉园的禁卫军有些异常。心中的疑惑无限放大，他决定和萧长琪一起带一队人，随便寻了个名目，暗中分散朝着芙蓉园聚拢。

他们才刚刚集合，就看到了来势汹汹的"萧长彦"，且看到了金吾卫巡卫的尸身，故而有了双方人马在这里狭路相逢，萧长琪质问"萧长彦"的一幕。

面对萧长琪的质问，"萧长彦"面不改色："三兄，你何故空口白牙地诬蔑我？芙蓉园情势危急，你不与我一道去救驾，反在此拖延阻拦我，三兄才是心怀鬼胎之人吧。"

"萧长彦"反咬一口，点然了萧长琪的怒火，他喝道："八弟，回头是岸！"

"弟弟亦将此话赠予三兄。"

很明显，两个人谈不拢，而双方带来的人都怀疑对方图谋不轨。

翎卫军是陛下授命，令萧长彦带来救驾的，自然认为自己才是在捍卫正道。

禁卫军则目睹了"萧长彦"带着翎卫军对金吾卫巡卫痛下杀手。双方看对方都是看乱臣贼子的眼神，战火自然是一点即燃！

一墙之隔，两重厮杀。

远在大殿内的祐宁帝自然不知道芙蓉园外的战况，即便是有靠近外面的人，也突不破大殿的战圈，无法直达天听，将园外之事告知陛下。

祐宁帝沉着脸，看着计划之外的另一批刺客，猜测这是有人听到风声，想要浑水摸鱼，借机刺杀君主！

虽则不知道现在是什么时辰，但根据"刺杀"之举开始的时间到现在，祐宁帝也能断定萧长彦过了约定的时间还没来！

恐怕萧长彦也遇到了阻拦，如此一来，自己的计划也许早就被人全盘洞悉了！

是谁？！

祐宁帝用阴沉锐利的目光扫视着全场的人，扫过将荣贵妃护在身后的萧长卿，又落在与刺客缠斗的萧长赢身上，片刻之后，越过厮杀的众人，停在同样竭尽全力地与刺客周旋的沈岳山父子身上。

这一眼看得有些久，祐宁帝发现，无论是他安排的第一批刺客，还是来路不明的第二批刺客，沈岳山父子都没有区别对待，下手一样快狠准。

接着，祐宁帝才转身看向女眷当中的沈羲和。往日里沈羲和就格外鹤立鸡群，但京都贵女也环肥燕瘦、千姿百态，沈羲和出挑是不假，也不过是多几分颜色。

但从今日这样混乱的场面中就看得出，临危不乱的她有多么与众不同。整个内殿里的女眷，除了武艺不俗的烈王妃，就只有历尽千帆的太后与沈羲和面不改色，她沉稳大气，配得上母仪天下。

只可惜她是沈氏女。

视线一圈扫下来，帝王心思百转，心中固然有怀疑之人，却无法确定是何人。

沈羲和并不在意祐宁帝心中想什么，垂眸捏紧指尖，不敢去看萧华雍。她怕自己再多看一眼，就会奋不顾身地朝着他飞扑过去。

但是她不能，先前还是箭在弦上，不得不发，现在已经再无回头之路，此刻稍有不慎，他们就会暴露一切。虽不怕满盘皆输，可若是搭上全族之人的性命，沈羲和背负不起这样的责任。

芙蓉园园内园外都在恶战，五城兵马司和金吾卫的人大量拥向芙蓉园，惊得满城百姓都闭门不出，原本热闹的京都被肃杀气氛笼罩。

"萧长彦"带着的翎卫军数量极多，萧长瑱因为消息不确定，不敢私自调动大量兵马，选择带少量人马分散聚拢至芙蓉园。要是行刺的消息是假的，他们也能糊弄过去。

翎卫军与禁卫军，前者出自民间，将能者编入，其中不乏历届武状元；后者则是护卫皇城，能在宫廷人内行走，大多出身武将世家，还非得是功勋武将世家拔尖的年青一辈才能进入。二者都有真材实料，个个骁勇善战，萧长瑱更是使出了不要命的打法，一定要拖住人。"萧长彦"则并不想取萧长瑱的性命，处处留手，一时间还真的难以突破防线，闯入芙蓉园。

这个时候，五城兵马司的大批人马赶至，见到交锋的两方人马，俱是脑子一片空白：一方是景王带着翎卫军，一方是三殿下带着禁卫军。

翎卫军非皇命不能调动，禁卫军护卫陛下的安全，都不是他们能得罪的，且这两方人马都言之凿凿，说对方才是行刺之人，把他们给整蒙了。

五城兵马司只能两边辖制，企图制止这一场分不清谁是谁非的恶战，最后弄得双方都觉得五城兵马司的人在拉偏架，对五城兵马司的人也不再手下留情。很快，做和事佬的五城兵马司就被误杀了好几个人。

这下惹火了五城兵马司的人。血性与愤怒情绪被激起，他们也不管什么翎卫军，什么禁卫军，只要不是五城兵马司的人，就下死手，于是两方的恶战霎时变成了三方的混战。

没过多久，负责全城安全戒严的金吾卫大举而来，很快就弄清楚他们有一队人马是被景王与翎卫军所杀。他们从禁卫军的嘴里得知五城兵马司与翎卫军是一丘之貉，也开始逮着翎卫军与五城兵马司不放。

祐宁二十三年，六月的最后一夜终究是不平静的，这是皇朝百年以来，第一次在皇城之下发生这样大规模的卫军混战事件。

芙蓉园周围全是一具具倒下的卫军尸身，血液漫延至宫墙墙角，不断地渗透下去。

芙蓉园外的混战，规模远远超出了"萧长彦"的预估，他还有更重要的事情待办，因而不再留手，剑锋凌厉，朝着萧长瑱一剑挥去。

原本他只是为了逼退萧长瑱，萧长瑱若是要躲，完全能够躲开。可萧长瑱不但不闪躲，反而一剑迎了上来。

"萧长彦"现在收手也已经晚了。他迅速将手腕一转，原本划向萧长瑱的颈部，能一剑将其削首的剑偏了偏，将萧长瑱的肩胛骨穿透了。

萧长瑱的剑也紧接着刺向"萧长彦"的胸口，幸好"萧长彦"反应及时，一个闪身躲过，剑尖从胸口划过他的胳膊，留下一条从胸口横跨到臂膀的血痕。

"萧长彦"刚刚站定，转头就看到萧长瑱被身后的一刀从腹中穿过，面色一变。

而萧长瑱身后握着刀的一名翎卫军也身子一抖。他是看到"萧长彦"差点儿被萧长瑱给一剑穿心，焦急之下，前来制止。其实以他的能耐，萧长瑱完全可以躲开他的攻击，躲开"萧长彦"的剑锋，放弃杀"萧长彦"，也就能躲开他刺来的一刀。

可谁也没有想到，萧长瑱没有躲，一下子腹背受敌，前面"萧长彦"的一剑，因为"萧长彦"收手及时，不算是致命伤，后面翎卫军捅来的一刀，却是致命的一刀。

萧长瑱身体僵直地站在那里，绽放在痛苦抽搐的脸上的，竟然是一丝如释重负的诡异笑容。

被吓蒙了的翎卫军好似这时才醒过神，迅速往后退，萧长瑱也一头栽了下去。"萧长彦"迅速上前，在萧长瑱倒地之前将他搀扶住了。

四周的几方势力并未停止厮杀，却都不敢靠近他们，萧长瑱倒在"萧长彦"的怀里,一把抓住了"萧长彦"的手臂,吐字极其艰难却清晰:"你……你不是……八弟!"

"萧长彦"怔了怔。太子殿下的易容术,至今为止,除了太子妃无人看破,他可是太子殿下亲自易容出来的!

萧长琪嘴角的笑容却扩大了一些。

他不是在诈眼前的"萧长彦"。他也是交手后才发现不对劲,初时并没有察觉。偏头呕出一口血的萧长琪感觉眼前开始发黑,手脚渐渐冰凉。

他拽着"萧长彦"的手更用力了,他说:"替我……替我求……求七郎……一个恩典……将我们……夫妻……合葬……"

萧长琪最后一个字几乎没有声音了,拽着"萧长彦"的胳膊的手松开,滑落了下去。

他不争不抢、庸庸碌碌,并不意味着无能糊涂。

其实这些年,或许是置身事外,他看得比谁都清楚,他们兄弟之间藏得最深、手腕最强的人一直是太子。

芙蓉园出现刺杀事件,萧长彦能够调动非皇命不能动的翎卫军,只有一个人能够做到这一点,那就是陛下自己。

换作旁人,若能够做到这一步,陛下也活不到今日。当然,或许还有一个可能,那就是陛下早就洞悉了刺杀计划,只是在将计就计,因而芙蓉园才会出现行刺的事。

然而,在这个时机,谁会行刺陛下?东宫不会选择在沈氏女出嫁的时候,更不可能选择在沈氏父子风光无限的时候,哪怕是太子殿下想要一石二鸟,先行刺陛下,再嫁祸给沈氏,最后大义灭亲,杀妻为父报仇都不可能!

一个人的眼里有没有情,是真情还是演戏,心里住着一个人的人最能分辨出来,他心里有发妻,相信太子看太子妃的目光里有不掺假的真情。

所以太子不会陷沈氏于不义。哪怕太子当真深谙做戏之道,骗过了他,也不可能骗得过太子妃。

这一次行刺的事若真是太子挑起,第一个与太子为敌的人必然就是太子妃。

这一次刺杀事件也绝不可能出现。

除了东宫,就再也没有人会在这个时候对陛下不利,再结合翎卫军与萧长彦的情况,萧长琪大胆推测,这是帝王之谋,剑指沈氏父子!

然而螳螂捕蝉,黄雀在后。黄雀还是蝉的好女婿,陛下自以为是布局人,却不知局外还有局。他是别人的布局人,却也是别人的棋子。

从有人递给李燕燕消息开始,萧长琪就知道陛下与八弟胜不了。

发现八弟不是八弟之后,他就更清楚了,陛下必将哑巴吃黄连,有苦难言。

这就是天家,父子之间、母子之间、兄弟之间,明争暗斗,不死不休!

他知道他死了，他的妻子也不会独活。他是她一直熬着、苦着的理由。

他知晓她心悦他，但他们之间隔着山海一般难平难填的国仇家恨。

他不止一次自问：他们这样纠缠着活着，除了彼此折磨，还能得到什么？

他真的很累，也许她也很累，不如他们一起解脱。

八弟是假的，一切都在太子的掌控之中，这一场刺杀行动落下帷幕后，总该有人站出来收尾，只能是现在已经落为太子阶下囚的真正的八弟。

众所周知，他死在景王的手上，那就是平乱功臣，救驾有功。

他的王妃与他鹣鲽情深，受不了他身亡而自戕，不是作为李朝公主受煎熬而死，也没有给皇室抹黑，李朝旧臣不用因此而惶惶不可终日，做出自寻死路的傻事。

相反，到时候陛下定会论功行赏，厚待李朝梁国旧臣。

他这个李氏女婿，也算是对得起岳家。

她也能够安安心心，了无牵挂，结束她这生不如死的一生。

他只盼来生，他们都不再生于帝王家，还能再续前缘，相守一世。

"萧长彦"将萧长琪的身体架到芙蓉园的大门口，令其靠在石狮子上，握着手中的剑冲入了芙蓉园，留下四方人马面面相觑。

现在他们稍微有了一丝理智，暂停动手，互相防备着一并冲入了芙蓉园，见到刺客就先杀刺客。

"萧长彦"提着剑，一路杀到大殿门口。现在还没有人知道是谁要刺杀陛下，看到"萧长彦"，朝中的人都不会防备，而"萧长彦"也的确是一路杀着刺客而来。

"陛下，儿携翎羽卫前来救驾！"

一道高喝声响彻大殿。

朝廷的人听到这句话十分振奋，刺客好似也受到了刺激，下手更狠。

原本就激烈的战况变得更加严峻，不过"萧长彦"带来了四方人马，这些人仍旧防备着彼此，却不妨碍先一致对外，骁勇的刺客很快就被压制住了。

"萧长彦"几乎是一路畅通无阻地杀到了祐宁帝的身边，转过身，横剑挡在祐宁帝身前。

尚未分辨出真假的祐宁帝开口欲问："何故来迟……？"

"陛下，当心！"

祐宁帝话音未落，人突然被撞开，再转过身，就看到背对着他的"萧长彦"反手向后一剑，刺入了萧华雍的身体里。

兄弟俩还保持着背对背的站立姿势，那一剑穿过了萧华雍的后背，剑尖滴着血。

若非萧华雍推开了他，这一剑必然会穿透他的肺腑。

祐宁帝是第一个回过神来的，抬脚越过萧华雍，将"萧长彦"踢飞了出去。

这突如其来的变故，让大殿内的所有人都措手不及。"萧长彦"站起身，一个翻滚就朝着窗户奔去。

"擒拿景王！"

还是沈岳山高喊一声，大家才回过神来。

刺客赶紧开始撤退，殿内的禁军连忙奔出去追击"萧长彦"。

"七郎！"祐宁帝扶住萧华雍，神色复杂："御医！"

他心中虽然有几个怀疑对象，而且萧华雍与沈羲和是首要怀疑之人，但是现在又不确定起来。

太医令与太医丞跌跌撞撞、连滚带爬地到了近前，给太子一诊脉，顿时心口"咯噔"一下，俱面无人色。

太医令硬着头皮开口："陛下……剑上……有毒，此毒极其霸道，殿下……"

太医令与太医丞伏地不起，后面的话不敢说出口，但人人都知晓。

这个时候，沈羲和再也没有了往日的娴雅端庄的样子，推开了所有人。看到倒在祐宁帝怀里的萧华雍，她没有抽泣，没有哽咽，眼泪却止不住地奔涌。

她险些跌坐下去，是墨玉手疾眼快地扶住了她，护着她的小腹，让她缓缓地跪坐在了萧华雍的身边。

萧华雍一把握住她的手，贪恋地凝望着她，琉璃般的眼眸依然如春水般温柔。萧华雍仔仔细细地看了她好一会儿，才转头看着祐宁帝："陛下……儿为呦呦的腹中骨肉……起名钧枢……可好？"

萧华雍想了很多。只要他离开，陛下就可以再立太子，他必须绝了陛下另立储君的路！

还有什么法子比他这个皇太子为救陛下而亡更妥当？他在众目睽睽之下"身亡"，也更容易金蝉脱壳。

他这一"死"，陛下对他的所有猜疑就会尽数消失，陛下欠了沈羲和，也欠了东宫，更欠了他的骨肉！

日后只要抓不住沈羲和谋反的罪名，陛下都不能再对沈羲和出手，否则会令天下人齿寒！

他说过，他要为她铺平所有的路。

"钧枢"二字寓意深远，他若寻常时刻提出，只怕连御史台都要参他有不臣之心。

而他放在此刻提，谁也不能说不行！他只是想要给孤儿寡母一道护身符罢了！

没有了丈夫的太子妃，没有了父亲的东宫嫡子，活得该有多艰难？

倘若他的孩子日后没有继位的资格，就注定会沦为新皇的眼中钉，肉中刺。

身为儿子，他在父亲生死攸关之际挺身救父而亡，这是大孝。

身为臣子，他在君主临危之时慷慨就义，这是大义。

此外，他还是丈夫，还是父亲。他想要在临终前为妻儿谋划一些权益，谁也不能指摘。

祐宁帝侧首看着泪如雨下，却没有一点儿声响的沈羲和。这一刻他很想要把沈氏女盯穿看透。他很想知道，沈氏女到底有多大的能耐，令他的儿子死也要为她谋利！

"陛下……咯咯咯……"萧华雍仿佛硬撑着一口气，执拗地央求，"恳请……陛下……成全。"

这一句话似乎耗尽了萧华雍全部的力气，他整个人都颓败下去，却努力地望着陛下，眼底的哀求之色越来越涣散。

"陛下，你在犹豫什么？你要让七郎死不瞑目吗？"太后高喊道。

"陛下，太子孝悌忠信，从未求过陛下什么，还望陛下成全太子遗愿！"陶专宪第一个支持萧华雍。

其他人觉得有利可图也好，当真被萧华雍的举动感动也罢，都开始附和。

"好。"祐宁帝一口应下，"太子妃无论生男生女，都起名钧枢。"

好似得偿所愿，放下了心中执念，萧华雍身子软了下去，轻轻地摩挲着沈羲和的手："呦呦……只盼你……嫁我……无悔。"

这是萧华雍说的最后一句话，也是一直哽在他心中的隐忧。

翻手为云，覆手为雨的萧华雍，无论何时都是自信的，他所有的忐忑与忧虑情绪都给了沈羲和。

运筹帷幄，决胜千里的萧华雍，无论何时都是睿智的，他所有的痴傻与稚气都给了沈羲和。

杀伐果决，一往无前的萧华雍，何时都是利落的，他所有的迟疑与矛盾都给了沈羲和。

他爱慕她，使尽浑身解数也要焐热她冰冷的心，拉着清心寡欲的她与他一道坠入爱河，却又因为可能无法长久陪伴她而懊恼自己为私欲让她拥有男女之情后又不长久，换来伤心的结局。

他最怕的是等她垂垂老矣，回顾这一生，后悔与他相知相守相爱。

她的未来还很长很长，他怕她用短暂的幸福去缅怀一生的孤寂。

沈羲和颤抖的指尖小心翼翼地抚上他的脸，满脸泪痕的她扯出一丝笑容，声音涩且哑："今生嫁你，永世无悔！"

这世间再也不会有一个人比萧华雍更爱她，一心一意，满目柔情，没有分给旁人一毫一厘，将全部的爱都给了她。

她曾说她不信潘杨之好。

现在她不屑潘杨之好。

因为她拥有了萧华雍，他给予她的一切早已经超过了这世间所有的男女之情。

正如现在，他明明可以不用挨这一剑，有千百种法子死遁，却偏偏为了她，为了她心心念念的沈氏而冒险。

萧华雍脸上挂着满足的笑容，在所有人的注视下闭上了眼。

祐宁二十三年六月，皇太子为救陛下，遇刺身亡，终究是应了那句"活不过两轮"的谶言。

祐宁二十三年，皇太子薨。

关于那个混乱的夜，迷雾重重，即便是目睹全程，甚至参与其中的人也看不透这错综复杂的刺杀事件。

帝王遇刺，景王谋反。

景王因何谋反？仅因岷江失利，被帝王严惩，排挤在权力之外？这似乎并不足以让景王谋反，不过弱冠之年的景王，还有无数种法子韬光养晦，卷土重来。

且景王谋反，只调动了翎卫军。仅凭这一点儿兵力就想谋反，如此天真之人，如何能够镇守安南？

另外，翎卫军非皇命不可调动，景王又是如何调动的？事后陛下处置了翎卫军的上将军以及两个中将，称其受景王蛊惑。

此说法难以取信文武百官，其中必有隐情，但陛下这般交代，群臣也只得这般信。

除去景王谋反之事让众人看不透，就连三皇子之殇也是个难解之谜。

三皇子于芙蓉园门前拦下景王，禁卫军、翎卫军、金吾卫，包括五城兵马司四方人马又是怎么变成一团乱麻，互相残杀，继而导致三皇子命丧翎卫军之手的？

刺客又是如何埋伏到把守芙蓉园的禁卫军之中的？刺客为何会有两拨？

景王带着人高喊前来救驾，陛下为何如此信任景王，轻易地令其近身？

一个个诡异无解之处，令文武百官不敢深究，这是属于皇家的杀伐之争，轮不到他们置喙。

太子救驾身亡，陛下令礼部以国殇之礼，帝王之仪下葬，三日不朝，举国哀悼。

西北王父子亲手擒住的景王被关在天牢里也不审，一切等到太子下葬之后再行处理。

东宫白布飘扬。东宫上下都戴孝在身，沈羲和一袭缟素，青丝如瀑，鬓边戴着一朵白绢花，整个人看着清冷消瘦。

今日是太子下葬的日子，她没有去。她昨日守灵昏厥，太医令便说她需要卧床静养。

顾念着她腹中的骨肉，陛下与御史台都没有多言，她也就留在东宫里将养。

"殿下，三皇子妃求见。"

沈羲和正在叠着萧华雍往日的衣裳，这些衣裳是他以往穿过的。他们成婚后，她为他做了不少衣裳，这一次他离开，也带走了一些未曾着于人前之衣。

听着外面天圆的禀报声，沈羲和静默了片刻，才吩咐道："请去小雅轩。"

太子国殇，李燕燕也丧夫，以往总是大红大紫、衣着鲜亮的李燕燕，也穿了一袭素白衣裳，看起来比沈羲和还要憔悴，双眼满是疲惫的红丝。

见到沈羲和，她还是行了个礼。

沈羲和抬了抬手，也不想寒暄："三嫂因何而来？直言便是。"

李燕燕的双眸有些空洞，她也没有了往日的活力，索性直言："太子妃，我今日前来，是有一事相求。"

沈羲和淡淡地看着她，等着她的下文。

李燕燕将那日沈璎婼大婚时自己收到的纸条递给沈羲和："太子妃可否帮我查出是何人所递？"

说到这里，她一扫原本无精打采的样子，眼睛死死地盯着沈羲和，这是怀疑沈羲和，故而来试探。

沈羲和垂眸扫了一眼字条："三嫂，你觉得三殿下之死，是递消息给你之人造成的？"

"难道不是？"李燕燕反问，她愤恨的目光如即将喷发的火焰，恨不能将人付之一炬。

她怀疑沈羲和，没有任何理由，也没有任何证据，就是有一种直觉。

沈羲和看着面目狰狞的李燕燕，淡淡的眼瞳里闪现出讥诮的光："你错了，致使三殿下踏上不归路的人是你！"

"你胡说！"李燕燕尖锐地高声反驳。

沈羲和依旧眉目平淡，从容地面对着目眦欲裂的李燕燕："三殿下是抱着死志而去的，逼他去的人是你。"

萧长琪与李燕燕彼此折磨了十几年，经历了太多事情的萧长琪身心疲惫，终于再也没有力气与她纠缠下去，所以选择了死亡。

也许很早以前，他就有过轻生的念头，只是身为天家儿郎，若因妻子而自戕，陛下是不会放过李燕燕乃至李氏之人的。

他需要一个无愧于所有人的解脱之法，这一次恰好抓住了机会。

他是故意不闪躲那致命一刀的。

他的心思大概比很多人想的要深，他应当早就知道这一切与东宫脱不了关系，也猜到了这一次胜出的还是东宫，所以尽可能地配合了东宫。

东宫要他去阻拦"萧长彦"，那他就去阻拦；东宫要让四军互相残杀，他就配合"萧长彦"来一场互相残杀，完全没有给金吾卫、禁卫军、翎卫军与五城兵马司深想的机会。

在萧长琪的刻意误导以及"萧长彦"有意制造的矛盾中,四方人马杀得难分难解。

大概也是看清楚"萧长彦"想要脱身了,萧长琪也就顺势放行。

他促成萧华雍的计划完美顺利地进行,只是求萧华雍将他们夫妻合葬。

这些话在假扮萧长彦的人功成身退之后,被递到了沈羲和这里。

沈羲和等着李燕燕殉情,没有想到等了这么久都没有动静,原来李燕燕只是不愿意接受是自己的痴心妄想害死了萧长琪。

看着现在逃避,四处攀咬,企图找出一个自欺欺人、推卸责任的理由来说服自己的李燕燕,沈羲和想到了萧华雍。他为了自己平白挨了一剑,是昏迷不醒地被火速送出京都的。明明他可以选个旁的法子死遁,正如当年的萧长泰一样,大火大水,生不见人,死不见尸,待到日后痊愈,一样可以回来。

但他亲手斩断了自己的帝王路。他哪怕能够被治愈,也不能再回来了,这世间已经不会再有皇太子萧华雍——皇太子萧华雍被葬入了皇陵。

"三殿下的倾心相待,你不配。"

这句话刺激得李燕燕的大脑一片空白,她忽然从水袖之中拔出一把匕首,朝着沈羲和扑了过去。

只是人还没有近沈羲和的身,就被一抹飞驰而来的身影踹飞了出去。

墨玉立在沈羲和的面前,将她挡在身后,看李燕燕的目光犹如看一个死人。

"沈羲和,今日你若不杀我,我必不会善罢甘休!"李燕燕撑起上半身,状若鬼魅,目光阴沉地盯着沈羲和。

李燕燕在威胁她,之所以这么有恃无恐地威胁,是笃定她不敢动手。

沈羲和缓缓地上前。李燕燕和她的宫婢都被东宫的人束缚住了,沈羲和站在被押着的李燕燕面前,垂眸睨着李燕燕:"你以为我不敢?"

清冷的声音语调平淡,像秋雨一般冰凉。

李燕燕似乎没有察觉到沈羲和语气的不善,毫不畏惧:"你敢吗?"

威胁在前,挑衅在后,沈羲和抬手,墨玉将李燕燕掉落的匕首拾起来,递到了沈羲和的手上。

沈羲和捏着冰凉的匕首柄,垂眸看了看,这是一把精致的匕首。这样的匕首,稍有家底之人都买得起,并无特别之处。

沈羲和漠然的眼神对上梗着脖子毫不退缩的李燕燕,她扬起了手,将匕首对准了李燕燕的心脏。

在沈羲和扬起手腕的一瞬间,李燕燕没有丝毫面对死亡的恐惧表情,阴沉的眼里反而浮现出一缕灼灼亮光,是期待,是兴奋,是迫不及待!

刹那间，沈羲和手一偏，匕首被沈羲和掷出，擦过李燕燕的肩膀，只在李燕燕的肩膀上留下了一道血痕。

李燕燕顿时怔了怔，旋即愤怒而又轻蔑地仰了仰下巴："你也不过如此！"

沈羲和垂眸，理了理衣袖："你可知三殿下死前留了什么话？"

李燕燕难以置信："你说什么？他留了话？什么话？不，你骗我，你不会知道！"

萧长琪死在翎卫军的手上，当时只有景王近了他的身。景王现在还被关押在宗正寺天牢里，只待今日太子下葬之后问罪！

沈羲和根本见不到景王，即便是见到了景王，景王也不会对她说这些话！

沈羲和淡淡地瞥了又激动又怀疑又期许又彷徨的李燕燕一眼："三殿下求我让你们夫妻合葬。"

李燕燕霎时冷静下来，如遭雷击。这话让她觉得的确是出自萧长琪之口，可他为何会求沈羲和？

想不明白其中缘由，李燕燕心里犹豫不定，陷入了无尽的挣扎情绪之中。

"你配不上三殿下的一腔痴情，他自以为你待他至少有几分真心。这些年，他觉得你活得生不如死，求死又无门，为了能让你解脱，以命相付，得了个救驾而亡的名头。

"而你，就可以成为夫妻情深、自缢殉情的刚烈女子。李梁降臣不会心生不安，陛下不会迁怒，这或许便是他能为你筹谋到的最好的解脱之法。

"只可惜，他高估了你。

"你胆小懦弱，心中对他有情，嘴上却不敢承认。甚至他死了，你生无可恋，却也不愿殉情。你想死在我的手上，如此便不是你主动殉情。

"李燕燕，你真令人瞧不起。

"你可知，你今日入东宫激怒我，死于我手上，李梁旧部会如何？"

李燕燕有些茫然，又有些抗拒。

沈羲和却没有一点儿仁慈之心："我取了你的性命，亦能全身而退。我能做到让你死于东宫，却无人能问责于我。

"可若是李梁降臣知晓此事，会如何作想？他们还能安分守己吗？他们即便是奋起反抗，亦不过是死得壮烈些许。天子一怒，流血千里。

"你还想与三殿下合葬？痴人说梦！"

李梁旧部若是得知李燕燕为她所杀，而皇室袒护她，一定会惶惶不安，不会坐以待毙。哪怕明知是蚍蜉撼树，他们也会兴风作浪，祐宁帝岂能容忍？

李燕燕身子一抖，顿时感觉手脚冰凉，失魂落魄地僵在原地。

"说吧，是何人唆使你到东宫来闹的？"沈羲和冷着声音问。

李燕燕心中一团乱麻，此刻无法静心细想，分不清是非，断不出真假。她深切地感知到自己陷入了一个泥沼之中，两边都是豺狼虎豹，没有一个人盼着她好。

原本只是猜测的沈羲和给珍珠使了个眼神。

珍珠无声地退下之后，沈羲和说道："我给你一炷香时间，你好生想想要如何交代。"

心思烦乱的李燕燕听了这句话，反倒一下子镇静下来，望着胸有成竹的沈羲和："我若不交代，你便让我与三郎死后无法合葬，对吗？"

"不管你交不交代，凡我欲知之事，我自会有法子。"沈羲和神色冷淡，"莫要企图与我讨价还价，你还没有这个资格。"

对于萧长琪之死，沈羲和没有半分愧疚感，他是为李燕燕而牺牲的，是自己选择了这条死路。至于当日萧长琪竭力配合，沈羲和并未强求，而且萧长琪不配合又如何？

他的时间是被李燕燕拖完的，在接到消息后，他压根儿来不及通知陛下，即便是通知了陛下又如何？

箭在弦上，不得不发。陛下至多只能临时改变计划，而不会搁置计划，他们亦会随机应变。

萧华雍要"救驾而亡"，谁也不能阻拦。

"哈哈哈……"李燕燕高声狂笑，笑罢，抹了抹眼角的泪，"沈羲和！太子妃！你生而高贵，不容他人胁迫。既然你如此自信，那便自己去寻答案吧！"

说着，李燕燕朝殿柱撞了过去，然而还没撞上就被紫玉一把抓住了。

这次紫玉亲自将她押住了。

珍珠端着一个小瓷瓶进来，沈羲和挽袖捏住瓷瓶，上前几步，停在李燕燕的面前，捏住了李燕燕的嘴："你想死，我成全你。"

李燕燕不停地挣扎，沈羲和死死地捏住她的下巴，将毒酒灌了进去。

沈羲和灌完酒，将酒杯一掷，"啪"的一声，白瓷瓶在地上砸得粉碎，换来李燕燕所带的宫女撕心裂肺的哭喊声。

"把人抬过来。"沈羲和吩咐一声，当先绕到一个空屋了里，让人将李燕燕放在了床榻上。

李燕燕的婢女有两个陪着，还有一个趁着方才搬动李燕燕时跑了出去，沈羲和并未令人阻拦。

李燕燕是在两个婢女的陪伴下，喉咙不断发出嘶哑声后断的气。

沈羲和就在外间，静默而立，目视窗外。石榴花开，映入眼瞳，令她略微恍惚。

那一年，他想尽办法接近她，赠她石榴，那时她尚未深想石榴多子之意。

他算天算地算尽人心，这一生谋算最久的竟是她的一番情。

遇见他，是她的幸。

就不知遇见她，是否为他的幸！

此时，他应该已经扬帆出海了吧。

他可知，他才刚走，就有人迫不及待地对她动了心思？

她倒要看看，是谁畏首畏尾地藏在身后！

"短命……"沈羲和沉思之际，便喜欢顺短命的毛，方才发觉指尖落空，方一出声，就想起短命被她暗中送给了地方，令地方交给萧华雍，让短命陪伴在他的身侧，也有个活物给他解闷。

她只盼着他能早日好起来，时时刻刻记着，有一个人在远方盼他归来。

沈羲和默然而立，不知过了多久，陛下、太后、荣贵妃与淑妃一同赶至。

"儿拜见陛下、太后。"沈羲和先对祐宁帝与太后行礼。

太后先祐宁帝一步扶住要拜下去的沈羲和："你身子重，要仔细些。"

祐宁帝也不在意这些，而是开门见山地问："宫人来报，你毒杀了李氏？"

"陛下切莫听信谗言。"沈羲和面不改色，不疾不徐地道，"这是东宫，自北辰……"

沈羲和顿了顿，才继续说道："今日更是北辰入葬之日，儿身子不争气，无法相送，在东宫将养。李氏不知为何冲到东宫，先是拔出匕首，要刺杀儿，幸好儿身侧的婢子有些身手，儿才幸免于难。

"李氏刺杀不成，状若疯癫，而后便饮毒自尽。"

"刘三指，把人带上来！"祐宁帝吩咐。

刘三指提着一个侍女，正是李燕燕那个跑出去的侍女。

"你刚才慌慌张张地满宫吆喝太子妃毒杀李氏，太子妃却言李氏系自饮毒酒！"祐宁帝盯着跪在地上瑟瑟发抖的侍女。

"陛下……陛下！主子……主子的确是被太子妃殿下毒杀，是被太子妃殿下毒杀……"侍女一个劲儿地磕头，重复着这句话，看着就是被吓破胆的人。

众人将目光落在坦然而立的沈羲和身上，又看了看惶恐不安的侍女。祐宁帝令黄太医丞去给李燕燕诊脉，确定李燕燕是中毒身亡，又审问了李燕燕的另外两个侍女，听两个侍女与报信的侍女口径一致，再审问东宫的下人，这些人所言自然与沈羲和所述一样。

双方各执一词，疑点就在于沈羲和无杀人动机。且她若要杀李燕燕，也不应在东宫里行事，李燕燕又是主动上门，此前，东宫素来与李燕燕夫妻无来往。

"陛下，陛下……"这时，去报信的侍女颤巍巍地道，"主子是见了余二娘子才直闯东宫的……"

沈羲和不动声色地挑了挑眉。她没有想到竟然有余桑宁的事。

余桑宁是活腻了，敢来招惹她？

显然，祐宁帝也没想到这个前儿媳竟然掺和了一脚。对余桑宁，祐宁帝可谓极其厌恶。

不提当初因步疏林与萧闻溪之事被逼死的余氏女，只说萧长旻之事，余桑宁在其中扮演的角色，就令祐宁帝硌硬。

祐宁帝沉着脸下令："宣余氏女。"

余桑宁向往富贵，憧憬皇宫，但这是她最抗拒踏入这个地方的一次。

由远及近的皇宫，那样巍峨肃穆，日光下的飞檐折射出耀目且不容直视的圣光。

这是这世间最尊贵之所，这里面的人个个金尊玉贵，弹指间便能定人生死。

而今对余桑宁而言，大开的宫门像一张吃人不吐骨头的狰狞的血盆大口，黑黝黝的，看不到尽头。

一旦她进去了，就再也出不来了。

她自以为有几分聪明，其实在这些能翻手为云，覆手为雨的人眼里，也不过是一只抬脚就能踩死的蝼蚁！

这些权势滔天的人随意摆弄着旁人，以人为棋，以命作子，不容他们有挣脱的余地。哪怕明知是死路一条，她也不得不迎头而上，献上性命！

"余氏，你与李氏说了什么？李氏擅闯东宫，意欲行刺太子妃。"祐宁帝见到余桑宁，沉着脸问。

"陛下，妾是被三皇子妃请去三皇子府的。"余桑宁毫不慌乱，十分镇定从容。

其实事实不是如此，是她私下借用余项留下的人先给李燕燕传信，说她知晓萧长琪之死的真相，逼得李燕燕主动派人将她请到了三皇子府。

这几个人是余府的底牌，当日余项能够秘密将死讯传来，不被人察觉，余桑宁相信陛下派人去查也查不到什么。她是被请到三皇子府，而非主动上门的事便能坐实，这关乎她的性命！

"李氏为何请你入府？"祐宁帝派了人去核实此事，继续审问。

余桑宁飞快地看了沈羲和一眼，低头回道："回禀陛下，二皇子妃寻妾，只说让妾做个见证人。若她死于东宫，让妾如实告知陛下，八殿下刺杀陛下之日，早早便有人递来消息，告知她八殿下意图谋反。"

沈羲和低着头，整理着搭在手臂上的披帛，好似对余桑宁的话充耳不闻。

余桑宁也没有再多言，把被李燕燕利用的角色扮演得无辜至极。

可这些就够了，有人挑拨李燕燕，让她怀疑是东宫制造出来的行刺君王之局，害死了萧长琪。

第十七章　聪明反被聪明误

　　李燕燕手上有一张纸条，这纸条无论是纸张还是笔迹，都查不下去，她贸然拿着去寻陛下告状，不管陛下信与不信，都不可能借此深查此事，没有立得住脚的证据。

　　可她若是死在了东宫里，再暴露这纸条，意义就不一样了。事情涉及皇子妃的一条命，陛下有兴师动众深查的理由。

　　别人不知道萧长彦是否行刺君王，陛下自己能不知道？若非想要查个彻底，陛下怎么会以一切为太子葬礼让行的态度，到现在都只是关押着萧长彦，还没有定罪发落？

　　因为萧华雍"死了"，所以陛下没有怀疑这是东宫搞的鬼。可若有李燕燕寻仇而来，又被沈羲和灭口在后，再牵扯出这一张提前通知李燕燕消息的纸条，陛下还能不怀疑东宫？

　　那么陛下怀疑东宫后，要做的第一件事是什么？自然是开棺验尸，看一看里面究竟是不是萧华雍，是，则另有隐情，不是，一切就都是东宫主谋！

　　沈羲和能让祐宁帝开棺吗？她当然不能，封棺之后，萧华雍就不在了，今日葬入皇陵的其实是萧觉嵩。

　　当年萧华雍应允要令萧觉嵩落叶归根，葬入皇陵，但没有答应是以萧觉嵩本人的名义葬入皇陵。

　　封棺之后，萧华雍借用宫中密道，直接换了一个一模一样的棺椁，里面是早就让人迁出来的萧觉嵩的尸体。

　　一旦祐宁帝开棺，东宫所做的一切就会暴露，这是要置整个东宫于死地！

　　"你说的是这张信纸？"沈羲和大大方方地将李燕燕带来的信纸拿了出来，递给了刘三指,对陛下说道:"适才李氏闯入东宫,确实嚷嚷着是北辰害得三殿下丧命,儿以为是她疯言疯语。李氏饮毒自尽后,从袖中掉落此物,儿不敢擅作主张,又觉得兹事体大,便想晚些时候密呈陛下。"

祐宁帝捏着这张纸,面色复杂:"李氏缘何如此?"

"陛下,妾以为八殿下刺君之事另有隐情。"淑妃第一个跳了出来。她现在不是假装与沈羲和决裂。自打萧长鸿之事没有如她之意后,她是真的与沈羲和决裂了:"三皇子妃定是心有定论,又觉得人微言轻,才会以命相搏。"

"淑妃之意,是李氏所疑之事为真,太子殿下早知八殿下要刺杀陛下,早早知会李氏?李氏贪功救驾,唆使三殿下救驾不成,还让三殿下送了命,因而记恨我,报复我不成,便以命作赌,赌陛下给她与三殿下一个公道?"沈羲和目光平淡地看着淑妃,顺着她的意思说道。

"我可未曾如此言语。"淑妃反驳,"我只是觉得,若非逼不得已,谁会以死相拼?"

"说得好!"沈羲和扬声接下淑妃的话,眼中似有薄霜,令人看不清喜怒却觉得冰凉刺骨,"若非逼不得已,谁会以死相拼?淑妃是否忘了今日是何日?"

今日?

今日是太子殿下下葬之日!

淑妃既然觉得李燕燕是有定论才会豁出性命要个公道,那么太子殿下是有多傻,才会明知萧长彦谋反,不早做准备,还当场为救陛下而身亡?

淑妃自打嘴巴,面色一沉,气急之下,说道:"太子殿下命不久矣,谁知是不是……"

"啪!"

淑妃话未说完,沈羲和扬手将一耳光甩在了她的脸上。

大殿为之一静,淑妃捂着脸,难以置信地看着沈羲和。

下人们都缩着脖子。

"陛下,死者为大,淑妃如此造谣中伤太子殿下,污辱死者,恳请陛下严惩!"说着,沈羲和跪地不起,大有祐宁帝处置得不让她满意,她便长跪不起的架势!

淑妃也一下子反应过来,沈羲和这是不肯善罢甘休了,再一想方才自己说的那些话,不由得懊恼。自己怎么会如此冲动,肆无忌惮地将这些话脱口而出?

淑妃心里打鼓,只能死咬到底,也"扑通"一声跪下:"陛下,妾无意猜忌诬蔑太子殿下,只是心直口快,顺着三皇子妃所为去想罢了。太子殿下体弱多病,众所周知,那些传言沸沸扬扬,妾也有所耳闻。且太子殿下临死之前又求陛下庇护尚未降生的骨肉,也不是无所求……"

后面的话,淑妃声音极小。

她倒是没有怀疑萧华雍假死，只是怀疑萧华雍是命不久矣，想让自己死得有价值。

若非他救驾而亡，陛下怎么会给沈羲和腹中的那块肉赐下那样的名字？

有了萧华雍救驾而亡的事，陛下只怕再也不会另立储君，毕竟给皇孙赐了那样一个名字，再立储君，这不是把皇孙往火架子上烤？

除非沈羲和生下的不是皇孙，否则人人都会为陛下所为而齿寒。

在淑妃看来，萧华雍是死了，但东宫得到的好处无穷无尽！要是换作自己本也多活不了几日，她也会如此而为！

祐宁帝却比淑妃想得更多。当日他为沈氏设局，按照这张信纸上的内容，那他设的局早已泄露，是否沈氏早知消息，故而将计就计？

这里面有一点说不通，那就是萧华雍死了。不管他这个儿子到底是真的敦厚深情，还是心机深沉，祐宁帝都不会觉得有人能为了一个女人做到如此地步，哪怕萧华雍当真命不久矣！

至少易地而处，祐宁帝无法为了一个女人连命都不要。

所以这件事到底是否与东宫有关，祐宁帝一时间难以定论。

如果有，萧华雍是真的如淑妃猜测的那样自知命不久矣，以命铺路？

或者萧华雍与沈羲和达成了协议，他先假死，而后隐于背后，暗中筹谋，化明为暗，待到事成之后，卷土重来？

两相比较，祐宁帝更宁愿相信真相是前者，如果是后者的话，已经葬入皇陵的人，如何再活过来？便是满朝文武也无法接受这一点，若萧华雍真的是心思深沉之人，断不会如此作为。

萧华雍是否假死，开棺再度验尸自然可见分晓。然而这是皇太子的棺，为救陛下身亡，风光大葬的皇太子，轻易开棺，文武百官会如何作想？

如果开棺之后，里面的确是皇太子，天下人又该怎么想他这个君主？

逝者为大，他稍有不慎，就会付出令天下人痛斥的代价！

此外，还有一个可能就是此事与东宫无关，自始至终都有人在背后挑起东宫与他的争斗。关于这一点，祐宁帝近来越发怀疑。

"陛下……"去核实余桑宁交代之事是否为真的刘三指回来了。他神色难辨，靠近祐宁帝，附耳低语，无人听清他说了什么。

祐宁帝听后，面色十分难看，倏地看了一眼余桑宁，又沉沉地望了沈羲和一眼："把人带上来，宣三书六省、宗正寺、大理寺、御史台！"

沈羲和黛眉微蹙，一时间也猜不到是何事令祐宁帝大动干戈！

诸公本就在当值，有些正好在宫内，来得极快。

祐宁帝也带着人到了东宫的大殿。等到诸公到齐，他沉声吩咐："今日宣诸卿前来是有一事，请诸卿公断。"

祐宁帝话音一落，一对布衣年轻夫妇被押了上来，刘三指先一步高喝："陛下面前，还不叩拜？"

二人战战兢兢，颤着身子叩首。

沈羲和的记忆极好，哪怕现在跪着的人看不清面容，甚至声音颤抖，她也能记起这人是谁。她终于明白方才祐宁帝的目光是何意了。

她唇畔不由得浮现一缕笑容，只是这笑冰冷至极。

"所跪何人？"刘三指高声问。

余桑梓声音更抖了："民妇……民妇刘余氏……"

"父母籍贯？"对含糊其词的余桑梓，刘三指语气低沉地问。

"民妇刘余氏，父……已故平遥侯，母余陈氏，京都人氏……"余桑梓几乎是拖着哭腔，绝望地说出了这句话。

"朕依稀记得，平遥侯府嫡女早在两年前便为救庶人萧长旻而亡。"祐宁帝声音似糅着冰碴。

当初的事情闹得不小，萧长旻遇袭，余桑梓挺身相救，也正因为如此，余桑宁这个庶女才有资格充作嫡女，嫁给还是昭王的萧长旻。

"陛下……陛下容禀，是民妇心有所属，故而买通游侠，借机死遁，一切是民妇胆大妄为，民妇百死难赎其罪。"余桑梓心一横，把一切过错往身上揽。

祐宁帝听了这话，怒极反笑："好一个平遥侯，当真是朕的忠臣良将！"

岷江之事，因为沈羲和最后的神来一笔，早早替余项写了一封信给剑南节度使，余项一死，反而成了忠臣，成了不被萧长彦采纳良策的有功之人。祐宁帝给余项恢复了爵位，等余桑宁的兄长守完孝就能袭爵。

现在平遥侯一个欺君之罪在所难免！

"当日你是如何瞒天过海的，还不从实招来？！但凡有一字不实，朕定要诛你余氏九族！"

祐宁帝是真的怒了，余桑梓哪里敢有半分隐瞒？

不过她到现在都没有发现一切都是余桑宁在背后主使，就连余桑宁提供给她的假死药，她也说是偶然在余桑宁那里发现，从余桑宁手里索要走的。

祐宁帝倒是觉得自己小看了余氏这个庶女，不愧是从小养在外面的，奇淫巧技之物层出不穷！

余桑宁手里还有假死药，祐宁帝直接派人去搜了余府，搜出来的东西可不止假死药。

只不过其余的东西，祐宁帝都不放在心上。他捏着装有假死药的瓶子："今日原是为了查李氏离奇死于东宫之事……"

祐宁帝将李燕燕的事情挑拣重要之处道来，末了说道："李氏之死成谜，李氏手中信纸与刺君之事有关，诸公以为朕该如何断？"

几位大臣面面相觑，帝王先审了余桑梓假死之事，又捏着假死药，心思再明显不过。

帝王这是疑心太子假死，正如余桑梓，假死后既能与情郎双宿双栖，又能免于家族抗旨不遵之罪，还能保住荣华富贵。

太子之死又何尝不是东宫占尽好处？

有余桑梓之事在前，几位大臣也不敢公然反驳，且帝王心中有疑问始终是一根刺，这次不拔，日后爆发，可能会更严重。

但是赞同开棺一事，他们也不敢开口，毕竟那是皇太子！倘若棺里真的是皇太子，这又要如何收场？

谁也承担不起开棺的代价！

"陛下，太子殿下众目睽睽之下中剑身亡，若是作假，岂不是要与八殿下合谋？否则这一剑，八殿下还能留有余地？"陶专宪永远护着外孙女，"太医署一令两丞皆被蒙混过关？"

"东宫停灵七日，日夜有宫人相守，活人焉能躺棺七日而生？"

活人不行，身受重伤，又是皇太子那般体弱多病之人更不行！

"陛下，陶公所言甚是。"尚书令薛衡也附和，"此事疑点颇多，三皇子妃何以请余氏女做证？恰好今日逃离近两年之久的余大娘子又被送到陛下面前，未免过于巧合。"

这明显就是人为！

"即便是人为，此人意欲何为？只为惊扰太子亡灵？"祐宁帝反问。

这……

即便是陶专宪也不能说这人的用心就是为了单纯开一次棺，恶心一下太子妃殿下。

极有可能是有人得到了什么消息，但证据不够确凿，又因为兹事体大，不敢当面呈禀，才闹出这么大的事情，目的是让陛下开棺。

正如当初萧华雍给萧长旻做局，明知背后有人，但不意味着萧长旻能洗清嫌疑和罪名，做局的人只是把萧长旻的罪摊开了一样。

这件事情陷入了僵局。

"这有何难？"就在人人沉默不语之际，谁也没有想到站出来的竟然是信王萧长卿。

李燕燕被沈羲和毒杀的消息被李燕燕的侍女嚷嚷得满宫皆知，萧长卿跟着萧长赢前来，来得比几位大臣还早，只是一直未曾开口。

"既然人人存疑,不若开棺。"萧长卿义正词严地道,"儿以为太子殿下亦不愿死后不明不白地引人非议。不过此举虽为证太子殿下清白,却也不敬死者,太子殿下更是为救陛下而身亡,为免日后被百姓与史官诟病,陛下不若下旨言明,若证明此事不实,便立太子妃腹中皇孙为太孙,以示陛下与太子殿下父子情坚,不容挑拨。"

"五兄所言甚是,儿附议!"萧长赢连忙赞同。

祐宁帝的脸霎时阴沉下来。

立太孙,哪怕是萧华雍用命都不敢轻易开口,否则挟恩过甚就失了分寸,只能退而求其次,给孩子讨个不一样的名字,隐晦地表达自己的期许。

萧长卿竟然这样堂而皇之地将此事说出来。不过这样的补偿,倒也能够堵住悠悠众口。

大臣们自然没有多少意见,陶专宪肯定是站在沈羲和这边的,却不能在这件事情上开这个口,否则也容易落下要挟天子的罪名。

其他大臣更是恨不得日后登基的是幼主。只有幼主才好糊弄,才有他们指点江山的余地,尤其是现在皇室剩下的那么几位皇子与他们都没有什么裙带关系。

那是沈氏的骨肉!

祐宁帝气得面部抽搐,目光犀利如刀地扎在萧长卿的身上。

这一刻他甚至怀疑,这一切要么是沈羲和所为,要么就是萧长卿所为,前者只为给自己未出生的孩子定下名分,后者纯粹是想气死他!萧长卿明知他有多不喜欢沈氏,非要助沈氏之子成君。开棺之后,若萧华雍躺在里面,最后丢尽颜面的也是他这个凉薄的君父!

难怪这么久了,事情非得要到封棺下葬之后才来闹!

陛下的怒火已经不再克制与遮掩,沈羲和自然知道萧长卿是故意如此,就是为了误导陛下。

她想,萧长卿应是猜到棺中的尸体并非萧华雍的,抑或布局人还有后招,换了棺椁。

"陛下,李氏未死。"沈羲和站出来说道。

沈羲和此话一出,众人皆惊。

陛下现在怀疑幕后指使者是她或者萧长卿,开棺之心就会减弱,她需要再添一把火。

"今日三皇子妃寻来,面有狰狞之色,儿不敢掉以轻心。察觉她先欲刺杀儿,又有自绝于东宫之意后,儿便决定将计就计。"沈羲和说着,对珍珠使了个眼色:"去将三皇子妃请来。"

"太医丞!"祐宁帝责问,"你不是说李氏已死吗?"

太医丞"扑通"一声跪地:"陛下,三皇子妃脉象全无,面色发紫,系中毒身亡

479

之相。"

太医丞心中绝望，这世间奇门异术不少，莫说是假死药，有些奇异之人还能制造出假的脉象。他怎么这么倒霉，偏偏遇上这些高人呢？

"儿在西北也曾偶然得到一瓶假死药。"沈羲和道。

其实药是谢韫怀相赠，但萧华雍那日没有服用假死药，而是随阿喜提前施了针。

珍珠不但带来了脸色灰白的李燕燕，还带来了一瓶假死药，递给了刘三指。假死药是拿去给祐宁帝研究的，好让他亲眼看一看，人服下后是否与萧华雍当日的症状一致。

"李氏，你为何要至东宫寻死觅活？"祐宁帝收敛了怒意。

李燕燕此刻大脑一片空白。她早就醒来了，这边发生的事，珍珠也一五一十地告诉她了，一句话都没有掺假。她知道自己被利用了，而利用她的人……

李燕燕目光阴沉地落在余桑宁的身上："陛下，余氏说谎，非妾请她来府做证，而是妾先收到有人递的消息，道余氏知晓三郎死因，妾才急急地将余氏请来！"

李燕燕出现的那一刻，余桑宁就知道自己完了。其实要面对的是沈羲和，她心中一丝胜算都没有，只是有人捏着她的太多把柄，她就算不听命，也会死得凄惨。她别无选择，只能搏一搏，终究还是白费心思！

李燕燕越说越愤恨："是余氏，余氏说当日她亲眼看到给妾递八殿下弑君消息的人是东宫所派！"

无数道目光齐刷刷地落在余桑宁的身上，余桑宁却忽然挺直了脊梁，诡异地笑了："呵呵呵……"

她笑着笑着，雪白的贝齿染上了血。很快，她就大口大口地吐出鲜血来。

"太医丞！"祐宁帝高喝了一声。

珍珠与随阿喜几乎是和太医丞一起奔上去，三个人一致诊断，余桑宁是毒入内腑而死，且已经服毒超过一个时辰，也就是被宣入宫时就已经服毒。

"拖出去，曝尸三日！"祐宁帝目光扫过余桑梓，冷漠地下令。

他担心余桑宁也是诈死！

沈羲和微微眯了眯眼。

余桑宁死了，线索就断了，但帝王的怒火并未平息。余桑梓糊弄皇室，欺君罔上，这种事情没有余府的人里应外合，绝不可能瞒天过海！

只是余府的人被严刑拷打后，都没有人知道余桑梓是假死，祐宁帝只当此事是已死的余项所为！

余府没有被诛九族，却被抄了家，余府余项一支尽数被流放。

李燕燕当日回府后就一把火烧了三皇子府，熊熊大火差点儿殃及其他皇子的府邸，弄得整个京都传得沸沸扬扬。

不知她是不是死前传信给了李梁旧部,梁城没有半点儿异动。

但是祐宁帝盛怒之下,虽然命人厚葬了她,却没有将她葬入皇陵,这是向世人宣告,自己不认可她的身份。

萧长瑱想要与她合葬的遗愿终究没有达成,若是李燕燕没有闹这一出,沈羲和是愿意让萧长瑱死而无憾的。

至于开棺一事,祐宁帝被萧长卿架住,也就不了了之。

怀着一腔怒火的祐宁帝将萧长卿密宣入明政殿,遣退所有人,开门见山地问:"余氏是否受你所迫?"

"儿不明陛下之意。"萧长卿不卑不亢,"儿与太子殿下无冤无仇,怎么会令其死后不得安宁?"

祐宁帝冷哼了一声:"你自然与七郎无冤无仇,你心中的冤与仇都冲着朕!"

"陛下之言,让儿深感惶恐。"萧长卿躬身,做出诚惶诚恐的模样,"陛下是君亦是父,雷霆雨露,皆为君恩。儿岂敢对君父心怀怨恨?"

祐宁帝气得胸膛剧烈起伏:"你不用在朕面前装腔作势。你恨朕灭了顾氏。既有为君之心,焉能为儿女情长所困?"

"儿自不能与陛下相比,陛下心怀苍生,可将心爱之人拱手相让。儿听闻吐蕃有兄终弟继、父死子继之俗,陛下心爱之人可真是好福气。"

"逆子——"祐宁帝气得怒喝一声,抄起砚台砸了过去。

萧长卿偏身躲开:"陛下既不为儿女之情所困,又何故恼怒?不过是一个女人罢了?陛下不是如此教导儿的吗?"

"萧长卿!"祐宁帝一字一顿,咬牙切齿地喊了萧长卿的名字,"你真以为朕不会杀你?!"

"儿于陛下,不过是一枚棋子,生死何能入陛下之眼?"萧长卿依旧气定神闲,"君要臣死,臣不得不死。"

父子对视,一个杀意沉沉,一个古井无波。

"你不怕死,便不想一想你的阿娘与弟妹?"祐宁帝威胁。

萧长卿垂下眼帘:"陛下当真要做孤家寡人吗?"

一股腥甜的味道涌上来,祐宁帝强行压了下去:"滚,给朕滚!"

萧长卿敷衍地行了礼,扭头就走。等到萧长卿的身影消失不见,祐宁帝才剧烈咳嗽起来,抓过帕子咳嗽了好一会儿,刘三指进来,就看到帕子上染了血。

明政殿请了太医,传言是萧长卿气晕了陛下。

萧长卿并不知陛下之所以越来越难以控制情绪,是因为之前所中之毒,亦不知陛下一日比一日衰弱。

今日与陛下撕破脸,他心知陛下恐怕不能再容他,有些事需要提早安排了。

太子下葬的次日，百官上奏严惩萧长彦。一直被陛下关押着的萧长彦，经过三司轮番审问，对谋逆之举供认不讳，甚至时而癫狂地说出大逆不道之言。

祐宁帝不得不下令将萧长彦午门斩首，以儆效尤！

萧长彦之所以供认不讳，是因为他中了他曾引以为傲的摄魂术，施术的人是从岷江捉回来的那个幕僚。被律令押着，折磨得生不如死的幕僚丝毫不敢反抗。

那日假扮萧长彦行刺之人逃走之后，逃到了等待已久的地方那里，追赶过来的人擒拿的是真正的萧长彦。

七月酷暑，京都炎热，这是沈羲和第一次体验到盛夏的京都，燥热得连枝叶间的虫儿都歇了声。

原本去避暑的打算也因为景王谋反、太子薨逝而取消，陛下亲自下令，整个京都禁娱三月。

收到父亲平安回归西北的家书后，沈羲和梳妆洗面，去求见祐宁帝。

"陛下，太子殿下已逝，儿再居东宫，名不正，言不顺，今特来请辞，望陛下特准儿归郡主府待产。"沈羲和带了珍珠与碧玉，二人一人捧着册子，一人捧着印，这是要交权了。

沈羲和交权，祐宁帝自然乐见其成，但这递回到自己面前的宫权，不是这么好收的。

太子虽然死了，但是以太子身份下葬，他的身份至死都是太子，祐宁帝自然就不能将沈羲和安排到十六王的宅地去，更不可能让沈羲和回郡主府待产。

哪有出嫁女无故回娘家的？更何况，萧华雍刚刚入土为安，昨日宫里又闹出那样一桩事，这时候，沈羲和若回了郡主府，明显是将她在宫里受尽委屈之事宣之于众。

最重要的一点则是沈羲和尚未产子，宫里宫外关于沈羲和怀的是男婴的消息传得尽人皆知，他也已经给孩子赐名，可到底孩子还未生出来，是男是女都不能肯定。

祐宁帝不会让沈羲和出宫，沈羲和必须在他的眼皮子底下产子，他绝不容许有人混乱皇室血统。

至于让沈羲和生不下这个孩子的可能，祐宁帝从未想过。这是他兄长一支唯一的血脉，他不愿沈氏血脉继承大统，却没有忌惮到不敢让沈羲和生下这个孩子的地步。

他要把沈羲和留在宫里，放在什么地方都没有东宫合适，东宫于皇宫是独成一片的。

"你怀有身孕，这是七郎唯一的骨血，朕与太后都不容有失。东宫是七郎自幼所居之处，你安心待产，其余诸事，等你平安产子后再行商榷。"祐宁帝如是安排。

至于沈羲和产子后,是否继续居住在东宫里,这一点祐宁帝没有给出承诺。如果沈羲和生的当真是皇孙,她一直住在东宫里也不行。

"至于宫务……"祐宁帝顿了顿,说道,"你以安胎为要务,宫务便交由太后暂时操劳。"

荣贵妃虽然复位了,但因当初的罪行,显然不适合再掌宫权,淑妃则因为那日出言不逊,为了给沈羲和一个交代,现在还在被关禁闭。

高位的嫔妃不多,祐宁帝也不想再生事端,便亲自带着沈羲和去寻了太后,太后答应暂时接手宫权。

祐宁帝的安排基本上在沈羲和的预料之中,她早就知道祐宁帝不会放她出宫,只不过先发制人,以免之后引人议论。

沈羲和回到东宫,刚喝了一口温热的水,天圆便急忙来禀:"太子妃殿下,人被截获。"

茶碗还在唇边,瓷白细腻的碗沿衬托得沈羲和粉润的唇格外鲜丽,她浅浅地勾起唇,看起来一副生人勿近的样子:"把她带到宫里来。"

夜里,沈羲和第二次步入宫里的密道,上一次还是她大婚时,萧华雍带着她从密道出去偷偷见了沈云安。

宫里的密道并不多,大抵是修建时为了掩人耳目,只有三条:一条是掖庭通往宫外与明政殿的,一条是东宫通往宫外与太和殿的,另一条是膳食监通往青龙门的。

三条路没有交错,不过转角处也能形成一间暗室。

沈羲和站在东宫这条密道的中间处,看着被绑在木架上的人,神色冷淡:"是谁让你唆使李氏的?说出来,我让你死得痛快些。"

没错,这个面色惨白、唇瓣干裂的女人正是已经"服毒自尽"的余桑宁。

"太子妃殿下,可否先告知我,你是如何知晓我诈死的?"余桑宁面上看似平静,实则心里惊慌而又不甘。

或许是沈羲和给她留下的阴影太深,对上沈羲和,她总会感到不安。若非逼不得已,她真的死也不想与沈羲和为敌。

因此被召入东宫之前,她就服了毒,是真正的剧毒,哪怕太医查验她呕吐的鲜血,也不会发现纰漏。

只是她早早地服了相应的解药,虽不能两两相克,但残留的解药能化去大部分毒素,能够保住她一命。

父亲留下的一些人落在了她的手上,这些人一定能够救她逃出生天。正好昨夜李燕燕火烧王宅,看守她的"尸体"的人有所松懈,她才刚被替换救走,一出京都城门,就被人抓住了。

最初她还以为抓她的是那个逼迫她与沈羲和为敌之人,现在才知道竟然是沈羲和。

"你死得太干脆。"沈羲和淡然地回答她,"你汲汲于富贵,似你这样的人,厌恶世道不公,却又不甘心平凡度日,眷恋人世繁华,绝不会从容赴死。即便是穷途末路,你也要轰轰烈烈,死得尽人皆知。"

余桑宁提前服了解药,身上有药味,药味不仅仅是毒药的气息,还有些别的,沈羲和知道一些药草。当日珍珠与随阿喜都给余桑宁诊了脉,她"死"于何毒不难知晓。

沈羲和再问此毒的解药,知晓解药之中有她闻到的药材,便令珍珠二人试一试先服解药,再服毒药,看看能不能保住性命,答案自然不言而喻。

这些事,沈羲和自然不会告诉余桑宁。

"仅凭此?"余桑宁不信。

"盯着你不过是派两个人的事,我身侧可用之人数不胜数,并不费事。"沈羲和说道,"即便你不是诈死,我也想看看有没有人替你收尸,这个人与指使你之人是否有关。"

显然,沈羲和后面的话取信了余桑宁,余桑宁的眼神有些涣散,她颓然道:"我亦不知是何人要我去寻李氏。"

沈羲和面不改色,冷眼看着她。

"我真的不知。"余桑宁急切地说道,"他们抓了我阿兄与阿姊,我怎么都寻不到人。我若不从,他们就会将阿姊之事揭发出来,还会杀了阿兄嫁祸给我!还有我以往做的事,他们也会弄得众所周知。"

她以往做的事,不就是坑害祖母,杀人灭口上位,为了家族地位又坑害余项同僚,继而骗得对她一片痴心的人上吊自尽?

也许她背地里的事远不止这些,毕竟沈羲和并未过多地关注她。但沈羲和没有关注,自然有觉得她可用之人关注。

余桑宁不能让这些事暴露出来。事情一旦暴露,她就会被除族,余氏不会放过她!就连她费心接手过来的余项留下的那些人都会弃她而去,届时她将会真的一无所有!

她不能失去这些东西,可也不想一直受人所迫,与沈羲和作对,否则早晚会死在沈羲和的手上。

她大概料想到了她会成为弃子,留着余桑梓,本是待日后父兄放弃她时,能有个把柄绑紧余府,却没有想到成了自己的催命符。

她只能铤而走险,来一招金蝉脱壳。她已经想好了,有余项留下的人,她离开了京都,天高皇帝远,也能过上富足的日子。这个繁华的京都,权力之巅,实在是有太多可怕的人,并不适合她生存。

可她终究还是低估了沈羲和!

地道里的火把散发出融融的暖光,笼罩在沈羲和清丽的面容上,不但没有柔化她的轮廓,反而照亮了她那令人胆寒的深沉目光。

沈羲和静静看了她片刻,说道:"余氏被流放,你的祖母也在其中。"

大半辈子养尊处优的侯府老夫人,现在成了罪人,在如此炎夏被驱赶流放,沈羲和不认为她能撑到流放地。

余桑宁的目光闪了闪。在余府,对她付出真心的只有老夫人,老夫人一直念着当初她跳入池塘救自己的事。

"余府本不会落入这般境地。"沈羲和又说道。

哪怕余桑梓的事情暴露,若不是以这样的方式,让陛下觉得萧华雍之死有蹊跷,又被萧长卿抑制得不能开棺验尸,陛下至多让余府之人成为白身。

这些情况余桑宁也知道,但前提是她一无所有、众叛亲离!

所以她做出了另外一个选择。如她所料,余桑梓到现在都不知道一切是她算计的,以为当初假死是她相帮,而她和余府都受到了牵连,是余桑梓自己的罪过。所以,余桑梓仍在维护她!

这就让余项留下来的人仍旧相信她,还等着与她一道先入流放地,暗中帮扶余家人。

她也不是不可以以施恩者的姿态去流放地,毕竟要过好日子,就得有人使唤,余氏这些人就很好。

明明一切都计划得很好,可她偏偏遇上了沈羲和!无论她有多么完美的计划,只要遇上沈羲和,总会前功尽弃!

她看似低眉顺眼,那一丝怨怼之色却还是没有收敛住,沈羲和也不在意:"我这一生阅人无数,似你这般自私凉薄者,倒也不多见。"

人性多变且复杂,每个人都不是时时刻刻正直善良的。在沈羲和看来,即便是穷凶极恶之徒都会有那么一刻被某一个人、某一件事、某一个瞬间触动。

余桑宁看似非大奸大恶之人,她的凉薄却寒入骨髓。

"呵呵呵……"余桑宁低笑出声,笑声中带着满满的嘲弄之意。她偏着头与沈羲和对视:"太子妃殿下,生而高贵之人,从未尝过被人践踏的滋味,又凭什么指责我自私凉薄?"

她也曾善良过,可换来了什么?她换来的是至亲为了几十两银钱将她卖入青楼!

她也曾信任过别人,可换来的是生父将她交给禽兽不如、连十岁女童都不愿放过的禽兽!

她也曾宽容过,可换来的是大难临头被舍命相救的人推入贼窝!

她的善良被人嘲笑是蠢笨，她的信任被视作无能，她的宽容被认作可欺！

"这世间所有的美好，只有高贵的人才配拥有，连生死与安宁都不能拥有的人，高尚的品格不是令人赞扬的华光，只是将自己拽入地狱的鬼爪！"余桑宁满面戾气，浑身充斥着一股浓浓的恨意。

沈羲和心知她必然是有一番悲惨的经历，自己未曾经历，也不好多言，便不再提及余氏一族，只是说道："令堂留给你的人，我要了。"

"你休想！"余桑宁大声拒绝，换来的是沈羲和一个漠然的背影。

既然问不出主使，沈羲和就不想再在余桑宁的身上浪费时间。

余桑宁先不杀，日后或许还有用，截获余桑宁的地方说过，一路上并没有人跟着，或许余桑宁诈死，已经骗过了背后利用她的人。

自此，余桑宁被关在暗无天日的密道里，每日珍珠亲自去给她送一日三餐。至于余项留下的人，在律令亲自来了一趟后，余桑宁终究扛不住律令的折磨，吐了出来。

余氏也有些底蕴，养出来的人确实有几分本事，单从他们能瞒过陛下与萧华雍，自岷江带回余项的遗言便能看出。

收服这些人很容易，沈羲和只需要派些人在发配路上护一护，确保余氏的人安全抵达流放地，能够衣食无忧地活着。

流放之地多是穷凶极恶之人，这里看守的官役亦不好相处，有些人还喜欢折磨那些曾经大富大贵之人。

沈羲和派人打声招呼，比他们暗中苦守，不敢轻举妄动要强很多。

再则，余氏倒了，他们顾念旧主之情不假，但也要存活，投向沈羲和是最好的选择。

景王叛乱之事，给京都皇城蒙上了一层阴影。在太子薨逝，禁娱的情况下，以往每到华灯初上之时，万家灯火、丝竹之乐交错的辉煌景象也消失不见。

上至文武百官，下至黎民百姓，都谨小慎微了些。

七月末，看似深居简出、平平淡淡度日的沈羲和，终于收到了来自萧华雍的信，焦虑的心平复了一些。

信是海东青带回来的。他于信中说自己已安全抵达，只是这里的居民与世无争，不允许他与外界传递消息，海东青日后可能不会再被允许进入部落，否则为了部落的安宁，他可能会被部落的人赶走。

这封信也是他初步取得族长的信任后，才开了特例传递的，想要有下一次很艰难。

另外便是他已经开始接受治疗，有初步疗效，还得感谢她让短命随他一道来。

要解毒，离不开一种蛇，这种蛇有剧毒，且难以捕捉，而他所需的数量极大。人养的蛇药性不足，野外长大的蛇不好寻，但短命像是这种蛇的克星，一抓一个准，比海东青在这里更如鱼得水。

这封信来得及时，安抚了沈羲和焦躁的心。萧华雍是在昏迷不醒的情况下被送走的，扬帆出海，哪怕有屈氏开道，也未必不会遇险。

沈羲和不是个杞人忧天的人，却一日没有得到回信，一日止不住地牵肠挂肚。

信上的笔迹，沈羲和忍不住小心翼翼地轻轻摩挲了一遍又一遍，是萧华雍的亲笔书，绝不会有错。

信里照例有一根青丝。

海东青日后就留给她用，他会努力帮助部落居民，争取再给她传信的机会，让她好生将养，切勿挂念他。

自从萧华雍走后，沈羲和第一次眉眼间有了笑意，珍珠等人的心也为之一松。

沈羲和五官大气，不笑的时候，就令人觉得有距离感。她只要沉默不语，就有种不怒自威的威仪，哪怕是跟随她许久的珍珠等人，也很惧怕。

天圆得了信，连忙去把太子殿下临走前交代的事情办了。

沈羲和心情正好，天圆捧着一个匣子凑上前，递给沈羲和："太子妃殿下，这是太子殿下命属下在他来信之后交给太子妃殿下的。"

这个匣子很熟悉，但沈羲和满心还在回味萧华雍的信。直到天圆将之打开后，沈羲和才想起，这是装着那个萧华雍赠予她的藤实杯的匣子。

这个是萧华雍自己的，朝上的一面刻有萧华雍的小像，还有一个萧华雍送给了她，刻了她的小像，只是那时她对萧华雍无心，转手将杯子赠予了阿爹。

想起往事，沈羲和眼底忍不住涌现笑意。她终于舍得折好手中的信，将匣子里的杯子取出来。

天圆又连忙转达萧华雍留下的话："太子殿下说，他虽然留了不少画像，可画像哪能时时握在掌心里？亦不似刻出之像一般有棱角。"

怀念着过去种种的沈羲和一时并没有理解这段别有深意之言。

焦急的天圆看到沈羲和毫无反应，不得不夸着胆子问道："太子妃殿下可要给太子殿下回寄一些物件？"

沈羲和抚摸着杯子上萧华雍的小像的指尖顿了顿，她抬眼看着目光中满是期盼的天圆，又微微垂眼，视线落在惟妙惟肖的小像上，仿佛透过这轮廓极其相似的小像看到了那个人暗示意味极其明显的脸。

"原来……他一直耿耿于怀。"沈羲和似自语般呢喃。

天圆适时地装作没有听见。

太子殿下何止耿耿于怀，简直是心心念念！

自从在西北王那里见到了那个杯子，太子殿下回宫后就把这个杯子雪藏了，就怕看到后想起来怄气，而且只能自己气自己，舍不得对太子妃殿下说一句重话。

此次太子殿下去疗毒，收拾行李的时候就悄悄地吩咐天圆，若是他来了信，说明疗毒有望，这杯子就第一时间给太子妃殿下送过去，一则让太子妃殿下时时刻刻记着他这个夫君在外，不要轻易被一些宵小之徒打动，二则提醒一下太子妃殿下这对杯子的另一个在何处，让太子妃殿下知道，他很想也有个这样的杯子捧在手心里！

天圆当时都不知道该摆出什么表情，太子殿下依然是那个遇到太子妃殿下就有些脑子不太正常的太子殿下。

只不过后来太子殿下又说，若他迟迟不来信，这杯子就烧了，免得太子妃殿下睹物思人，勾起伤心往事。

天圆听了这话，就不敢再嫌弃太子殿下了，和沈羲和一样天天掰着手指头，盼着太子殿下来信。

"我知道了，你退下吧。"沈羲和将杯子放下，吩咐天圆。

萧华雍心里还在意她当时把他雕刻的杯子送给了阿爹，这是借着自己疗毒的机会闹一闹，要她去把杯子要回来，给他送过去。

他啊，那么气韵高华、胸有丘壑的伟岸儿郎，在她的事情上，永远这么稚气与小心眼儿。

沈羲和对这样的萧华雍从一开始的看不懂，到后来的略微嫌弃，最后习以为常般麻木，现在则是一想到就忍不住嘴角上扬。

沈羲和收好了信与青丝，拿起杯子去了书房里，令碧玉研墨。墨研好之后，她许久也不曾动笔，望着前方案几上的平仲叶盆景出神。

碧玉等了许久，才忍不住出声轻唤："太子妃殿下。"

沈羲和回过神，干净利落地挽袖，提笔时毫不停滞。不就是向阿爹索要曾赠予之物吗？她素来不是扭扭捏捏的性子，也没有遮遮掩掩，将实话对沈岳山道明，这杯子是萧华雍在她尚未与他有白首之约前相赠，彼时她觉得萧华雍轻浮，刻有自己小像之物又不好赠予旁人，更不好亲手毁去，亦不想留在身侧，故而赠了阿爹。

现在她倾心萧华雍，今日又在整理萧华雍之物时发现另外一个杯子，念及此时夫妻俩分隔两地，萧华雍疗毒又凶险，实在不想将两个杯子分开，恐寓意不吉，便请阿爹将杯子还给她。

这封信，沈羲和写得毫无压力。萧华雍大抵不知道，她的阿爹收到信后有多酸多怒，待到他日后归来，就得吃多少来自泰山大人的苦。

总之，她阿爹是舍不得对她迁怒半点儿的。

女儿能有什么错呢？错的都是抢走他的宝贝女儿的狼崽子！

八月，沈岳山收到女儿的信，的确喜怒交加，喜的是女婿死不了，女儿不用伤心，不用守寡，外孙或外孙女不会没爹，怒的自然还是女婿死不了！

死不了就算了，萧华雍还仗着病娇气上了，竟然让他的宝贝女儿拉下脸来讨要赠出之物！

越想越气的沈岳山，觉得不能自己一个人气，第一时间找了儿子。父子俩一起生气。

他们已经商量好，等萧华雍回来，先父子车轮战，揍他一顿！

一顿不解气，他们就揍两顿！为此，沈岳山把酒都戒了，巡夜这种事情都支使儿子去。他要保重身体，不能等到人回来了，他的拳头不够硬！

不行，他还要多练武！

无论父子俩商量以后怎么折腾萧华雍，就冲沈羲和那句"恐寓意不吉"，沈岳山也把杯子寄回去了。寄信当日，薛瑾乔生了个粉嫩嫩的闺女。

沈云安高兴得见牙不见眼，亲自执笔，洋洋洒洒地写了一封表达初为人父的喜悦之情的信！

比沈云安的喜讯先一步到的是崔晋百与步疏林的信，步疏林也生了。不同于薛瑾乔足月生的孩子，步疏林早产两个月。因为她生的是双生子，一下子有了两个儿子，步疏林非常开心。

她来信告诉沈羲和，她打算把两个孩子分开，一个送回蜀南，继承蜀南王府，一个等崔晋百回朝之后带回崔家。

而她打算以蜀南王流落民间的胞妹之名嫁给崔晋百，这是她和崔晋百商量好的。关于她的身世，她都已经编出了一段一波三折，比茶楼说书人的话本还要可歌可泣的故事。日后蜀南王府，她就不管了。

她这意思是让沈二十七继续当蜀南王，还是让沈二十七这个蜀南王"死"了，扶幼主上位，全凭沈羲和做主。总之，她已经完成不让蜀南王血脉断绝的使命，只要沈羲和保证一直让蜀南王府的爵位传下去，沈家人有没有实权，都不是大事。

看来步疏林是彻底为崔晋百的美色所折服，什么王爵兵权，都不及美色的万分之一。

不过步疏林言辞间的欢喜与甜蜜之意，沈羲和也能读出来。

喜事接二连三地传来，沈羲和整个人都温和下来。她每日都会写一封书信给萧华雍，不过都未送出去，只是记录一下她的日常生活，等到日后萧华雍归来就能看到，如此也算他们从未分离。

接着，沈羲和又接到自己多了个小侄女的消息，眼中的笑意就再也没有消失过。

她准备了三份厚礼给他们寄过去，用手搭上自己已经六个月的小腹，满心期待。

"他们都平安降世了，阿娘的钧枢，现在就等你了。"

祐宁二十三年十月，沉闷了小半年的皇宫终于迎来了一场喜事——平陵公主出嫁。

作为荣贵妃的女儿，有两个亲王哥哥的平陵公主，在陛下有意用这场婚事添一添喜气的放纵之意下，嫁得格外风光。

文武百官都十分给面子，毕竟现在沈羲和生男生女还不一定，皇子亲王之中堪当大用的萧长卿说第二，无人敢说第一。

除了近来势头猛蹿，又得到陛下倚重的燕王萧长庚能分走一点儿风头，无人能与萧长卿比肩。

平陵公主出嫁当日，祐宁帝都亲自去喝了喜酒，只有沈羲和这个尚在热孝之中的皇嫂没有出席，不过也备了厚礼。不提现在她与萧长卿没有冲突，单说当日萧长卿摁下陛下要开棺验尸之事，沈羲和都要承情。

只是沈羲和没有想到，祐宁帝竟然在平陵公主的夫家晕倒了！

"陛下昏厥？"沈羲和接到消息之后，目光一凝。

以祐宁帝的城府，他若不想，怎么会轻易令人知道他的身子不好？

这段日子，祐宁帝可没少暗中请太医，只是一直秘而不宣，祐宁帝的香墨从未断过。

这次祐宁帝在平陵公主大婚之时，于众目睽睽之下昏厥，是故意抛出鱼饵，还是遭人暗算？

前者说明祐宁帝要动手，后者则是有人借机逼他们这些对帝位有意之人动手！

"太子妃殿下，信王殿下派人来传信：要变天了！"天圆匆忙来禀报消息。

沈羲和抚上小腹。她才怀有身孕不足八个月，此时产子，孩子必然先天羸弱，她自己吃过的苦，她绝不愿自己的骨肉再吃。

沈羲和捏紧指尖，凝神道："你回信王，这天何时变、如何变，我沈羲和说了算！"

帝王病危，储君不在，凡有资格继承大统之人，哪怕不是有心为帝，也应当准备起来。

萧长卿是得到了确凿的消息，祐宁帝恐怕不好了，才急忙通知沈羲和。

沈羲和最好早些产子，若有必要，最好冒险催产，七个月的孩子，总比拖到八个月再来生更好。

他是担忧沈羲和的孩子在陛下撒手之后降生。谁会去扶一个还在腹中，不知男女，不知能否平安降生的婴孩？

即便他们这些皇子都死绝了，也还有宗室旁支。

沈羲和要想争帝位，就必须先把皇孙生下来！

沈羲和递回来的消息令萧长卿皱起了眉头。

"阿兄，太子妃这是何意？"萧长赢也在萧长卿这里，他们都刚刚参加完妹妹的婚宴。

陛下突然昏厥，被急忙送回宫中，他们这些皇子都被太后下令，不得入宫探视，这是不想让他们知道陛下因何昏厥。

但萧长卿还是第一时间查清楚了。原来陛下早就中了毒，还是萧长旻搞出来的那个家伙的功劳，他这才第一时间将消息通知了沈羲和。

比起他们的急切心情，沈羲和却出奇地镇定与霸道。

萧长卿皱眉细想之后，说道："太子妃本是早产，幼时格外体弱，只怕不愿冒险产子，也不愿孩子如她一般生来体弱。"

萧长赢信了这个理由，又被萧长卿几句话给打发了回去。

有些话，萧长卿不能对这个仍旧怀有赤子之心的弟弟言明。

陛下昏厥，他都得到陛下恐不大好的消息了，沈羲和却还能这般强势地说天变不变由她说了算，这意味着，她要么能阻挡陛下驾崩，要么就是笃定陛下不会这么快……

前者太荒谬，哪怕是神医，也无法与阎王抢人，即便是能抢，萧长卿也不信沈羲和会费这心，还在帝王面前暴露有这么个人。

那么就是后者，沈羲和知道陛下绝非行将就木之际。什么人能笃定陛下是否到了大限之期？只能是给陛下下毒的人。

更何况老二之事明显背后有人操纵，萧长卿一直深信是东宫的手笔，现在得到了证实。

萧长赢对太子妃仍旧有一片爱慕之情，且不似萧长卿这般对陛下有恨。到底是父子骨肉，他若是知晓陛下被沈羲和下了毒，只怕不知如何对待沈羲和，定是要自己苦恼痛苦。萧长卿就这么一个一心一意护到大的弟弟，自然不舍得弟弟心中煎熬。

不过，萧长卿需要私下见一见沈羲和。

"信王要见我？"天圆递上消息时，沈羲和有些惊讶。

萧长卿对她或许有赞誉与欣赏，但她清楚，真正让萧长卿忌惮的人是萧华雍。

萧长卿无心皇位，一心与祐宁帝过不去，因而与东宫没有冲突。否则，哪怕是让他忌惮的萧华雍，萧长卿也不惧与之一战，一如萧长彦——他宁可殊死一搏，虽死无憾，也不会抱着不甘的心情郁郁一生。

而现在萧长卿之所以会与她站在一边，除了以上缘由，还有一个原因便是陛下不希望她的孩子继承大统——萧长卿就偏要与陛下作对。

故而，萧长卿并非真正向着她。若非紧要之事，以萧长卿的性子，他绝不会见她。

"太子妃殿下要见信王殿下吗？"天圆见沈羲和思虑了许久，出声询问。

"见是要见，只是如何见……"沈羲和在思考这个。

她刚刚丧夫，萧长卿又是伯兄，皇室也有兄续弟妹之先例。

尤其是他们二人的身份又如此敏感，因为钧枢，哪怕她的孩子没有降生，也是帝位继承者的有力竞争者，更何况萧华雍是正统嫡出。

但萧长卿又是有贤名在外、能力卓越的皇子，现在又是明面上存活着的皇长子。

有无数双眼睛在盯着他们，他们若有风吹草动，必然会被传得污秽不堪。她以前只考虑到自己，并不在意名声，但现在以萧华雍之妻的身份去考虑，就变得珍爱起来。

"太子妃殿下不若从密道秘密出宫去见？"珍珠小声地建议。

沈羲和当即否定了："陛下十有八九不是遭人暗算，而是刻意昏厥。"

祐宁帝无缘无故地出宫给女儿长脸，也许在文武百官的眼里，是因为偏宠萧长卿与萧长赢，毕竟祐宁帝存活的皇子不多，这二人又是亲兄弟。

但沈羲和知道，祐宁帝绝不会给萧长卿做脸。祐宁帝把皇位传给萧长赢、萧长庚甚至是萧长鸿，都不会给萧长卿。

萧长卿没有通过他的考验，萧长卿现在的所作所为也不像是个能做帝王的人。

祐宁帝对公主并没有多看重，那么亲自去参加平陵公主的婚礼这一行为，便很耐人寻味，沈羲和有理由怀疑，他是借机去昏厥。

那么祐宁帝假装病危的目的，只可能是要把不安分、等不及的人引出来。

这个时候，他应该会在暗中盯着所有人，东宫、十六王宅，甚至得用的大臣……

沈羲和不想冒险，把宫中的密道的事情暴露给陛下。

"你传消息给燕王，让他明日去寻信王与烈王来东宫见我。"沈羲和忽然打定了主意。

既然她不能偷偷摸摸地见，那就正大光明地见。祐宁帝既然装病，明日绝不会醒来。

祐宁帝昏迷不醒，几位皇子一道来东宫，无论是互相试探也好，还是打探消息也罢，落在外人眼里都不显得刻意。

让萧长庚主动寻萧长卿，即便祐宁帝知道了，也不会想到她与萧长卿要密谈，因为祐宁帝不知道萧长庚才是东宫的人！

翌日，祐宁帝倒是醒了片刻，吩咐了几句话，就又昏迷不醒了。

听闻消息，萧长庚与萧长卿连同三省六部以及宗室求见，都被刘三指打发了，萧长庚三兄弟便转而来到东宫里。

沈羲和见到了三个人。

萧长庚早就得了吩咐，把萧长赢带到一边。雅阁内只有萧长卿与沈羲和，珍珠与天圆候着，萧长卿未带侍从入内。

"太子妃殿下是笃定陛下无大碍？"萧长卿开门见山地问。

沈羲和颔首："我不会让陛下在我产子前出事。"

陛下中的毒难解却不致命。毒只是个幌子，用来遮掩陛下每日用的香墨。陛下每日用的香墨都有记录，沈羲和要看到不难，通过用量就能大致推算陛下的身子状况。

沈羲和不是个信口雌黄之人，这件事又牵扯到沈羲和所谋是否能成事，沈氏一族是否能笑到最后，萧长卿便不再怀疑。

"陛下或许是遭人暗算。"萧长卿还有另一重考量，"如今你我都无法将手伸到明政殿，陛下的消息极难打探到。"

"信王殿下若无确凿消息，又怎会知会我要变天？"沈羲和问。

萧长卿沉默了，涉及他自己的势力，哪怕他与沈羲和此刻统一战线，却也不会摊牌，正如沈羲和不会告知萧长卿，陛下信任的绣衣使中有萧华雍的亲信。

而绣衣使在夜间轮值，于暗处守卫陛下，只是还没有轮到赵正灏，以至于沈羲和现在也弄不清明政殿的状况。

"信王殿下昔年得陛下倚重，想来培养了不少眼线。"沈羲和其实能猜到，无非是陛下的某个心腹成了他的人，"焉知这眼线不是陛下所授？"

不是沈羲和看轻萧长卿的能力，而是萧长卿在丧妻之前，对陛下的孺慕之情极深。萧长卿能迅速在诸皇子中脱颖而出，甚至一骑绝尘，自然与他的手段脱不开关系，却也不得不说有陛下刻意栽培、给予便利之故。

陛下为人看似宽容，其实很深沉，否则似萧华雍这样智计卓绝之人，又何必非要等一个合适的时机才能真正对陛下下狠手，甚至韬光养晦多年？

"太子妃此言有理。"萧长卿不否认，这个情况可能是有，"陛下若是假意昏厥，可择朝会时昏厥，不必非得去平陵大婚宴上昏厥，显得刻意。"

"我亦是适才想到陛下为何不在朝会上昏厥，而要选择公主大婚时。"沈羲和眸色渐深，也没有卖关子，"陛下想要引我们异动不假，但还想引另一个人动手。"

萧长卿何等聪慧，先前是没有想到这一茬，沈羲和 提，他立刻明了："皇伯！"

萧觉嵩绝对是祐宁帝的心腹大患！

祐宁帝不知道萧觉嵩早就病故，人手全部交给了萧华雍，萧华雍假借萧觉嵩之名做了许多事，有时更是处处留下痕迹，让萧觉嵩顶着。

萧长彦的事情也好，萧长旻的事情也罢，甚至之前李燕燕受余桑宁指使的事情，也明显有人捣鬼，祐宁帝思来想去，觉得能有这样的本事，甚至要做这些事的人很可能就是萧觉嵩！

祐宁帝在朝堂上昏厥，萧觉嵩的人应该混不到有资格上朝的地步，否则用不着这么偷偷摸摸的，在朝堂上昏厥未必能够取信萧觉嵩。

既然萧觉嵩关注着他的一举一动，他亲自去了女儿的婚宴，萧觉嵩定会来盯着，以找个可乘之机对他动手。

他在婚宴上昏厥也未必能够蛊惑萧觉嵩，但绝对比在朝会上昏厥更有说服力！

"如此一来，倒也能说通。"萧长卿现在也偏向于沈羲和的推测。

那么递给他消息，被他所信任的这个人果然是祐宁帝送给他的投诚者。

萧长卿心里冷笑一声，先不提这个，而是对沈羲和说道："太子妃殿下，我们即便知晓陛下的心思，亦不能当真不为所动。"

沈羲和黑曜石般黑亮的眼瞳看向萧长卿。

"陛下为何按捺不住，要引皇伯现身？"萧长卿婉转地提问。

"陛下虽不至于现在出现不测，却也当真时日无多。"沈羲和实话实说。

萧华雍给祐宁帝的时间就只有那么多，至多能活到她足月产子不出两个月。

这样一算，时间已经不足半年了！

阿爹那边，沈羲和不知道祐宁帝还要如何，是否已经打算放弃……

等等，若是萧觉嵩当真还活着，祐宁帝将之引出来，把萧觉嵩抓了，再从萧觉嵩身上下手，给萧觉嵩与沈岳山弄个私下勾结的罪，也不是不能对沈家动手！

沈羲和越想越觉得这个可能性很大！

萧长卿却没有猜到沈羲和想得有多深远，因为他也不知道萧觉嵩死了，手下的人都落在了萧华雍的手上，只是隐约觉得东宫和萧觉嵩有千丝万缕的关系。

"陛下时日无多。"萧长卿颔首，"故而，陛下除了急于偿愿，更多的只怕是想要解药。"

沈羲和目光一滞！百密一疏，她竟然忽略了这一点！

是的，祐宁帝觉得一切都是萧觉嵩所为。祐宁帝中毒时，当日那个假货还真是萧觉嵩的人，那些引得祐宁帝遭到暗算的陈年旧事，也只有萧觉嵩才知晓。只怕祐宁帝引萧觉嵩出来，有三重用意，一则灭掉萧觉嵩，二则陷害沈岳山，三则想要解药。

他们要是一点儿风吹草动都没有，岂不是暴露了他们笃定祐宁帝此次是假装病危？

什么人才能笃定祐宁帝是假装病危？自然是下毒的人！

要知道，这可是关乎生死的博弈，哪怕他们真的怀疑祐宁帝是在装病危，也应该秉着宁可信其有，不可信其无的心思，做好背水一战的准备。

因为哪怕陛下病危只有一丝微乎其微的可能性，若是他们一点儿准备也无，那就很可能输得粉身碎骨。

难怪萧长卿要见她，这必须提醒她。

"陛下好深的心思！"沈羲和轻叹一声。

举一反三，沈羲和已经彻底想明白了祐宁帝这一举的用意。

无论如何，祐宁帝都能达到一定的目的。

似沈羲和这样的下毒者，要么一时不察，八风不动，暴露自己是下毒者；要么反应过来，就必须伪装自己不是下毒者，那就要开始布局，调动可调动的势力，严阵以待，以防万一，拼杀到底。

这样一来，所有的调动动作就都落入了暗中盯着的祐宁帝的眼里，他们算是提前暴露了自己的势力。

甚至还有一个可能，祐宁帝在逼她主动催产，生下一个身体羸弱、无缘帝位的皇孙！

试想一下，倘若她不是掌控陛下身体康健与否的那个人，面对今日之局面，绝不会不冒险催产。

沈羲和想明白其中的缘由之后，面色依旧沉静："几位殿下做好准备便是。"

她仍然不会有一丝举动。沈羲和并不惧怕适当地暴露手中势力，但要她提前催产，绝无可能。

这是她与北辰唯一的骨血，谁也不能伤害他！

祐宁帝本就想陷害沈氏与萧觉嵩勾结，那她让他相信确有其事又何妨？

无论如何，祐宁帝没有证据也会捏造证据，正如芙蓉园给沈氏设的局！

既然如此，她又何须再遮掩？！

"太子妃主意已定？"

沈羲和的反应既让萧长卿觉得在意料之外，又觉得在情理之中。

在他看来，沈羲和是个理智、冷静、果决、懂取舍之人。

七活八不活，现在她趁着孩子尚未满八个月，提前催产，除了孩子会较足月生产的孩子弱一些，没有任何坏处。

祐宁帝"昏厥"，他们都在京都，她生产自然无虞。谁知道后面几个月会发生什么不利之事？

至于孩子体弱的问题，可以后面仔细将养，只要孩子顺利出生，自然不会步她的后尘。

但沈羲和拒绝了，拒绝得干脆果断。

不知是她做了母亲之故，还是她腹中的孩子子凭父贵，令他更深得母亲的爱护，抑或两者皆有。

"是。"沈羲和回答得斩钉截铁。

萧长卿沉默了片刻后才说道："陛下终究是陛下，太子妃尚且有孕在身，小王不赞同兵戎相见。"

哪怕他们胜了，也必然是惨胜。

"信王殿下多虑，不到万不得已，我不会出此下策。"沈羲和察觉到自己过于情绪外露，以至于萧长卿有所误会，便收敛了情绪，"催产之事绝无可能，且先拖延一下，看一看陛下到底意欲何为。"

实在不行，他们只能兵戎相见！

只是陛下始终是陛下，一旦兵刃相向，他们还得仔细筹谋。沈氏满门忠烈，不能在她手上背上骂名。

萧长卿欲言又止，片刻后还是站起身："太子妃既有定计，我便不打扰了，告辞。"

沈羲和让天圆送他们离开。

她回到书房里，坐在书案前，视线落在了叶子黄灿灿的平仲叶盆景上："你若在，会如何破局？"

她仔细想想，若以萧华雍的行事作风，他只怕要侍疾榻前，亲自喂汤药。

若刘三指不让他入内，他定会在宫外长跪不起。世人都知道皇太子体弱，他会拖着体弱之躯照顾陛下，彰显他的孝义，时不时晕上一晕，引得人心惶惶。国君昏迷不醒，储君又摇摇欲坠，可不得令朝堂人人不安？

陛下要是不醒，可就得搭上太子的一条命了。若真把太子折腾死了，陛下就不好再醒来了，否则不就是故意装病，要折腾皇太子吗？

这倒是像极了萧华雍的手段。

这样的手段兵不血刃，又能破局，但只有萧华雍能用，旁人都不行，也不会见效。

想到不知不觉地走进她心里，深藏于肺腑中，让她时刻惦念的那个人，沈羲和眉宇间就忍不住染上笑意。

陛下"病危"，沈羲和与萧长卿等人达成共识，都做起了准备。动作也符合他们应有的迟疑与猜忌，行动既小心翼翼，又遮遮掩掩，总之就是能亮给陛下看的底牌毫不避讳，不能亮的他们迟迟不动。

萧长卿更是在外散播谣言，说陛下身体不太好，煽动百姓，同时也令地方官员惴惴不安。

祐宁帝挑选的时机极好，西北王平定了漠北，最大的隐患被拔除，便是天朝陛下病危，周边的小国哪怕是蠢蠢欲动，也无力出手。

对内，祐宁帝等的就是有狼子野心的人跳出来。偏偏他称病一连五日，三书六省将朝廷打理得井井有条，实在拿不准的事，就询问几位皇子。皇子们有商有量，倒是把事情解决得很干脆，弄得好似朝廷没有了陛下，也能井然有序。

同时，沈羲和也不忘在宫中散布一些谣言，无外乎就是"陛下在与不在，朝廷都能应对自如"之类的话。

她在等，看祐宁帝能够忍到何时！

祐宁帝称病的第六日，皇陵传来了消息，先皇嘉贵妃之墓夜遭雷劈，陵墓坍塌。

"陛下竟学起了信王的手段！"沈羲和听到消息，黑曜石般漆黑的眼里蒙上了一丝讥诮之色。

先皇嘉贵妃就是萧觉嵩的生母。先皇对她十分荣宠，为了她，将皇后与两个嫡子贬至西北苦寒之地。

她在如今的太后与两子杀回来之前，便已经因病去世，先皇将其风光大葬，扬言死后要与其合葬。

当时若非如今的太后与两子已经快要兵临城下，只怕先皇要以皇后之名安葬嘉贵妃。

此事让沈羲和与萧长卿等人再次见了面，萧长卿打的仍然是关心陛下的旗号，至东宫询问。

"陛下要见皇伯。"萧长卿开门见山地说。

"见不了。"沈羲和垂眸轻轻吹了吹手中的热水，"三个月前，已经葬入皇陵。"

萧长卿惊了惊。三个月前死了三个皇子，但只有一个葬入了皇陵，就连萧长琪都没有葬在皇陵里。

萧长卿隐隐猜到萧华雍未死，此刻证实，仍旧感到心惊："不知可否冒昧一问，太子在何处？"

萧华雍若是在，不会让沈羲和陷入这样的被动局面。很多事情，他比沈羲和更方便做。

"扬帆出海，拔除体内奇毒。"沈羲和没有隐瞒，"皇伯已亡故两年有余。"

所以萧觉嵩并未与东宫联手，而是在临死前将手中的人交给了东宫！

这些年从西北平乱，到西北王逃离，再到岷江之战，处处都有萧觉嵩的身影，原来全都是东宫在故布疑阵！

难怪，难怪连英明神武的陛下也猜不透其中的奥秘。

就连他这个明知萧华雍的真面目的人，也只是怀疑两者间或许是利益共存，想破脑袋也想不到陛下深深忌惮的人，竟然已经辞世两年！

萧长卿想到这里，眼里涌现一丝兴味："太子妃可否将皇伯剩余之人交给小王？"

沈羲和倏地看向他。

萧长卿不避不躲："陛下要见人之心不可动摇，连先皇嘉贵妃之墓都动了，若皇伯还不现身，只怕陛下也会猜到皇伯已不在人世。"

"与其让陛下深究，不若由我带着皇伯的人偿了陛下所愿，也免于与陛下僵持不下。"

"信王殿下可知，若让陛下误以为你与皇伯勾结，后果如何？"沈羲和不得不提醒。

她其实也在琢磨推个替死鬼出来，只是能用的皇子都已经死了，寻常人的身份不够，难以取信陛下。

"自然知道，太子妃且放心，小王定会竭力全身而退，若有万一……"萧长卿顿了顿，又说道，"也是小王之命。"

沈羲和明白了，萧长卿这是要用萧觉嵩给祐宁帝做个请君入瓮的局，与祐宁帝来个了断！

祐宁帝铁了心要见萧觉嵩。

沈羲和也明白祐宁帝为何这般执着，实在是萧华雍把萧觉嵩留下的人用得过于精妙，以至于祐宁帝误以为一切的背后都与萧觉嵩脱不了关系，只要把萧觉嵩逼出来，所有的迷雾都能够拨开，包括与萧觉嵩勾结之人。

这对于不知萧觉嵩已故的祐宁帝来说，也的确是最佳之策。

"信王殿下意欲如何借此给陛下下套？"沈羲和没有一口答应萧长卿这个对自己百利而无一害的法子。对上萧长卿迟疑的目光，沈羲和说道："陛下在我产子之前，不容有失。"

祐宁帝显然是等不及要把萧觉嵩逼出来了。满打满算，她的孩子还有两个多月才足月，萧长卿要对祐宁帝下手，就不得不尽快，否则陛下很快就会起疑——对迟迟不现身的萧觉嵩的去向起疑。

沈羲和不能让萧长卿在这个时候使陛下殒命。

"太子妃倒是给小王出了个难题。"萧长卿本是拿定主意，要与陛下斗个你死我活。

沈羲和猜到了，将手搭上隆起的腹部，轻轻地摩挲着："信王殿下，人死便一无所知，摧肝断肠，看着痛恨之人苟延残喘，不甘而又无可奈何，不是更解恨？"

其实沈羲和不喜欢这样，而是喜欢干净利落地将人给杀了，永除后患，养在暗道里的余桑宁除外，是因为余桑宁对她还有一个至关重要的用处。

"如此的确能解恨，可你我谋算之人是九五之尊，要达到如此成效，何其艰难？"

这比杀了祐宁帝更不容易。

"我倒有个法子，或许能成事。"沈羲和唇畔浮现一丝浅笑。

"太子妃请赐教。"萧长卿是信得过沈羲和的谋略的。

"陛下欲见皇伯，是因为当年皇伯在他的眼皮子底下逃走，他心有不甘。这些年皇伯不但没有灰头土脸地过日子，还成了气候，更是带人搅得他不得安宁。"

尽管这些事都是萧华雍借萧觉嵩之名所为，但在祐宁帝看来，只是萧觉嵩带给他的怒火。

"想来陛下不忿已久，否则绝不会如此不顾脸面，宁愿扰先祖清静也要逼出人来。"

当年祐宁帝登基时都不曾挖坟掘墓，将厌恶的嘉贵妃给迁出皇陵，如今却顾不得这些，以此来逼迫萧觉嵩现身，可见是有多急迫。也或许是萧华雍下的毒，以及沈羲和那香墨日夜侵蚀着祐宁帝的五脏六腑，致使祐宁帝隐约感觉自己时日无多，这才越发急切。

萧长卿颔首，认可沈羲和的分析。

"陛下现在攒着一股气，想要撒在皇伯身上。"沈羲和接着说道，"可若陛下知晓皇伯不在人世，是否会心中不平？"

"你要让陛下知晓皇伯已不在人世？"

以此令祐宁帝引以为憾。

"仅是如此，自然不能成事。"沈羲和端起水杯，润了润唇，才继续道，"要让陛下知晓皇伯不过是一个月前刚刚逝世，他只是来晚了一步。

"且皇伯是毫无遗憾地辞世，因为他已经了却心愿。"

"了却心愿？"萧长卿隐隐察觉到沈羲和要怎么做，却又没有完全厘清头绪。

"比如，他早已给陛下下了毒。

"比如，他早就让陛下用了一种可致人内脏衰竭的香墨。此非毒，却无法逆转，他不过是先一步下去候着陛下罢了。"

沈羲和眉眼间的笑意越发浓郁。

自从萧华雍离开后，她多着素色衣裙，发髻也是半绾，除了一朵白色绢花，便只有给祐宁帝与太后请安之时，才会戴上些许素雅的首饰，以示郑重。

此刻她青丝半绾，堆云的乌发之中，一朵素色绢花看着清淡甚至寡味，唯有眉心一片金色的似蝶展翅的花钿庄重而又贵气，与她笑意晕染的眉眼交相辉映，本该雍容华贵，却似锋芒过甚，令人不敢与之对视。

毒是萧华雍所下，虽然借用的是萧觉嵩的人，算是过了明路，可香墨还是个需要善后之处。沈羲和一直在想等到祐宁帝归天，或突然察觉之后，该如何善后才能全身而退，哪怕是祐宁帝不怀疑她，故意栽赃给她也不行。

眼下倒是个天赐良机，祐宁帝要是知道他中了萧觉嵩的算计，并且明知症结在何处，却再也无法逆转，只能一日一日无可阻拦地衰竭下去，这对掌握生杀大权的帝王是多么大的折磨？

而让他如此生不如死的人，竟然已经死了，还是安详地死去，陛下心中的郁结情绪将无法纾解！

随着他一日衰弱过一日，心中的积郁与痛苦情绪就会越发深厚，哪怕不再使用香墨，也能达到沈羲和预估的效果。

何为杀人诛心？

这就是！

萧长卿不由得正色起来。他对沈羲和是认可与高看的，但远没有达到将沈羲和放在与萧华雍一个位置对待的地步。此时此刻，他却知道自己低估了这位太子妃，她的心机手腕、智谋才略，足以与那位心眼儿多成筛子一般的皇太子媲美。

"难怪，难怪太子殿下能够放手而去。"萧长卿明悟过来。

萧华雍为了沈羲和，宁可多挨一刀也要为她铺好路，怎么会因为体内之毒不可再耽误就匆匆离去？是因为他知晓，哪怕沈羲和身侧无他，也能应付所有危机。

"太子妃此法极妙。"萧长卿认同，"可要用何人来揭露，让陛下深信一切为真？"

萧觉嵩的背后总该有个合谋之人才说得过去，这个时候能够拿得出手，使陛下信服之人不多，而他就是一个最好的选择。

但萧长卿觉得沈羲和不会如此。

如果他们是对立的，不，哪怕不是对立的，只是不同谋，沈羲和都会毫不犹豫地把他弄成替罪羊。他若识破不了这布局，就是自身技不如人，沈羲和不会感到愧疚。

可他们现在是同谋，萧长卿对沈羲和的了解不多，却觉得她是个磊落之人，不会轻易坑害任何一个盟友。

"为何要让陛下知晓这个同谋是谁？多一个郁结的缘由，岂不是更好？"沈羲和淡淡一笑，"要让陛下信，未必得是我们暴露。我们知晓皇伯无后，陛下可不知。

"我们可以捏造一个后人，只要那人的气度和知晓之事能取信陛下便成。

"这个人，就由殿下来安排。"

萧觉嵩的死不打算隐瞒了，沈羲和与萧长卿也不在乎多拖延几日，正好给萧长卿时间去布局。关于萧觉嵩的事，没有比问萧觉嵩的人更清楚的，剩下的人，沈羲和都交给了萧长卿。

对于这些人，沈羲和其实对萧觉嵩如何养人感到很好奇。他们活着，好似就是为了继承萧觉嵩的一股执念。一听到要对付的人是祐宁帝，哪怕是要付出生命的代价，他们也毫不退却。

陛下依然称病。这些年他励精图治，朝堂上，三省六部井然有序，多数事情能应急处理。群臣不过是忧心忡忡，对陛下的身体情况进行揣测，对未来局势的变动感到不安。

"只有这些吗?"

东宫里,沈羲和合上最后一本书册,抬眸看向躬身立在一侧的地方。

"回禀殿下,这些年,太子殿下一直未曾放弃追查当年之事,属下能寻到的只有这些。"地方恭敬地回话。

沈羲和的手轻轻地搭在合上的书册上,她凝眸看着案几上的平仲叶盆景,陷入了沉思之中。

一室寂静,香烟袅袅。

天圆看得出自己的弟弟有些忐忑。他也是刚被太子交到太子妃手上,不了解太子妃的脾性,便出言问:"太子妃殿下缘何追查当年之事?"

天圆是萧华雍最信任的人,无论是沈羲和嫁入东宫前,还是嫁入东宫后,萧华雍身边的人,她接触得最多的就是天圆。萧华雍离去后,沈羲和同样把天圆视作心腹,与珍珠等人一样看重。

"当年皇后与谦王妃同时有身孕,谦王妃生下北辰,那皇后呢?"沈羲和从萧华雍提及他的身世之时,就一直在想这个问题。

只是此事涉及萧华雍的伤疤,也不算要紧之事,因而她未曾提及。

"依照当年的情形,陛下并未大举灭口,由此推论,皇后的确顺利产子,且产下的是个男婴。"

否则祐宁帝是一定会灭口的。

然而地方查到,当年给皇后接生的稳婆还活着,是前年才因病去世的。祐宁帝让她活着,就是想让人知道皇后真的产了子,不让旁人怀疑太子是谦王之子,从而联想到他杀兄夺位。

当时这个阴谋是针对谦王夫妻的,皇后既然参与其中,麻痹了谦王妃,可见陛下信任皇后,且一开始就没有想过要让皇后成为弃子。

皇后之所以沦为弃子,是因为太后得知真相,十分愤怒,时局又逼得她不得不捏着鼻子扶持小儿子,然而手心手背都是肉,谦王一生征战,只得了萧华雍这一根独苗。

太后不想让萧华雍成为谦王遗孤,否则那些追随谦王的人一定会心思浮动,对祐宁帝也不会死心塌地,会让萧华雍陷入不利之局,这才逼迫祐宁帝换子,令萧华雍成了太子。

皇后怎么可能甘心?

所以,皇后必然要死。

皇后和祐宁帝密谋暗算谦王夫妇,太后厌弃她,连同对祐宁帝的怒火也砸在其身上,这才是皇后的催命符。

然则,稚子无辜,又是自己的亲孙子、亲儿子,太后与祐宁帝应该不会为了萧华雍就杀了这个孩子，自然也不会令这个孩子顶着谦王遗腹子的身份留在皇室，否则一样会让朝廷人心不稳。

那么，这个孩子的去向就成了谜。

沈羲和现在想要查的就是陛下的亲子的去向。

萧华雍自从知晓自己的身世之后，也在追查，其目的应该是找到那个孩子，用作他途。

经过十多年的调查，以萧华雍之能，他都没有把这个人给找出来。

除非……

沈羲和目光微凝："天圆，你去准备准备，明日启程，我要去一趟皇陵。"

"太子妃殿下要去皇陵？"天圆惊讶不已。

沈羲和嘴角一弯，闭目颔首："是的，去皇陵。陛下缠绵病榻，昏迷不醒，我心惶恐，失去了主张，想去见见太子。"

理由是现成的。

虽然不知沈羲和为何要去皇陵，且沈羲和怀孕都七个多月了，天圆看着沈羲和凸起的小腹，有些忧心，却没有出言阻拦："诺。"

天圆退下之后，沈羲和提笔写了一封信函，装好后递给地方："用海东青送往西北。"

紧接着她又吩咐珍珠："你去寻顾则香，看能否寻到当年的一些知情者，小心些，莫要走漏风声。"

"诺。"珍珠也领命退下。

碧玉上前扶着沈羲和："殿下为何突然对此事如此在意？"

沈羲和甚至还有一点儿急切。

"我想试探一些事与人，也想给陛下致命一击。"沈羲和没有隐瞒，但说了也差不多等于没说，碧玉并未猜透其中的深意。

她不知是否为自己的错觉，总觉得自从太子走后，她经常能在太子妃身上隐隐看到太子的身影。

月份渐长，沈羲和也越发精力不济，不似以往那般会耐心地给她们解释。

刚上京那会儿，她更有耐心，是因为想要让她们多长些心，而这件事情涉及的深度已经超过了她们需要去理解的范围。

沈羲和要去皇陵，此事惊动了太后，太后亲自来了东宫。

"你的肚子已经这么大了，怎可舟车劳顿？"太后不赞同沈羲和去。

沈羲和温和地笑着，语气轻柔："祖母，我这几日总会梦到北辰，心绪不宁，太医也说我忧思过重，长此以往，恐怕对我、对腹中骨肉都不利。

"北辰下葬时，我亦因为胎儿不稳，未能去送他最后一程，或许便是因此而耿耿于怀。

"若不亲自去一趟，我只怕难以释怀。"

"趁着我尚且能够行动，便去将这个心结解开，以免分娩时出岔子。"

太后蹙眉："也罢，你若心中放不下，也应当去一趟，给七郎上一炷香，我陪你去。"

"太后，如今陛下昏迷不醒，前朝后宫正是需要太后震慑之际，太后不用担忧我，我定会好生照看自己。"沈羲和没有同意。

太后想了想，说道："我派两个人跟着，否则心中难安。"

沈羲和没有拒绝。

太后给沈羲和留下的是两个成熟稳重的女官，沈羲和将人放在左右，陪着碧玉与红玉紧跟着她，显示自己的倚重，然后浩浩荡荡地出发去皇陵。

时值秋冬交替，京都已经十分寒冷，皇陵又在崇山峻岭之中，更是萧瑟凛冽。

沈羲和裹着厚重暖和的大氅，迎着冷风，立在皇后的陵墓前。

她身为儿媳，既然来了皇陵，自然要先祭拜一下皇后这个婆婆。上了香后，沈羲和在陵墓前停了一会儿，才去了太子墓。墓里葬着的是谁，她心知肚明，然而做戏要做全套。

上了香，她还从大氅之中伸出了手，轻轻地抚上墓碑，目光有些失神地盯着碑上刻着的属于萧华雍的名字。

无论这里面埋的是谁，但皇太子萧华雍是真的已经死去了。他用了这样的方式，就再也不可能顶着萧华雍的身份归来。

这一场权力争夺，他为了她提前退场，彻彻底底不留后路地退场。

第十八章　下一盘天下之局

　　否则以他的能耐，哪怕是不得不离开，他也可以寻其他法子，同样可以救陛下，比如为陛下落崖坠海，总是能再回来的。
　　哪怕陛下等不到他回来，将皇位传给了别的儿子，只要他想，沈羲和都信他能再将皇位拽到手里。
　　有关他的一切，往日不显，此刻她看着他的名字，往事却历历在目。
　　沈羲和忍不住随着过往记忆的浮现扬起了嘴角。
　　这一瞬间她才惊觉，原来自与他相识，他留给自己的竟然都是美好的回忆。
　　沈羲和出了神，抚摩着墓碑的手冻得通红都未曾察觉。太后派来的女官忍不住上前，提了提她的大氅，覆盖在她的指尖上："殿下，当心风寒。"
　　回过神的沈羲和这才感觉到了凉意，将手缩回，在大氅中用另一只手握住："嗯。"
　　沈羲和发现自己的腿也有些僵直，只能由碧玉和女官扶着，才能慢慢地挪动。待到走远要转道时，她又忍不住回头看了一眼墓碑上的字。
　　上香的过程并不复杂，只用一个时辰就可以回去了，不过沈羲和自然不能即刻返程。她受不得这样的劳累，皇陵有供皇室歇脚之地，她要安顿一夜，明日再回宫。
　　沈羲和来得顺顺利利，归去时也平平安安，令所有人大感意外。
　　其实这个时机，怀了七个多月身孕的沈羲和，在陛下一直称病不上朝的情况下，突然说要去皇陵看望萧华雍，许多人猜测沈羲和是去催生的。
　　她在路上产子，才能方便做手脚，如果孩子不是男婴，也是最适合调换的时候。不少人已经做好了听到太子妃携皇孙归来的大消息，沈羲和却让他们失望了，竟然悄无声息地回来了，肚子还好好的，好似当真只是去皇陵看一看太子殿下。

"在皇陵亦无异样？"即便是祐宁帝都有些不信。

"陛下，暗中有绣衣使跟随，皇陵也有神勇军潜伏，太子妃殿下只给皇后与太子上了香，再无异动，随行之人也未曾与守皇陵之人交谈。"

守皇陵的不仅仅是祐宁帝派遣的护卫，还有被发配的宗室。

"当真只是去祭奠？"祐宁帝不信。

若真如沈羲和所言，她是心情郁结，那何必折腾到皇陵去，不若去相国寺做场法事，供奉一番。

沈羲和心思深沉，祐宁帝见过的聪慧女子不少，但似沈羲和这般城府极深的实属罕见。

他原本也怀疑沈羲和这是担忧他一病不起，开始准备产子，也好增加手上的砝码。

"她倒是沉得住气。"祐宁帝语气意味深长。

沈羲和为何这么沉得住气？说她无心帝位，说她纯良刚直？这话祐宁帝自己都不信。

既然沈羲和野心勃勃，听到帝王迟迟昏迷不醒，竟然无动于衷，是否过于不对劲？

即便是猜到了他在假装昏迷，她也应该有所准备才是。

沈羲和太安静了……

"五郎与十二郎呢？"祐宁帝又问。

"信王殿下倒是有些动静，调动了过半的兵力。燕王殿下也频频向太医署打探陛下的病情，还在私底下动了八殿下留给燕王殿下的人。"刘三指回道，"不过都不曾有逼宫的打算。"

他们只是防备起来了。

"只有东宫稳如泰山？"祐宁帝总结道，"萧觉嵩也半点儿反应都无？"

他设这场局是为了萧觉嵩，就是想把萧觉嵩引出来。他把萧觉嵩的生母的坟都弄塌了，萧觉嵩竟然还不现身，祐宁帝觉得事情更不对劲了。

萧觉嵩重孝，亦不是贪生怕死、毫无血性之人，早该跳出来了，哪怕毫无胜算，也会与他拼死一搏。

"京师附近并无异常。"刘三指如实回道。

"再等两日……"他要看看，萧觉嵩是因为远在离京师数千里之地尚未赶回，还是压根儿出不来。

若是萧觉嵩出不来，那么当年在避暑行宫里出现的人，或许并不是真正的萧觉嵩。

当日出现一个萧觉嵩，获利最大的人是谁呢？

那时他一心怀疑太子在伪装,抓了太子,想要探一探太子的底,结果横空冒出个萧觉嵩,打乱了一切计划。

假使一开始萧觉嵩就是假的,这就是太子破他的试探之局的最高明的手段,而后的一系列与萧觉嵩有关之事,都只可能与太子有关。

若是如此……

祐宁帝目光锐利了起来:"再过两日,若还无人现身,安排皇陵的人偷偷开太子的棺椁!"

开太子的棺椁这种事,做得再隐秘,只怕都不一定能无声无息,所以要慎重,不到万不得已,祐宁帝并不想走这一步。

虽不知道她只剩下两日的时间了,但沈羲和知道祐宁帝的耐心有限。

她从皇陵回来之后,也开始动手了,隐晦地开始在后宫里布局,也开始调动自己的护卫,不着痕迹地流露出一些太子私底下培养的势力,都是些无关痛痒的人。

要是太子完全不培养势力,祐宁帝只怕也不信。

这些事都只需要她动动嘴,天圆和地方就会办得稳妥,她则专心调查当年的事情。

海东青在她回到宫里之前,就先她一步回来,带回了沈岳山给她的信,里面全都是他能够回想起的关于谦王夫妇被害,陛下杀兄夺位那一日的种种细节。

厚厚的一封信,展开后,沈羲和都忍不住乐了,一看就是他口述,抓了阿兄做壮丁来执笔。

二十四年前,那个月黑风高的夜晚,随着沈岳山对所见所闻的描述,一幕幕也渐渐清晰地浮现在了沈羲和的眼前。

"太子妃殿下,顾司衣求见。"

沈羲和刚看完沈岳山的信,外面就传来红玉的通禀声。

"让她进来。"沈羲和放下书信,伸手让碧玉搀扶着往外走去。

顾则香不是一个人来的,而是带着尚服局、司衣司的几个宫女一起来的,来给沈羲和量体裁衣。

尚服局负责后宫女眷的衣裳,沈羲和怀了孕,身材一个月一变,尚服局来得勤也无人在意。

量完尺寸,定好款式、衣料、图纹,顾则香正要带着宫女告辞,沈羲和开口道:"顾司衣,我私下也会制衣,有些图样想请顾司衣看看。"

"诺。"顾则香低眉顺眼,跟着沈羲和到了沈羲和日常做针线的屋子里,"殿下是要打听先皇后之事?"

"你可有法子?"沈羲和问。

这些年顾则香所在的地方,先是关押罪人的掖庭宫,后是宫中复杂纷乱的六局二十四司，她无论在哪里都能坚韧地立足，是沈羲和看好的未来掌宫女官。

"殿下，婢子在掖庭宫时就遇到过一个老妪。"顾则香想了想，说道，"她有时疯疯癫癫的，掖庭宫里疯癫之人亦不少，无人在意她。她有时又清醒，我与她后来相处过些许时日。

"她曾对我说过，她照顾过先皇后。先皇后在陛下登基之前薨逝，太子三岁以前，身侧还有先皇后留下的人，只是这些人后来都到了年纪，被放出宫了，去向难以追查。

"这人是在照顾太子时犯了错，才被贬至掖庭宫的。"

"她人在何处？"沈羲和问。

"她在五年前便已病逝。"顾则香说着，取出一块玉佩，"掖庭宫的人，命比草贱，死了也无人多看一眼。她死的时候，是婢子第一个发现的，她手里拿着这一枚玉佩。婢子也曾是官宦之女，有些眼界，知晓此物非同寻常，便收了起来。"

顾则香将玉佩递给了珍珠，由珍珠递给沈羲和。

上等的羊脂玉，玉佩上雕刻着一朵芍药，雕工精湛，栩栩如生，花蕊绽放，透光舒展。

这样的东西，别说一个罪奴，即便是普通的官宦之家也未必有。

"先皇后的闺名，有个'芍'字。"珍珠提醒。

不用珍珠提醒，沈羲和也知道。

沈羲和捏着玉佩的穗子，沉默了片刻，才问道："她可曾说过些什么？"

顾则香摇头："她多数时候疯癫无状，不说话，逮着谁就咬谁。她清醒时……就缩在一处，愣愣地看着某处出神。"

那人唯一对她说过的一句话，还是那年过年，她端了一碗牢丸给那人，那人才说漏了嘴，说她伺候过皇后，在东宫伺候过，吃过比这还要精细之物。

旋即，那人就意识到自己失言，迅速看向顾则香。顾则香听到了，却不动声色地做着自己的事情，好似没有听到。

"她唤何名？"沈羲和又问。

顾则香仍然摇头："婢子亦不知。婢子入掖庭宫时，她已经在掖庭宫里待了十几年。"

太子三岁时，是祐宁三年，距今整整二十一年，她五年前去世，那就是在掖庭宫里足足待了十六年。

顾则香入掖庭宫时，这人的确已经在掖庭宫里待了十年有余。

"我知晓了，你回去吧。"沈羲和也不多留顾则香，留久了，容易引人起疑。

等到顾则香离开东宫之后，沈羲和吩咐珍珠："去查一下，查当年太子身边有哪些皇后之人，再查这些人是何时被调离的。"

"诺。"

其实这件事很好查，因为沈羲和执掌过宫务，所有内务卷宗都曾移交给她。很早以前，沈羲和就说过，宫务之权，她未必会一直拽着，有时候为了更好地麻痹敌人，就得交出去。

尤其是萧华雍决定离开之后，沈羲和就清楚，没有了萧华雍，她不再是太子妃，再执掌宫权，就有些名不正，言不顺。有些东西，珍珠他们没事时就会誊抄。

关于宫中从祐宁元年到祐宁二十四年人员变更的名册，这是重中之重，沈羲和可以从中看出一些人来来去去的规律，再结合兰尚仪的帮助，可以将宫内的派系摸清。

他们自然是最先誊抄名册。

珍珠很容易就查到了，但面色凝重："殿下，祐宁三年，并未有人从东宫被贬至掖庭宫。"

不是没有人被贬，而是这个记录被抹去了。

天圆很快带着消息过来，是关于当初皇后身侧伺候的宫女的名单，以及这些人的去向。

"全都死了。"沈羲和粗略翻了一遍。

这些人死得还不让人怀疑，因为都不是在同一年死去的，有些死于疾病，有些死于意外。

最后一个人死于祐宁八年。

多么巧合的时间，祐宁八年是萧华雍在明政殿误食酪樱桃中毒的那一年。

"则香遇到的这个人，或许只是一个不起眼的粗使丫头，一定得到过皇后身边某一位聪明的大丫鬟的照拂。"沈羲和闭着眼开始推测，"这个大丫鬟……"

她睁开眼，看了看天圆递上来的册子，目光落在祐宁三年东宫溺亡之人的名字上。

此人是皇后的大丫鬟，也是皇后去世后，掌管东宫的女官，死因是寒冬起夜，因路滑而栽入东宫的池塘中。

那时候萧华雍也才三岁，天圆还没有来到萧华雍的身边，他们只怕什么都不知。

皇后为救驾而亡，萧华雍被立为太子，皇后身边的婢女自然不可能一夜之间全部消失，否则会令人起疑。

根据沈岳山的描述，当日随着皇后一起的人都死了，这个大丫鬟应该没有参与皇后陷害谦王妃一事，当日并未在场，才没有被当场灭口，和其他人一起死于偷袭的"敌军"之手。

她当仁不让地成了照顾萧华雍的第一人选。只是她很可能发现了什么不该发现的事情，束手无策，才将这枚皇后的遗物交给了自己最信任的人。

她把这个人以别的名义贬至掖庭宫，不许这人开口吐露自己的来历，这才让这人躲过了一劫。

或许她吩咐这个人等太子来寻，只是萧华雍一直没有去寻，也不知道这件事。

"这是先皇后的遗物。"沈羲和这一刻十分笃定。

她的推测或许有偏差，但只要顾则香没有说谎，这样的精致之物，一定是属于先皇后的。

沈羲和信顾则香。

她沉沉地闭上了眼，伸手揉了揉额头。

"殿下……"珍珠担忧地上前。

沈羲和抬手阻拦："我无碍。"

她垂眸，视线落在这枚玉佩上。穗子下方缀着同心结，晃动时，好似在倾诉着什么。

她猝然捏紧指尖，突然感觉小腹中一阵扯痛，面色倏地变得苍白。

"阿喜！"珍珠扶住沈羲和，高喊了一声。

"没事。"沈羲和无力地反握住珍珠的手，"是他在闹我。"

碧玉已经递上一杯温水，沈羲和就着她的手饮下，面色果然一点点地恢复了。

不过随阿喜已经来了，珍珠给沈羲和把脉，也没有发现沈羲和的身体有什么异样，还是让随阿喜给沈羲和扎了几针。

过了好一会儿，沈羲和才平复过来，让珍珠扶着她走了几步，最后停在了她与萧华雍的画像前。

"北辰，我或许要走一步险棋。"她望着他低语。

无人再回应她，她自嘲地笑了笑，百岁的声音突然响起，它说："呦呦开怀，我能归来！呦呦开怀，我能归来！"

沈羲和忍不住"扑哧"一声笑了出来。

她拿了一根细软的孔雀翎，扫了扫百岁的脸，百岁还凑上来："呦呦吾爱！呦呦吾爱！"

萧华雍决心离开前，总是偷偷摸摸地和百岁在一起，不知教会了它多少话。

沈羲和沉重的心情一下子舒缓了，她又逗了百岁一会儿，才转头敛容吩咐："请信王殿下来一遭，我有事与他商量。"

萧长卿要见沈羲和不难，祐宁帝一直"昏迷不醒"，他们做儿子的自然要来探望，再结伴来看看沈羲和也算合乎礼数。

"人，殿下可寻好了？"沈羲和问。

"已安排妥当。"萧长卿颔首，"明日我便让他们露出痕迹，安抚陛下，以免陛下再出手。"

对陛下的伏击,肯定不能这么贸然地开始,人潜入了京都,自然也不可能不怕死地往皇宫里杀。

他得先让陛下知道人已经来了,再看看陛下的反应,等着陛下给他一个动手的机会,总比他自己去制造机会更稳妥。

毕竟陛下身侧还有他都没有摸清的绣衣使,他想要给陛下设伏,陛下不大开方便之门,就凭萧觉嵩剩下的人,只怕有些难度。

而这件事情非同小可,他不能在里面掺杂自己的人。

"将此物交给殿下安排好之人。"沈羲和将芍药玉佩递给萧长卿。

"这是……?"萧长卿接过玉佩。他身为皇子,自然一眼看出这绝非凡品。

"先皇后遗物。"沈羲和说完,用黑曜石般深沉的眼瞳盯着萧长卿。

萧长卿皱眉。沈羲和给他一个先皇后的遗物做什么?

"北辰……"沈羲和长舒一口气,"并非殿下同父之弟,应当算作殿下的堂弟。"

饶是萧长卿性子沉稳,也忍不住坐直了身子,瞳孔微缩。

萧华雍不是陛下亲子的事早有传闻,但他从未疑心,只当是有人散布谣言。因为他想不明白:陛下这样的人,怎么会将别人的儿子认作自己的亲子,还是继承大统的储君?

沈羲和此刻说出这件事,他就不得不再想这个问题,其实反向去想,就能够茅塞顿开。

太后对萧华雍比对任何一个皇子都疼爱;当年谦王夫妇遇害,太后站出来支持了陛下登基;太后对陛下一向冷漠……这些疑点,一点点地被拨开云雾。

当年的敌袭,实则是弟袭!

陛下为了皇位,杀兄夺权,没把太后一并杀了,不知是有些人性,还是知道一旦太后也死了,当年大半跟随谦王打天下的人根本不会服他,这天下才刚刚平定,又得乱起来。

太后不允许谦王之子日后被圈养,或被利欲熏心之人利用,就不能让他顶着谦王遗腹子的身份活下来,最好的法子,也是让陛下弥补的法子,那就是把萧华雍变成皇太子。

萧长卿很聪明,其他的事不用沈羲和再多言,萧华雍成了皇太子,必然有一个他的亲弟弟被换走,而这个孩子……

"太子妃确定,这个孩子……?"萧长卿甚至说不出口。

他自问心狠手辣,不敢说没有杀过无辜之人,却从未杀过稚子,遑论婴孩,还是有着血缘之亲的婴孩!

可若沈羲和不确定此事,怎么会把这个东西交给他,让他给"萧觉嵩之子"再赋予一重身份——陛下的亲生儿子!

亲生儿子被仇人养大，又和仇人合谋坑害自己，给自己下了毒，令自己五脏衰竭，陛下哪怕是九五之尊，也只能无可奈何地等着死亡一天天地到来。

这简直比先前让陛下知道萧觉嵩刚死不久，发泄无门更狠。一切都是萧觉嵩所为又如何？陛下什么都做不了，只能更加咬牙切齿。

"我不确信。"沈羲和轻轻摇头，"我并无证据，此时也不能大张旗鼓地去调查。若我先查，再出现这个人，就无法欺骗陛下了。

"我只是推测。根据现有线索来看，我笃定这个孩子出生没有多久便死了，不但他死了，就连将他带走，或者得了令杀他之人也已经死了。"

这就是个空子。

这个执行命令杀皇子的人死了。那么他到底杀没杀皇子，只有他知道。

"太子妃，你……"萧长卿惊愕，"你可知……一旦我们估算有误……"

倘若这个孩子没有被杀，而是被好好地养在某一处，陛下都知道，他们再捏造出一个假货，那么苦心经营一场，就是在陛下面前耍猴戏，是个天大的笑话。

陛下不但一眼就能够拆穿他们的计谋，也不会再相信萧觉嵩这个人真的存在过。当初萧觉嵩现身，正是陛下猜疑太子的时候，如果他们估算错误，一切将付诸东流，甚至太子诈死的事也可能瞒不住。

陛下一定会开棺！

"我知道。"沈羲和神色淡然，"我知道这步棋有多凶险，可不得不如此行事。我要证实一件事，一件关乎我的生死存亡之事。"

萧长卿动了动嘴，没有把"是何事"问出口，既然沈羲和这般说，便是不愿告知。

他沉默着、迟疑着、挣扎着、思虑着："太子妃，你有几分把握？"

她眼神沉着、平静、坚定："他一定死了。"

他，指的是真正的太子。

她没有任何证据，却异常肯定这一点。

萧长卿顾不得避嫌，<u>直直地看着沈羲和</u>，一时间不知该如何开口。

他们走的这一条路，每一步都惊险无比，自然要深思熟虑，他不说一定觉得自己能稳住，至少要极小可能摔得粉身碎骨才行。

然而，今日沈羲和竟然像个赌徒一般孤注一掷，没有任何依据，没有半点儿理性，就凭着自己的一股直觉，固执而又决绝地要走一步可能会万劫不复的棋。

"太子妃，想清楚了？"萧长卿捏紧玉佩，"不悔？"

沈羲和垂头看着自己凸起的小腹，清丽的脸庞上浮现温柔的浅笑。她用手轻轻抚摩着腹中又在玩闹和活动四肢的小家伙："不悔。"

既然沈羲和决意如此，萧长卿也不再多劝，起身对沈羲和抱拳行了一礼，便无声地离开了。

深秋凉风起，杏黄蝶叶飞。

一片如蝶儿的平仲叶随风飘来，沈羲和伸手接住："又是一年深秋至，可今年无人伴我赏。

"北辰，你可还好？"

同一时间，与沈羲和相隔万里的小岛上，萧华雍也接住了一片平仲叶，轻轻地摩挲着。

他面色微白，双眸里有着浓浓的倦怠之色，唇色极淡。

"殿下，喝药。"谢韫怀将一碗药递了过来。

萧华雍甚至已经无力端起一碗药，就着谢韫怀的手，一点点地缓缓将药吞下。

这些药每日都要喝三碗，萧华雍已经喝到失去了味觉，浑身上下都是这股浓烈的药味。

"若谷，你回去吧。"萧华雍饮完药之后，似乎有了些精气神，"令狐先生在这里，我亦学会了这里的话语，我的病情，令狐先生也已经掌握了，你回去替我守着她。"

谢韫怀迟迟不语，不知该说什么。

其实来了这里小半年，萧华雍身子每况愈下，那一剑虽然是做戏，避开了要害，却扎扎实实地没入了体内，后又颠簸出海，海上还遇上了风浪，若非屈氏船手经验老到，他们未必能活着到这里。

萧华雍要养伤，要适应这里，他们刚到的时候，这里阴冷潮湿，解毒的事又刻不容缓，好几次，谢韫怀都以为萧华雍撑不下来，他又挺过来了。他的手腕上用五色缕绑着一枚黑子，每一次解毒时都被他紧握着，他说这是他的信念。

现在萧华雍身体仍旧虚弱，可剑伤已经养好，随他们一道来的令狐拯老先生又是杏林圣手，一直对萧华雍体内之毒了若指掌。

"殿下，我若回去，如何面对太子妃殿下？"谢韫怀问。

他其实是愿意回去的。他也还有事情未了结，萧华雍这里也确实不缺他一人。

萧华雍听了这话，疲惫的眼神落在掌心的平仲叶上，声音轻柔却笃定："她不会问。"

谢韫怀微微一怔，旋即垂首，片刻之后，才无声地对萧华雍行了一礼。

隔日，他便起航回京都。

京都这一日却格外沉闷，天空黑压压一片，瑟瑟秋风"呼呼"地吹动，却不见大雨砸落。

祐宁帝耐心已经告罄，命刘三指亲自去皇陵秘密开棺，验证萧华雍是否真的死了。

刘三指才出宫门，就收到了消息，疑似发现了萧觉嵩的踪迹，立马折回禀报。

祐宁帝听了这消息后，沉默不语。

潜意识里，祐宁帝不愿意相信萧华雍是诈死。

有些事情只是没有开始怀疑，才会一叶障目，他当真怀疑之后，便能够想明白。

萧华雍不可能诈死，因为他以这样惨烈的方式在众目睽睽之下死亡，是不可能再以皇太子的身份归来的，这与当年四皇子在皇陵纵火，弄了个假的尸骨蒙混过关的情况截然不同。

纵火，萧长泰可以说是巧合，尸骨并不是他，收殓之人误以为是他罢了。

萧华雍当场救驾身亡，被葬入皇陵，断无复生的可能。

这在旁人看来，若他心思深沉，意在帝位，就不可能走这样一步断了后路的棋。

祐宁帝曾经也是这样认为的，但怀疑萧觉嵩是萧华雍故弄玄虚设计出来的之后，有太多的细枝末节让人细思极恐。

萧华雍会如此做，只有一个可能，那就是他知晓了自己的身世！

他既然知道了自己的身世，就不需要再用皇太子的身份归来，完全可以躲在暗处，将皇室乃至整个京都搅得天翻地覆，再以谦王之子的身份归来！

若那时皇室已无人，沈羲和把控朝廷，生不生儿子不重要，她的丈夫会将当年的事情彻底揭开。没有了他这个陛下，他的皇子再受制于萧华雍与沈羲和，有西北军，有当年兄长的余威，再有当年杀兄夺位之事被揭开，萧华雍依然能够名正言顺地登基。

至于萧华雍欺君假死，这就不再是污点，不过是为报父仇的手腕，便是御史台都无从攻讦。

"既然人来了，便先看一看。"许久之后，祐宁帝声音有些喑哑地开口。

他先看看吧。

接下来几日，在萧长卿的安排下，萧觉嵩留下的最后一批人都在京都外活跃。他们似乎在想尽法子混入皇宫，却不得其法。

祐宁帝观察了五日，等刘三指擒获了一人，验证了他胸口的印记，才对刘三指吩咐道："你亲自去一趟相国寺，寻虚清大师……"

在听到宫中要做法事后，沈羲和便笑了："陛下终究是等不及了。"

"殿下，是否避开？"天圆有点儿担忧，沈羲和现在怀着身孕。

"避开？"沈羲和闻言，笑容变得意味深长，"陛下不会允许我避开。"

他怀疑萧华雍，怀疑她，要借此试探她。

这可是陛下的祈福法事，她若借故避开，只怕有人会从她盼着陛下早逝扯到西北王有异心上。这些事就够令人厌烦了，遑论她深信，即便她今日来个缠绵病榻，哪怕当真把自己弄得重病需要卧床，祐宁帝也会见招拆招，逼她出席。

她何故折腾一番，显得自己心虚呢？

"可是殿下您……？"天圆焦急。

沈羲和却分外淡然，去取了一串雪禅菩提子，交给天圆："将此物交给地方，命他亲自去一趟相国寺，这是虚清大师当年所赠。"

天圆郑重地接过菩提子。

当年虚清请她为相国寺铸造佛香，调制阁提华香时说过，但有驱使，竭力相助。

陛下一定开始怀疑萧觉嵩与她和萧华雍有关了，试探她的最好法子，就是看萧觉嵩的人对她是否会无差别地下杀手。

这一点，她已经提醒了萧长卿，给他们传达了她的意思。从他们选择对陛下进行致命一击开始，她就是陛下的儿媳，与他们再无关系。

陛下一定会给这些人制造对她下毒手的机会，她身边能够带的人，陛下都已经摸清楚了，又在皇宫之内，她委实不好现在安排人手，那就只能请虚清大师相护了。

她想到这里，肚子又被踢了一脚，还鼓出一个包，很快又缩了回去。

沈羲和捧着小腹，低声安慰道："莫怕，阿娘不会让你有事，过了此事，就再也无人阻拦你降生了。"

萧钧枢似乎听到了母亲的安抚话语，安静了下来。

祐宁二十三年，十月十七日，祐宁帝昏迷不醒，相国寺大师虚清携众于明政殿做法事。宫中内眷、文武百官尽数到场，一道为国君祈福。

明政殿外旗帜飘扬，兵卫肃立，诵经声伴随着敲击的木鱼声飘在整个大殿上空，文武百官跪在左侧，太后与沈羲和携宗室内的命妇跪在右侧，中间是一百多位僧人在诵经祈福。

不论是否真的虔诚，在肃穆的法坛前，众人都显得神色庄严。

大约过了半个时辰，有内侍高兴地大喊："陛下驾到——"

这声音嘹亮而又充满喜悦，众人侧过头，果然看到仿若拖着病体的祐宁帝被刘三指搀扶着缓缓走来。他披着宽大的轻裘，中间的僧人纷纷让道。

祐宁帝朝着正中央法坛前的虚清大师走去。

百官与命妇们都如释重负，正觉得要拨云见日，这些天的不安与压抑感该退去时，忽然有僧人亮出了明晃晃的长刀，朝着走到正中间的祐宁帝扑了过去。

同时，有几个东西砸在地面上，一阵阵烟雾散开。

墨玉和珍珠第一时间把沈羲和左右护住，命妇与百官都被惊得不轻，不少人惊呼着逃窜。

眼前被白雾笼罩，很快，墨玉就感觉到有杀气迫近。她挽手挥剑，伸手不见五指的浓雾里，刀剑相拼的声音异常刺耳。

看不见，她只能凭着直觉动手。天圆和九章在外围，很快也加入了战斗，只有珍珠还陪在沈羲和的身边。

沈羲和在浓烟之中，只能偶尔看到有身影闪过。

一股浓烟还未散去，另一股浓烟接着起来，浓烟里的气味对沈羲和来说格外冲鼻，她却仍旧冷静沉着，缓缓地闭上了眼。

通过四周气息的浮动，她能够大致判断她的人在何处，又被几个人给缠住了。

"墨玉，身后！"

墨玉反手一剑朝身后刺去，果然"扑哧"一声，长剑扎入了皮肉。她拉出长剑，血腥气瞬间弥漫开。

这些人不见得武艺有多高深，但借着烟雾，放轻脚步，屏住呼吸，就能悄无声息地潜伏到沈羲和的身后。这些人绝不是萧觉嵩的，也……不太像是陛下派来的。

看来还有人浑水摸鱼。

沈羲和冷笑了一声："天圆，西南方。"

天圆不敢迟疑，一个侧翻，躲开他自己知道的敌人的偷袭招式，同时一剑刺向以自己为中心的西南方，又一剑杀了一个人。

"九章，上空，西北！"

几个人都不敢离沈羲和太远，因为是来祈福的，每个人能够带的人数有限，能够陪着主子站在这里的人更少。

他们都是陪伴沈羲和许久的人，他们的气息，沈羲和都分得清。袭来的人再悄无声息，气息都会暴露他们的动作，有沈羲和在，兼之他们都身手不俗，在重重迷雾之中，沈羲和身边的人几乎没有受伤。

烟雾渐渐散开，再也没有烟雾补充，沈羲和才看到地下一片狼藉，越来越重的血腥味也开始让她无法做出准确判断。

有人偷袭到了她的身后，沈羲和都没有察觉，还是珍珠先一步动了手。

沈羲和不敢轻举妄动，幸好烟雾散开得很快，只剩下薄如棉絮的一层，墨玉下手更加快狠准了，奈何刺杀之人极多，一时间缠得天圆他们都无暇分身。

"太子妃，跟奴婢走。"刘三指突然纵身而来，将一个逼近沈羲和的刺客给杀了，隔着衣袍，抓住了沈羲和的手腕。

沈羲和没有反抗。这边形势危急，她自然要跟着刘三指离开。很快，她就被刘三指护送到了祐宁帝的身侧，祐宁帝身侧不是谁都能轻易靠近的，除了训练有素的禁卫军，还有武艺奇高的绣衣使。

"可还好？"祐宁帝看到沈羲和后，问道。

"儿无碍。"沈羲和回道。

公媳之间，一片平和。

祐宁帝得到了回答，就将目光投向了混战。
　　沈羲和也看向了其中一个身手最为矫健的人，他虽然蒙着面，但穿戴与其他人略有不同，看着就知道是个二十岁出头的少年郎。
　　沈羲和未曾见过萧觉嵩留下的人，但有一种直觉，这不会是萧觉嵩留下的人，应该是萧长卿另外选择的人。
　　沈羲和虽不懂武艺，却也发现围攻他的两个绣衣使在刻意留手，为的就是让他突出重围。
　　她看得出这人过于年轻，祐宁帝如何能够看不出？
　　他没有寻到他要找的萧觉嵩，一定很失望吧。
　　但他还是没有放弃试探她。很快，在同伙的帮助下，那人避开了两个绣衣使，拖着带血的剑，一路杀掉几个侍卫，足尖一点，长剑朝着祐宁帝刺来。
　　沈羲和在祐宁帝的身旁，却不会挺身而出，替祐宁帝挡剑，但架不住有人撞了她一下！她被推到了祐宁帝的面前，寒铁做的剑在她的瞳孔之中一寸寸地放大。
　　执剑刺来的人也没有任何迟疑，沈羲和同样面不改色，毫无惊惧慌乱的样子。
　　在剑刺入她的身体的前一瞬，有一抹身影快如闪电般袭来，用佛珠套住长剑，将剑缠紧，掌风疾驰而来。执剑的人反应过来，只来得及与虚清双掌相击，整个人就被逼退了。
　　不等虚清追击而上，一抹绯色身影冲了过来，剑锋凌厉，几乎招招致命。
　　沈羲和看着横插一脚的萧长赢，扶着小腹垂眸，但愿萧长卿叮嘱过他的人。
　　她的戏不容许这个人就这么死了。
　　萧长卿自然知道弟弟对沈羲和的心思，沈羲和要去皇陵祭奠，他这个傻弟弟还悄悄地跟在身后护送，故而他也知道陛下很可能会试探沈羲和，对弟弟说过他的计划。
　　萧长赢答应得好好的，当真的看到刚才那一幕时，眼尾都充血了。他现在绷着一根筋，完全不敢深想，若是没有虚清在，那一剑刺入沈羲和的身体里，必然导致一尸两命。
　　一想到这个可能，他恨不得现在就将这个人碎尸万段。
　　"去助烈王！"还是祐宁帝看着也不对劲，吩咐了绣衣使。
　　赵正颢趁势加入了进去。他可是得到了帝王的暗示，要生擒此人，故而招招都在阻拦萧长赢。
　　萧长赢也渐渐冷静下来。他刚一收势，这人竟然见缝插针，虚晃一枪，就从他的旁边风一般刮过，越过了他，又向祐宁帝刺去。
　　这一次，沈羲和已经装作害怕地挪到了安全的位置，刘三指还被沈羲和有意无意地挡了一下。祐宁帝身侧空了，看到这一幕的人都面色大变，以为祐宁帝要被刺杀成功了。

没有想到，祐宁帝自己从袖中滑出一柄剑，对着刺客刺去，而刺客明明可以一剑刺入祐宁帝的身体里，却在最关键的时候停手了。

这是多么诡异的一幕，惊得其他人都反应不过来，瞪大眼睛看着这一幕。

就连做好玉石俱焚准备的祐宁帝都愣住了。

那人被祐宁帝一剑穿腹而过的同时，伸手扯下了自己的面巾，露出了一张俊朗的脸。

沈羲和站在祐宁帝的身后，倒吸一口冷气，下意识地看向萧长卿。

这人，这张脸……至少有六分像祐宁帝！

萧长卿竟然能够在短时间内寻到这么像的人！

看到这张脸，祐宁帝更惊讶了。

被祐宁帝刺伤的人从怀里取出一块玉佩，芍药花栩栩如生，摇晃中光晕淡然。

"你——"祐宁帝手都开始颤抖。

就在这时，被剑刺中的刺客往前一撞，使得剑插入得更深，而他的身体也几乎与祐宁帝的身躯相贴："陛下，九五之尊……在害怕什么？已经杀兄，再杀子又如何？更何况……我亦非陛下第一个杀掉的孩子……不，我应该是第一个，只是没有死成，不是吗？呵呵呵……"

他的声音极低，即便是距离祐宁帝极近的沈羲和也听不清他在说什么。

没有人敢上前，因为他们都看得出，陛下无心拔剑再补一剑。

刺客倒在祐宁帝的怀里，靠在祐宁帝的肩膀上："陛下，好奇……谁将我……我养大的吗？喀喀喀……就是你想见之人……不过，不过他已经逝世……他死……死而无憾，只因陛下……很快就会与他相见……"

喘息了好一会儿，他才极其艰难地说出了最后一句话："陛下，香墨可好用？"

他看着祐宁帝，直到死都看着祐宁帝。

沈羲和若非知晓全部真相，都要相信这真的是皇后那个被换出去的皇子了。

他怎么做到如此逼真的？这人竟然拥有这样的气度与举措，还这样大义凛然地赴死。

祐宁帝僵着身体，抱着死去的刺客，手里捏着染血的玉佩，没有人知晓帝王在想什么。大概是首脑已死，其他刺客纷纷弃械自尽，他们的嘴里都有毒囊。

至于那一批在迷雾中浑水摸鱼的刺客，基本已经死在了禁军和其他人的手中。

弥漫的血腥味之中，气氛死寂。

不知过了多久，也许只是一瞬，也许有一炷香的时间，也许更久，祐宁帝张嘴吐出一口鲜血后，昏厥了过去，才打破了这令人窒息的氛围。

刘三指着人慌慌张张地抬着真的昏迷过去的祐宁帝回了明政殿。

沈璎婼朝着沈羲和奔过来,看到沈羲和面色还好,也没有露出痛苦之色,才舒了一口气,转身随着侍卫离去。

"皇嫂……可要传御医?"萧长赢没有与萧长卿和萧长庚一起跟着追去明政殿。

沈羲和对着他面无表情地摇了摇头。一切都在她的预料之中,她怎么会受到惊吓?

不过她还是装作无力地昏厥在珍珠的怀里,由着他们把她带回东宫。即便再冷静沉着,她怀着身孕,可以一时反应不过来,等到反应过来,心有余悸之下,昏厥也合乎情理。

她这一昏,也不用请太医了,太医全部都去了明政殿。祐宁帝这一次可不是装昏,不过东宫有医官,这是众所周知之事。

约莫一个时辰后,才断断续续有人来看她,包括太医署的人也被太后派来了,祐宁帝那边大概稳住了。

就连萧长卿三兄弟也一块儿来探望她。

"你赌赢了。"萧长卿这一刻才放下心来。

沈羲和这一次真的太过冒险,先皇后肯定生了孩子,但孩子是不是男孩谁能确定呢?若只是为了方便萧华雍顶替,对外宣称是男孩,实则是位公主,他们岂不是仍旧自投罗网,全盘暴露?

祐宁帝已经醒来,只是迟迟不语。祐宁帝的反应,还有那一口鲜血,都说明当日皇后的确生了一个皇子,而这个皇子还被祐宁帝寻人灭口了,祐宁帝甚至灭了去灭口的人。

"殿下是从何处寻来这么一个人的?"沈羲和好奇地问。

"很早以前就养在我的身边,原来是个乞儿,我只是看了他的模样,才决定养着。"萧长卿也不清楚自己当初是什么心思,就是觉得这个孩子的眉目与陛下相似。

他是自己养的死士,武艺也算是最出众的。死士本就时刻准备为主子牺牲,至于其他的,就是临时抱佛脚教导的,他跟在萧长赢身边数年,学了几分气度,应付这个场面足矣。

"现在可否告诉我,你为何执意走这步棋?"萧长卿不觉得她仅仅是为了让陛下郁结于心。

尽管她这样做,的确更能让陛下耿耿于怀。

沈羲和垂眸:"绝了陛下开棺之心。"

祐宁帝一定怀疑萧华雍了。若是按照原计划,祐宁帝未必不会猜疑,因为他一旦怀疑萧华雍是一切事件的主谋,就会笃定萧华雍知晓自己的身世。

他站在帝王的角度,不会相信萧华雍为了沈羲和可以放下帝位,这也是最初祐宁帝没有怀疑萧华雍假死的缘由。

故而，在祐宁帝看来，萧华雍倘若是主谋，是假死，那一定会卷土重来。既然萧华雍不能以皇太子的身份回来，又会以什么身份夺得帝位呢？他只能是以谦王之子的身份。

现在，沈羲和就把真正知道身世之谜的人送到祐宁帝的面前，他才会相信一切与萧华雍无关，都是萧觉嵩和这个真儿子对他的报复行为。

萧长卿并未想到这一点，难怪沈羲和如此迫切，不惜冒这么大的险布这样一个局。

"太子妃心细如发。"萧长卿真切地赞叹，旋即却说道，"即便陛下信以为真，亦不能完全打消对太子殿下知晓身世与否的疑虑。"

秋风卷起枯叶，分明有几分颓败气象，而她碎发飘动的脸庞上，笑容却似春日暖阳，明媚无双，她说："陛下定不会想将这个刺客草草安葬……"

这个孩子和萧长旻他们不一样，萧长旻等人或多或少都有谋逆篡位的心思，这是自己作死，祐宁帝没有愧疚感。

可这个孩子让祐宁帝感到愧疚。祐宁帝杀了他，能吐出那一口血，就能想到其心中有多沉痛。哪怕只是为了让自己心里好过一点儿，祐宁帝也会厚葬这个孩子。

他如何厚葬？有现成的理由。

今日之事，祐宁帝必不可少地要给群臣一个解释，他的失态模样众人都看在眼里。

最能两全其美的解释，便是对外宣称这是谦王之子，当年被萧觉嵩掠走，正好当年他杀兄夺位不就说是萧觉嵩派人袭击的吗？如此还能佐证当年之事，为他遮盖真相。

如今这个孩子被萧觉嵩教唆蒙蔽，才会来刺杀他。

这毕竟是皇兄唯一的骨血，又是他照顾不力，才被贼人乘虚而入，他必然要将这孩子风光大葬。

这样既能解释他当时的异常反应，又能弥补一些愧疚感，让孩子认祖归宗，还能绝了日后再冒出个谦王之子的后患，一举数得。

沈羲和都为祐宁帝想好了，也深信祐宁帝一定会如此做。

一旦祐宁帝如此下定论，那么太子是否诈死就不重要了——他是真的回不来了。

萧长卿不知该说什么，沈羲和不愧是萧华雍的女人。

"经此一事，陛下不会再为难我。"沈羲和没有看萧长卿，将手轻轻地搭上小腹，"他亲手杀了他真正的第七子，而我腹中的这个孩子，名义上是他亏欠得更深的第七子的血脉，实际上是他兄长的血脉。"

萧华雍是谦王的骨血，萧钧枢传承的是这一支血脉。他的存在将会是陛下的救赎。

萧长卿瞳孔放大。他自问心思深沉，可眼前这个看似脆弱的女人，其心机才令他毛骨悚然。

翌日，久病未上朝的祐宁帝，强撑着上了朝。

文武大臣心思各异，对昨日的刺客猜测纷纷。

陛下的反应，随后他命人将刺客的尸身妥善处理的态度，在他们的心里留下了无数个问号。

坐在龙椅上的祐宁帝，容色有些憔悴，但目光依然威严。他扫了一圈之后，徐徐开口："昨日刺客，乃皇兄之子。"

萧长卿轻轻闭眼，几不可察地长舒了一口气。

尽管昨日陛下的种种表现，足以支撑他深信沈羲和的猜测是对的，可这一刻才是真正的尘埃落定。

陛下的话令萧长卿如释重负，在文武百官之中却掀起了惊涛骇浪。

"这……谦王妃当年不是生下了一位公主吗？"

"是啊，是啊，公主因体弱，当夜便夭折了。"

"这……这皇子又是怎么回事？"

大臣们顾不得场合，忍不住窃窃私语，实在是陛下这话如平地惊雷，炸得他们的脑子一团糨糊。

是祐宁帝的一声轻咳，才令大臣们都噤了声。

"当年……"祐宁帝深吸一口气，"皇嫂与皇后先后产子，皆为男婴。是朕看顾不力，致使皇兄之子被逆贼萧觉嵩掳走，此事干系重大，朕只得对外宣称皇嫂生下一女。"

萧长卿低下头，嘴角微微上扬，露出一丝讥讽的笑容。

不过陛下这个说法，大臣们很容易接受。

当时的时局的确太复杂，谦王兵临城下，跟随的部将大部分是心腹，若是知晓谦王唯一的血脉被掳走，一定会穷尽全力去追寻，甚至不会轻易认可陛下登基。

一半人或许是真的只认谦王，还有一半也是私心作祟，幼主肯定比稳重的陛下更好操控。

至于应对宦臣，他们可没有那么长远的目光，只想着自己眼下的利益。

"陛下，既是谦王之子，陛下要如何处置？"宗正寺卿出列询问。

他们已经没有资格在这件事情上谏言，这件事实在是牵连甚深。虽然是刺客，可他是幼年时被掳走，被萧觉嵩教养出了对陛下的满腔仇恨。且昨日他明明有机会重伤甚至取陛下的性命，却仍旧收了手，这又该如何定论？

"人已逝，终究是朕亏欠于他，着礼部与宗正寺持丧，比照皇子大殓仪制。"祐宁帝声音不重，语气却不容置疑。

百官们互相看了看，纷纷躬身："陛下圣明。"

一切都在沈羲和的预料之中。

那么接下来，陛下也的确不可能再对沈羲和腹中的骨肉下手，但也不可能让沈羲和的孩子成为皇位的继承人。沈岳山位高权重，幼主登基，历来就是外戚专权的祸根。

"阿兄，她是如何断定当年谦王妃生下了一子？"萧长赢跟着萧长卿回了信王府，实在是忍不住，问道。

萧长卿与沈羲和密谋，没有带上萧长赢，但萧长赢习惯缠着兄长，萧长卿没有再娶，家中无女眷，他也不用避嫌，自己大婚后更不想回去了。

很多事情，萧长卿没有避讳他，萧长赢也知道昨日的人是萧长卿安排的。那人毕竟是萧长卿的死士，萧长赢还见过他一面，对其记忆深刻是因为他的容貌。

当年谦王妃产女是确定之事，沈羲和竟然把它推翻了！

萧长卿看着弟弟，他的弟弟大概仍旧以为陛下昨日失态，是因为杀了皇兄唯一的子嗣。

"我亦不知她是如何断定的。"萧长卿微微一笑。

萧长赢难以置信："阿兄……"

震惊、后怕、庆幸，这些复杂的情绪交织在萧长赢的脸上，使得他久久失语，半晌，他才憋出一句话："阿兄，你疯了？！"

这太疯狂了，根本不像他的兄长。

毫无证据，阿兄就敢这样贸然行事，这是提着脑袋在兵行险着。

萧长卿拍了拍萧长赢的肩膀："这不是赢了吗？"

关于萧华雍是谦王之子的事情，萧长卿没打算告诉弟弟。不是不信任萧长赢，而是事情过于复杂，也过于丑陋，他对这个皇家已经失去了全部希冀，何必再让弟弟也知晓这个残酷的事实呢？

让他知道，他的父亲为了至尊之位，杀兄弃子？

萧长赢生性耿直，疾恶如仇，若是知晓这些事，日后面对陛下，少不得会露出些端倪。

东宫，沈羲和披着轻裘，站在平仲树下。

金黄的颜色之中有一抹轻盈的素白身影。

萧瑟的风吹动着堆在颈处的绒毛，拂向她素雅的脸。

"殿下，您赢了，为何不见喜色？"珍珠不明白。

她们一直在等明政殿的消息，传来的消息都在沈羲和的预料之中，可沈羲和听了之后，神色十分平淡。

沈羲和是个冷静自持的人，极少会有大喜大悲的表情，也不会因为获胜而沾沾自喜，但也不会似这般，让人感觉心事重重，好似败了一般眉目凝重。

"其实……"沈羲和望着四处飘飞的平仲叶，"我宁可这一局败了。"

她败了，不过是一场硬仗，赢了也有一场硬仗，可有些事情的真相太过不堪。

珍珠不解，看向天圆，天圆也错愕，碧玉几个人俱是一脸茫然的表情。

珍珠还欲问，沈羲和却先开口："香墨之事，可处理妥当？"

香墨现在算是过了明路，萧长卿安排的人临死前把它指出来，祐宁帝一定会相信这是他与萧觉嵩对自己的报复，但主谋有了，香墨是如何流入宫中的，还得彻查。

这可是真正害了祐宁帝性命之物，只要是涉嫌之人，只怕都要付出代价。

"殿下，信王殿下将此事揽过去了。"珍珠回禀。

宫中流入这等害人之物，还令祐宁帝着了道，祐宁帝定会下狠手彻查。沈羲和掌握了宫权，哪怕摘得再干净，都有个治宫不力之罪。不过她现在有腹中骨肉这块护身符，祐宁帝只需要查清没有她推波助澜的痕迹，甚至找到她也不知情的证据，心里再不舒服，也不会对她发作。

沈羲和闻言，便知道了萧长卿的用意，一时之间不知该说什么。半晌之后，她才说道："替我谢过信王，我承他这份人情。"

萧长卿接手此事，无疑是要把香墨流入宫中的时间往前推，推到荣贵妃执掌宫权之时。

"殿下，信王为何要这么做？"碧玉忍不住问。

她是沈羲和的人，自然心向沈羲和，觉得萧长卿为了沈羲和而诬陷自己的生母，有些不合常理，担心这是萧长卿暗中给沈羲和埋下的祸端。

尽管萧长卿与沈羲和现在是合作关系，可天家联手，面对着九五之尊的诱惑，沈羲和又岂能不多留个心眼儿？

沈羲和对碧玉笑了笑："信王这么做，不是为了我。"

萧长卿与她没有什么情分，只不过眼下两个人没有冲突，甚至敌人一致，这才暂时联手。

他这么做，是因为厌烦了祐宁帝用生母牵制他。先前祐宁帝明明已经借助沈羲和发难，把荣贵妃贬了下去，但后来又以他立功为由，把荣贵妃提了上来，以此来警告他。

眼见祐宁帝日薄西山，在这样关键的时候，他可不想让自己的母亲扯后腿。

他借香墨之事，让祐宁帝查到香墨是在荣贵妃执掌宫权之时流入，尽管荣贵妃不知情，但这个未尽职责的失察之罪还是跑不了，祐宁帝因此而遭了大罪，余下的时间都无力回天，心中积郁，只怕也不想再见荣贵妃。

赐死是不可能的，沈羲和有腹中骨肉，荣贵妃有两子一女，且失察也罪不至死。

然而，沈羲和没想到，几日后，祐宁帝竟然下旨令萧长卿将荣贵妃带出宫，接到信王府上供养。

本朝有规定，皇帝驾崩，有子嫔妃，则由其子接到王宅上奉养，无子则要被送到寺庙里去修行，但从未有过皇帝还活着，就把嫔妃送到儿子府上去养的道理。

这是对荣贵妃的莫大羞辱。

"陛下这是不打算传位给信王殿下了？"珍珠第一反应是这个。

毕竟只有皇子亲王养太妃的，哪有皇帝和生母住在外面的道理？

"恐怕不止你这么想。"沈羲和手里做着针线活儿，做的是孩子的小衣裳。

"难道不是？"珍珠问。

沈羲和的手顿了顿，她仔细想了想，却没有给出确切的答案："我亦不知陛下是想借此迷惑众人，最后传位于信王，还是借此试探我与燕王，看我们是否会动手。"

祐宁帝没有立储，也不会再立储，到底是把皇位传给萧长卿、萧长赢还是萧长庚，抑或是是萧长鸿，沈羲和都猜不准，总而言之，不会是她腹中的这个孩子。

现在这盘棋，大势在她的手上，她不着急。随便祐宁帝要传位于谁，她也不在乎萧长卿与萧长庚最后是否真的会动摇。她现在闭门不出，一心待产。

含章殿内，得到消息的荣贵妃整个人都像失了魂一样，水袖一拂，将梳妆台上的东西全部扫落，仍旧不解气，看到什么东西就砸什么。

"真是我的好儿子，可真是我的儿子！"

皇帝要处置荣贵妃，她自然也是明明白白。她不信是她的疏漏，不信那诡异的香墨是她执掌宫权之时流入宫内的。她虽然不是事事亲力亲为，却也信得过当初自己身边的女官。

只是这些女官，在上次她败给沈羲和的时候，都被清理了。

她虽然失去了心腹，但执掌宫权这么多年，总有一点儿属于自己的隐藏势力。萧长卿做得隐蔽，陛下也没有查出些什么，她却摸到了一些若有似无的痕迹。萧长卿看似在为她遮掩，却更像是迫不及待地为她定罪！

什么为她灭口，为她销毁证据？

她明明是清白的，萧长卿这么一做，不就显得是做贼心虚吗？！

"他恨我，我当初就不该养他！"荣贵妃目眦欲裂。

"贵妃慎言！"谨慎的心腹女官面色一变，小声提醒。

"怕什么？我都是要被贬出宫被儿子奉养的罪人了，还怕什么？！"荣贵妃不但没有压低声音，反而拔高了嗓门怒喝，"早知有九郎，我何须将他抱养来？"

"你说，他是不是知道了我不是他的亲娘，知道他生母为我所杀，知道我把他抱来，就是为了替九郎遮风挡雨……"

萧长卿立在屋外的一侧转角处，听着荣贵妃慌张而又透着点儿癫狂之意的话，整个人僵在原地。

荣贵妃断断续续的话,让他拼凑出了自己的身世。

他竟然不是荣贵妃的亲生儿子。自他们还是稚童起,荣贵妃就对他严苛,对萧长赢与平陵偏宠。她总是对他说,他是长兄,这宫里杀机重重,他必须聪明、稳重,才能保护她,保护弟弟与妹妹,这是他身为兄长的责任。

原来他只是荣贵妃嫁给陛下后,久未有孕,算计而来的孩子,他的生母甚至是荣贵妃所杀!

荣贵妃养着他,不过是想让他当萧长赢的挡箭牌。

这些年所有针对含章殿的阴谋诡计,基本上都是冲着他来的。

因为他与萧长赢一母同胞,因为他比萧长赢更具有威胁。

人人都觉得要想对付荣贵妃,就得先把他给扳倒。

他从未对此有过怨言,甚至庆幸自己是长子,能够护住弟弟与妹妹。

"阿娘——"

平陵公主焦急地从月亮门直奔过来,并未发现暗处的萧长卿。

她奔入荣贵妃的寝殿,就看到一地狼藉景象,还有状似疯妇的母亲。

"平陵,平陵,他什么都知道了!他什么都知道了!他在报复我!我不能去信王府!我不能去信王府……"受到巨大刺激的荣贵妃一看到平陵公主就将人抱住。

"阿娘,你不要胡思乱想。"平陵公主轻声细语地安抚着,"五兄他不会知晓。他若知晓,陛下不会让阿娘去五兄的府上。"

"不,陛下是故意的。陛下在恼我,恼我办事不力,恼我害了他……"荣贵妃语无伦次,"他一定知道了。他知道我害死了他的亲娘,更怨我当初给顾氏递了药!一定是这样,他恨我,我若去了他的府上,一定会被折磨而死,平陵!"

"阿娘,你冷静冷静,你听儿说……"

萧长卿的脑子里一片空白,他不知自己是如何挪动脚步离开的。

原来不仅荣贵妃知晓一切,就连他一直呵护的妹妹也知晓真相,只有他一个人是彻头彻尾的傻子。

"阿兄!"闻讯赶来的萧长赢,在含章殿的大门口遇上了失魂落魄的萧长卿。

萧长卿停下,木然地看向朝着他大步走来的萧长赢。

他的心很乱,他看着面前意气风发的弟弟。生在皇室,萧长赢是个少有地顺风顺水的皇子,这一生唯一不顺的事,大概就是沈羲和没有嫁给他。

这无忧无虑的生活,大半是他带给萧长赢的。

这一瞬,他不知道萧长赢是否也如平陵一样知道全部真相,如平陵一样面上对他崇敬,背地里只怕耻笑着他的愚蠢。

"阿兄,你怎么了?"萧长赢心里没来由地生出一股恐慌感。

萧长卿从未用这样复杂甚至陌生的目光看过他，这让他感到害怕。

"是不是阿娘说了难听之话？阿兄，对于陛下的责罚，阿娘肯定是一时难以接受才会口不择言，阿兄别与阿娘计较。"

萧长卿只觉得此刻萧长赢说的每一个字都刺耳，"嗡嗡嗡"的声音似细细密密的针扎入他的脑海，令他头疼得像要炸裂开来。

他抬手扶住额头，声音冰寒："走开！"

萧长赢僵在原地。他清楚地看到了萧长卿眼底的杀意与厌恶情绪，宛如寒冬被一盆凉水兜头淋下来，令他整个人都冻住了。

他也好似被瞬间抽走了全部思绪，不知道发生了什么，最亲近的兄长看他好似在看不死不休的仇敌。

等他回过神，萧长卿已经蹒跚着走远了。萧长卿走的时候似乎有些摇摇晃晃，萧长赢想要跟上去，又想到萧长卿方才复杂的眼神，脚似生了根一般迈不动："你们跟上去。"

他只能吩咐人看着萧长卿，自己冲进含章殿。见了阿娘，他总会知道缘由。

萧长卿漫无目的，顺着路，似木偶一般往前走着，察觉到身后有人，停下脚步，冷冷地开口："退下。"

他这会儿不想任何人打扰他，不想听到任何人的声音。

他越走越偏，脑子里全都是往昔的种种画面。

为了这个母亲，他去讨好陛下。

为了这个母亲，他努力做好一个她期待的皇子与长子，舍弃了多少自己的喜好？

因为这个母亲，他才失去至爱。

他知道是青青不想活了，即便母亲不递上那些能调制成毒药的香料，青青也会想其他法子。可除了他信任至深的母亲，其他人他怎能察觉不了？

当青青倒在他的怀里，他眼睁睁地看着她闭上眼睛，看着他的骨肉化作血水流淌一地时，他恨！

他恨不得毁天灭地。

所有参与的人，都被他报复了，包括陛下他都没有放过，唯独他的这个母亲。

他是她生养的孩子。他没有资格去报复她，只能虐待自己。

他处处被陛下掣肘，都是因为他有一个一心向着陛下的生母。

她对他确实不如对萧长赢与平陵细心，却也关怀与疼爱，除却递给青青香料之事以外，从未有半点儿对不起他的地方，他也一直敬重着她。

他知道陛下在她心中的地位，这道旨意会让她崩溃，故而急急赶来，想要安抚她，告诉她，日后在他的王宅里，她会活得比在宫里还自在。

525

他一心做个孝子。这世间，他不敢说他对得起所有人。唯独对母亲，他敢说他身为人子，没有半点儿过错。

原来，他竟然在处处维护一个杀母仇人！

为了这个杀母仇人，他几乎倾尽了一切。

这是多么可笑与荒唐！

忽然，萧长卿胸口一痛，张嘴呕出一口鲜血，身子一软，幸好及时撑住了廊柱才没有栽倒。

不知为何，他的眼前竟然模糊起来，有熟悉的琴音响起，这刻入骨子里的熟悉旋律，令他朦朦胧胧间好似看到了她。

他强行睁了几次眼，好似真的看到了她的身影在缓缓靠近。他想要努力睁开眼，看得更清晰一些，她好似在他的耳边说了什么，他听得不真切，最后终究撑不住一头栽倒。

他再有意识时，是在含章殿内，睁开眼看到的第一个人，就是一脸担忧和焦急之色的萧长赢，旁边站着同样忐忑的平陵。

"阿兄，你醒了？"萧长赢连忙去搀扶萧长卿。

萧长卿由着他搀扶起来："我怎么会在这里？"

"你与阿娘争执，气恼而去，被气晕了过去，幸好侍卫发现得及时。如今天气有些凉，你若是染了风寒，这可如何是好？"萧长赢责备道。

"气晕？"萧长卿满脑子疑问。这几年他修身养性，几乎无人能使他动怒。

他竟然能被气晕过去？

"阿娘说了什么？"萧长卿问。

"你……你不记得了？"萧长赢一惊。

萧长卿仔细去想，有些画面一闪而逝，他却抓不住。

平陵听了，却大喜过望。

"太医令——"萧长赢见状，转身就对外高声喊道。

萧长卿想要抓住他，却已经晚了，太医令就守在外面。

"太医令，你快看看阿兄，他……"

"小王无碍。"萧长卿打断了萧长赢的话。

太医令还是尽职尽责地给萧长卿诊了脉，确定萧长卿的确无碍，这才离开。

"阿兄，你为何不告诉太医令？"萧长赢着急地说。

"告知了他，岂不是宫里人尽知？"萧长卿不想引人猜疑，"我都记得，我是来接阿娘回信王府的，就只是忘了方才与阿娘争执的事，这是我们的家事，不必闹大。"

萧长赢一向听萧长卿的话，他这么说，那就这么着。

"五兄说得对，九兄，你陪着五兄，我去和阿娘一道收拾物什。"平陵保持着镇

526

定，对着他们福身后，迅速去寻荣贵妃。

"阿娘，阿娘！"平陵小心翼翼地奔到惶惶不安的荣贵妃面前，握住她冰冷的手，"五兄不记得了！他不记得方才听到之言。"

"失忆了？"荣贵妃难以置信。

"不是失忆，就是不记得方才我们说的话，他只记得要来接您的事。或许是那些话令五兄承受不住，他这才忘了。"平陵慎重地叮嘱，"阿娘，我观察了五兄的神色，他是真的不记得。阿娘，您随五兄去信王府，切记不可试探。"

萧长卿何其聪明？他突然忘了一点儿东西，肯定会心生疑惑，若是她们试探，一定会引得他猜疑，他很可能三言两语就将事情全部套出来。

"他即便真的忘了，我随他去王府，若哪一日他想起……"荣贵妃简直不敢想那后果。

平陵抿了抿嘴："阿娘，陛下让五兄奉养你，你先随五兄去信王府。九兄的府邸就在隔壁，你可以日后想办法住到九兄的府邸里。只要五兄不说，陛下也不会干预。"

荣贵妃的面色这才缓和了些，但她还是担忧萧长卿哪日记起这件事："平陵，我们要不告诉你九兄吧，阿娘担心哪日他记起这件事，你九兄不设防，会不会……？"

"不行！"平陵断然否决，"五兄在九兄心中可比我与阿娘重要。若九兄知晓此事，一定会偏向五兄，告知九兄就是告知五兄，不用等五兄记起，我们……"

荣贵妃更加悔恨了，也不知方才自己怎么那么愤恨，嘴里根本藏不住话。

现在她只能走一步看一步，只希望萧长卿永远不起此事。

含章殿发生的事情，并没有其他人知道，沈羲和一直闭宫养胎。她现在唯一关注的人就是祐宁帝，出乎她的意料，祐宁帝并没有因为知道自己命不久矣而变得疑神疑鬼或性情大变。

他依然是个勤劳的君王，就好似不知道自己的身子不好，如同往常一般处理着朝政。

沈羲和的诸多防备手段都没有派上用场。

转眼十一月至，京都已经鹅毛大雪飘飞，十一月的第一日，沈羲和迎来了一个好消息——谢韫怀回来了。

"他回来了？"沈羲和迫不及待地追问，"北辰呢？"

天圆低下头："殿下未曾与齐大夫一道归来。"

沈羲和眼中的流光霎时间黯淡，她自嘲地笑了笑："是我奢望了。"

萧华雍哪里会这么快就能回来呢？若是这么容易就治好，他怎么会用这样的方式离开，甚至一度还想过不让她知道他是金蝉脱壳去解毒？可见这毒不好解，他甚至可能有去无回。

"殿下，是否要传齐大夫入宫？"天圆问。

太子殿下虽然没有跟着谢韫怀归来，却是和谢韫怀一道离去的，谢韫怀一定知晓许多太子殿下的事情。

沈羲和却摇了摇头："他或许……是为了自己的事而回来的。"

如果萧华雍托他带了东西，或者带了话，不用沈羲和召见，他都会主动上门。

如果没有，她又何必去为难谢韫怀呢？

她没有忘记，谢家的事情，谢韫怀还没有了结。

"谢国公的幼子，也有四岁了吧。"沈羲和低语了一句。

她知道，谢韫怀一定是为了这件事情回来的。

归来的谢韫怀的确没有求见沈羲和，甚至没有把自己的行踪透露给太多人知晓。他只是回来回敬他的父亲，让多年前布下的局落幕。

这些年，他极少回京都，可谢氏的大部分势力已经暗中投向了他。

"殿下，殿下，大事，大事！"包打听紫玉，哪怕是在宫里，也能够拿到各家大宅里的第一手消息。她急匆匆地跑来寻沈羲和："与齐大夫相关的大事！"

沈羲和肚子越大，整个人便越发慵懒。本来没有听的心思，不过因为紫玉提到谢韫怀，哪怕她心里已经猜到了一些，还是来了点儿精神："说说。"

"昨日几位夫人游园赏梅，竟然捉了奸，是谢国公夫人与先夫之弟。"紫玉说着，满眼精光。

这件事实在是令人瞠目结舌，她听过叔嫂成奸的，没有听说过改嫁的女人与亡夫的弟弟——前叔子成奸的。

两个人被发现的时候正是情浓之际，不着寸缕。

"殿下，您一定猜不着，这后面的事更精彩。"紫玉一脸激动，又想要吊沈羲和的胃口。

瞧她眨着眼睛卖关子，就等着人追问，沈羲和偏不如她之意："奸夫是有，却不是前小叔子。"

紫玉差点儿把眼珠子瞪出来："殿下，您……您可真神。"

沈羲和笑而不语。不是她神，而是她记得谢韫怀与她说过，袁氏有一女是与先夫所生，但瞒着袁家，为了不被夫家知晓，还一直压着这个小叔子的功绩，使得人家迟迟升不上来。

这位小叔子被谢国公打压那么久，还能凭本事冲出重围，定然不是个蠢笨之人，不可能不知道是谁害得他这么惨，恨都恨死袁氏了，又怎么会与袁氏苟且？

"谢国公夫人的奸夫的确另有其人，就是为了摆脱袁氏，才设计袁氏……"

袁氏的这个奸夫，是一个闲散伯爵，早年和谢国公都是袁氏的倾慕者，后来袁氏远嫁，又再嫁谢戬，奸夫本以为此生将抱憾而终，不承想谢戬扛不住族人的压力，终究是纳了妾。袁氏被负，心生怨恨，就与仍旧对她有幻想的男人成了好事，最后有了谢戟现在的幼子。

袁氏的目的是要个孩子，她早就想和这人断了，可这个人尝到了偷欢的滋味，有个孩子作为把柄，袁氏自然断不了。近来，这个人的妻子察觉到了异样，后来抓到了证据。

这个女人也是个狠人，还想要脸，也不想毁了孩子，又咽不下这口气，就逼丈夫设计袁氏，至于为什么是前小叔子，这当然是谢韫怀选好的人。

这个人不仅利欲熏心，发现了袁女郎的事，借此要挟袁氏，几次从袁氏这里获得好处。袁氏为了阻碍他的仕途，可是让谢国公与伯爵两边出力，后来这人更是发现袁氏与伯爵有染，胃口就越发被养大了。

两个人被抓奸，为了表明清白，袁氏那个前小叔子可是什么事都抖出来了，包括伯爵的事，甚至连谢府小公子是伯爵之子的事也抖了出来。

"谢国公当时就气得昏厥过去了，今早一醒来，听闻说话都不利索了。"紫玉说得绘声绘色，不知道的人还以为她全程都在，"现在谢氏族人都避着谢国公，去寻齐大夫，想让他认祖归宗。"

捧在手上的小儿子不是自己的亲儿子，他就只有谢韫怀这么一根独苗了。

袭爵的必须是亲子，过继的子嗣能不能袭爵，还要打点鸿胪寺，还要拉拢三公与宗正寺，最后还得自己在陛下面前有脸面，爵位才能落到过继的子嗣头上。

谢氏族人在意这个爵位，会竭尽全力地逼迫谢戟去求谢韫怀。

"他不会回。"沈羲和淡淡一笑。

谢韫怀很厌恶"谢"这个姓氏，恨谢戟，也恨只图利益的谢氏族人。

当年但凡有一个人能站出来为他的生母说句公道话，他的母亲也不会死得那么不明不白。

不过是因为当年只有谢戟才能给他们带来利益，所以他们根本不在乎谢韫怀母子的死活。

哪知不过十年，他们就要再一次为了利益去求谢韫怀。

然而，沈羲和终究是料错了。

十日后，谢韫怀认祖归宗了。

"你说什么？"沈羲和怀疑自己听错了，看向天圆。

"殿下，齐大夫……谢公子回府了。"天圆回道，"今日谢国公上了请封世子的折子。"

"怎么会？"

他明明厌恶"谢"这个姓氏，又怎么会回来，冠以谢姓？

"谢公子提了三个要求，谢国公都在谢氏族人的胁迫下做到了，谢公子便答应回来，名字已经上了族谱。"

"三个要求？"沈羲和问。

"并未对外宣告，无人得知。"天圆也没有打听到。

只有谢氏的几个当家人在，小辈也不知道这三个要求是什么。

沈羲和没有好气，困惑于谢韫怀为什么回归。以她对谢韫怀的了解，谢韫怀不应该会为任何缘由妥协，成为谢家儿郎。

谢韫怀就是实实在在地回了谢家。十一月二十日，陛下召见了谢韫怀，次日，谢韫怀被封为谢国公世子。

十一月底，谢国公不慎摔倒，据说瘫了，谢韫怀在十二月的第一日，成了谢国公。

他归来短短一个月，就掌控了整个谢氏，或者说，谢氏早就已经被他攥在手里，只是今日结果才浮上水面。

他进宫谢恩，太后也召见了他。既然他到了后宫里，沈羲和也紧随太后召见他，派人备上了一份礼，算是向他道贺。

沈羲和坐在暖阁里，透过微启的窗，远远地看着他广袖带风，稳步行来。

这让她想起了那年在马家庄，他一袭布衣，一瀑青丝，难掩风华，乍然出现。

今日他锦袍玉带，金冠束发，身披白裘，少了当年的一丝洒脱，多了一点儿威仪。

他在门口停了片刻，似乎要将身上的寒气驱散，才解下白裘，迈步入内。

"参见太子妃殿下。"他行礼端正肃穆，谦恭而又有礼。

"免礼。"沈羲和淡然开口道。

谢韫怀站起身，垂眸立着。

一时间，一个人似乎在静等垂训，一个人恍若隔世，暖阁内安静了片刻。

"若谷，你为何要回来？"沈羲和问出了心中疑惑。

"受人之托，忠人之事。"谢韫怀答。

沈羲和凝眸看着他，原来竟然是……

"你不应该回来。"沈羲和有些歉疚，又有些惋惜。

这是个泥沼，是个囚牢，她羡慕曾经遨游四海的齐云怀。

"殿下，臣逍遥半生，已走过千山万水，有些累了。"谢韫怀露出一丝从容的浅笑。

沈羲和静静地看着他，他面不改色，任由她打量。

半响之后，沈羲和才开口道："他……"

只是起了个头，沈羲和便失笑，没有问下去。

他没有话让谢韫怀带给自己，是不想骗自己。

"恭贺若谷，顺利袭爵。"沈羲和说完，天圆就将备好的礼捧了过来。

谢韫怀没有推辞，躬身用双手接过贺礼："多谢殿下赏赐。"

"冬日寒冷，若谷早些归家吧。"沈羲和没有其他的话要说。

既然他是受萧华雍所托回来，那么该安排的事，萧华雍肯定安排好了。

"臣告退。"

谢韫怀捧着贺礼离开了东宫，到了朱雀门上了马车。蹲坐在马车上，闭目养神了片刻，他才掀开车后的帘子，通过铜镜大小的小窗看着越来越远，在扑簌簌飘落的大雪中慢慢变得模糊的皇宫。

他为何要回来呢？

"我本意在山水，遇你方知，山水皆浮云。这一场杀伐之战，你在，故我归。"

现在她需要他，所以他回来了。他日，等能够守护她之人回来了，他也就可以如往日那般走了。

不止一个人曾问他，是否倾心于她。

他从未说过不倾心，亦未曾说过倾心。

他曾以为，那份朦胧的欣赏与赞叹之情，只是因为她的聪慧与才智。

当谢氏族人跪在他的面前求他回去时，他竟然无法按照原来的计划，将那些刻薄与羞辱的话砸在他们的脸上，然后扬长而去。

那些人把勋贵之间的利益与背后盘根错节的权力摆在他的面前，想要诱惑他时，他承认，他被诱惑了。

但他不是为了权势。那一刻，他莫名其妙地就想到了她带着幼子孤军奋战的身影。

萧华雍三五年内是无法归来的，陛下已经撑不过半年，她势必要带着呱呱坠地的孩子登基。

宗室有燕王，朝臣有萧华雍培植的势力，世家这一块有崔晋百。

可勋贵呢？

一个赵正颢，根本不行。

幼主又是一个勾动人的贪欲的信号。

于是他鬼使神差地点了头。应下来之后，他才霍然明白自己的心意。

既然他想她好，那便尽力令她好。

之后沈羲和没有再见过谢韫怀，也没有再见过其他人。她临盆的日子在即，就连陛下与太后那边，她都不再三不五时地去问安。

除夕这一日，宫中设宴，沈羲和挺着圆圆的大肚子出席了。

近来宫中有许多聚会，珍珠等人个个都绷紧了神经，生怕沈羲和出什么意外。

意外倒是没有，就是宴席过半，殿内歌舞升平之时，沈羲和提前发作了。

她发作得突然，来不及回东宫，直接在设宴的紫宸殿产子。

陛下领着文武大臣在外等着。

十月怀胎，一朝分娩，竟然是这般剥肉拆骨之痛，沈羲和几度险些痛到昏厥。

幸好她的身边有珍珠日常给她调养，她在服用完脱骨丹之后身子骨就极佳，胎儿也不大。

太极殿外，苍穹赤红一片，不知何时凝聚成了夺目的颜色，引得人人抬头观望。不正常的颜色使得祐宁帝喊来了太史监观测。

"砰！"

就在这时，一声沉闷的惊雷声响彻天际，所有人都被惊得抖了抖，雷声宛如在耳畔炸响。

旋即，赤色的夜空中，一道紫色的闪电宛如一条游龙，从高空奔腾延伸而来，片刻后又藏入云中。

众人都因为刚刚看到的闪电而露出惊色。

紫宸殿的大门被打开，女官满脸喜色："陛下、太后，太子妃殿下诞下小皇孙！"

方才的异象不期然浮现在众人的脑海之中，人人神色各异。

"紫宸"二字，无论哪一个字都代表着帝王之意。

皇孙于紫宸殿中降生。先帝以前，这里是帝王的宫殿，祐宁帝对先帝有心结，登基以来都以明政殿为寝宫，紫宸殿变为了接待外史或者宫里设宴之地。

太医令预算的沈羲和临盆之日并不是今日，不过妇人产子，实难精准预估时间。

萧钧枢的降生引得所有人心思各异，祐宁帝甚至第一时间将他的生辰八字交给了太史监。太史监的人苦苦推算了三日，却无论如何都是一片模糊，半点儿天机都窥探不到。

"陛下恕罪，臣无能。"太史令战战兢兢地匍匐在祐宁帝的面前。

面上倦怠之色极浓的祐宁帝坐在龙雕靠背椅上，侧身用一手支撑着额头，指尖轻轻地揉按着："为何？"

能够入太史监的人没有几个酒囊饭袋，能力有强弱，却无平庸之辈，太史令更是太史监主官，或许推测偶有不准，却是个有真才实学之人。祐宁帝第一次听到他对自己说，他什么都看不到。

"回禀陛下，"太史令斟酌言辞，却也不敢欺君，"会有如此之象，要么皇孙命运跌宕起伏，遇变则变，要么……"

太史令将头垂得更低了，额头抵在冰凉光洁的地板上，迟迟不语。

祐宁帝有些不耐烦了："要么如何？"

"要么……要么……"太史令咬了咬牙,"要么贵不可言,不容窥探。"

说完,太史令绝望地闭上了眼睛。他知道自己恐怕命不久矣。

等待的时间漫长而又难熬,如钝刀割肉一般折磨人,大殿内只有太史令与陛下两个人,陛下久久未语。

祐宁帝望着窗外。新年伊始,大雪纷飞,灰蒙蒙的苍穹下飘落着散碎的雪,偶尔有寒风吹来,他会轻咳两声,倦怠的眼睛里早就没了往昔的神采。

不知过了多久,太史令的双腿已经失去了知觉,祐宁帝才回过神,挥了挥手:"退下吧,今日之言,朕不许第三人知晓。"

太史令大喜过望,这是说,只要他守口如瓶,就能有一条活路!

皇孙的洗三办得热热闹闹,沈羲和没有出面,太后会时常带着萧长鸿来看望萧钧枢。

萧长鸿也不过是个七八岁的稚童,以往宫里数他最小。现在多了个比他年岁小,辈分也小的孩子,他好似觉得很新奇。

而且这孩子耐心好,萧钧枢只会"咿咿呀呀",他竟好似能够听懂,配合得天衣无缝,叔侄俩遇上,无话不谈,把周遭的人和事都给忘了。

沈羲和就是在萧长鸿与儿子的陪伴之中,安安稳稳地度过了月子。祐宁帝没有在她坐月子期间动手,令她心绪复杂。

相比只有内命妇参加的洗三,满月酒却是祐宁帝亲自下的命令,文武百官皆在。

宫中已经许久没有这样面上喜气洋洋的气氛了。

眼看着宴席要欢欢喜喜地落下帷幕,沈羲和抱着萧钧枢向陛下恭恭敬敬地行了一礼:"陛下,承蒙陛下恩泽,优待于儿,令儿得以于东宫待产。今儿已平安将皇孙带入人世,于太子亦有所交代,实不该再长居东宫,于情于理于法皆不合乎,请陛下允许儿带钧枢离宫。"

沈羲和是否真的想要搬离皇宫,无人可知,但她所言句句在理。以她现在的身份,她实在不应该带着孩子留在东宫里,名不正则言不顺。

周围静了下来,众人面面相觑,无人出声。

沈羲和低眉顺眼,笔直而立。她生了孩子之后,少了一丝往日的清冷气息,看似眉目都柔和了些,骨子里的坚韧与刚毅性子却不容忽视。

祐宁帝刚要张口,喉咙忽然发痒,剧烈地咳嗽起来。

刘三指连忙递上一块绢帕,祐宁帝捂着嘴,一阵一阵的咳嗽声在大殿中宛如擂鼓般敲在不少大臣的心里,令他们惊魂不定。

许久之后,脸都咳得发白的祐宁帝才止住咳嗽,迅速收了帕子,但帕子上的一抹艳红还是在不少人眼底一掠而过。祐宁帝接过刘三指递上的茶盏喝了一口,才似乎顺了一口气："七郎是正统嫡出，自先祖起，嫡庶不分便是祸家祸国之本，钧枢是七郎唯一的骨血，又顺从天意，生于紫宸殿，今日朕便下旨，立太孙。"

祐宁帝此言一出口，众人皆惊，包括沈羲和！

她并不是以退为进，而是对宫中该安排的事都已经安排好了，自觉赖在东宫里早晚旁人也会有话说，尤其是言官。与其等旁人开口，她不若主动提，万万没有想到，陛下竟然当众册封萧钧枢为皇太孙。

萧钧枢成了皇太孙，尚且年幼，自然离不开生母，沈羲和陪着他住在东宫里也是理所当然且名正言顺的。

"着太史监择吉日，六局二十四司协宗正寺与礼部主持太孙册封大典。"祐宁帝不给众人反应时间，直接下令。

这是一个惊雷，炸得所有人的脑子一片空白，哪怕是老谋深算如崔征等人，都摸不清陛下的心思。

陛下明明对沈氏极为忌惮，却偏偏给了萧钧枢名正言顺的身份。

只有心思浅薄的人，才觉得陛下是命不久矣，对强势的沈羲和妥协了。

陶专宪留在最后离开。他身为太子妃的外祖，多留片刻也无人说嘴。等到所有人都离去了，他才满怀担忧地提醒："呦呦，你可要当心。"

"外祖父莫要担忧，呦呦心中有数，陶家切记不偏不倚，勿要掺和进来。"沈羲和也殷切地叮嘱陶专宪。

胜负难料，她虽已做足万全准备，却仍旧不得不防备。陶氏不参与进来，哪怕最后她真的落败，陶氏必受牵连，却也能够保全一族性命。

"呦呦……"

"外祖，一定要听我之言，否则我会分心。"沈羲和坚定地握着陶专宪的手。

陶专宪触及她黑曜石般深不见底的眼瞳，无奈地应下："我知晓该如何行事。"

沈羲和展颜一笑，扶着陶专宪，亲自送他出门。

陶专宪到了东宫门口，忍不住问："陛下此举实属反常，你可参透其用意？"

他跟着祐宁帝这么多年，也算有些了解祐宁帝，却完全摸不准祐宁帝今日之举是为何。

陛下的用意？

沈羲和唇瓣微牵，淡淡的一丝笑容转瞬即逝："外祖父不用担忧，陛下的心思，我有几分推测，定会小心防范。"

第十九章　谈笑间灰飞烟灭

陶专宪见她胸有成竹，明知他心中担忧，仍旧不透露半点儿口风，就知道沈羲和的用意。他张了张嘴，想说的话化作了长长的轻叹声。

若无牵挂，他可以不顾一切地为外孙女冲锋陷阵。但他不是孤家寡人，还有子孙，还有儿媳，儿媳背后还有家族，不能因一己之勇，陷全族人于不利境地。

"外祖父，呦呦不会输。"沈羲和握住陶专宪的手，用了些力，黑曜石般深沉的眼中闪烁着坚毅的光芒。

陶专宪露出笑容，拍了拍她的手，无声地离去。

枫树叶落，雪后冰凝。

春寒料峭的时节，今日是个难得的晴日，熹微的日光透过旧棉絮般厚实的云层洒下，打在枝头的冰凌之上，折射出耀眼的五色光芒。

这一抹色彩在银装素裹的世界之中绽放，汇入沈羲和的眼中，令她清丽的容颜都温柔了些许。

"陛下动手了，有些人也该按捺不住了，时机成熟，该决一胜负了。"她道。

天圆与珍珠肃然对视一眼："诺。"

该安排的事，沈羲和俱已安排好。有些事情她虽不能步步料准，譬如陛下下令册封太孙之事，但这都是些许不能左右大局的小事。

宫中忙碌了起来，大家忙着给萧钧枢准备册封大典，天圆与珍珠也忙了起来，借着册封大典的遮掩，将沈羲和的布局一步步落到实处。

太史监也很快算出了册封大典的日子，是阳春三月，一个万事大吉的好日子。越接近这一日，整个前朝后宫越没有一丝安宁，人人都有自己心里的盘算，都在猜测这一场大典会掀起怎样的惊涛骇浪。有人想要冒险取功，有人则极力明哲保身。

人生百态，在看似平静的日子之下湍流凶猛。

"殿下，余桑宁不见了。"

这一日，春回大地，沈羲和正在修剪平仲叶盆景的枝叶，碧玉匆忙前来禀报。

她的话没有令沈羲和出现半点儿反应，沈羲和好似不曾听到，碧玉却知道太子妃殿下听到了，只是太子妃殿下早就猜到会有这么一日，因而才反应平平。

沈羲和放下剪子，用指尖拨动着枝叶，似乎在寻找可有横生的枝节："第一封信给谭氏。"

"谭氏？"碧玉一时间竟然未反应过来。

沈羲和转眸看着她："巽王妃身边的谭氏。"

碧玉这才恍然大悟，有些懊恼，自己竟然还需要太子妃提醒才想起："殿下要传何话？"

"我娘之恩，她已偿尽。"

只有八个字，碧玉不明白，明明说着余桑宁的事情，沈羲和为何扯到了谭氏身上。但她不敢多问，遵从沈羲和的吩咐，迅速去准备。

"呦呦万福，鹿鸣念兹！"

百岁扯着嗓子，忽然喊了起来，沈羲和忍不住逗弄它。她曾是个特别喜静之人，自打萧华雍离开之后，倒喜欢起百岁来。也不知道它被萧华雍灌输了多少词，它的嘴里总是有新鲜的话蹦出来。

她去逗弄它，它反而不会吐露声音。有时它更是长时间重复着那么几句话，就在她以为它没有新词了时，冷不防又会蹦出一句新的话。

"殿下，陛下今日又咳血了。"随阿喜从外面归来，在风雨长廊下看到沈羲和逗弄百岁，连忙上前禀报。

他是从明政殿归来的。陛下近来频繁咳血，对这件事却从未隐瞒，弄得人心惶惶。陛下似乎也有些着急，无论是随阿喜，还是民间有名望的医师，只要过了太医署设下的关卡，证实有真才实学，都会被请入宫，是否能治好陛下无妨，总能获得十金酬劳。

就这样，陛下把自己命不久矣的事闹得尽人皆知，广传天下。

"依你之见，陛下还有多少时日？"沈羲和问。

"属下不敢断定。"随阿喜压低声音说，"但谢国公给了五日的期限。"

现在的谢国公是谢韫怀，陛下没有放过谢韫怀的另一重身份。而且比对其他人，他更欣赏也更信任谢韫怀，几乎每日都召见。

"五日啊……"沈羲和轻轻地笑出声来，"真是个好日子。"

六日后就是萧钧枢的册封大典，祐宁帝要是在五日内驾崩，册封大典就不得不延迟了。太史监果然算了个好日子，没有正式册封，萧钧枢就仍旧不是名正言顺的皇太孙。

翌日起，祐宁帝就称病不上朝了。祐宁帝日渐憔悴的样子，人人看在眼里，他忽然卧榻不起，文武百官无不忧心忡忡。祐宁帝一连三日没上朝，甚至有人传言陛下滴水难进，口不能言，昏时比醒时更多。

眼瞅着还有一日就是太孙的册封大典，这一日，夕阳的最后一缕余晖被吞噬，刚刚关闭的东宫大门被叩响，刘三指亲自前来，态度恭敬："奴婢奉陛下之命，请太子妃殿下去明政殿。"

沈羲和并未就寝。她穿着素雅，皇太子去世尚不满一年，她仍在孝中，青丝如瀑，头上只有些许素雅的白珍珠饰品，鬓边白花犹在。

她带了天圆与红玉一道随刘三指去了明政殿。到了帝王寝宫的门口，红玉与天圆都被刘三指拦下了。

"陛下单独召见太子妃殿下。"

沈羲和微微侧首，给了他们二人一个眼神，就随着刘三指入了内。

寝殿内有浓郁的药香，沈羲和嗅觉敏锐，霎时间被这股味道冲击得有些眩晕。

将房门关上后，刘三指没有退下，亲自将床榻的帐幕撩开来。夜明珠高悬的床榻上静躺着的祐宁帝，此刻看着有点儿回光返照的模样，面色红润，神态平和，目光清明。

"陛下。"沈羲和端端正正地行了礼。

祐宁帝将双眸聚焦，没有看沈羲和，而是看着帐顶："朕自知大限将至，心中却有诸多困惑，你可愿为朕解惑？"

"陛下问话，儿自会知无不言，言无不尽。"沈羲和恭敬地回道。

"今时今日，朕只想听实话。"祐宁帝又说道。

"儿岂敢欺君？"沈羲和说话滴水不漏。

透着锐光的眼珠缓缓地转向床榻边，祐宁帝目光锁住了沈羲和："太子可还在世？"

沈羲和长睫微垂，面不改色："倘若陛下无再立储君之心，这世间便没有太子。"

烛火下，祐宁帝的眼皮轻轻地抖动，他看着沈羲和，眼眸深如寒潭，望不见底，却泛着冷冽的光："他是何时知晓自己的身世的？"

这是笃定的语气，他笃定萧华雍早已知晓自己的身世。

想来这几个月，祐宁帝琢磨了不少事情，有些事情跳出他自己身处的位置，转头来看，其实很容易看到蛛丝马迹。

沈羲和沉默了片刻，没有再回避，而是说道："其实另一个人更适合替我向陛下作答，不是吗？"

"你果然都已经知晓。"祐宁帝眼里露出果然如此的了然之色，"你好大的胆子，算准了朕定会顺着你的布局走?"

"不,陛下御极二十余载,能随谦王一路南征北战,踏上至尊之位,凭的绝非'气运'二字。"沈羲和轻言细语,不疾不徐,"陛下有丘壑,有决断,有魄力,更有帝王之智,儿怎能算准陛下的一言一行?儿能算的也不过是陛下的仁念罢了。"

"仁念?"祐宁帝笑出声来,笑声里染上了晚风拂入的凉意,"朕以为在你眼里,朕不过是个为了权势,不惜杀兄夺位、灭贤臣、忌良将的暴戾之君。"

沈羲和明亮的眼直直地看着祐宁帝,与帝王平静地对视,撇去了尊卑地位,她启唇道:"儿与陛下立在不可共存的权势两端,可在儿心中,陛下无愧为君。"

祐宁帝在沈羲和的心里是个合格的帝王。他不残暴独裁,不荒淫无度,不祸乱朝纲。

"你能如此评价朕,是因为朕尚未将沈氏拿下。"祐宁帝不以为意。

沈羲和微微摇头:"即便沈氏落败,我亦会如此看待陛下,陛下无愧于民,是个难得的明君。"

"明君?"祐宁帝呢喃着这两个字,有些失神。

人人都道他在乎颜面,想要成为不世之君,欲得天下人称颂与赞扬,将帝王的功绩看得极重,可谁又明白,他帝位得来不顺,刚刚登基的那些年,多少能臣良将稍有不满,便会提及他那个文韬武略的兄长,便会想着若是兄长登基,今日绝非这样的局面?

他努力做个好帝王,努力让自己配得上帝位,河清海晏,国泰民安。他将先帝挥霍一空、践踏得摇摇欲坠的江山扶起,所求的不是功绩,不是后世称颂,亦不是万古留名,只是无愧于心罢了。

很多事情,曾经站在迷雾之中的沈羲和也未曾看透。时至今日她既明白了,看向祐宁帝的目光中也多了真挚的敬意:"陛下,当年若是谦王殿下登基,未必会有今日。"

祐宁帝霍然睁大眼睛,死死地盯着沈羲和,眼中的光芒犀利如刃,似乎想要将她穿透:"你说什么?!"

"谦王殿下比陛下更重情义。"沈羲和不闪不避,"当年的功臣大多追随谦王殿下,谦王殿下若登基为皇,必会被恩情、义气羁绊,这不是兴国之本。"

沈岳山曾对沈羲和说过:"陛下是个不能共富贵,只能同患难之人。陛下登基之后,对顾相何等倚重?可宦官刚刚被拔除,还没有几年,顾氏就落得了满门抄斩的下场,这不是凉薄和无情,又是什么?"

沈羲和撇开自己是谦王的儿媳的身份,站在陛下的立场上来看,便觉得陛下并无过错。

与顾氏角逐,与沈氏对垒,都是站在不同的立场上求存,帝王要求存,大族也一样。

双方没有对错之分，只有胜负之果。

这些日子，她去了解过谦王的事迹，不得不承认，谦王是个好兄长，是个好儿子，是个好夫君，更是个好主帅，但谦王那样豪爽、不拘小节、重情重义的伟岸男人，未必能成为一个明君。

尤其是处在祐宁帝这个时局中，不是人人都如顾相与沈岳山一般不恋权势，不为富贵动容。

祐宁帝登基，大刀阔斧地整顿内政，过河拆桥，昔年跟随谦王的那些功臣至多抱怨一两句"命不好，谦王没有登基"。可若是谦王翻脸无情，那么引来的将会是唇亡齿寒的怨恨情绪，这些人会轻易地被势大的宦官拉拢，帝王想要肃清朝廷，将会把战线拉得更远，百姓的苦难日子也会延长。

祐宁帝的目光变得有些恍惚，他看着立在自己面前的女郎，隐隐约约感觉她竟然和一个人重合了——那个少时的玩伴、知己、恩师，后来的臂膀、依靠、能臣。

"你是第二个与朕说此话之人。"

至于第一个是谁，沈羲和没有问，但能够猜到。

这时，沈羲和远远地听到了一声鹰鸣，是海东青的高昂叫声。她垂眼："陛下心中的困惑，很快便能得到解答。"

祐宁帝深深地看了沈羲和一眼，缓缓地闭上了眼。

刘三指接到暗示，立刻扑上前高声痛哭："陛下——"

一声凄厉哀绝的高呼声响彻明政殿，紧接着丧钟响起，匆忙赶来，还没到达明政殿的大臣们都在原地跪下，面露悲戚之色。

"太子妃殿下，这是陛下的遗诏。"刘三指将袖中的遗诏用双手递给沈羲和。

沈羲和尚未伸手去接遗诏，紧闭的大门就被推开，太后带着淑妃等人冲了进来。妃嫔们跪了一地，眼泪都瞬间滚落。

唯有淑妃扑过来，趴在祐宁帝身上大哭，过了好一会儿，才哽咽着转头，悲愤地盯着沈羲和："太子妃，你弑君矫诏！"

"淑妃，这是陛下亲……"

"狗奴婢，亏得陛下待你不薄，你竟然敢与太子妃勾结，谋害陛下！"不等刘三指说完，淑妃挥手，水袖的轻纱飘扬，狠狠一巴掌拍在刘三指的身上。

"弑君矫诏？"沈羲和露出玩味的笑容，目光落在拄着龙头拐杖的太后身上，"祖母也是如此以为？"

"是否矫诏，我一看便知。"太后伸手。

沈羲和却先一步从刘三指的手上一把夺过遗诏。

"太后，此乃陛下遗诏，是否等三公九卿齐至，一并宣读？"沈羲和捏着遗诏说道。

遗诏还被封着，尚未打开过，但沈羲和的从容与自信样子，令人对遗诏的内容有了不少遐想，尤其是之前祐宁帝还亲自下令封萧钧枢为皇太孙。

"遗诏是真是假，自然该由太后裁断，太子妃不敢将其交给太后，是否做贼心虚？！"淑妃厉声质问。

"我不过是要三公九卿一道公证，便成了做贼心虚？"沈羲和看都没有看淑妃一眼，目光始终在太后身上："太后可知，我是何时开始猜到是太后的？"

沈羲和的一句话，令大殿静了静，跪在屏风外的妃嫔们恨不得捂住耳朵，懊悔自己与淑妃一道冲进来，淑妃的目光也闪了闪。

太后依旧面容慈祥，平静地看着沈羲和："何时？"

"太子下葬，余二娘子被卷入其中。"沈羲和目光瘆人，"余二娘子与旁人不同，她才回京都，不过是一个小娘子，即便是我，也是因为几件巧合之事才注意到她。似太后娘娘这等图谋至尊之位的人，又是如何注意到她这种无足轻重之人的？

"我想到那日，我点破了她为太后缝制的香囊，想来那日起，太后便去查了余二娘子。余二娘子踩着阿姊成为昭郡王妃，太后娘娘因此高看她一眼。余大娘子假死之事，太后娘娘一早便知晓。"

"以你的聪慧程度，你不应当知晓得如此之晚。"太后的笑容一如往昔般平和，身为常年礼佛之人，她浑身都透着一股令人亲近的和蔼气息。

"是啊，我不应当知晓得如此之晚，只是为情所误。"沈羲和自嘲地笑了笑，目光一转，落在淑妃身上，"早在她与我分道扬镳之时，我便对太后起了猜疑之心，不过太后是北辰唯一的至亲，是他最信任的人，我也就跟着自欺欺人。"

淑妃或许不是绝顶聪明之人，但也绝不是个愚蠢之人。她当日能够看明白东宫的局势，能够为了得到陛下的怜惜，不惜狠心被吊在荒郊野岭一整夜，足见有多清醒，怎么会轻易就被帝王的宠爱冲昏了头？

陛下对她再偏宠，都不足以迷惑她的心智，但她还是与沈羲和决裂了，既然不是因为陛下，那么这人给她的东西必然超过了沈羲和。

这样的人存在吗？

她不往太后身上去想，自然是不存在的。

可这人若是太后呢？

太后深受太子信任，淑妃只怕觉得他们都是太后手中的棋子。

且太后既然已经在淑妃面前露出了真面目，淑妃若是不从，就没有活路，这一点淑妃心知肚明。

"既然你早就认定是我，余二娘子是你故意放在密道里的？"太后也想明白了一件事。

"余二娘子之事，确实让我进一步认定幕后之人是太后，可我仍旧抱有一丝侥幸心理，想知晓太后的势力到底有多广。"沈羲和也大方承认。

"你现在猜到我有多少能耐了？"太后笑着问。

沈羲和摇头："太后此时能够与我坦诚相待，想来还有我看不到的后手。"

太后眼角的皱纹都染上了愉悦的笑意，她看沈羲和的目光仍旧有长辈对小辈的爱意，不似作假，她说："这世间女子大多愚昧，呦呦却不似她们之流，你真聪慧。"

"太后看不上世间女子，故而将她们用作傀儡，随时可弃。"沈羲和神色平淡，"也包括胭脂案那些被牵扯出来的弱质女流。"

"你果然都知道了。"太后轻叹一声。

"太子有华富海，二殿下以青楼敛财，四殿下盗墓取财，八殿下平乱剿匪夺财。"沈羲和望着太后，"就连陛下也是用国库养人，太后意在天下，如何能不培植势力？钱财从何而来？我便想到，为何太后这些年一直隐于背后，除了等待时机，是否还有别的无可奈何的理由……"

太后笑意不减，看着沈羲和，一副洗耳恭听的模样。

此时，宫外，两军已经开始交战，太后的人大多从密道中拥来，但沈羲和早就派人在密道外截杀，密道口成了厮杀最为惨烈的地方。

四方宫门，守将也已经关上了宫门，萧长卿、萧长赢、萧长庚、谢韫怀各自带人围攻一座城门。宫里是什么情况，他们都不知道。

但他们要求入宫，遭到了拒绝，守城门之人一下子变成了他们感到陌生的人。

宫内依然还算平静，不少侍卫将文武百官给围住了，御史呵斥，侍卫扬剑便将人抹了脖子，武将也霎时按捺下来。他们需要寻一个时机。

这些人口口声声说着奉太子妃之命，营造出了沈羲和要逼宫谋逆的局面。

陶专宪大急，想要反驳，却被崔征给摁住了。

只有明政殿里的人尚且听不到刀剑相拼的厮杀声。

"想来一切都源于胭脂案，韦驸马要那么多钱财做什么？他们已经富贵滔天，刻意将那些女人调教好，送与高官做妾，可不仅仅是图财。"沈羲和仿佛不知道宫外硝烟弥漫，仍旧镇定自若，"胭脂案背后真正的主谋，是太后您！

"只是势大之后，难免出了纰漏，偏偏这个纰漏出现在陛下的眼皮子底下，太后第一时间雷霆大怒，命人彻查此事，谁又能猜到太后才是主谋？

"太后想要快刀斩乱麻。奈何烈王殿下取走了证据，又有太子插手其中，太后不得不忍痛将这么多年的筹谋付之一炬，幸好烈王殿下手中的证据最终只指向了韦驸马。

"这也是太后自胭脂案之后，只能在背地里偷偷摸摸地行事的原因，因为太后的心血已经被粉碎了。"

"没错，一点儿都没错。"太后笑着颔首，"我这么多年培植的势力，眼见着就能将整个朝堂通过内宅控于股掌之间，偏偏被七郎给毁了。"

"恐怕也是在那时，太后才惊觉一直长在太后眼皮子底下的北辰，已然是太后无法再掌控之人。"沈羲和有些心疼萧华雍，他固然没有向太后全部坦承，但也绝无防备之心。她继续道："太后势力受创，又畏惧北辰之势，索性来了一招自毁长城。

"太后放出行宫密道的消息，引北辰上钩，使得汝阳长公主三人渗入北辰的势力。"

沈羲和说着，也目露敬意，太后的心思的确极深。她仗着萧华雍对她的信任与亲近，敢走这样的险棋，甚至这一步险棋还成功了。

"如此想来，卞大家对我下毒，并非梁昭仪指使，而是太后。"

太后没有否认。

"因为玉小蝶这位昔日的康王罗侧妃。"沈羲和什么都想明白了，"旁人不知道胭脂案的名单，我与北辰都见过，太后显然也有一份名册。我放走了玉小蝶，太后便知道康王的下场是我一手布局。

"太后已经探不到北辰的底，就更不愿北辰再娶我这样一个手腕不输儿郎的女子。我的身后还有西北大军，我若产下嫡长孙，有北辰筹谋，有我布局，有西北做后盾，我们将会是太后最大的阻碍。"

太后："事实证明，的确如此。"

"北辰体内的毒，亦是你所下。"沈羲和看似波澜不惊的眼眸里有着压抑的惊涛骇浪，她说，"太子在陛下宫里中毒，人人都以为是北辰替陛下挡了一劫，其实不是，太后的目标就是北辰。"

"你为何如此作想？"太后饶有兴味地问。

沈羲和看着安然地躺在榻上，面色已经变得灰白的祐宁帝："在明白陛下的为人之后，我便知晓太后必须如此。"

"陛下的为人？"太后更有兴趣了。

"陛下的确不如谦王殿下重情义，却绝不是个薄幸之人。"沈羲和其实想了很多，祐宁帝是真的从未猜疑过萧华雍，哪怕几个皇子的事情一件一件地发生。

哪怕那年在行宫试探，萧华雍牵扯出萧觉嵩之后，祐宁帝就真的再未猜疑过吗？

其实是有的，只是萧华雍是谦王唯一的骨血，祐宁帝有时也需要麻痹自己，装聋作哑。只要给他一个看似说得过去的缘由，他就宁可这样自欺欺人下去。

否则他必须直面萧华雍知晓身世的局面，必须亲手杀了萧华雍，杀了他大哥唯一的骨血。

"北辰曾与我说过，在他幼时，陛下待他的确亲于诸位殿下。或许在知晓自己的身世之后，他将一切都看作捧杀，又早早地与太后离开了皇宫，未曾仔细去辨别陛下是否真心……"

任谁在幼年时就知道整日唤作父亲的人才是杀父仇人，都难以做到冷静理智，都会恶意揣测这个仇人的一举一动，这是人之常情。

"陛下一定曾经真心想要培养北辰，甚至属意将帝位传于北辰，以弥补陛下心中对兄长的愧疚之情。太后见此，便知长此以往，你将再无可能谋算帝位。

"只有北辰在陛下的宫里中了毒，太后才能顺理成章地将当年的往事讲给北辰听，激起他心中的仇恨。这毒会折损北辰的寿命，便能打消陛下传位之心，诸子夺嫡的局面才能出现。

"待他们互相残杀，凋零殆尽，就是太后坐收渔利之时。

"女帝六十七岁高寿登基，太后又如何等不得呢？"

"哈哈哈……"太后终于收起了清心寡欲的表情，苍老的笑声仍旧中气十足。保养极好的她，看起来并不比祐宁帝年长多少："七郎都不曾疑心过我，呦呦不愧是连七郎也心动之人。"

"太后当真以为，北辰不曾怀疑过你？"沈羲和冷冷地反问。

"是吗？他何时猜疑过我？"太后似乎很自信。

沈羲和没有立刻回答她，而是说道："萧闻溪是太后之人，太后定然以为她在蜀南王府已经掌控了一切，可我早就已经疑心太后，太后以为萧闻溪当真能稳住蜀南吗？"

"还有吐蕃。"太后瞥了一眼淑妃。

"吐蕃动乱，蜀南王府派兵，萧闻溪与吐蕃王子里应外合。"沈羲和轻轻地扬眉。

"你怎么知道是吐蕃王子？！"淑妃惊了惊。

为何不是吐蕃王？！

"我说过，我已经疑心你们，又岂会坐等你们成事？"沈羲和神色平淡，"萧闻溪还对我的人施展了美人计，沈二十七是我一手提拔的人，我敢让他推骨成为蜀南王，就是疑人不用，用人不疑。太后有懂摄魂之术的人，可惜景王萧长彦便是折在过于信任奇术之上。"

太后与淑妃的面色都有些不好看。

沈羲和推开了窗户，宫内火把攒动，夜空之中偶尔能够见到飞驰的箭矢，刀剑相拼的声音隐约传来。明政殿外仍旧算是清静，只是宫人的身影少见，倒是有些诡异。

"太后的人定然已经把持皇宫，不若让人守着，看一看三更时分，是否会有我西北军的烟火照亮夜空。"

"你如何得知我们今夜起事？！"淑妃更慌了。

"太后选的人，脑子还是欠缺了几分。"沈羲和对淑妃不屑一顾。

"我若能有你这般的智囊在侧，便不用等到今日。"太后倒没有嫌弃淑妃，毕竟这世间能够与沈羲和较量的人太少了，"明日便是册封太孙之日，我不会让陛下再择一位储君。"

所以，她一直按捺着，耗着陛下。即便今夜陛下没有驾崩，她也不能再多等一日。

太后目光一转，看向成竹在胸的沈羲和："蜀南之事，看来是难成了。"

"不止蜀南，"沈羲和也不怕与她摊牌，"还有西北，除了萧闻溪，还有薛瑾乔。"

太后目光一变。

沈羲和看着太后，黑曜石般深沉的眼中渗出丝丝缕缕如石头般的寒意："乔乔被你施了摄魂术，你见暗杀我不成，又不敢太过，怕北辰察觉，只得效仿萧闻溪这一枚棋，化暗为明。乔乔对我的喜爱，是源自你的摄魂术。"

"你如何猜到的？！"如果沈羲和猜到萧华雍中毒，太后只是诧异，那么这会儿沈羲和猜到薛瑾乔，太后就很难维持住冷静了。

"我原本不确定，只是觉得太后心细如发，每一处都不会放任，哪怕西北鞭长莫及，亦不可能放任不管。太后擅用女郎……"沈羲和是很不愿意接受这个结果的，却又不得不承认这个事实，"让我确定这个猜测，是太后命余二娘子去寻了巽王妃。"

沈羲和没有杀余桑宁，一直留着，就是为了确定太后这个隐藏得最深的人。

太后救走了余桑宁，意味着她知晓密道，胭脂案背后的受益人是太后，一则为了借耳旁风把控朝廷大臣的动向，通过内宅渗透文武百官，二则敛财培植势力。

汝阳长公主母子三人都是太后之人，密道是太后授意，由韦驸马透露给萧华雍的。

太后为何要救走余桑宁？余桑宁有一个用处，那就是不引起沈璎嫮的任何怀疑，去告诉沈璎嫮，谭氏是沈羲和的母亲安排的人。

沈璎嫮对谭氏的依赖胜过萧氏，两个人名为主仆，实为母女。

一旦沈璎嫮知晓从她出生时起，谭氏就是陶氏安排过来的，这对沈璎嫮的打击是致命的。

余桑宁再从中挑拨，想要使得沈璎嫮对沈羲和生出恨意并不是难事。

这一年来，沈璎嫮与萧长风出入成双，彼此之间的爱意并非作假。萧长风手里掌握着陛下的神勇军，太后一定从萧华雍这里知道，唆使沈璎嫮可以影响萧长风。

但谭氏的秘密，就连她也是后来被沈云安告知的，太后要如何知晓？

答案不言而喻，沈云安告知了薛瑾乔，薛瑾乔告知了太后。

"好深的心思！"太后早知沈羲和聪颖，亲身领教，还是足够震撼，"看来西北这一枚棋，我也废了。"

沈羲和早有怀疑，定然已经传信给了沈云安。沈云安与薛瑾乔的确恩爱，可沈云安对妹妹的信任无可动摇。他不会再轻易被薛瑾乔欺骗，甚至可能反利用了薛瑾乔。

"太后应当庆幸，你是给乔乔施了摄魂术。"沈羲和眼中透出厉色。

薛瑾乔幼时蒙难，或许无意间碰到了太后，或者太后的人。薛氏家族的嫡女，太后随手施个术，指不定何时就能够用上。

若薛瑾乔似萧闻溪一般，不是被动，而是一直就是敌方的细作，沈羲和一定会令太后为此付出惨痛的代价。

至少薛瑾乔被解了摄魂术，就能忘记自己被控制时的所作所为。她不是真的背叛了沈云安，对沈云安的情意、对沈羲和的喜爱都不是作假，而她被施术的这件事，早在他们认识之前。

大错未曾酿成，沈云安不会在意，反而会更疼惜薛瑾乔，夫妻之间的情分不会有损。

"大言不惭。"太后冷哼了一声，"你以为你胜券在握吗？"

"与太后过招，我怎敢自负？"沈羲和不骄不躁，气定神闲。

"宫里宫外，甚至千里之外，你都步步为营，可想过你的骨肉？"太后意味深长地问。

沈羲和仍旧面不改色："自我产子以后，十五弟便勤来东宫，太后一定以为他是受你之命，前来降低我与钧枢的戒心。"

"难道不是？"太后冷着声音说道。

"先前我与太后说过，太后怎知北辰从未疑心过你？"沈羲和莞尔，提到萧华雍，眉目柔和了下来，"太后想要推十五弟上位，再从十五弟的手中接手帝位，当日淑妃设计要抚养十五弟，最后十五弟的抚养权是北辰亲自交到太后手中的。

"十五弟是北辰放到太后身边的眼线，钧枢与他在一处，甚是安全。"

太后是知道萧长鸿得了手，才会这么坦坦荡荡地与沈羲和爆发冲突，萧长鸿但凡还没有得手，太后都不会与沈羲和这么彻底地撕破脸，将一切都摊开。

"不可能！"

太后拔高的声音掩盖了明政殿外逐渐清晰的拼杀声。

萧华雍怎么可能那时便怀疑她？若这般早，他为何不对沈羲和提及，还需要沈羲和一点点地将她引出来？！

太后质疑的意思，沈羲和都能听懂。她冷漠地开口："太后是他最亲之人，我是他爱之人，他不愿将这样丑陋的权欲之心在我面前揭露。十五弟在太后身侧，我想太子尚未薨逝之前，太后也不曾向十五弟灌输夺君之意，因此在那之前，北辰只是怀疑太后，十五弟是一步防备之棋。

"之后太后暴露，不过是说了一些引诱十五弟的野心之言。太后不会向十五弟袒露任何可用之人，十五弟不过是太后的帝位的垫脚石。

"太后以为十五弟年幼，极好蛊惑，可生在皇家，真正好摆弄的皇子，都活不长。"

有萧长鸿在太后身边，萧华雍不用及早将未曾证实的揣测告知她，是内心仍旧抱着一丝不该有的期许与幻想，追根究底，不过是人对真情的一丝奢望和期盼罢了。

太后若对她不利，萧长鸿会第一时间给她示警。

到最后一刻，萧华雍都未曾亲口吐露对太后的疑心。

从小将他养大之人，让他见过人世最肮脏的一面，他却没有疯狂，没有被仇恨吞噬，大概就是因为太后这一丝从最开始就抱着不纯目的的温情。

"太后，十五殿下不知所终。"跟着萧长鸿的人急匆匆地走到外面禀报。

太后不得不信了沈薏和之言，定定地看了沈薏和好一会儿："我本想要把你留到最后，看来是留不得了。"

太后留沈薏和到最后，自然不是因为欣赏她，而是逼宫的罪名必须由沈薏和担下，太后才能更好地行事。

太后话音一落，守在外面的侍卫纷纷提刀冲了进来，妃嫔们纷纷避让，一个个花容失色。

沈薏和却好似视若无睹，连想要逃避的举动都无。这些人根本没有近她的身，天圆与红玉早在她入殿之后就借机退下，墨玉也在祐宁帝的默许之下潜入了明政殿。

祐宁帝的暗卫都潜伏在寝宫里。

只是眨眼间，几抹身影蹿出，墨玉挡在了沈薏和的面前。

"全诛！"太后下令，语气森然。

沈薏和被护着退后，一圈人将她围在中间。太后带来的人都不是等闲之辈，只怕早就通过密道入宫，潜伏在宫内。

陛下的暗卫没有现身，沈薏和立在厮杀之地，耳畔是妃嫔们尖锐的叫声，偶尔也会有一两滴鲜血飞溅过来。哪怕墨玉再仔细，也阻挡不了血渍在她的臂弯上的薄纱披帛上绽放出一朵朵红梅。

祐宁二十四年，三月十三日，一个载入史册的充满腥风血雨的夜晚。

宫内被太后把持，自打沈薏和一心安胎之后，太后就暂时执掌宫权。她只要避开沈薏和与祐宁帝的人，随意杀死一些其他势力安排的人，再用自己的人代替，是轻而易举之事。

沈薏和在怀疑太后之后，虽然做了安排，却为免打草惊蛇，安排有限。她是想要一举将太后的全部势力引出来，并不想留后患，且这亦不是她一人之事，不是还有陛下吗？

皇城的战火，影响着整个京都的百姓，他们惶惶不安，却又不敢外出，只能蜷缩在家中，等待着天光破晓，便知道这天是因何而变，日后又该由谁来当家做主。

他们不知道的是，远在蜀南的蜀南王府，大门在夜幕降临的一瞬间便被敲响，管事打开门，搀扶起满身鲜血的士兵，士兵似乎只剩下最后一口气："王爷，王爷，剑南节度使求救……"

这人穿着剑南节度使兵府的衣裳，手上亦有剑南节度使的信物。

"吐蕃发难。"

只有吐蕃发起进攻，且出其不意地进攻，才能引得剑南节度使求援到蜀南。沈二十七面露忧色，看向京都的方向，不知在想什么。

萧闻溪无声地走出来，看着沈二十七，目光中溢着情丝："你要驰援？"

沈二十七转头看着她，严肃颔首："人已上门，我若不驰援，朝廷必然会怪罪。"

"吐蕃突然作乱，必有蹊跷，此地与吐蕃相距百里，若有伏击……"萧闻溪担忧，神色中透露着她并不赞同沈二十七去，"已是深夜，这人来与否，不都由你说了算吗？"

殷殷期盼之下是满腹的算计与试探之意，沈二十七面不改色。他是太子妃精心培养出来的人，从推骨的那一日起，太子妃就说过，他或许会成为真正的蜀南王。

要做一个异姓王，挑起蜀地百姓安居乐业的重任，他自然要学习很多很多。在他推骨的那一年之中，太子妃亲自教他何为大将，何为权谋，何为能臣，他怎么能让太子妃失望呢？

沈二十七将手搭上萧闻溪的肩膀："你知道我的身份，吐蕃作乱，不止关乎朝廷，西北亦会受扰，我若不亲自去，如何知晓他们的目的是什么？"

"在你心中，西北终究是最重要的。"萧闻溪苦涩地笑了笑，"那我呢？你可曾想过我？你带兵出城，若有人趁机对王府不利……"

沈二十七目光微凝，握住萧闻溪肩膀的手松了又紧，紧了又松，最终还是叹了一口气，仿佛做出了极大的决定。他取出一块令牌，郑重地递给萧闻溪："这是步家的家主令，步家的暗卫首领仍在蜀南，你用此令便能调动步家暗卫。"

这枚令牌与昔日在山洞里九死一生的步疏林交给沈二十七的那枚极其相似，不同的是，步疏林给沈二十七的是少主令，这一枚则是沈二十七来到蜀南，从蜀南王的遗物之中继承的家主令。

萧闻溪目光微闪，用双手接过令牌，紧紧地握在手里："你一定要平安归来。"

沈二十七笑着颔首："我会平安归来。"

时间紧迫，两个人不再耽误，沈二十七迅速清点亲卫，与亲卫一道打马出城去了大营。他只用了半个时辰，召集了五万人马，全部都是骑兵，快马加鞭地朝着吐蕃与蜀南交界处疾驰而去。

萧闻溪对镜梳妆，望着镜中的自己，神思却不知落在何处。她用泛着光泽的木梳有一下没一下地顺着垂落至胸前的长发。不知过了多久，窗外响起一声鹧鸪的叫声，她顿了顿，垂眸，搁下梳子站起身。

一身黑色罗裙衬得她肤若凝脂，飘逸灵动。

屋子里的下人都被她打发了，武艺高强的侍卫已全被沈二十七带走，几个黑衣人翻身落在她的面前，单膝跪地："王妃。"

"屋内有衣裳，你们换上，潜伏到城门口，听我命令行事。"萧闻溪冷着声音吩咐。

很快，这些人就换好了巡城士兵的衣裳，又悄无声息地从王府里消失。萧闻溪去了寝屋隔壁，温馨小巧的屋舍里，小儿正在酣睡。快一岁的孩子长得白白胖胖，看着很壮实。

守着孩子的奶娘小心翼翼地看着萧闻溪。

萧闻溪只是用指腹轻轻地摸了摸小孩子的脸："收拾行李，带公子离开。"

孩子自然是步疏林的亲儿子。在六个月断了母乳之后，他就被送了回来，一直假装有身孕的萧闻溪也掐着日子对外宣称诞下一子。

这个孩子是对步疏林与崔晋百的最有力的威胁。

她们带着孩子到了侧门，门口有一辆马车，有一匹马，萧闻溪让奶娘带着孩子上了马车，对两个装扮成车夫的下属点了点头。马车先行一步，萧闻溪翻身上马，很快就追上，迅速越过马车，带着马车出了城。

城门外的岔道上，萧闻溪目送马车消失在茫茫夜色之中，掉转马头，朝另外一个方向奔去。

她不知道的是，马车才离开她不到一刻钟，就在郊外被人拦下了。

几个人骑在高头大马上，一人当先，眉目清冷，面容冷峻，夜风拂来，似有雪梅的气息。

车夫一见这架势，立刻勒住马，想要撤离，却已经来不及了。崔晋百一挥手，他身后那些骑在马上的人纵身一跃，手中握着明晃晃的长刀，迅速将马车团团围住。

而萧闻溪一路疾驰，寻到了乍浦等人隐居的村落。看到萧闻溪，乍浦等人都十分惊讶。萧闻溪做出一脸焦急之色，亮出令牌："先生，请随我一道攻城，城门不知被何方敌兵把控，王爷几个时辰前带兵去平乱，如今城中百姓危矣！"

乍浦看着月光下熠熠生辉的令牌，目光闪了闪："王妃稍等，属下这就去召集人手。"

"有劳先生。"萧闻溪捏着缰绳抱拳。

萧闻溪的想法很简单：拿到城门控制权，再暗中杀掉乍浦等人，静待太后派人入城。

乍浦没有拖延，很快就带齐了人，牵着马，随萧闻溪奔向城门。

城门处此时已经有了厮杀的痕迹。

"开城门，我是王妃！"萧闻溪在城门的护城河前勒住马，高声喊道。

她出城门的时候就是用的这枚令牌，现在城门却没有开。

城上戒备森严，守将的脸半边隐在夜色之中，半边在火光之中，让人看不真切，他粗着嗓子回应："适才有人袭城，刺史有命，不可开城门。王妃尚在府中，你是何处宵小，竟敢冒充王妃？！"

"我是陛下钦封的蜀南王妃，有令牌在手，你们这些乱臣贼子，竟敢妖言惑众！"萧闻溪高举手中的令牌。

城楼上的守将置若罔闻，甚至射出一支冷箭，若非乍浦手疾眼快，只怕萧闻溪的马就被射中了。

"先生，我们必须攻城，否则蜀南王府必遭大难，大郎还在府中。"萧闻溪焦急地说道。

乍浦面色严峻，看了看又搭上弓箭随时要对他们下手的城门守将，慎重地道："王妃，我们只有数十人，纵使武艺都不俗，却也极难攻城。"

"先生，王爷离城之前似有察觉异动，不过吐蕃边境情势危急，来不及多做布局。"萧闻溪连忙说道，"王爷除了将令牌交给我，还给我留了一支私兵，我已经发了信号，用不了两刻钟，他们就能赶来。"

"既然如此，我们退离，等待援军。"乍浦提议。

萧闻溪没有异议，一行人退到了城门口的安全地带，随时关注着城门口的一举一动。

约莫两刻钟之后，急促的马蹄声果然由远及近，一群身着紧身黑衣的结实青壮年骑马而来。他们其貌不扬，但眼中都透着冷意，不似寻常儿郎。

乍浦看着这七八百人，目光在他们胯下的马上扫过："王爷给王妃留下的都是精良之人。"

不仅是马，就连人都不是寻常士卒。若这些人真的与军中之人对上，以一敌二，绝不在话下。

"王爷高瞻远瞩，恐怕早就料到城中在他离去后会不安宁。"萧闻溪露出欣慰的笑容，"时辰不早了，先生，我们快攻城，我担忧大郎落入他们手中。"

乍浦颔首，众人再次齐奔向城门口。这一次，城门守将更是严阵以待，看向下方的人，俨然已经当他们是敌人。

"此时开门，我会从轻发落！"萧闻溪高喝一声。

"从轻发落？你是什么身份，有何资格发落朝中郎将？"

一阵讥讽的声音从夜空之中飘来，很多人都熟悉这声音。

萧闻溪身子一震，循声望去，火光明灭间，一抹细长的身影从暗影之中走出。

她穿着一袭翻领袍，但青丝半绾，用青簪固发，素雅的流苏鬓唇与英气的眉齐平。

"你……"萧闻溪看到那张熟悉的脸，顿时脸色苍白，宛如有一只无形的手掐住了她的脖子，令她根本发不出任何声响。

步疏林！她是真正的步疏林！

乍浦其实到现在都不知道步疏林是女儿身，看到这张熟悉的脸、这副陌生的打扮，忍不住高声问道："你是何人？！"

"我？"步疏林抬手拨了拨眉边的坠珠，"我是王爷的双生妹妹。"

这是步疏林早就和崔晋百商量好的说辞，也已经对沈羲和报备过。她是要嫁给崔晋百的，太子不知何时能归，今日他们胜了，太孙未满周岁就要登基，幼主在位，便会引起朝臣的贪欲，崔晋百不可能此时撒手不管。

崔晋百要回京都辅佐幼帝，夫唱妇随，她总不能偷偷摸摸的。而且她与崔晋百还有个孩子必须入崔氏的族谱，那她只能给死去的阿耶多弄出个女儿来。

"胡说八道！王爷何曾有过胞妹？你是何处来的妖孽，易容成了王爷的模样？！"萧闻溪怒斥，转头对着乍浦说道："先生，定然是她蛊惑了城中守将。"

"哈哈哈……"步疏林肆无忌惮地笑了，看着这个与她拜堂成亲的女人，心中感慨万千。

幸好他们遇上的是沈羲和，她自问也有几分聪明，但萧闻溪这么深的心思与伪装，她可真看不透。

刚接到沈羲和的飞鹰传信，看到对方提及对萧闻溪的猜疑时，步疏林甚至在想：沈羲和是否误判了？

实在是萧闻溪自始至终隐藏得太好，从未谋害过他们。她知书达理、善解人意、通透聪颖，一直以来都在帮助他们……

"乍浦，蜀南谁为将？"步疏林忽然开口。

乍浦怔了怔，这是暗语。他立马一挥手，二十几个人散开得极快，霎时围成一个半圆，亮出兵器，对准了萧闻溪和她带来的几百人。

步家暗卫见令牌不认令牌，认的是暗语。萧闻溪面色一变，大概意识到了什么，但始终没有多言，这说明她不知道令牌的暗语。

"先生，你不要听她妖言惑众，王爷离得匆忙，未曾……"

"何必再垂死挣扎？"立在城楼之上的步疏林抬手一挥，城门被放下，城门后早已准备的铁骑霎时踏过护城河上的桥冲了出来，有力的马蹄踩在桥上，"咚咚咚"之声不绝于耳。

步疏林展臂一跃，从城楼上跳下，手中的剑划出一道冷冽的光，正对上萧闻溪带来的人中的首领。

不足一千人，也想控制蜀南王城！

步疏林手起刀落，血液飞溅，把心中的怒意与后怕情绪都尽数发泄了出来。

若非沈羲和早早地识破了她们的计划，当真任由沈二十七带走全部人手，离城驰援，这些人还真的能够轻易将一座城收入囊中。

一柄长刀扫来，步疏林仰身躲避，左边的鬓唇还是被刀尖划落。步疏林眸中厉色一起，下手更加狠辣。

她多想做儿郎打扮！

但是崔石头言之凿凿，若不想暴露她的身份，引人猜疑沈二十七，她日后就不可再女扮男装，穿男装也成，必须似京都女郎一般大大方方地穿翻领袍，但妆容不许遮掩女儿身。

对此，步疏林嗤之以鼻。崔石头就是忌妒她做男儿打扮的时候，在黑水比他更受欢迎。

那些风情万种又如花似玉的女郎，都对英姿飒爽的她痴迷不已。

崔晋百安顿好儿子，从城中赶来时，战况已经逐渐明朗，自己那个闲不住的妻子杀得满脸狰狞而又兴奋……

未至三更，蜀南王城前一片血红，步疏林的衣裳也被鲜血染透，她当即就要扒了衣裳扔掉，一件斗篷披在了她的身上。崔晋百沉着脸："不许当众脱衣！"

"崔石头，你不要欺人太甚！"步疏林不满地叫嚣。

这个男人自以为已经把她绑住，就对她管束得越来越严，早晚她忍无可忍，无须再忍，就……

她就带着儿子离家出走！

崔晋百已经习惯她的张牙舞爪，取出了怀里的竹筒，选了个高地埋入土坑之中，点燃火折子，还未躬身，火折子就被步疏林一把夺走。她冲着他得意地扬了扬眉，亲自点燃。

绚丽的烟火在夜空之中绽放，西北军特有的标志落入下一座城池中等候的人眼里，他当即也点燃了准备已久的烟火。

同样的烟火，从蜀南一路传到京都城外，最后一朵烟火绽放，耀目的光似乎照亮了明政殿，令明政殿的厮杀场景都少了几分血腥之气。

蜀南王府被顺利拿下，沈羲和转头看向同样被人保护着，也看到了这一朵烟火后面色阴冷的太后。

沈羲和眼神依然冷淡，并无得意与喜悦之色："太后，近来可察觉比往日疲乏？"

两个人虽然在两个阵营的保护区里，中间是激烈缠斗的身影，刀剑相拼的声音也十分清脆，但实际相距并不远，太后能够将沈羲和的话听得清清楚楚。

"你……"太后狐疑地审视着沈羲和。

她身边亦有懂毒的高手，沈羲和怎么可能对她下毒？她一日三餐都在宫里的小厨房用。

"太后不但感到疲乏，还喉咙干涩，每日晨起后咳嗽不止，只怕误以为自己染了风寒。"沈羲和面色坦然，"如此症状已持续三月之久。"

太后终于变了脸色。

她甚至没有惊动宫中的太医署。正如沈羲和身边有珍珠与随阿喜一样，她身边也有精通医理之人。沈羲和绝对看不到她的脉案，可说得一个字不差。

要么是沈羲和买通了她身边的人，要么是沈羲和早早地给她下了毒！

"我第一次见太后之时，太后身上的藏香格外怡人。"沈羲和唇边有了点儿笑意，只是这笑意格外地意味深长。

沈羲和制了两种害人的香：一种会使人脏腑衰竭，用在了祐宁帝的身上；一种会使人好似染了风寒，久治不愈，最后咳血而亡，用在了太后的身上。

这两种香不是毒，入了体内也不会留下毒素，即便是最厉害的圣手也难以察觉。

萧华雍走后，沈羲和确定了幕后之人是太后，就没有犹豫过，之后太后用的藏香都是她特制的。至于换香的人，在太后死死盯着她的眼神下，沈羲和朱唇轻启："十五弟。"

太后瞳孔一缩。

那个看似天真，在她面前只会撒泼打滚的小娃娃；那个她费心弄到身侧，作为帝位奠基石，从不曾放在眼里，随时都会舍弃的棋子……

"喀喀喀……"

一股腥甜的味道从绞痛的胸口涌上来，太后张嘴就呕出一口血。

"太后！"太后吐血，她身侧的人大惊。

一时间，太后的人也分了神，墨玉与天圆等人迅速逮到机会，占了上风。

原本旗鼓相当的情势急转直下，太后见状，退到身后的椅子上坐下，捂着心口，仍旧抬着下颔，倨傲地盯着沈羲和："你以为你能赢过我？"

沈羲和目光扫过寝榻，语气仍旧平稳："此时言胜负，为时尚早。"

祐宁帝还没有出招呢。

太后却没有明白沈羲和的意思："大好的局势，还能不矜不伐，能与你争锋一遭，输也无憾。"

嘴上这么说着，太后却并不觉得自己会输。

看着太后的人还在负隅顽抗，估摸着半盏茶工夫内，想要擒住太后也不是易事，沈羲和蓦然开口："太后，我心中一直有个疑惑，普天之下，只怕唯有太后方能解惑。"

　　匀了几口气，太后平复了心绪，胸口也不再那么堵了。她知道她不能动气，否则会再次吐血，防备地看着沈羲和："你要问什么？"

　　"北辰之父，如何而亡？"

　　沈羲和问出这句话后，除了还在缠斗之人，所有人都看向太后，包括刘三指。

　　太后没有想到沈羲和会问这个问题，愣怔了片刻，眼睛飞快地眨了几下："你觉得呢？"

　　"太后告知北辰，是陛下为了皇位而杀兄，曾经我从未怀疑过。"

　　她是何时开始怀疑的呢？是她开始欣赏祐宁帝时，尤其是祐宁帝在得知自己命不久矣，却从未传出过斩杀太医的消息开始。

　　他真的是个理智的帝王，不曾将自己的情绪，借用权势，随意地撒在无辜之人身上。

　　古往今来，多少少时明君，不愿面对年迈的自己，猜忌妻儿、能臣？

　　譬如汉室丰功伟绩的汉武大帝。

　　但祐宁帝没有。能够做到这一点，祐宁帝无论如何都是个仁义之君。

　　也是因此，沈羲和才敢推测，其实祐宁帝不是没有怀疑过萧华雍，也不是什么都不知道，只是一直自欺欺人，不愿意去面对心中早已有了定论的真相。

　　他不想杀萧华雍。

　　这样的祐宁帝，当真是个为了帝位杀兄长之人？

　　沈羲和不相信。祐宁帝或许不如谦王重情义，但也是个有情义之人，反观太后……

　　对上沈羲和看似质疑，实则定罪的眼神，太后没有反驳："如你所想。"

　　果然如此！

　　"太后对陛下施了术。"

　　这是一个多么丧心病狂的人！为了权势，她对幼子施术，让幼子亲手杀了长子！

　　祐宁帝为此愧疚了一辈子！

　　他的确渴望权势，向往帝位，但没有狠辣绝情到泯灭人性，杀了一直如父亲一般护着他长大的兄长的地步。

　　"怎么？觉得我心狠？"太后冷笑，"他们身上，可不只有我的血！还有那个我恨不得锉骨扬灰之人的血！"

　　她一族都为枕边人所灭！名门贵女，母仪天下，她被贬至西北，做过最下贱的活儿！

　　她对萧氏皇族血脉的恨意，无人能及！

权势只有掌握在自己手中，她才能随心所欲。

丈夫、儿子都不可靠！

她本是盛开在枝头的牡丹，却被碾成了泥，被践踏到了尘埃里。

幼时她有两情相悦的表兄，爹娘与舅父母都乐见其成，她原本没有攀龙附凤的心思。

是先帝！先帝看上了一个低贱的奴婢，自知迎娶无望，便精挑细选了一个素有贤德之名的名门淑女。先帝为了一己之私，也不问她是否愿意，一纸诏书，她就成了后宫之主，人人艳羡。

天家青睐，帝王之命，她岂敢违抗？

她不得不与心爱之人斩断情丝。她想着，她身为子女，家族给予她富贵与学识，爹娘给她关怀与温情，她总要回报一二。从入宫时起，她就努力做个大度、贤良、恭顺的皇后。

她不求与先帝举案齐眉，也不在意先帝是否宠爱她。只要先帝给了她足够的体面，她就能好好地为先帝打理后宫，为家族增辉。

可惜先帝出尔反尔，明明说请她照拂他的心爱之人，请她将他的心爱之人扶上位——那个贱婢能够成为贵妃，她出了多少力？初时，先帝也的确回报了她，她有两个嫡子，她的父兄也受到重用，家族也因她而渐渐显赫。

阿爹曾经忧心忡忡地对她说："盛极必衰。"

一心认为先帝是个重诺守信的君子，感念先帝情深义重的她，从未怀疑过先帝。她的无知与天真害惨了她的亲人，九族被屠，都是她的罪孽！

从先帝一夕间翻脸无情之后，她就痛恨关于先帝的一切，包括她的两个孩子！

他们的眉宇间都有先帝的影子，她不喜欢看到他们，看久了就会忍不住动杀心！

"您真可怕！"沈羲和看着魔怔一般癫狂、眼睛充血的太后，说道。

"我可怕？"太后"呵呵"地笑着，笑得讽刺而又怪异，"我的可怕都是他们摧肝挖心折磨出来的。似你这般风雨不侵、安乐长大、未经坎坷、未受折磨之人，如何能明白？"

此言无从反驳，沈羲和便不再开口。

而此时大殿内，太后带着冲入殿内的人全部伏诛，墨玉的剑也架在了太后的脖子上。

太后仍旧端坐着，仪态万千。她笑着看向沈羲和："你可敢杀了我？"

"我不会杀你。"沈羲和淡然作答，也轮不到她来杀。

"哈哈哈，丫头，你若现在不杀我，稍后可要后悔了。"太后别有深意地笑道。

"看来太后还有后招。"沈羲和对城府极深的太后有些提防。

太后却笑了笑，没有说话，反而好似看不见墨玉架在她的脖子上的剑，侧身端起一旁高几上的茶碗，以杯盖拂了拂茶汤，低头品茗。

明政殿内诡异地安静，外面越来越声势浩大的厮杀声也越发清晰可闻。

太后这些年经营不少，若非在盛极一时之时不慎走漏风声，因胭脂案而导致势力几乎被萧华雍连根拔起，等到今时今日，他们再与太后对上，只怕难有胜算。

宫内的人被太后换了大半，五城兵马司、金吾卫都有太后的势力渗透，宫内被紧紧地包围，听到丧钟赶来的萧长卿等人，耗费了一个时辰才堪堪将宫门打开，死伤也极其惨烈。

萧长卿第一个冲破城门，从朱雀门带着大军一路冲进去，杀了不少人，与从东宫杀出来的地方会合。地方上前道："信王殿下，太子妃殿下在明政殿里，先一步入宫的诸公都在明政殿外被挟持。"

这时，一阵大风拂来，不知何处有清脆的铃铛声传来，萧长卿顿时一阵头疼。忽然有一些乱七八糟的声音在他的脑海里一浪浪地掀起，似有无数人在他的身边争执，令他面容扭曲。

"信王殿下，您……"

地方感觉到萧长卿不对劲，立马上前关切，岂料萧长卿突然目光一定，眼中充满浓烈的杀意，将手中染血的长剑朝着地方挥去。

地方感觉到杀意，想要闪躲已经来不及了，萧长卿的招式过于迅猛，地方的一只胳膊从腋下被整齐地砍断。

这一幕恰好落在冲破宫门落后一步赶来的萧长赢眼里，他震惊不已："阿兄——"

他的身体反应比大脑快，他迅速抽出一支箭，射向萧长卿扬起的长剑，才给了地方在萧长卿的连番攻击下逃开的机会。

地方带来的人也已经与萧长卿的人交起了手，萧长赢疾驰而来，到了萧长卿的面前："阿兄，你在……"

萧长赢的话，在触及萧长卿的目光之后戛然而止。

这样充满仇恨与冷漠的眼神，萧长赢见到过——接阿娘出宫的那日，在阿娘的寝宫外，阿兄就用这样的眼神看着他。萧长赢一时手脚冰凉，僵在原地。

萧长卿却已经举剑朝着他刺来，一股巨大的力量将萧长赢拉开，冰凉的剑还是擦过了他的胳膊，他的胳膊顿时皮开肉绽，鲜血流淌。

"王爷，信王殿下不对劲！"

尤汶珺的声音在萧长赢的耳畔响起，萧长赢侧首看到一身小将打扮的尤汶珺："你怎么跟来了？！"

"是阿娘让我跟来的。"尤汶珺垂眸。

萧长赢面色微变,但眼下不是说这些的时候。他转头看着已经被地方带来的人围住的萧长卿,对方明明还是自己的阿兄,可浑身上下都透着一股陌生而又嗜杀的气息。

就在这时,萧长赢发现自己带来的人也自相残杀起来,一些是他的亲卫,一些是兄长的亲卫。

他骤然回首,果然看到萧长卿挥动了令旗。

萧长赢心中大急。他从未怀疑过兄长,不止是他,就连太子妃也未曾怀疑过,这一次调动的兵将全部由萧长卿安排,不只他这边有兄长的人,十二弟与谢国公身边也有!

"你护好自己。"萧长赢将尤汶珺推到一边,迅速提剑去阻拦萧长卿。

萧长卿却似乎不欲与他纠缠,萧长赢招招留有余手,萧长卿很快就将他击退,一挥手,不少人就围了上来。

萧长卿提着长剑,剑身上的鲜血汇聚于剑尖,一滴一滴地缓慢滴落,沿着他走的路,留下一串血痕。

地方身受重伤,也察觉到了萧长卿的怪异之处,立刻下令,让手下的人全力阻拦。

"起风了……"明政殿内,太后忽然意味不明地叹了一声。

风声之中夹杂着铃铛清脆悦耳的晃动声,这是挂在飞檐之下的铃铛,偶尔有宫殿会悬挂一两个,可今日这铃铛的声音好似格外沉重,层层叠叠,高高低低,似乎有不少铃铛在风中晃动。

刚开始,沈羲和并未将此放在心上,不知为何,越听越莫名其妙地觉得烦躁。她再看向摆弄茶碗的太后,目光中也多了几分自己都理不清的凝重感:"墨玉,命人把铃铛射下来。"

沈羲和下令的时候紧盯着太后,果然见到太后的指尖一滞,那种不祥的预感更加浓烈了。她顿时冷冷地质问:"你对谁施了术?!"

自从知道萧长彦身侧有个懂摄魂术之人,沈羲和就开始收集关于摄魂术的点点滴滴,这一年不说吃透,但也算是深入了解了。她知道摄魂术是一种奇术,能够左右人的思维、蛊惑人心,令人在中术之后犹如傀儡。

中术之人若非听到特定的暗令,是无知无觉的,一旦触及暗令,便会如同鬼上身一般忘记一切,脑海里只剩下被施术时植入骨髓的命令!

"你如此聪慧,不妨猜上一猜?"太后悠悠地看着沈羲和。

墨玉等人闪身到明政殿外,对准了明政殿飞檐之下摇晃的铜铃。铜铃约有成年儿郎的拳头大小,在风中摇曳,发出"丁零零"的脆响。

墨玉命人射铃铛,箭矢却在半道就被不知何方射来的箭矢给拦下了,对方的箭法奇准无比,惊得墨玉等人都深深地防备起来。

他们再射,箭矢再被阻拦。

墨玉亲自飞身顺着廊柱往上,想要靠近屋檐,将铃铛斩落。然而她还未靠近,就有箭矢射来。她迅速闪躲开,反手一剑,将飞射而来的箭矢砍断,刚爬起来,才靠近铃铛几步,又有一支箭矢迅猛如流星般射来。

"殿下,不止一人。"天圆紧盯着箭矢的来向,发现对方不是一个人,且他们间隔得极远。

以墨玉的身手,她一时间竟然也靠近不了铃铛,尤其是忽然有三方同时朝着墨玉射箭。沈羲和心口一紧,墨玉滚落下来,幸好没有被箭射中。

沈羲和倏地看向从容不迫的太后:"是信王。"

太后怔了怔,旋即,眼中再次溢出满满的赞叹之色。她没想到沈羲和能够一次猜中。

摄魂术对意志薄弱、心志不坚的人最好施展,在少年时的萧华雍身上,太后就失过手,之后再动手时便格外小心谨慎。若是寻常情况下,似萧长卿这样的人,太后绝不会冒险一试。

但若是在萧长卿方寸大乱、心神不稳的时候,那她就容易得手了,半年前,恰好就有了这么一个机会。

沈羲和料中了中术之人后,反而更冷静了。萧长卿一行人,明显以萧长卿为首,沈羲和不愿意相信他会中术,但除了萧长卿,没有人能够让太后这般有恃无恐!

换作任何一人都能被萧长卿压制住,唯独萧长卿,无人能够压制。

"现在呦呦可还有胜算?"太后笑容加深了。

"不到最后一刻,何以定输赢?"沈羲和脸上并无半点儿慌张之色。

太后其实一直很欣赏沈羲和,说道:"你我何必两败俱伤?我允你西北无忧,何不化干戈为玉帛?"

沈羲和目光幽幽,静静地凝望着太后。她相信太后此刻并无诱哄之意,而是一片诚心。

但她不喜欢与太后这样的人为伍。

沈羲和不喜欢太后的所作所为,却也不得不承认,有句话太后说得对。

权力,只有掌握在自己手上才最为稳妥。

太后有渴望权势之心,但并无君王的眼界与格局。也许是尚未在其位,待到日后太后大权在握,当真成为第二位女帝,就会明白,她也容不下西北。

沈羲和已经用了太多精力在为家族筹谋之上,不想一生都为此周旋。

今日之争,她绝不退让!

"看来,我的条件打动不了你。"太后明白了沈羲和的选择,也不意外,反而觉得这在意料之中。

人中龙凤，怎甘屈之人下？

太后如何猜想自己，沈羲和并不在意。她担忧的是萧长卿，怕他在受蛊惑之后误杀了萧长赢。

他们兄弟的手足之情有多深，沈羲和心知肚明，若萧长卿真的杀了萧长赢，即便是醒来，只怕也会疯掉。

而沈羲和不知道的是，此刻兄弟二人已经打得难分难解。

在武艺上，萧长赢绝对高出萧长卿这个哥哥一截。可他处处留手，对萧长卿莫说是下杀手，就是狠手都下不了。反观萧长卿，好似将萧长赢当作仇人，招招下死手。

一番交锋下来，萧长卿未伤丝毫，萧长赢身上却多了不少剑伤。

萧长赢觉得萧长卿是遭了暗算，想要近身将萧长卿打晕。奈何萧长卿的武艺也不弱，萧长赢根本没有逮到这个机会。

倒是萧长卿带来的人，虽然听从萧长卿的吩咐，但也知晓他们兄弟情深，对其他人围剿，却没有对萧长赢下手。

萧长卿挑开了萧长赢的剑，萧长赢的眼中是兄长挽起的剑花，他能够轻易躲开，却不知为何，突然好似想到了什么，竟然没有躲避。

一剑刺入了萧长赢的胸口，萧长卿忽然眼皮抖动，竟然下意识地收了剑锋，只有两寸剑尖刺入萧长赢的皮肉。

萧长赢见到兄长果然留手，心中一喜："阿兄……"

萧长赢刚刚张口，萧长卿就拔出剑，飞身一脚将萧长赢踹远，冷冷地下令："围住他！"

"阿兄，你停手，我求你停手——"萧长赢想要冲上去，几个劲装黑衣人却将他困住了。

他只能眼睁睁地看着萧长卿越走越远。

屋檐下，晚风拂，血浪涌，铜铃响。

仿佛有一种莫名其妙的指引牵动着萧长卿的心神，令他带着人顺着铃声行去。

对萧长卿会留手，对萧长卿的人，萧长赢却没有想过留手，这些人还不敢真的对他下死手，萧长赢很快就强行突围，只是胸口已经被大片血迹染红。

"王爷，你不能去寻信王殿下！"尤汶珺挡在了萧长赢的面前。

"让开。"萧长赢眼神冰冷，一把推开尤汶珺。

尤汶珺趔趄了一下，险些栽倒。稳住身子后，她转过身，对着大步离去的萧长赢大吼："信王殿下会杀了王爷的！信王殿下不是王爷的亲兄长！"

这嘶吼声缠住了萧长赢的脚步，他转过头，双眸充血，死死地盯着尤汶珺："你说什么？"

尤汶珺咬了咬牙："昨日……"

萧长卿把荣贵妃接到了信王府里，但那日发生之事历历在目，荣贵妃不相信信王是真的失忆，怎么会那么巧出去一趟，便失去了记忆？

荣贵妃觉得信王是在装失忆，他一定是想要把她和一双儿女折磨致死。她只在信王府里住了一宿，第二日就跑向烈王府去了，如此一来，自然让外面的人觉得信王苛待她。

为此，萧长赢发了好大的脾气，奈何荣贵妃就是不愿意回信王府，萧长卿也不计较，于是荣贵妃就一直留在了烈王府里。

宫中的事情，荣贵妃或多或少还能听到一点儿动向。她毕竟掌管宫权二十年，也能够猜到今夜必然是个不眠夜。一想到萧长赢要与萧长卿一起起事，她就辗转难眠，就怕萧长卿趁乱杀了萧长赢，干净利落，神不知鬼不觉。

但她又不能贸然去告知萧长赢真相，一旦萧长赢知晓，必然会去找萧长卿赔罪。哪怕她怀疑萧长卿在装失忆，却仍旧怀着一丝期待。若他真的失忆了，那她再一次捅破真相，岂不是自寻死路？

她想了许久，只能把这件事告诉尤汶珺。尤汶珺武艺不俗，她帮着尤汶珺混入军中，时刻盯着萧长赢，如果萧长卿是真的失忆，自然皆大欢喜。

若萧长卿是装的，那么尤汶珺一定要第一时间救下萧长赢。哪怕他们只是明面上的夫妻，可她也不想成为寡妇。

尤汶珺将来龙去脉三言两语地与萧长赢说了，她说的每一句话，萧长赢都听得清清楚楚，可这些话连在一起，他好似根本无法领会其中的深意，心中掀起了惊涛骇浪。

四周的厮杀声刹那间消失，巨大的冲击力将他的思绪撞得支离破碎。

自幼护着他，对他一片爱护之情的兄长竟然不是亲兄长。

自己的阿娘是害死阿兄的生母的罪魁祸首。

就连亲妹妹也知道此事，甚至母女俩一直欺骗着兄长。

她们一边享受着兄长给她们带来的安稳生活与荣华富贵，一边理直气壮地以生母与亲妹的身份向兄长索取。

他一直以为阿娘只是太爱慕陛下，只是有些盛气凌人，他的妹妹更是善解人意、聪慧识大体，但尤汶珺的话将这些美丽的假象碾碎了，把花团锦簇之下的污秽淤泥摊在了他的面前！

尽管尤汶珺说得很委婉，甚至以荣贵妃的口吻道出实情，将自己化作了被迫无奈的一方，可萧长赢这么多年一直跟在萧长卿的身边，如何能够想不到原原本本的真相？

他胸口顿时开始刺痛,伤口忽然奔涌出鲜血。

捂着伤口的手指被血染红了,萧长赢被刺激得站立不稳,连连后退,只得以剑支地才能稳住身体。

尤汶珺心疼地看着这个瞬间慌乱无措、深受打击的男子。

她认识他的时候,他如一团烈火,张扬而又恣意地燃烧着,明亮得如旭日一般耀眼。

后来她明白,他拥有这份光芒,有着身在天家不应该拥有的张扬和随性样子,是因为他有一个强大的兄长为他撑起了一片天空,让他能够这样肆无忌惮地成长为自己想要的模样。

萧长卿之于萧长赢,是这世间最重要的人。

"王爷……"尤汶珺无力地喊了一声,张着嘴,却不知该说什么。

萧长赢忽然回过神,往前冲去。萧长卿留下的人也跟着,却见他并没有去追萧长卿,而是上了高楼,看向朱雀门与白虎门两个方向。

萧长庚与谢韫怀都陷入了苦战之中,因为萧长卿倒戈,他们的人一个个倒下。

另一边,东宫的人也和萧长卿的人陷入了焦灼的激战之中。

"不会的,阿兄即便恨我,也不会变成这番模样……"萧长赢呢喃着。

他想到了那日在阿娘的宫门口,那时阿兄就知晓真相,也未曾伤害他,回来之后,就单单忘了这一点儿记忆。

他知道阿兄是真的忘了,绝非如阿娘所言是在伪装。他自小与阿兄亲近,阿兄是什么模样,他最清楚。

所以阿兄是……

他的瞳孔蓦地紧缩。陛下装作昏迷的那段时日,他们几个兄弟一道去见太子妃,阿兄与太子妃私下商谈,他与十二弟也会坐在一处饮酒闲聊。

十二弟对他提及八兄手中有一个能人,懂一种西域摄魂术……

阿兄的模样,倒似中了摄魂术。

是的,一定是那日阿兄乍闻真相,心神不宁,思绪混乱,给了人可乘之机。

现在他即便追过去又如何?阿兄根本不可能脱离那人的掌控。

且以阿娘对阿兄的所作所为,他有何颜面去阻拦阿兄报仇?可他身为人子,难道要眼睁睁地看着阿兄杀了阿娘与阿妹吗?

也许……他还有一个法子。

"听闻摄魂术非系铃之人不可解。"萧长赢站起身,低喃了一句,看向尤汶珺,"帮我一个忙。"

没来由地,尤汶珺的心口一紧,她下意识地摇头:"王爷,我人小力微……"

"帮我!"萧长赢那双桀骜的眼里流露出哀求之色,他道,"唯有你能帮我。"

尤汶珺的眼睛忽然酸涩，她摇着头。

"回黑水部，带领尤氏投向太子妃，尤氏免不了一世荣华。"萧长赢眼神中流露出歉疚之意，"你是个极好的女郎，不应当被困于内宅中，日后若是遇上心仪的儿郎，莫要错失良缘。"

"王爷——"

在尤汶珺盈满泪水的双瞳之中，萧长赢将长剑一横，颈上顿时鲜血飞溅。

他用疲惫的双眼望着高悬的月，视线逐渐模糊。

高大的身躯倒下，倒在了奔过来的尤汶珺的怀里，他说："带我的……首级……去寻阿兄……要快！"

阿兄留下的人会拖住他，他赶不及了。可他自戕了，尤汶珺带着他的首级，无人敢阻拦尤汶珺，甚至会为她开道。

他已经无颜面对阿兄。

但他知道，阿兄心中仍旧有他这个弟弟。

他想赌一赌，与天赌一赌，赌他们的兄弟之情胜过这世间的一切邪术！

萧长卿留下的人看到这一幕，俱震撼不已，僵在当场，不知作何反应。

尤汶珺满脸泪水，被萧长赢溅了一身的血，心脏如被万剑穿过。

他怎么能这么残忍？那个女人真的值得他做到这一步吗？

他担忧他赶不及去阻拦萧长卿，是怕他赶到的时候，萧长卿已经伤了那个女人吗？

这是她的夫君，她也是寻常女郎，他如此雄武伟岸，又这般英姿勃发，如何叫她不动心呢？

为何上苍不能让她早早与他相识？

尤汶珺纵使痛不欲生，却仍旧举起利刃，闭着眼睛，用力地砍了下去。

这是他的遗愿，她不能让他在九泉之下不得安宁。

她抱着他的头颅狂奔而去，萧长卿留下的人这才回过神，留了两个人守着萧长赢的尸身，其余人迅速跟上。

正如萧长赢所料，没有人敢阻拦尤汶珺，哪怕是面对太后的乱军，也有萧长卿的人开道。

萧长卿一路走到明政殿的大门外，忽然感觉脖子上有什么东西落下，砸在了地面上。

他低头一看，是发妻的灵牌。他俯身将之捡起来，小心翼翼地拂去上面的灰，总觉得心突然空了，为何而空……他不明白。

霎时间，他有些茫然，脑海里也一片空白。这时，一阵夜风袭来，飞檐之下，铃声不断响起。

他目光一凛，拖着染血的剑，大步迈过门槛，身后的数百人浴血奋战之后，满身杀气。

文武百官被太后的侍卫持刀团团围住，在看到萧长卿后，顿时面色一变。

领头的侍卫腰间也有一个细小的铃铛，他大步朝着萧长卿走来，对萧长卿行礼："王爷，太子妃在殿内。"

太后要坐实沈羲和与信王联手逼宫的罪名，不止萧长卿，还有萧长庚与萧长赢。只有这样，她才能在事后光明正大地杀了这些人，让皇室只剩下一个萧长鸿。

萧长鸿能活命，是为了安抚百官，以免百官建议弄出个过继的皇室子弟，迎萧氏旁支之人为帝。

等到萧长鸿登基，她摄政之后，把持朝纲，稳住局势，令萧长鸿夭折，便能顺利上位。

这布局不可谓不精妙。

"五郎来了，丫头，你觉得五郎的剑是指向你，还是指向我？"外面行礼的声音传来，太后笑容满面。

沈羲和没有回话。

现在于她而言是最大的困局。萧长卿被暗算，成了太后的棋子，祐宁帝在装昏迷，留着最后一口气，等着他们争个你死我活后，再醒来收拾残局。

太后以为她胜券在握，却不知道她压根儿没有胜算可言。

沈羲和当然还有后手，却不能在这个时候亮出来，否则对祐宁帝就再也没有一击之力。

萧长卿等人行走的声音格外沉重，随着脚步声缓缓靠近，血腥之气也渐渐浓烈。

明政殿内，沈羲和带来的不过二十余人，萧长卿能够杀过来，带来的少说也有数百人，以一敌十，不过是妄想。

沈羲和没有让人杀出殿去救文武百官，是等着与萧长卿会合。

太后没有让挟持文武百官的人杀进来，是等着萧长卿过来杀沈羲和，控制好文武百官，才能让他们在恰当的时候看到恰当的局面。

很快，手染鲜血的萧长卿迈入大殿，走过明间，绕过屏风，带着十来个人立在她们的面前。

他还是那如玉的模样，目光深沉，眼眸漆黑得不似活人，像极了傀儡。

"五郎，快救祖母！"太后一见到萧长卿便求救。

萧长卿想都没想就提剑朝着沈羲和刺去，墨玉立刻拦下，萧长卿的人也迅速与沈羲和的人交起手来。

萧长卿带来的人远比太后的人厉害，为了不伤及沈羲和，天圆迅速将战场往外移，却发现外面几乎全是萧长卿的人。

太后仍旧在沈羲和的手上，情势却不容乐观。刘三指好似被吓傻了，窝在祐宁帝的寝榻一处，对发生的事情置若罔闻。

沈羲和捏着一个骨哨，只要吹响骨哨，被祐宁帝安排埋伏的绣衣使里就会有一半人出来营救她，但这一步棋并不适合现在走。

墨玉与萧长卿的武艺在伯仲之间，但萧长卿的人太多了，几乎是十人围攻一人，还有人堵在门外，并未动手。

等到墨玉被缠住，萧长卿手腕一转，剑锋朝着沈羲和直击而来。沈羲和将太后抓过来，挡在了自己的面前，萧长卿倏地转手，长剑劈在了花瓶之上，花瓶霎时破裂。

沈羲和挟持着太后，缓缓地靠近了祐宁帝的寝榻。有太后在手，萧长卿好似受到制约，一时间没有轻举妄动，但沈羲和带来的人倒下了一个，被数道剑刃穿身而过。

见状，沈羲和无法，只得取出骨哨。

就在她要吹响骨哨之时，她万万没有想到，不知何时躲到床榻之下的淑妃竟然推了她一把。就在这一瞬间，萧长卿一个闪身将太后拉开，旋身一剑就要朝着跌倒在地的沈羲和刺来。

"烈王自戕了——"

千钧一发之际，一阵嘶哑的声音响起。

萧长卿的剑已经刺到了沈羲和的胸口，只差一寸就会没入她的皮肉，他整个人却宛如被施了定身术，僵在了原地。

沈羲和转头看去，瞳孔一缩。

尤汶珺发髻散乱，满是鲜血的双手捧着萧长赢的头颅，头颅还滴着血，她的手明明抖得很厉害，却紧紧地捧着萧长赢的头。

她满脸都是泪水，冷冰冰地看了沈羲和一眼，转头盯着萧长卿。

她其实早一步就到了。有那么一瞬，她真的想要看着沈羲和死在萧长卿的剑下，这样的话，沈羲和是不是就能追上还没有走远的他？

但她知道这样做他会恨自己。

他选择自戕，或许有无颜再面对兄长兼替母赎罪之因，但她知道，更多的是他耽误不起——他害怕至爱之人死于兄长的剑下。

一如他所料，若是他硬闯，只怕没有这么快来到这里，沈羲和根本没有活路可言！

他宁可死，也要护沈羲和最后一程，她如何能够到了最后一步让他留下遗憾？

也许沈羲和能够一生都记得，有那么一个儿郎爱慕着她。

他以命为代价，全她母仪天下；以血挥洒，染她江山如画。

"兄长，王爷自戕了。"尤汶珺哽咽着，用沙哑而又悲戚的声音重复了一遍。

萧长卿仍旧保持着剑指沈羲和的姿势，缓缓转身，目光对上的是弟弟的头颅。

他死了，嘴角却是上扬着的。

他是心甘情愿赴死的。

有什么东西在狠狠地敲击着萧长卿的大脑，钝痛感如潮水般铺天盖地地袭来，似乎要将他吞噬。

"阿兄，小九会一生与阿兄手足相连，绝不会兄弟阋墙。"

"阿兄，哪怕日后我们倾慕同一个女郎，小九亦不会与阿兄相争。"

"阿兄，即便天下人都背离你，小九亦会站在阿兄身后。"

"什么对与错？阿兄在小九心中永无过错！无论阿兄做什么，即便是谋朝篡位、颠覆天下，小九都是阿兄手中的剑，为阿兄开疆辟土！"

"阿兄……"

萧长赢一声声的呼唤在萧长卿的耳畔不断回响，那些兄弟间手足情深的画面，一幅幅清晰可见，最后的画面却定格在尤汶珺捧着的头颅上。

萧长卿张嘴喷出一口鲜血！

巨大的冲击令萧长卿昏厥了过去，他正好倒在沈羲和的旁边。淑妃拾起萧长卿的剑就要往沈羲和的身上刺，却被一道身影先一步扬剑割破了喉咙。

在尤汶珺捧着萧长赢的头颅出现的那一瞬间，萧长卿的人纷纷住了手。他们是萧长卿养的暗卫，曾无数次被萧长卿派遣去保护萧长赢，知道萧长赢之于萧长卿有多么重要。

他们停了手，墨玉自然就有了空隙，只不过也受了伤。

杀了淑妃，墨玉拉起沈羲和，剑指昏倒在地的萧长卿。

萧长卿的暗卫顿时又生出了杀意。

沈羲和伸手按住墨玉的剑，沉默地看了萧长赢的头颅片刻，缓缓移开目光，对着萧长卿的暗卫首领说道："我与信王从未为敌，你跟着信王，得他信赖，应当知晓今日他忽然失控，是为人所害。现在信王昏迷，你要如何抉择？"

信王暗卫的首领一时间进退两难。他奔到信王身边，沈羲和没有阻拦，他扶着昏迷不醒的信王，又看了看一侧的尤汶珺。

诚如沈羲和所言，他是信王的心腹，最清楚信王没有要与太子妃反目之心。方才信王的举动过于异常，他突然让他们狙击萧长庚与谢韫怀，与太后的人联手，将人死困在城门口，这不符合信王的行事之风。

若信王早就存了螳螂捕蝉，黄雀在后之意，哪怕瞒着烈王，也不会隐瞒他！

"请太子妃吩咐！"他左思右想，还是决定凭着自己对主子的了解做出抉择。

太子妃可是烈王殿下拼了命也要守护的人。

去年寒冬，太子妃去皇陵祭拜太子，烈王殿下冒着风雪一路相随，默默地跟在后面，是信王殿下派他护送的烈王。

"迎燕王殿下与谢国公入城。"沈羲和立即下令。

"诺！"暗卫首领将信王交给尤汶珺，立刻带人冲了出去。

太后见此，颓然失神，难以置信地看着萧长卿："怎么会……"

她从怀里取出一个铃铛，不断地摇晃着，却怎么也唤不醒昏迷过去的萧长卿。

虽然人昏迷了，但萧长卿似乎沉浸在极大的痛苦之中，面容开始扭曲，宛如有什么东西在撕扯着他的脸。

"墨玉！"沈羲和目光森然。

墨玉会意，扬手一剑，对着太后摇晃铃铛的手腕斩去。这一剑足可将太后的手腕斩断，却被一直袖手旁观的刘三指给用拂尘拦下，太后也被刘三指给拉开了。

一直躺着的祐宁帝忽然坐了起来，转身将双脚踩在脚踏上。

"陛下……"太后吓得面无人色。

祐宁帝赤着脚走下来，一步步走得十分沉稳。他亲自将太后扶起来，面不见喜怒。他将太后扶到靠窗的贵妃榻上安坐："幼时儿便察觉阿娘不喜儿，那时只当阿娘心中更看重兄长。后来我们母子三人被贬至西北，一路被人追杀，若非阿兄护着，儿与阿娘只怕没有命活着到西北。

"那时儿便觉得，阿娘看重阿兄是应当的，儿收起了嫉恨之心。阿兄在外奔波，阿娘总是在儿面前提及阿兄的好，有阿兄在，人人都好似看不见儿，儿不平之心渐起。阿兄之死，固然是阿娘所害，儿又何曾无辜？"

祐宁帝听了这么久，该明白的都明白了。

他曾经听闻过摄魂术。

那是一种可以控制人心的奇术，但若心无妄念，他又如何能够轻易地为太后所控？

他渴望皇位，不过沈羲和所言也无错，若无太后施术，他下不了这个狠心。可若他心中没有这样的想法，太后也无法对他施术。

兄长的死，他终究是刽子手，母亲不过是递了一把刀。

第二十章　归来是少年模样

"你……"太后神色慌乱，看着脸色平静的儿子，不知道他的心里在想什么。

其实她的两个儿子，若论心思，长子更加磊落，更容易被看穿；幼子心思深沉，更难以捉摸。

若非两子皆亡的话，无人能镇住朝廷之人，她其实当年就会把二人都给杀了，扶刚刚出生的萧华雍上位。

只可惜，摄魂术听着神乎其神，实则不能长久地控制一个人，尤其是心志坚定之人，如祐宁帝和萧华雍。她想要一直控制，就要隔一段时间施术一次。

还未成为帝王的幼子被她成功施术过一次。

成为帝王的祐宁帝又怎么那般容易靠近？

就连她养在身侧的萧华雍，在她第二次施术时，不过十岁，都把术法给挣脱了。

摄魂术可以潜伏在人的身子里很久很久，只要暗令没有开启，中术之人过了十几二十年都能被掌控，可一旦开启，就会随着时间的推移，引起中术之人的怀疑，对中术之人的影响也会越来越薄弱。

"阿娘，儿说过会奉养阿娘，让阿娘颐养天年。"祐宁帝似乎在安抚太后。

祐宁帝安抚了惊惶不安的太后。似没有看到太后惴惴不安的样子，他转身后，恢复了帝王的威严，面对着沈羲和："朕一直知晓，你是个不容小觑的奇女子，却还是低估了你。"

至少太后的所作所为，他从未察觉过。若非沈羲和在他昏迷时弄出了真正的七郎一事，他都未曾怀疑过太后。

他现在想来，祭天行刺时，那个七郎是不是真的七郎，他都猜不准，毕竟沈羲和可是有推骨之术，推出了一个步疏林。

祐宁帝想到这里，还是忍不住往后看了一眼："阿娘，七郎还活着吗？"

祐宁帝嘴里的七郎不是萧华雍，是他真正的嫡子。

当年谦王妃与先皇后生下的都是嫡子，太后要把萧华雍充作祐宁帝的嫡子，那么另外一个孩子必须被送走。如果谦王还留下一个儿子，势必会使得人心浮动。

他们只能对外宣称谦王妃生下一个公主，公主幼年早夭，才能不引起任何变故。

那时候，祐宁帝不知道是太后的摄魂术使得他无法自控，顺从内心的渴望杀兄夺位。太后痛心疾首地斥责他，并以他亏欠萧华雍为由，迫使他妥协，将两个孩子移花接木。

真正的皇后嫡子，也被交给了太后。

这些年来，祐宁帝不敢提及这个孩子，是因为不想忆起当年自己因一己之私，为权欲所惑，杀兄夺位。他想着，太后终究是孩子的亲祖母，无论如何都不会痛下杀手。

这也是他装病执意要见萧觉嵩的时候，沈羲和推出一个七郎的原因——让祐宁帝怀疑太后。

那时，沈羲和已经察觉到太后才是最为可疑之人，那么太后对萧华雍所言必然有不实之处。她特意去了皇陵，祭拜了皇后。

传说中，谦王妃的"女儿"早夭，因而没有入皇陵，可太后与陛下明知这个"女儿"是皇后所生，无论如何也应该让这个孩子有座坟头，哪怕不在皇后身侧，祭奠的时候也应该有异样，沈羲和却没有看出任何异样。

她让紫玉去打探了一番。听闻奉命祭祀的宫人也不会多备祭品，她猜测真正的"女儿"没有夭折。可若先皇后生的只是一个公主，即便移花接木，成为谦王妃的女儿，活着也碍不着谁，何必要另寻一个替身，令其夭折，再将真的人送走？

由此，沈羲和才有了一个大胆猜测。根本没有什么公主，那不过是说给世人听的，谦王妃与先皇后诞下的都是男婴。

倘若太后当真是一切事情的主谋，连亲生儿子都舍得牺牲，更何况是一个隔了一层的孙子？这个孙子活着，变数太多，她必然会痛下杀手。

被派去灭口的人也一定会被太后灭口，这样秘密才能永久被掩埋。

正是有了这样大胆的推测，沈羲和在没有任何证据的情况下，才铤而走险，弄了一个萧觉嵩养大了真正的太子，灌输了被牺牲的仇恨，回来寻陛下报仇的局。

因为真正的太子出现，哪怕是太后，也不敢笃定其是真是假。

太后那时不可能亲眼看着先皇后之子被灭口，否则很难瞒过陛下。被派去的人必然是忠心耿耿，可这种事情，一旦失手，人当真被萧觉嵩给掳走了，灭口之人哪敢回来如实相告？这不是自寻死路？

就是这些人性的不确定性，令沈羲和的局天衣无缝。

她把该印证的猜测都印证得一清二楚。

所有人的目光都落在了太后身上，太后果然如沈羲和所料，已经渐渐恢复冷静："我亦不知。"

她的确没有想过让那孩子活下来，派出去灭口的人也的确回禀灭了口，动手的人也被她灭了口，去年祭天时那孩子的模样……

太后正如沈羲和所料，不敢笃定当年之事。

祐宁帝将目光转过来，对上面容冷冽的沈羲和："太子妃以为呢？"

"太后尚不知，儿如何能知？"

祐宁帝果然怀疑去年祈福时的那人的身份，只是哪怕怀疑，也还是将人葬入了皇陵，承认了对方的身份。

就不知他是对谦王愧疚，还是对亲子愧疚，抑或两者兼而有之。

祐宁帝沉沉地凝视着沈羲和："到此为止，收手吧。"

"陛下，丧钟已响，无法回头。"沈羲和目光沉着，寸步不让。

这话听得所有人倒吸一口凉气，她这是要把陛下的假死弄成真死。

若非如此，她如何能够顺祐宁帝的意，以身为饵，把太后引出来，先与太后对上？

她要让儿子顺理成章地继承皇位。

"好大的口气。"祐宁帝冷笑了一声。

"陛下，儿虽不知陛下因何看着康泰，但陛下至多不过撑过这两日，又何必与儿惺惺作态？儿便是当真作罢，陛下能放过儿，放过西北吗？"沈羲和质问。

祐宁帝沉默片刻，如实相告："朕与西北，只有胜负，没有放手。"

这一战在所难免。

"儿亦是西北王之女。"她自然要与家族共进退。

祐宁帝眼神微沉："若你非沈氏之女……"

后面的话祐宁帝没有说，盖因没有这个"若非"的情况。

祐宁帝话锋一转，说道："便让朕看一看你的能耐。"

"也让儿真正领教一下陛下的神勇军！"

两个人针锋相对，寸步不让。所有人都发现，看着纤瘦柔弱的太子妃，在气势上竟然丝毫不逊色于御极二十余载的陛下！

就在此时，更鼓声突然响起，已是四更天。

"烈王妃，你带人去收殓烈王殿下的尸身。"沈羲和吩咐墨玉将萧长卿挪到一旁的长榻上，才转身对尤汝珺说道。

尤汝珺脸上的泪痕仍旧未干，她神色复杂地看了沈羲和一眼，听从了沈羲和的吩咐。

祐宁帝没有派人阻拦尤汶珺，转而在太后旁边与太后隔案而坐："你倒是从容不迫，似乎对朕如何布局了然于心。"

"儿怎敢妄揣上意？"沈羲和嘴上谦虚，也寻了个位置，在圆木桌前优雅地落座，"不过是有一些自保之举。"

"左右也无事，倒不如与朕说说。"

时局未定，双方明明剑拔弩张，却能够在此气定神闲地等着大局变化。

墨玉在沈羲和的示意下给她倒了一杯水。水有些凉，沈羲和未介怀，浅浅地抿了一口。

她的举动令祐宁帝目光微深。

此时此刻，依照沈羲和的谨慎性子，她敢食用明政殿之物，只能说明她笃定这水没有问题。

她为何如此自信？

这就非常值得祐宁帝深思。

"陛下的神勇军，儿若预料得不错，应当一分为三。"沈羲和放下杯子，"一支由巽王领兵，只怕已经在攻入宫内的路上，不过一刻钟就能抵达，一支早已潜伏在西北之外，另一支拥向东北。"

祐宁帝仍旧面不改色："接着说。"

左右都在等一个胜负结果，沈羲和也不愿枯坐着，且这里陛下的妃嫔如此之多，这些人或多或少与前朝密切相关，通过她们之口将今日之事传给他人听，日后也免得什么人都敢欺负他们孤儿寡母。

"东北是巽王府为陛下安定之所，室韦都督府、黑水部都督府、渤海都督府皆是陛下亲信。只要陛下振臂一呼，就能集结数十万大军，哪怕宫中生变，哪怕西北有异动，他们只怕也能拿到陛下早已送去的清君侧圣旨，攻打而来。"沈羲和不疾不徐地说道。

"如此说来，你早有准备，东北三部皆是骁勇善战的悍将，哪怕太子为你留下千军万马，若无一深谙兵法的大将，你们也休想阻拦东北的铁骑。"祐宁帝看到了旁边的棋盘。

他亲自端着棋盘，刘二指连忙捧着棋笥跟了过来。

墨玉拔剑防备着靠近的祐宁帝，沈羲和抬了抬手，墨玉又将剑摁下。

"可愿与朕手谈一局？"祐宁帝放下棋盘，在沈羲和的对面坐下。

圆木桌不大，棋盘放在中间，两个人伸手均可够到棋盘的任何位置："儿遵旨。"

对于沈羲和此时此刻在言辞上仍旧尊卑有序，祐宁帝哂笑了一下，把白子给了沈羲和。

白子先行，沈羲和会意之后，先落了一子，祐宁帝紧跟而上。

两个人似乎都不需要思考，棋子落在棋盘上的声音没有片刻停顿。不知过了多久，祐宁帝落下一子，包围了沈羲和的三枚棋子："你的主将是何人，令你如此信誓旦旦？"

沈羲和的棋落得很平稳，昭示着她的内心也很平静，她没有半点儿慌张之意。

自打疑惑太子可能假死之后，祐宁帝就对沈羲和包括萧长卿等人，乃至每一个在京都的皇亲国戚都盯得很紧，沈羲和早已无人可派，除非是萧华雍亲自上阵。

洁白的棋子在柔和的光线下稳稳地落下，沈羲和眼皮都未抬："并非陛下心中所想之人。"

若是可以，沈羲和也希望他现在就归来。她不觉得累，也不觉得畏惧，只是相思如风，吹得心中寥落。

"除此以外，朕想不到还有何人。"祐宁帝开口道。

沈羲和抬眼，黑曜石般的眼眸里似有银辉凝聚："自然是陛下意料之外的人……"

东北，祐宁帝最为放心之地，那片由只忠于皇命的老巽王一手为陛下安定的山河，一更天时已经战火缭绕，先是黑水部都督府深夜遭到偷袭，不是从外偷袭，是敌人早就潜伏在都督身边，令人措手不及地杀了都督，造成黑水部都督府顿时群龙无首，一阵混乱。

底下的人还没有做好反抗的准备，一个人拎着黑水部大都督的头颅，疾驰到了黑水部军营里，高喊道："我乃陛下第六子，奉陛下之命擒拿叛贼，叛贼已诛，尔等听我调令！"

一些主将一脸茫然，想要反驳，但是有些主将当即顺从地跪下："我等听从六殿下调令。"

这些发蒙的主将心中顿时明白了，这件事早有预谋。都督死得这么迅速，他们一点儿风声都没有收到，军中这些人归顺得这么容易，只怕早就已经投敌。

现在他们该怎么办？

几个人面面相觑，若是质疑，谁知道军中有多少人已经不是他们的人了？他们是不是当即就会没了性命？

他们反抗，是立刻死，不反抗，也许败了后仍是一死，若是胜了，就有活的机会。

黑水部早就是萧华雍的地盘，他只是一直没有动过黑水部大都督，才让祐宁帝仍旧以为黑水部在自己的掌控之中。

萧长瑜很轻易地集结了黑水部的大军，带着他们乃至萧华雍的人浩浩荡荡地朝着三部约定好的集结的地方行去，等待着陛下的神勇军到来。

"六郎！"祐宁帝的手一顿，帝王极其意外。

"六殿下并未过世，只是厌倦了这宫里的尔虞我诈，与所爱之人飞出牢笼，双宿双栖。"沈羲和又落下一子，"陛下，该您了。"

萧长瑜算是祐宁帝最不关注的孩子，不是他偏心，是萧长瑜自个儿万事显得平庸，又不争不抢，饶是如此，萧长瑜的能耐，祐宁帝还是不怀疑。

他的儿子没有庸碌之人！

"就凭六郎？"祐宁帝只意外了一瞬，落子也未曾犹豫。

"陛下见过海东青吗？"沈羲和目光忽然变得柔和，问了也没有等待祐宁帝回答，而是取出骨哨。骨哨有两个孔，音律因此而不同，一个孔召唤人，另一个孔……

她吹响了骨哨，作为绣衣使的赵正颢并未动，有一阵清脆的鸣啼声传来，一只身躯健硕的海东青盘旋在明政殿之上。它飞了一圈，落在了沈羲和先前推开的窗棂上，歪着脑袋打量屋内的情况。

这只海东青……

祐宁帝如何能够不认得？

当年他们去行宫，还有人想要捉了它献给自己，后来的那条巨蛇，若非有这只海东青，只怕……

原来它一直是有主之物。

"长陵……"祐宁帝看着沈羲和。

沈羲和没有理会帝王审视的目光，伸出胳膊，海东青就飞了进来，落在沈羲和的胳膊上。她用拈着棋子的手轻轻地点了点它的脑袋，然后抬了抬手："去吧……"

海东青一跃，从正门飞了出去。它时常会来宫中，只是以前都是悄无声息地来，几乎没有人在宫内见过它。

"这是北辰在黑水部熬了数日才制服的海东青。"沈羲和将点过海东青的脑袋的棋子落下，这一子十分犀利地进攻，令原本温和的棋局充满刀光剑影，"忘了告知陛下，北辰在黑水部有个驯鹰场，那里养了数千只鹰，只可惜他没来得及带我去见一见。"

有数千只鹰的驯鹰场，该是何等庞大之地？

这件事竟无人上报给他！这说明了什么？说明黑水部早就在萧华雍的掌控之中！

既然说到这里，沈羲和也不打算点到为止，语气如同她的落子一般锋利起来："陛下召集三部兵马，等待西北消息，一旦西北神勇军覆灭，派往三部的神勇军就会去与三部大军会合。若这三部大军早就成了儿之人，陛下派去三部的神勇军便是瓮中之鳖。"

"啪嗒"一声，一子落下，黑子一角陷入僵局。

祐宁帝目光渐凉:"看来你们夫妻在二部筹谋已久,便如此笃定西北能胜?"
"西北也多亏了北辰,他早就为我清除了陛下的眼线。"
当年她与萧华雍去西北一趟,可是将西北的眼线肃清了。
"陛下可用之人不多,不过有一人倒是能出其不意。"
祐宁帝又跟着落下一子,沉默不语。
"薛公。"沈羲和说着,看向太后,"这一局,我能胜过陛下,要多谢太后成全。"
薛公自然不是祐宁帝的人,否则早知萧华雍真面目的薛公不会不将之告诉祐宁帝。
只是薛氏家族在京都,薛公再豁达,祐宁帝若是以薛氏满门要挟,薛公未必不会妥协。
太后格局限于女郎,自然擅长利用女郎。
祐宁帝不是没有大格局之人,要用又能出奇制胜的人,沈羲和思来想去,觉得只能是薛公。
突厥被打得四分五裂,根本不能再凝聚,祐宁帝此时出兵,哪怕西北乱了起来,一时间也没有外敌会入侵。
至于吐蕃,会面临西北军与蜀南军的双面夹击。
不过在怀疑祐宁帝的人是薛公之后,她就暗示哥哥将计就计,将薛瑾乔被太后利用的事透露给了薛公。薛公证实这个猜测后,便不会对薛瑾乔设防。
她再让哥哥暗中命那个从萧长彦手上绑来的人解了薛瑾乔的摄魂术,知道真相的薛瑾乔必然会愧于面对哥哥、面对小姑,只怕还会生出求死之心。
他们要安抚薛瑾乔,只能让薛瑾乔立功,以抹去心中的愧疚感。
此时薛瑾乔就是盯着薛公的眼线。薛瑾乔只怕也不希望自己的祖父再对不起自己的夫家一次。
"阿兄会让乔乔盗走西北'防御图',薛公会得到一份,送到陛下的神勇军手里。吐蕃乱事一起,阿兄会率兵相助,届时薛公会亲自引神勇军入城。"
沈羲和气定神闲地落下一子,抬眸对上祐宁帝逐渐阴冷的目光,仍旧不慌不忙:"阿兄带兵走了,阿爹又远在边域巡视,陛下的神勇军必然会入城速战速决。"
沈羲和顿了顿,将白子逼入黑棋的腹地:"可我阿爹若没有在边域巡视呢?"
神勇军闯入,不啻自投罗网。
至于最终胜负,就看双方的能力了。
阿爹应该也很想真刀真枪地与祐宁帝精心打磨出来的神勇军交交手吧。
沈羲和想到这里,不禁嘴角微微上扬。她不是沾沾自喜,而是想到为了抢夺和神勇军交手的机会,只怕她那父兄又要争执一番。
两个人都摩拳擦掌,但终究有一个人必须率大军离开才能掩人耳目,最后肯定

572

是阿爹留下等待神勇军，无须通信，沈羲和都能笃定这一点。

阿爹肯定又以"这可能是自己人生中最后一战，儿子尚且年轻，还有机会"为由，软硬兼施地获得胜利。

吐蕃那边不能不去，太后利用淑妃与吐蕃王子达成了合作关系。

而吐蕃王听从祐宁帝的吩咐，随后伺机而动。

无论是祐宁帝的布局，还是太后的筹谋，她——沈羲和，都将之一一粉碎！

西北，两个月前。

萧钧枢刚刚满月，沈羲和收到了父兄捎来的贴心礼品。那时恰好她开始琢磨祐宁帝会如何布局，派人去打听了关于薛氏的事情。这个人不是旁人，正是仍旧在大理寺卿苦哈哈地整理卷宗文书的镇北侯世子丁珏。

丁珏寻常是不会与沈羲和联系的，镇北侯府也不过分地与任何一个皇子往来，丁珏更是与步疏林在京中有不少狐朋狗友，全是些只懂得吃喝玩乐的五陵年少。

薛氏式微，族中不成才的后辈更是数之不尽，丁珏很容易就打听出了薛氏的事情，回报给了东宫，沈羲和才确定祐宁帝的确是拿捏住了薛氏来胁迫薛衡，自然当即传信给了沈岳山父子。

对人心揣摩得极厉害的沈羲和，也料到了薛瑾乔的心结，恰好在信中给了沈云安一个化解之法。

沈云安看了信之后，战场上流血不流泪的铁血儿郎却红了眼眶。

年前妹妹传信，说自己的妻子可能中了术，沈云安又惊又急，还隐隐忧心，害怕妻子对他们一直只有因为被控制而产生的虚情。

无论如何，他都必须面对这个结果。当年他从萧长彦手上绑来的人，之后被送到西北，就一直被关押在西北，妹妹说看紧了，先不杀，总有派上用场的时候。

萧华雍提及幼年时被摄魂的经历，沈羲和耿耿于怀。因为那时候萧长彦还是个懵懂幼童，这件事绝不是萧长彦身边之人所为，沈羲和才一直没有杀掉萧长彦的幕僚。

自从薛瑾乔身上的摄魂术被破解之后，她整个人都很沉郁。以往爱笑爱闹的明媚俏女郎变得沉默寡言，沈云安费了很大的努力，才让她看似开朗起来。

但沈云安知道薛瑾乔心中有结，如果不是因为他们的女儿满满，薛瑾乔很可能会选择一走了之了。

他只能花更多的时间来关心看顾薛瑾乔，希望能够早日化解她心中的不安与愧疚感，只是收效甚微。

"妹妹永远是我的及时雨！"沈云安心中暖意融融，满眼感动之情。

沈岳山嫌恶地瞥了傻儿子一眼，自己的妻子都哄不好，除去心结的事还要让妹

573

妹来。

这儿子真是没用!

"你先去寻乔乔,我琢磨琢磨。"沈岳山连忙催促。

他把整封信都读完了。他可不像儿子,心思都在儿媳的身上。他已经想到了,日后一战,他与沈云安非得有一个人去夹击吐蕃,一个人留下来应对神勇军。

祐宁帝的神勇军神出鬼没,耗尽国库培养出来的,他怎么能不亲自领教一番?

知子莫若父,沈岳山料到这个不孝子肯定会和他一样对神勇军跃跃欲试,先把人支开,自己琢磨好了,不孝子就没有和自己争抢的余地了。

一心扑在妻子身上的沈云安的确没有看到信后面的内容,听到父亲催促,也迫不及待地去寻薛瑾乔了。

已为人妇的薛瑾乔,眉宇间多了一分母性的温婉气息,但眼底似笼罩着一缕薄薄的愁云。看着乳娘逗弄着他们的女儿满满,听着女儿清脆的笑声,薛瑾乔偶尔会露出一丝笑容,但更多时间都在走神。

沈云安已经不是第一次看到这样的她了。自打破了摄魂术之后,那个像精灵一样古灵精怪、活泼好动的女郎就一去不复返了。

"世子。"婢女与奶娘先看到沈云安。

沈云安抬了抬手,让她们起身,先摸了摸快满周岁的女儿,将她抱了会儿才递给乳娘:"你们都下去,我与世子妃说说话。"

他打发了下人,屋子里只剩下了夫妻俩,薛瑾乔扬起笑容:"有什么话,神神秘秘的?"

她看起来似乎与摄魂术被破之前并无差异,但沈云安还是看到了她强装的不自然神色,几不可闻地轻叹了一口气,上前握住她的手:"今日呦呦来了信。"

"四焉来信了,她说了什么?她可还好?太孙如何……"薛瑾乔抓住沈云安的胳膊,一连串地问。

因为现在局势紧张,她也不想私底下频繁传信给沈羲和,以免给沈羲和招来不必要的隐忧,可又是真的很想念沈羲和。

沈云安牵着薛瑾乔到一旁落座,柔声说道:"呦呦很好,只是有一件事,我需要说给你听,还需要你相助。"

"何事?你说!"薛瑾乔连忙问。

"是……关于祖父……"薛衡将薛瑾乔过继而来,自然是他们二人的祖父,沈云安说道,"呦呦在京都察觉陛下控制了薛氏族人,祖父再看不上族中之人,那到底也是血脉至亲,他如何能让自己成为灭族罪人?

"族人那边有呦呦在京都,呦呦定会竭力保全。祖父……我想你帮我,让祖父知晓你为太后效力,我们需要瞒着祖父,才能保全西北,才能让呦呦在京都立于不败之地。"

"祖父他……"薛瑾乔脸色一白，旋即又苦笑。她觉得更加无颜面对沈云安与沈羲和了。

若她还勉强能说是被害，无心对沈氏造成伤害，那么祖父是可以选择的——祖父选择了薛氏族人。她很难过，因为她在薛氏只和祖父有亲情，对其余人都很冷漠。

可祖父不同。他曾经是薛氏的掌舵人，肯定不想成为薛氏罪人。

"乔乔，我和呦呦都需要你，需要你帮我们。"沈云安捏紧薛瑾乔微微泛凉的指尖，表情诚恳而又期待地看着她。

薛瑾乔无从指责祖父的选择，但于她而言，薛家那群恶鬼，哪里比得上夫家的人重要？

她目光坚定："你放心，我知晓该如何做。"

中了摄魂术的人，在术法没有被破解之前，清醒之后会忘记被迷惑时的所作所为。但破术之后，只要不是像萧华雍那样凭意志力强行挣脱的，而是有人温和地化解，那么中术之人是能记起全部事情的。

薛瑾乔还记得自己是如何给太后递信的，沈云安将谭氏的事情告诉了薛瑾乔。

于是薛瑾乔把谭氏的秘密传递给了太后。

薛瑾乔在与沈云安的联合下，不着痕迹地被薛衡察觉自己为太后办事，薛衡这才知道自己的孙女竟然是太后之人。

其实陛下用薛氏胁迫他，他多少有些犹豫，但如果薛瑾乔是太后的人，那么此事一旦被沈家知晓，她只怕没有活路了，这坚定了薛衡向陛下妥协的心。

只是薛衡不知道，这是一个套中套，太后也不知道她收到的这封信是沈羲和算计她的一步棋。

这封信不能太早递给太后，必须是在沈羲和确定"陛下时日无多，太后按捺不住"的时候才能递过去，太早就会让他们有更多的时间布局，无法达到沈羲和想要的效果。

不过在这段时间里，薛瑾乔的异样还是引起了薛衡的注意。早前他就察觉到薛瑾乔经常闷闷不乐，只是那时候薛瑾乔还愿意遮掩一二，甚至令薛衡误会是夫妻俩闹了别扭。

现在薛瑾乔没有再遮掩，而是偷偷摸摸地在暗地里做事情，这些都没有逃过薛衡这个关怀孙女的祖父的眼睛。在从蛛丝马迹之中发现薛瑾乔在窃取西北的消息往外传递后，他立刻将薛瑾乔逮了个正着。

薛衡将薛瑾乔带到只有两个人的地方，忍不住问："乔乔，你在做什么？！"

薛瑾乔满脸的慌张与欲言又止之色。

"你……你是从何时开始的，又是为何人所迫？是不是陛下？！"想到陛下已经拿薛氏威胁自己，薛衡就忍不住猜想，是不是自己迟迟不回应，陛下忍不住，又威胁了薛瑾乔……

可是薛瑾乔明明对薛氏没有半点儿情分，怎么会为了薛氏背叛沈云安？

她对沈云安的情意绝不作假！

薛衡这么一问，薛瑾乔就知道沈羲和的推断是正确的，陛下果然找上了祖父。她红了眼眶："祖父，我的事你别管，你早些离开西北。"

"我怎能不管？你知不知晓你在做什么？"薛衡气急。

幸好是他先发现的，要是沈氏父子先发现，她要如何自处？沈氏又会怎么对她？！

"我……"薛瑾乔知道祖父是真心关怀自己。她不想利用祖父，可这一战必须有个胜败，只有利用祖父，才能最快破局，也才能让西北这片她已经深爱的土地减少伤亡。

"你到底有何苦衷？你说出来，祖父为你想办法！"薛衡着急地追问。

薛瑾乔垂眼，怕祖父看到自己眼中的愧疚之色。祖父其实到现在都没有想过要投向陛下。他不想做薛氏的罪人，却也怕她的行为害得她自己家破人亡，手心手背都是肉。

但很明显，她这一块手心的肉要比薛氏那么多族人的肉在祖父心中厚。

她把自己变成了压倒祖父的最后一根稻草。

薛瑾乔犹犹豫豫地从袖中抽出一张图，递给了薛衡："祖父，我并非受命于陛下。我很早就被太后所控……"

薛衡不懂什么摄魂术，薛瑾乔怎么说，他就怎么信，因为在薛衡眼里，薛瑾乔永远不会欺骗自己这个祖父。一听到她若不听从，就会像幼时一般失控发疯，薛衡目眦欲裂。

他又回想到了薛瑾乔幼时那凄厉疯狂的模样："欺人太甚！"

薛衡这一刻对太后乃至皇室都深恶痛绝，大步离开，想要去寻沈岳山，把一切告知他。薛瑾乔察觉出他的意图，立刻扑上去拖住薛衡："祖父，不行，这种邪术已传到了满满的身上，乔乔可以不在意生死，可满满呢？"

薛衡身体滞了滞，满脸的戾气无处发泄。

薛瑾乔见状，只能在心里拼命地对祖父说着"对不起"。

沈云安其实说过，他们可以和薛衡坦白，让薛衡演一场戏，去欺骗陛下的人，但这太过于冒险，一旦薛衡露出半点儿马脚，就很可能被陛下的人灭口。

他们不若真的让薛衡在她的唆使下做个彻头彻尾的私心人。

只有薛衡真心投向陛下，一举一动才能取信对方。

毕竟陛下派来与薛衡接头的人可是王政。王政与祖父相处多年，祖父是否真心投诚，王政应当能够试探出来。

"你可知，一旦西北落败，太子妃失势，你会如何？"薛衡转身，表情疼惜而又痛苦。

薛瑾乔眼眶一酸，内心也全是不安与愧疚，只是这份不安与愧疚是为自己对祖父的欺骗与利用，大颗大颗的眼泪砸落："祖父……祖父，乔乔……乔乔已经不能回头……"

薛衡只当薛瑾乔是因为选择了背叛沈羲和与沈云安而如此伤心欲绝，更是揪心不已。

"祖父……我……早就将西北之事全部透露给太后……"薛瑾乔哽咽着将自己做了多少对不起沈氏的事情告诉薛衡，为免薛衡怀疑，一律推到先前是中了摄魂术，正毫不知情的情况下所为。

后来自己慢慢察觉到不对，留了个心眼儿，从与自己联络的人身上，诈出了自己中术的事。

薛衡霎时间心乱如麻。太后竟然隐藏得如此之深，若成了事，当真会放过薛瑾乔？

太后绝不会！

不能让太后成事，但按照薛瑾乔对西北做的这些事来看，他们现在去寻沈氏坦白，可还有一线生机？

薛衡在沈氏与陛下之间摇摆不定，实在是薛瑾乔泄露了太多西北的事情。

薛衡的内心，还是偏向于向沈氏坦承，以沈云安与沈岳山的品行，哪怕夫妻情尽，他们也不会要了祖孙俩的性命。

"乔乔，我们去寻王爷与世子……"

"不，祖父，不可。"薛瑾乔拒绝，"安郎身边有太后的人，她会立刻要了满满的性命。"

"你——"薛衡看着抗拒而又恐惧的薛瑾乔，不舍得勉强她，那就只剩下一条路可走了。

薛衡向陛下妥协，第一时间给了陛下消息，将太后的真面目、太后对薛瑾乔所做之事都揭露给了陛下。陛下对识时务、不恋权的人向来宽厚。

薛衡想，或许陛下获胜，自己能够保住薛瑾乔与满满。

只是对沈氏，薛衡心中格外羞愧。

太后是三月六日接到薛瑾乔传来的消息，两日后，余桑宁被救走。

祐宁帝是三月十日接到薛衡的消息，当晚就咳了血。薛衡的信中的信息太多，包括摄魂术，让祐宁帝产生了诸多不好的联想。早在沈羲和的"真七郎"之计后，祐宁帝就开始怀疑太后，这封信让他更深入地看到了太后的真面目，才有了今夜假死响丧钟，亲耳听一听的局。

"薛公确实是真心投向陛下。他给出这些消息，才能让陛下相信他是真心。"沈羲和又落下一子。

祐宁帝万万没有想到，他们竟然利用了薛衡。薛衡只怕此刻还不知道自己被利用了，也正因为如此，祐宁帝才信薛衡，王政带领的神勇军也会深信薛衡。

这些人入了西北王城，就是自投罗网，其结果……

祐宁帝闭了闭眼，忽然又是一阵剧烈咳嗽。刘三指递了手帕，祐宁帝没有接，很快就将咳嗽压了下去，原本看起来恢复了血色的脸也迅速变得灰白。他凝视着逐渐显现颓势的棋局，勉强落下一子，棋盘上竭力维持的局面与他现在苦苦支撑的身子何其相似？

"论虑周藻密，当世只怕无人可与你匹敌。"祐宁帝慢慢地睁眼，目光落在沈羲和的身上，"你方才对阿娘说，是因为余氏确认阿娘在西北放的人是薛氏，这话是说给朕听的。"

事实上，她早就确定薛瑾乔是太后的眼线，并且破解薛瑾乔之术犹在薛瑾乔传信给太后之前，甚至指使薛瑾乔将谭氏的秘密告诉了太后，以此来引薛衡上钩，逼得薛衡为了保全薛瑾乔，彻底选择投向帝王。

"儿与太后角逐，胜负未分，如何敢在陛下面前露出马脚？"沈羲和不否认，答案是显而易见的，"西北与东北三部，陛下鞭长莫及。若是陛下方才就知晓都是儿在谋算，只怕巽王手中的神勇军是不会攻入宫门的。"

既然她已经做到了这一步，如何能够再留漏网之鱼？

陛下要是早知真相，就有时间改变计划，命萧长风带着手中的神勇军远远离开京都，时时刻刻潜伏在一处，监视自己。

沈羲和没有改朝换代之心，萧长风哪怕带人远遁，也必然是一辈子隐姓埋名。大抵是受萧华雍的影响，沈羲和不喜欢这种有什么事情失去她的掌控的感觉。

祐宁帝思忖着，若方才沈羲和就向太后表露，一切都是她在背后主导，他的选择是什么。或许他还是会孤注一掷，抑或真的如沈羲和所料，及时令他们撤退。

既然大局已定，无力再阻拦沈羲和，他不若放一双眼睛时刻监督着她。

沈羲和却连这个可能都要斩断，动作干净利落。

撇去帝王的身份，沈羲和是沈氏女，祐宁帝也不得不认同，或许沈羲和为君倒是黎民之福。

"如此说来，巽王也无胜算了？是谁？阿娭？"祐宁帝说完，落子的手开始微微颤抖。

他感觉到身体里的力气缓缓地消散，他的大限应该要到了。

沈羲和微微摇头，回道："儿对巽王妃从未作假。"

她把沈璎婼当作可有可无的人，自然不会在紧要关头又打着血缘的旗号让沈璎婼相助。只不过沈璎婼的选择，倒是让她的心情有些复杂……

　　余桑宁被太后救出去，便是去挑拨沈璎婼与沈羲和的，若是沈璎婼能够因此恨上沈羲和，或许能够给太后意外之喜。

　　除了余桑宁，太后不好寻人。

　　在这个敏感的时候，皇太孙册封在即，京中与各势力有牵扯的人，沈璎婼都会防备她们挑拨离间，哪怕心中埋下怀疑的种子，也绝对不会在大局未明之前去刨根问底。

　　这一点儿分寸，沈璎婼有，太后亦知。

　　余桑宁不一样。她已经没有什么人可以依附了。这还有一个好处，即便余桑宁出了意外，被沈璎婼送到陛下面前，陛下也难以顺藤摸瓜地摸到太后这里。

　　正如当初利用余桑梓的事情，太后从未在余桑宁的面前现身，余桑宁现在都不知道自己被谁威胁了，又是被谁从密道中救出。

　　太后若换了其他人，难免节外生枝。

　　祈福之事后，太后应当也察觉到了，陛下在隐隐怀疑她。故她更不敢轻举妄动，寻旁人去走这一步棋。这一步棋，就算沈羲和先前没有怀疑她，人从密道中被救走，沈羲和肯定也会怀疑到汝阳长公主身上，太后却顾不得这么多了。

　　陛下的神勇军在萧长风的手上，余桑宁若是能够蛊惑沈璎婼，不但可以利用沈璎婼对付沈羲和，也能利用沈璎婼对付萧长风，一举两得，利大于弊，于是太后选择走这一步棋。太后甚至把自己身边懂摄魂术的人都派去了，挑拨不行，就趁机催眠沈璎婼。

　　只是天不遂人愿。

　　余桑宁找上沈璎婼的那一日，沈璎婼正好诊出怀有身孕……

　　她面无表情地听完余桑宁的话，为了腹中的孩子，极力稳住自己的情绪。先前她因为京中越发紧张的局势，见不到长姐，也知道长姐不待见她，不需要她多事，十分焦虑，导致有了小产的征兆。

　　郎中才刚刚叮嘱她，戒躁戒怒。

　　所以余桑宁声情并茂地将谭氏揭发出来，换来的是沈璎婼极其冷漠地问了一句："说完了吗？"

　　余桑宁和太后派来的宫人都愣住了。

　　沈璎婼没有半点儿被欺骗、被玩弄于股掌之间的愤恨表情，冷静得好似听着旁人的可悲故事。

　　这让余桑宁她们俩一时间有百般手段也施展不出来。而且因为刚刚查出怀有身孕，哪怕余桑宁说事关她的生母萧氏，且她身边有眼线，沈璎婼都没有单独见余桑宁二人。

这摄魂术再厉害，也要乘虚而入，且也不能一下子对付两个人，沈璎婼身边立着的还是个高大魁梧的侍卫。

"把她们二人关押起来，我见过她们之事，不许传入王爷的耳里！"沈璎婼吩咐完，就起身缓缓离开。

她看似不受影响，实则指甲已经嵌入了肉里。她将一只手贴着小腹，不断地吸气呼气，才能维持住表面平静的样子。

她回到院子里，谭氏熬好了保胎药，端到沈璎婼的面前。沈璎婼眼中蒙了一层水光，静静地看着谭氏。

这个在她的生命里，温暖着她，呵护着她，开解着她，无论何时都向着她，给予她一切本应该是母亲才能给予的温情的女人，是她的嫡母一开始就放在自己身侧监视她的人。

她恨吗？她痛苦吗？她绝望吗？

她有的，都有。只是看到谭氏，沈璎婼不知为何，这些情绪都发泄不出来。

她甚至可悲地不敢拆穿此事，不想让谭氏离开自己。

"王妃，怎么了？何处不适？快告诉奴婢。"谭氏一看她面色煞白，又眸中含泪，满脸疼惜地奔上前。

沈璎婼一把抱住她："奶娘，你骗过我吗？"

谭氏听了这话，身子僵了僵。她想到当年自己来到沈璎婼的身边，第一次抱着还在襁褓之中的沈璎婼时，沈璎婼的身子也是这样温软，让她一入手就再也舍不得放下。

自己养大的孩子，谭氏如何能够不了解？

沈璎婼不是个心思深沉之人，对亲近之人更不会用心计。谭氏清楚，她不是在诈自己，也不是听了风言风语，受了蛊惑，而是心中有了一定的揣测，才会这般问自己。

谭氏轻轻地推开沈璎婼，带着她在贵妃榻上落座，缓缓地蹲到她的面前，握着她的双手："奴婢从未欺骗过王妃。"

谭氏年过四旬，跟在沈璎婼身边，也算养尊处优，看着不过三十岁的风韵，眼神中一片澄澈。

她没有欺骗过沈璎婼。她的确是夫人派到沈璎婼身边的，但她对沈璎婼的照料和付出都是真心实意的，不是因为夫人的叮嘱，只是打心底疼惜这个小主子。

乳娘的手有些粗糙，沈璎婼看着谭氏手背上的烫痕，斑斑点点，都是为她亲手做汤羹时留下的。这么多年，谭氏从未伤害过她，也未曾挑拨过她与生母乃至陛下的关系，更不曾让她去亲近与卑微地讨好长姐和兄长。

乳娘没有蛊惑她，教她的都是为人处世该有的正理，没有利用她，监视她的一举一动。

"奶娘，你……"

沈璎婼想问她是不是嫡母派到自己身边的，张了口，却觉得无须再追问，答案都已经不言而喻。她说从未欺骗过自己，这不就够了吗？

"你日后会欺骗我吗？"沈璎婼改了口。

谭氏温和地笑着摇头："太子妃早已传信于奴婢，奴婢欠夫人的恩情已经偿尽，王妃若还愿意收留奴婢，奴婢这一生就陪在王妃身边，直到被撒上黄土的那一日。王妃若心有芥蒂，也是人之常情，奴婢任由王妃处置。"

沈璎婼不愿意把话挑开，谭氏却不想她心中有根刺，坦白了！

不知是否心里早就有了答案，故而沈璎婼听到谭氏的话，并未觉得难过，反而有一种如释重负的感觉。至于谭氏这个嫡母派来的人，是否到此时此刻还在欺骗她，沈璎婼有自己的判断。

尤其是沈羲和与沈云安对她的态度，让她深刻地知道，他们其实不屑于对她不利。

沈璎婼的心绪缓缓平复，她搀扶起谭氏："奶娘，我身边怎么能没有你？"

这么多年，有些人早已经成为亲人，离不开，舍不下。

谭氏眼中泪光闪动，笑着颔首："奴婢一辈子都会陪着王妃。"

情同母女的两个人相视一笑，过去的事就随风散去。

既然释怀了，沈璎婼便将余桑宁的事情告诉了谭氏："我……要不要将人交给长姐？"

她很清楚，沈羲和不需要她掺和东宫与皇权之事。

谭氏摇头："王妃，太子妃的事情，她自有成算，王妃一片好意，或许会弄巧成拙。既然太子妃要王妃静观其变，王妃不若置身事外，等到大局已定，再将人交给太子妃吧。"

谭氏虽然不向着沈羲和，但沈璎婼觉得谭氏很钦佩以及信任沈羲和。私心里，沈璎婼也很仰慕长姐。她有时候想，自己若是寻常人生的庶女，长姐或许能待她亲近些。

沈璎婼听了谭氏之言，决定什么都不做，可随着时局越来越紧张，沈璎婼隐隐察觉到，萧长风已经无法抽身。其实她从一开始就知道，萧长风效忠的是陛下。

他们奉旨成婚，婚前没有轰轰烈烈，甚至没有互相倾慕，但婚后，她自问做到了一个妻子该做的一切，萧长风待她也温柔体贴，从不会向她打探西北或者东宫的事。

她也从不过问萧长风在外之事，巽王府的内宅干干净净，她的婚后生活格外安然舒心。

今夜，她一直心神不宁，宫中的风声鹤唳的气氛终究还是飘散了出来，萧长风却没有立刻行动。他一直留在书房里，沈璎婼也未曾去寻他。

直到陛下的丧钟响起，她以为陛下是真的驾崩了，那一瞬间，泪水还是决堤了。她心情复杂，积郁难解，但就在这时，萧长风拉开了书房的大门。他看了她一眼，回了卧房，换了一身衣裳，取了佩剑。

沈璎婼在他平静的面容下看到了一个可能——陛下没有真的驾崩。可外面已经传来信王、烈王、燕王在攻城门的消息。

沈璎婼以为这是长姐与陛下的较量，萧长风没打算参与其中，心中尚有些欣慰，但现在如坠冰窖。

长姐现在在与旁人较量，陛下在等鹬蚌相争。她看着萧长风回了卧房，愣了一会儿神，才对谭氏说道："奶娘，你帮我备下两杯酒。"

萧长风整装待发，掐着时间，准备离开巽王府，却在走到内院垂花门时，看到了沈璎婼。由于帝王丧钟传来，她换了一身装束，墨发之中也簪了白绢花。

沈璎婼素面朝天，黑眸清亮。她转过身，隔着一道垂花门与他四目相对，问道："你一定要去？"

"皇命不可违。"萧长风回道。

沈璎婼垂眸沉默了片刻，从一旁的谭氏端着的托盘上取下两杯盛满的酒："这两杯酒，其中一杯有毒，一杯无毒。

"你我夫妻，不应大动干戈，可你这一去，无论成败，我们夫妻缘尽，不若早些做个决断。"

陛下胜了，她是沈氏女；陛下败了，长姐如何能够放过他？

与其让人事后以此攻讦长姐心狠手辣，她不若早些亲手斩断这一段孽缘。

萧长风没有想到沈璎婼坚定地选择了沈羲和。她明明知道陛下将她嫁给他的用意——她只要不掺和东宫的事，无论双方谁胜谁负，都能享一世荣华。

"你何苦如此？"萧长风呼吸一窒，忽然胸口沉闷。

"我不想你被长姐赐死。"

沈璎婼坚信这场胜利一定属于东宫，萧长风一旦去了，就是死路一条。

"为了太子妃的名声？"萧长风不知为何，突然笑了，只是笑容有些苦涩。

沈璎婼仿佛没有看到他的落寞样子，说道："你可以选择不去。"

萧长风将沈璎婼手中的两杯酒都夺过来，当着她的面翻转酒杯，倒了里面的酒，恢复了清明："巽王府只忠君，我无从怨你，一如你劝我不去，我不能不去。我劝你不向着东宫，你依然选择了东宫。无论我是否能归来，你……好生善待自己。"

萧长风说完，绕过沈璎婼，大步离去。沈璎婼从他身后疾步奔过去，抱住了他：

"我有身孕了。"

萧长风僵在原地。

她紧紧地抱着他："酒里没有毒，只有迷药，我亦有私心，不想让我的至亲与至爱兵戎相见……"

暮春夜晚的凉风好似从隆冬刮来，萧长风四肢僵硬得好似不听使唤，心里却似有一团火在熊熊燃烧。

"你还要去吗？"感觉到他有所松动，沈璎婼低声问。

萧长风的手紧紧地捏成了拳。巽王府世代忠君，今日他若背弃陛下，无论新君是谁，巽王府的忠义之名都将在他的手中粉碎。先祖英烈，铮铮铁骨之名，不能在他这里毁于一旦。

"阿婼，对不住……"他话还没有说完，突然脖子一疼。

沈璎婼趁着他愧疚与心乱如麻的时候，将一根银针扎入了他的脖颈。针上的迷药迅速见效，他只来得及转过身，就倒了下去。

萧长风对沈璎婼不设防，万万没有想到沈璎婼会在这个时候，告诉他他即将为人父的时候算计他。

外面左等右等，眼见时间不能再耽误下去的卢炳，当即来到内院寻萧长风，见到的却是谭氏。

"卢侍卫，王爷忽然昏厥，王妃已经寻了郎中在看诊。"

"忽然昏厥？"卢炳目光微闪，要求见萧长风。

谭氏与沈璎婼都没有阻拦。她们不知道有多少人是陛下的，拦着只怕会适得其反。卢炳顺利地见到了躺在床榻上的萧长风，一边的郎中都经过沈璎婼的警告，不敢乱说话，只说查不出昏迷的原因。

卢炳并不是真正的卢炳，是随阿喜推骨出来的第一个人。这些年，他早就成了萧长风的心腹，大概能够猜到萧长风为何躺在这里。

沈璎婼不想让萧长风搅和帝位之争，把人暗算了。沈羲和赢了，自然皆大欢喜，若是陛下赢了，萧长风是被人暗算，而不是真的叛君，受到的惩处也不会致命。

可萧长风若参与进去了，无论谁胜谁负，要么萧长风性命不保，要么夫妻和离。沈璎婼终究还是对萧长风有了情，想要一个两全其美的结果。

沈璎婼却并不懂有些东西比性命更重要，萧长风今日不去，就是叛主。他是个将忠君思想刻入骨子里的人，巽王府的家训亦是如此，哪怕逃过一劫，这也会摧毁萧长风的脊梁，他日后即便苟延残喘地活着，亦会郁郁寡欢，死后更是无颜面对先烈。

"王妃，王爷吩咐过，但凡他有一口气在，属下必须带他离开王府。"卢炳不会将自己的身份暴露给沈璎婼，沈璎婼哪怕一心向着沈氏，眼界却逊色于太子妃太多。

越是到关键时候，他越要小心谨慎。

"你敢！"沈璎婍面色一沉。

"王妃，你何不细想，王爷为何这般叮嘱属下？"卢炳提醒。

萧长风为何这般叮嘱？

沈璎婍怔了怔，旋即脸色发白。这说明萧长风早就知道自己会做出怎样的选择，会对他下手，可还是没有防备她，去想应对之法，由着她得手。

他在想什么？

他是抱有最后一丝期望，期望她不会对他下手，还是心中对她有了情意，非得借此死心？

沈璎婍的反应落在了卢炳眼里，他大概确定这夫妻二人两情相悦了。这些话其实并非萧长风叮嘱的，萧长风应该知道沈璎婍会选择什么，却觉得自己不会遭到沈璎婍的暗算。

罢了，罢了，沈璎婍终究是沈府的人，也一心向着沈府，卢炳推波助澜了一把："王爷是想，此去若无归路，王妃日后可不用愧疚，亦无须……牵挂。"

说完，他上前将昏迷的萧长风背走了。

沈璎婍没有阻拦，似被施了定身术，定在了原地。

不用愧疚，是因为他的死与她无关，她已经尽力保全他，这一条路，是他自己选择的。

无须牵挂，是因为他不设防地把后背交给她，而她选择了对他下手，他们之间就再无信任可言。

滚烫的泪水就这样奔涌而出。

沈璎婍觉得心口密密麻麻地疼，痛起来，又有些空落落的。

她一直以为她对他是没有情意的，奉旨成婚，他是陛下的忠臣，她是沈氏的女郎，早晚有一日，他们会站在对立的两端。

婚后，她无时无刻不在防备他，对他不过是表面上无微不至，外人看着他们出双入对，以为他们鹣鲽情深，但她的内心从未真的放下过戒心。

不知为何，听了卢炳的话，她觉得自己的心一寸寸地泛着痛。

卢炳将萧长风带走了，自然能够寻到医师。沈璎婍没有伤人之心，用的是迷药，解除药性并不复杂，萧长风很快就苏醒过来，当即问："什么时辰了？"

"四更天已过。"卢炳连忙回道。

"走。"萧长风顾不得还有些昏沉的大脑，大步离开了医馆，与卢炳翻身上马，带着卢炳去调集了守在城外的一万神勇军。

除了调令以外，还有暗令，非得萧长风亲自出面才能将人调走，这也是卢炳不得不救醒萧长风的原因。

大军入了城门，一路杀入宫门的时候，正好遇上了萧长庚与谢韫怀。

驻守在京都内的金吾卫和兵马司也混战在一起，萧长风都分不清谁是敌谁是友。萧长庚带领的不仅仅有萧长卿的人，还有昔年萧长彦留下的人，谢韫怀带领的大多是萧华雍留下的人。

这些人一个个凶狠彪悍，一时间战况十分激烈，反倒是金吾卫与兵马司的人纷纷不敌。

萧长风要带人杀入皇城救驾，萧长庚与谢韫怀知道局势已变，明政殿内有萧长卿，而萧长卿的人也已经重新杀到二人身边，将事情大致交代了，那么明政殿尚在沈羲和的掌控之中，他们自然是全力阻拦萧长风。

太后的人到底敌不过萧长卿、萧长彦以及萧华雍私下养出来的人，早就成了刀下亡魂，宫门已经被萧长庚与谢韫怀从太后的人手中接手。

几方人马在四门之内杀得难分难解，不相上下。

这样杀下去，最有可能的结果是两败俱伤。

"王爷，发现密道。"这时，有穿着打扮与神勇军一致的人来禀报。

厮杀混乱，战况胶着，人人满脸血污，一万神勇军，萧长风也不可能记得每一张脸，眼前的人其实并不是真正的神勇军，是有人换上了战死的神勇军的衣裳。

密道是前两日陛下刚刚传信给萧长风时提及的，只是陛下知晓的时间太短，只知道宫中有密道，尚未摸到密道出入口在何处。

方才萧长风入城集结神勇军时，一份密令以纸条的方式传给了神勇军地位较高的军官。

萧长风不疑有他，当即带着小部分人撤离。萧长庚见状，接收到卢炳的暗示，要突围拦截。

一番血战后，萧长风好不容易才在神勇军的掩护下，带着卢炳以及两位亲信和发现密道来禀的人冲向密道。

"儿让长嫂将密道之事告知薛公，再由薛公之口传递给陛下，就是为了等这一步棋。"沈羲和未亲眼见到外面的战况，却能将每一步都料准。

清理完密道里的太后的人，里面就只剩下她的人，萧长风进了密道，再出来的人就不再是萧长风了。

萧长风的令旗会落在卢炳的手上。卢炳与萧长风 起和萧长庚对阵这么久，对令旗如何指挥，大多数已经掌握，两军对垒，厮杀震天，不以口令调动兵马，只以令旗。

拿到令旗的卢炳，带着"萧长风"出来，就能以令旗指挥神勇军原地待命。

"好！"祐宁帝似怒似笑、铿锵有力地赞了一声，旋即就剧烈咳嗽起来，逐渐苍白的脸咳出了薄薄的红，看起来更加骇人。

"陛下，承让了。"沈羲和落下最后一子。

棋盘上的黑棋被一分为三，每一片都已被白子围住，无路可逃。

既然已经无力回天，祐宁帝便不再做无谓的挣扎，将手中有些拿不稳的棋子扔掉，却没有说话，好似不到最后一刻，仍旧不甘心。

沈羲和也不在意，更没有心急，看了看窗外的天色："还有半个时辰，五更天便过了。"

五更一过，天光即明。

有了"萧长风"的令旗，神勇军依令原地待命，萧长庚与谢韫怀带着大军与之正面对峙，双方相距不过三五步距离。

这场干戈，到底是暂时停了下来。

而西北的战况却并不似皇城这般轻易地被沈羲和掌控。

西北王城，二更过半，沈云安点兵率军离去驰援，镇压吐蕃乱局。

三更天时，在薛衡的帮助下，王政带着祐宁帝交给他的大军轻易地入了西北王城。

王城的百姓门户紧闭，王政带着兵马直奔西北王府，不过在半道就被几路兵马给拦截了，浩浩荡荡的队伍也被从巷子里冲出来的兵马斩断。

至此，两军开始混战。

谁都知道这是一场关乎生死存亡的大战，都在奋力拼杀。

西北与京都相距太远，祐宁帝即便是想要立刻下令停手，也已经来不及了。他费尽心思培养的神勇军，也不负他的期望，勇猛敏捷，若非西北军身经百战，在实战上略胜神勇军一等，对上这样的军队，胜算极少。

泼墨般的夜色渐渐退去，浓郁的血腥之气如黎民破晓的彩云，丝丝缕缕地盘旋在西北王城上空。

从三更时分到五更结束，足足四个时辰的围杀，神勇军两万余人，只剩下百余残兵，西北军也折损数千人，满城横尸。西北王城已经许久没有这样大的杀戮场景了。

直到胜利的号角被吹响，躲在家中的百姓才欢欣鼓舞地出来。生活在这一片土地上，他们已经习惯了战争。哪怕是遍地尸骸，他们也不觉得畏惧，甚至陪同官府一道处理尸首。

"王爷，这些是何处来的敌人？"

沈岳山的战袍上全是血渍，面对西北大宗族的族老的疑问，他将目光落在倒下的神勇军身上："或许是找本王寻仇的部落。"

沈岳山身侧的副将欲言又止，最终不敢多言。

似是察觉到他的异样，沈岳山转过身，满是血污的脸上，表情异常威严："将剩下的人押解回京，交由朝廷处置，记得传信。"

传信，自然是指属于西北军的烟火。

一簇簇烟火，一城接着一城被点燃，直到京都皇城，明政殿的西北角能够看到。

天光破晓，还有些墨色的时候，绚丽的烟火绽放在沈羲和与祐宁帝的眼中。

沈羲和微微闭上眼，不知何时攥紧的手才稍稍松开。哪怕她对西北的部署再多，对阿爹的能力再自信，没有到最后一刻，沈羲和依然没有安心。

尘埃落定，她才感觉到背脊上有些许汗意。

那一簇火花由一个光点在祐宁帝有些模糊的视线之中腾升绽放，属于西北军胜利的信号，一下子把他带回了少年时。那时他与阿兄在沈岳山的陪伴下，一路从西北攻城略地，杀到皇城，每一次看到这一簇烟火，都会相视露出会心一笑，若手上有酒，必然要一起痛饮。

那时的他们一心只想扬眉吐气，只想证明给那个从不把他们放在眼里的先帝看，他们兄弟才是正统嫡出，兄弟同心，征战沙场，无往不利。

只是不知道从何时起，权力的野心将他一寸寸地腐蚀了。

杀兄夺位，是阿娘促使，但似他这样心坚志强之人，若非心中早有这样的念头，阿娘又如何能够得手？他不知没有阿娘，是否结局会不一样。

也许……结局仍是如此。

烟火璀璨，却转瞬即逝，随着火花逝去，祐宁帝的眼里，某种光也渐渐熄灭。

他收回目光，看向沈羲和，黯然的眼里仍旧藏着一丝锋锐的光："朕可以拟诏传位于钧枢，你回西北，不得临朝称制。"

"陛下，此时此刻，您已无权与儿商议。"沈羲和不可能与自己的孩子分开。

"是吗？"祐宁帝冷笑一声："绣衣使！"

帝王一声召唤，十二个绣衣使宛如凭空蹿出，纷纷按住腰间的佩剑。

墨玉等人霎时严阵以待。

"朕让西北以你沈氏为尊，钧枢为帝，亦未曾要去母留子，你若无祸乱朝纲之心，何苦留在皇城？"祐宁帝强撑着，咬牙说道。

沈羲和淡淡一笑："陛下，儿从不受人胁迫，哪怕是九五之尊，亦不能威逼儿。"

祐宁帝又剧烈咳嗽了一阵："拿下！"

"唰唰唰"的声响下，一柄柄明晃晃的利剑拔出，只是祐宁帝万万没有想到，这十二人中，有六人的剑并没有对准沈羲和等人，而是架在了同僚的脖子上。

变故突发，祐宁帝气急攻心，呕出一口血，霍然站起身，指着沈羲和："你——"

似乎一瞬间将所有的气力耗尽，他只吐出一个字，就眼前一黑，栽倒了下去，刘三指慌忙扶住了他。

"阿喜。"沈羲和淡淡地吩咐。

祐宁帝再一次被扶回榻上，面如金纸。

随阿喜很快被带来。他给陛下诊脉之后，迅速施针。刘三指并没有阻拦，也没有怀疑沈羲和要借机谋害陛下。他比谁都清楚，陛下已经到了不需要谋害的地步。

　　被沈羲和气晕后，再一次悠悠转醒的祐宁帝仿佛被抽干了力气，无力地盯着帐顶，只是十分虚弱地说道："奉……奉养……太后。"

　　"太后是北辰的祖母，是钧枢的曾祖母，儿自当奉养。"

　　死亡，太过简单。

　　因为太后对萧华雍的所作所为，沈羲和不会给她一个痛快。

　　祐宁帝用暮气沉沉的双眼定定地凝视了不躲不闪的沈羲和一会儿，嗓音已经变得虚弱，伴随着"嘀嘀"声："传三公九卿入内……"

　　刘三指看向沈羲和。没有沈羲和放行，他也冲不出去。

　　沈羲和抬了抬手，赵正颢领头将挟持的同僚移到一旁，让出了一条路，刘三指迅速去传唤崔征等人。

　　祐宁帝闭上了眼，似乎在养精蓄锐。

　　沈羲和并未放松。萧华雍曾经说过，祐宁帝有暗卫，暗卫时刻伴在祐宁帝的身侧，此刻必然隐藏于殿内。墨玉与天圆几乎是贴身保护着沈羲和，就不知陛下是否还要垂死挣扎。

　　一直到崔征等人赶至，祐宁帝都没有传唤暗卫。他睁开眼，目光已经开始涣散，声音虚弱得如同风中残烛，好似一吹即灭："朕……驾崩后，传位……传位……"

　　他的话提起了所有人的心神，唯独沈羲和神色淡然。

　　帝王的脑海里闪过一张张脸，他知道他已经别无选择，无论此刻说出谁的名字，都于事无补。萧长卿的心已不在帝位，萧长庚早就为东宫效力，萧长鸿……他说了，不过是坑害一个儿子，沈羲和要帝位之心昭然若揭。

　　如今无论是西北还是东北三部，乃至整个皇城，都在她的掌控之下，他不传位于萧钧枢，只是再生一场事端，并不能改变结局。

　　"皇太孙……"

　　三个字，帝王咬得极其清晰，似乎说完就耗尽了最后一丝生气，迅速疲惫下去，眼皮也格外沉重。恍惚间，他似乎听到几声如释重负的长叹之气，这些人只怕也盼着这样的结果。他想要再睁眼看一看，哪怕再看一眼是谁这般盼着幼帝临朝，却仍旧没有争过天命，溘然长逝。

　　祐宁二十四年三月十四日，第一缕天光笼罩皇城，持续了一夜的宫变落下帷幕。

　　在三公九卿的见证下，陛下亲口传位于皇太孙萧钧枢。

　　萧氏皇族第一个未满半岁的帝王诞生。

　　宫中迅速恢复了一片百废待兴的祥和景象，沈羲和搬出了东宫，再度将紫宸殿改成新帝寝宫，带着萧钧枢住进了这个他降生的地方。

帝王下葬之后，新帝登基，改年号为雍和。

历代帝王年号，都是礼部翻遍《易经》精挑细选的，新帝的年号却是由太后一口定下。

雍和也是两个极其恢宏的字，百官亦不敢反驳。

谁都知道，天下从这一刻起，由太后做主。

新帝登基之后，才补上烈王萧长赢的葬礼。人早已经下葬，只是葬礼不能冲了先帝的葬礼与新帝的登基仪式，这才延后。

已经成为太后的沈羲和，抱着还不会言语的萧钧枢亲自到了烈王府。

萧氏皇族俱在，荣贵妃母女也在一侧。她们看着低头烧纸、腰系白麻的萧长卿，格外心虚，更不敢与沈羲和对上目光。

这母女俩要如何处置，沈羲和交给了萧长卿。萧长卿自陛下驾崩那日醒来之后，便不言不语，容色憔悴，不过几日工夫，整个人好似形销骨立。

沈羲和亦不知该对他说什么，轻叹一声，就带着萧钧枢回了宫。

萧长赢头七之后的一个黄昏，天圆来报："太后，信王殿下在含耀门城楼上，一直未离去。宫中要下钥，宫人不敢上前催促。"

沈羲和放下奏折，看了一眼睁着黑亮眼睛的萧钧枢："请宜王来陪伴陛下。"

宜王是萧长鸿，才不过八岁，沈羲和仍旧封了他王爵，他依旧留在宫中，待到十四岁再搬入王宅。萧钧枢和这个小叔叔格外投缘，两个人好似有说不完的话。

含耀门是宫中的第二道宫墙，萧长赢是在这个城楼上自刎的。夕阳的光洒在城楼的青石地板上，橘红的色泽似没有退去的血迹。

穿着一袭白色翻领袍的萧长卿立在弟弟自刎的地方，身体格外消瘦，被余晖笼罩，有一种天地即将暗淡的无边萧瑟落寞感。

沈羲和挥退了所有人，独自走到了他的身侧。

察觉沈羲和到来，萧长卿躬身行了礼，声音干涩沙哑："参见太后。"

"免礼。"沈羲和抬手，然后与他并肩而立，目光越过宫中精美的亭台楼阁、翠林长河，望向很远很远的天际，"五兄，九弟在天有灵，亦不愿见你如此。"

萧长卿的眼睫扇动了两下，他缓了一会儿才说道："臣是来与阿弟作别的。"

过了今日，他应当振作起来。他知道萧长赢为何自刎，太多的原因杂糅在一起，但最根本的原因是不想至亲与至爱有任何一个枉死。

那日小九若不这般做，他与沈羲和一定会死一个。按照沈羲和连陛下的绣衣使都策反了一半的情况，大概率死的是他。

失控的他若是伤了沈羲和，打乱了沈羲和的全部计划，造成更多伤亡，沈羲和不杀他，不足以平息众怒。

小九用命换了他的命，他得为小九活下去，让这万里山河延绵不绝，国祚永存，成为小九想见到的模样。

沈羲和侧首看向消瘦的俊脸被金色光辉勾勒出一种神圣而又儒雅的气息的萧长卿，他不再如那日所见般沉郁，至少她在他的身上看到了生气。

"贵太妃与平陵公主……你如何打算？"沈羲和问。

该处理的人，她都已经处理了。汝阳长公主一家，她没有留一个活口，薛氏一族也被贬为了庶民。实在是薛氏族人过于平庸，倒是旁支有些能耐。既然如此，薛氏一族不如为旁支让位，旁支到底仍旧是薛氏血脉。

除了太皇太后被奉养在大福殿里，每日"享受"着她亲自为其调出的黄粱香，对其余人她都没有心慈手软。至于余桑宁，她并没有杀掉，而是将余桑宁放到大福殿伺候太后。两个人每日枕着黄粱香入梦，在梦中，一个君临天下，一个大富大贵，醒来之后，宫殿寂静苍凉，日复一日，年复一年。

"臣将小九的灵位供奉在慈恩寺里，让贵太妃去慈恩寺陪伴小九，青灯古佛，虔诚赎罪。"关于如何安排这母女二人，萧长卿心中已经有数，"平陵……只需让其夫家没落便是。"

平陵公主所嫁亦是勋贵之家，不过其家族没几个人才，更何况一朝天子一朝臣。关于他的身世，萧长卿也不打算隐瞒，只需要公布出去，日后朝廷有他得势一日，就无人敢帮扶平陵的夫家。

"你呢？"沈羲和听完之后，问道。

萧长卿转身对沈羲和行了一礼："臣略有薄才，自荐为帝师，望太后恩许。"

沈羲和有些意外。其实对于萧长卿，她有了更好的安排。京都于他是个伤心地，她想要命人去接手西北，父亲已经迫不及待地想要游山玩水，快意恩仇。

阿兄想念她，想调回京都陪伴在她的左右。西北需要一个能力卓越、能文能武之人才能稳住，她以太后的身份下旨，西北将士也好，百姓也罢，都不会过多地抵触。

她万万没有想到，萧长卿要留在京都，想做萧钧枢的老师。

但这个请求，沈羲和拒绝不了。没有人比萧长卿更适合做萧钧枢的先生，萧长卿学过真正的帝王之术，曾经为帝王之位拼搏过。

"五兄愿为钧枢之师，我求之不得。"沈羲和一口应允。

隔日，萧长卿归朝，沈羲和命他带领三省六部议政，大多数奏疏由三省六部协同共理，再将超出决策范围的紧要奏疏递交到萧长卿与萧长庚的手上。

她琢磨着什么人适合去接手西北。

正在此时，尤汶珺来求见她。沈羲和在紫宸殿内阁召见了她，尤汶珺一身白衣，发髻上只有两朵银簪花，鬓边是白色素绢。

"妾欲归家，请太后应允。"尤汶珺开门见山地道。

沈羲和："归家？"

"是，王爷临终前让妾归家。"尤汶珺不想留在这里，更不想住在烈王府里。

睹物思人，她思念的是个心中没有自己的人。

沈羲和沉默了许久才说道："我允你归家，室韦都督府本就是你们尤氏世袭，长史与参军，你可择其一。"

尤汶珺惊得忘了礼数，错愕地看着沈羲和。

沈羲和这是授予她官职！

"你虽是烈王遗孀，即便归家，尤氏也不敢迫你再嫁，但你一身武艺，无处可施展。"沈羲和不疾不徐，声音平和，"烈王劝你归家，必定是认可你的才能。"

尤氏能够让尤汶珺成为政治联姻的牺牲品，自然不会给她像儿郎一样出头的机会。萧长赢不会不知这一点，还让尤汶珺归家，便是希望尤汶珺有更广阔的天空去施展自己的才能。

尤汶珺眼眶酸涩。她自幼与兄弟们一起学武，吃着更多的苦，学更深的武艺，以为自己会不一样，最后还是没有改变自己的命运，不得不为家族上京都联姻。

她以为自己这一辈子就是如此了，已经认命了。

原来他临终前，已经为她铺好了以后的路。

她若不提是萧长赢临终前要她归家，只怕沈羲和不会不应允，却不会深想。

尤汶珺深吸一口气，压下喉头的苦涩，努力不让自己的声音变得哽咽："妾……臣愿为参军！"

"你想好了？"沈羲和问。

长史与参军品级上天差地别，权力上也一样。

长史是代表朝廷去做监军，哪怕是大都督和副都护都要敬让三分，参军可谓军中最低的军官，但两者的差距在于，长史尤汶珺是朝廷的人，不可能继承室韦都督一职。

但她若是投身军中，以参军的身份，凭自己的能力爬上去，日后未必没有可能继承室韦都督府。

"臣心意已定。"尤汶珺斩钉截铁地道。

沈羲和亲自拟了一封诏书，盖了帝王的印，派人送尤汶珺回室韦都督府。

雍和元年在井然有序之中安然度过。

雍和二年，崔晋百被从黑水部召回。国殇已过，沈羲和亲自为他与步疏林赐婚。现在的步疏林已经不叫步疏林了，叫步疏杏，是蜀南王的胞妹。

同年六月，两个人的孩子都已经虚岁三岁，两人才大婚。

蜀南王也带着"独子"上京参加"妹妹"的婚礼，婚宴上，不少人见到了步瞻与崔瞴两位"表兄弟",惊觉这两兄弟模样神似,隔日见到崔寺卿的新婚妻子,更是惊愕于兄妹俩仿佛一个模子里刻出来的脸。

至此,再也无人怀疑步疏杳是步疏林的胞妹。

雍和三年,沈羲和在经过多重考核后,确定了去西北接手之人——萧长风。

当日在密道里,萧长风被人暗算。这是他技不如人,他却没有违抗君命。如今新君即位,他的君主就是萧钧枢,沈羲和仍旧愿意用他,他自然会继续忠君。

沈璎婼也很向往父兄曾经驻守的地方,哪怕知道她去了正好会与父兄错过,仍旧愿意过去,正好也不用再与沈云安往来,免去了彼此的不自在。

沈云安夫妻被召回京都,沈羲和第一次见到已经四岁的小侄女,此时薛瑾乔再次怀孕了。

姑嫂见面,分外黏糊,薛瑾乔还是那个欢乐的薛瑾乔,当晚留在紫宸殿里,与沈羲和同寝,次日依依不舍地被沈云安接回了府中。

沈羲和给萧钧枢寻了三个老师,都是年青一辈:萧长卿、谢韫怀、崔晋百。

一个教帝王之术,一个讲山川四海,一个说百官勋贵。

渐渐地,也有些风言风语流出,言及他们都是太后的裙下之臣。流言的源头很难查到,沈羲和并未放在心上,已经六岁的萧钧枢也不在意。

他知道阿娘心中有一个人,那个人是他的阿爹。她总是会站在阿爹的画像前出神,每次百岁提到鹿鸣,阿娘就笑得格外温柔与甜美。

"阿娘,阿爹是个什么样的人?"这一日,再次看到阿娘停在画前,只有六岁的萧钧枢忍不住问出了一直藏在心中的疑惑。

在萧钧枢的眼里,他的阿娘是这个世间最为睿智的女子,比他熟读的那些史书里的任何一个女子都要崇高,包括他们的先辈,那位女帝。

是什么样的人,让这样的阿娘念念不忘,思之如狂?

沈羲和侧身垂首,看着将一只手负在身后,努力做出自己很可靠的老成模样的儿子,忍不住会心一笑。她蹲下身,轻轻地抚上他的额头:"你阿爹……"

沈羲和极力想要寻找一些赞美之词去夸赞萧华雍,却发现这些词都不足以形容他。她想了许久,才认真地看着萧钧枢:"你阿爹在阿娘心中是个完人。"

金无赤金,人无完人。

萧钧枢眨了眨眼,阿爹在阿娘心中竟然是完人!

他心目中设想的阿爹的身形更加伟岸高大了。

"真想见一见阿爹。"萧钧枢语气中满含崇敬与向往之意。

沈羲和摸了摸儿子的头,说道:"你会见到的。"

关于萧华雍还活着的消息,沈羲和从未隐瞒过萧钧枢。

随着长大,萧钧枢需要学习的东西越发多了,他也渐渐开始接触朝政。偶尔为了便于商讨与言传身教，萧长卿与谢韫怀会留宿在紫宸殿。

哪怕沈羲和在萧钧枢五岁之后就搬回了东宫，守着萧华雍种下的花花草草，仍旧有人以此暗中诬蔑她，只要这些传言没有影响到萧钧枢的心性，沈羲和都不予理会。

雍和八年，这一年，被百官盯着，权势滔天的皇伯萧长卿带了一个俊美无双的郎君入宫，直奔东宫。

往年不是没有人想着沈羲和年轻守寡，敬献美男子给她，然而这样的人往往不会有好下场。她不在意那些流言蜚语，是因为有些话越讳莫如深，越令人津津乐道。

有人敬献男人来服侍她，就触碰了她的底线，轻则被削爵罢官，重则人头不保。

这一次不少人盯着萧长卿，据闻，萧长卿将人留在东宫后，就立刻离开了。

彼时沈羲和并未在东宫里，而是在紫宸殿陪着萧钧枢进食。萧长卿带了个人来东宫求见她，沈羲和也没有在意，以往也有这样的事情。

既然珍珠没有派人来催促，也就不是大事，她陪完了萧钧枢才带着人回东宫。

东宫的大门口有两棵枫树，时值金秋，正是红叶如火的季节。沈羲和远远地绕过长廊，就能隐隐看到枫叶如盖似云，飘浮在东宫的大门口之上。这令她每每都忍不住想起那年在宫中初见，他一袭白色圆领袍，披着大氅，站在石阶上翘首以盼的模样。

沈羲和想到这里，忍不住眉眼弯了弯。这些年她越发养尊处优，仪态威严。

走出风雨长廊，步上东宫门前的石板路，缀着珍珠的翘头鞋偶尔会踩到一两片飘落的枫叶，沈羲和不经意间抬眸，看到斑驳树影间，一人长身而立，背对着她立在宫门口。

那件大氅，那一瀑青丝，那一顶金冠，大氅下那白色的衣裳，那样雍容华贵的站姿……多少次于午夜梦回中，她梦到过这熟悉的画面，一时间竟不知自己是在梦里还是梦外。

她屏住呼吸，放缓脚步，轻轻地走了过去。

他好似听到了身后的声响，迎着飘落的枫叶转身，那双华光深藏、银辉凝聚的眼与她四目相对，他的声音如当年一般透着丝丝缕缕的委屈之意："你回来了，我以为你不回来了……"

你来了，我以为你不来了。

与当年只有一字之差的话语，却隔着十二年，一个轮回的岁月。

可她等到了，不是吗？

日月轮回，时移世易，不变的是他最初的模样。